U0124552

總編輯：徐惟誠　　　社　長：田勝立

圖書在版編目（CIP）數據

城市與鄉村／梁庚堯，劉淑芬主編．—北京：中國大百科全書出版社，
2005.4

（臺灣學者中國史研究論叢：7／邢義田，黃寬重，鄧小南主編）

ISBN 7 – 5000 – 7276 – 7

Ⅰ．城…　Ⅱ．①梁…②劉…　Ⅲ．①城市史—中國—文集②農
村經濟—經濟史—中國—文集　Ⅳ．①K928.5-53②F329-53

中國版本圖書館 CIP 數據核字（2005）第 024989 號

中國大百科全書出版社出版發行

（北京阜成門北大街 17 號　郵政編碼：100037　電話：010 – 68315609）

http://www.ecph.com.cn

北京市智力達印刷有限公司印刷　新華書店經銷

開本：635 毫米×970 毫米　1/16　印張：30.25　字數：464 千字

2005 年 4 月第 1 版　2005 年 4 月第 1 次印刷

印數：1 – 5000 冊

ISBN 7 – 5000 – 7276 – 7/K·447

定價：50.00 元

目　　録

出 版 説 明

　　《臺灣學者中國史研究論叢》是數十年來臺灣學者在中國史領域
代表性著述的匯編。叢書共分十三個專題,多角度多層面地反映海峽
對岸中國史學的豐碩成果,如此大規模推介,在大陸尚屬首次。

　　叢書充分尊重臺灣學者的表達習慣和文字用法,凡不引起歧義之
處,都儘可能遵照原稿。由於出版年代、刊物、背景不同,各篇論文體
例不盡相同,所以本叢書在格式上未強求統一,以保持原作最初發表
時的風貌。各篇論文之后都附有該論文的原刊信息和作者小傳,以便
讀者檢索。

　　在用字方面,既尊重原作者的用法,又充分考慮到海峽兩岸不同
的用字和用詞習慣,對原稿用字不一致的情況進行了一些處理。

　　錯誤之處,在所難免,敬請方家指正。

論叢編委會

2005 年 3 月

總　序

邢義田

　　爲了增進海峽兩岸在中國史研究上的相互認識，我們在中國大百科全書出版社的支持下，從過去五十年臺灣學者研究中國史的相關論文選出一百七十八篇，約五百三十萬言，輯成《臺灣學者中國史研究論叢》十三冊。

　　十三冊的子題分別是：史學方法與歷史解釋、制度與國家、政治與權力、思想與學術、社會變遷、經濟脈動、城市與鄉村、家族與社會、婦女與社會、生活與文化、禮俗與宗教、生命與醫療、美術與考古。這些子題雖不能涵蓋臺灣學者在中國史研究上的各方面，主體應已在內，趨勢大致可現。

　　這十三冊分由研究領域較爲相近的青壯學者一或二人擔任主編，負責挑選論文和撰寫分冊導言。選文的一個原則是只收臺灣學者的或在臺灣出版的。由於是分別挑選，曾有少數作者的論文篇數較多或被重複收入。爲了容納更多學者的論文，主編們協議全套書中，一人之作以不超過四篇、同一冊不超過一篇爲原則。限於篇幅，又有不少佳作因爲過長，被迫抽出。這是選集的無奈。另一個選錄原則是以近期出版者爲主，以便展現較新的趨勢和成果。不過，稍一翻閱，不難發現，各冊情況不一。有些收錄的幾乎都是近十餘年的論文，有些則有較多幾十年前的舊作。這正好反映了臺灣中國史研究方向和重心的轉移。

　　各冊導言的宗旨，在於綜論臺灣中國史研究在不同階段的內外背景和發展大勢，其次則在介紹各冊作者和論文的特色。不過，導言的寫法沒有硬性規定，寫出來各有千秋。有些偏於介紹收錄的論文和作者或收錄的緣由，有些偏於介紹世界性史學研究的大趨勢，有些又以自己對某一領域的看法爲主軸。最後我們決定不作統一，以保持導言的特色。這樣或許有助於大家認識臺灣史學工作者的多樣風貌吧。

此外必須說明的是所收論文早晚相差半世紀，體例各有不同。我們不作統一，以維持原貌。有些作者已經過世，無從改訂。多數作者仍然健在，他們或未修改，或利用這次再刊的機會，作了增删修訂。不論如何，各文之後附記原刊數據，以利有興趣的讀者進一步查考。

半個多世紀以來，海峽兩岸的中國史研究是在十分特殊的歷史境遇下各自發展的。大陸的情況無須多説。[1] 臺灣的中國史研究早期是由一批 1949 年前後來臺的文史和考古學者帶進臺灣的學術園地如臺灣大學、師範大學（原稱師範學院）和中央研究院的。[2] 從 1949 到 1987 年解除戒嚴，臺灣學界除了極少數的個人和單位，有將近四十年無法自由接觸大陸學者的研究和考古發掘成果。猶記在大學和研究所讀書時，不少重要的著作，即使是二十世紀二三十年代已經出版的，都以油印或傳抄的方式在地下流傳。出版社也必須更動書名，改換作者名號，删除刺眼的字句，才能出版這些著作。在如此隔絕的環境下，臺灣史學研究的一大特色就是走在馬克思理論之外。

臺灣史學另一大特色則是追隨一波波歐美流行的理論，始終没有建立起一套對中國史發展較具理論或體系性的説法。記得六十年代讀大學時，師長要我們讀鄧之誠、柳詒徵、張蔭麟或錢穆的通史。幾十年後的今天，大學裏仍有不少教師以錢穆的《國史大綱》當教本。[3] 中國通史之作不是没有，能取而代之的竟然少之又少。説好聽一點，是歷史研究和著作趨向專精，合乎學術細密分工和專業化的世界潮流；説難聽點，是瑣細化，少有人致力於貫通、綜合和整體解釋，忽略了歷史文化發展的大勢和精神。

這一趨向有內外多方面的原因。二十世紀五六十年代臺灣學者之中，並不缺融會古今、兼涉中外的通人。然而初來臺灣，生活艱

〔1〕 可參逯耀東《中共史學的發展與演變》，臺北：時報文化公司，1979 年；張玉法《臺海兩岸史學發展之異同（1949～1994）》，《近代中國史研究通訊》18（1994），頁 47～76。

〔2〕 在日本統治臺灣的時期，臺灣唯一一所高等學府是臺北帝國大學。臺灣收復後，日籍研究人員離臺，仍在臺大的教員有楊雲萍、曹永和、徐先堯等少數人。但他們的研究此後並没有成爲主導的力量。請參高明士、古偉瀛編著《戰後臺灣的歷史學研究，1945～2000》，臺北：國家科學委員會，2004 年，頁 3。

〔3〕 參高明士、古偉瀛編著《戰後臺灣的歷史學研究，1945～2000》，頁 6。

困，爲了衣食，絕大部分學者無法安心治學著述。加上形格勢禁，爲求免禍，或噤而不言，不立文字；或退守象牙之塔，餖飣補注；或遠走海外，論學異邦。這一階段臺灣百廢待舉，學校圖書普遍缺乏，和外界也少聯繫。新生的一代同樣爲生活所苦，或兼差，或家教，能專心學業者不多。唯有少數佼佼者，因緣際會，得赴異國深造；七八十年代以後陸續回臺，引領風騷，才開展出一片新的局面。

除了外部的因素，一個史學内部的原因是早期來臺的學者有感於過去濫套理論和綜論大勢的流弊，多認爲在綜論大局之前，應更審慎地深入史料，作歷史事件、個人、區域或某一歷史時期窄而深的研究，爲建立理論立下更爲穩固的史實基礎。早在二十世紀二三十年代，陶希聖經歷所謂社會史論戰之後，即深感徒言理論之無益，毅然創辦《食貨》月刊，召集同志，爬梳史料。本於同樣的宗旨，1971 年《食貨》在臺灣恢復出刊，成爲臺灣史學論著發表的重要陣地。來臺的歷史語言研究所在傅斯年的帶領下，也一直以史料工作爲重心。

這一走向其實正和歐美史學界的趨勢相呼應。二十世紀之初，除了馬克思，另有史賓格勒、湯恩比等大師先後綜論世界歷史和文明的發展。此一潮流在第二次世界大戰以後漸漸退去，歷史研究趨向講求實證經驗，深窄專精。以檔案分析見長的德國蘭克（L. V. Ranke）史學，有很長一段時間成爲臺灣史學的一個主要典範。中央研究院歷史語言研究所先後整理出版了《明實錄》和部分明清檔案，後者的整理至今仍在進行；中央研究院近代史研究所在郭廷以先生的率領下，自 1957 年起整理出版了《海防檔》、《中俄關係史料》、《礦務檔》、《中法越南交涉檔》、《教務教案文件》等一系列的史料；臺灣大學和政治大學則有學者致力於琉球寶案和淡新檔案的整理和研究。基於以上和其他不及細說的内外因素，臺灣的歷史學者除了錢穆等極少數，很少對中國史作全盤性的宏觀綜論。[4]

二十世紀七八十年代是臺灣史學發展的關鍵年代。外在環境雖然荆棘滿佈，但已脱離初期的兵荒馬亂。經濟快速起飛，學校增加，設備改善，對外交流日益暢通，新的刺激源源而入。以臺大爲例，

---

〔4〕 參張玉法，前引文，頁76。

七十年代初,研究圖書館啓用,教師和研究生可自由進入書庫,複印機隨後開始使用,大大增加了隨意翻書的樂趣和免抄書的方便。六七十年代在中外不同基金會的資助下,也不斷有中外學者來校講學。猶記大學時聽社會學家黃文山教授講文化學體系。他曾應人類學巨子克魯伯（A. L. Kroeber）之邀,任哥倫比亞大學客座學人,也曾翻譯社會學名家素羅金（P. A. Sorokin）的《當代社會學》、《今日社會學學説》和李約瑟（J. Needham）的《中國科學與技術史》等名著。聲名如雷,聽者滿坑滿谷。研究所時,則聽以寫《征服者與統治者:中古中國的社會勢力》（*Conquerors and Rulers：Social Forces in Medieval China*）著名的芝加哥大學歷史教授艾柏哈（Wolfram Eberhard）講中國社會史。

除了正式的課程,校園内演講極多。二十世紀七十年代以後,言論的尺度稍見放寬,一些勇於挑戰現實和學術的言論、書籍和雜誌紛紛在校園内外,以地上或地下的形式出籠。以介紹社會科學爲主的《思與言》雜誌自 1963 年創刊,曾在校園内造成風潮。心理學、社會學、人類學、政治學和經濟學等社會科學幾乎成爲歷史系學生必修的課程,儘管大家不一定能會通消化。走出充滿科學主義色彩的教室,於椰子樹下,月光之中,大家不是爭論沙特、老、莊,就是膜拜寒山、拾得。邏輯實證論、存在主義、普普藝術和野獸派,風靡一時,無數的心靈爲之擺蕩在五光十色的思潮之間。屢禁屢出的《文星》雜誌更帶給青年學子難以言喻的刺激和解放。以個人經驗而言,其衝擊恐不下於孫中山出洋,見到滄海之闊、輪舟之奇。臺灣内外的形勢也影響著這時的校園。"文化大革命"、反越戰、萌芽中的婦女解放和政治反對運動,曾使校園内躁動不安,充滿虛無、飄蕩和萬流競奔的景象。

這一階段臺灣史學研究的主流風氣,除了延續史料整理的傳統,無疑是以利用社會科學、行爲科學的方法治史,或以所謂的科際整合爲特色。在研究的主題上有從傳統的政治史、制度史轉向社會史和經濟史的趨勢。這和 1967 年開始許倬雲主持臺大歷史系,舉辦社會經濟史研討會,推動相關研究;陶希聖之子陶晉生在臺大歷史研究所教授研究實習,支持食貨討論會,有密切的關係。1978 年張玉法出版《歷史學的新領域》,1981 年康樂、黃進興合編《歷史學與

社會科學》，可以作爲這一時期尋找新理論、探索新方向努力的象
徵。

　　二十世紀八九十年代以後，社會學大師韋伯（Max Weber）和法
國年鑒學派的理論大爲流行。1979 年創刊的《史學評論》不但反省
了史學的趨勢，也介紹了年鑒學派、心態史學和其他新的史學理論。
從 1984 年起，康樂主持新橋譯叢，邀集同志，有系統地翻譯韋伯、
年鑒學派和其他歐美史學名著。這一工作至今仍在進行。約略同時，
一批批在歐美教書的學者和留學歐美的後進，紛紛回臺，掀起一波
波結構功能論、現代化理論、解構主義、後現代主義、思想史、文
化史和文化研究的風潮。1988 年《食貨》與《史學評論》先後停
刊，1990 年《新史學》繼之創刊。1992 年黃進興出版《歷史主義與
歷史理論》，1993 年周樑楷出版《歷史學的思維》，2000 年古偉瀛、
王晴佳出版《後現代與歷史學》。臺灣史學研究的理論、取向和題材
從此進入更爲多元、多彩多姿的戰國時代。仔細的讀者當能從這套
書的不同分冊窺見變化的痕跡。[5]

　　曾影響臺灣中國史研究甚巨的許倬雲教授在一篇回顧性的文章
裏說：“回顧五十年來臺灣歷史學門的發展軌跡，我在衰暮之年，能
看到今天的滿園春色，終究是一件快事。”[6] 在 2005 年來臨的前
夕，我們懷著同樣的心情，願意將滿園關不住的春色，獻給海峽對
岸的讀者。

2004 年 12 月

---

〔5〕 請參本叢書《史學方法與歷史解釋》彭明輝所寫《導論：方法、方法論與歷史解
　　 釋》；王晴佳《臺灣史學五十年：傳承、方法、趨向》，臺北：麥田出版，2002 年。
〔6〕 許倬雲《錦瑟無端五十弦——憶臺灣半世紀的史學概況》，收入中央研究院歷史語
　　 言研究所編《中央研究院歷史語言研究所七十五周年紀念文集》，臺北：中央研究
　　 院歷史語言研究所，2004 年，頁 14。

導　言

梁庚堯

本册共收論及中國歷史上城市與鄉村的論文十四篇，在時間上起自先秦，迄於清末民初，由於明清史在這方面的研究較盛，所收明清史的論文也較多。爲方便讀者閱讀，對各篇論文略作簡介。

古代社會原本是許多分散的農村，當社會組織繼續演進，統治者和被統治者的分別已經出現，而且統治者有足够的權力動用大批人力時，人們開始築城。城最早是統治農村的基地，統治者居於其中，以之爲中心，將許多分散的農村聯繫起來，成爲國家。這時的城主要是政治性的，而同時具有軍事以及宗教的性質，重點在“城”而非“市”。“城市”連言顯示城具有較明顯的商業性質，然而這種性質是較晚才出現的。許倬雲所撰的《周代都市的發展與商業的發達》，説明了先秦時期城市由政治軍事性發展爲兼具商業性的經過。西周時代的封君，統治著許多封邑，這些封邑主要是農民聚居的村落；不過封君自己所住的邑，亦即都，則築有城牆，也建有宗廟，可能有較其他封邑爲多的人口。以這些城邑，西周牢固地統治著新征服的東方地區。春秋時代由於各國間的軍事對抗，以及宗法制所導致的宗族不斷分衍，築城活動大爲盛行，在這些情況下所築的城主要仍是政治性的，但是這時隨著交通路線的開拓，商業也逐漸發展起來。文獻以及考古所見的春秋古城，規模已不算小，内部的區劃亦非簡陋，有些國都可能已經具有某種程度的商業活動。這樣的一種變化，到戰國時代繼續而加速。這時各地區間的貿易已經興盛，金屬貨幣也已廣爲流通，兩者互爲倚伏，促進了城市的發展。考古發掘所見的大多數戰國古城，除了仍具有行政與軍事功能外，手工業作坊已普遍存在，文獻資料中也可以見到各類行業以及街市貿易的痕迹，大城市如臨淄更是人車繁忙擁擠而娛樂活動興盛。除了以政治、軍事中心而兼具商業性質的城市外，也有一些城市純因經濟條件而發達，例如陶與衞。城市發展到戰國時代，已經十分符合多功能的都市性格了。

城市的發展顯示了春秋戰國時期社會的變遷，然而這段歷史在變遷之中也有延續。春秋中葉以前，居住在基層邑里中的民衆，以宗族血親爲核心，構成共同活動的單位。他們在當時比較低落的生產條件下，以群體的方式進行耕作，共同負擔對政府的賦役，各家雖有私財，但在生活上則休戚與共，互相扶助。從春秋中晚期到戰國，政治社會發生劇烈的變遷，古代邑里組織遭受破壞，生產工具也有了很大的改進，同耕共賦的族群生活逐漸消逝。但即使經過商鞅變法，刻意製造小農家庭，實際上一直到漢代，聚族里居的情況仍然存在，宗族、鄉黨間依舊保持密切的聯繫。邢義田在《漢代的父老、僤與聚族里居——〈漢侍廷里父老僤買田約束石券〉讀記》一文中，藉由閱讀《漢侍廷里父老僤買田約束石券》，闡明了從先秦到東漢鄉村社會組織在變遷中的延續性。文中指出以安土重遷爲特色的農業社會從先秦到兩漢在根本上沒有大變，世代不遷的農村聚落大抵因婚姻而建立起濃厚的血緣關係。少數幾族人聚居在一起，族中的長老就是聚落的領袖。封建秩序崩潰之後，各國爲嚴密組織庶人百姓而設的新里制並沒有破壞原有的聚落結構，只是在原有的聚落之上加上新的編組。原來聚落中的父老在鄉里中仍然居於領導的地位，他們憑藉著傳統的威望，和代表君王徵兵、抽稅、執法的里正等人，成爲鄉里間領袖的兩種類型。《漢侍廷里父老僤買田約束石券》記載了東漢明、章之世，侍廷里幾個族姓父老爲如何使用共同出資所購的田產，而成立稱爲"僤"的組織，立定規章，刻於石券，說明了當時聚族里居的情況。配合以考古所得以及史籍中的資料，可以認爲這種情況應是秦漢時期鄉里社會的普遍現象。也由於農村聚落中的家族親屬聯繫始終是地方組織中的重要成分，因此鄉里秩序除了以法律來維繫，仍須以孝悌、敬老等家族倫理爲底基。

家族與政府之外，佛教在魏晉南北朝時期也開始成爲影響鄉村社會組織的重要因素。劉淑芬所撰的《北齊標異鄉義慈惠石柱——中古佛教社會救濟的個案研究》，同樣是從歷史遺存實物上的題記出發，討論北朝末年佛教在河北范陽地區對於組織社會救濟活動的影響。佛教經典中原有福田的說法，認爲行善救人，將受福報，猶如農夫種田，有秋收之利。這種思想帶動了佛教慈善活動的興起，許多僧侶與寺院從事各種慈善活動。不僅僧侶與寺院本身如此，他們也支持信徒進行群體性的社會救濟活動。具體的例子，就是標異鄉義慈惠石柱題記所記載的一個稱爲"義"的組織。北魏末年以來的長期戰亂，使得河北許多地區的居民死於兵火，戰爭也帶來饑荒與疾疫，導致當地許多饑民流徙他鄉。大約在東魏初年，這裏一群佛教信徒共同進行收埋暴露於原野的尸骨，作墳埋葬，稱爲鄉葬。接著他們又在鄉葬處提供"義食"，接待路過的返鄉流民，並在供應義食之所建立義堂。從這些活動，可以窺見邢義田在他的論文中所説鄉民安土重遷的意義。這一個團體從此成爲一個長期性的社會救濟組織，初時組織成員不過十幾人，是當地的平民。十幾年後，名僧曇遵受范陽大族盧氏的邀請，前來弘法，對這個組織提供經濟上的支持。除曇遵的僧俗弟子加入活動外，又由於曇遵的影響力，吸引許多地方大族、政府官員成爲這個組織的成員。他們一方面繼續提供義食，一方面又增添了醫療服務。在北齊時，還曾從事兩次大規模的救濟活動。這個組織以群體合作的方式從事社會救濟活動，維持了超過四十年以上的時間，對當地鄉里秩序的穩定發揮了重要的作用。

家族與宗教的力量都出自鄉村社會本身，來自鄉村之外的政府力量則常扮演一種控制的角色。從戰國時期以來，政府已有組織鄉鄰以相監察的措施，這類措施歷經兩漢魏晉南北朝的演變，到隋唐依舊存在。羅彤華在《唐代的伍保制》中所討論的伍保制，即是源出於戰國時期的"什伍相保"。唐代最基層的組織是鄰接的五家組織成一保，這種組織或稱"伍"，或稱"保"，所以文中稱這種制度爲伍保制。伍、保設有伍伯或保長，爲縣役性質。伍、保中各户的户長及其家中年齡在十六歲以上的男子，都納入此一組織之中，有互相糾告不法的責任。伍保制原爲維護社會治安而設，其職責基本屬於警政範疇，延伸而兼及財經與司法。具體而言，在警政方面，伍保須報告遠客過往住宿的情況，監視保內人的行動，盤查新附户口的底細，對伍保中的逃亡人户負起追訪的責任；對於盜賊或伍保中有人犯法則須糾告，對於盜賊案件或凶殺案件的受害人則須救助。在財經方面，伍保中如果有人户逃亡，其他人户必須代耕其逃棄田，並分攤其租稅；對於錢幣的私鑄，私茶、私鹽、私酒的販賣，以及私屠耕牛的行爲，伍保也都有責任舉發。在司法方面，官府在司法案件調查、審訊過程中，常責令伍保作證。就這些職責而言，政府對鄉村的控制無疑十分嚴密，而伍保的負擔也不勝其煩重。然而人口不斷增加，經濟逐漸發展，而動亂又不時發生，在這樣的情況之下，嚴密的伍保制所能發揮的作用究竟有多大，無疑也令人懷疑。所以文中指出，伍保制在中晚唐雖未廢止，但其功能已大爲減色。北宋中期，歐陽修説"雖然有此令文，州縣多不舉行"，可見此一制度已名存實亡，到王安石推行新法，以保甲組織鄉村民户，性質已與唐代的伍保制不盡一致了。

戰國以後的城市雖已兼具商業性，然而基本的性質仍是政治的和軍事的，這一個特色，表現在城中的里制和市制限制了城市居民的活動，已在發展的商業仍無法突破這層控制。這種限制居民活動的里制和市制，延續到秦漢以後，從北魏到隋唐，里又稱爲坊。晚唐以來，坊制與市制逐漸破壞，到北宋中葉以後已不再存在。在這同時，城市的商業性質日益顯著，商人在宋代城市社會結構中已佔有重要的地位。但即使如此，宋代的城市也並非僅是商業中心，而是兼具多種功能；除商人之外，其他類別城市居民的活動也不可忽視。梁庚堯就生活於城市中的官員家庭與士人，撰寫了《南宋官户與士人的城居》一文。南宋時期生活於城市中的官員家庭與士人，大致可以分爲兩類，一類是游宦的官員與游學的士人，他們因爲擔任官職或入學讀書而來到城市，這是由於城市是行政中心和文化中心所導致的。他們居住在城市只是短期性質，任期已滿或學業已畢就會離開此地。另一類則是定居於城市的官户與士人，由於他們的存在，如果因爲傳統"耕讀傳家"的説法，便認爲讀書仕進者全出自農村，那就是一種誤會。官户與士人的定居不僅普遍見於許多城市，而且在一處城市中，他們常散居於城中各地，和一般民衆掺雜居住，這和漢代、北魏的里坊制度有社會等級的分別可以説是大不相同。定居於城市中的官户與士人，有些在城市中已經生活了好幾個世代，建立起家族基礎，甚至已經分支分房，他們以家族的形態在城市中活動，培育族中子弟延續家聲。也有些不過是初遷城市，僅以個別的家庭生活於城市之中。城市所以吸引這些家庭從鄉村遷往定居，有多方面的原因。城市的物質生活條件較鄉村爲佳，城市

裹的文化生活和交游生活能够滿足士大夫的心理需求，對於有子弟
求學應舉的家庭來講，城市中的文化環境和教育環境非鄉間所能及，
都是重要的因素。官户與士人同時存在於鄉村與城市，而即使定居
於城市的官户與士人也很可能在鄉村擁有田產，説明當時城市與鄉
村的社會結構雖不盡相同，卻非截然有別。

羅彤華的論文討論唐代政府對於鄉村的控制，而黃繁光所撰的
《南宋中晚期的役法實況》則討論南宋鄉村在政府控制之下，民户的
職役負擔及其所引生的問題。文中所討論的南宋鄉都職役，也與當
時的保伍法有關，而涉及的問題顯然比唐代的伍保制要更複雜。宋
代的役法或稱職役，主要由於政府的人力不足，而輪差民衆爲政府
義務承擔一些基層的行政職務，如逐捕盜賊、催收賦税、爲官府傳
遞通知之類的文書給民衆、保管或運輸官府物品、編排與登記税役
簿册等。這些職務，到南宋時有些已演變爲官府的吏職，有些則仍
由鄉、都（鄉之下的地方單位，由保甲法中的都保衍生出來的稱呼）
居民來承擔。在北宋王安石推行新法時，曾經改差役爲免役，而向
官、民户徵收役錢，由官府另行僱人執行這類職務。但很快役錢便
移作他用，而改以原爲民防而設的保甲（亦稱保伍）幹部，或原爲
發放、催收青苗錢而設的甲頭，來兼操役職。此後保伍制一直實施
到南宋，甲則在南宋時已演變爲催税的單位。南宋依舊徵收役錢，
實際仍由保伍幹部或甲頭承擔役職。由於役職繁重，影響到鄉村中
農務的進行，更嚴重的則是執役的保正、保長或甲頭破產相繼。這
篇論文在討論過上述的一般狀況後，進一步以《名公書判清明集》
記載的實例，説明南宋中晚期鄉都職役的問題，包括：役人執行差
役時，普遍所面臨的困境；官府爲使民户依資產多寡而有重輕不等
的差役負擔，而在編排役次上所作的努力；民户爲推諉規避差役負
擔，所引起的糾紛與訴訟；官户限田免役辦法對官户免役條件的過
寬，以及民户冒立官户、寄產官户風氣的盛行，使得役職落在資產
中、下人家的現象。這些問題，顯示在人們所熟知的農業生產力在
提高之中的宋代鄉村，實際上存在著許多妨礙農業生產的因素。

擁有田產的人才會輪差職役，所以承擔職役的人是地主或自耕
農，但是鄉村中除了地主和自耕農之外，還有衆多的佃農。自戰國
時期土地私有制度成立以來，租佃制度逐漸盛行，地主和佃户的關

係成爲鄉村中一種重要的社會關係，宋代以後尤其如此。不過一直到宋代爲止，租佃制度主要只是在一塊土地上，一個地主對一個佃户的關係，土地的所有權與耕作權都屬於地主，地主將土地的耕作權暫時借給佃户，而佃户以繳納租課作爲報酬。在這種情況之下，地主仍然可以收回土地的耕作權，地權是統一而完整的，土地的主人只有一個。但是隨著時間的演變，由於各種因素，使得地權發生分割，一田不再只有一主，而有兩主甚或更多的情形，租佃制度跟著複雜起來。一田多主制萌芽於南宋時期，明代中葉以後逐漸普遍。張彬村所撰的《十六七世紀中國的一個地權問題：福建省漳州府的一田三主制》，以明清之際漳州府爲例，從地權分割過程分析了一田三主制的幾種類型。一田三主制是由一田兩主制繼續分割地權而來的，當佃户完全取得了土地耕作權，而地主不能收回時，就成爲一田兩主，而地主的土地所有權和佃户的土地耕作權，都有可能再分割，第三主於是出現。文中所舉的四種類型，第一、二兩種是由於地主將部分所有權分割而產生的，第三、四種類型是由於佃户將部分耕作權分割而產生的。地主分割部分地權雖然有兩種不同的情形，但都牽涉到對政府的糧差負擔的規避。佃户的分割佃權，則或者與人多田少引致爭佃風氣劇烈有關，或者由於佃户爲解決自己的經濟壓力所造成。這四種不同類型的地權分割，造成四種不同類型的大租主、小租主和佃户關係，不僅透露出租佃制度的複雜性，也透露出鄉村中社會關係的複雜性。

　　儘管已有的研究還不足以說清楚一田多主制發生的原因，但不能說與宋代以來的人口增加、經濟發展完全沒有關聯，而人口增加、經濟發展也促成了宋代以來的都市化，尤其以長江下游地區最爲顯著。劉翠溶在《明清時期長江下游地區都市化之發展與人口特徵》中，以明清時期長江下游專業市鎮的大量出現爲背景，主要運用幾份族譜中長期性的人口資料，借助於人口史的方法作統計，以家族爲個案，比較城居人口與鄉居人口在特徵上的同異。文中以居住於市鎮的家族作爲城居的例子，至於鄉居家族則有位於都市化較高地帶的核心區和距核心區較遠的邊陲區的分別。從統計所觀察到的現象是，在婚姻方面，城居家族的男子似乎較鄉居家族傾向於普遍結婚，再婚和納妾的比率也較高，鄉居家族則似乎傾向於有較多的女子在丈夫死後改適。在生育方面，核心區家族的生育率較邊緣區爲低，這可能和核心區家族元配的守寡率較高有關；城居男子的生育率較鄉居者爲高，則由於城居男子有較高的再婚率和納妾率。在死亡方面，城居男子的死亡率似乎與鄉居者屬於相同的水準，雖然城居人口的死亡率似乎略高一些。在遷移方面，鄉居家族的個案透露出有自鄉至城的遷移活動，而且這種活動在十八、十九世紀逐漸頻繁。除了統計資料之外，文中也據散見於筆記小説、地方志的記載，討論一些可能會影響再婚率、生育率或死亡率的態度、習慣與制度，認爲可用以更深入地瞭解人口特徵的統計結果。這篇論文提供了一些無法從一般文獻資料中直接獲得的知識，也説明在明清時期的長江下游地區，包含市鎮在內的城市，就人口特徵與鄉村比較，固然有其不同，但也未嘗没有相近之處。

人口的因素也與城市中疫癘的流行有關，特別是有衆多人口聚集的都城。邱仲麟所撰的《明代北京的瘟疫與帝國醫療體系的應變》，除了考論明代北京瘟疫流行的次數、疫情、種類，以及政府所採取的措施外，還討論到因人口聚集而引生的瘟疫傳播問題與環境衛生問題。文中所討論的人口聚集與北京瘟疫頻生的關係，主要有兩方面。一是北京是一處大城市，也是當時的都城，記録上所見的瘟疫，多發生在水旱饑荒之後，每當災荒發生，就有衆多附近地區的饑民湧入，爲瘟疫的傳播創造了有利的條件。即使没有災荒發生，北京以其政治樞紐的地位，官員、商人等出入頻繁，也很容易把外地的病菌帶來。討論得更多的則是北京由於人口增加而導致的環境衛生問題。明代初期，北京城內的居住空間尚未飽和，衛生條件應該較好，所以在成化年間以前，没有發生嚴重的疫情。以後人口不斷增加，明代後期城內及關廂人口已增至八十萬以上，居住空間愈來愈狹窄，再加上生活習慣的不良，垃圾、污穢任意堆積於街道與溝渠，造成排水不良、臭氣薰天，有利於蚊蠅虱蚤等病媒的滋生，助長疾疫的傳播。這些環境衛生的問題，早在宋代的城市中已經存在，到了明代顯然仍未見改善。這一部分的討論，有助於了解當時城市生活的一面。人口密集是瘟疫的温床，然而嚴重的瘟疫也會造成人口的減少。當北京發生瘟疫時，明代政府大體上以祈禳、派醫官診療、施藥、掩埋尸體等措施來應變，太醫院中的太醫尤其扮演了重要的角色。這些沿襲自宋代的措施，在歷次瘟疫中曾發揮其作用，但卻無法控制崇禎十六年大疫的疫情，於是京城有大量人口死亡，軍中也受到嚴重影響，防守兵力因而空虛，間接造成了北京的淪陷與明朝的滅亡。

劉翠溶的論文已經涉及明清時期長江下游地區市鎮的發展，這種有別於府城、縣城的商業中心，主要是以從宋代以來鄉村中逐步擴大的商業活動爲基礎發展而成的。劉石吉早年有關明清太湖流域市鎮的研究，可以說開市鎮研究的先河，收在本書中的是他另一篇有關市鎮的論著《明清時代江西墟市與市鎮的發展》。江西境內衆多由於商品經濟繁榮而蓬勃發展的墟市，作爲鄉村中農業產品與手工業產品的主要市場，即使有相當規模也仍然維持著墟期的特色。不過其中也有一些雖然以墟爲名，卻已接近一個大市鎮，一般鄉民以其產品透過這類墟市而提供於各城市及外地，各村鎮所無的生活必需品也由此而從城市及外地引入。墟市交易的內容，一般爲米糧蔬菜和茶鹽農具之類，可是也有不少專做某一種商品交易的專業墟市出現，其中最有名的則是寧都及興國縣的夏布墟。這種專業化的墟市，交易額甚大，有不少外省客商來採辦，再經由各大城鎮而轉運至國內外市場。市鎮是墟市進一步的發展，儘管在明、清兩代的地方志中，墟、市、鎮常混同並舉，顯示其功能已混淆不分，也顯示各個不同發展階段的市場雜然並陳，但市鎮的規模一般都比墟市來得大，對農村中的各類墟市具有相對支配的作用。在清代，江西的市鎮常與外省的城鎮建立聯繫，甚至與國際市場發生密切的關係，其中尤以樟樹、河口、吳城、景德四大鎮最爲顯著。樟樹鎮是鄰近藥材、夏布、米等商品的集散地，特別以全國的“藥都”聞名；河口鎮有興盛的造紙工業，也是中外聞名的茶市；吳城鎮是江西全省紙、茶、木材的集散地，是一個重要的轉口中心，也是一處典型的商業城市；以陶瓷生產與貿易而國際聞名的景德鎮，居四大鎮之首，也是全國有數的大鎮。以江西的情況和太湖流域相比，太湖流域的墟市已極少見，但是江西的大鎮比起太湖流域的大鎮則毫不遜色，甚至市場範圍已擴及全國各地及國外。不過當通商口岸時代來臨後，江西畢竟處於內地，只能成爲近代上海的腹地之一了。

從江西的情形看，明清時代的商業與城市的興盛，手工業的發展是推動的力量之一，景德鎮的陶瓷業即是一例。這種情況不僅見於景德鎮，也見於江西以外的一些城市與市鎮。例如蘇州府城既是絲織業的中心，又有許多碾壓棉布的踹坊和染布的染坊；位於珠江三角洲的佛山鎮，則以冶鐵業聞名。明清時期，城鎮中民營手工業的重要性已超越了官營手工業，眾多工人受雇主的雇傭而工作，成爲一些城鎮的重要人群，他們爲爭取本身的利益而有集體的行動，與政府或雇主發生衝突，甚至結合而成團體，是明清以前城鎮中難得見到的現象。巫仁恕所撰的《明末清初城市手工業工人的集體抗議行動——以蘇州城爲探討中心》探討這項歷史發展，雖然以蘇州城爲討論的主要對象，但也旁及其他城鎮。即使這是一項新的歷史發展，在明、清兩代也有不同的特色。明代晚期城鎮工人的集體抗議行動，主要是反抗朝廷所派礦稅使的苛徵，機戶與機匠的立場相同，士大夫、地方官和商人也站在同一陣線。到清代前期，這類行動已變成主要是源自勞資糾紛，由於米價上漲而工資少有調整，導致工人罷工，當工資調整後，罷工的次數也就減少。在明代晚期反抗礦稅使苛徵時，工人已有團行的組織，不過只是臨時性的；到清代前期，工人在行動中已要求成立自己的會館或公所，儘管遭受到商人的反對和政府的嚴禁，仍然有組織成功的例子。在集體活動中，他們有一些象徵性的儀式來凝聚群眾，而相互聯繫的存在，也使得他們從暴力的抗議行爲走向要求官府介入。官府對於罷工抗議的工人，起初認爲他們是危險人物，設立坊長制與坊總制，透過雇主對他們加以嚴密的控制。但是逐漸官府也體會到工人生計的艱難，而成爲勞資糾紛的協調者，要求雇主調整工資，不能任意剋扣。而雇主在官府的協調下，也會退讓，於是化解了工人的罷工。工人、官府、雇主三方面都在不斷的衝突事件中學習，調整自己的行爲。

在城鎮工商業愈來愈興盛的情況下，與工商業有關的衝突事件不僅發生在雇主與受雇的工人之間，也發生在其他方面。這一個問題，見於邱澎生《由蘇州經商衝突事件看清代前期的官商關係》的討論。這同樣是一篇以蘇州府城及鄰近市鎮爲探討中心的論文，主要運用清代蘇州商人聯名所立的碑刻，從經商衝突事件申論清代前期政府是否實施抑商政策。文中首先指出蘇州是當時全國最重要的工商業城市，由於長程貿易的發達而有眾多的外來商人，他們不僅從事商品的運銷，也以豐厚的資金介入了當地的手工業生產，商人在不斷發生的經商衝突事件中爲了更有力量來保護自己的利益，於是成立會館、公所等商人團體。這類團體在清代前期大量成立，使得商業競爭進入了團體與團體的競爭。接著將蘇州的經商衝突事件分爲三個類型。第一類是手工業中雇主與雇工間的工資糾紛，對於這類商匠爭議，政府介入並且代爲規定工資水準與發放方式，這在較晚發表的巫仁恕的論文中有較詳細的討論。另外的兩個類型，一是盜賊無賴或官員吏胥對商人的騷擾，這種情形會使得經商環境惡化，因此商人以集體的力量向政府要求保護或賠償，而政府也不斷地申嚴禁令。另一是有關商業契約的爭執，這類衝突有時發生在客商和本地牙行之間，有時發生在商人和承攬運輸的腳夫、船行之間，也有時發生在商人和商人之間，甚至引起訴訟，政府也常依據法令或成案介入處理。從這三類衝突看，可以肯定當時政府官員對商人提供各種保護或補救的措施，並沒有對權益受損的商人相應不理或打壓，而法令也有條文可以引據來對這些糾紛加以規範。因此本文最後認爲，儘管中國歷史上確曾有段時間實施重農抑商的政策，但清代前期的政府固然沒有積極扶持民間工商業的發展，卻絕對沒有抑商，而且這種態度，從宋代以來就已經如此。

晚清五口通商之後，上海成爲中國最重要的對外通商口岸，對農村或城市都有很大的影響，劉石吉在他的論文結尾已略爲提及。陳慈玉所撰的《十九世紀後半江南農村的蠶絲業》，討論的是上海開港之後，經歷太平天國戰爭，江南地區仕紳與地方官對農村蠶絲生產的推動，以及農民收益的情形。自十六七世紀以後，生絲成爲重要的輸出商品，而且生產集中在江南農村一帶。上海取代廣州爲最大對外貿易港後，一方面由於生絲就近從上海出口的刺激，另一方面外國棉製品的輸入造成國內棉業的衰退，農民有必要另謀生計，使得江南農村的蠶絲生產更爲活躍。然而戰爭造成江南農村的荒蕪，爲復興農業生產力於是有蠶桑獎勵事業的展開。丹徒課桑局在戰爭前已有十年的歷史，戰爭結束後又再設置，開江蘇省蠶桑推廣運動的先河。江蘇省其他各地，也在戰爭後有獎勵蠶桑的措施。丹徒課桑局的資金主要由地方仕紳籌措，有些地方的這類機構則由地方官捐廉設置，或由各善堂的公款提供。無論哪一種方式，資金的來源都有限，也因此即使在光緒中期以後，江蘇已成爲原料繭的主要供給地，農村中的蠶桑生產仍繼續以傳統的方式經營。在地方官與仕紳的獎勵之下，農民紛紛以蠶桑爲副業，用以補充家計。農民有些自己繅絲，把生絲出售給絲行；也有些不繅絲，直接把蠶繭銷售給蠶桑局、絲行或牙行性質的繭行，絲行或繭行再把生絲或蠶繭轉銷給上海的外商。蠶繭的商品化始於 1880 年代，原因是農民生產的蠶繭多了以後，自己沒有時間繅絲。蠶絲業的利潤看似頗厚，但是生產費用高，農民在生產過程中已須借貸，只養蠶而無地栽桑者，桑葉亦須購買，絲行在收購生絲時也往往壓低價錢，所以實際利益未能爲農民所享有。

陳慈玉的論文説明了當新開港埠的商業活動影響到農村的同時，農村的傳統社會結構仍繼續存在。然而新開港埠本身有外國租界的存在，造成國家的主權喪失，卻在中國歷史上前所未見。王爾敏在《外國勢力影響下之上海開關及其港埠都市之形成（1842～1942）》一文中，就是以沉痛的心情來討論的這一個近代中國城市的新特徵。全文以開埠通商五口岸中最重要的上海爲對象，重點在説明開埠後外國租界範圍不斷擴大的過程，以及中國人在惡劣環境下的因應。上海開埠起始，最早的商埠區界範圍，也就是英國和上海地方政府所商定的最早租界範圍。商定之後不過三年，英國領事又要求擴大租界，這次劃定的面積超過原初劃界的三倍。繼英國之後，法國也在上海劃定租界，與英國隔洋涇浜相對。之後不到五年，在小刀會事件中，趁以武力介入中國事務的機會，擴大了租界的範圍。中日甲午戰爭前，美國也在上海確定了租界，位置在英商住區吳淞口及黃浦江之北，雖較偏遠，但面積達英租界近三倍。甲午戰後，英、法兩國租界也要求擴界。中國政府在幾度拒絕之後讓步，英、美兩國租界合併爲公共租界，新增土地爲舊地兩倍以上，法租界面積亦增大一倍。此後雖然法租界在民國建立後有一次重大的擴張，但上海洋人繼續擴界的企圖已引起華人社會的憤怒，地方士紳並提出抗議。另一方面，地方官紳居民也醒覺而從事實際自救行動，成立機構，從事自築馬路，自行承擔上海市政的發展，以杜絕外人再度擴張租界之希望。孫中山則在"實業計劃"中提出東方大港的建設，在乍浦、澉浦之間另闢新埠，取代上海，以廓清許多複雜的國際糾紛，對於上海港埠本身也提出了全面徹底改造的計劃。此後國民政府以孫中山的計劃爲藍本進行上海的改造，雖因中日戰爭爆發，上海淪陷而中止，但隨著抗戰期間達成不平等條約的廢除，口岸主權開始恢復其完整。

周代都市的發展與商業的發達

許倬雲

一、西周的邑與都

西周封邑，其經濟上的功能，大率只是配合封田的聚落。散氏盤的第一句即有散邑的名稱，接下去又說到"乃即散用田"；下文叙述疆界時，又提到接界的眉邑與刑邑，以及眉、刑"邑田"。可見田統於邑，也許邑是有司治田之所，也許即是封君自己居住的封邑。矞从盨牽涉的邑有十三個之多，也每提到"其田"附屬於"其邑"。曶鼎中更明說"必尚俾處厥邑田厥田"，足知田者屬於厥邑，則邑應相當於田者聚居的村落。邑也不會十分大，新出土的宜侯夨毁有三十五個邑，可考的耕作人口數字是禺有一千又五十夫，及庶人六百（□□）又六夫，合計爲一千六百多人，分配在三十五個邑中，每邑不過五十人上下而已。[1]《論語·公冶長》"十室之邑，必有忠信"的邑，若以一室八口計算，也只有八十口，與上文所得估計相去不遠，是以金文巾尸鐪及素命鐪可以有多到"錫縣二百"，"錫縣二百九十九"的記載。[2]《左傳》襄公廿八年，崔氏之亂結束後，齊君賞賜晏子與北郭佐各六十邑。這些邑是額外的賞賜，他們原有的邑數大率多於此數。《論語·憲問》"奪伯氏駢邑三百"之後，這位喪邑的伯氏只能飯疏食了，則三百邑之數即是伯氏全部或大部的封邑。[3] 這種小型的聚落，是不能當作城市的。

大致封君自己住的地方，有城牆作爲防禦工事，而且也有封建宗法制下象徵宗法地位與權威的宗廟，則這種邑稱爲"都"。據《左傳·莊公二十八年》："凡邑有宗廟先君之主曰都，無曰邑，邑曰築，

---

〔1〕 散氏盤、禺从盨、曶鼎諸器銘文，見郭沫若《兩周金文辭大系考釋》。宜侯夨毁，則見郭沫若《夨毁銘考釋》，《考古學報》1956 年第 1 期；及唐蘭《宜侯夨毁考釋》，同上，1956 年第 2 期。

〔2〕 容庚《商周彝器通考》，頁 502、509。

〔3〕《春秋左傳正義》（四部備要本，下簡稱《左傳》）卷三八，頁 15～16；《論語》（四部備要本）卷一四，頁 3。

都曰城。"[4] "都"是行政中心、宗教中心與軍事中心的三位一體，也可能有較多的人口。若以上文一個封君擁有二三百個封邑作估計的基數，一個"都"至少是管理封地上一二萬人口的行政中樞，合計封君的家族、僕役、衛隊、若干有司的工作人員，以及支持這些人口的生產人口，則這個"都"也當有上千的居民。春秋初期，魯閔公二年，狄人滅衛，首都逃出來的難民只有男女七百三十人，"益之以共滕之民爲五千人。"[5] 由此推算，共與滕各自的人口只有二千多一點，大約即相當於小封君的"都"了。《戰國策》："古者……，城雖大無過三百丈者，人雖衆，無過三千家者。"[6]《戰國策》所説的"古者"往往指西周或春秋初期，如以三百丈作爲城的每邊長度計算，這種城仍比曲沃古城（東西 1 100 米，南北 600～1 000 米）略小些。曲沃古城有内外之分，而且有漢代遺物夾雜，可知這個古城到漢時仍舊存在。若桓叔初封的沃國並無外郭，則其原址可能會比曲沃古城現見遺址更小。《戰國策》所舉成數，也就相去不遠了。[7] 三千家人口以五口計，爲一萬五千人；以八口計爲二萬四千人。取其約數，三千家當在二萬人口上下。衛國爲康叔之後，不爲小國，其國都人口，當與《戰國策》所舉"古者"大城的數字相差不遠。衛文公復國於楚丘後廿五年間由革車卅五乘休養生息，又擁有了革車三百乘的兵力。[8] 五千人可以維持卅乘，則三百乘至少也須五萬人口。衛新遷楚丘，旁邑未必甚多，首都當是唯一大城，但五萬人口中有多少在楚丘城？卻不易估計了。

古史渺遠難徵，由上文推論，我們至多只能假定一個封國的首都有一二萬人口，其下的旁邑，若是小封君的宗邑或都邑則有一二千人口。周人兩都宗周與成周可能是特級城邑，又當作别論。

二、西周與春秋都邑的分佈

古史學家頗有試圖研究古代城市的分佈者。李濟先生是近代首

〔4〕《左傳》卷一〇，頁8。

〔5〕《左傳》卷一一，頁5。

〔6〕《戰國策》（四部備要本）卷二〇，頁1。

〔7〕參考山西省文物管理委員會《侯馬工作站工作的總收穫》，《考古》1959 年第 5 期，頁 222。

〔8〕《左傳》卷一一，頁8。

次作此嘗試的考古學家。他根據地方志書的史料，找出五百八十五個周代的城邑，另外還有二百三十三個不易確定年代的城邑。這些古代城邑在西周時分佈於現在的陝、晉、豫以及河北，到東周時才見於江、漢、淮、濟（山東、湖北、江蘇）諸處。[9] 另一方面，地理學家章生道氏根據陳槃先生補充的《春秋大事表》，作了古代城市的分佈圖，卻只列了九十七個春秋時代的古城。誠如 Paul Wheatley 指出，大島利一由《春秋》經傳包括《左傳》及《公羊》兩傳，已可找到七十八次在春秋時代築城的記載，若春秋時代只有九十七個城市，則西周勢必只有十九個城市。更何況經傳所記未必是當時各國的全部築城記錄。[10]

　　Paul Wheatley 自己也做了一番嘗試。以《史記》所見古代城邑為主，參以先秦文獻及古本《竹書紀年》的資料，他假定了西周九十一個城市的位置。其中自然西周封建諸侯的國都佔大多數。[11] Paul Wheatley 的西周城邑分佈圖（附圖一），基本上與伊藤道治的地圖（附圖二）是一致的。誠如伊藤指出，西周封建諸國，主要分佈於七個地域：第一，王朝首都的渭水流域；第二，黃河汾水地區；第三，洛陽——開封——安陽的三角地帶，成周的近畿；第四，山東半島，由鄒、滕、梁山以至濟水流域；第五，魯南、蘇北、豫東及皖北一帶；第六，豫南、鄂北；第七，鄂南、湘贛以至浙江。在這七個地域，文獻上的古城分佈與考古學上的遺址分佈，呈現相當高度的一致性。[12]

　　伊藤也發現至少在上述第二、三、四、六諸地域，姬姓諸侯的封國沿着殷周的古代交通路線分佈。另一方面，西周諸國也分佈在殷以來黃河流域的主要農業地域，西周的東進，似頗以掌握農業生產地區為大目標。[13]

〔9〕　Chi Li, *The Formation of the Chinese People* (Harvard University Press, 1928), pp. 94～104。

〔10〕　Sen-dou Chang, "The Historical trend of Chinese Urbanization," *Annals of the Association of American Geographers* 53(2) 1963, p. 113. 大島利一《中國古代の城について》，《東方學報》（京都）第 30 冊，pp. 53～54. Paul Wheatley, *The Privot of the Four Quarters* (Chicago, Aldine 1971)。

〔11〕　Paul Wheatley, 前引書, pp. 164～168, Fig 13.

〔12〕　伊藤道治《中國古代王朝の形成——出土資料在中心とする殷周史の研究》，東京：創文社，1975 年，頁 248 以下。

〔13〕　伊藤道治，前引書，頁 276～278。

西周封國具有顯著的軍事功能。周以西隅小國征服了廣大的東方平原，成周的建設，構成了兩都輔車相依的形勢。上文第三地域因而有最密集的分佈點。上文第二、四、六諸區的分佈點，主要的作用是第三區的延展及其拱衞。第五、七兩區只是外圍的外圍，分佈點自然少了。由於西周城邑的軍事功能，其分佈於交通要道上，也是自然的現象。一則便於彼此呼應，二則扼制反側的聯絡。張光直氏特別指出，周代城邑大都位於近山平原，又接近水道，築城扼守，自可佔盡形勢。[14]

Paul Wheatley 的春秋時代城邑分佈圖（附圖三）係主要根據《左傳》的材料。出現於附圖三的城邑有四百六十六個分佈點，比西周的分佈圖多出三百七十五個點。反映春秋時代極爲活潑的都市化擴展過程。[15]

春秋築城記録，見於經傳者有七十八起，其中魯築城廿七次，楚廿次，晉十次，鄭四次，齊三次，宋二次，邾、陳、吳、越各一次。大島利一認爲築城活動的主要原因是軍事上的防禦。魯國廿七次築城記録中第一期（前 722～前 554）十九次，是爲了對齊國的抗爭，第二期（前 553～前 505）無築城記録，第三期（前 504～前 480）築城記録八次則是爲了防備晉國的侵略。[16]

按之史實，經傳所載的築城活動絶非當時這一舉動的全部。不僅魯以外的各國的築城不可能全見於《春秋》經傳，即使魯國本身的築城也大有缺漏。魯國三桓的城邑：季孫氏的費，叔孫氏的郈，以及孟孫氏的成號爲"三都"。但"城費"見於襄公七年的夏天，"城成郭"見於襄公十五年夏天。[17] 當時費爲季氏都邑已久，費地也早已有專駐的邑宰。成的築城又是"城成郭"，亦即加築外郭，並非首次建立城邑。由此看來，三都之中，至少二都的城築或修葺，未入《春秋》經傳。以此類推，魯國的築城建邑，未必盡入記載。

---

[14] Kwang-chih Chang, *Early Chinese Ciuilization*: Anthropological Perspective（Harvard University Press, 1976）。木村正雄認爲中國古代城市，多在山丘上，似本於章炳麟舊說，見木村正雄《中國古代帝國の構成》，東京：不昧堂，1965 年，頁 74～76。但西周城邑的考古遺址卻罕見位於山丘之上，K. C. Chang，前引書，p. 67，附注 5，又 p. 66 附圖 4。

[15] Paul Wheatley，前引書，pp. 168～173，又附圖 14。

[16] 大島利一，前引文，頁 55。

[17] 《左傳》卷三〇，頁 5；卷三二，頁 12。

旁國的城邑建築，更不見得都入經傳了。僅以鄭國爲例，據木村正雄的統計，鄭國有都邑 102 處，而提及築城的只有四處：一次是城虎牢，一次是城岩、戈、錫。[18] 鄭國如此，他國城邑建立多未入經傳者當可想見。

　　春秋二百餘年中，城邑的數字，依 Wheatley 的估計增加了 375 個。若由當時十幾個較大的諸侯分攤，每國可得二三十個城邑。春秋時每國卿大夫即有十餘家，每家世襲的貴族至少有一個城邑，則這 375 個城邑，也很可能以貴族的都邑爲主了。顧棟高的《列國都邑表》列了 386 個都邑：計周（40），魯（39），齊（38），鄭（33），宋（18），衛（20），曹（9），邾（9），莒（13），紀（5），徐（1），晉（71），虞（2），虢（2），秦（7），陳（4），蔡（4），許（6），庸（3），麇（1），吳（7），越（1），杞（3），楚（50）。[19]

　　春秋宗法制下，宗族有不斷分裂衍生爲大宗小宗的現象。分出去另立大宗的宗族成員可以自設宗廟，建立城邑。這種新設的城邑，也適足反映人口增殖。新立的城邑，有取名與分封貴族的氏相同者，如周的劉、毛、甘、尹及齊的鮑、晏、崔、隰；也可與貴族氏名不同，如魯的費（季氏）、郈（叔孫）、成（孟氏），衛的蒲（寧氏）、戚（孫氏），及鄭七穆之邑，大率都仍沿用原有的地名。新立采邑，自然極可能成爲新興的都市；即使新封君仍襲用已存在的舊封，也仍可因爲新封君之到來而使這個地區發展成爲較大的聚落。另一方面，有了聚落，某一新貴族才被分封到該處建立都邑。無論上述那三種可能性之任何一個，都直接的反映都邑數字的增加。

　　春秋初期鄭國共叔段先請求封於制，鄭莊公以巖邑爲辭；改封於京，祭仲警告其中潛在的危險："都城過百雉，國之害也，先王之制，大都不過三國之一，中五之一，小九之一，今京不度，非制也，君將不堪。"[20] 晉國桓叔封於曲沃，其子武公於魯桓公八年滅翼，莊公十年遂並晉國。[21] 魯閔公元年，晉侯爲太子申生城曲沃，士蔿認爲這是"分

〔18〕　木村正雄，前引書，頁 68。《左傳》卷一二，頁 12；卷五九，頁 3。
〔19〕　顧棟高《春秋大事表》（《皇清經解續編》，臺北：藝文印書館，1963 年）表七之一至七之四。
〔20〕　《左傳》卷二，頁 10。
〔21〕　《左傳》卷七，頁 1、2；卷九，頁 7。

之都城,而位似卿,先爲之極,又焉得立"[22];狐突引用辛伯的話"內寵
並后,外寵二政,嬖子配適,大都耦國,亂之本也",深以爲憂。[23]

看來春秋初期"大都耦國"已是相當引人注意的現象,整個春
秋時代,處處是"末大必折,尾大不掉"引起的競爭。《左傳·昭公
十一年》:"王曰國有大城,何如?(申無宇)對曰,鄭京櫟實殺曼
伯,宋蕭亳實殺子游,齊渠丘實殺無知,衛蒲戚實出獻公。"[24] 春
秋末季,三都終於使季氏代政,六卿終於分爲三晉。政柄倒置與大
都耦國是一件事的兩個表現相。整個春秋時代,始終有大夫執國命
的現象,也就普遍的有新都邑的衍生。Wheatley 認爲在春秋方始成
長的三百多個都邑,當有不少屬於新興的政治都市。

三、西周春秋交通路線

西周的交通路線,大抵以宗周與成周之間的一條大路爲主軸,
然後由成周輻射四及東方平面上的諸侯。所謂"周道如砥,其直如
矢",當即是主要的交通幹道。由成周四出的交通網,既有殷代王畿
的舊規模爲基礎,也可能遠及淮濟之間的廣大地區。董彥堂先生作
《征人方日譜》,即顯示殷王足迹所至,深入黃淮平原的東半部,繞
了一個大圈子。[25] 不過周初東夷南夷常常不服,成康時期的伯懋父
曾經因爲"東夷大反"而率領殷八師東征,達于海濱。晚至中葉昭
王時期,淮夷仍舊"敢伐内國",彔伯必須率"成周師氏"遠成鎮
壓。而同期伯辟父伐南夷,卻是以"成師即東"。顯然在成周的東方
與南方還有一條交通的弧線。[26] 本文第一節提到的宜侯矢𣪘,係於
1954 年在江蘇丹徒烟墩山出土,這位虎侯在周王(可能是康王)東
巡"商圖"時,改封爲宜侯,受賜"王人"及鄭的"七伯",率領
一批禺及庶人,在宜立國。虎侯如即爲殷代的虎方,其地域當在豫
東淮河上游。則由淮上到長江下游,似也是東巡向南可以到達的一

---

[22] 《左傳》卷一一,頁 11。

[23] 《左傳》卷一一,頁 8。辛伯自己的話見於桓公十八年,但更爲簡潔。(《左傳》卷
七,頁 14)

[24] 《左傳》卷四五,頁 12。

[25] 董作賓《殷曆譜》(李莊,中央研究院,1945)卷九,頁 48 以下。

[26] 分別見小臣謎段,錄彧卣與競卣,白川靜《金文の世界》,東京:平凡社,1971 年,
頁 83、110~111、115。

條路線。[27]

另一方面，南國範圍包括漢陽諸姬。申伯"于邑于謝"乃是南國之中最有名的例子。《詩經》二南，僅次於《大雅》、《小雅》。但是更往南去，昭王南征不復，交通未必會很頻繁。大約江漢一途也就止于豫鄂之間的漢上而已。

往北去重要的諸侯有北燕與晉。但到春秋時代燕國仍不過問中原事，交通未便可知。"狄之廣莫，于晉爲都"，晉孤懸北道也未與中原有很多的交往。

總合言之，西周的交通情形，仍只是在二都間的軸線爲主。各地區間的頻繁交通，仍有待於春秋時代方得開展。以王庭爲中心的朝聘征伐，形同輻湊，而春秋諸侯間的戰爭會盟，成爲多中心多方向的交通，情形就比較繁雜了。

春秋列國交通，由初期宋、魯、衛、鄭爲中心，逐步進入宋、齊、晉、楚爭霸的局面，牽涉的諸侯越來越多。尤其是晉楚之從，不管是隨着霸主出征，抑是會盟，十餘諸侯齊赴會所是常見的事。輜重往返，聘幣運輸，無不足以促進交通的發展，最後必然會有幾條常走的大道出現。

中原用兵之地，四通八達。至於橫越中原的東西道路，黃河北岸太行南麓有一條齊、晉之間的通道，經過衛國便在泰山之北，濟之南，直驅臨淄了。秦與東方的通道，當循黃河南岸的大道，秦晉之間卻走渭北汾涑流域，秦輸晉粟，自雍及絳，所謂泛舟之役，是水路，殽之戰則是兵車渡河的旱路。東平原上，齊、魯、宋、衛與王室之間午道交叉，當仍以宋、鄭爲主要的交通中心。

南北之間，晉國向北開疆闢土，齊國也爲了燕而伐山戎。中原北出，當有東西兩途，一在太行山東，一在太行山西。更重要的南北通道，毋寧是中原南出直達江漢的兩條路。一線爲申呂方城，經漢水而至鄭都，一線是經陳蔡到漢東的東線。上述西線的上端，又可沿丹江漢水的河谷延伸入關中。魯定公五年，吳師入郢，申包胥秦庭一哭，秦師五百乘的兵力，經此東下，這一條路當也不能不有相當規模的交通量。

---

[27]　宜侯夨殷出處，參看本文注〔1〕、〔2〕；白川靜，前引書，頁67。

春秋末年新興的吳越兩國，北出須經徐、淮、泗上，魯哀公九年邗溝連絡江淮，一端是今日的揚州，另一端則在淮陰縣境。爲了黃池會盟，又有新的運河（黃溝）連絡濟泗兩水，由外黃（河南杞縣東北）經定陶以迄今日江蘇的沛縣。由吳入中原，可以循邗溝、黃溝，打通江、淮、濟、泗，乘舟直達。這條人工運河另有支線北屬之沂，則又可北達曲阜，所謂商魯之間的一線。吳楚相爭，戰場似以淮水流域爲主，魯定公四年，吳伐楚。淮泗，大別，小別，柏舉，一連串的地名，無不在淮河一線。吳徐承帥舟師溯海入齊，越人沿海泝淮截夫差歸途，兩事説明沿海航行也是已知的交通線。[28]

四、春秋時代的商業

頻繁的列國交通，倒也不限於兵車來往及官方的使用。有眼光的領袖也會看出交通方便對於貿易的用處。本文作者在《周代的衣食住行》一文中，已説到周代國道系統有其理想的水準。路邊有行道樹，按時要修築橋梁，沿途有館舍，並且有驛傳的制度。今不贅述。春秋時代，在上節所述的主要交通線上，因爲來往多了，官方爲此修路，也是可想像的事。例如魯襄公卅一年，鄭國的子產責備盟主晉國忽略了接待賓客的責任，其中有一條該做的事即是"司空以時平易道路"。魯昭公元年，秦后子過晉，其車千乘也曾"造舟於河"，使秦晉之間有了浮梁。[29]吳國爲了參加中原會盟及用兵，可以不憚煩地開掘邗溝及黃溝，陸地開路工程比開運河方便，想來爲了軍事及大批的運輸，交通線有較永久的道路，毋寧是合理的假定。

在這種交通線上，商販運輸，無妨與官方的用途同時有之。魯僖公卅五年秦師襲鄭，過周北門，顯然走的是一條大路，及滑，大軍卻遇上了赴周貿易的鄭國商人弦高。倉猝之際，弦高以牛十二作爲犒師。若這些牛均由弦高的車隊中提供，則這一個商隊不能算小。同時他又"使遽告于鄭"，遽是傳驛，更足見商人也可以使用大路上的傳驛設備。[30]魯成公五年，晉國山崩，晉公以傳召伯宗，在路上

---

[28] 以上交通路線的叙述，係節取史念海研究的大意。見史念海《河山集》（又名《中國史地論稿》），北京：三聯書店，1962年，頁67~81。

[29] 《左傳》卷四〇，頁9；卷四一，頁9。

[30] 《左傳》卷一七，頁7~8。

遇見重載的運輸車。伯宗的驛車要求他讓道，這位駕車的"重人"
則説"待我不如捷之速也"。大路上重載的車輛不易轉動讓路，官家
的急傳以繞行爲速，足見民間車輛在大道上行駛也是常事。[31] 甚至
官方還開路以方便商業爲着眼點。晉文公新爲晉君，經濟政策中即
有"輕關易道，通商寬農"一項。平易道路並非僅僅戎車是利
時。[32]

方便的交通，可以導致各地區物品的交流。地方性的特産尤可
變成"外銷"的貨品。齊國濱海，魚鹽爲得天獨厚的資源。齊國始
終富强，以魚鹽之利爲主要的經濟原因。是以管仲"通齊國之魚鹽
於東萊，使關市幾而不征，以爲諸侯利，諸侯稱廣焉"。[33] 魯國的
紡織工業，在春秋的中國，大約是很特出的。魯成公二年，楚軍侵
及陽橋，魯國送給楚一百名工匠、一百名裁縫、一百名織工，才換
得和平。足見魯國的手工藝有其特長。另一段故事：昭公二十六年
魯國季孫氏的家臣，賄賂齊國大臣高齡的是兩匹極薄的細錦，捲縛
如瑱，只有小小一把，其工細可知。[34] 楚國在南方崛起，浸浸乎問
鼎中原，齊晉霸局，都以楚爲主要敵手。但不論戰争抑是和平，夏、
楚周旋的後果，誠如傅孟真先生指出的古代東西夷夏局面，一轉而
爲南北對峙。這一局面卻也使南方的特産爲北方所用。楚材晉用，
固不僅限於人材，原也包括物産在内。所謂"杞梓皮革自楚往
也"。[35] 晉文公得國以前，流浪在外十九年。他在楚國與楚君談話，
説到未來將退避三舍以報楚國，也説到"子女玉帛則君有之，羽毛
齒革則君地生焉，其波及晉國者，君之餘也"。可見至少楚國的羽毛
齒革早已可能外銷晉國了。[36] 事實上，春秋已有一些往還列國之間
的國際商人。魯文公四年，晉國荀罃被俘在楚，鄭國的賈人打算把
他藏在褚中走私出境，事情未成，荀罃被釋。後來這位賈人赴晉，
又遇見了已成爲重要人物的荀罃，待他甚厚。他不願居功，遂赴齊
國。數其足迹，這位歷史上未留姓字的鄭賈人，顯然在楚、晉、齊、

〔31〕《左傳》卷二六，頁5。
〔32〕《國語》（四部備要本）卷一〇，頁17。
〔33〕《國語》卷六，頁14。
〔34〕《左傳》卷二五，頁12；卷五二，頁1。
〔35〕《左傳》卷三七，頁7。
〔36〕《左傳》卷一五，頁6。

鄭諸處貿遷來往。褚絮爲物不算貴重，仍可成爲當時區間貿易的貨物，更貴重易運的貨品，大約尤爲商人當作貿易物品了。[37]

當時各國以鄭、衛、宋居交通的衝要，是以發展了相當程度的商業。前面弦高、鄭賈人各條例證，都説明了鄭國商人的活躍於國際間。鄭國國内，商人與政府之間也有極密切的關係。《左傳·昭公十六年》記載一段政府與商人的協議：晉國使韓起在鄭國想要購買一隻玉環，價錢已講妥了，韓起向鄭國的子産請求購置，子産回答"昔我先君桓公與商人皆出自周，庸次比耦以艾殺此地。斬之蓬蒿藜藋而共處之，世有盟誓以相信也，曰爾無我叛，我無強賈，毋或匄奪，爾有利市寶賄，我勿與知，恃此質誓，故能相保，以至於今。"[38] 由這段故事推斷，鄭國的商人有某種相當於公會的組織，方可成爲盟誓的主體。當年鄭桓公東來，鄭國的商人可能原來非其服屬，委質爲臣，卻仍保持一定程度的自主性。鄭對於市易一途，確有專門的官員管理，號爲褚師。公孫黑將死，還希望兒子能得到這個職務。[39]

五、春秋的都邑

各國都邑，以《左傳》所見的描述，約述如下：

鄭國都城，由散見的地名綜合，其規模似乎頗爲可觀。城門有南門曰里門，通向成周王畿，東門曰鄅門，東走魯衛。西門曰師之梁，北門無別名。外面一層，楚伐鄭入于桔秩之門，然後入自純門，則南門至少有三重。純門之内有逵市，據説是郭内道上的市街。皇門之内仍有逵路，據説寬有九軌。城南另有時門，臨洧水之上，不知是否水門？宋伐鄭楚渠門入及大逵，則東門也有二重，而且也有很寬廣的大路。自西入城可經墓門之瀆入國，大約實在是水門了。北門有舊北門，相對而言，當有一個新北門？其内則又有閨門。東南門曰倉門，道路名稱，除上述逵路，大逵外，猶有周氏之衢，子産殺公孫黑，尸諸於此"加木焉"，必是來往行人不少的地方，始宜

---

[37] 《左傳》卷二六，頁3。

[38] 《左傳》卷四七，頁11。

[39] 《左傳》卷四二，頁3，其他各國有褚師一職爲宋、衛，也是世官，與此相似的則是魯國的賈正。顧棟高《春秋大事表》（《皇清經解續編》本）卷一〇，頁31、37。

於陳尸示衆，公告罪名。住宅區有南里，處於桔秩之門外面，是以知伯伐鄭入南里門于桔秩之門，當是附郭的新擴區？《論語》有東里子產之稱，則東里也是城東的住宅區。[40] 這個城市有三層城門，城外卻仍有南里，最可能是由于城市的膨脹，必須一次又一次的加築外城圈，使城外的人口也獲得適當的保護。逵市之稱，尤饒興味，當是大道逐漸發展爲商業區。而鄭國大逵之寬廣，自然對交通有其作用。[41]

衛也是春秋時代重要的都邑，衛原都朝歌，因狄難而遷楚邱，魯僖公三十一年，衛成公又因偪於狄人之圍而遷都帝邱，地在濮水之上。自此以後，所謂衛只指此地。孔子過衛，大爲贊嘆衛人口之衆多。[42] 工商在衛，也有其舉足輕重的位置，衛侯以受辱而擬叛晉，王孫賈爲了激怒衛人，宣稱"苟衛國有難，工商未嘗不爲患，使皆行而後可"，終于激起衛人同仇敵愾的氣概。可見工商或佔庶民之多數，或爲國命之所寄。[43] 其地除東西南北四門外尚有閱門，似是稍爲偏側的城門。郭門有豚澤之門，近關及近郭的死鳥，大路則有馬路之衢。[44]

宋都商邱，城門特多，正東曰揚門，東城南門曰澤門，其北門曰桐門，西門無別名，東南城門曰盧門，又有曹門，西北走曹，則當是西北門。蒙門，依蒙城方位定之，亦是東北門。外城門曰桑林門，關門曰邡門。里名有南里、新里、公里。華氏居盧門，以南里叛，則南里有可據以爲叛的實力或建築物，當不是很小的地區。全城城門不僅在正方位上，也可在四個偏角。所謂東城南門，據《孟子》魯君夜間之宋呼于垤澤之門一事覘之，當是外城門。可能東城即是東郭的地區。這個城區大約也頗不小的。添設的外郭當也是爲了保護膨脹的人口。[45]

魯都曲阜，地點不如鄭、衛、宋，居四衝之地，但因《春秋》

〔40〕　顧棟高，前引文，表七之二，頁 1~10。
〔41〕　關於城郭問題，討論古代城市有雙重城墻及其作用者，有宮崎市定《中國古代は封建制度か都市國家か》（《史林》33 卷 2 號，1950 年），唯城中人口固不必以農業爲或產者爲主體，如宮崎所說也。
〔42〕　《論語》卷一三，頁 3。
〔43〕　《左傳》卷五五，頁 8。
〔44〕　顧棟高，前引文，七之二，頁 20~23。
〔45〕　顧棟高，前引文，七之二，頁 12~15。

記魯特詳，對曲阜的描述也特多細節。城長委曲七八里，其正南曰
稷門，僖公廿年更高大而新之號爲高門，南門之西曰雩門，是南城
西門。東門之左曰始明門，亦曰上東門是東城之北門，定公八年，
公斂處父帥成人自此入城，與陽虎戰於南門之内。由此推論，東城
也是一個子城型的外郭。東門之右鹿門，是東城南門。襄公二十三
年臧紇斬鹿門之關出奔，則外此便別無城門，可見東城是一個外城。
正西的史門，正北的圭門，又名爭門，西郭門曰子駒之門，東北郭
門曰萊門。宮中若干處高臺及廟寢。其内城曰中城。城外則有東郛
西郛與中城對言。大路有五父之衢。季武子對國人詛盟於此，可知
是來往行人衆多之處。曲阜的大概情形，可以略知。[46]

　　齊都臨淄，城周五十里，有十三門，是春秋有名的大城邑。由
已知的城門言之，其西曰雍門，南曰稷門，西南曰申門，西北曰揚
門，東門曰東閭，東南曰鹿門，郭門曰郭關。官城外門曰虎門，城
内大路曰莊曰嶽。《孟子》所謂置之莊嶽之間，以象徵滿是齊國口音
的地方，當是人來人往的大街。魯襄公二十八年，陳桓子得慶氏之
木百車於莊，道路而可停駐百乘木材，其寬廣可知。[47]

　　晉自穆侯以後居絳，考侯改絳曰翼，獻公又北廣其城方二里，
命之曰絳，則翼與絳原是一地二名，但新闢的北城子城，襲用了舊
名而已。晉於魯成公六年遷都新田，又名新都曰絳，自此迄於春秋
末，都以新田爲絳。其地“土厚水深居之不疾，有汾澮以流其惡”，
當時另有可遷之地爲郇瑕氏之地，離產鹽的解池不遠，韓厥卻以爲
“國饒則民驕佚，近寶公室乃貪”，主張不要遷去土薄水淡的郇瑕，
而遷都土厚水深的新田。[48] 足見韓厥原意只在發展都城附近的農
業，而不主張讓人民有機會追求“末利”。絳既以農產爲主，又不居
交通要道，然而絳到底是霸主的都城，冠蓋往來，仍難免某種程度
的商業活動，是以叔向説“夫絳之富商，韋藩木楗以過於朝。惟其

---

〔46〕　顧棟高，前引文，頁 10～20。
〔47〕　顧棟高，前引文，頁 22～25。
〔48〕　《左傳》卷二六，頁 7。近年考古發掘，在侯馬發現古城二處可能是新田的遺址，出土有
　　　　宮殿廢址，銅器、骨器作坊和陶窰。兩個古城都不算大，牛村古城南北的 1 340～
　　　　1 740 米，東西長 1 100～1 400 米，西北角與平望古城插接，殆即翼與絳的關係？參
　　　　看山東省文物管理委員會《侯馬工作站總收穫》，《考古》1959 年第 5 期，頁 222～
　　　　228。

功庸少也，而能金玉其車，文錯其服，能行諸侯之賄，而無尋尺之祿，無大績於民故也。"[49] 上文曾提過一位想私運晉俘離楚的"鄭之賈人"後來又曾在絳與當時已居顯職的荀罃晤面，這位賈人當即是能行諸侯之賄的富商一類人物。春秋末季，甚至晉國的稍次一級的城市，也可以成爲相當的財源。尹鐸被委任治晉陽時，他向趙簡子請示究竟視晉陽"以爲繭絲乎？抑爲保障乎？"爲前者，城邑可發展爲經濟都會；爲後者，則可發展爲軍事基地。[50]

南方諸國，文獻資料不足，但知吳城姑蘇係闔閭所建，大城城周四十二里三十步，小城八里二百六十步，開陸門八水門八，均伍子胥所製，規模可想。[51] 楚郢都爲南方巨强的首都，雖不知究竟，但想來也當是一個大型都會。

考古學上的資料，點點滴滴也積聚了不少。其中有些古城可能從未具有商市功能，然仍不失爲城邑。大部遺址經春秋至戰國繼續使用，而又以戰國遺址爲多。惟洛陽西部東周古城當是春秋王城故址。這個城址的城墻周圍約 12 公里，比漢代古城大得多。臨淄古城，東西約 4 公里，南北 4 公里餘。曲阜古城東西約 3.5 公里，南北約 2.5 公里。較小諸侯的城邑則有薛、滕，前者東西 2.8 公里，南北 3.6 公里，後者的内城東西 900 米，南北 600 米，外城據估計東西 1.5 公里，南北約 1 公里。[52]

春秋古城遺址，幾乎無例外的，有大量土臺基地，散佈在城區較爲中心的部分，由其建築遺存判斷，當是宮室宗廟。[53] 核對文獻，春秋都邑中這種土臺也不少。例如魯昭公伐季氏，季平子"登臺而請"，此臺當是季氏最後還可據守的地點。[54] 曲阜又有泉臺、觀臺、黨氏臺、武子之臺諸處。後者是爲了墮三都，魯公及其臣子據守抵抗叔孫輒的地方，可覘見高臺有其軍事上的重要性，也適足

---

〔49〕《國語》卷一四，頁 14。

〔50〕《國語》卷一五，頁 4。

〔51〕顧棟高，前引文，七之四，頁 32。

〔52〕考古研究所洛陽發掘隊《洛陽澗濱東周城址發掘報告》，《考古學報》1959 年第 2 期。大島利一，前引文，頁 60，參看關野雄《中國考古學研究》（東京，1956 年）頁 281 以及有關名城調查諸篇。

〔53〕Kwang-Chih Chang, *Early Chinese Civilization* pp. 67~68。
關野雄《前漢魯國靈光殿の遺址》（前引《中國考古學研究》）。

〔54〕《左傳》卷五一，頁 10。

顯示春秋都邑的政治性。[55]

　　不過春秋城市中的貴族住宅，並非一定集中在內城或高亢的土台上。也許由於城市的成長迅速，也許由於市集的侵入住宅區，總之在貴族邸宅附近已有市場，例如晏氏在齊地位頗高，其住宅卻鄰近市區。昭公三年，齊景公想爲晏子換一處較好的住宅，理由是"子之宅近市，湫隘囂塵，不可以居，請更諸爽塏者。"晏子辭謝："君之先臣容焉，臣不足以嗣之，於臣侈矣，且小人近市，朝夕得所求，小人之利也，敢煩里旅。"[56] 游氏在鄭，也是大族，而其廟在大路的南面，其寢在大路的北面，庭院都很狹窄。[57] 廟寢通常相連，而被道路阻隔，自係不得已。大約城中已經擁擠，不得不爾。

　　由齊、晉二例看來，有些春秋城邑已逐漸由純政治與軍事的功能轉變爲兼具經濟功能了。

六、戰國時代的商業

　　春秋時代已發生的轉變，在戰國時代繼續而且加速。衆多小國的合併於七强及若干次等强國，使較大的地域統一於同一政府之下，對於改進道路及減少邦國間關隘限制，都會有相當程度的影響。戰國時代的行旅往返，可以說明此點。孟子以一個並無特殊職務的學者，可以後車數十乘，傳食於列國之間。而虞卿也可以挑着擔子單獨旅行。地居中原的大梁則可以有人民駕車來往，日夜不休，如三軍之衆。[58]

　　區間貿易的另一個相關問題，是地方特產的相互依賴。《禹貢》如係戰國作品，則各州的土貢適足以表示戰國時各國的特產。如兗州的漆絲；青州的鹽絺海物、絲枲、厭絲，徐州的蠙珠、魚、玄纖縞；揚州的金三品、瑤琨、篠、簜、齒、革、羽、毛、木材、織具、橘柚，荊州的羽、毛、齒、革，金三品杶、榦、栝、柏，礪砥、砮丹，箘簵楛，菁茅，玄纁，璣組，豫州的漆、枲、絺、絲，纖纊，梁州的璆鐵銀鏤，熊羆狐狸，織皮，雍州的球琳琅

---

〔55〕　顧棟高，前引文，七之一，頁 14～16；《左傳》卷五六，頁 5。
〔56〕　《左傳》卷四二，頁 6～7。
〔57〕　《左傳》卷四八，頁 10。
〔58〕　Cho-yun Hsu, *Ancient China in Transition* (Stanford University Press, 1965) pp. 116～118。戰國外交使節動輒以百乘出使，《戰國策》隨處可見，如《戰國策》(四部備要本) 卷二二，頁 6；《孟子》(四部備要本) 卷六上，頁 4；《戰國策》卷二二，頁 3。

玕。此中有天然産物,有人工製品。[59]《周禮》職方氏所舉各州特産,
也與此相符:兗州與青州的魚産,揚州的錫銅竹箭,荆州的丹錫齒革,豫
州的林漆絲枲,幽州的魚鹽,冀州的松柏,并州的布帛,雍州的玉石。[60]
大率言之,東方燕齊的魚鹽,南方荆楚的金屬木材,中原的絲麻紡織
品,都是各地天然條件所賦與的特産,有全中國性的市場,卻不是各地
都能生産。

　　以工藝方面言之,各地也自有特色。例如考古常發現的戰國漆
器, 似以楚國爲主要産地。其藝術之精美, 已爲人所共知, 不用此
處介紹。[61] 又如宋人的精細雕刻, 大約獨擅勝場, 韓非子舉了宋人
刻畫藝術的例子。據説 "宋人有爲其君以象爲楮葉者, 三年而成,
豐殺莖柯, 毫芒繁澤, 亂之楮葉之中而不可別"。[62] 直到漢代仍有
宋畫吳冶之稱。[63] 這許多地方特産是可以爲各地的消費者一體享用
的。李斯《諫逐客書》即指出秦王宮中種種服御使用的珍寶玩好盡
出自四方各地, 例如昆山之玉, 隨和之寶, 明月之珠, 太阿之劍,
纖離之馬, 翠鳳之旗, 靈鼉之鼓, 夜光之璧, 犀象之器, 駿良駃騠,
江南金錫, 西蜀丹青, 宛珠傅璣, 阿縞之衣, 錦綉之飾, ……都不
是秦國的土産而輻輳於秦庭。[64]

　　最足以表現活潑的商業活動者, 厥爲貨幣的出現, 春秋時代的
貨賄似仍以實物爲主, 而戰國時代則已有大量的銅製貨幣周流各地。
文獻中提到用貨幣之處, 多不勝枚舉。[65]

　　戰國貨幣的實物, 傳世殊多。可分刀、布、圓錢、楚鍰四種,刀幣主
要流行於齊、燕、趙,齊刀較大尖頭,燕趙的刀,十型,方頭或圓頭。布
錢爲三晉的貨幣,有方肩、圓肩、方足尖足、方袴、圓袴諸種。周秦用圓
錢,楚用類似貝形的銅幣,而同時也有劃成小格金版,上書"郢爯"或
"陳爯",作爲貨幣。凡此種種貨幣,多有鑄造地點,貨幣單位及價值,

---

〔59〕 《尚書今古文注疏》(四部備要本)卷三上頁7～卷三中頁12。

〔60〕 《周禮正義》(四部備要本)卷六三頁3～卷六四頁4。

〔61〕 商承祚《〈長沙出土楚漆器圖録〉序》,上海,1955年,頁4。又可參看湖南省文物
　　　管理委員會《長沙出土的三座大型木槨墓》,《考古學報》1957年第1期,頁99。

〔62〕 《韓非子》(四部備要本)卷七,頁4。

〔63〕 《淮南子》(四部備要本)卷一九,頁7。

〔64〕 《史記會注考證》,臺北:藝文影印本,卷八七,頁8～9。

〔65〕 例如《墨子·經説下》:"買刀糴相爲買,刀輕則糴不貴,刀重則糴不易,王刀無變,糴有變。
　　　歲變糴,則歲變刀。"《墨子》(四部備要本)卷一〇,頁12,此是討論物價與幣值的關係了。

如刀布有"梁正尚全尚夺","垣釿","齊夻化","齊建邦造夻化",秦圓錢"重一兩十二朱"之類,不勝枚舉。[66]

一國貨幣之出現於另一國,自可說明兩地之間有經濟交流。古代窖藏出土有包括諸種貨幣於同一容器中的例證,更可說明貨幣之無國界,正爲了經濟上中國已是一個互相勾絡的整體。再以特殊情形言之,源於齊國的刀幣,能侵入燕國已可覘見齊國經濟力的影響於北鄰,而趙國兼用刀布,足知刀幣的力量已侵入布幣流通的三晉範圍了。[67]

總之,上述貨幣經濟的發展,與活潑的區間貿易互爲倚伏,而兩者都相當程度的促進城市的發展。

七、戰國的城市

據漢代的《鹽鐵論·通有篇》追述戰國的大都市,"燕之涿、薊,趙之邯鄲,魏之溫軹,韓之滎陽,齊之臨淄,楚之宛丘,鄭之陽翟,三川之兩周,富冠海內,皆爲天下名都,非有助之耕其野而田其地者也,居五諸侯之衢,跨街衝之路也。"[68] 以上各地都因位居交通中心而成爲名都,其中只有小部分也兼具政治功能,如臨淄即爲齊國的首都。若加上後一類,則大都市中尚須包括曾爲國都的安邑,大梁;鄭,河南,洛陽,鄢郢,壽春;陳,濮陽;雍,咸陽各處。再加上定陶、鄧、宛、宜陽、吳會,大約戰國時代的中國有二三十個頭等的大都市。如以曾鑄貨幣的都市加進去,又可增加一批:例如魏的蒲阪、山陽、晉陽、共、虞、垂、垣、平周、皮氏、高都、宅陽、長垣,趙的柏人、藺、離石、晉陽、武安、中陽、武平、安平、中都,韓的平陽、高都、安留、長子、湦、盧氏,齊的即墨……大約總數當在五六十個左右。[69]

戰國的行政都市,因郡縣制的確立,而使郡城縣治均具有構成

〔66〕 關於先秦貨幣的著作,王毓銓《中國古代貨幣的起源和發展》,上海,1957年;及同氏英文著作,Wang Yü-Chuan,*Early Chinese Coinage*,New York:American Numismatic Society,1951。
〔67〕 Hsu 前引書, p. 121, 王毓銓, 前引書, p. 70。Cheng Te-kun, *Archaeology in China* (Cambridge, Heffer, 1963) Vol. Ⅲ, p. 70。
夏鼐《新中國的考古收獲》,北京, 1961 年, 頁67。
〔68〕《鹽鐵論》(四部備要本)卷一,頁6~7。
〔69〕 楊寬《戰國史》,上海, 1955 年, 頁47~48、53~54。

都市的條件，可能郡城有數萬人口，縣城有數千人口，是以三萬戶是封太守的標準，而千户是封縣令的標準。[70] 也因此而有 "今千丈之城，萬家之邑相望" 的説法。[71] 上黨一郡，即有城市之邑十七，城邑相望，倒也未必是過分的誇張。[72] 若干居交通要道的城市，當然可以有更多的人口，宜陽不過是一個縣治，但因其居南陽與上黨之間，具有戰略地位，兩郡的積蓄都集中在宜陽，以至可以號稱 "名爲縣，其實郡也"。宜陽的城周可有八里，軍隊可駐十萬，積粟可支數年，其大可想而知。[73]

戰國都市有單純由於經濟條件而發達的，最好的例子是陶和衛。陶在今山東定陶附近，春秋爲曹地，無籍籍名，春秋末年，陶忽然成爲繁榮的都會，陶朱公在陶卜居，即爲了 "陶爲天下之中"，於此三致千金。近人史念海由歷史地理研究，認爲吳開掘了邗溝及黃溝，使江、淮、濟、泗幾條河流可以聯絡交通。陶居這一新水道網的樞紐，又加上濟泗之間西至黃河平原都是古代重要的農業生産地區，是以陶佔盡地利。鴻溝的開鑿，更使陶居於濟，汝，淮，泗水道網的中央，近則西迫韓魏，東連齊魯，遠則可由水道及於江淮。這一經濟都會的繁榮，竟可使强秦的權臣魏冉掠取陶作爲自己的封邑。[74]

另一經濟都市爲衛的濮陽，衛在戰國只是微不足道的小國，但濮陽可經濟水與陶聯絡，由秦經安邑向東通往定陶的北道，非經過濮陽不可。魏遷大梁，大梁邯鄲之間的交通也當經過濮陽。河濟之間農産亦富，也使濮陽具備經濟都會的資格。由于水道縱橫，新興的經濟都市尚有獲水雎水之間的雎陽，獲水泗水之間的彭城，和楚夏之間的壽春。[75]

此外，太行山東邊南北走向的大道連接了薊與邯鄲，"西賈上黨，北賈趙中山" 的温軹，"東賈齊魯，南賈梁楚" 的洛陽，"西通武關，東受江淮" 的宛，關中 "南鄰巴蜀，北接胡苑"，而櫟陽更是

〔70〕《戰國策》卷一八，頁9。
〔71〕《戰國策》卷二〇，頁1。
〔72〕《戰國策》卷一八，頁9，又《韓策》謂張翠稱病，日行一縣（同上，卷二七，頁1），病而日行一縣，縣邑之相邇可知。
〔73〕《戰國策》卷一，頁2；卷四，頁4。
〔74〕 史念海，前引書，頁110～120。
〔75〕 史念海，前引書，頁121～124。

"北御戎翟，東通三晉"，咸陽又居關中的中心，鄭居江漢，上接巴蜀，下通吳會。凡此都是交通樞紐的地位。[76]

考古學家發掘得到的戰國城市遺址，已爲數不少。張光直列舉了下列諸處及其概況（參看附圖四，但張氏所舉春秋時代遺址數例，則予排除）：

（1）周王城，在河南洛陽，大致成正方形，北城城牆長2 890米，中央及靠南部分的重要建築，城西北有陶窰及骨器作坊，城中散見水溝遺址。

（2）魏安邑，在山西夏縣，城有外中内三層，中城居西北角，北墻長4 500米，南端寬2 100米，内城似是宮殿所在，正居大城圈的中央。

（3）魏魏城，在山西芮城，未全部發掘。不是很整齊的正方形，每邊約是1 500米，有磚瓦遺存。

（4）韓宜陽，在河南宜陽，發掘得夯土圍墻，正方，每邊長1 400米，有磚瓦散佈遺址表面。

（5）趙邯鄲，在河北邯鄲，遺址有相連接的二城，旁邊可能有第三個城址。本城約略成正方形，每邊長1 400米，東城有一子城，以本城東墻爲西墻，南北墻各延伸約本城的一半長度，北城也有一段向北延展的墻垣，可能是另一子城。本城南北中線上有一串土臺基址，均有磚瓦散佈，當是宮室宗廟的所在，城中有若干墓葬。

（6）趙午城，在河北午城，略呈方形，每邊長1 100米，沿北墻有水溝，城中出土磚瓦、布錢、銅鏃。

（7）趙午汲，在河北武安，有古城遺址二處，西城約呈長方形，東西889米，南北768米，四城城門各有道路，城中有水井陶窰遺址。

（8）燕下都，在河北易縣自1930年開始曾多次發掘，城中出土遺址及遺存均極豐富，城呈長方形，東西長8公里，南北長4公里，中線另有一墻及水溝分割全城爲東西兩區，東城北區又有一墻隔開，約佔東城三分之一的區域，西城較爲後築，東城北區有宮殿遺址的土臺基址若干處。東城南區有冶鐵作坊、武器作坊、鑄錢、燒陶、製骨器諸般工廠。宮殿及作坊四周爲居住遺址，東城的西北角則有墓葬群。城中

---

[76] 史念海，前引書，頁124～130。

有水溝數條。

（9）齊臨淄,在山東臨淄,城東西長4公里,南北則較4公里稍長。西南角另隔爲小城,面積約1 350平方米。出土遺物有磚瓦陶片、刀錢、錢模、銅鏃、陶製鏡模、陶印。據估計,城中人口當有二萬戶。

（10）邾邾城,在山東鄒縣,城墻沿山而築,兩山夾輔,中間的谷地約1 200米寬,即爲城區。城中片土臺長500米,寬250米,當地居民稱之爲皇臺,城中有磚瓦陶片。

（11）滕、薛兩城,在山東滕縣,滕城約呈長方形東西約800米,南北約600米,薛城呈不規則形,南墻東墻約略直線直交,西北爲曲折的弧線,南墻約長2公里,東墻略短。

（12）秦櫟陽,在陝西臨潼,城呈長方形,南北長2 500米,東西長1 800米,有一條直街貫穿南北,兩條橫街,貫穿東西,城中出土磚瓦,井圈陶窯,下水道,遺迹北墻外面有灌溉渠及濠溝遺迹。

（13）秦咸陽,在陝西咸陽,地居渭濱,城的輪廓,因未全部發掘,尚不可知。城中有築在臺基上的房屋銅器,骨器及鐵釘。有不少瓦管,可能爲古代下水道的遺迹,水井,陶窯,窖穴,則所在都有。

（14）秦雍城,在陝西鳳翔,城長方形東西4.5公里,南北2公里,出土磚瓦,陶水管。[77]

山西侯馬的牛村平望兩古城是春秋時代遺址,但也繼續到戰國以後。平望城作長方形南北最長部分約1 700米,東西最寬部分約1 400米,墻外有與城墻平行的濠溝,墻內有沿墻的車道。城中有宮殿遺迹的土臺基址。城南郊分佈許多鑄銅、燒陶及製骨器的作坊,當是手工業區。

此外還有一些較小的遺址,爲韓、魏、趙、燕、楚的古城。大致均在近河地方,或作正方或呈長方,或隨地形建築,面積在0.25平方公里至1平方公里之間,每邊有一二個城門及由此出入的道路,上述午汲古城的東西大街寬約6米,穿城而過,並有若干和大街垂直的小街道。[78]

綜合言之,固然若干考古學上所見的戰國古城尚未發展爲商市,大多數古城,則除了仍具有行政與軍事功能外,已有手工業作坊的普遍存在,城市方便整齊,橫街直衢,凡此均說明城市已有相當程度的工

〔77〕 Kwang-Chih Chang, *Archaeology of Ancient China*, Yale University Press, revised edition 1968, pp. 280~305。
〔78〕 夏鼐,前引書,頁68。

業生產與商貨貿易的功能。尤其前者,由其規模言,侯馬鑄銅工場的內範數以萬計,興隆冶鐵工場的農具鑄範重數百斤,凡此均可看出生產的數量相當龐大。而且侯馬鑄銅工場三處,多有專門的產品,也足見生產已有分化專業的趨向。[79]

戰國時代商業的發達,由前叙貨幣流通的情形已可覘之。《史記‧貨殖列傳》更有極為生動的描述。太行山以西的材竹穀（穀樹的皮）、纑（山間野紵）、旄、玉石;以東的魚鹽;江南的枏梓、薑桂、金、錫、丹沙、犀、瑇瑁、珠璣、齒革;北邊的馬、牛、羊、旃裘、筋角,都已由商賈販運四方。[80] 可以致富的行業包括畜牧,養豬,養魚、植林、果園、養竹、造漆、藝麻、種桑、顏料植物與香料植物的栽培。城邑之中,經營酒漿、醯醬、屠宰、販糧、燃料、運輸、建材、木材、冶鑄、紡織、衣料、合漆甚至鹹貨、乾貨……均可成千單位的製作與出售,以致巨富。[81]

其他先秦文獻資料,固然只有零碎片段的提到城市生活。綜合言之,仍可得到一些有趣的消息。《史記》所説諸般行業,很多可以點點滴滴得到證實。一個城市之中,有政府官署,宮室臺榭。可是在附近即可有依賴手藝度日的工匠作坊。[82] 街市朝聚暮散,所謂"市朝則滿,夕則虛,非朝愛市而夕憎之也,求存故往,亡故去"。這種貿易區大約是集中百業的市場。[83] 街市上面,大而珠寶銀樓,小而賣卜的小攤子,無不有之。[84] 市井之徒更是可在酒樓賭場中與朋輩飲食流連,酒色征逐。[85] 城市中招徠了任俠奸人,也集中了高談闊論的學者名流。[86]

---

[79] 山西省文物管理委員會《侯馬工作站工作的總收穫》,《考古》1959 年第 5 期,頁 222 ~ 228。鄭紹宗《熱河興隆發現的戰國生產工具鑄範》,《考古通訊》1956 年第 1 期。

[80] 《史記》卷一二九,頁 45。

[81] 《史記》卷一二九,頁 31 ~ 37、43 ~ 44。

[82] 《呂氏春秋》記載宋國製鞍的工人,住在貴族司城子罕的南鄰。《呂氏春秋》（四部備要本）卷二〇,頁 10。

[83] 《戰國策》卷一一,頁 3 ~ 4。

[84] 關於珠寶店,如楚人賣珠,鄭人買櫝還珠的故事,《韓非子》（四部備要本）卷一一,頁 3。關於銀樓有齊人往"鬻金者"之所奪金的故事,《呂氏春秋》卷一六,頁 16,關於賣卜,《戰國策》卷八,頁 4。

[85] 關於酒樓《韓非子》卷一三,頁 8,關於賭博及倡優,《史記》卷一二九,頁 29、43。

[86] 孟嘗君招致天下任俠奸人入薛,據説有六萬家之多,《史記》卷七五,頁 26。又如信陵君也以監門屠夫爲賓客,《史記》卷七七,頁 4 ~ 5。齊宣王在稷下集合了文學游説之士數百千人,《史記》卷四六,頁 31。

　　由於人口衆多，手藝工匠也可以有不惡的工資，據説竟可以
“一日作而五日食”。[87] 甚至殘廢的人只要有一技之長，例如浣洗縫
補，或篩精米，也足以餬口了。[88] 有許多的人口在都市中謀生，因
此不僅城郊會有種水果蔬菜的“唐園”，有編打草鞋及草蓆的貧
户。[89] 而每天出入城門的車輛，也足够壓出兩條軌迹了。[90]

　　形容戰國頭等大都市的資料，以《史記·蘇秦列傳》的一段最傳
神：“臨菑之中七萬户，臣竊度之，不下户三男子，三七二十一萬，不待
發於遠縣，而臨菑之卒，固已二十一萬矣。臨菑甚富而實，其民無不吹
竽鼓瑟，彈琴擊筑，鬥鷄走狗，六博蹋鞠者。臨菑之塗車轂擊，人肩摩，
連衽成帷，舉袂成幕，揮汗成雨，家殷人足，志高氣揚。”[91]

　　臨淄是否真有這麽多人口，學者見仁見智並不一致。[92] 即使只
以《史記》所説三分之一計算，臨淄仍有十餘二十萬的人口，全國重要
都會。若以六十個計，其中十個有與此相當的數字，其餘以“萬家之
邑”爲標準，則全國有二十萬户以上住在頭等都市中，五十萬户住在中
等城市中。都市人口總數可達三四百萬，數目仍是很龐大的。

　　由數十家的邑，經過西周、春秋、戰國三時代的發展，古代中
國具有了衆多大型都市。其中聚居了數以萬計的人口，從事諸種行
業。戰國時代的都邑是十分符合多種功能的都市性格了。而街道的
横直正交，甚至還有下水系統，在在均足説明都市生活的水準已非
常高。與戰國並世，在中東與地中海地區也都已有高度的都市文明，
及繁忙的經濟活動。然而論規模，論總人口，論都市數字，中國古
代的都市發展仍是罕有比倫的。

※ 本文原載《中央研究院歷史語言研究所集刊》第48本第2分，1977年。
※ 許倬雲，美國芝加哥大學博士，中央研究院院士、美國匹兹堡大學歷史系退
　　休名譽教授。

---

[87]　《管子》（四部備要本），卷一五，頁14。
[88]　《莊子》（四部備要本）卷二，頁14。
[89]　《管子》卷二三，頁15。
[90]　《孟子》卷一四上，頁6。
[91]　《史記》卷六九，頁27。
[92]　如 Wheatley 即極爲懷疑此數的誇大，Paul Wheatley 前引書，頁190，關野雄認爲以臨淄
　　　古城面積計算二三萬户是相當合理的估計。（《中國考古學研究》，東京，1956年，頁
　　　141以下）中國學者則至今未見有懷疑這個數字者。

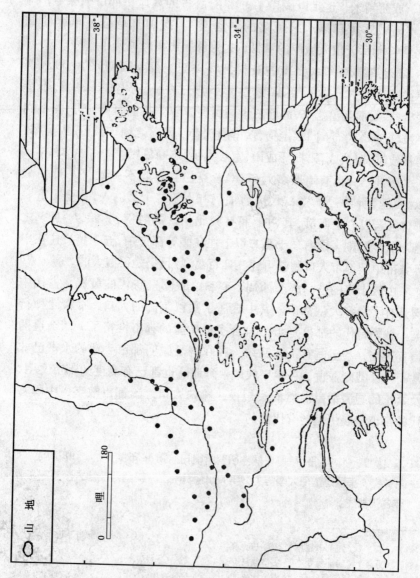

附圖一：西周城邑分佈圖（採自 Paul Wheatley，前引書 fig 13）

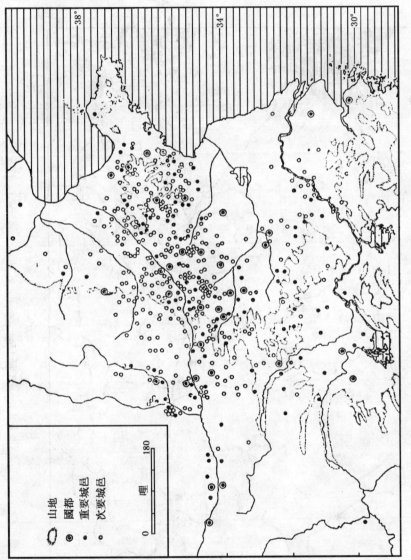

附圖三：春秋城邑分佈圖（採自 Paul Wheatley，前引書 fig 14）

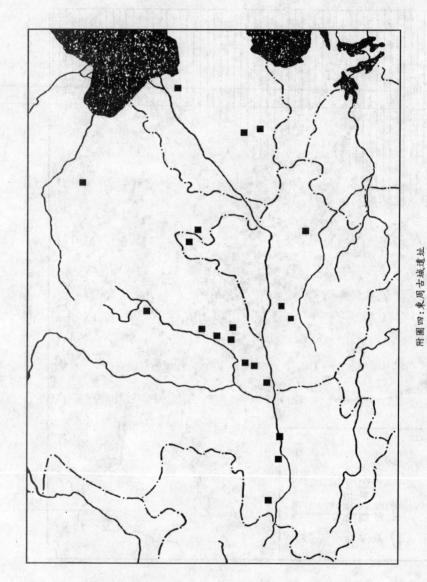

附圖四：東周古城遺址

（採自張 Kwang-Chih Chang, *Archaeology of Ancient China*, fig. 96 改製）

漢代的父老、僤與聚族里居

——《漢侍廷里父老僤買田約束石券》讀記

邢義田

一、石券的發現與內容

歷史文物每於無意中毀滅，亦於無意中得之。《漢侍廷里父老僤買田約束石券》是得之於無意的一個例子。1973 年，河南偃師縣緱氏鎮鄭瑤大隊南村的民眾在整地時，偶然在地表下約 70 釐米處掘到了一方石券。掘出後，置於倉庫，直到 1977 年纔有文物管理人員加以清理摹拓。根據報導，這方石券略呈長方形，高 1.54 米，寬 80 釐米，厚 12 釐米。全石均未經打磨，字刻在不很平整的自然石面上。石券底部呈不甚規則的三角形，正面陰刻隸書 12 行 213 字。字大小不等，最大的約 6 釐米 ×8 釐米，最小的 5 釐米 ×2 釐米。字排列不很整齊，一行最多 27 字，最少的 14 字。報導中說"字迹基本清楚，整篇文字可以通讀。"[1]但從發表的兩種釋文看來，實有闕不能釋和釋讀認定不同的地方。發表的拓片影本更多模糊不清之處（參附圖）。[2]

石券釋文，現有黃士斌、寧可和俞偉超三家。1992 年 10 月 14 日，我到偃師商城博物館有幸見到原石，作了若干筆記。現據考察原石筆記，核對影本，先將券文重錄如下，再對釋文提出若干商榷，就教於讀者。

1. 建初二年正月十五日侍廷里父老僤祭尊
2. 于季主疏左巨等廿五人共爲約束石券里治中
3. 迺以永平十五年六月中造起僤斂錢共有六萬
4. 一千五百買田八十二畝僤中其有訾次
5. 當給爲里父老者共以容田借與得收田
6. 上毛物穀實自給即訾下不中還田

〔1〕 黃士斌《河南偃師縣發現漢代買田約束石券》，《文物》1982 年第 12 期，頁 17～20；寧可《關於漢侍廷里父老僤買田約束石券》，同上，頁 21～27；俞偉超《中國古代公社組織的考察——論先秦兩漢的單—僤—彈》，文物出版社，1988 年。
〔2〕 同上，頁 18。拓本又見俞偉超，同上，圖五〇、五十一，頁 115～126。

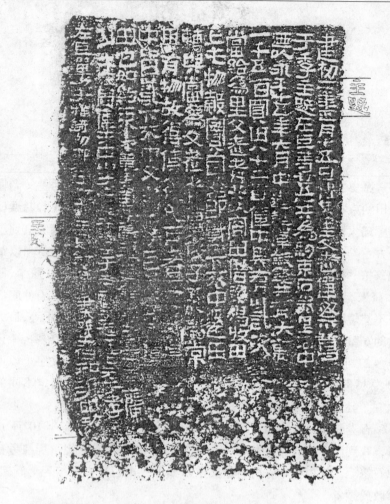

漢侍廷里父老僤買田約束石券

7. 轉與當爲父老者傳後子孫以爲常

8. 其有物故得傳後代户者一人即僤

9. 中皆訾下不中父老季巨等共假賃

10. 田它如約束單侯單子陽尹伯通錡中都周平周蘭

11. 父 ? 老 ? 周偉于中山于中程于季于孝卿于程于伯先于孝

12. 左巨單力于稚錡初卿左中 文 ? □于思錡季卿尹太孫于伯和
    尹明功

石券第五行"容田"，黃、寧兩家作"客田"，俞偉超作"容田"，從字形看,以作"容"爲是。俞書附有"容田"二字放大照片(頁120)可參。第六行"穀實"的"實"字,第十行"它如約束"的"它"字,影本都很清楚。黃士斌分別釋爲"食","也"是錯誤的。第十一行頭兩個字,黃、寧皆釋作"父老"。寧釋在這兩字旁加了問號。從影本看來,這兩字的確不易辨識。從第十行"它如約束"以後到十二行券末是一連串的人名,爲何中間插入"父老"兩字? 不好解釋。"父老"二字周邊其他的字迹都很清楚,唯獨此二字漫漶,且此二字之石面較爲凹下,我懷疑是誤刻而被有意削去。[3] 此外券文最末一行第十四、十五字疑應爲"于思"兩字,黃、寧釋文皆作"王思"。俞偉超改釋"于思",有同感。此外,我發現從右側算起第七行底部,在距右側邊緣40釐米,自石頂算下112釐米處,另刻有一字迹較小的"于"字。這個字在《文物》1982年第12期發表的拓影上無法看出,但在俞偉超先生《中國古代公社組織的考察》一書附圖五十一(頁116)卻可清晰看見。爲何會出現一個與正文不相連的于字? 還待解索。又券文最後一行第十字"左"以下,黃士斌釋作"伯□□王思",寧可釋爲"中[文]□王思",俞偉超作"中文(?)于思"。這一差異,參觀時筆記有所忽略,應據原券再釐清。可以肯定的是"于思"之前還有一無法辨識的字。

這方石券出土是一項極有意義的發現。它對認識漢代的地方組織、地價、土地所有權的形態,土地經營方式以及聚族里居的情形等都有幫助。石券的大意是説:東漢章帝建初二年(公元77)正月十五日,侍廷里于季等二十五位父老僤的成員,在里辦公室中共同訂立這個約束石券。石券涉及他們在明帝永平十五年(公元72)六月中組織父老僤時,湊錢六萬一千五百所買的八十二畞地。現在約定凡僤中成員有因貲次,當爲里父老的,可以借用僤中的田經營,以收穫的穀實等物,[4]供給開銷。如果家貲不足,不够格當父老,須要將田交出,轉給其他爲里父老者。這些田就這樣子子孫孫的傳下去。如果成員有過世的,由他的後代接替,每户一人。如果僤中的成員都因不中貲,不够父老的資格,于季、左巨等

---

〔3〕 漢碑刻字脱誤之例甚多,如張遷碑誤"暨"一字爲"既且"二字,張景遷脱"月"字,參高文,《漢碑集釋》,河南大學出版社,1985年,頁238,注12;頁512,注15。

〔4〕 按毛物又見建寧四年孫成買地券"根生土著毛物"(池田温《中國歷代墓券略考》,頁2~9);《居延新簡》,中華書局,1994年,EPT40:38:"車祭者占牛馬毛物黃白青,以取婦嫁女祠柷遠 行入官僤徒初疾"。《公羊傳·宣公十二年》:"錫之不毛之地",何休注:"墝埆不生五穀曰不毛。"《穀梁傳·定公元年》:"毛澤未盡",邵曰:"凡地之所生,謂之毛。"

人可將田租出去。約文之後刻上立約二十五人的名字。

于季是這個組織的領袖，稱祭尊。左巨地位次於他，任"主疏"之職。主疏也就是主書，似掌文書之事。《漢官儀》謂："秦代少府遣吏四人在殿中，主發書，故號尚書。尚猶主也。漢因秦置之。"從"尚猶主也"，可知主書亦尚書之意。又"疏"字與疏、踈、疎、書字通。《後漢書·鄭弘傳》："楚王英謀反發覺，以疏引眂"，李賢注："疏，書也。"陳直謂兩漢隸體，"疏"字多寫作"踈"，[5]本石券作"疏"。蒼山元嘉元年畫象石墓題記有"薄疎郭中畫觀"一句，"薄疎"意爲"簿書"。薄通簿《爾雅·釋訓》郭璞注："凡以薄爲魚笱者"，《釋文》："薄，今作簿。"簿，書也。"簿書"或"薄疎"在這一句裏的意思是說——記錄墓椁中的圖畫。題記在這一句之後，接著就是一幅幅圖畫的描述。[6] 漢代有尚書，有主簿，石券上又有主疏，它們的原意應都是類似的。關於地價、土地所有權的問題，黃、寧二氏已有討論，本文僅就父老、僤和聚族里居三點略抒管見。

二、父 老

這方石券的發現使我們第一次知道漢代地方有父老僤這樣的組織。要談這個組織，或應先談談父老。過去討論秦漢鄉里組織的學者，或者將"父老"當作一個代表特定身份的專名，或者認爲與"三老"不同，只是對年高德劭者的泛稱。現在根據這方石券可以肯定"父老"應爲專名，指有一定資產的里中領袖。秦漢里中的領導人物有里正和父老。爲了避始皇諱，秦代里正又稱里典。秦簡中"典"、"老"常常並稱。里中發生事端，典、老經常一起出面，共同處理；處理不當，則受到相同的處罰，例如：

> "匿敖童，及占癃（瘤）不審，典、老贖耐。百姓不當老，至老時不用請，敢爲酢（詐）僞者，貲二甲；典、老弗告，貲各一甲……傅律。"[7]

> "賊入甲室，賊傷甲，甲號寇，其四鄰、典、老皆出不存，不聞號寇，問當論不當論？ 審不存，不當論；典、老雖不存，當論。"[8]

---

〔5〕 陳直《漢書新證》，1979 年，頁 376。

〔6〕 參閱李發林《山東漢畫象石研究》，齊魯書社，1982 年，頁 95。李氏將這一句釋爲"綿薄粗陋的廓室中有畫觀"，頁 96，疑非是。方鵬鈞、張勛燎《山東蒼山元嘉元年畫像石題記的時代和有關問題的討論》，《考古》1980 年第 3 期，頁 273，已指出其誤。

〔7〕 《睡虎地秦墓竹簡》，文物出版社，1978 年，頁 143。

〔8〕 同上，頁 193。

"甲誣乙通一錢,黥城旦皋(罪),問甲同居、典、老當論不當? 不當。"[9]

過去討論秦簡的學者大概都根據《韓非子·外儲説右下》:"秦昭王有病,百姓里買牛而家爲王禱。……訾其里正與伍老,屯二甲"一段,將"典"、"老"解釋成"里典"和"伍老"。[10] 里典不成問題,伍老卻值得再商榷。因爲韓非子的"里正與伍老"可以説是一條孤證。"伍老"的説法不見於其他秦漢的文獻,而父老卻是一個通用常見的稱呼。兹舉幾個常見的例子:

1.《漢書》卷一上《高帝紀》:"父老乃帥子弟共殺沛令"。

2.《漢書》卷四○《陳平傳》:"里中社,平爲宰,分肉甚均。里父老曰:'善,陳孺子之爲宰。'"

3.《漢書》卷二四上《食貨志》:"二千石遣令長、三老、力田及里父老善田者受田器,學耕種養苗狀。"

4.《漢書》卷七一《于定國傳》:"始定國父于公,其閭門壞(師古曰:閭門,里門也)"父老方共治之。"

5.《漢書》卷七六《張敞傳》:"敞既視事,求問長安父老,偷盜酋長數人。"

6.《漢書》卷八九《循吏傳》:黃霸爲潁川太守,"置父老、師帥、伍長,班行之於民間。"

7.《漢書》卷九○《酷吏傳》:"尹賞爲長安令……乃部户曹掾史與鄉吏、亭長、里正、父老、伍人,雜舉長安中輕薄少年惡子。"

8.《後漢書》卷一上《光武帝紀》:"建武三年……大會故人父老。"

9.《後漢書》卷二五《劉寬傳》:"見父老,慰以農里之言。"

10.《居延漢簡》:邛　　　　□□里父老□□□

□秋賦錢五千　正安釋□□
□

北　　　　　　嗇夫食佐吉受（526.1A,釋文7413;圖版457頁）

從頭兩個例子可以知道秦時有父老。第二個例子更明白稱爲里父老。

---

[9] 同上,頁230。

[10] 例如,《睡虎地秦墓竹簡》,頁143;高敏《雲夢秦簡初探》,1979年,頁220～221。高敏説:"'伍老'確見於秦律"(頁221)並無根據。秦律只見"典"、"老"用法,從未出現"伍老"一詞。

我們認爲秦簡中"典、老"的"老"以作"父老"解較爲妥當。從秦到東漢,父老一直是里中的領袖。里以上的鄉、縣另有三老,與里父老名稱不同。我們還不曾見秦漢有里三老的例子,[11] 也未見"伍老"的説法。這方石券爲漢代里父老之爲專名一事提供了最確切的證據。

黃士斌和寧可都根據石券有關里父老家貲的規定,認爲漢代"改變了先秦時里父老由鄉中德高望重的人充任的作法"。[12] 我們認爲石券所記並不能推翻里中推選年高德劭者爲父老的説法,頂多是補充了這個説法的不足:即父老在年齡和德性的條件之外,還要看中不中貲。《公羊傳》宣公十五年何休注謂:"(里)選其耆老有高德者名曰父老;其有辯護伉健者爲里正。"何休此注本在宣揚一種井田制的理想。但是他提到的父老和里正卻有漢代的影子,並不是純然虛構。武帝建元元年夏四月己巳詔曰:"古之立教,鄉里以齒,朝廷以爵,扶世導民,莫善於德。然則於鄉里先耆艾,奉高年,古之道也。"[13] 鄉里以齒,不但是古之道,也是漢之道。劉邦於漢初擇民年五十以上爲鄉三老,是三老須年高者爲之。[14] 西漢屢有尊高年,賜帛之舉。[15] 年七十者,甚至受王杖,享有各種特權。1959 年,武威磨嘴子漢墓所出王杖十簡,將受王杖者的特權一一列舉:他們得出入官府,行馳道旁道;有敢妄加毆罵者,比之大逆不道。[16] 這些簡是西漢成帝時物。東漢尊年,並不稍改。據《續漢志》,授王杖已成仲秋案比時之常舉。明帝以後更有養三老、五更之儀,"用其德行年耆高者一人爲老,次一人爲更"(《禮儀志》)。尊高年有德者,蓋以其爲百姓之表率領袖。《白虎通》卷上謂:"教民者皆里中之老而有道德者",是理想,也是寫實。東漢里父老人選恐不會棄年高與有德者,而僅以家貲爲條件。蔡邕《獨斷》謂:"三

〔11〕 寧可在前引文中以及他另一篇作品《漢代的社》(《文史》1980 年第 9 輯)注 17 中將里父老與三老當作一回事。他引《漢書》卷九八《元后傳》:"翁孺既免……乃徙魏郡元城委粟里,爲三老魏郡人德之"一段證"父老"也可徑稱"三老"(見《漢代的社》,頁 13,注 17)。其實這很明顯是錯誤的。從"魏郡人德之"可知翁孺絕非委粟里之三老,而是魏郡之郡三老。漢有郡三老,參《後漢書》卷七六《王景傳》:"父閎爲郡三老。"

〔12〕 黃士斌,前引文,頁 19;寧可,前引文,頁 21~22。

〔13〕 《漢書》卷六《武帝紀》。

〔14〕 《史記》卷八《高祖本紀》。

〔15〕 參徐天麟《西漢會要》卷四八,"尊高年"條。

〔16〕 郭沫若《武威王杖十簡商兑》,《考古學報》1965 年第 2 期,頁 1~7。

老,老謂久也,舊也,壽也。皆取首妻男女完具者."據蔡邕之説,要當
三老,還必須是正妻所生,有兒有女的人才夠資格呢。父老和里正在
秦漢基層社會中的意義將在聚族里居一節中再作討論。

三、僤

黄士斌和寧可舉出不少證據,説明僤是一種組織。"僤"和"單"、
"墠"、"禪"、"壇"、"彈"音義相通。[17]　漢印中有"東僤祭尊"、"酒單
祭尊"、"孝子單祭尊"、"宗單祭尊"、"高歲單三老"、"益壽單祭酒"等
印。[18]　從父老僤的例子看來,這些東僤、酒單、孝子單、宗單等大概也
是爲特定目的組織起來的團體。團體的領袖有祭尊、祭酒、三老等名
稱的不同。過去由於大家不清楚僤是什麽,難免會有誤會。例如陳直
就誤以"高歲單三老"的三老爲縣、鄉之三老。[19]　雖同爲三老,現在我
們知道單之三老和縣、鄉三老實爲兩回事。《隸釋》卷五《酸棗令劉熊
碑》和卷一五《都鄉正衛彈碑》提到"正彈"、"正衛彈",這是關係到均
平百姓更役的僤。[20]《周禮·地官》"司徒"下鄭玄注裏提及"街彈之
室"以及《逸周書·大聚解》中"興彈相庸,耦耕□耘"的話,都顯示還
有以耕作互助爲目的的僤。[21]　這些例子使我們認識到漢代社會組織
的複雜性。除了黄、寧提到的,我們還願意補充兩個性質不同的例子,
一個是士大夫之間的僤,另一個是可能屬於合夥經商的私人結合。

《後漢書》卷六七《黨錮傳》謂:"又張儉鄉人朱并承望中常侍
侯覽意旨,上書告儉與同鄉二十四人,別相署號,共爲部黨,圖危
社稷,以……爲八俊,……爲八顧,……爲八及,刻石立墠,共爲
部黨,而儉爲之魁。"李賢注:"墠,除地於中爲壇。墠音禪;魁,
大帥也。"王先謙《集解》引惠棟曰:"《英雄記》云:"先是儉等相

---

〔17〕　參閱寧可前引文,頁23及注9。
〔18〕　這些漢印見《十鐘山房印舉》,轉見寧可,前引文,頁27。
〔19〕　陳直《漢書新證》,頁174。
〔20〕　寧可引《都鄉正衛彈碑》,改"衛"字爲"街"字,誤。參《隸釋》,樓松書屋汪氏校本,卷
　　　一五,頁13上～15上。洪适認爲趙明誠《金石録》誤"衛"爲"街",洪説可取。第一,
　　　洪适曾見碑拓,據碑正趙氏之誤;第二,《水經注》提及魯陽縣有南陽都鄉正衛彈碑,平
　　　氏縣有南陽都鄉正衛彈勸碑,俱作"正衛",非"正街";第三,正衛彈和街彈是作用不同
　　　的兩回事。《續漢書·百官志》提到鄉有秩、嗇夫主"知役先後,知民貧富,爲賦多少,
　　　平其差品",劉熊碑的正彈和都鄉正衛彈正是爲均平賦役而有的組織,和以耕作互助
　　　爲目的的"街彈"有異,似不可强改正衛彈爲街彈。
〔21〕　寧可,前引文,頁24～25。

與作衣冠糾彈，彈中人相謂言：'我彈中誠有八俊、八乂，猶古之八元、八凱也……。'" 這些刻石立壇的士大夫爲了政治目的，聚合在一起，別相署號，共爲部黨，終於釀成黨錮之禍。士大夫的"彈"和父老僤一樣也刻石，同樣有領袖；目的雖不同，但爲私人結合的基本性質卻是一致的。

侍廷里的父老早在永平十五年就湊錢合買了八十二畝地，但是等到五年後纔立石券以爲約束。可能在這五年中，他們發覺有必要將這塊土地利用的方式明明白白地寫下來。又爲了傳之子孫，遂刻石以利永久。父老僤有田產，須有約束。都鄉的正衛彈涉及 "單錢"，也 "爲民約□"。[22] 如此，一個商業性的私人結合，就更不能不有明文的約束了。這個例子就是江陵鳳凰山十號漢墓中發現題爲 "中服共侍約" 的一塊木牘。木牘釋文有裘錫圭、黄盛璋和弘一三家，所釋不盡相同。[23] 今據木牘影本，重錄如下：[24]

（1）□□三月辛卯中服＝長張伯□兄□仲陳伯等七人

（2）相與爲服約入服錢二百　約二·會錢徧不徧勿與□

（3）服即服直行共侍非前謁病不行者罰日卅毋人者庸賈

（4）器物不具物責十錢·共事以器物毁傷之及亡服共負之

（5）非其器物擅取之罰百錢。服吏令會不會＝日罰五十

（6）會而計不具者罰比不會爲服吏□器物及人。服吏□□

約文的內容和性質，作釋文的三家各有不同的解釋。[25] 許師倬雲在《由新出簡牘所見秦漢社會》一文中曾作討論，認爲約文 "大約仍以與舟運有關爲比較可能。同墓出土有木船模型，並有不少擺舟的木偶，也可作爲旁證。無論如何，此約反映當時有一種合伙人爲一定目的而合作的組織，則無可置疑。此種合伙活動有一定的設備，也須定期聚會，以考核其成果（計），則若以舟運貿遷謀利，以爲比較

---

〔22〕　《隸釋》卷一五，頁13下～14上。

〔23〕　弘一《江陵鳳凰山十號漢墓簡牘初探》，《文物》1974年第6期，頁78～84；黄盛璋《江陵鳳凰山漢墓簡牘及其在歷史地理研究上的價值》，《文物》1974年第6期，頁66～77；裘錫圭《湖北江陵鳳凰山十號漢墓出土簡牘考釋》，《文物》1974年第7期，頁49～63。

〔24〕　影本見《文物》1974年第6期，圖版貳 "江陵鳳凰山十號墓出土木牘"。

〔25〕　三家不同的解釋可參許師倬雲《由新出簡牘所見秦漢社會》，《中央研究院歷史語言研究所集刊》第51本第2分，1980年，頁226～229。

合理的假説。"[26]　儘管各家對約的内容各有領會，但正如許師所説，大家都確認一點，即張伯等七個人爲了某種目的而結合，結合中有服長和服吏爲領袖，並且在木牘上訂明約束。這種私人結合的名稱是什麼？不得而知，但和"僤"應該是一類的。《漢書·五行志》中之下："建昭五年，兗州刺史浩賞禁民私所自立社。"張晏曰："民間三月、九月又社，號曰私社。"臣瓚曰："舊制二十五家爲一社，而民或十字、五家延爲田社，是私社。"如果他們的解説確有所本，則田社可能是一種與農田有關的私人結合，但爲官府所禁止。又漢代諸郡在京師有供郡人入京時居停的郡邸。如《漢書·朱買臣傳》："初，買臣免，待詔，常從會稽守邸者寄居飯食。"《後漢書·史弼傳》："（魏邵）與同郡人賣郡邸，行賄於侯覽。"李賢注以爲郡邸即寺邸，《集解》引惠士奇亦以爲如此。唯周壽昌認爲"郡邸即平原郡公置之邸，猶今同郡會館也。若寺邸是官舍，魏劭與同郡人安能賣乎？周説似較可通。果如此，則漢代還有以郡爲單位，由郡人出資，經營和服務同郡人的結社。

從以上所舉各例可以看見，漢代人爲了耕作（街彈）、商業（中服共侍約）、政治（張儉之墠）、地方行政（父老僤）、生産販賣（酒單？）或徭役（正彈、正衛彈）等各式各樣的目的，組成團體；有組織，有領袖，也有規章約束。他們結合的原則不一定是血緣的，也不一定是地緣的，可能是基於職業、生活或政治的意念。如果不是侍廷里父老僤約束石券的發現，我們也許不會將這些零星和不受人注意的史料聯繫起來，也就不易知道秦漢社會在血緣和地緣的關係之外，還有如此複雜的一面。

這裏我們再約略説説"約束"一詞。"約束"是漢代的習用語，意義和今天所説的"約束"相似。漢人將"約束"用在許多不同的場合，試舉數例如下。《漢書》卷九四下《匈奴傳》：

> 單于曰："孝宣、孝元帝哀憐，爲作約束，自長城以南天子有之，長城以北單于有之。有犯塞，輒以狀聞；有降者，不得受……"
>
> 會西域諸國王斬以示之。乃造設四條：中國人亡入匈奴

---

[26]　三家不同的解釋可參許師倬雲《由新出簡牘所見秦漢社會》，《中央研究院歷史語言研究所集刊》第51本第2分，1980年，頁229。又沙孟海釋約名中的"共侍"兩字爲"共偫"，即"儲物待用"。此説頗可佐證此約之商業性質。參氏著《江陵鳳凰山十號漢墓出土十二號木牘〈共偫〉兩字釋義》，《社會科學戰線》1978年第4期，頁342～343。

者,烏孫亡降匈奴者,西域諸國佩中國印綬降匈奴者,烏桓降
匈奴者,皆不得受。遣中郎將王駿……班四條與單于,雜函
封,付單于,令奉行,因收故宣帝所爲約束封函還。

單于所説的約束以及新立的四條,今天稱之爲國際條約,漢代則稱
之爲約束。又《漢書》卷五〇《汲黯傳》:"張湯以更定律令爲廷
尉。黯質責湯於上前曰:'……何空取高皇帝約束,紛更之爲?'"是
律令爲約束。此外,《後漢書》卷一一一《劉盆子傳》:"以言辭爲約
束,無文書旌旗、部曲、號令",這些口頭的軍規,没有明文,也是
約束。又《漢書》卷八九《循吏傳》:"(召)信臣爲民作均水約束,
刻石立於田畔。"這個約束和父老僤的約束最相像,都刻在石上,只
不過一爲官方所立,一爲私人所作而已。從以上的例子可知,約束
一詞漢人使用得何其普遍。

四、聚族里居

秦漢的家、家族與宗族一直是關心中國社會史的學者熱烈討論
的題目。討論的主題大部分集中在家、家族、宗族的定義,家的大
小,家族的結構、功能與演變,以及這些演變在社會、經濟,乃至
政治史上的意義。圍繞這些問題,近年來曾作最大規模、最有系統
綜論的當推杜正勝先生的《傳統家族試論》。[27] 杜文上溯遠古,下
及明清,對中國傳統家族的發展作了很好的解析。根據杜氏及許倬
雲師的研究,秦漢時期的家庭是以夫婦與未成年子女共居,五口左
右的小家庭爲主。[28] 當然,他們都指出這僅僅是大致如此。過去大
家由於材料的限制,常常以較爲簡單的線條,勾勒古代社會的面貌,
而新出的史料則往往警告我們,古代社會是如何複雜與面目多端。
舉例來説,新出的雲夢秦律,在題爲"法律答問"的部分,有連續
兩條涉及夫、妻、子共盜的問題,一作"夫、妻、子五人共盜",一
作"夫、妻、子十人共盜"。[29] 五人、十人或取約數,非必指實。
但是這些題目似乎意味秦統一天下的前夕,一個家庭的大小可以有

---

〔27〕 杜正勝《傳統家族試論》,《大陸雜誌》65 卷 2、3 期, 1982 年, 頁 7~34、25~49。
〔28〕 許倬雲《漢代家庭的大小》,《慶祝李濟先生七十歲論文集》, 1967 年, 頁 789~
　　　 806。
〔29〕 《睡虎地秦墓竹簡》, 頁 209。

不小的差距。以夫、妻、子擬題，意味着小家庭組織的普遍。不過，秦漢的社會就是這樣無數小家庭的集合嗎？大概不是這樣單純。秦律中附有一條"魏奔命律"，提到"宗族昆弟"。[30] 不論這條魏律時代的早晚，藏有這些律簡的秦國小吏覺得它用得上，值得抄下來。因爲在他的時代裏，除了小家庭，還顯然有宗族，法律就不能不牽扯到宗族。根據秦簡"編年記"，這位秦國小吏二十六歲時，秦長信侯嫪毐作亂失敗，其黨"衛尉竭、内史肆、佐弋竭、中大夫令齊等二十人皆梟首，車裂以徇，滅其宗"。[31] 他三十六歲時，秦破趙都邯鄲，"趙公子嘉率其宗數百人之代，自立爲代王。"[32] 所謂"滅其宗"，當不僅止於滅其妻、子，而是更大範圍的親人。秦早有夷三族之刑。[33] 何謂三族雖有不同的説法，我們相信它應當產生在一個有比家庭更大的親族組織的環境中。[34]《史記》卷六五《孫子吳起傳》説："楚悼王素聞起賢，至則相楚……坐射起而夷宗死者七十餘家。"是戰國時，楚有夷宗族之刑。《晏子春秋》内篇《問下》第四："嬰不肖，待嬰而祀先者五百家，故嬰不敢擇君。"待嬰而祀先人的五百家應都是晏嬰的宗族。又《續漢書·百官志五》，李賢注引《太公陰符》："武王曰：'民亦有罪乎？'太公曰：'民有十大於此，除者則國治而民安。'"太公所説十罪之一是"民宗强，侵陵群下"。《太公陰符》應是戰國時作品，所謂"民宗强"反映的也應是戰國時的情形。《漢書》卷七九《馮奉世傳》曾記述馮氏先世謂："其先馮亭……趙封馮亭爲華陽君，與趙將括距秦，戰死於長平。宗族繇是分散，或

---

[30]　《睡虎地秦墓竹簡》，頁294。

[31]　《史記》卷六《秦始皇本紀》。

[32]　《史記》卷六《秦始皇本紀》。

[33]　《史記》卷五《秦本紀》，秦文公二十年（前746）："法，初有三族之罪"。

[34]　"三族"雖有父族、母族、妻族和父母、妻子、同產兩種主要的不同的説法（參杜正勝，前引文下篇，頁33），不過從秦文公二十年（前746）初有三族罪到漢初，中經五百餘年。這五百年正是春秋戰國變動甚巨的時代，所謂的三族罪在初起時是否畢連父母、妻子、同產？我們實無證據加以論斷。《荀子·君子》篇："亂世則不然……刑罰怒罪，爵賞踰德，以族論罪，以世舉賢。故一人有罪而三族皆夷。德雖如舜，不免刑均，是以族論罪也。"盧文弨《集解》云："案《士昏禮記》'惟是三族之不虞'鄭注：'三族謂父昆弟，己昆弟，子昆弟也。'又注《周禮·小宗伯》、《禮記·仲尼燕居》皆云三族，父、子、孫。"（《荀子集解》，新興書局，卷下，頁81）鄭玄對三族的認識已有不同。《白虎通·宗族》篇謂："禮曰：'惟其三族之不虞。《尚書》曰：'以親九族'，義同也。"是又以九族釋三族。九族包括父族四、母族三、妻族二。可見漢人對三族的認識，或因所本不同，已不一致。

留潞，或在趙。"可見至戰國末，三晉之地仍有宗族聚居者。前言趙
國王室宗有數百人，並不是特殊的現象。《慎子》説："家富則疎族
聚，家貧則兄弟離。"[35] 賈誼説秦時因商鞅之政，"秦人家富子壯則
出分，家貧子壯則出贅。"[36] 可見家和族的析聚，可因種種因素而
有不同。不論如何，魏律"宗族昆弟"一詞的使用及其在秦律中出
現，顯示從戰國到秦漢之際，在個別的小家庭之上，必然還有較大
的親屬組織。

這種較大的親屬組織，不論稱之爲家族或宗族，如我們剛纔所説，
在各地存在的情況是不一律的。秦自商鞅變法，在刻意的政策之下，
秦國可能逐漸變成一個以小農家庭爲主幹的社會。不過，東方六國，
尤其是齊和楚，家族或宗族的力量似乎一直相當强大，秦楚之際，齊田
氏憑藉"宗疆"起兵。[37] 蕭何以一小吏，也能率宗人數十人追隨劉
邦。[38] 漢三年，項羽圍劉邦於滎陽甚急，酈食其勸劉邦立六國之後，
以制衡西楚霸王。張良認爲不可，他説："天下游士，離其親戚，棄墳
墓，去故舊，從陛下游者，徒欲日夜望咫尺之地，今復六國……天下游
士各歸事其主，從其親戚，反其故舊墳墓，陛下與誰取天下乎?"[39] 這
裏的親戚顯然意指家族宗親，不僅僅是妻子家人。[40] 這種宗族聯繫
的力量到漢定天下，還使劉邦寢食難安，强迫齊楚的大族昭氏、屈氏、

---

〔35〕《慎子》逸文（世界書局），頁 10。

〔36〕《漢書》卷四八《賈誼傳》。

〔37〕《史記》卷九四《田儋列傳》。

〔38〕《史記》卷五三《蕭相國世家》。

〔39〕《史記》卷五五《留侯世家》。

〔40〕秦漢以前，"親戚"一詞的意義可有廣狹不同。有時僅指父母兄弟（參王利器《鹽鐵論
校注》，世界書局，卷一〇，頁 357，注 10；杜正勝，前引文上篇，頁 33，注 47）；有時則指
更大範圍的親族。《左傳·僖公二十四年》富辰曰："封建親戚，以蕃屏周室。"杜預注：
"廣封其兄弟，以輔佐也。"實則周室封建廣及姬、姜宗族子弟。富辰接著説："管、蔡、
郕、霍、魯、衛、毛、聃、郜、雍、曹、滕、畢、原、酆、郇，文之昭也；邘、晉、應、韓，武之穆也；
凡、蔣、邢、茅、胙、祭，周公之胤也。召穆公思周德之不類，故糾合宗族於成周而作
詩。"竹添光鴻《會箋》因釋爲"伯叔父弟"（廣文書局，《左氏會箋》第六，頁 47）。《管
子·九變篇》："親戚墳墓之所在也，田宅富厚足居也；不然，則州縣鄉黨與宗族足懷樂
也。"此處親戚墳墓爲宗族。賈誼《新書》卷八《六術篇》："人有六親，六親始曰父，父有二
子，二子爲昆弟；昆弟又有子，子從父而昆弟，故爲從父昆弟；從父昆弟又有子，子從祖
而昆弟，故爲從祖昆弟；從祖昆弟又有子，從曾祖而昆弟，故爲曾祖昆弟；曾祖昆弟又
有子，子爲族昆弟，備於六，此之謂六親。親之始於一人，世世別離，分爲六親，親戚非
六，則失本末之度，是故六爲制而止矣。六親有次，不可相逾，相逾則宗族擾亂，不能
相親。"這裏非常清楚以親戚指宗族兄弟，不僅僅是同父母之昆弟而已。

景氏、懷氏和田氏遷到關中去。以上的事例,大家耳熟能詳。其所以再提出來,是感覺到五口之家也許只是失於簡單的勾勒,而個別的五口之家恐怕也不是孤零零地存在於社會的網絡之中,去面對勢若雷霆的國家機器。

張良説:"天下游士,離其親戚,棄墳墓。"這不禁使我們想到,他們可能原本是合其親戚,終老於一地的。漢高祖時,陸賈説南越王尉佗曰:"足下中國人,親戚、昆弟、墳墓在真定。今足下反天性,棄冠帶,欲以區區之越與天子抗衡……漢誠聞之,掘燒王先人冢,夷滅宗族。"[41] 可見宗族親戚原是聚居,死則葬於一處。元帝永光四年十月"勿置初陵縣邑"的詔書也説:"頃者有司緣臣子之義,奏徙郡國民以奉園陵,令百姓遠棄先祖墳墓,破業失産,親戚別離,人懷思慕之心,家有不安之意。"[42] 元帝與陸賈、張良所説殊無二致。如果我們再往前溯,《管子·九變篇》有一段話:"凡民之所以守戰至死而不德其上者,有數以至焉。曰:大者,親戚墳墓之所在也;田宅富厚足居也;不然,則州縣鄉黨與宗族足懷樂也。"《周禮》卷一〇《大司徒》:"以本俗六,安萬民……二曰族墳墓"。鄭注:"同宗者,生相近,死相迫。"卷二二《墓大夫》:"令國民族葬,而掌其禁令。"鄭注:"族葬,各從其親。"《周禮》和《管子》成書或有早晚,但兩書所説的親戚墳墓、族墳墓、族葬、鄉黨、宗族在一處總是戰國到漢初的情形。根據這些文獻透露的消息,聚族里居的問題似乎值得提出來談一談。

基本上,我們認爲要瞭解秦漢的社會形態,似應至少把握兩點:一是一個以安土重遷爲特色的農業社會從先秦到兩漢根本上並沒有大變。如果不是迫於人口自然增加的壓力或天災人禍,絕大部分的農民大概不會輕易離開他們的土地。戰國與秦楚之際曾因戰爭,而有人口流亡。等到戰爭結束,他們仍然情願返回故土,重建田園廬墓。高祖定天下,令民"各歸其縣,復故爵田宅"[43]《國三老袁良碑》記其先祖"當秦之亂,隱居河洛;高祖破項,實從其册;天下

---

[41]《史記》卷九七《陸賈傳》。

[42]《漢書》卷九《元帝紀》。

[43]《漢書》卷一下《高帝紀》。

既定，還宅扶樂。"〔44〕這是安土重遷的一個實證。漢元帝在前引同
一詔書中説："安土重遷，黎民之性。"這是總結歷史經驗的一句話。
其次，要理解秦漢社會的基本形態，家與族的問題是不宜和作爲地
方基本組織的里制分開的。里制淵源甚早，大行於春秋戰國之世。
隨著封建秩序的崩潰，爭衡的君王權卿，先後以閭里什伍之制將庶
人百姓嚴密地組織起來，作爲自己的後盾。這種閭里組織並不是將
原來聚族而居的農户打散，再納入一個新的結構。大部分的情形很
可能只是在原有的聚落之上加上新的編組。商鞅變法，"集小鄉邑聚
爲縣"，是"集"，不是"變"。《管子·問篇》有幾項設問，似亦反
映同樣的情形：

> 問國之棄人，何族之子弟也？問鄉之良家，其所牧養
> 者幾何人也？問邑之貧人，債而食者幾何家？……問鄉之
> 貧人，何族之別也？問宗子之收昆弟者，以貧從昆弟者幾
> 何家？餘子仕而有田邑，今入者幾何人？子弟以孝聞於鄉
> 里者幾何人？餘子父母存不養而出離者幾何人？

這裏問國、問鄉、問邑，而所問者多爲宗族子弟，父母昆弟。從後
來齊地宗族勢力的强大觀之，齊國自管仲以來，制民以鄉里什伍，
絶不是不顧原有的親族組織，强置百姓於一個全新的結構中。不但
齊國的新制須以舊有的社會結合爲基礎，其他的國家亦應如此。李
悝《法經·雜律略》有一條説："越城，一人則誅；自十人以上，夷
其鄉及族，曰城禁。"〔45〕據説李悝是"集諸國刑典，造法經六篇"
（《唐律疏義》）；《晉書·刑法志》説他"撰次諸國法"。換言之，他
的《法經》是集結各國的刑典，可能也反映了各國普遍的現象。一
個普遍的現象即是鄉與族的叠合相連。《墨子》卷九《非命》上：
"是以入則孝慈於親戚，出則弟長於鄉里。"《韓詩外傳》卷四："出
則爲宗族患，入則爲鄉里憂。"親戚、宗族與鄉里連言，顯示宗族與
鄉里組織關係的密切。我們再看長沙馬王堆墓出土的長沙國南部地
圖〔46〕這幅地圖雖繪於漢初，上面六十幾個以里爲名的聚落，大概在
漢以前老早已經存在。它們很清楚是自然地、不規則地分佈在河流的

---

〔44〕　嚴可均輯《全後漢文》，《全上古三代秦漢三國六朝文》卷九八，中文出版社，頁4上。
〔45〕　轉見董説《七國考》（世界書局）卷一二，頁366。
〔46〕　地圖影本及摹本見《文物》1975年第2期。

兩岸。同墓所出另一幅《駐軍圖》上,幾十個里也是依山水之勢,不規則地坐落各處。[47] 這意味它們原本是一些自然的農村聚落,後來加上了里名,納入了鄉里的組織而已。里制的建立並沒有改變原來聚落的形態。當然在新闢的土地上,移民組織新里,又當別論。

世代不遷的農村聚落大抵因婚姻建立起濃厚的血緣關係。少數幾族人聚居一處,"祭祀同福,死喪同恤"(《國語·齊語》),族中的長者就是聚落的領袖。後來的鄉三老、里父老一類的人物應淵源於此。《公羊傳·宣公十五年》何休注謂里"選其耆老有高德者名曰父老",是可信的。父老也許原本是長者的泛稱,但是隨著新的鄉里行政的需要,通稱變成了專名。由於新里制並沒有破壞原有的血緣性聯繫,而是與舊聚落疊合在一起,因此聚落的三老、父老纔不失其力量的基礎,在新的鄉里中仍然居於領導的地位。他們憑藉傳統的威望,和代表國家徵兵、抽稅、執法的有秩、嗇夫、里正,成爲鄉里間領袖的兩種類型。鄉里間的事,多由這兩類人物參預解決。魏文侯時,西門豹爲鄴令。河伯娶婦,送之河上,"三老、官屬、豪長者、里父老皆會。"[48]《墨子·號令篇》描寫守城戰備,"三老守閭";里中父老"分里以爲四部,部一長,以苛往來不以時行。"而"里正與皆守,宿里門……吏行其部,至里門,正與開門內吏,與行父老之守。"[49] 前引雲夢秦簡,里正與父老連稱,共同任事,共同受罰。但是有關徭役和法律事務,似乎主要由"吏"、"令史"和里正負責,父老未見出面。[50] 前引《公羊傳》何休注接著說"其有辯護伉健者爲里正",頗說明了里正與父老性質的不同。《說苑》卷一一《善說篇》有一段齊宣王與父老的對話,也頗能顯現父老與地方官吏代表的不同意義:

　　齊宣王出獵於社山。社山父老十三人相與勞王。王曰:
"父老苦矣。"謂左右賜父老田不租。父老皆拜,閭丘先生不

〔47〕 地圖影本及摹本見《文物》1976 年第 1 期。
〔48〕 《史記》卷一二六《滑稽列傳》,褚先生補。
〔49〕 定本《墨子閒詁》(世界書局),頁 348、355。
〔50〕 秦律:"可(何)謂'逋事'及'乏繇(徭)'?律所謂者,當繇(徭),吏、典已令之,即亡弗會,爲'逋事';已閱及敦(屯)車食若行到縣(徭)所乃亡,皆爲'乏繇(徭)'"。(《睡虎地秦墓竹簡》,頁 221)可見徭役是由吏與里典(正)主持。此外從秦律"封診式"各條看來,有關法律刑案的調查、報告,有里正配合亭長、令史、丞等爲之,不見父老參預其事。

拜……復賜父老無傜役，父老皆拜，閭俗先生又不拜。……
王曰："……賜父老田不租，父老皆拜，先生獨不拜，寡人自以
爲少，故賜父老無傜役，父老皆拜，先生又獨不拜，寡人得無
有過乎?"閭丘先生對曰："……此非人臣所敢望也。願大王
選良富家子有修行者以爲吏，平其法度，如此臣少可以得壽
焉。春秋冬夏，振之以時，無煩擾百姓，如是臣可以少得以富
焉。願大王出令，令少者敬長，長者敬老，如是臣可少得以貴
焉……"齊王曰："善，願請先生爲相。"

父老閭丘先生的請求，顯示父老代表地方百姓的利益。他們關心的
是君王所選，行法度於地方的吏如何能不煩擾百姓，如何能維護地
方敬長尊老的風氣。又《史記·滑稽列傳》褚先生補錄的一則故事
也可以反映漢初父老如何爲百姓的利益說話。據說西門豹爲鄴令，
曾發民鑿渠十二：

> 到漢之立而長吏以爲十二渠橋絕馳道，相比近，不可。
> 欲合渠水，且至馳道，合三渠爲一橋。鄴民人父老不肯聽
> 長吏，以爲西門君所爲也，賢君之法式，不可更也。長吏
> 終聽置之。

從西門豹爲鄴令的魏文侯時代到漢代建立，數百年間父老在鄴的力
量，持續存在。這意味著鄉里尚齒的風氣未曾間斷。所謂"鄉黨莫
如齒"或"鄉黨尚齒"（《孟子·公孫丑下》、《莊子》外篇《天
道》）是父老在鄉里間地位和力量的基礎。這和由君王所選，一心以
田租和傜役爲務的吏有代表意義上的差異。

秦末，天下一亂，地方官吏的權力即不穩固，而權力不來自政
府的父老，反而成爲亂局中地方最有力量的人物。劉邦得以起兵，
沛縣父老的支持是一大關鍵。他打天下期間，無時不以爭取父老好
感爲要務。他入關中，即與父老約法三章。漢二年冬十月"如陝，
鎮撫（師古曰：鎮，安也；撫，慰也）關外父老"；同年二月，令
"舉民年五十以上，有修行，能帥衆爲善，置以爲三老，鄉一人；擇
鄉三老一人爲縣三老，與縣令丞尉以事相教，復勿繇戍，以十月賜
酒肉。"漢四年，"西入關，至櫟陽，存問父老，置酒。"[51] 劉邦這

---

[51] 以上俱見《漢書》卷一《高帝紀》。

樣爭取基層聚落領袖的支持，是他終能成事的重要本錢。《史記·高祖本紀》載劉邦入咸陽以後：

> 召諸縣父老豪傑曰："父老苦秦苛法久矣，誹謗者族，偶語者棄市。吾與諸侯約，先入關者王之，吾當王關中。與父老約，法三章耳：殺人者死，傷人及盜抵罪。餘悉除去秦法諸吏人皆案堵如故。凡吾所以來，爲父老除害，非有所侵暴，無恐！且吾所以還軍霸上，待諸侯至而定約束耳。"乃使人與秦吏行縣鄉邑，告諭之。秦人大喜，爭持牛羊酒食獻饗軍士。沛公又讓不受，曰："倉粟多，非乏，不欲費人。"人又益喜，唯恐沛公不爲秦王。

劉邦爭取父老的支持，是因爲他深深認識到父老力量的強大。劉邦初起兵，沛縣父老率領子弟殺沛令，迎他入城爲沛公的一幕，必然令他難以忘懷。

強大的父老力量在一個血緣性聯繫破滅的聚落裏是不可能存在的。我們必得承認從戰國以來，父老能與里正成爲閭里的雙元領袖，正顯示傳統聚落的血緣性聯繫未遭破壞，最少是還存在著。如果説閭里制的普遍推行，使得"基層社會結構中地緣因素逐漸取代以前的血緣結合"，[52] 恐怕是不正確的。舊聚落與新里制實處於疊合的狀態，這就是聚族里居的現象。鄉里中的人户即使是小家庭，左鄰右舍大概仍然以或親或疏的宗族親戚爲多。商鞅行什伍連坐，漢人批評："以子誅父，以弟誅兄，親戚相坐，什伍相連。""至於骨肉相殘，上下相殺。"[53] 商鞅的連坐法是以在同一什伍者爲原則，[54] 但連坐牽扯的卻是父子兄弟親戚。[55] 這不從宗族聚里而居是無法理解的。我們再看看漢十二年，漢高祖回沛見故人父老的一幕：

> 上還，過沛，留，置酒沛宮，悉召故人父老子弟佐酒……謂沛父兄曰："游子悲故鄉。吾雖都關中，萬歲之後，吾魂魄猶思沛，且朕自沛公以誅暴逆，遂有天下，其以沛爲朕湯沐邑，復其民，世世無有所與。"沛父老諸母故

---

〔52〕 杜正勝，前引文下篇，頁33～34。
〔53〕 《鹽鐵論校注》卷一〇《周秦》，頁354～356。
〔54〕 《史記·商君列傳》、《韓非子·和氏篇》、《韓非子·定法篇》提到商鞅的連坐法，都是指什伍相連坐。
〔55〕 "親戚"一詞意義，參本文注〔40〕。

人日樂飲極歡，道舊故爲笑樂。十餘日，上欲去，沛父兄
固請。上曰：“吾人衆多，父兄不能給。”乃去。……沛父
兄皆頓首曰：“沛幸得復，豐未得，唯陛下哀矜。”上曰：
“豐者，吾所生長，極不忘耳。吾特以其爲雍齒故，反我爲
魏。”沛父兄固請之，乃並復豐，比沛。[56]

劉邦回鄉，與父老、故人、諸母相見，以父兄相稱。劉邦家族人數
能够考知的不過十餘人，現在鄉里之人竟然成了諸母、父兄。想想
前引《慎子》“家富則疎族聚，家貧則兄弟離”的話，則知道富有
天下的劉邦使沾親帶故的疏族都願意來和他攀附。張良説：“離親
戚，棄墳墓。”劉邦得回故里會親戚，但因都關中，萬歲之後，除了
魂魄得思沛，卻不得返葬故里了。

　　由若干族姓的人户構成鄉里應該是秦漢社會的普遍現象。“侍廷
里父老僤約束石券”可以證明東漢明、章之世的情形。在談它以前，我們
擬再據江陵鳳凰山十號墓的簡牘，[57]考量一下漢初聚族里居的情形。

　　江陵鳳凰山十號墓的時代根據墓中簡牘，可以確定爲景帝初。墓
主張偃經考訂應是江陵西鄉的有秩或嗇夫。墓中簡牘提到平里、市陽
里，當利里、□敬里以及鄭里等幾個西鄉的里。其中關係鄭里的是一
份里中 25 户貸穀的完整廩簿。廩簿登記以“户人某某”始。這些户人
名字的釋文，各家頗有出入。今據黃盛璋所釋，列之如下：1. 聖；2.
楊；3. 轂土；4. 野；5. 疕冶；6. 疕；7. □輸；8. 虜；9. 佗；10. 積；11. 心；
12. 乞；13. □奴；14. 青鳳；15. 小奴；16. 越人；17. 未；18. 定苗；19.
駢；20. 公土；21. 村欬；22. 不章；23. 其奴；24. 勝；25. □奴。這 25 個
人名，弘一和裘錫圭所釋皆有不同。大致而言，除了“楊”（弘、裘所釋
皆無“楊”字）一名，其餘都可以確定只是人名，而非姓。他們是不是没
有姓呢？ 也許有人會根據《漢書·食貨志》所説：“爲吏者長子孫，居官
者以爲姓號，”以及《王嘉傳》：“孝文時吏民居官者，或長子孫，以官爲
氏，倉氏、庫氏，則倉庫吏之後也”等記載認爲一直到漢初，一般庶人還
在得姓氏的階段，尚非人人有姓。事實上，“居官者以爲姓號”，如倉

〔56〕　《漢書》卷一下《高帝紀》；《史記》卷八《高祖本紀》。
〔57〕　這一批資料，參：《湖北江陵鳳凰山西漢墓發掘簡報》，《文物》1974 年第 6 期，頁 41 ～
　　　　61；黃盛璋《江陵鳳凰山漢墓簡牘及其在歷史地理研究上的價值》，同上，頁 66 ～ 77；弘
　　　　一《江陵鳳凰山十號漢墓簡牘初探》，同上，頁 78 ～ 84；裘錫圭《湖北江陵鳳凰山十號漢
　　　　墓出土簡牘考釋》，《文物》1974 年第 7 期，頁 49 ～ 63。

氏、庫氏之類,只是改姓氏,並非他們原來無姓氏。文帝時周陽由的例
子很清楚,"周陽由,其父趙兼,以淮南王舅侯周陽(師古曰:封爲周陽
侯),故因氏焉"。[58]改姓之事到王莽時還見其例。《太平御覽》三六
二引《文士傳》:"束皙字廣微,疏廣後也。王莽末廣曾孫孟達自東海避
難,徙居元城,改姓去疎之足爲束氏。"[59]可見不論是因官、因封或其
他理由改姓氏,並不意味他們原來沒有姓。庶人得姓,可能在戰國之
世就已經十分普遍。從戰國到秦,庶人須要納稅、服兵役、勞役、納入
戶籍,於是可能在我們所不清楚的各種方式下紛紛有了姓。先秦諸子
書中已普遍稱庶人爲百姓。《荀子·儒效篇》以"涂之人"定義百姓,
很明白是以街塗巷陌之庶民爲百姓。古來只有貴族有姓,現在庶人也
有姓了。[60]雲夢秦簡也是好證據。秦簡有一條説:"百姓有母及同牲
(生),爲隸妾,非適(謫)罪殹(也)而欲爲冗邊五歲,毋賞(償)興日,以
免一人爲庶人,許之。"[61]這批秦簡涵蓋的時間很長,可以上自商鞅,
下及秦統一天下之前。總之,可以確定的一點是秦律以"百姓"稱庶
人,而且是秦律中使用最多的一個泛稱。[62]這應該是一般庶人已普
遍有姓的有力證據。

我們再回頭看鳳凰山十號墓鄭里廩簿以外其他的簡。其他簡上
提到的人很多都是有名有姓。因此,不可能獨獨鄭里的人都沒有姓。
那麼,他們姓什麼呢?一個大膽的假設是他們可能大部分姓鄭,故其
里名曰鄭里。[63]因爲大部分的人都姓鄭,簿册中也就不須再注明姓
氏。漢代里名有嘉名,如"當利里";有表示方位的,如"市陽里";也有
以姓氏爲名的,例如馬王堆地圖上的里就有侯里、石里、邢里、胡里、徐
里等顯然以姓氏爲名的里名。[64]居延漢簡吏卒籍貫也有曾里、高里、

[58]《漢書》卷九〇《酷吏傳》。
[59]轉見陳直《漢書新證》,頁370;《晉書》卷五一《束皙傳》同。
[60]參閲杜正勝前引文上篇,頁9～12。又參徐復觀《周秦漢政治社會結構之研究》(新亞研究所,1972年)一書之《中國姓氏的演變與社會形式的形成》章,頁295～350。徐文曾談到庶人之得姓,可參。
[61]《睡虎地秦墓竹簡》,頁91。
[62]秦律中"百姓"凡十三見,泛指一般平民。"庶人"三見。
[63]《唐麟德元年(664)懷州周村十八家造像塔記》的十八家人户中有十四家姓周氏,由此可見周村如何得名。這一例證爲時甚晚,但對我們考慮鄭里之得名,不無幫助。造像塔記資料轉見杜正勝,前引文。
[64]《長沙馬王堆三號漢墓出土地圖的整理》,《文物》1975年第2期,頁41～42,表四"地圖上的注記釋文"。

辛里、胡里、侯里、石里、蒲里、梁里、吕里、宋里、田里、伏里等。[65] 我們懷疑這些里是過去血緣性聚落的遺留。在里制形成的過程中，聚落裏主要的姓氏就變成了里名。當然，不以姓氏爲名的里，並不表示其居民不是聚族而居。因爲動亂、遷徙、婚姻種種因素，一個里中不會完全同姓，但大概有一個或幾個主要的姓。如果同一姓氏的族群因人多，分佈在鄰近的鄉里之中，他們就成了當地的“大姓”。景帝時，濟南瞷氏宗人有三百餘家，遂爲鄉里“豪猾”。[66] 會稽鄭弘曾祖父本齊國臨淄人，“武帝時徙强宗，大姓不得族居，將三子移居山陰，因遂家焉。”[67] 漢武帝打擊强宗大姓，强迫他們不得族居，但是他們的勢力似不因武帝的打擊而破滅。例如宣帝時，潁川郡仍有“大姓原、褚宗族横恣”；[68] 成帝時，“定襄大姓石、李群輩報怨，殺追捕吏。”[69] 這種例子還有很多。宗族大姓不論是聚而爲惡或爲善，證明血緣性的聯繫一直是頗爲有力的，不能説“血緣的作用到西漢中期以後纔逐漸擴張。”[70] 我們再舉若干例子説明西漢聚族里居，宗族保持聯繫的情形：

> 萬石君徙居陵里，内史慶（萬石君子石慶）醉歸，入外門不下車。萬石君聞之，不食。慶恐，肉袒謝請罪，不許。舉宗及兄建肉袒，萬石君讓曰：“内史貴人，入閭里，里中長老皆走匿，而内史坐車中自如，固當！”乃謝罷慶。慶及諸子入里門，趨至家。（《漢書》卷四六《萬石君傳》）

> 〔疏〕廣既歸鄉里，日令家共具設酒食，請族人、故舊、賓客……廣子孫竊謂其昆弟老人廣所愛信者曰：“……宜從丈人所，勸説君買田宅。”老人即以閒暇時爲廣言此計，廣曰：“……吾既亡以教化子孫，不欲益其過而生怨。又此金者，聖主所以惠養老臣也。故樂與鄉黨宗族共饗其賜，以盡吾餘日，不亦可乎？”於是族人説服。（《漢書》卷七一《疏廣傳》）

> 初，〔田〕延年母從東海來，欲從延年臘，到雒陽……

〔65〕 林振東《居延漢簡吏卒籍貫地名索引》，《簡牘學報》1978 年第 6 期，頁 166～181。
〔66〕 《漢書》卷九〇《酷吏傳》。
〔67〕 《後漢書》卷三三《鄭弘傳》，李賢注引謝承書。
〔68〕 《漢書》卷七六《趙廣漢傳》。
〔69〕 《漢書》卷一〇〇上《序傳》。
〔70〕 杜正勝，前引文下篇，頁 35。

母畢正臘，謂延年曰：“天道神明，人不可獨殺。我不意當
老見壯子被刑戮也。行矣！去女東歸，掃除墓地耳。”遂
去，歸郡，見昆弟宗人，復爲言之。後歲餘，果敗。（《漢
書》卷九〇《酷吏傳》）

　　平阿侯舉(樓)護方正，爲諫大夫，使郡國。護假貸，多持
幣帛，過齊，上書求上先人冢，因會宗族故人，各以親疏與束
帛，一日散百金之費。（《漢書》卷九二《游俠傳》）

　　（班）伯上書願過故郡上父祖冢……因召宗族，各以親
疏加恩施，散數百金。”（《漢書》卷一〇〇上《叙傳》）

萬石君原居長安戚里，後徙陵里。據陳直考證，陵里即長安中之梁
陵里。[71] 萬石君的宗人似皆居長安里中。他的宗人有多少呢？其
《傳》説：“慶方爲丞相時，諸子孫爲小吏至二千石者十三人。”子
孫當然不是人人可得爲官。爲官及吏者有十三人，則其宗人數必不
甚小。從其他的例子看來，漢人出外作官，老歸鄉里。鄉里的族人
聚居一處，而宗族的墳墓亦在故里。他們除了歸老時照顧族人外，
在任時亦與故里族人保持聯繫，樓護、班伯皆爲其例，前引劉邦也
是例子。根據以上所述，西漢宗族聚里而居應是普遍的現象。

　　東漢以後，聚族里居的例子就更多了。即以漢光武帝家族爲例。
《後漢書·宗室四王三侯列傳》謂：“成武孝侯順，字平仲，光武族
兄也。父慶，春陵侯敞同産弟。順與光武同里閈，少相厚”；又“泗
水王歙字經孫，光武族父也。歙子終，與光武少相親愛。”劉順、劉
終，一爲光武族兄，一爲光武族父子，少相親厚於同里之中，宗族
聚居閭里的畫面，不禁躍然紙上。還有一個有趣的例子見王充《論
衡》。《論衡·語增篇》謂：“傳語曰：‘町町（盼遂案：町町蕩盡之
意）若荆軻之閭。’言荆軻爲燕太子丹刺秦王。後誅軻九族，其後恚
恨不已，復夷軻一里……此言增之也。……始皇二十年燕使荆軻刺
秦王，秦王覺之，體解軻以徇，不言盡誅其閭。彼時或誅軻九族，
九族衆多，同里而處。諸其九族，一里且盡，好增事者則言町町
也。”王充雖然在這裏駁斥當時人誇大不實的傳言，卻無意中透露了
漢世“九族衆多，同里而處”的情況。他對誅軻九族，一里且盡的

---

[71]　陳直《漢書新證》，頁283。

解釋，與其説是根據荊軻當時的實況，不如説是他不自覺地將自己時代裏"聚族里居"的情形，投射在對歷史的認識上。又《後漢書》卷四三《朱暉傳》："建初中，南陽大飢……暉盡散其家資，以分宗里故舊之貧羸者，鄉族皆歸焉。"范曄在這裏不説宗族和鄉里，而説"宗里"和"鄉族"，似乎意味東漢章帝時，宗族與鄉里的成員已叠合難分，到了可用這種新名詞來形容的程度。

接著，我們即來看看明、章之世，侍廷里的情況。侍廷里父老僤裏的二十五人，據約束中"户者一人"的規定看來，應該代表該里的二十五家。其中姓氏可知的二十四家共有六姓：

1. 于氏：（1）于中山　（2）于中程　（3）于孝卿　（4）于孝
   　　　（5）于伯先　（6）于伯和　（7）于程　　（8）于季
   　　　（9）于稚　　（10）于思

2. 單氏：（11）單侯　　（12）單子揚　（13）單力

3. 尹氏：（14）尹伯通　（15）尹明功　（16）尹太孫

4. 錡氏：（17）錡中都　（18）錡初卿　（19）錡季卿

5. 周氏：（20）周平　　（21）周蘭　　（22）周偉

6. 左氏：（23）左巨　　（24）左中

六姓構成父老僤的二十餘成員家庭，但是不是全里的人户都屬於六姓呢？我們不能確知，但不是不可能。六姓人户有些中資可爲父老，有不少顯然是不中資的。父老僤中最多的是于氏，多達十户；單、尹、錡、周氏各三户，左氏二户。于氏幾乎佔父老僤成員的一半，因此由于家的人爲祭尊，領銜訂立約束，就不難理解了。我們再看看同姓之間的關係。從西漢開始，兄弟之間已有以共通字或共通偏旁字排行的情形。東漢更有在同族或同宗間以共通字排行的習慣。[72] 雖然這種習慣不是絕對的，但是父老僤的幾家卻顯然有排行的情形。錡氏的初卿、季卿似爲兄弟，以"卿"字爲共通字，以初、季排行。于氏人多，看的更清楚。中山、中程應是兄弟，以"中"字爲共通字，同樣的情形有伯先、伯和兄弟。于孝卿和于孝的關係較不明確，不知是否有脱漏。不過程、季、稚三人則以"禾"之偏旁字顯示他們的血親關係。如果他們是于氏四家兄弟，他們之間的

---

[72] 鶴間和幸《漢代豪族の地域的性格》，《史學雜誌》87 卷 12 號，1978 年，頁 16～17。此文舉證甚詳，可參。

關係可以近在五服之內，屬於同一家族，但也可能遠在五服之外，不過是宗人罷了。不論如何，宗族聚居一里的情形，侍廷里的于氏作了十分有力的證明。

由於農村聚落中的家族親屬聯繫始終是地方組織的重要成分，因此鄉里之制雖然逐漸確立，維繫鄉里秩序的除了法律，仍然以孝悌、敬老等家族倫理爲底基。管仲制齊國爲二十一鄉，鄉長每年正月向齊桓公作治績報告，據説桓公親問焉："於子之鄉，有不慈孝於父母，不長悌於鄉里，驕躁淫暴，不用上令者，有則以告。"[73] 不慈孝、不長悌，不用上令都足以破壞秩序，鄉長不能不問。《管子·入國篇》有"老老"之法："年七十已上，一子無征，三月有饋肉；八十已上，二子無征，月有饋肉；九十已上，盡家無征，日有酒肉。死，上共棺槨，勸子弟精膳食，問所欲，求所嗜，此之謂老老。"敬重老者，享以特權，是因爲維持社會秩序，他們是重要的力量。[74]《白虎通》卷上："教民者皆里中之老而有道德者爲右師。教里中之子弟以道藝、孝悌、行義、立五帝之德。"法家如韓非反對將治國建立在孝慈仁義之上，主要在於相信法令刑罰比這些倫理信條，有更大必然的約束力。[75] 但是他的理論不能不向事實低頭，秦律對"不孝"、"子告父母"、"毆大父母"都加重治罪。[76] 在一個家庭宗族關係堅強的社會裏，法律不但不能破壞家族倫理，反而要加以保障。劉邦因而擇民年五十以上者爲鄉三老，歲賜酒肉。惠帝舉"民孝悌、力田者，復其身"。[77] 這些都和法家或儒家的哲學理論無關。我們只有從一個強調親屬宗族關係的社會，纔能理解這些措施的意義。

---

[73] 《國語·齊語》。

[74] 《逸周書》卷四《大聚解》："以國爲邑，以邑爲鄉，以鄉爲閭，禍災相邺，資喪比服，五户爲伍，以首爲長；十夫爲付（什），以年爲長；合閭立教，以威爲長；合旅（族）同親，以敬爲長；飲食相約，興彌相庸，耦耕□耘，男女有婚，墳墓相連，民乃有親。"這一段文字顯示先秦血緣聚落與鄉邑閭里制相結的理想情況。這種社會秩序的維持在於以年、以威、以敬爲長。

[75] 如《韓非子》卷一九《五蠹篇》、《顯學篇》。《顯學篇》謂："夫嚴家無悍虜，而慈母有敗子。吾以此知威勢之可以禁暴，而德厚之不足以止亂也。夫聖人之治國，不恃人之爲吾善也，而用其不得爲非也……不恃賞罰而恃自善之民，明主弗貴也……有術之君，不隨適然之善，而行必然之道。"

[76] 參邢義田《奉天承運——皇帝制度》，《中國文化新論·制度篇》，聯經出版事業公司，1982年，頁70～71。

[77] 《漢書》卷二《惠帝紀》。

西漢宣帝以後，宗族的力量日強，這與儒學日盛，或有若干關係，但也未嘗不是春秋戰國以來一個宗族社會自然的、更進一步的發展。

後　記

收到拙稿校樣前不久，剛剛得讀杜正勝兄甫出新作《古代聚落的傳統與變遷》（見《第二屆中國社會經濟史研討會論文集》，1983年7月）。杜兄新作詳密周延，許多意見已不同於《傳統家族試論》。其中一大不同是揚棄地緣取代血緣聯繫的舊說，而其新解與愚意頗相類似。拙文雖然依舊採用血緣和地緣的用語，實際上深深感覺到古代中國社會組織的複雜性，是不能僅憑血緣或地緣觀念完全掌握的。過去大家往往以單純的血緣關係討論家或家族，以地緣關係理解鄉里組織。這樣不但難以認清問題，反而造成認識中國社會的限制。父老僤、張儉之壇和中服共侍約就都放不進血緣或地緣的框框。杜兄新作談古代聚落，發現聚落形成的因素不全在血緣，也不全在地緣。這在突破地緣和血緣觀念的限制上，實已邁出了重要的一步。拙文強調鄉里和宗族聚居的叠合現象，也感於鄉里只是行政組織，似不宜用血緣或地緣去瞭解它的性質。

不僅鄉里聚落如此，從血緣討論家和家族問題，就社會經濟史而言，也很值得再作考慮。例如從服制談家族，可以掌握到家族的血親關係。可是如果我們將對家和家族的瞭解限定在有血親關係的成員之間，恐怕就不能完整地認識一個家或家族的經濟生活、社會活動，甚至在政治上的榮辱興衰。理由很簡單。以秦漢社會為例，稍涉秦漢史者皆知，秦漢的家和家族除了同居共財，有血親關係的成員之外，還有奴婢、賓客、部曲之類的附屬人口。他們雖然不是某一家或族的血親，他們和這一家或族生活關係之密切，是無異於家族整體的一部分。因此，單獨討論家族中有血親關係的成員，或單獨處理奴婢、賓客、部曲的問題，就整體認識秦漢家族的社會經濟生活而言，都是不夠完整的。拙文討論家族尚不能免於血緣一層的限制，希望以後能有機會再作較完整的論述。總之，新的材料逼使我們反省舊的觀念，也迫使我們進一步追問：古代社會組織的原則何在？那些構成我們討論古代社會最好的分析單位？那些單位的組織形態是基型？那些又是基型的派生？面對認識中日益複雜的古代社會，或許只有這樣纔能從複雜中理出一些頭緒來。

　　古史的材料十分稀少，有關基層社會者，尤爲零星。新出的資料每使古史的學者太過興奮，不知不覺中誇大了新材料的意義，甚至輕易地推翻舊説。論侍廷里父老僤買田約束石券的學者因見券中父老資産的規定，輕率否定以年高德劭者爲父老的舊説就是一例。反躬自問，個人亦常不免如此。這是治古史的一險。再者，古史是冒險家的樂園。治古史憑藉想像的部分往往多於材料所能建構者，但終不免强爲之説。這又是一險。拙文冒險説了一些話，還望沉潛有得的杜兄及大雅君子不吝指正。

　　　　——1983 年 8 月 25 日記，1986 年 2 月 21 增補修改。2004
　　　　年 11 月 13 日小幅再補。

※ 本文原載《漢學研究》1 卷 2 期，1983 年，增補稿收入邢義田《秦漢史論稿》，臺北：東大圖書公司，1987 年。
※ 邢義田，美國夏威夷大學博士，中央研究院歷史語言研究所研究員。

北齊標異鄉義慈惠石柱

——中古佛教社會救濟的個案研究

劉淑芬

一、前　言

　　北齊時在今河北定興縣石柱村所建立的一所高約七米的石柱——"標異鄉義慈惠石柱"（見附圖），是遺存至今少數南北朝的建築之一，在中國建築史的研究上具有相當的重要性。在此石柱上刊刻著額題"標異鄉義慈惠石柱頌"，及長達三千餘言的頌文。從頌文中可知，此一石柱的樹立，是爲了表彰一群佛教徒所組織的社會救濟團體——"義"的成員之德行美風；並且做爲此縣"邑義"例置二百餘人豁免力役的一個依據。因此，它可以説是研究北朝宗教史、社會史、經濟史、政治史，乃至於其時范陽的地方史，極爲珍貴的第一手資料。

　　對於此一珍貴的歷史建築實物，以及利用其上頌文所做相關的研究，迄今仍是寥然可數。建築學者劉敦楨在 1930 年代曾對此石柱作過測繪與研究，[1] 其後羅哲文亦曾撰文介紹。[2] 至於歷史學方面，則僅有唐長孺根據頌文中佛教徒捨課田、莊田的題記，以研究北齊時代的田制。[3]

　　本文主要用此石柱上頌文，探究北朝佛教徒的社會救濟事業，兼論佛教對北朝社會的影響。首先，就佛教經典——特別是當時所流行的經典，探討其對佛教社會福利事業的影響。再則，從北魏末

---

〔1〕劉敦楨著，劉叙杰、郭湖生整理《定興北齊石柱》，《劉敦楨文集》第 2 集，北京：中國建築工業出版社，1982 年。

〔2〕羅哲文《義慈惠石柱》，《文物》1958 年第 9 期。拓文《義慈惠石柱》，《文物》1977 年第 12 期。

〔3〕唐長孺《北齊標異鄉義慈惠石柱頌所見的課田與莊田》，收入氏著《山居存稿》，北京：中華書局，1989 年。

年以迄北齊時代范陽地區的兵災人禍，做爲瞭解此地佛教徒興辦社會救濟事業的背景。第三，叙述此一佛教社會救濟組織"義"的緣起與歷史，以及其所從事救濟事業的內容。第四，進一步探討此一佛教社會救濟組織的成員、組織及其經濟來源。第五，從歷史的觀點，探討此石柱的性質及其形制。最後，就本文的論述探討佛教對中古社會的影響。

由於本文以石柱頌文做爲主要的資料，因此有必要對此材料做一個簡單的説明。此一石柱建立於北齊時代，迄今猶存，但在清末以前，並未爲金石家所著録。清光緒十三年（1887），碑工李雲從最早認識到此石柱的珍貴，鹿喬笙得知此事，募工親自前往摹拓，並且記録其文，贈與沈曾植。光緒年間所修的《定興縣志》卷一六《金石》，便收録了此石柱頌文，其後並附有沈曾植考訂的長跋。[4]不過，《定興縣志》中缺少了施地的題記，和此"義"成員二百餘人的題名，這可能是最初氈拓者、録文者不重視這一部分的緣故。然而，就社會史和經濟史的角度而言，施地題記和題名卻是極爲珍貴的史料。今除了頌文之外，收録這兩部分者有：（一）《北京圖書館所藏歷代拓本匯編》第七册，但題名部分不盡清晰。（二）《魯迅輯校石刻手稿》第一函第六册中，並録有施地記和題名。本文徵引此一資料時，頌文部分係以《定興縣志》爲主，施地記和題名部分則兼引上述兩個來源的資料。

二、佛教的福田思想與中古時期的社會福利事業

中古時代佛教徒受佛教福田思想的影響，熱心從事社會福利事業——包括社會救濟和地方公共建設，流行於六世紀中的兩部經典可能在其間扮演了重要的角色。

自西晉以降，有一些漢譯的佛典中就提到了福田觀念，其中西晉時法矩譯的《佛説諸德福田經》（大·683）是專講福田的經典，提到七種福田，行者得福，即生梵天。此七種福田法是：（一）興立佛圖、僧房、堂閣。（二）園果浴池，樹木清涼。（三）常施醫藥，療救衆病。（四）作牢堅船，濟度人民。（五）安設橋梁，過度羸

---

〔4〕《定興金石志》即《定興縣志》卷一六《金石》，收入《石刻史料新編》第 3 輯第 23 册，臺北：新文豐出版社，1986 年。

弱。（六）近道作井，渴乏得飲。（七）造作圊廁，施便利處。[5] 此外，《摩訶僧祇律》、《四分律》、《雜阿含經》、《長阿含經》、《增一阿含經》諸經典中，也都提及施濟以增進功德之法，日本學者常盤大定將以上經典所提的福田歸納爲十類：園果、林樹、橋梁、舟船、房舍、穿井、園廁、醫藥、福德舍、起塔精舍堂閣。[6]

在敦煌莫高窟中二六九窟、三〇二窟中，各有一幅六世紀下半葉的所繪的“福田經變”，可以反映出《佛說諸德福田經》是北朝末年流行的經典之一。“福田經變”所呈現的場景，完全是根據《佛說諸德福田經》的内容而繪製的。二六九窟北周時所繪的福田經變，從此窟北頂東段開始，由西到東共畫有六個場景：一、立佛圖、畫堂閣，二、種植園果以施清涼，三、施給醫藥，四、曠路作井，五、架設橋梁，六、道旁立小精舍。[7] 前五個場景都包含在《佛說諸德福田經》所述七個福田的項目之中，至於第六道旁立小精舍的場景，也是《佛說諸德福田經》所述的福田之一；此經叙一個名爲聽聰的比丘，因前世曾在大道旁作小精舍，備妥臥具與糧食，供給衆僧，兼提供行旅之人止歇；他因爲做了這些功德，所以命終之後得以生天、爲天帝釋，其後又下生爲轉輪聖王九十一劫，今世又得以值逢釋迦牟尼佛等諸多福報。[8] 另外一幅“福田經變”在三〇二窟，此窟係建造於隋開皇四年（584），在此窟人字西披下端，從北到南，繪有伐木、建塔、築堂閣建造佛圖的情景，以及設園池、施醫藥、置船橋、作井、建小精舍等場景。[9]

六世紀時另外一部流行的經典——《像法決疑經》（大·2870），對福田思想有更進一步的闡釋。此經並非譯自梵文的經典，而係北朝僧人所撰寫的，然而此經在當時不但相當流行，而且是對佛教界有很大影響的一部經典；六世紀時著名僧人的著作中曾徵引此經，它對後來興起的三階教尤其有重大的影響。天台的智顗（583～597）在其著作《法華玄義》中曾引此經的文句，以作爲經證；嘉祥寺吉

---

〔5〕《大正新修大藏經》第16冊，頁777中。
〔6〕常盤大定《佛教の福田思想》，收入氏著《續支那佛教の研究》，東京：春秋社，1941年，頁477～478。
〔7〕史葦湘《敦煌莫高窟中的〈福田經變〉壁畫》，《文物》1980年第9期，頁44。
〔8〕同注〔5〕。
〔9〕史葦湘《敦煌莫高窟中的〈福田經變〉壁畫》，頁45。

藏（549～622）所著的《中觀論疏》、《法華玄論》中，也都徵引了此經文句。此經對於六世紀下半葉開始興起的末法思想，似乎也有相當的影響。[10] 在末法思想逐漸流行中，有三階教的興起，三階教經典之一的《瑜珈法鏡經》曾大量引用此經。[11]《像法決疑經》不僅對六世紀佛教界和僧侶有很大的影響，它所宣揚的悲田思想在民間也引起了相當大的反響，如本文主要討論的河北范陽佛教徒社會救濟組織最初就是由一群平民佛教徒發起的。

《像法決疑經》的內容，主要是敘述在釋迦牟尼佛涅槃之前，常施菩薩向佛請教：在佛入滅之後所謂的"像法時期"，應該做何種福德，最爲殊勝？佛陀爲了解決其疑惑而說種種福德，其中一再強調布施貧窮孤老的重要性，最後甚至直說："此經名爲《像法決疑》，亦名《濟孤獨》，如是受持。"[12]

> 善男子，我今成佛，皆因曠劫行檀布施、救濟貧窮困厄衆生。十方諸佛亦從布施而得成佛。是故，我於處處經中，說六波羅蜜皆從布施以爲初首。……善男子，此布施法門，三世諸佛所共敬重。是故四攝法中，財攝最勝。

> 善男子，未來世中諸惡起時，……當爾之時，悲心布施貧窮孤老一切苦厄、乃至蟻子，其福最勝。善男子，我若廣說布施孤窮病苦功德，窮劫不盡，涅槃時至，爲汝略說。[13]

此經中也提出：布施貧窮孤老的"悲田"，遠勝於施予佛法僧的"敬田"的觀念：

> 善男子，我於處處經中，說布施者，欲令出家人、在家人修慈悲心，布施貧窮孤老乃至餓狗。我諸弟子不解我意，專施敬田，不施悲田。敬田者即是佛法僧寶，悲田者貧窮孤老乃至蟻子。此二種田，悲田最勝。[14]

牧田諦亮認爲：悲田勝於敬田這種說法，是從五世紀時北涼時曇

〔10〕 牧田諦亮《佛說像法決疑經について》，《結城教授頌壽記念佛教思想史論集》，東京：大藏出版株式會社，1964年，頁601～603。
〔11〕 矢吹慶輝《三階教之研究》，東京：岩波書店，1973年，頁669～670。並參見：牧田諦亮《佛說像法決疑經について》一文之末附《像法決疑經本文の校注》。
〔12〕 《佛說像法決疑經》，收入《大正新修大藏經》第85冊，頁1338下。
〔13〕 同前書，頁1336中、1338上。
〔14〕 同前書，頁1336上、中。

無讖所譯的《優婆塞戒經》(大‧1488)中，提及"福田"和"貧窮田"兩種田的解釋發展而來的。[15] 在此經中"貧窮田"是指施予貧苦的人，是爲了增福德、爲生憐憫、爲成功德、爲捨一切苦因緣，故施於貧窮。[16]《像法決疑經》中的布施和救濟貧窮孤老的悲田思想，幾乎全部爲後來三階教主要的經典《瑜珈法鏡經》所吸收，[17] 也深深地影響了三階教所展開大規模的社會福利事業。

在這種濟助貧苦、孤獨的悲田思想中，基於對於困頓窮愁者的悲憫情懷，使得佛教徒不僅濟助貧窮孤老的人，甚至對於受困的餓狗螞蟻，亦存矜恤之心；因此，在面對北魏末年戰亂連年所衍生屍骸橫地、餓殍遍野的淒慘景況，佛教徒的福田中遂衍生了新的項目—"義冢"與"義食"。原來佛典中所述的福田之中，並未有義冢這一項；不過，《像法決疑經》中也提到布施時不該算計是否爲福田的項目，只要有需要濟助的對象，便應當去做："善男子，菩薩布施時，不觀福田及非福田。若見貧苦衆生，悉皆施與。"[18] 由於經典有這樣的提示，北朝末年的佛教徒目睹北魏末年戰亂所造成河北地區幾近人間地獄的情況："形骸曝露，相看聚作北山；血流成河，遠近釁爲丹地。"[19] 基於掩埋尸骨現實的需要，於是有義冢福田的新創。本文所討論的這個社會救濟組織，就是從掩埋無主枯骨開始，踏出他們社會救濟工作的第一步。

此外，《像法決疑經》中也宣稱：衆人共同布施更勝於個人獨力的布施，[20] 這對於社會救濟團體的成立，也有相當的鼓勵作用。

三、標異鄉義慈惠石柱頌
——北朝末年一個佛教救濟組織的記事碑

"標異鄉義慈惠石柱頌"中，記述北朝末年范陽郡（治所在涿縣，今河北涿州）的佛教徒所從事包括義冢、義食、醫藥等社會救濟事業，除了從佛教的思想來理解之外，也有其特殊的時代背景。

---

[15] 牧田諦亮《佛説像法決疑經について》，頁599。

[16] 《大正新修大藏經》第24冊，頁1045中。

[17] 前引牧田諦亮文，文末所附《像法決疑經本文の校注》，將《瑜珈法鏡經》和《像法決疑經》雷同之處，一一列出。

[18] 《大正新修大藏經》第85冊，頁1338中。

[19] 《北齊石柱頌》，《定興縣志》卷一六，頁3。

[20] 《大正新修大藏經》第85冊，頁1336中。

本節擬就其時的政治上的戰亂，探討此一佛教徒的組織成立的經過和變遷。

（一）背景

北魏末年長期的戰亂，是范陽地區的佛教徒展開社會救濟工作的大背景：特別是自孝明帝孝昌元年（525）以後，柔玄鎮民杜洛周的變亂，以及其後葛榮餘黨韓樓之亂，對河北地區造成的極大破壞。杜洛周、葛榮的變亂其實是六鎮之變的延續，因此，若要談杜洛周之亂，不得不回溯六鎮之變。

北魏孝明帝正光五年（524）三月，戍守邊關沃野、懷朔、武川、撫冥、柔玄（以上五鎮皆在今內蒙古境內），以及懷荒（今河北張北縣北）六鎮的鎮兵，由於中央和地方的疏隔所導致不平等的待遇之遠因，以及六鎮的飢饉未獲適時救助的近因，因而爆發群體叛變，史稱"六鎮之變"。北魏政府引柔然主阿那瓌之援，於孝昌元年（525）六月敉平了六鎮的變亂。在戰亂中，六鎮生產組織遭受嚴重的破壞，亂平之後，北魏政府便把六鎮降戶二十餘萬人散置在定州（治盧奴，今河北定縣）、冀州（治信都，今河北冀縣）、瀛州（治趙軍都城，今河北河間），就食於此三州，種下了柔玄鎮民杜洛周在河北引起動亂的原因。在遷徙至河北的途中，這些被遣往三州就食的六鎮鎮民已經飽受旅途上的飢餓困苦，而當他們抵達河北時，又正值河北頻遭水旱，飢饉積年，也無處可以就食，而導致了以杜洛周創首起兵的河北之亂。

孝明帝孝昌元年八月，以柔玄鎮民杜洛周爲首的六鎮降戶，在上谷（治沮陽，今河北懷來縣東南）起兵，南圍燕州（治廣寧，今河北涿鹿縣）。四個月之後（孝昌二年二月），以懷朔鎮兵鮮于修禮爲首的六鎮降戶，在定州的左人城（今河北唐縣西）起兵，聚衆至十萬餘人。這一年的八月，鮮于修禮爲其別帥元洪業所殺，元洪業旋即爲修禮部將葛榮所殺，葛榮於是成爲這一支叛軍的領導人物。葛榮的軍隊所向皆捷，屢次擊敗北魏政府的軍隊，銳不可擋，而於孝昌三年（527）先後攻陷殷州（治廣阿，今河北隆堯縣東）、冀州。孝明帝武泰元年（528）正月，又攻下了河北大鎮定州，而與杜洛周的勢力相銜接。二月，葛榮遂併杜洛周，挾勢繼續攻佔冀、定、滄、瀛、殷五州，衆至數十萬人之多。同年，葛榮揮軍指向北魏首都洛陽，卻在滏口(河北磁縣西北石鼓山)爲爾朱榮所擊敗,葛榮被俘,送至京師處死。不過,葛榮之變並未就此結束;這一年年底,葛榮的餘部韓樓、郝長繼續起兵,佔領幽州,有衆數萬人。直到第二年(孝莊帝永安二年,529)九月,北魏大都督侯淵纔將韓樓討平。

上述兵亂對范陽地區有著直接的影響,見諸於記載者有三:(一)孝昌二年(526)七月的粟園之戰。(二)虎眼泉之戰。(三)永安中(528～529)韓樓之亂。

粟園之戰:范陽附近是重要的糧産區,尤其以粟園(今河北易縣東南西固安)最是豐盛,所謂的"固安之粟,天下稱之",[21] 因此范陽一帶自然成爲杜洛周及其軍隊抄掠的主要目標。孝昌二年(526)四月,杜洛周自上谷南下,抄掠薊城(今北京西南),與魏政府軍數度交戰,各有勝負,杜洛周復引兵返回其根據地的上谷。[22] 這是杜洛周軍隊首度抄掠幽州之始,其後他更屢屢南下侵擾幽州,而及於范陽郡。同年六月,杜洛周的部將曹紇真、馬叱斥等將兵薊南,北魏幽州行臺常景、都督于榮、刺史王延年在粟園部署軍隊,以邀擊曹紇真的人馬。由於連天雨霾,曹紇真軍隊遠來勞頓,所以常景等人的軍隊得以逸待勞,大破曹紇真軍,並且"斬曹紇真及將卒三千餘人"。[23] 這些在戰亂中死難兵士的骸骨曝露,無人收埋,激發了日後范陽地區佛教徒踏出其社會福利事業第一步"鄉葬"。

虎眼泉之戰:在粟園之戰後,杜洛周率衆南趨范陽,又爲常景和王延年所擊敗;同時,常景又派遣別將在虎眼泉,再度擊破杜洛周的軍隊,《魏書‧常景傳》記載他"又遣別將重破之州西虎眼泉,擒斬及溺死者甚衆。"虎眼泉距今石柱所在的定興不遠,《水經注》云:"濡水又東,得白楊水口,水出遒縣西山白楊嶺下,東南流入濡水,時人謂之虎眼泉也。"[24] 遒縣位於范陽縣之西北,濡水出遒縣西山白楊嶺下,向東南流入濡水,即虎眼泉;考之今地,虎眼泉正

---

[21] 《資治通鑑》點校本,卷一五一,《梁紀七》,武帝普通七年,北京:古籍出版社,1956年,頁4714。

[22] 同前書,卷一五一,《梁紀七》,武帝普通七年,頁4712。

[23] 同注〔21〕。

[24] 段熙仲點校,陳橋驛復校《水經注疏》卷一一,江蘇古籍出版社,1989年,頁1030～1031。

是易水流入拒馬河之地，其地適在石柱村所在的定興附近。虎眼泉之戰是常景的部將趁杜洛周敗軍北返途中邀擊之，故能大破其軍，杜洛周的軍隊或死於兵刃，或溺死的人數甚多。

韓樓之亂：從孝莊帝永安元年(528)十二月，葛榮餘部韓樓據幽州反，迄孝莊帝永安二年九月，爾朱榮派遣大都督侯淵討平韓樓爲止，總計幽州地區前後又經歷了十個月的戰火兵亂。[25] 日後成爲"義"的重要成員之一——范陽大族盧文翼時爲都督，和他的族人盧文偉，率領鄉人堅守范陽城，以拒韓樓。《魏書》卷四七《盧玄附盧文翼傳》："永安中爲都督，守范陽三城，拒賊帥韓婁有功，賜爵范陽子。"盧文偉以白衣之身率鄉閭守范陽，因此功而被任爲范陽太守。[26]

在這一個地區戰亂中的兵災人禍中，有的居民無辜地喪失了性命，更由於戰亂破壞了正常的生產，而引發了地區性的飢饉和疾疫。石柱頌文對此地所遭受的破壞與災難，有簡短沉痛的陳述：

> 值魏孝昌之季，塵驚塞表，杜葛猖狂，乘風闐發，蟻集蜂聚，毒掠中原。桑乾爲虜馬之池，燕趙成亂兵之地。士不芸鎒，女無機杼，行路阻絕，音信虛懸。殘害村薄，鄰伍哀不相及；屠戮城社，所在皆如亂麻。形骸曝露，相看聚作北山；血流成河，遠近翻爲丹地。仍有韓婁豹勃鳥集，驚危趣走，薊城鴟視，藏户遂復。王道重艱，原壄再絕。(《定興縣志》16：3)[27]

就是在這些兵荒戰亂之後，遍地散落著無人收掩的屍骨，餓殍滿道，在范陽地區一批平民佛教徒懷著悲憫之心，展開了一系列的社會救濟工作。

(二) "義" 的簡史

東魏、北齊時，在今河北定興石柱村的佛教徒自稱其所成立的社會救濟組織爲 "義"；它原先是少數平民佛教徒出自宗教悲憫的情懷，在戰亂之後發起掩埋尸骨、救濟飢民的社會救濟工作，後來也提供醫療服務。值得注意的是，此 "義" 之所以得以茁壯擴展，則

---

[25] 《資治通鑑》卷一五四《梁紀九》，武帝中大通元年，頁4769。
[26] 《北齊書》卷二二《盧文偉傳》。
[27] 由於本文徵引石柱頌文，大都出自《定興縣志》，爲了避免注脚蕪繁，凡引自此書者，皆直注其下，第一個數字是卷數，后爲頁數。

和請來著名僧人曇遵至此弘揚佛法，有很大的關係。他們施給救濟的場所——"義坊"也曾一度遷移，而其經濟來源則是一群熱心的佛教徒所捐贈的田園宅地。

1、緣起

此"義"成立的時間，約在東魏初年葛榮餘黨——韓樓之亂平定之後，以王興國爲首的一些平民佛教徒，因爲哀憫戰火中罹難者的尸骸無人收埋，首先展開"鄉葬"的工作，這是"義"所展開的第一項社會救濟工作。他們駕車緣著涿水兩岸，收拾無主的尸骨，集在一處，共做一墳，稱爲"鄉葬"。在頌文中叙述："王興國等七人，……乃罄心相率，駢車歷境，緣涿東西，拾諸離骨，既不能辨其男女，誰復究其姓名，乃合作壹墳，稱爲鄉塋。"（《定興縣志》16：3）在石柱的額題"標異鄉義慈惠石柱頌"下，有"元造義王興國、義主路和仁"，以及"元鄉塋十人等如左：田市貴、滑榮祖、梁令奴、田寶護、陳顯仁、鮮于法珍、田顯和、鄭暎世、田勃順、史靈寶。"的題名，[28] 究竟最初從事鄉葬者是七人或十人？最先倡議鄉葬者是王興國，這是沒有疑問的，所以稱他爲"元造義"，頌文中稱"王興國等七人"，大概最初響應鄉葬者爲七人，後來繼有參加者，除王興國之外，另有"元鄉塋十人"，共計十一名。

王興國等人隨即又在鄉葬墓所，提供"義食"，主要是接濟那些路經此地的返鄉流民。自北魏末年以來，有許多瀛、冀、幽等州人民爲逃避戰亂而南向避難，《北史》卷一五《魏諸宗室傳·高涼王孤傳附上黨王天穆傳》："初，杜洛周、鮮于修禮爲寇，瀛、冀諸州人多避亂南向。……靈太后詔流人所在皆置，命屬郡縣，選豪右爲守令以撫鎮之。"待亂平之後，這些流民又陸續北還，迤邐於漫長的返鄉路途，其中有一部分流民的歸途經過范陽，"義"所在地恰在官道之旁（見下文），是這些流民必經之地。如孝莊帝永安二年（529），朝廷派遣征東將軍劉靈助兼尚書左僕射，慰勞幽州流民於濮陽頓丘（今河南浚縣北），因率流民北還，而與侯淵共滅韓樓，[29] 劉靈助所率領這批北返的幽州流民，一定要到達抵薊城附近，纔有可能與侯

---

〔28〕 北京魯迅博物館、上海魯迅紀念館《魯迅輯校石刻手稿》第 1 函第 6 册《慈惠石柱頌》，上海書畫出版社，1987 年，頁 1051。

〔29〕《魏書》卷九一《術藝·劉靈助傳》。

淵共滅韓樓於薊。而自頓丘到薊，須經過范陽。流民在漫長的歸鄉途中，難免飢渴疲乏，在范陽附近的"義"所接待的飢民，當有部分是路經此地的流民。石柱頌文云：

> 宇宙壹清，塵消萬里，城邑猶簡，村薄未幾。去來女婦，往還公子，駱驛長途，靡所厭止。仍茲四輩，心懷十力，念此浮魂，嗟於游息。近減家資，遠憑此識，於此家傍，遂爲義食。（《定興縣志》16：3）

此"義"剛開始供應義食時，一切都很簡陋，僅是在鄉葬墓所之旁作臨時性的供食；後來纔建立"義堂"，作爲供應義食的場所。頌文形容義食供應之初的情景是：

> 遂興誓願，賙給方有，各勸妻孥，抽割衣食，負釜提壺，就茲墓左，共設義食，以拯飢虛。於後荏苒，遂構義堂。（《定興縣志》16：3～4）

對提供"義食"和構築"義堂"有較多貢獻者，除了王興國等十一人之外，另有田鸞碻、鄭貴和、陳靈奴、賈魏珍四人，他們的名字以"元貢義"的頭銜，出現在石柱額下"元鄉蟄"的題名之後。[30]

從構築"義堂"以後，此"義"就不僅是暫時救助災民的團體，而衍變成一個長期性的社會救濟組織。

2、曇遵法師與"義"的茁壯發展

東魏孝靜帝武定二年（544），是"義"發展的一個重要契機。范陽的大族盧文翼請名僧曇遵到此地弘揚佛法，曇遵吸引了衆多的信徒，他們成爲"義"的贊助者，使得"義"獲得更多的經濟來源。另外，由於曇遵在來到此地之前，已遍歷華北各地傳教，而名聲大噪；他來到此地以後，也吸引了一些上層階級的信徒，使得這個原來只是少數平民佛教徒發起的社會救濟組織，增加了不少地方大族、朝廷和地方的官員的成員：

> 武定二年，有國統光師弟子沙門三藏法師曇遵，稟資大德，歷承冲旨；體具五通，心懷十力。常以智慧，救諸煩惱；名盛南州，邈致無因。有摩訶檀越大都督盧文翼，……洞解十號之方，深達具足之海，既承芳實，朝夕敬慕，久而

---

[30] 《魯迅輯校石刻手稿》第 1 函第 6 冊《慈惠石柱頌》，頁 1051。

通請，方致神座。仍及居士馮叔平、居士路和仁等道俗弟
子五十餘人，別立清館，四事供養，敷揚秘教，流通大乘。
五冬六夏，首尾相繼，鱗羽感其德音，緇素服其惠了；貴
賤往來，於是乎盛，便於此義，深助功德。（《定興縣志》
16:4）

　　曇遵是北朝末年名僧慧光的弟子，北魏末年慧光駐錫洛陽，擔
任國都；北齊時被召至鄴都，被命爲國統。慧光在僧侶戒律方面有
很多的貢獻，造《四分律疏》，刪定《羯磨戒本》、《僧制十八條》
等，造就不少弟子，影響很大。[31] 曇遵俗姓程，魏時曾仕爲員外
郎，後來出家，從慧光學，前後達十年之久。他的長處在於講析義
理，以四處傳教而聞名。《續高僧傳·釋曇遵傳》云：“大乘頓教，
法界心原，並披析義理，挺超時匠。手無異筆，而變他成己，故談
述有續，而章疏闕焉。”[32] 他從洛陽開始其傳教事業，足迹遍歷齊、
楚、魏、晉、燕、趙，名聞朝廷，後來北齊皇帝徵召他至鄴都，任
爲國都，後轉爲國統。由於曇遵以義理析辯，清高的風格，四處傳
道，而清譽遠揚，所以盧文翼不辭費盡心思，把他請到范陽來。

　　爲了安置曇遵，盧文翼建立“清館”；此清館是爲供養法師，及
作爲他在此傳教的道場之用，原來並不是和“義”混合爲一的。因
此，清館有別於“義”所的“義堂”，頌文中也説是“別立清館”。
至於清館的地點，當在距離“義堂”不遠之處，因此“義”繼得以
近水樓臺之便，得到曇遵的信徒大力的支持。此一清館僅是宅第，
而不是真正的寺院建築；這可能是因爲盧文翼請曇遵至此時，並未
做曇遵等人可以長期在此停留的打算，頌文中也説“時有敕請法師，
始復乖阻。”（《定興縣志》16:4）可見曇遵在此停留期間有敕召請，
而不克前往，故得以在范陽停留“五冬六夏”。其後，曇遵還是爲皇
帝所徵召，而長期駐於鄴都。

　　雖然曇遵駐錫的清館原來是和“義”所分開的，但自從曇遵至
此之後，曇遵和其弟子便成爲“義”在經濟和實務運作上重要的支
柱。“義”一方面在經濟來源上得到曇遵信徒的贊助；另一方面，追

〔31〕 《續高僧傳》（大·2060，收入《大正新修大藏經》第50册）卷二一《明律上》，
　　　《齊鄴下大覺寺釋慧光傳》，頁608上。
〔32〕 同前書，卷八《義解四》，《齊鄴中釋曇遵傳》，頁484上。

隨曇遵至此的的俗家弟子馮叔平、路和仁，全力投入此一社會救濟組織。日後曇遵雖然爲北齊皇帝徵召至鄴都，但並未就此斷絕和此"義"的關係，他的弟子馮叔平、路和仁等人，始終留在范陽，主持"義"的救濟工作。《續高僧傳・釋曇遵傳》記載他四處傳教的情形："初出化行洛下，流演齊、楚、晉、魏，乃至燕、趙，通傳道務，攝治相襲。"曇遵被召回鄴都之後，路和仁在范陽"獨主義徒"，（詳下文）似可作爲是曇遵在其傳教過程中"通傳道務，攝治相襲"的一個註脚。

其後，"義"的社會救濟項目中增添了醫療一項，這和曇遵及其弟子的加入應有相當的關係。佛教僧侶在中古醫療中扮演著一個重要的角色，這可以從當時人對僧人的批評中見其端倪，五世紀中在陝西活動的僧人道恆在其所著的《釋駁論》中，引述時人對僧人的攻詰，並予以反駁；不論當時人對僧人的批評是否允當，但其所描述僧人的活動，正是其時僧人生活最好的寫照，其中有條目是："或矜恃醫道，輕作寒暑。"[33]又，北朝僧人所撰述的《像法決疑經》中説："何故未來世中一切俗人輕賤三寶，正以比丘、比丘尼不如法故，……或誦咒術以治他病，……或行針灸種種湯藥以求衣食，……"[34]由此可見，中古時期有許多僧人從事醫療行爲。"義"最初僅是十數個平民百姓發起，爲掩埋枯骨、救濟飢民小型的社會救濟組織，若無曇遵門人僧徒的參與，大概無法進一步拓展醫療這一項服務了。

由少數平民佛教徒發起的"義"這個救濟組織，由於得到曇遵信徒的大力支持，而逐漸茁長擴大；雖然曇遵也吸引了不少上層階級"貴賤往來，於是乎盛"，不過，它主要的支持者還是以平民佛教徒佔多數。如武定四年"義堂"遷移新址，它的土地田園就是一批平民所捐獻的。

3、"義"址的遷移

義堂原先是位於官道之旁，武定四年（546）因爲官道西移，路經此地的人漸稀，服務的對象亦隨之減少，義所於是隨著官道西移。頌文記：

> 武定四年，神武北狩，敕道西移，舊堂寥廓，行人稍

---

[33]《廣弘明集》（大・2102，收入《大正新修大藏經》第 52 册）卷六，頁 35 中。
[34]《大正新修大藏經》第 85 册，頁 1337 中、下。

簡，乃復依隨官路，改卜今營。(《定興縣志》16：5)

然而，據光緒《定興縣志》中沈曾植跋文的考訂，"神武北狩"應當是指武定三年（545）事，高歡上言：幽、安、定三州北接奚蠕，請於險要修立城戍以防之；高歡本人亦曾躬自臨履此一築城之役。因此，沈氏認爲可能撰文人誤以三年作四年，但他也不排除另一可能性：即高歡北狩事從武定三年冬，延續到四年春。(《定興縣志》16：17) 本文認爲：如就第二個可能性而言，則頌文所記"武定四年，神武北狩，敕道西移"，也沒有錯。唐長孺以爲高歡巡視北邊城戍是在四年，這個看法是很正確的。[35] 因爲就此築城之役而言，高歡不必從頭至尾督導，他也可能在四年春纔赴北方巡視工事，其時纔下令官道西移。又，官道西移事關"義"址的遷移，對於此"義"而言，是一件大事，頌文作者應該不致於弄錯纔是。由上所述，官道遷移的時間宜以頌文所述的武定四年爲是。

"義堂"新址的田園土地，主要是范陽當地一個以嚴僧安爲首的嚴氏宗族所施捨的。由於嚴氏宗人所施捨的田土園地佔了日後"義"址之絕大部分，因此別有題記將各人所捐施田園的數目，刻在石柱南面上層下截和西南隅上層下截。[36] 以嚴僧安爲首的嚴氏宗族七人，首先捨地入"義"，他們都是慈悲虔信的佛教信徒；其中嚴僧安的貢獻尤多，不僅捨地入"義"，還親自參與義址的建築規劃，故題記中稱他是"起義檀越"：

> 初施義園宅地主篤信弟子嚴僧安、故人嚴承、嚴法胤、嚴僧芝、嚴道業、嚴惠仙、嚴市仁等，併解苦空，仰慕祇洹之惠，設供招納，捨地置坊。僧安手自穿井，定基立宅，實是起義檀越。[37]

上文中稱嚴氏七人"捨地置坊"，頌文中稱"義"的新址，或即稱爲"義坊"，或稱爲"義所"，或仍如舊址稱爲"義堂"。此七人所施捨的土地就成爲義坊的基礎，在武定四年以後十數年期間，嚴氏宗族陸續施地予"義"，其中多有同一家族中父子前後陸續捐獻土地的情形，如嚴僧安父子、嚴承父子、嚴光燦父子孫三代，嚴光燦之

---

〔35〕 唐長孺《北齊標異鄉義慈惠石柱頌所見的課田與莊田》，頁119。

〔36〕 《魯迅輯校石刻手稿》第 1 函第 6 册，頁 1057～1060。

〔37〕 同前書，頁 1057～1058。

弟嚴市顯父子、嚴道業父子、嚴惠仙父子、嚴市念父子皆然，所以
頌文中說嚴僧安合宗捨地的情形是："若父若子，乃識乃親，或前或
後，非貧非富，正向十方，壹心大道。"（《定興縣志》16:5）

由於其時北方人多聚族而居，因此政府所配給他們的課田也都
毗鄰相連，以嚴氏宗族所施課田爲主的義坊及其田園，應是相當完
整的一片土地。如嚴僧安的四個兒子"長子懷秀、次息奉悦、第三
息懷達、第四要欣，性併恭孝，敬從父命，立義十載有餘，重施義
南課田八十畝，東至城門，西至舊官道中"。又，嚴承的兩個兒子侍
伯、阿繼"爲父重施義東城壕、城南兩段廿畝地",[38] 可見其新施
土地和嚴氏宗族先前所施的土地是相鄰毗連的。

上述嚴氏宗族中施地者，如嚴僧安等人的名字，被冠以"施主"
的頭銜，重復出現在石柱南面上層上截的題記中,[39] 因此，其他被
冠以"施主"的題名者，可能也都是施捨課田土地入義的人。如：
西南隅上層上截中四名"施主"中，有嚴僧芝者，即是前述施地的
地主之一，另外三名施主也有可能是施捨土地田園入義者。此外，
在石柱西面上層的上截有七名嚴姓施主，以及西北隅上層的上截之
四名嚴姓施主,[40] 也可能是施地的嚴氏宗人。又，在石柱東南隅上
層上截的題記中的四名李姓的"施主"，也應是施地入"義"的地
主。[41] 除了嚴氏宗族之外，也還有其他的人施捨其土地，如題記中
"定州軍士呂貴觀爲亡父母施地入義"。[42]

遷移以後的義坊，規模遠較舊的義堂爲大，而且不斷地在擴充中；
如上所述，在遷址後十餘年仍陸續有人施捨土地田園。義坊中除了有
作爲其經濟基礎的田園之外，還有作爲供應義食處所的"義堂"。此義
堂後來經過路和仁的整修改建，採取仿寺院的建築，規模頗爲宏整，因
此頌文稱其"雖曰義坊，無異茄藍"。（《定興縣志》16:6）

4、"義"的大規模賑濟活動

"義"址遷移後，由於得到一批捐贈的土地，在經濟的來源上似
乎比先前充裕，除了平日的義食供應之外，它曾作過兩次大規模的

---

[38]　《魯迅輯校石刻手稿》第 1 函第 6 册，頁 1058。
[39]　同前書，頁 1053。
[40]　同前書，頁 1054。
[41]　同前書，頁 1053。
[42]　同前書，頁 1057。

賑濟活動，即天保八年濟助築長城之役的民夫，以及河清三年救助水災的飢民。

文宣帝天保八年（557）時，義坊曾接濟救助築長城之役的民夫。其實，早在天保六年（555）文宣帝即下令於北境築長城，此一築長城之役一直延續到天保八年以後。被徵召前往北境築長城的民夫，在其築城工役期滿之後，須各自返鄉，政府並未與予任何照料，甚至可能連糧食亦不供應，因此許多老弱民夫不耐饑病的侵襲，而僵仆死在返鄉的途中。從天保六年迄八年間，奉詔領山東兵監築長城的定州刺史趙郡王高叡目睹此一慘狀，便率領他的軍隊，部伍民夫，護送他們返鄉，有部分的役民因此而得以安全返回家鄉。《北齊書》卷一三，《趙郡王琛附子叡傳》云：

> 六年，詔叡領山東兵數萬監築長城。……先是，役徒罷作，任其自返，丁壯之輩，各自先歸；老弱之徒，棄在山北，加以饑病，多致僵損。叡於是親帥所部，與之俱還，配合州鄉，部分營伍，督帥監領，強弱相持，遇善水草，即爲停頓，分有餘，瞻不足，賴以全者十三、四焉。

如高叡這樣安排，返鄉的民夫中也僅有十分之三、四得以平安返回家鄉，由此可知，若任民夫自行返鄉，大多數的人是會抱恨死在途中的。

天保八年，善於體恤民夫行役之苦的高叡被徵召至鄴都，[43] 至北境築長城的民夫再度自行面對困危重重、迢迢的歸鄉路；此時位於范陽的義坊便對於路經此地返鄉的民夫伸出援手，供給他們糧食和醫藥；另外，也埋葬那些不幸病死於此地的民夫，頌文中有如下的敘述：

> 天保蠢蟲之歲，長圍作起之春，公私往還，南北滿路，若軍若漢，或文或武，旦發者千羣，暮來万隊，猶若純陁之□□□□，窮舍利香積，曾何云愧？兼復病者給藥，死者塼埋，齋送追悼，皆如親戚。（《定興縣志》16：6）

根據《隋書》的記載，可以得知："天保蠢蟲之歲，長圍作起之春"即是指天保八年。《隋書·五行志下》："後齊天保八年，河北六州、

---

[43] 《北齊書》卷一三《趙郡王琛附子叡傳》。

河南十二州蝗。畿人皆祭之。帝問魏尹丞崔叔瓚曰：'何故蟲?'叔
瓚對曰："《五行志》云：'土功不時，則蝗蟲爲災。'今外築長城，
內修三臺，故致災也。"可知天保八年河北有蟲災，義坊所救濟的正
是此一"長圍作起"之時築長城的役民。其時義坊所接濟的人數相
當多，路經范陽的築長城之民夫，以及監修長城工役的官兵"且發
者千群，暮來者萬隊"；其中，官兵當有公家糧食的供應，因此義坊
的救濟對象當以役民爲主。又，上文云"窮舍利香積，何曾云愧?"
香積典出《維摩詰經》，後來指供給僧人之物（僧家供料），[44] 對於
路過此地疲憊飢渴的役民而言，餐飲的供應無疑是最迫切的需要；
更何況"義食"本來就是義坊社會救濟事業中最主要的項目。另外，
義坊對役民也提供醫療服務"病者給藥"。前面已經提過：由於曇遵
的僧俗弟子參與此"義"，對於醫療工作的推展應有相當的助力。
又，對於不幸病歿的役民，也給予埋葬，並且爲他們作佛教的追薦
儀式。埋葬無主的枯骨原是"義"最先展開的社會救濟工作，由此
看來，義坊似乎不曾中斷其"鄉葬"的工作。

武成帝河清三年（564），山東有大規模的水災，伴隨而來的是
災後的飢饉，而其時政府並未給予飢民任何的救助。《北齊書》卷七
《武成紀》記河清三年"山東大水，飢死者不可勝計，詔發賑給，事
竟不行。"當時，范陽也是災區之一，然而在此情形下，義坊也未中
止其義食的供給。頌文云："仍以河清遭潦，人多飢斃，父子分張，
不相存救，於此義食，終不暫捨。"（《定興縣志》16：6）其義食所
濟助者之中，應有不少遭逢水災的災民。在荒歲時，義坊仍然可以
維持義食的供應，這當是由於義坊有一大片田園作爲其經濟基礎，
平時糧作收獲在扣除開支之外，或有盈餘，因此在荒歲之時，仍可
以維持其一貫義食的供應。

義坊似乎也具有《佛說諸德福田經》中所述"小精舍"的性
質，又因其聲名遠播，上自皇帝、王公貴臣，下至地方守宰，路經
此地，都曾到義坊停留。前面已經提過：小精舍除提供過往僧侶食
宿之外，也供給一般俗人憩息和餐飲。北齊文宣帝曾在此義坊停留
用餐："天保三年，景烈皇帝駕指湯谷離宮，義所時薦壹飡，深蒙優

---

[44] 《釋氏六帖》卷二一《寺舍塔殿部·廚》，浙江古籍出版社，1990 年，頁 450。

嚌。"（《定興縣志》16：5）沈曾植據史文考訂，認爲這當指天保四年（553）秋，文宣帝"北巡冀、定、幽、安，仍北討契丹"，從平州至陽師水歸至營州，登碣石，以臨滄海，這一趟的路途中，經過此地所作的停留。（《定興縣志》16：17）當時，義坊曾薦供皇帝及其隨從一餐。另外，從武成帝河清三年（564），至後主天統四年（568），幽州刺史斛律羨和他的家人，都屢屢在此停留、用餐。路經此地的王公貴臣、地方守宰氏家族，也常成爲"義"的贊助人，如北齊斛律羨家族、范陽太守劉仙、范陽縣令劉徹等。

四、"義"的成員、組織與經濟基礎

在頌文中，稱此一佛教的社會救濟組織爲"義"，從其所做的善行到其成員，也都冠以"義"字。如救濟飢民的食物叫"義食"，提供義食的場所叫"義堂"，其間建築物稱"義坊"；其成員或稱爲"義夫"、"義士"、"義徒"，其創首者稱"義首"，主其事者稱"義主"。由於"義"字牽涉到此一社會組織的命名與精神，也是理解中古佛教徒的行事的關鍵之一，故有必要提出來討論。究竟中古佛教徒所稱的"義"字是什麼涵意？並且進一步討論其組織和經濟基礎。

（一）釋"義"

北朝時，和佛教有關的組織皆可以"義"字稱，如佛教徒的信仰組織稱"義邑"、"法義"，其成員分別叫"邑義"、"法義"；[45]中古佛教徒從事地方建設，其所開挖的井叫"義井"，所建造的橋稱"義橋"。佛教徒的捨田立寺、敬營僧齋、救濟飢寒等社會工作，也成爲義行美德之一，有此行爲者也成當時人表揚孝義的對象。[46]六世紀佛教徒使用"義"字的涵意，可在其時流行的經典中找到其依據。

六世紀時所撰的《像法決疑經》中，有勸佛教徒視一切衆生爲自己的眷屬——父母、妻子、兄弟、姐妹，"以是義故"而加以濟助

---

[45] 關於中古佛教信仰團體，已有多位學者做過研究，如小笠原宣秀《中國净土教家の研究》（京都：平樂寺書店，1951 年）一、《廬山慧遠の結社事情》。高雄義堅《中國佛教史論》，京都：平樂寺書店，1952 年，頁 25～36，《北魏佛教教團の發達》。塚本善隆《龍門石窟に現れたる北魏佛教》。山崎宏《支那中世佛教の展開》（東京：清水書房，1974 年再版）第四章《隋唐時代に於ける義邑及び法社》。

[46] 拙文《五至六世紀華北鄉村的佛教信仰》，《中央研究院歷史語言研究所集刊》第63 本第 3 分，頁 540～543。

的觀念：

> 未來世中諸惡起時，一切道俗應當修學大慈大悲，忍
> 受他惱，應作是念：一切眾生無始以來是我父母，一切眾
> 生無始以來皆是我之兄弟姉妹妻子眷屬，以是義故，於一
> 切眾生慈悲愍念隨力救濟。[47]

這種視眾生為自家親人眷屬的觀念，確曾為六世紀佛教徒的信仰組
織所奉行。北魏孝明帝正光五年（524），以道充為首的法義造像活
動中，稱"道俗法義兄弟姐妹一百人"共造此像；[48]又，孝莊帝永
安三年（530），青州齊郡臨淄縣高柳村以比丘惠輔為首的一個法義
團體，在其造像銘記中稱"法義兄弟姐妹一百午（五）十人等敬造
彌勒尊像二軀"。[49]又，北齊天保八年（557），在今山東一個法儀
（義）造塔記中也稱"法儀兄弟八十人等"建妙塔一軀。[50]山崎宏
認為："法義"是以同樣信仰佛法的道義而組合之意，如同義兄係指
血緣以外結合而成之兄的意思，是以佛法結合的成員；而所謂的
"義邑"是邑的法義。[51]如此看來，隋《寶泰寺碑》云："尚書省
使儀同三司潞州司馬東原郡開國公薛邈、因檢郭建欽、王神通等立
義門，恭敬事佛。"[52]所以稱"立義門"，當係指以恭敬事佛而結
合、有類一門親人的團體。

北朝末年，范陽地區的社會救濟組織不只以佛法結合成員，更如
上述經典所稱"視眾生如眷屬"的信念，濟助危難之人。石柱頌文中數
度提到義坊濟助他人時，皆將之視為親人，從其最初開始拾枯骨的鄉
葬"乃合作壹墳，稱為鄉塋，設供集僧，情同親里，於是乎人倫哀酸，禽
鳥悲咽"。（《定興縣志》16：3）文末頌詞中更説此舉之恩義有如父母
妻子："有茲善信，仁沾枯朽，義等妻孥，恩同父母，拾掇骴骸，共成壹
有。"（《定興縣志》16：9）而叙述天保八年義坊救助築長城之役的民
夫，也是將那些人視為自家的親人"兼復病者給藥，死者塼埋，齋送追

---

[47] 《大正新修大藏經》第 85 册，頁 1338 上。
[48] 《北京圖書館所藏歷代石刻拓本匯編》第 4 册，頁 171，《道充等一百人造像記》。
[49] 同前書，第 5 册，頁 194，《法儀兄弟三百人造像記》。按：此當作《法儀兄弟一百五十人造像記》。
[50] 同前書，第 7 册，頁 57，《法儀兄弟八十人等造像記》。
[51] 山崎宏《隋唐時代に於ける義邑及び法社》，《支那中世佛教の展開》，東京：清水書房，1947 年，頁 768。
[52] 《山右石刻叢編》，收入《石刻史料新編》第 1 輯第 20 册，卷 3，頁 6。

悼,皆如親戚。"又,頌詞形容供應義食"營造供賓,無避寒暑;慇育路人,如母茲父。"(《定興縣志》16:10)

由上可見,六世紀的佛教徒以悲憫的情懷,視衆生爲自己的親人—父母兄弟姐妹妻子這樣一個理念,去濟助急難困厄之人,正如同《像法決疑經》中所云"以是義故",所以范陽這個社會救濟組織自稱爲"義",是很可以理解的。又,爲何他們不像同時代的佛教信仰團體稱爲"義邑"或"法邑"? 這可能是因爲義邑、法義係以造像、寫經、共同修習佛法等和宗教有關活動的目的而組合的團體,[53] 但此一社會救濟組織一開始是實踐佛教福田思想,從事暫時性的社會救濟事業,故自稱爲"義"。

另外,關於中世紀佛教徒將其所做的社會福利和救濟事業,皆冠以"義"字這一點,或有人會認爲是和漢末五斗米道的"義舍"、"義米肉"有關。如《光緒定興縣志》就認爲"義"的來源在此:"其稱鄉義者,殆仿省義民義舍之名耳。"(《定興縣志》16:11) 不過,本文認爲,此二者的性質並不相同,而且佛教的"義"有其思想的根源,兩者未必有關聯。五斗米道之所以置義舍、義米肉,是做爲其傳教中的一個手段,《魏志》卷八《張魯傳》云:"魯遂據漢中,以鬼道教民,自號'師君'。其來學道者,初皆名'鬼卒'。受本道已信,號'祭酒'。……諸祭酒皆作義舍,如今之亭傳。又置義米肉,縣於義舍,行路者量腹取足;若過多,鬼道則病之。"作義舍、置義米肉者是其教中的"祭酒",雖用以供行路之人取用,但亦以鬼道懲治取用過量者,顯係一種傳教方式。又,漢末以後道教徒似乎不見有以置義舍、義米肉方式傳教的活動,中世紀道教徒也沒有救濟式義食的供應。基本上,佛教徒的社會救濟是修行的方法之一,因此它和漢末五斗米道的義米肉似乎沒有直接的關聯,而和先前存在於中國社會中的社會救濟有關,如《搜神記》記載,漢河南尹周暢"收葬洛陽城旁客死骸骨萬餘,爲立'義冢'。"又如,楊伯雍在無終山上,"作'義漿'於坂頭,行者皆飲之。"[54] 可惜的是,關於這方面的資料極爲缺乏,無法作更進一步的討論。

---

[53] 山崎宏《隋唐時代に於ける義邑及び法社》,頁 767~768。
[54] 此外,《越絶書》外傳《記地傳》第一○:"富中大塘者,句踐治以爲義田。"此義田用途不詳。

（二）義坊的成員

參與此"義"社會救濟事業者—或是施給土地、資財，或是實際上加入社會救濟工作的運作，都是此"義"的成員，他們涵括了社會上的上、下階層，分述如下：

1、當地的平民百姓

從石柱上題名所見，參與此"義"者絕大多數都是當地的平民百姓，計有：

> 發起人"元造義"王興國
> 主持義坊工作的"義主"路和仁
> 最初從事鄉葬工作的"元鄉葬"十人
> 最初對義食有較多貢獻的"元貢義"四人
> 執事人員"老上座"一人，"上座"二十人
> 執事人員"都寺主"一人，"寺主"十五人
> "大居士"一人，"居士"八人，"經生"一人
> "施主"二十七人[55]

另外，還有沒有頭銜者一百五十四人的題名。以上二百餘人全部都是沒有官銜的平民。值得注意的是，其中有十三名姓鮮于氏的非漢民族。此一事實則顯示北朝末年范陽一帶是胡、漢民族混居的地區。二則，可知在漢胡雜居的村落中，佛教是消泯民族界線，促進民族融合的動力之一。胡、漢民族基於同樣的信仰，不僅共同捐資建造佛像，[56] 也攜手並肩從事社會救濟工作，如此"義"中最先發起鄉葬者稱"元鄉葬"的十人中，就有一非漢人的鮮于法珍。

2、范陽盧氏家族

自魏晉以降，范陽盧氏便是山東巨族，以迄於唐，仍然世代簪纓不替。范陽盧氏在此"義"中扮演十分重要的角色。從盧文翼開始，至其子士朗、孫釋壽三代，對此"義"有很大的貢獻。前面提到北魏孝莊帝永安中，盧文翼任都督，守范陽三城，因拒韓婁有功，魏帝賜他"范陽子"之爵，至孝武帝永熙中（532～534），又命他爲右將軍、太中大夫，但他似乎並未接受，《魏書》記載他"栖遲桑井而卒"。盧文翼篤信佛教，他退居故里之後，於孝靜帝武定二年

---

[55] 《魯迅輯校石刻手稿》1函6冊，頁1051～1052。
[56] 拙文《五至六世紀華北鄉村的佛教信仰》，頁538。

（544）出面敦請名僧曇遵至此傳道，此事對於此"義"的茁長壯大，有很大的影響。盧文翼的第三子——盧士朗又爲此"義"的檀越，據《新唐書·宰相世系表》，士朗曾仕至殿中郎，但後來可能也是退居故里，故頌文説他"寧將榮禄革意直置，逍遥正道，坐卧清虚，仍憂此義，便爲檀越"。（《定興縣志》16:4）所謂的檀越，梵文作 dana－pati，漢譯爲施主，或稱檀越施主，係指施給僧衆衣食的信男信女。由此可知：盧士朗是此"義"的重要施主，爲此"義"經濟方面主要的來源之一。

盧文翼的第三代，士朗的長子盧釋壽，曾任范陽郡功曹，仍然繼續其父祖之志，爲此"義"的檀越。頌文説他"還爲義檀越，志存世業，財力匡究。"（《定興縣志》16:8）可知盧氏家族三代以其家族聲望與財力，作爲此"義"重要的贊助人。

3、高僧曇遵的信徒們

曇遵的信徒——包括了追隨曇遵到范陽來的道俗弟子五十餘人，以及禮敬師事他的范陽居民；其中以瀛州高陽的居士馮昆、以及相州陽平清淵的居士路和仁，對此"義"的貢獻最爲突出。

曇遵和馮昆同爲河北人，[57]故頌文稱馮昆其人："馮居士昆者，字叔平，瀛州高陽人。本與法師（曇遵）同味相親，造次不捨，因請至此。"（《定興縣志》16:4）瀛州高陽，即今河北高陽。至於路和仁爲河南人，頌文云："有路和仁者，字思穆，陽平清淵人也。與馮生綢繆往日，依隨法師，聯翩積歲。"（《定興縣志》16:5）他有可能從曇遵至河南弘法時，開始其追隨曇遵的生涯。由於他們兩人和曇遵有此因緣，所以當盧文翼請曇遵法師至范陽駐錫時，爲了使法師能够久駐在此地弘法，就連平常跟隨曇遵的道俗弟子五十餘人一併請來；他們日後便成爲法師的得力助手，對於此"義"有很大的助力。馮昆對於此"義"的奉獻，可以説是"鞠躬盡粹，死而後已"。他從武定二年追隨曇遵至此，至北齊文宣帝天保八年（557）客死於范陽爲止，十三年之中，盡心盡力奉獻於此"義"的社會救濟工作；他死後更埋葬於"義坊"之側。他爲此"義"的奉獻、捨己捨家的情操，換來的是此義社會事業的壯大，故頌文中對他極爲

---

〔57〕《續高僧傳》卷八《義解四》，《齊鄴中釋曇遵傳》，頁484上。

頌揚："常於此義，專人扶獎，壹悁既迴，眾情頓慕，功業久存，良實是歸。"（《定興縣志》16：4）

至於路和仁則在曇遵離開范陽之後，就成爲此"義"的主持人。路和仁從武定二年隨曇遵到范陽之後，即致力於此"義"的社會救濟工作，然而曇遵在此停留"五冬六夏"，約在天保元年（550）爲北齊皇帝徵召至鄴都，路和仁亦曾隨行，在鄴都停留一年之後，懇請皇帝允許，自己回到范陽，獨力主持"義"的社會工作：

> （路和仁）即於此義，專□□□，而法師向幷仁從衣屣蒙
> 預內齋，時經壹歲。每以此義，懇懃告請，賴有勅許，始得言
> 歸。於是獨主義徒，晨夜吐握，寤寐驚拊，巨細不違。……行
> 令鄉閭，德兼邑外。（《定興縣志》16：6）

從路和仁回到范陽之後"獨主義徒"，可知自武定二年曇遵到范陽之後，義坊的主持者事實上是曇遵的俗家弟子，前有馮昆，後則是路和仁。從石柱額題下"義主路和仁"的題字，以及石柱頌稱："興國元首，和仁爲主"，（《定興縣志》16：10）即可知他在此"義"中所佔的重要地位。他對此"義"另一項大的功迹，是增修改建"義坊"。

4、名將斛律氏的家族

自北齊建國，以迄武平二年（578）斛律光因讒被誅、更盡滅其族之前，斛律氏一門多出名將，更因此致貴顯，總計一門有一皇后、二太子妃、三公主，尊寵之盛，當時無人可予以比擬。[58] 斛律氏家族中，斛律金之子斛律羨——也是名將斛律光之弟和其家族，和此"義"有密切的關係，石柱之建立就是出自斛律羨的指示。

斛律氏家族和此"義"的關聯，是因爲斛律羨自河清三年（564）迄武平二年（571）間，長期擔任都督幽、安、平、南、北營、東燕六州諸軍事、幽州刺史的緣故。當時幽州刺史的治所在薊城（治所在今北京西南），而范陽恰在薊城和都城鄴城的交通線上，因此，斛律羨及其家人多年往來駐所和都城之間，就有很多機會經過在官道之旁的"義"所。斛律氏一族原來可能就是佛教信徒，因此斛律羨每往還治所和京城之時，必在此地停留；不僅建造佛像置於"義坊"，也捐獻資財以供"義餐"，頌文說他："馴馬入覲，屢過於此，向寺若歸如父：他還百里，停滄

---

[58] 《北齊書》卷一七《斛律金傳》。

屈義方食,慰同慈母。賚殊僧俗,脱驂解駕,敬造尊像;抽捨珍物,共造義湌。"(《定興縣志》16:7~8)

頌文以"屢過於此,向寺若歸如父",來形容斛律羨對"義"關眷,然則此"義"是否建有佛寺? 又,斛律羨所建的佛像置於何處? 就頌文中數處的叙述,顯示其時義坊並未建有佛寺:第一,頌文形容路和仁改建之後的義坊,係仿寺院建築,故云"雖曰義坊,無異茄藍",可見原是没有寺院的。第二,在石柱的題名中,未見有僧人;若"義坊"有佛寺,必有僧人,而其僧人也必會參與"義"的活動。第三,石柱上題記稱斛律羨之子斛律世達"奉敕覲省,假滿還都,過義致敬王像,納供忻喜。"(《定興縣志》16:10) 僅説是禮拜致敬敬斛律羨所建造的佛像。又,題記中叙及斛律羨的另一個兒子斛律世遷路經此地,也只説是過"義"禮拜其父斛律羨所建之佛像,並未提及有佛寺:"過義禮拜,因見徘徊,並有大祖賢陽王像,令公爾朱郡君二菩薩立侍像側,致敬无量,公與銘名爲'徘徊主',方許財力,營構義福。"(《定興縣志》16:10) 由上可知,"義坊"的建築雖仿寺院建築,但事實上"義坊"並非佛寺,其中可能有佛堂,故可安置斛律羨所建造的佛像。至於上文中説斛律羨"屢過於此,向寺若歸如父",當係形容之詞。不過,在此必須提出來説明的是,北齊時此地並未建有佛寺,後來何時開始在此地建立寺院,不得而知;但至遲在晚明代迄清末時,此地確有一"沙丘寺"。從明代《重修沙丘禪寺山門記》所記,其時沙丘寺正殿爲五架三間,規模並不大。[59]

由以上的叙述,可知斛律羨的兒子之中,斛律世達和斛律世遷也對"義"都有所布施,用以"營構義福"。

5、范陽太守

范陽太守劉仙(字士逸)初到任時,路過此"義",即對這個地方的社會救濟事業亟爲贊賞,因此以私人財力,加入此一社會救濟的行列:"獎厲妻子,減徹行資,中外忻悦,共拯飢饉。"(《定興縣志》16:8)

由上可見,不同社會階層的人可以匯集在一處,以從事社會救

---

[59] 劉敦楨《定興北齊石柱》,頁57~58。

濟事業，這也和當時流行的經典有關。《像法決疑經》中鼓勵眾人打
破貧富貴賤的差異，共同布施：

> 善男子，若復有人，多饒財物獨行布施，從生至老；
> 不如復有眾多人眾，不同貧富貴賤，若道若俗，共相勸他
> 各出少財聚集一處，隨宜布施貧窮孤老惡疾重病困厄之人，
> 其福甚大。假使不施，念念之中施功常生無有窮盡。獨行
> 布施，其福甚少。[60]

這可以解釋位居政治高位北齊的名將、幽州刺史，和地方官的范陽
太守、縣令及其屬吏，以及社會上有勢力的盧氏家族，何以共同參
與由一群平民佛教徒所發起的社會救濟工作的緣由了。其實，不同
階層的人不僅共同佈施，也集資以共同造像，就此看來，在那個上、
下階層都篤信佛教的時代，佛教可以說是不同階層的人之間的公分
母，有助於縮短社會階層的差距。[61]

（三）“義”的組織

事實上，此“義”就是北朝時期流行在華北的佛教徒組織“義
邑”，義邑的成員稱爲“邑義”，而在頌文中有“信心邑義維那張市
寧”之句，可知它就是此類的佛教徒組織。

從石柱題名看來，“義”的組織頗爲簡單，有一些執事借用了寺
院“三綱”中上座、寺主的名號，此外，僅有一個維那的題名。在
所有的題名中，計有“老上座”二人，“上座”十八人；“都寺主”
一人，“寺主”十五人。[62] 都寺主一名，題名作“都寺田鸞峰主”，
此處可能是刻寫筆誤，應作“都寺主田鸞峰”，因其列於十五名寺主
之上，或有可能是諸俗人寺主之首，一如“老上座”列在“上座”
之上。中國佛寺的綱維，有所謂的“三綱”的名目，吐魯番文書資
料顯示：它大約出現於東晉十六國時期，當時的三綱指的是祠主、
維那、高座；至南北朝時期，則係指上座、寺主和維那。至唐代，
則明令規定上座、寺主、都維那是寺院的三綱。[63] 五六世紀時佛教
的信仰團體——“義邑”或“法義”也多仿寺院組織，而有很多種

〔60〕　《像法決疑經》，頁1336 中。
〔61〕　拙文《五至六世紀華北鄉村的佛教信仰》，頁536～539。
〔62〕　《魯迅輯校石刻手稿》第1函第6冊，頁1052～1054。
〔63〕　王素《高昌至西州寺院三綱制度的演變》，《敦煌學輯刊》1985 年第2 期。

職稱,[64] 就中也包括了寺主、上座、維那。

唐長孺認爲此"義"完全仿寺院的組織,[65] 本文則認爲它不完全是仿寺院組織,而是和同一時期其他的義邑的組織較爲接近。"義邑"的執事人員常借用寺院組織三綱之名,但此"義"僅有其中的上座和寺主。另有"大居士"一人,"居士"八人,居士在後世多指在家的佛教徒,但究其原始它原是譯自梵語,梵語作 grha – pati ,爲家長、長者之意;又指富有之人,或居家之士。[66] 就"大居士馮昆"的題名而言,從武定二年(544)以迄天保八年(557),前後十三年間,馮昆"常於此義,專心扶獎",是掌理"義"的重要人物。

另外,此石柱的刻文中,頌文提及天保十年時獨孤使君以此義坊七十九人奏聞朝廷,也出現了"義夫"這個名詞。其中"義夫田鸞□",(《定興縣志》16:6),魯迅錄文作"田鸞峰",和"元貢義田鸞峰"相同,按此三處當是指同一人,有些微的差異,當是抄錄拓本的差誤。

此外,題名中另有"義衆壹切經生姜子察",由此推斷此"義"似乎也從事寫經流傳的工作。

(四)"義"的經濟來源

在武定四年"義"尚未遷移以前,其經濟來源是來自施主們的捐贈,就中是否有個人捐贈田園以供拓植生産,則不詳。

武定四年"義"所隨著官道西移以後,陸續得到許多信徒捐贈的土地,田園就成爲"義"主要的經濟來源;當然,另外也應有信徒零星的捐款或捐贈物品。義坊田園主要來自嚴氏家族的捐贈,這個家族所擁有的土地似乎頗爲廣大,如嚴氏家族第一批捐贈的土地包括"今義坊園地西至舊官道中,東盡明武城璜,悉是嚴氏世業課田",其後,嚴氏子孫又陸續施地予"義",在題記所列出者計有:一、嚴僧安的四個兒子懷秀、奉悅、懷達、要欣"重施義南課田八十畝"。二、嚴承的兒子侍伯、阿繼爲父重施義東城濠、城南兩段廿畝地"。三、嚴市顯的三個兒子士林、惠房、定興,及孫兒洪略"共

---

〔64〕 山崎宏《隋唐時代に於ける義邑及び法社》,頁 775~780。
〔65〕 唐長孺《北齊標異鄉義慈惠石柱頌所見的課田與莊田》,頁 128。
〔66〕 《望月佛教大辭典》第 2 册,頁 1187。

施武郭莊田四頃"。四、嚴惠仙之子阿懷、蘭懷、天保等"各施地廿畝"。五、嚴市念之子"大兒□□、長弟阿礼、阿灰兄弟□順，仰慕亡考，撿地卅畝"。[67]

這些土地田園除了建築物所佔地之外，大都是用以種植糧食蔬果，一則供應義食所需，二則也販售求利，作爲"義"的收入。如嚴承的兩個兒子所施的廿畝地"任義拓園種殖供賓"，[68] 是種植糧食或蔬果的田園，以供義食所需。又例，嚴惠仙的三個兒子各施地廿畝"任衆造園，種收濟義"，[69] 以及嚴市念的三個兒子所捨的四十畝地是"與義作園，利供一切"，[70] 則或以其收獲供應義食，或以其收獲變賣求利，轉而用到"義"所從事社會救濟其他的項目醫療、義冢的支出上。而嚴市顯的三個兒子所施的莊田四頃，更言明了如無人耕種，可以出售土地，作爲"義"的經費之用："衆雖廢莊，任衆迴便，賣買莊田，收利福用"。[71]

另外，值得一提的是：嚴僧安之子所施的八十畝課田是指定作爲果園，其收成是用以讓來此領受義食的人享用："任義食衆領蒔果，普天共味，隨時禮念"。[72] 這顯然是《佛説諸德福田經》中所述七福田之一的"種植園果，以施清涼"具體的實踐。

至於這些土地、果園由誰耕種，從頌文和題名中並無線索可尋。不過，我們似可做一種推測：即可能有一批佛教徒奉獻其部分的時間，以爲此"義"的田園耕種的方式，播種善因。前述題名的二百餘人中，當有一部分人是以這種方式參與"義"的工作，因而得到獎勵。

五、關於"標異鄉義慈惠石柱"

由於此"義"的善行傳聞遠近，地方官於是上書朝廷，奏請旌揚其成員的善行義舉。不過，從朝廷下令表揚此"義"，到石柱的建立，其間還有一番波折。

---

[67]　《魯迅輯校石刻手稿》第1函第6冊，頁1058～1060。
[68]　同前書，頁1058～1059。
[69]　同前書，頁1059。
[70]　同前書，頁1060。
[71]　同前書，頁1059。
[72]　同前書，頁1058。

（一）石柱建立的經過

北齊文宣帝天保十年（559），由獨孤使君將此"義"創始者、主事者，以及贊助者七十九人的義行上奏朝廷。武成帝太寧二年（562）下令標異，以表彰其義行。然而，由於其時正值北齊建國之初，可能在物力、財力方面都比較吃緊一些，並未立即建立標柱；而即使延至次年（河清二年，563），由范陽太守命人所建立的也僅是木柱而已：

> 天保十年，獨孤使君寬仁愛厚，慈流廣被，不限細微，有效必申，便遣州都兼別駕李士，合范陽郡功曹皇甫遵，□□□□□首王興國，義主路和仁，義夫田鶯□、劉子賢、……楊那仁七十九人等，具狀奏聞，時蒙優旨，依式標□（異），□□□□（太寧二年），尋有符下，於時草創，未及旌建。河清二年，故范陽太守郭府君智見此至誠，感降天旨，喜於早舉，明發不忘，遂遣海懿鄉重郡功曹盧宣儒、□□典從，來至義堂，令權立木柱，以廣遠聞。

（《定興縣志》16:6～7）

頌文中沒有說明獨孤使君的名字和官銜，史料中亦無從查考，當係其時的地方官，很可能是幽州刺史。此石柱"標異鄉義慈惠石柱頌"的額題之右，有一行小字"標義門使范陽郡功曹盧宣儒、典西曹掾解寶憐、范陽縣使丞李承淑、典西曹龍仲裕"，[73] 此三人是負責建立木柱的主事官吏。

在樹立木柱後八年，即北齊後主天統三年（567），幽州刺史斛律羨責成郡縣將木柱改建爲石柱。雖然幽州刺史有改立石柱的命令，但實際上無論是州府或郡縣皆未給予財政上的資助；嗣后此石柱之所以得以建立，主要是由"義"的成員出資興造，另外，范陽縣令劉徹亦有所捐助。

> （斛律羨）天統三年十月八日，教下郡縣，以石代焉。義士等咸敬竭愚誠，不憚財力，遠訪名山，窮尋異谷，遂得石柱壹枚，長壹丈九尺……車騎大將軍、范陽太守劉府君名仙，……有建忠將軍、范陽縣令劉明府君名徹，字康

---

[73]《魯迅輯校石刻手稿》第1函第6冊，頁1051～1052。

買，⋯⋯以石柱高偉，起功難立，遂捨家資，共相扶佐。
壹力既齋，眾情咸奮，叫聲□□，長碣峻起，⋯⋯（《定興
縣志》16：8）

"義"的成員之所以不憚財力，樹立此一巨大石柱，一則是因朝
廷下令旌表，對他們而言，是一種無比的榮耀；二則也由於北齊新
令，此"義"有二百餘人得以免役，建立石柱刊刻頌文並題名，也
有以此作爲免役的一個證明之意，關於這一點將在下文討論。

（二）石柱的性質及其樣式

由於此一石柱是極少數北朝的建築遺存之一，因此建築學者很
早曾就石柱的樣式做過一些研究。建築學者劉敦楨認爲此石柱的性
質和古代丘墓前的墓表、帝王的陵標爲同一類型，[74] 羅哲文認爲它
是一種紀念碑。[75] 本文則認爲：此石柱的性質是漢代"表其門閭"
以褒揚孝行義事傳統的延伸，建築學者不曾從這個層面來考慮，因
此其對此石柱樣式的來龍去脈的看法，也還有再商榷的餘地。

1、石柱的性質

就石柱的性質而言，它是從後漢以來朝廷以"表其門閭"的方
式，以褒揚孝子、義夫、節婦這個傳統的延續。自漢安帝首度下詔
以旌表門閭，彰顯個人的孝行義事之後，[76] 此一方法便爲其後各個
朝代所採行，旌揚孝行義事，以之獎勸風俗，而這種表其門閭的例
子在史書上的記載，亦不絕如縷，通常見諸於《孝義》或《孝友》、
《列女》等傳。北朝各代對此相當重視，北魏胡太后、北周宣帝和隋
煬帝都曾下詔申明此制。

北魏宣武帝延昌四年（515）九月乙巳，胡太后特下詔書："孝
子、順孫、義夫、節婦，表其門閭，以彰厥美。"[77] 其後北魏帝室
一直很重視表彰孝子、義夫、節婦，故《魏書》對於這方面的記載
特別豐富；從其中可見有孝行義迹的人，往往因鄉里稱美、而由州
縣奏請朝廷旌表其義行美迹。至於表揚的方式，仍延續著後漢以來
"表其門閭"的傳統，在其住處所在的里閭或所居住房屋，豎立旌表

---

〔74〕 劉敦楨《定興北齊石柱》，頁58～59。
〔75〕 羅哲文《義慈惠石柱》，頁67。
〔76〕 《後漢書》卷五《孝安帝紀》，記元初六年二月乙卯詔："賜人尤貧困、孤弱、單獨
　　　穀，人三斛；貞婦有節義十斛，甄表門閭，旌顯厥行。"
〔77〕 《魏書》卷九《肅宗紀》。此年正月，宣武帝薨，孝明帝即位，胡太后臨朝聽政。

文字的標記；稱之爲"標其里閭"或"表其門閭"。《魏書·孝感傳》中記李顯達純孝，靈太后詔表其門閭；又，王崇有孝行，"州以奏聞，標其門閭"。《魏書·節義傳》記天水白石縣人趙令安、孟蘭彊等"四世同居，行著州里，詔並標牓門閭。"又，邵洪哲有義行，"詔下州郡，標其里閭。"由於受到表揚的事迹畢竟是少數，而其孝行節義亦復非常人所能辦到的，所以此事又稱之爲"標異"。如北魏東郡小黃縣人董吐渾、兄養，"事親至孝，三世同居，閨門有禮。景明初，畿內大使王凝奏請標異，詔從之。"[78] 此石柱額題作"標異鄉義慈惠石柱頌"，很明顯地是此一脈絡的相承延續。

另外，部分受到"標其門閭"的受表揚者也可享有免復徭役、甚或租調、兵役全免，以作爲獎勵。如吳悉達事親至孝，又拯濟孤窮，經有司奏聞"標閭復役，以彰孝義"。王續生有孝行，世宗"詔標旌門閭，甄其徭役"；閻元明事母至孝，州刺史上書表其孝行，"詔下州郡，表爲孝門，復其租調兵役，令終母年。"[79]

至於"標其門閭"是怎麼一個表法呢？從漢代以來的傳統便是高大其門閭，以示尊崇之意，同時在其門閭上書寫著旌表的文字。如《後漢書》卷八四《列女傳》，記載沛劉長卿妻有貞順節行："沛相王吉上奏高行，顯其門閭，號曰'行義桓嫠'。"這是拓建其門閭，並以此四字書寫其上，以標顯之。這類的褒揚文字不僅書寫在里門上，也書之於其住所的門上，《魏書》卷九〇《逸士·李謐傳》中就將這一點叙述得清楚，延昌四年朝廷下詔賜諡"貞靜處士"，並表其門閭："遣謁者奉册，於是表其門曰'文德'，里曰'孝義'云。"至於"高大門閭"又是怎麼個高顯法呢？史書中沒有相關的記載，但從《隋書》卷八〇《列女傳》中所記，可知有些是採取建闕的方式。隋文帝下詔褒表節婦韓覬之妻，"表其門閭，長安中號爲'節婦闕'。"即建闕以突顯其里門的特異性。

2、石柱的式樣

此石柱的性質既然是漢代以降"表其門閭"的傳統，爲什麼出現標柱的形式？這就涉及此次標異的對象不是個人，而是一個團體之故。在此之前，一般的"表其門閭"都是旌表個人或個別家族，

---

[78] 《魏書》卷八六《孝感傳·閻元明附董吐渾傳》。
[79] 同前書，《孝感傳》。

所以可以標顯其家門和里門；然而此"義"的成員眾多，不止於一家之人，又非處於同里，因此就不能再採取標其門閭的方式，而必須有所變通與創新。太寧二年（562）時，武成帝下令"依式標□（異）"義眾的善行義舉，但對一個團體如何旌揚標異呢？據石柱頌云："靈圖既作，降敕仍隆，標建堂宇，用表始終。"（《定興縣志》16：9）可知原先可能打算以"標建堂宇"，標顯義坊建築物的方式以表彰義眾。不過，當河清二年（563）范陽太守郭智依敕表揚義眾時，卻是採取建立木柱的方式，因此一木柱後來爲石柱所取代，故無法得知其形制。

劉文中對於頌文中有關木柱的記叙，有所誤解，今特以辨明。劉文認爲河清二年時郭智建立木柱之時，同時並且判申義坊成員二百餘人一身免役。[80] 事實上，北齊每縣邑義二百餘人免役新令的頒佈，是在木柱建立之後，關於這一點，頌文中說得很清楚：

> 河清二年，故范陽太守郭府君智見此至誠，……令權立木柱，以廣遠聞。自尒於今，未曾刊頌。新令普班，舊文改削，諸爲邑義，例聽縣置二百餘人，壹身免役，以彰厥美，仍復季常考列，定其進退，便蒙令公據狀判申臺，依下□具如明案。於是信心邑義維那張市寧、牛阿邕……田子長，合二百人等，皆如貢表，悉是賢良，……（《定興縣志》16：6～7）

根據上文，則顯然是在木柱建立之後，纔有"義"之成員二百餘人依令獲得免役之事；而且文云建立木柱之後"自尒於今，未曾刊頌"，可見木柱上是沒有書寫任何記叙此"義"的歷史和義行的記叙，可能僅有朝廷旌表的文字而已。在此木柱改建石柱時，纔在其上刊刻頌文，此時依據新令，義坊中二百餘人蒙朝廷判定得以免役，遂並將此事鐫刻於上。

天統三年（567），由於斛律羨的命令，"義"眾纔將木柱改爲石柱；此石柱雖係柱狀，但它在性質上既非陵標墓表，因此不宜以它和陵標墓表互相比對討論，毋寧將它視爲一種新創。這樣的理解並非沒有道理，據今所知，除此石柱外，無論就文獻、抑或實物方面，都未發現同樣的形式。[81] 正由於它是一種新創，故沒有先前累

〔80〕 劉敦楨《定興北齊石柱》，頁42。

〔81〕 同前文，頁60。

積的美學經驗，這或許是爲什麼劉敦楨覺得此柱有其缺點的緣故，
劉文云：

> 顧自美術角度批評之，此柱亦自有其缺點。如上下二
> 部，分別觀之，其下部蓮瓣與柱身比例，異常粗健，而上
> 部石屋，則爲比較繁密精細之建築，不與柱身相稱；且屋
> 與柱之間，尤乏聯絡，極似强予拼合於一處者[82]

劉文又認爲：此石柱這種不協調是因爲石柱上部的石屋和下部的柱
身，"各具不同的意義與形體，宜其外觀未能融洽爲一，發生前述的
缺點也"。[83] 他以石柱下部的柱身在營建意義、稱謂與形制諸點，
都是漢代以降傳統的墓表，而柱上的石屋爲安置信仰對象的佛
龕。[84] 這種看法頗有商榷的餘地：第一，石柱本身應視爲一個整體
來討論。第二，從營建的意義而言，石柱是"表其門閭"的傳統，
它和墓表是兩種在性質上完全不同的建築物，不宜混爲一談。

至於爲什麼出現佛龕的石屋和石柱的結合這種形式？本文認爲：
它的採用石柱和石屋佛龕相結合，正適足以顯示此"義"的精神所
在。"義"的成員是基於佛教福田思想，而開展其社會救濟工作，就
設計的意匠而言，木柱上的佛龕石屋最能顯示出此"義"的精神；
惟前無先例，所以在技法的表達上未臻於圓熟，而出現如劉文所指
出石屋和柱身不夠融洽協和、渾爲一體的結果。

就中國建築史而言，此石柱在八角柱上安以佛龕石屋，不惟是
一種創新，它更重要的意義在於：它下開唐代興起的"佛頂尊勝陀
羅尼經幢"形制上的先河。[85] 此石柱下部的柱身是採取唐代以前所
流行的八角柱，[86] 不過，此石柱並非等邊的八角柱，其四隅的寬度
約僅有四正面的二分之一，四個正面面寬 40 釐米，四隅面寬僅 20
釐米；而上、下的寬度又不完全一致，上部直徑略小，其收分比例，

---

〔82〕 劉敦楨《定興北齊石柱》，頁 58。

〔83〕 同前文，頁 60。

〔84〕 同前文，頁 58～60。

〔85〕 楊廷寶叙述鄭州開元寺唐中和五年幢時，就指出其局部的作法和北齊石柱有相似之
處。見楊廷寶《汴鄭古建築游覽記錄》，《中國營造學社匯刊》第 6 卷第 3 期，頁 14。關
於唐代佛頂尊勝陀羅尼經幢的形制，見拙文《經幢的形制、性質和來源──經幢研究
之二》，《中央研究院歷史語言研究所集刊》第 68 本第 3 分，頁 643～786。

〔86〕 梁思成《我們所知道的唐代佛寺與宮殿》，《中國營造學社匯刊》第 3 卷第 1 期。

每高一米，約收2.5釐米。[87] 這種不等邊的八角柱也見於漢、北魏、北齊的遺物中，如肥城孝堂山郭巨祠和雲崗、天龍山諸石窟中都有不等邊八角形柱子。據劉敦楨考訂，石屋在性質上是佛龕，其說甚是。北朝佛教極爲興盛流行，石窟、佛龕、碑像製作之盛，至今遺存的瑰寶猶多。將當時建築上流行的八角柱和佛龕結合，是此一石柱設計上的新創。唐代開始製作的佛頂尊勝陀羅經幢絕大多數是八角柱，而在柱頂八面各有一龕佛像。

六、結語——兼論佛教對北齊社會的影響

中國中古時期，上、下階層皆風靡篤信佛教，因此，佛教對於政治、社會、經濟方面都有相當程度的影響。就本文討論所及，佛教的影響顯現在以下幾方面：一、佛教在縮短上、下社會階層的差距，和促進不同民族的融合方面，發揮了相當的作用。二、社會救濟工作一方面是佛教福田思想的實踐，另一方面它也是佛教傳佈、發揮其組織能力的方法之一。三、佛教的福田思想不僅影響了佛教徒從事社會福利工作，它同時也影響及國家的社會救濟事業。

此"義"的社會救濟工作，從最初的"鄉葬"至此石柱建立時（武平元年），前後已綿延了四十年之久；其後可能還持續了一段時間。從"義"所從事的社會救濟工作中，視陌路之人有如親眷這種情懷，而加以濟助；到"義"涵括上、下階層這種打破富貴貧賤的組合，都是佛教經典的實踐。不過，值得注意的是，雖然此"義"有貴如王侯的荊山王斛律羨及其家人，和范陽的各級官員的參與，但對此"義"貢獻最大的、參與最多者，還是一群名不見經傳的平民百姓。

此一社會救濟團體是少數平民佛教徒所發起的，不過，此"義"之所以得以擴展茁長，則有賴高僧曇遵及其信徒的力量；就中僧人及其追隨者強大的組織能力亦是不容忽視的。如曇遵的俗家弟子馮叔平、路和仁對此"義"的領導，不惟匯集了信徒的力量，使"義"的社會救濟工作得以茁長，同時也是佛教傳佈、壯大過程中的一種方式。從馮叔平、路和仁在此"義"中所扮演的角色，可知其時有一批儒生是追隨著高僧，他們對高僧的佈教工作有相當的助力。如高僧慧光（即曇遵之

_____

〔87〕 劉敦楨《定興北齊石柱》，頁61；拓文《義慈惠石柱》，頁79。

師)就有許多儒生追隨著他,《續高僧傳》中稱"時光諸學士翹穎如林,衆所推仰者十人,揀選行解入室惟九。"[88]就中特別叙述儒生馮袞的事迹,馮生通解經史,因聽慧光論講,服其清辯,而盡心皈依。他在慧光門下雖是行事謙敬,一如僧家弟子"低頭斂氣,常供厨隸,日營飯粥,奉僧既了,蕩滌凝澱,温煮自資。",不過,他同時也是慧光的得力助手"隨其要務,莫不預焉",對慧光的傳法事業也有相當的幫助:"每有名勝道俗,來資法藥,衰隨病立治,信者銜泣。"當時甚至有人將他的言論記下來,稱之爲"捧心論"。[89]由此例子,可以更爲瞭解馮叔平、路和仁兩位儒生他們畢生奉獻於此"義",以不同的方式追隨曇遵弘法,如馮袞以其才辯答人問難,爲人解惑;馮叔平、路和仁則以獻身社會救濟工作,協助曇遵"通傳道務,攝治相襲"。

由於經典的影響,有許多佛教徒從事社會福利事業,他們對社會的貢獻,以及其所發揮移風易俗的作用,使得朝廷將自漢末以來表彰個人美行義風之舉措,擴大到褒揚"義"這種從事社會救濟工作的佛教團體。從漢末以降,便以"表其門閭"褒揚個人的孝行義舉,其中部分受到朝廷表揚標其門里閭的個人或家族,還可得到免復徭役,甚至租調兵役全免,以作爲獎掖。至北齊時代,更下令免復每縣邑義二百餘人的徭役,以資獎勵,即頌文中所稱:"新令普班,舊文改削,諸爲邑義,例聽縣置二百餘人,壹身免役,以彰厥美,仍復季常考定,列其進退。"此處所説的"諸爲邑義",包括了如本文所述專以從事社會救濟事業爲主的"義"這樣團體,以及其他兼營社會事業的佛教信仰團體"義邑"、"法義"的成員;從造像記所見,義邑、法義多兼從事地方公共建設事業,如造橋、舖路、開挖義井等。[90]由於每縣僅有二百餘人免役的額數,不是每個這種團體的成員都有這等好處,所以必須時常考核那些人是此中最熱心公益者,作爲免除其力役的標準,即所謂的"季常考定,列其進退"。

此一新令頒佈的時間約在河清二年(563)之後,也就是木柱建立之後、改建石柱之前。因此,改建石柱刻鐫頌文之時,亦叙及此

〔88〕《續高僧傳》卷二一《齊鄴下大覺寺釋慧光傳》,頁608上、中。
〔89〕《續高僧傳》卷二一《齊鄴下大覺寺釋慧光傳》,頁608中。
〔90〕明郁(劉淑芬)《慈悲喜捨——中古時期佛教徒的社會福利事業》,《北縣文化》第40期。

“義”中張市寧、牛阿邕等二百人依令可免徭役之事。建立此石柱的目的，主要是標異“義”的成員之義行，但也有以此石柱刊刻頌文題記，作爲此“義”之中二百餘人免復徭役的證明，即頌詞所稱：“符賜標柱，衆情共立，遣建義所，旌題首領，衆免役苦。”（《定興縣志》16：10）

佛教的福田思想不僅影響了中古時期民間的社會救濟工作，也影響及國家的社會救濟事業。從早先北魏時的“僧祇粟”，就是由僧人所主持的社會救濟工作。北魏文成帝時，僧人曇曜奏請：“平齊戶及諸民，有能歲輸穀六十斛入僧曹者，即爲‘僧祇戶’，粟爲‘僧祇粟’，至於儉歲，賑給飢民。”[91] 所謂的“平齊戶”是指原先居住在山東齊地的劉宋屬民，皇興二年（468）北魏從劉宋奪回此地，次年，將居住在此地的人民遷移至平城附近，從事耕墾，並加以監視，稱之爲“平齊戶”。這種由平齊戶和能歲納穀六十斛入僧曹者徵收得來的僧祇粟，雖說是由僧曹管理，但是它是作爲國家的官物，以備荒年時，用以賑濟人民的；而在平日，僧祇粟可出貸生息。此一僧祇粟，直接由僧官管理，顯然是僧人以國家的資源所展開的社會救濟工作。可惜後來由於部分僧人的私利與貪欲，而導致不少弊病，並未充分發揮其功效。[92] 到了北齊時，則在租稅中規定：人徵“義租五斗”，交送各郡，以備水旱荒年賑濟之用。[93] 到了隋代，出現了鳩集地方民間力量，設置爲救濟飢荒的“義倉”，《隋書·食貨志》云：“（長孫平）於是奏令諸州百姓及軍人，勸課當社，共立義倉。收獲之日，隨其所得，勸課出粟及麥，於當社造倉窖貯之。即委社司，執賑檢校。每年收積，勿使損敗。若時或不熟，當社有飢饉者，以此穀賑給。”從義租到義倉，雖然不再是由僧人掌管，但它多少也是佛教福田思想影響下的產物。前文提及佛教經典中闡揚視衆生如親眷“以是義故”，而加以濟助的觀念，影響了中古佛教徒所組織的各種團體、社會福利事業等，皆以“義”爲名，如本文所討論的社會救濟團體就叫做“義”。北齊的義租、隋代的義倉，透過國家的行政命令和地方的組織能力的社會救濟，仍冠以“義”字，也是基於

〔91〕《魏書》卷一一四《釋老志》。
〔92〕同前註。
〔93〕《隋書》卷二四《食貨志》。

相同的理念。

　　另外，值得一提的是：中古時期佛教徒組成的救濟團體“義”，係對非親非故之人所做的施濟，但將其視之爲自己的親人，故曰“義等妻孥”；不過，到了宋代以後，所謂“義”的施濟則主要是針對自己的族人，如范仲淹設“義莊”以瞻族人。就此觀之，中國歷史上宗教思潮的影響及其變遷、轉化，亦頗值得深思。

※ 本文原載《新史學》5 卷 4 期，1994 年。
※ 劉淑芬，臺灣大學歷史研究所博士，中央研究院歷史語言研究所研究員。

附圖:定興北齊石柱(中國建築學院編《中國古建築》,
香港:三聯書店,1982 年,頁 54)

唐代的伍保制

羅彤華

一、前　言

　　伍保制是唐代最基層的地方組織，因其淵源於先秦軍隊的什伍制，故雖屬地方民政體系，亦不免沾染上軍法連坐的色彩。此制且隨著官方的推廣運用，更積極地被賦予保安、救助、糾告，甚至是償付、檢查、認證等性質。

　　由於史料對此制的記載略有出入，各家的解釋也仁智互見，是以伍保制的組織形態猶有爭議，其內含的家數、與鄰里的關係，及是否為固定組織等，尤為各方關注的焦點。[1] 然而在討論伍保制時，學界較忽略的是，其成員在身份上是否有若何排除規定？該制在時代推移下又曾發生何種遞變？以及作為唐代的基層組織，究竟應該如何正名？

　　伍保制的功能，最主要的當然是警政治安，其後且擴及稅務攤徵方面。[2] 但伍保制在警政治安上負責的具體事項是什麼？稅務攤徵又何以指向伍保制？伍保制是否另兼具其他功能？似皆應深入探討，以明該制實施之目的。值得注意的是，唐代史料中經常可見"保人"一詞，仁井田陞還以吐魯番發現的廣德三年（765）請舉常平倉粟五保文書，證明五家一保制的存在。[3] 然則伍保制與保人是否指涉同一意涵，其間關係究竟如何？研究者恐怕該重新思量。

　　正因為伍保制是唐代最基層的組織，其功能與演變情形，自然成為觀察人民動態乃至政權穩定與否的指標，故這個被唐政府委以

〔1〕　日本學者於鄰保制有相當深入細緻的討論，其爭議的問題及各家論點，中川學做了頗為精要的整理。見《八、九世紀中國の鄰保組織》，《一橋論叢》第83卷第3號，1980年，頁122~131。
〔2〕　山根清志《唐前半期における鄰保とその機能——いわゆる攤逃の弊を手がかりとして一》，《東洋史研究》第41卷第2號，1982年，頁253~289。
〔3〕　仁井田陞《唐代の鄰保制度》，收入《中國法制史研究——奴隸農奴法・家族村落法》，東京：東京大學出版會，1981年，頁672~677。

重任的制度，吾人實不宜輕忽之。

二、伍保制的淵源

就伍保制的歷史發展來看，其最初形態可能源自春秋中晚期日益普遍的閭里什伍制。閭里什伍制是在以軍法部勒民政的前提下演變來的，故軍法中同伍連坐的觀念，也滲透入地方行政組織中，[4]如吳起《教戰法》講述行陣之同時亦曰：

> 鄉里相比，什伍相保（《通典》卷一四九《兵二》）。

以軍統政之後，閭里人民的生活似乎有了很大的波動，由原來單純地相卹相助，一變而爲"有罪相伺，有刑相舉"（《韓詩外傳》卷四），亦肩負起窺察動靜、舉發告訐的任務。

秦制尤其厲行地方基層的連坐，《史記》卷六八《商君列傳》謂商鞅變法："令民爲什伍，而相牧司連坐。"但從秦簡觀察，什制是否存於民政，頗爲可疑，然政府卻大加運用以五家爲一組的伍制，以維護治安。如《睡虎地秦墓竹簡·法律答問》：[5]

> 賊入甲室，賊傷甲，甲號寇，其四鄰、典、老皆出不
> 存，不聞號寇，問當論不當？審不存，不當論；典、老雖
> 不存，當論。

與伍制直接相關的是其四鄰，據同篇另條："可（何）謂四鄰？四鄰即伍人謂殹（也）"，[6]則同伍之人在家，官方強制其有救援四鄰的義務。他如免老詐僞、與盜同罪、伍人相告及協助調查等，都是動員基層力量，使其相互監視，並負連帶責任。[7]

由秦簡傅律看，伍是以户爲單位編成的。[8]因此沒有户籍、隸屬於士伍等之奴婢，是沒有資格編爲伍的。至於商賈之家，似乎置於市制之下，由列伍長管理，而與一般編户之伍制不相干。[9]在官府方面，《法律答問》有二條論及之：[10]

---

〔4〕 杜正勝《編户齊民》，臺北：聯經出版事業公司，1990年，頁131～139。

〔5〕 《睡虎地秦墓竹簡》，北京：文物出版社，1978年，頁193。

〔6〕 同前書，頁194。

〔7〕 關於伍之功能，見池田雄一《睡虎地出土竹簡にみえる伍制について》，《中村治兵衛先生古稀記念東洋史論叢》，東京：刀水書房，1986年，頁59～65。

〔8〕 同前文，頁146。

〔9〕 徐富昌《睡虎地秦簡研究》，臺北：文史哲出版社，1993年，頁537～538。

〔10〕 《睡虎地秦墓竹簡》，頁217。

> 吏從事於官府，當坐伍人不當？不當。
> 大夫寡，當伍及人不當？不當。

大夫是五等爵，其上各爵級之人數寡少，故得享優遇措施，不納入民伍中。惟小吏是否亦如此，似可商榷。[11] 由文中之當坐不當推敲，可能其原在伍制中，只因事發時在官府任職，遂不連坐也。[12]

追及漢代，地方上伍制依然存在。《續漢書·百官志五》：“民有什伍，善惡以告。”本注並謂：“什主十家，伍主五家，以相檢察”。[13] 從兩漢史料看，民伍雖曾轉相承擔賦斂，但仍以警察職責爲主，如收掩盜賊、籍記豪惡、禁舍奸人、舉發私鑄等。[14] 這種源自軍事連坐的制度，是將國家安全體系的建立，分攤到民政組織上，憑藉最基層的伍制，發揮相糾互保、逐捕盜賊的功能。只是這種治安工作的推動，繫於官府的強制規定，非屬人民的自發意願。

漢代伍制中成員的身份，是否如《鹽鐵論·周秦篇》所言：“自關內侯以下，比地於伍，居家相察，出入相司(伺)。”包括自各級官吏以下，至於庶民及奴在內，固難確知，然由王莽地皇元年更行貨布，令“敢盜鑄錢及遍行布貨，伍人知不舉發，皆沒入爲官奴婢”推測(《漢書》卷九九下《王莽傳》)，大概奴婢不列入伍制，漢代的伍人限於良民。

兩晉南北朝繼受漢代伍制，雖然其間承喪亂之餘，人民流離，致范寧、劉裕兩度上陳修閭伍之法，[15] 但伍制始終未廢，且連保事項似亦隨形勢之演變，有所擴充。其時，政府不僅要求伍人課捕亡叛、舉告劫盜、參與救助，其義務甚且及於糾言喪葬不如禮法。對於謀反者不知情的同伍，科以從坐之罪，更是自秦漢以來從所未見

---

[11] 秦簡中的吏，大都是縣級小吏，但也泛指各種官吏。此條既與“大夫寡”條分別列之，則此處的吏當指職級低的小吏。關於吏之所指，可參考：徐富昌《睡虎地秦簡研究》，頁 361～362。

[12] 論者於此二條，多未詳加區別之，至多僅認爲是一項適用於官吏之同伍連坐的免除規定。見栗勁《秦律通論》，濟南：山東人民出版社，1985 年，頁 231、233；池田雄一《睡虎地出土竹簡にみえる伍制について》，頁 52～55。

[13] 漢代地方基層組織是否有什制，不甚確定。《鹽鐵論·周秦篇》有“什伍相連”之語，但西漢似未見什伍通行。仲長統《損益篇》數度言及之：“明版籍以相數閱，審什伍以相連持”，“丁壯十人之中，必有堪爲其什伍之長”(《後漢書》卷四九《仲長統傳》)，但也只表達個人之期望或理想，並非陳述東漢之現實狀況。

[14] 《後漢書》卷四六《陳忠傳》，頁 1559；《漢書》卷七六《尹翁歸傳》，頁 3208；同卷《韓延壽傳》，頁 3211；卷九〇《酷吏尹賞傳》，頁 3673；卷九九下《王莽傳》，頁 4164。

[15] 《晉書》卷七五《范寧傳》，頁 1986；《宋書》卷二《武帝本紀》，頁 30。

之嚴厲規定。[16] 兩晉南朝伍制的運用，足可顯示政府積極控制基層人民的強烈意圖。

兩晉南朝伍制的組成，因劉宋時期議論士人是否同坐伍犯，而格外引人注目，誠如王弘所言："同伍犯法，無士人不罪之科。" 又曰："士人可不受同伍之謫耳，罪其奴客，庸何傷邪？無奴客，可令輸贖"（《宋書》卷四二《王弘傳》）。可見即使是講求身份的士族社會，士大夫仍須附入伍中，在這一點上，似與秦律五等爵以上不納入編制的作法，頗有出入。前引《鹽鐵論》謂漢制："自關內侯以下，比地於伍"，兩晉南朝"押士大夫於符伍"（《宋書》卷四二《王弘傳》引殿中郎謝元語），是否承襲漢制而來，頗堪玩味。然於時畢竟士庶懸隔，士人雖或連坐爲同伍犯，卻可蒙恩宥，以奴客代罪，或令輸贖，並不身自受罰。[17] 至於僕隸賤民，議者曾謂其與鄰伍有關，欲責其聞察之罪，但終以"奴不押符，是無名也"而作罷（同前引），則知奴客等賤民，是無資格籍於符伍，預公家之任務。

北朝雖是胡人政權，方其漸趨漢化後，也擷取不少漢人的統治精神。就前述的伍制而言，北魏北齊亦仿漢晉以來的傳統而置之，只是在名稱與體制上，都有所改變，不僅新創比鄰之名，更有畿內畿外之別，北齊河清三年（564）還一度將五家調整爲十家。[18] 至於西魏北周系統，似乎將以五家爲單位的舊制廢掉，而改用較大範圍的編組，如大統十三年（547）的計賬文書，縣以下就只注記黨，未見相當於伍或比鄰的組織。[19] 宇文泰之改革時政，蘇綽建議行二長制，並謂："爰至黨族閭里正長之職，皆當審擇"（《周書》卷二

---

[16] 關於兩晉南朝伍制的功能，可參考增村宏《晉、南朝の符伍制》，《鹿大史學》1956年第4號，頁11～15。

[17] 劉宋同伍犯之議論，見增村宏，同前文，頁29；越智重明《魏晉南朝の貴族制》，東京：研文出版社，1982年，頁281～283。

[18] 北朝三長制及其演變，見嚴耕望《中國地方行政制度史》上編（三）《魏晉南北朝地方行政制度》，臺北：中央研究院歷史語言研究所專刊45，1963年，頁684～686；池田溫《中國古代籍賬研究》，臺北：弘文館出版社，1985年，頁116～119；松本善海《北朝における三正・三長兩制の關係》、《鄰保組織を中心としたる唐代の村政》，《中國村落制度の史的研究》，東京：岩波書店，1977年，頁346～355、368～378。

[19] S.613 背《西魏大統十三年瓜州效穀郡計賬文書》(e)件戶主王皮亂之女醜婢下注："出嫁效穀縣斛斯己奴黨王奴子"，可以爲證。見：池田溫《中國古代籍賬研究——概觀・錄文》，東京大學東洋文化研究所報告，1979年，頁162。

三《蘇綽傳》)。似亦省減閭里以下的組織。這顯示五家連保的人身
支配，出現自秦漢以來甚爲罕見的變動，此或許不意味著對基層人
民的鬆綁，但至少是一項令人矚目的措施。

北朝三長制設立的目的，本爲校戶籍、均賦稅、平徭役，並冀
三長養贍孤貧，賑濟流移，[20] 以安社會而豐財政。但另一方面，漢
族伍制重視的禁奸防邪功能，亦爲其所吸收，故北朝比鄰之長受連
引的事項與罪責，較漢晉南朝皆有過之而無不及，舉凡稅收濫惡、
邊兵逃隱、寇盜爲亂、私度僧侶等，三長均受其累，甚至鄰長還承
其首過。至於民間的五五相保，仍以不得容止奸滑，或設禁賊之方，
爲其首要任務。[21]

北朝原無三長制，惟立宗主督護，故實施新制後，名爲各長"取鄉
人強謹者"(《魏書》卷一一〇《食貨志》)，其實則如常景所言："今之三
長，皆是豪門多丁爲之"(同前書卷八二《常景傳》)。北朝三長因較傾
向於以私人關係爲中心，而與歷來以地緣置長，在意義上不太相
同。[22] 此外，三長不僅爲數衆多，且有復除優遇，因此每爲改革之對
象，如臨淮王孝友建議減其人數，增加賦役(同前書卷一八《太武五王
臨淮王孝友傳》)。西魏蘇綽則更明白提出"減官員，置二長"的方案
(《周書》卷二三《蘇綽傳》)，大概三長這類地方勢力，也經常兼爲政府
官吏，故並案處理，益增改革成效。既然三長多具官方身份，則官員亦
納入基層編組的可能性，便大爲提高。

隋初取法於北齊制度，但在五家組織上，獨創"保"的新名稱，
蓋淵源於《周禮》："令五家爲比，使之相保"(《地官·大司徒》)。[23]
文帝銳意革除積弊，減化體制層級，廢郡行州縣二級制，於恢復漢晉以
來鄉里制的同時，亦廢掉里與保之間的中間組織。[24] 然伍之舊制行
之有年，煬帝大業十一年(615)詔猶曰："田疇無伍，邑郭不修"(《隋

---

[20] 《魏書》卷一一〇《食貨志》李冲上書云："孤獨、癃老、篤疾、貧窮不能自存者，
三長迭養食之。"又，同卷太和十一年（487）："大旱，京都民飢。……詔聽民就
豐。行者十五六，道路給糧粟，至所在，三長贍養之。"
[21] 《魏書》卷七八《張普惠傳》，頁1736；卷一九《任城王澄傳》，頁475；卷一一四
《釋老志》，頁3038、3043；卷五七《高祐傳》，頁1261。
[22] 池田温《中國古代籍帳研究》，臺北：弘文館出版社，1985年，頁119~120。
[23] 松本善海《鄉保組織を中心としたる唐代の村政》，頁372、378。
[24] 亦即在百家爲里，與五家爲保之間，廢掉二十或二十五家的中間組織。有關隋制之改
革，見：松本善海，同前文，頁378~381。

書》卷四《煬帝紀》），是伍制傳統與五保新制，義涵既相近，使用上遂不嚴予區別。

隋之統治期甚短，制度上又處在新舊交替階段，致其功能及實施狀況若何，頗難詳知。惟高祖初行北齊三長制，意在"以相檢察"（同前書卷二四《食貨志》），但結果竟是："使游惰實繁，寇攘未息"，"田疇無伍，郛郭不修"，則隋室寄與人民保安義務，促其負起警察責任的施行成效，並不盡理想。

隋代以前的伍保制，其實是官方强迫人民，就其所欲察知的事項，令其互負連帶責任的制度。它已由因人受過的純粹連坐，衍生出需自行負擔伺察、糾告、協防、捕繫等意義。雖然，各代均以防盜禁奸爲主要目的，但亦各隨其需要，在與國家財政有關之戶籍、稅役上，與法制有關之謀反、盜鑄上，甚或與禮教有關之喪葬事宜上，隨宜課予連保責任。政府如此借重人民的五五相保，因知"小民自非超然簡獨，永絕塵秕者，比門接棟，小以爲意，終自聞知，不必須日夕來往也"（《宋書》卷四二《王弘傳》）。一家有事，四鄰同坐，既與個人切身相關，何能不小心查察、以保自身？故歷代的基層互保，雖不排除鄉里或黨族、閭里間的縱向連保，然終以五家之橫向連保爲基礎。

三、伍保制的組織

唐代伍保制的組織方式，因史料記載不一，致各家看法頗爲分歧，或採五家一保說，或持保爲中間組織說，而四鄰與五保的關係若何，亦有爭論。[25] 爲了梳理此一問題，筆者擬先將有關資料表列

---

[25] 持五家一保說的如仁井田陞、增村宏、宮川尚志、松本善海等，持保爲中間組織說的如志田不動麿、那波利貞。在四鄰與五保的關係方面，主張四鄰在五保之內的如松本善海、清水盛光；主張保爲一定五家之固定組織，鄰則不問保內外，指自己四周之家者如宮崎市定、宮川尚志、增村宏、堀敏一等。各說見仁井田陞《唐代の鄰保制度》；增村宏《唐の鄰保制》，《鹿大史學》1958年第6號；宮川尚志《唐五代の村落生活》，《岡山大學法文學部學術紀要》1956年第5號；宮崎市定《四家を鄰と爲す》，《アジア史研究》第4卷，京都：同朋社，1980年；松本善海《鄰保組織を中心としたる唐代の村政》，《吐魯番文書より見たる唐代の鄰保制》，收入《中國村落制度の史的研究》；志田不動麿，《唐代鄉黨制の研究》，《社會經濟史學》5: 11（1936）；那波利貞《唐代鄰保制度釋疑》，收入《羽田博士頌壽記念東洋史論叢》，東京大學東洋史研究會，1950年；清水盛光《中國鄉村社會論》，東京：岩波書店，1951年；堀敏一《唐戶令鄉里·村坊·鄰保關係條文の復元をめぐって》，收入《中村治兵衛先生古稀記念東洋史論叢》，東京：刀水書房，1986年。

於下，以清眉目，並便於分析（表一）：

編號	年代	內容摘要	出處	備註
1	武德七年（624）	四家爲鄰，四鄰爲保	《通鑑》卷一九○武德七年四月條	
2	武德七年（624）	四家爲鄰，五家爲保	《通鑑》卷一九○《考異》引《唐曆》	
3	武德七年（624）	四家爲鄰，五家爲保	《舊唐書》卷四八《食貨志》	
4	開元七年（719）	四家爲鄰，五家爲保	《唐六典》卷三"戶部郎中員外郎"條	
5	開元七年（719）	四家爲鄰，五鄰爲保	《舊唐書》卷四三《職官志》	
6	開元二十五年（737）	四家爲鄰，五家爲保	《通典》卷三《食貨·鄉黨》	此據宋本。殿本誤爲"三家爲保"
7	開元二十五年（737）	四家爲鄰，五家爲保	《通考》卷一二《職役·歷代鄉黨版籍職役》	同上
8	開元	四家爲鄰，五鄰爲保	《通志略》卷六《地理略》引《開元十道圖》	

　　從內容摘要看，"四家爲鄰"之表述各書均同，但"五家爲保"或"四鄰爲保"、"五鄰爲保"，則史料出入較大，只有從其他資料中考證，才能得其實。

　　前引《睡虎地秦墓竹簡·法律答問》：

　　　　可（何）謂四鄰？四鄰即伍人謂毆（也）。

鄰與伍的關係傳衍至隋唐時代，似仍復如此，並未因開皇二年（582）新用保的名稱，而有改變。隋末喪亂之際，王世充恐眾心離散，遂"令五家爲保，有全家叛去而鄰人不覺者，誅及四鄰"（《舊唐書》卷五四《王世充傳》）。叛逃之家與四鄰，正是同五保中人。精於訓詁、詳於典章的顏師古，在注《漢書》伍制時亦曰：

　　　　五家爲伍，若今五保也（《漢書》卷七六《尹翁歸傳》）。

　　　　伍人，同伍之人，若今伍保者也（同前書卷九九下《王莽傳》）。

顏師古爲初唐之人，如此注釋，不但反映於時繼承秦漢的五家爲伍之制，也說明隋唐的保制，有相互承接關係。由此以見，《通鑑》言及初唐體制，所引武德七年四月條的"四鄰爲保"（編號1），不是記述失誤，就是本家與四鄰共爲一保的另種表達方式。秦簡"四鄰即伍人謂毆（也）"，《通鑑》的語法，其有所傳承耶？

表中"五鄰爲保"的"保"（編號5、8），曾被學者認爲是介於鄉里之間，二十家一保的中間組織。[26] 然據《唐律疏議・鬥訟律》"强盜殺人不告主司"（總360條）疏議：

> 强盜及殺人賊發，被害之家及同伍共相保伍者。

又，"監臨知犯法不舉劾"（總361條）疏議：

> 同伍保內，謂依令"伍家相保"之內。

正因五家爲伍，五家相保，故唐人文書"五"與"伍"常通用，像顏師古註《漢書》，"五保"與"伍保"意義就相同；《賊盜律》"有所規避執人質"（總258條）疏議，及《吐魯番出土文書・唐景龍三年南郊赦文》，則寫成"四鄰伍保"。[27] 而"監臨知犯法不舉劾"條疏議的"依令'伍家相保'"，可能就與日本《户令》"五家條"："凡户皆五家相保"（《令集解》卷九）來自同一法源——永徽令。史料所證唐初皆行伍保制，而爲開元七年令文原型的《唐六典》，亦載明"五家爲保"（編號4），[28] 因而傳抄自《唐六典》的《舊唐書・職官制》，自無理由突如其來地另創二十家一保的新制。是以"五鄰爲保"，如非轉述錯誤，不無可能指的是五個相鄰之家共爲一保，若然，其意與"五家爲保"相通矣！至於《通志》引自《開元十道圖》的"五鄰爲保"，大概同樣可做如此理解。

從上述論證可知，唐代最基層的組織，應該就是"四家爲鄰，五家爲保"制。居民以五家爲一單位的編組，可能是據田有四至、宅有四鄰而來，所謂"比地於伍"也。[29] 既是地相比鄰，則唐代"四家爲鄰"的"鄰"，似僅指方位、地界上的相鄰關係，[30] 而非如北朝三長制以"鄰"爲確實組織。再說，"鄰"若爲制度，與保僅一家之差，在架構與功能上都嚴重重叠，殊無意義，故保就是唐代最基層的組織，"鄰"只是說明同

〔26〕 志田不動麿《唐代鄉黨制の研究》，頁1～28。

〔27〕 《吐魯番出土文書》第八册，北京：文物出版社，1987年，頁122。

〔28〕 增村宏、松本善海、堀敏一等學者均認爲《唐六典》此條爲令文原型。見增村宏《唐の鄰保制》，頁41～42；松本善海《吐魯番文書より見たる唐代の鄰保制》，頁402；堀敏一《唐户令鄉里・村坊・鄰保關係條文の復元をめぐって》，頁452、462。

〔29〕 杜正勝《編户齊民》，頁132。

〔30〕 中川學《八、九世紀中國の鄰保組織》，頁126～127。

一編組内各家的相互關係。在基層組織上承唐法而來的五代,亦可證明此點,《舊五代史》卷一〇八《蘇逢吉傳》:"逢吉自草詔意云:'應有賊盜,其本家及四鄰同保人,並仰所在全族處斬'。"同一事在《新五代史》裏則寫爲:"凡盜所居本家及鄰保,皆族誅"(卷三〇《蘇逢吉傳》)。足見一般所謂的鄰保,其實是同伍保内的本家與四鄰,[31]並非於伍保之外,別有名爲鄰的組織。

東漢劉熙《釋名·釋州國》:"鄰,連也,相接連也。"正因爲唐人從未視鄰爲一種制度,故官、私文書皆靈活地將鄰與其他觀念、語辭,甚或地方層級單位,任意組合運用,以表現地緣上的鄰接特性,[32]如"親鄰"、"鄰近"、"四鄰"等,就未必與伍保有關;"鄰伍"、"鄰保"等,可能即指伍保内的相鄰四家;"鄰里"、"鄉鄰"、"村鄰"等,則將鄰的範圍推得更爲廣遠。儘管唐代的基層組織是"四家爲鄰,五家爲保",但由於鄰非制度名稱,且常與其他語辭隨意合用,故學界習稱的"鄰保制"或"鄰保組織",[33]似猶未盡制度專稱之意,只能代表伍保内相鄰關係的一種通稱或慣用語。

唐代律令大致皆以"伍"或"保"來指稱五家相保的制度。前引"鬥訟律""强盜殺人不告主司"(總360條)疏議注"同伍"爲:"共相保伍者"。又,"監臨知犯法不舉劾"(總361條)疏議:"同伍保内,謂依

〔31〕 鄰保之四鄰,限於同一伍保;但唐人一般所謂的四鄰,則範圍甚廣,甚至可指鄰州郡。如元稹《賽神》詩謂岳陽刺史革楚俗妖風曰:"我來歌此事,非獨歌政仁,此事四鄰有,亦欲聞四鄰"(《全唐詩》卷三九八)。此中之四鄰,顯然與伍保無關。

〔32〕 中村治兵衛分析《全唐詩》中有關"鄰"的語匯,發現多用來描寫人民日常生活或田園景緻,而極少與伍保有關。見《唐代の村落と鄰保—全唐詩よりみたる四鄰を中心に一》,收入《中國律令制の展開とその國家·社會との關係》,東京:刀水書房,1984年,頁117~118。變文是唐代的通俗文學,有關"鄰"的用語也非常生活化,絲毫不見制度之意,如:"與母同居住鄰里","四迴無鄰獨棲宿"(《伍子胥變文》);"切莫語高動四鄰","鄰家信道典倉身"(《捉季布變文》)。在官文書方面,《唐會要》卷八五《逃户》各詔書中提及由親鄰、鄰親、鄰近、鄰保、鄰人等代輪租賦,其於"鄰"的用語,亦相當多樣化。另外,鄰與各層級單位名稱連用,在唐代也很平常,除前所見之鄰里,他如玄宗《科禁諸州逃亡制》:"州縣不以矜,鄉鄰實受其咎"(《全唐文》卷二二)。天寶元年(742)三月甲寅詔:"行客身亡者,仰所在村鄰,相共埋瘞"(《册府元龜》卷一五九《帝王部·革弊一》)。與鄰保交替互用的鄰伍,在官私文書中也時有所見,《通典》卷一六五《刑三·刑制下》:"鄰伍告者,有死罪流,告人散禁,流以下,責保參對。"《太平廣記》卷四〇四《寶部》"三寶村"條:"民即以所夢具告於鄰伍中。"由上述引證可知,鄰可隨意與其他概念合用,主要表現的是一種鄰接關係,而非制度意義。

〔33〕 由注〔25〕各篇名之用語,即可知其普遍性。

令'伍家相保'之內"。另外,《賊盜律》"有所規避執人質"(總258條)之"鄰伍",疏議注曰:"四鄰伍保"。唐律因"共相保伍"、"伍家相保"、"四鄰伍保",而名此制爲"伍",或徑稱爲"伍保"。唐令則無論武德七年令,或開元七年、二十五年令,均謂之爲"保"(表一)。就歷代制度名稱之演變論之,除了北朝別開新局外,秦漢以迄南朝都用伍制,隋代始創保制。唐代兼用二名,是既復深具歷史意義之秦漢遺規,亦因朝代相接而承楊隋新制,於理於法,具無可疵議。故唐代基層組織究竟名爲"伍"或"保",或許難有定論,但稱之爲"伍保制",似乎要比學界習稱的"鄰保制"、"鄰保組織",更接近制度本名,也更正式而妥貼。至於"保"的使用凌駕於"伍",而益形普遍,則是時勢推移的結果。

伍保制置長,可能是自漢以來的慣例。[34] 唐雖然僅於開元七年令中見之,《唐六典》卷三《户部郎中員外郎》條:"保有長,以相禁約。"但由以唐令爲母法的日本《户令》推測,唐初即已有之,該令"五家條"曰:"户皆五家相保,一人爲長。"惟史書中提及任職者,多以"伍伯"稱之,[35] 如《舊唐書》卷一八二《諸葛爽傳》:"役屬縣爲伍伯,爲令所笞,乃棄役,以里謳自給。"卷七五《蘇世長傳》:"部內多犯法,世長莫能禁,乃責躬引咎,自撻於都街。伍伯嫉其詭,鞭之見血,世長不勝痛,大呼而走。"唐之里、坊、村正,率由縣司簡用,[36] 然保長之來由若何,無明確交代,由諸葛爽被縣令役使,竟棄役逃亡來看,保長殆亦由縣司選取,且直供調遣,承役甚繁。惟格律中有關伍保的違失責任,皆不獨列保長或伍伯,

---

[34] 秦之民伍是否有長,不確定,但市有伍長。見池田雄一《睡虎地出土竹簡にみえる伍制について》,頁57。自漢以來,伍保可能經常性地置長,《宋書》卷四〇《百官志下》言漢制:"五家爲伍,伍長主之"(《漢書》卷七六《韓延壽傳》,卷八九《循吏黄霸傳》,《後漢書》卷四九《仲長統傳》,《晉書》卷五〇《庾純傳》等),都言及漢有五長、伍長或伍伯。兩晉南朝的史書中雖未見有關置長資料,但其既承漢制,相信亦有之。北朝實行三長制,無疑地,長相當於伍保的比鄰置長。隋於開皇二年即"制人五家爲保,保有長",見《隋書》卷二四《食貨志》;或亦名之爲伍伯,見《隋書》卷七四《酷吏燕榮傳》。

[35] 《續漢書·百官志四》校勘記引《古今注》云:"五人曰伍,五長曰伯,一曰户伯。"是則漢代伍長又名伍伯。《晉書》卷五〇《庾純傳》,其先爲伍伯,賈充譏之爲父老,即是也。由此可見,唐代保長又稱伍伯,實淵源有自。但吐魯番文書TⅢ315號請舉常平倉粟伍保文書中的保頭,可能是《唐律疏議·詐偽律》"保任不如所任"(總386條)所謂的造意者,未必即伍保制之保長或伍伯。

[36] 《通典》卷三《食貨·鄉黨》:"諸里正,縣司選勳官六品以下白丁、清平强幹者充。其次爲坊正。若當里無人,聽于比鄰里簡用。其村正取白丁充。無人處里正等,並通取十八以上中男殘疾等充。"

是其與伍保中成員，負相同罪責也。

唐代的伍保制，既有伍伯或保長負責各項事務，想來伍保乃一固定組織，上司方易於對伍伯或保長循名責實，伍伯或保長也才便於指揮統轄部內各家。至於伍保是由同列的左右五家組成，或以一家爲中心，由放射狀的四家環列而成，則史無其證。

伍保制是唐代的基層連保體系，其功能如下文所述，以警政治安爲主，以分攤稅賦等爲輔。伍保制原則上不承擔私債務，其與諸多契約，或官私借貸所見之債務保人並不相同，不能混爲一談。仁井田陞爲證明五家一保説，曾引用吐魯番文書 T Ⅲ 315 號廣德三年（765）二月交河縣請舉常平倉粟五保文書，駁志田不動麿的四家一鄰説。[37] 但如堀敏一、松本善海等之分析，該文書的第二件，連同借者與五保人，共有六人，就與伍保組織無關，而第二、四兩件文書出現同一人，卻分屬不同伍保，亦質疑仁井田陞氏之論據。[38] 其實，五保文書中的保人，是爲他人債務負連帶責任的債務保人，與伍保制之以建立地方安全網絡爲目標的基層保人，在組成方式、所保事項、承擔責任等方面均有差異。唐政府在相關之律令上，亦做了不同的規範，故不宜將債務之五保，視同民政之伍保。有關唐代之債務保人，筆者有另篇介紹（《唐代的債務保人》，《漢學研究》16 卷 1 期，1998 年）。

伍保中的成員，如獨孤及《答楊賁處士書》所言：“據保簿數，百姓並浮寄戶共有三萬三千，比來應差科者，惟有三千五百”（《毘陵集》卷一八）。此處的保簿，極可能就是登載伍保成員的簿書。獨孤及此書作於代宗時，尚未改行兩稅法，亦無主客以見居爲簿的規定，而保簿中已然載有浮寄戶，豈其防禁奸盜，遞相檢察之意，因與戶籍或差科簿之以稅役爲主不同，故編戶之外，另有所及歟？

憲宗元和年間（806~820），王承宗、吳元濟等叛，十二年（817）二月詔：“京城居人，五家爲保。命朝官及官中條疏家人部曲，及在宅參從人數，送府縣。其寺觀委兩街功德使團保。虞二方之奸謀也”（《册府元龜》卷六四《帝王部·發號令三》）。居人五

---

[37] 仁井田陞《唐代の鄰保制度》，頁 673~677。

[38] 堀敏一《唐户令鄉里·村坊·鄰保關係條文の復元をめぐって》，頁 459~460；松本善海《鄰保組織を中心としたる唐代の村政》，頁 359~360。但松本善海似仍未分清伍保制與債務保人之不同，他同樣在討論伍保制時，用請舉常平倉粟五保文書來解釋，見《吐魯番文書より見たる唐代の鄰保制》，頁 412~436。

保，本是經常性措施，此時爲防奸人逆謀，以是重申之。然命官吏
條疏其家人等送府縣，並命寺觀團保，則似爲常制之外的權宜之計，
由此看來，官人與其家，及僧道之徒，平居並不納入伍保制中。[39]

元和十二年詔命官人條疏部曲等，此處僅及部曲，不言奴婢，
蓋奴婢同於資財，比於畜産[40]，既無獨立人格，自不賦予其察檢良
民之責，惟會昌年間曾例外地令"諸寺奴婢五人爲一保"，以防走失
(《入唐求法巡禮行記》卷四會昌五年三月條)。部曲雖不同資財，
仍爲私家所有，[41] 故其名附屬於主家，通常不單獨編入伍保組織，
此時因情況特殊，才做非常處置。

承擔伍保責任的，其實不只是户長，還應包括其家人，亦即凡
符合資格的家庭成員，都在伍保體系中。《唐律疏議·鬥訟律》"强
盜殺人不告主司"(總360條)謂賊發，被害之家及同伍、比伍，當
即告其主司，若當告而不告，一日杖六十。疏議曰：

> 當告而不告，謂家有男夫年十六以上，不爲告者，一
> 日杖六十。

唐於天寶三載(744)丁中改制之前，中男下限即十六歲，[42] 換言
之，家中中男以上，都有防範與糾告同伍、比伍賊盜等事的義務。
同律"監臨知犯法不舉劾"(總361條)疏議進而申論曰：

> 其伍保之家，惟有婦女及男年十五以下，不堪告事，
> 雖知不糾，亦皆勿論。

唐人將婦女及十五歲以下的男子，排除在伍保制之外，蓋認爲女主
內事，黃、小男之責任能力不足也。[43] 然同樣不具完全責任能力的

---

〔39〕 《入唐求法巡禮行記》卷三會昌二年三月三日敕："發遣保外無名僧，不許置童子沙
彌。"三月十日巡院帖："令發遣保外客僧出寺。"會昌三年二月一日使牒："發遣保外僧
尼不許住京人鎮内。"卷四會昌三年七月二日圓仁牒："奉使司文帖切不得停止保外及
沙彌俗客等。"此處的保，應與百姓的伍保制無關，可能是寺觀之團保。

〔40〕 《唐律疏議·名例律》"彼此俱罪之贓"(總32條)疏議、"官户部曲官私奴婢有
犯"(總47條)疏議。

〔41〕 《唐律疏議·盜賊律》"謀反大逆"(總248條)疏議、《名例律》"官户部曲官私奴
婢有犯"(總47條)疏議。

〔42〕 關於丁中制的變動，參見鈴木俊《唐代丁中制の研究》，《史學雜誌》46編9號
(1935)，頁1124~1148。

〔43〕 責任能力與責任年齡密切相連，有關之分析，見錢大群、錢元凱《唐律論析》，南
京：南京大學出版社，1989年，頁102~106；喬偉《唐律研究》，濟南：山東人民
出版社，1985年，頁120~123。

老、疾，本條雖未言其是否亦勿論，不過由"律以老疾不堪受刑，故節級優異"推想，[44] 老、疾即使該當科罪，也受《名例律》"老小及疾有犯"（總30條）的保護，何況前引《強盜殺人不告主司》條疏議有："若家人、同伍單弱，不能告者，比伍爲告。"如果老、疾就是律中所謂的"單弱"，則其自然無庸負擔伍保之糾告責任。

運用伍保制形成基層連防體系，是政府鞏固政權、有效掌握地方動向的利器。由於唐後期政治環境愈形複雜，政府欲借重民間力量，督察並阻嚇不法的意圖也愈強烈，故於伍保制之外，時而可見形態類似的其他組織。

憲宗元和十年（815）六月，盜殺宰相武元衡，"於是京師大索坊市，居人團保"（《册府元龜》卷六四《帝王部・發號令三》）。此團保可能是伍保制的變形，惜不詳其如何組成，也不明其與伍保的關係。前引元和十二年詔，除了命居人五保，又命寺觀團保，似伍保、團保間略有差距。元和以後因私鹽問題嚴重，憲宗制"州縣團保相察"（《新唐書》卷五四《食貨志》），穆宗戶部侍郎張平叔也請"檢責所在實戶，據口團保"（《通鑑》卷二四二）。胡三省注："團保者，團結戶口，使之互相保識。"則團保設置的用意，應與伍保極相近。宣宗兵部侍郎周墀建議的懲治盜販之法是："迹其居處，保、社按罪"（《新唐書》卷五四《食貨志》）。此處的保，大概是伍保、團保之類的組織，社則未必是純然的民間私社。[45] 周墀之法既需"迹其居處"，顯然保、社具有地緣特性。大中年間下屠牛之禁，犯者，"不唯本主抵法，鄰里保社並須痛加懲責"（《册府元龜》卷七〇《帝王部・務農》）。故所謂保社，均應是鄰里內居處相近者的組合。

伍保制在中晚唐並未廢止，但其他形式的基層組織顯然也很受重視。憲宗時京兆尹裴武請禁與商賈飛錢，"廋索諸坊，十人爲保"（《新唐書》卷五四《食貨志》）。宣宗時永州刺史韋宙，不使吏督

---

[44] 《唐律疏議・名例律》"犯時未老疾"（總31條）疏議。

[45] 唐代民間結社盛行，但也有半官方性質的社，如《全唐文》卷二五《置十道勸農判官制》："宜委使司與州縣商量，勸作農社，貧富相恤，耕耘以時。"大谷文書2838號則天時期敦煌縣牒，賣罰不存農務的社官，蓋即此類官督民辦的社。又，《舊唐書》卷一六《穆宗紀》長慶元年爲諸道防秋兵備邊，"仍令五十人爲一社，每一馬死，社人共補之，馬永無闕。"該種馬社也是在官府勒令下組成，但似乎不是政府機構。

賦，"俾民自輸，家十相保，常先期"（同前書卷一九七《循吏韋宙傳》）。無論這些組織因何而設，以何爲名，十人或十家相保，就迥非唐初定制時所創。敦煌文書 P. 3379 號周顯德五年（958）二月的一件官文書，則是利用民社組成"三人團保"，以防盜竊。[46] 或許唐代之團保，亦有與之相仿者。總之，唐後期的地方基層組織，似乎起了不小的變化，中央與地方政府爲了因應日益複雜的政經情勢，不得不審時度勢，另行編組，冀能寓防禁，收時效，牢牢掌握基層人民。故唐後期伍保制即使未解體，其功能也已大爲減色，不再受到如前期政府那樣重視與廣爲運用。

四、伍保制的功能

《唐六典》卷三《户部郎中員外郎》條引開元七年（719）令："四家爲鄰，五家爲保，保有長，以相禁約。"《唐令拾遺》卷九《户令一〇》引開元二十五年（737）令："諸户皆以鄰聚（以鄰聚，日本令作五家）相保，以相檢察，勿造非違。"顯然，唐政府對精心設計的伍保制，寄予厚望，欲其發揮檢察防禁的作用，而也正由於這個基層組織易於控制，唐政府便不免擴張其功能，甚至提出一些不甚合理的要求。以下試就伍保制承擔之事項分析之：

（一）警政類

警政工作是伍保制最基本、最重要的功能。唐政府爲加强户口管理，防範非法流移，懲治盜賊劫殺，常令人民互保督察，借集體力量，防於未然之前，禁於已然之後，以維護社會治安，確保公共秩序。警政類之要務，就律令規定與實際運作情勢來觀察，有如下幾項：

1. 查核户籍

按比户口本是里正的職責，[47] 但人民的居處動向可能只有相鄰數家知道得最清楚，故賦予伍保查核過往人户之責，大有助於政府確切掌握地方户口。前引《唐令拾遺》開元二十五年（737）《户

---

[46] 由該文書紙縫、日期上的官印，知其爲官文書。見竺沙雅章《敦煌出土"社"文書の研究》，《中國佛教社會史研究》，京都：同朋社，1982 年，頁 545～546。但鄙意以爲提出文書的社録事雖具官銜，這件團保文書仍是政府運用民間社邑組織結成。

[47] 孔祥星《唐代里正——吐魯番、敦煌出土文書研究》，《中國歷史博物館館刊》1979年第 1 期，頁 48～58。

令》下續曰：

> 如有遠客來過止宿，及保内之人有所行詣，並語同保知。

此處似未明言伍保中人，必須報告保内户口之異動狀況，但既需"語同保知"，即有强制意，否則何必有此令文？ 而且伺察户口異動，恐怕不僅於"語同保知"，保中人可能還有報告上級里正之義務。蓋百户之内的動靜，里正若無伍保爲其耳目，如何能知？[48]《歐陽文忠公文集》卷一一七《五保牒》在同樣引述前段户令之後，加上"雖然有此令文，州縣多不舉行"一語。唐令此條在執行上，難保不如出一轍，但也正由於此，可以想見政府制令之本意在使其"舉行"，而"舉行"之先決條件，需賴伍保中人查核户口上之連防相保。

伍保除了對暫時止宿或行詣之人，負檢察、報告之責，似還應仔細盤查新附户之來由，以防逃亡詐冒。繼受唐令的日本《户令》"新附"條，其前段未見於唐令，或可補唐令之不足：[49]

> 凡新附户皆取保證，本問元由，知非逃亡詐冒，然後
> 聽之（注引穴云：保證相須，保謂五保内五人，不論親疏
> 取也；證依律相隱親等不用也）[《令集解》卷九]。

新附户所取"保"，依注釋所云，應指"凡户皆五家相保"的基層保制（《令集解》卷九《户令》"五家"條）。如日本令"新附"條確爲唐令佚文，則唐政府在規範新附户時，頗爲倚重伍保制的查核功能。就本條與前條合觀，本條在管理停止之新住户，前條在約束過往之流移人，兩條的對象容或不同，但都需憑藉伍保以防範浮逃。而吾人也正可從令文一去一住、一來一往，交互輝映的立法意趣中，體認唐政府佈下的安全網路，是何等的嚴密！

伍保若因查核有疏失，自當負起追訪之責。日本《户令》"户逃走"條：

> 凡户逃走者，令五保追訪，三周不獲除帳（《令集解》
> 卷九）。

唐令此條雖佚，想來亦應有之，開元二十五年（737）《捕亡令》中

---

[48] 唐長孺認爲地方官根據保簿掌握浮寄户數字，保簿是由保内之人通知同保而來，掌管者大概是里正之類。見唐長孺《唐代的客户》，《山居存稿》，北京：中華書局，1989年，頁 147～148。

[49] 該令之後段，應即《唐令拾遺》卷九《户令一七》。

可以尋得其迹：

> 諸囚及征人防人流人移鄉人逃亡，及欲入寇賊者，經
> 隨近官司申牒，即移亡者之家居所屬，比州縣追捕之，承
> 告之處，下其鄉里村保，令加訪捉。……若追捕經三年，
> 不獲者停（《唐令拾遺》卷二八《捕亡令一》）。

此不獨顯示伍保需以三年爲期，訪捉逃戶，連亡者家屬及里正、坊
正、村正等，[50] 也都節級負連帶責任。吐魯番文書天授二年（691）
《西州倉曹下天山縣追送唐建進妻兒鄰保牒》："追訪建進不獲。……
令追建進妻兒及鄰保赴州".[51] 正因亡者家屬與同伍保之四鄰有訪
捉之責，是以如其不獲，便被追赴州縣應訊，可見政府相當看重伍
保的防禁功能，並要求其認真核實戶籍，追諸逃戶。

2. 糾告逐捕盜賊

防制犯罪不僅是政府的責任，更有賴民衆的參與配合，方能見
其成效。不過這項重要的警政工作，政府顯然不認爲只靠人們自覺
性的守望相助，即可達到預期目標，而是必須運用各種強制手段，
迫百姓連防，並令其盡協同義務，以補官府軍政體系之不足，發揮
安定社會的力量。

爲了迅速緝捕盜賊，同伍、比伍共負糾告之責。《唐律疏議·鬥
訟律》"強盜殺人不告主司"（總 360 條）：

> 諸強盜及殺人賊發，被害之家及同伍即告其主司。若
> 家人同伍單弱，比伍爲告。當告而不告，一日杖六十。

唐律如此強化基層糾告制度，可能是針對唐初諱盜之弊而來。貞觀
十六年（642）詔："州縣官人，多求虛譽，苟有盜發，不欲陳告。
鄉村長正，知其此情，遞相勸止，十不言一。假有被論，先劾物主，
爰及鄰伍，久嬰縲絏"（《唐會要》卷四一《雜記》）。爲了避免自上
而下的隱匿刑案，以求考課績效，唐律將舉告環節的重點轉至基層，

---

[50] 令文雖然言"鄉里村保"，但貞觀十五年（641）廢鄉長，以鄉爲名製作的文書，卻
由里正來署名、執行，故就行政功能而言，鄉爲虛級，里才是實級。此處概言"鄉
里"，實際負責訪捉的應是里正。此外，令文亦未提及坊，然如《唐六典》卷三
《戶部郎中員外郎》條："兩京及州縣之郭內分爲坊，郊外爲村，里及村坊皆有正，
以司督察。"可見坊正與里正、村正，同司督察之任。下文所引天授二年（691）
《西州倉曹下天山縣追送唐建進妻兒鄰保牒》，就是由坊正追捉的，故《捕亡令》該
條亦應包括坊在內。

[51] 《吐魯番出土文書》第八冊，北京：文物出版社，1987 年，頁 146。

使同伍、比伍不敢不告。

此外，同伍保内之犯罪，無論所犯何事，只要罪刑在徒以上，伍保中年十六歲以上之男子，除非所犯不在家中，亦都必須糾告（《鬥訟律》"監臨知犯法不舉劾"〔總361條〕）。唐代判例多載鄰人告言事，[52] 而所謂的鄰人，應該包括犯者同伍保内之四鄰，否則他們將因"知而不糾"而被懲處。

唐政府最戒慎恐懼的，莫過於動搖統治權威的舉動，故凡認爲足以威脅政權的不軌之行，亦强制伍保糾告。《神龍散頒刑部格》對夜間聚會有特別規範：[53]

> 宿宵行道，男女交雜，因此聚會，並宜禁斷。其鄰保徒一年，里正決杖一百。

宿宵是佛教夜晚舉行齋會的名稱，開元十九年（731）四月癸未詔："近日僧徒，此風尤甚。……因其聚會，便有宿宵，左道不嘗，異端斯起"（《册府元龜》卷一五九《帝王部·革弊》）。故宿宵行道，不只犯夜而已（《雜律》"犯夜"〔總406條〕），唐政府真正顧忌的，其實還是無故聚會，異端斯起。《神龍散頒刑部格》强烈要求鄰保、里正負起監督之責，而且愈是近聚會之處的鄰保，罪責就愈重。此外如大曆年間曾下詔禁人假造符命，私習星曆。究其實，不過重申《職制律》"私有玄象器物"（總110條）而已，但詔中加上"並勒鄰伍，遞相爲保"一語（《唐大詔令集》卷一〇九"禁天文圖讖詔"），顯然是欲借重基層連保力量，杜絶犯禁。

伍保的糾告事項，固然以危及治安與政權者爲主，但凡於義不當，有傷倫常法式等事，似乎都在告言範圍内。《鬥訟律》最後一條"監臨知犯法不舉劾"（總361條）就是一個攔截式條款："同伍保内，在家有犯，知而不糾者，（罪之）。"該條並未明言所犯何事，只概言"有犯"，亦即凡該律無文，包羅未盡，而理不可爲，合該科罪

---

〔52〕 如白居易《百道判》："得景嫁殤，鄰人告違禁"、"得景於私家陳鐘磬，鄰人告其僭"、"得甲居家被妻毆詈之，鄰人告其違法"等條；《文苑英華》卷五〇三《私習天文判》、卷五一一《識書判》、卷五四四《鑿井獲鏡判》等。《文明判集》：鄰人告言史婆陀衣服違式，屋宇過制（114～126行）；鄰人告趙氏母不舉子（145～148行）等條。見劉俊文《敦煌吐魯番唐代法制文書考釋》，北京：中華書局，1989年，頁444～446。

〔53〕 劉俊文《敦煌吐魯番唐代法制文書考釋》，頁253、266注23。

者，都可引此條而論之。像這樣的條款，無疑大幅擴張伍保的舉劾責任，也進一步增强政府對地方的控制力。

除了消極的糾告、防範，伍保還擔負著積極的救援、逐捕任務，凡不做爲者，皆以罪論。《捕亡律》"鄰里被强盜不救助"（總456條）：

> 諸鄰里被强盜及殺人，告而不救助者，杖一百；聞而不救助者，減一等；力勢不能赴救者，速告隨近官司，若不告者，亦以不救助論。

鄰里的範圍應遠超過伍保，連鄰里聞、告而不救助都有罪責，何況是伍保？至於認定爲有救助義務者，其資格應同於當告者。

警政工作以逐捕爲大事，爲了遏止盜賊倚借勢力，因而坐大，禁其於初犯之時或容止之際，不失爲平治之道。《賊盜律》"部内人爲盜及容止盜"（總301條）原本只計里坊村三正之責，但隨著社會治安的日益惡化，《神龍散頒刑部格》遂加上伍保容止劫賊的連帶責任：[54]

> 光火劫賊，必藉主人，兼倚鄉豪，助成影援。……其居停主人先決杖一百，仍與賊同罪。鄰保、里正、坊正、村正各決杖六十，並移貫邊州。

格文專就容止光火劫賊設例，而且將伍保納入連防體系，並遠較律條加重其與三正的罪刑，又以律中少見的移貫邊州爲懲罰手段，就是希望借著鄰里的相伺相舉，使劫賊不得與豪勢勾結，並因此坐大。格文表現以威止奸，要求基層甚至地方勢力共同防禦的心態極强烈而明顯。

劫持人質是惡性重大的現行案件，唐政府也不忘動用伍保在内的民衆力量去捕格。《賊盜律》"有所規避執人質"（總258條）：

> 諸有所規避，而執持人爲質者，皆斬。部司及鄰伍知見，避質不格者，徒二年。

是則對於劫質事件，三正伍保及凡眼見聞知者，皆有逐捕義務。若是避而不格，將處徒二年甚重之罪，以示警惕。

唐後期四方多故，盜賊暗殺頻仍，憲宗元和年間尤其强化京城居人的"五家相保，以搜奸慝"（《舊唐書》卷一五《憲宗紀》），並令寺觀團保，以備藩鎮奸謀（《册府元龜》卷六四《帝王部·發號

---

[54] 劉俊文《敦煌吐魯番唐代法制文書考釋》，頁251、265注19。

令三》元和十二年二月詔)。宣宗大中年間（847～859），更借著賞罰並行，要求盜賊所在地界的"保社、所縣、村正、居停主人"，站在警政工作的第一線（《冊府元龜》卷四九四《邦計部·山澤二》）。可見隨著局勢的波動，政府強制基層組織負連帶責任的事項，也愈增多。

總之，伍保負的治安責任，其目的如《周禮·地官·大司徒》賈公彥疏所言："使五家相保，不爲罪過"也，亦沈家本所謂之"保其不再爲非"也。[55] 然值得注意的是，前引各條格、律對伍保之處刑，只概言同伍、比伍、伍保或鄰保，而不別言保長或保內成員，是二者同負連帶責任，在刑責上無輕重之分。[56]

警政工作本來就需靠民衆的參與配合，但由軍法連坐轉化而來的伍保制，終究不脫苛酷的一面。不惟政府的諸多規制，讓人動輒得咎，其相機擴張伍保的連帶責任，更讓人無所措其手足。雖說伍保制維護治安的功能，如律令等所見，以查核戶籍與糾告逐捕盜賊爲主，然其他相關事項，伍保制可能也無法全然置身事外。如吐魯番文書中多件申請過所案卷，都要求當事人責保。[57] 申請過所可謂是戶籍事務之延伸。而所保之事，良民不外保其非逃避之色，或課役無缺；奴畜則無非保其來歷清楚，或附上市券爲證。依前所論，伍保有查知遠客止宿、保內行詣之責，且新附戶亦需取保證，以防浮逃。由是同伍保者不失爲瞭解申請過所者情況之適當人選，故唐政府即使未限定過所保人之身份，[58] 想來亦不乏同伍保者。

（二）財經類

伍保制也兼帶負擔官方強制的財經任務，主要包括稅賦代輸與經濟管理兩項，以確保政府財稅收入，維護貨幣制度運作，並順利

---

[55] 沈家本《歷代刑法考》,《分考(一)》,"保任"條,北京:中華書局,1985年,頁87~90。

[56] 松本善海《吐魯番文書より見たる唐代の鄰保制》,頁409。

[57] 如《唐垂拱元年（685）康義羅施等請過所案卷》、《唐開元二十一年（733）唐益謙、薛光沘、康大之請給過所案卷》、《唐開元二十一年（733）染勿等保石染典往伊州市易辯辭》、《唐開元二十一年（733）西州都督府案卷爲勘給過所事》、《唐西州天山縣申西州戶曹狀爲張无瑒請往北庭請兄祿事》,收入《吐魯番出土文書》第7冊,頁88~94;第9冊,頁31~38、44~47、51~69、135~136。

[58] 《唐垂拱元年（685）康義羅施等請過所案卷》,康義羅施等柬來興易,於被捉得後,才請乞責保,此保當與伍保無關,即過所保人不必是同伍保者。見《吐魯番出土文書》第7冊,頁88~94。

推動專賣政策。茲將唐政府責成伍保之情形，論述如下：

1. 稅賦代輸

以伍保的近鄰關係，分攤逃户租課，最早確見於吐魯番文書中宗景龍三年（709）南郊赦文："所徵逃人四鄰伍保租調＝＝龍二年□前諸色勾徵，並宜＝＝者，委□□使即分明勘會"。[59] 顯示伍保在事實上已承擔逃人稅務，中央政府也甚爲關切此事。唐代伍保代納逃户稅務，未必全然是惡吏的無端攤派，其實可能也有法源依據與理論基礎。日本《户令》"户逃走"條提供了重要線索。

> 凡户逃走者，令五保追訪，三周不獲除帳。其地還公、
> 未還之間，五保及三等以上親均分佃食，租調代輸（《令集
> 解》卷九）。

伍保本有查核户籍之責，今逃户發生，咎在伍保失職，故令其追訪，並使其代輸租調，可謂是對伍保實施的懲罰性措施。[60] 而且由日令"户逃走"條追溯，唐政府强制伍保代輸，大概至遲在永徽年間即已行之。

代輸逃户租課，伍保是攤派重點，自玄宗起所見之例甚多，如開元四年（716）四月制："諸色勾徵，延限未納，……或先死先逃，勒出鄰保"（《册府元龜》卷六三《帝王部·發號令二》）。李林甫爲求韋堅之罪，因之"徵剥逋負，延及鄰伍"（《通鑑》卷二一五）。然代輸並不只限於伍保，天寶八載（749）正月敕："籍帳之間，虛存户口，調賦之際，旁及親鄰。……其承前所有虛掛丁户，應賦租庸課稅，令近親鄰保代輸者，宜一切並停"（《唐會要》卷八五《逃户》）。前言"親鄰"，後稱"近親鄰保"，證之日令的"五保及三等以上親"，則與逃户有血緣關係的近親，以及有地緣關係的同伍保的四鄰，都應是最有可能被地方官指名代納的人。但官吏有時基於財政考量，或求考課績效，於伍保近親之外，仍不免隨意攤派，任情誅求。開元十二年（724）皇甫憬上疏謂州縣勾剥："據牒即徵，逃户之家，鄰保不濟，又使更輸"（同前書卷）。憲宗元和十四年（819）李渤亦曰："其弊所自，起於攤逃，大約十家內一家逃亡，使九家共出，……有逃既攤，似投石井中，不到底不止"（《册府元

---

〔59〕 《吐魯番出土文書》第8册，頁122。

〔60〕 山根清志提出的是咎責理論，見《唐前半期における鄰保とその機能——いわゆる攤逃の弊を手がかりとして》，頁81。

龜》卷五一〇《邦計部·重斂》)。攤逃之弊，伍保既首當其衝，其
受害之烈，可以想見。

伍保代輸逃人稅賦之法，表面上是佃種逃棄田，以其租價抵充，
然其實不過強制代耕而已，具徭役勞動性格，與民間自由租佃絕不
相同。[61] 敦煌文書 S. 1344 號《開元户部格殘卷》引唐隆元年
(710) 敕：[62]

> 敕：逃人田宅，不得輒容賣買，其地任依鄉原價租充
> 課役，有剩官收。若逃人三年内歸者，還其剩物。其無田
> 宅，逃經三年以上不還者，不得更令鄰保代出租課。

如爲真的租佃，佃種人交付租價後之剩餘，應歸自己所有。但户部
格敕卻言"有剩官收"，似佃種人平白代耕逃棄田，爲之代繳課役，
而自己絲毫無所得。或許正因爲佃種人被要求做無償勞動，心有不
甘，故賣逃人田宅，用其價款充稅賦，以減除自身負擔。該格敕所
源自的《誠勵風俗敕》，就透露出這樣的訊息：

> 諸州百姓，多有逃亡，良由州縣長官，撫字失所，或
> 住居側近，虚作破除，或逃在他州，橫徵鄰保。逃人田宅，
> 因被賤賣。宜令州縣，招攜復業，其逃人田宅，不得輒容
> 賣買 (《文苑英華》卷四六五《詔敕七》)。

敕中既言"橫徵鄰保"，似乎鄰保不堪官吏苛索，因而賤賣逃人田
宅，以求自保。唐政府於逃棄田的處理，除了大谷文書 2835 號長安
三年 (703)《甘涼瓜肅所居停沙州逃户牒》，[63] 允許逃户業田"假
有餘剩，便入助人"外，玄宗以前大抵均採強制徭役政策，相當忽
視代耕人的權益。[64] 惟所謂的代耕人或租地人，極可能就是鄰保，
前引户部格敕曰："不得更令鄰保代出租課"，《誠勵風俗敕》則曰：
"不得令租地人代出租課"，可以證明之。[65]

伍保代輸稅賦的時間範圍，唐初可能以三年爲期。唐隆元年

〔61〕 山根清志，同前文，頁 79～80。

〔62〕 劉俊文《敦煌吐魯番唐代法制文書考釋》，頁 280。

〔63〕 小田義久編《大谷文書集成》第一卷《釋文》，京都：法藏館，1984 年，頁 105。

〔64〕 關於唐政府對逃棄田的處理，及其演變情形，中川學有相當詳盡的討論，見《唐代の客户による逃棄田の保有》，《一橋論叢》第 53 卷第 1 號，1965 年，頁 74～80。

〔65〕 池田温認爲該種逃棄田的管理，採任意租佃方式。鄙意以爲此期之鄰保仍是最重要的代耕人，直到唐後半期才漸改觀。池田氏論點見《中國古代の租佃契》(中)，注 11，《東洋文化研究所紀要》第 65 册，1975 年，頁 80～81。

(710) 敕的"若逃人三年内歸者，還其剩物"，應該就是一個暗示，而下文所言的："其無田宅，逃經三年以上不還者，不得更令鄉保代出租課"，就指明三年内之逃户稅務，就算其無田宅遺留，也還是得由鄉保輸納。日本《户令》"户逃走"條："三周不獲除帳，其地還公、未還之間"，五保等分佃、代輸。該條若如實繼受永徽令，則伍保代輸的法定期限無疑爲三年，[66] 而其輸納租課之來源，應出自尚未還公之逃人田地。由此看來，伍保即使在唐初已被要求代納逃户稅賦，但尚不至漫無期限的横徵，或逃人已無田宅而仍被迫代出。像唐隆元年敕那樣官府管制日趨嚴厲，蓋與逃户問題益形嚴重、州縣官吏務求刻削有關。[67]

以伍保、近親代耕逃棄田，輸納逃户稅賦的政策，自安史亂後似乎出現轉變迹象。肅宗乾元二年(759)《推恩祈澤詔》："逃户有田宅邸店，堪充課稅者，宜令所縣即爲租賃，不得因兹，妄有欺隱"(《全唐文》卷四二)。次年四月敕又重申："逃户田宅，並須官爲租賃，取其價值，以充課稅"(《唐會要》卷八五《逃户》)。此時租賃既未指明伍保，承租對象似已放寬，若政府對佃人依然採昔日的代耕方式，不有其他優惠措施，豈不重蹈伍保代輸之舊轍，怎能吸引人來佃種？代宗廣德二年(764)四月，已許可浮客射逃人田宅，二年以上種植有成者，雖本主到，亦不在還限(同前書卷)。穆宗長慶元年(821)正月，更首度允諾承佃者，可請公驗，任爲永業。繼之者如武宗會昌元年(841)、宣宗大中二年(848)、懿宗咸通十一年(870)，亦分別定下二至五年的時限，讓佃人期滿後可易其身份爲業主(同前書卷)。

無論政府廢置伍保代耕，改以租佃經營逃棄田，是有感於伍保已不堪攤配，抑或憂心其亦流移他去，致財稅無出，均已顯示政府爲了尋求更有效的保障稅賦辦法，不得不以獎勵之舉，自動招來佃人，而取代

---

[66] 伍保的法定代輸期，自永徽令至唐隆元年敕，再至開元年間的納入格中，都以三年爲限。但在實際執行上是否恪遵此規定，則很可懷疑。唐隆元年敕已隱約顯示，逃人三年不還，州縣官"更令"鄉保代出租課。另外，阿斯塔那三五號史玄政墓出土的《神龍三年 (707) 高昌縣崇化鄉點籍樣》户主康迦衛條："右件户逃滿十年，田宅並退入還公"(《吐魯番出土文書》第 7 册，頁 472)。亦不以三年爲限。

[67] 伍保代輸逃户稅賦之相關問題，有些仍待進一步推究，如其承擔的稅賦範圍，究竟是租庸調中的哪幾種？另外，唐隆元年敕既强制鄉保代耕，有剩官收，又爲何載明依"鄉原價"，是否鄉原價以内的部分皆由官收，超過部分則歸代耕者，以鼓勵其生產，並作爲其勞動代價？

舊有的強制伍保手段。

伍保的代輸與被任意攤派，在肅、代之際並不曾真正去除掉，如肅宗至德二載（757）二月、代宗寶應二年（763）二月、廣德元年（763）七月與二年（764）二月詔，都提及官吏據舊籍，或將逃亡死絕者之稅賦，攤及鄰保。[68] 但德宗以後，配合著逃棄田租佃政策的積極推動，以及兩稅法的無分主客，以見居爲簿，官府已逐漸將代輸目標轉向鄰人、見在戶或承佃戶身上。如憲宗元和十四年（819）李渤論攤逃之弊曰：“皆由以逃戶稅攤於比鄰”（《通鑑》卷二四一）。而武宗會昌元年（841）、懿宗咸通十三年（872）及僖宗乾符二年（875）詔，或直言加配、規攤於見在人戶，或並言須有承佃戶人以應逃戶之賦稅差科。[69] 即使所謂的鄰人、見在戶或承佃戶，就在逃戶同伍保內；即使實施新稅制後，伍保依然和稅賦難脫干係，皮日休的《卒妻怨》：“官吏按其籍，伍中斥其妻”（《皮子文藪》卷一○），正是透過伍保來催稅。穆宗《南郊改元德音》，和欠負官財物相關的“保累剝徵”、“攤徵原保”（《全唐文》卷六六），有可能仍指伍保。[70] 但唐政府在改變政策取向後，已賦予代輸者新的身份與義涵，而伍保既非其訴求的重點，其傳統的這部分功能，遂漸隱沒而不再受重視。

伍保並不只是被動地接受攤徵，有時它還在地方的積極動員下，發揮抗拒不法賦斂的功能，《新唐書》卷一二○《崔縱傳》：

（德宗）先是戍邊者道由洛，儲饋取於民。縱始令官辦，使五家相保，自占發斂，以絕胥史之私。

令伍保自行查報法外苛索，爲唐代所僅見，然此特例非得地方官的強力支持，恐怕難以順利推動，故此法成效如何，尚難斷言。與此旨趣相近，同樣爲防吏人侵漁的基層組織，在宣宗時永州刺史韋宙的授意下結成，同前書卷一九七《循吏韋宙傳》：

縣舊置吏督賦，宙俾民自輸，家十相保，常先期。

〔68〕《唐會要》卷八五《逃戶》，臺北：世界書局，1974年，頁1565；《冊府元龜》卷四九○《邦計部·蠲復二》臺北：中華書局，1972年，頁5865；又，卷四八七《邦計部·賦稅一》，頁5831；又，卷八八《帝王部·赦宥七》，頁1049。
〔69〕《唐會要》卷八五《逃戶》，頁1566；《舊唐書》卷一九上《懿宗紀》，臺北：鼎文書局，1976年，頁680~681；《全唐文》卷八九《南郊赦文》，臺北：大通書局，1979年，頁1164。
〔70〕私債務之保人，需事先擇立，但官稅務方面似無此需要，通常屬事後攤徵，故穆宗德音言及之“保”，應非一般私債保人，倒與唐前期代輸稅賦之伍保相近。至於是否爲團保或保社，則不能確定。

以賦稅互助,取代濫行攤配,這項改編自伍保舊制,及兼顧民生與財政的創舉,應在相當程度上,可以防止或減輕代輸之弊。

2. 經濟管理

為了維護經濟秩序,官府時而亦借重基層組織的力量,查核不法,嚇阻犯禁,以保障制度與政令之順利運作。

私鑄錢是破壞經濟秩序的行為,《雜律》"私鑄錢"(總391條)對偽造貨幣者最高處流三千里的罪,對減損貨幣者處徒一年。將伍保制運用在經濟管理上,則高宗永淳元年(682)五月敕首開先例。該敕不僅將私鑄之最高刑提升至絞刑,還依首從明確區別各人應處罪刑,同時擴大懲罰範圍及於鄰保與三正,並立糾告制與賞格(《通典》卷九《食貨·錢幣下》)。敦煌文書《神龍散頒刑部格》的私鑄罪,大抵亦據永淳敕而來,只是在罪名與刑度上,都進一步加嚴。[71] 永淳敕與神龍格遠較律條嚴格,除了反映私鑄問題日益泛濫,非用嚴刑峻罰不足以遏止犯罪外,亦顯示唐政府試圖用基層組織的連防力量,就近監視,及早取締,以盡量降低私鑄的影響層面。

私鑄罪的另一特色,在以異於唐律對伍保之論罪趨勢,展現政府之掃蕩決心。唐律中同時涉及伍保與三正的犯罪,除了《賊盜律》"有所規避執人質"(總258條)同處徒二年外,《鬥訟律》"強盜殺人不告主司"(總360條)、"監臨知犯法不舉劾"(總361條),都是三正之罪重於伍保,三正應負較大於伍保的責任。然而,永淳敕與神龍格的私鑄罪,鄰保具徒一年,三正由各決六十增至杖一百,鄰保的私鑄罪顯然較三正為重,與唐律中之一般情形頗異其趣。蓋唐政府欲加強鄰保的督察功能,以就近之勢,防範私鑄,是以較重於三正之罪,促其提高警覺。

唐中葉以來,錢荒日甚,於是商賈往來好用飛錢,一則可免貨幣不足之苦,再則可得輕便、安全之利。然元和年間,政府為使百姓釋出蓄錢,緩和錢荒,乃隨中央權力之進展,採漸進方式,禁止民間便換。[72]京兆尹裴武且曾建議用基層力量,助成其事,《新唐書》卷五四《食貨志》:"京兆尹裴武請禁與商賈飛錢者,廋索諸坊,十人為保。"此殆為伍

---

[71] 劉俊文《敦煌吐魯番唐代法制文書考釋》,頁249、261~262注12。

[72] 唐代便換發達的原因及政策之轉折,日野開三郎有詳細論述,見《唐代便換考》,《東洋史學論集》卷五,東京:三一書房,1982年。

保舊制動搖後,爲經濟管理,權宜依之而成的措施。

鹽茶課利與榷酤,是中晚唐政府的重要財源,爲了杜絕私販,保證稅收,有時也責保督察。只是中晚唐的基層組織另有變制,伍保之外,政府仿之設置團保、保社等,也都是指居處鄰近者之互相團結,共爲保識。在禁私鹽方面,《新唐書》卷五四《食貨志》論元和年間情形曰:"鬻兩池鹽者,城市居邸主人、市儈皆論坐。……州縣團保相察,比於貞元加酷矣。"既言比於貞元加酷,似乎以團保訪察私鹽,即始自元和時代。穆宗長慶二年(822)張平叔請糶鹽,亦曾動過團保的腦筋,《通鑑》卷二四二:"乞檢責所在實戶,據口團保,給一年鹽,使其四季輸價。"此雖非查緝私鹽,要之,欲以團保爲單位,給鹽輸價,官府坐收常課。惟其議廢寢。團保似與伍保制相近,但史不詳其組成方式,亦不明其與伍保的關係,《通鑑》此條言:"所在實戶,據口團保",難道團保是因應兩稅法之見居戶,以實存未逃亡之戶口,團結而成?若然,則知其不以相鄰四家爲限,而稍變通於五家爲伍保之前期定制。此外,宣宗大中年間兵部侍郎判度支周墀,亦主張用基層力量,網羅不法,《新唐書》卷五四《食貨志》:"兩池鹽盜販者,迹其居處,保社按罪。"顯然政府欲借重地方組織,維護官鹽的產銷。

隨著茶稅的增加,私茶問題亦起,大中元年(847)正月十七日敕:"私茶鹽,雖要止絕,法連坐,則害平人"(《文苑英華》卷四三〇)。茶鹽並言,且皆行連坐法,則被連及的人民,不無可能就是團保、保社中人。這由大中初鹽鐵轉運使裴休,爲禁私茶所著條約中,可以窺出:

> 私鬻三犯皆三百斤,乃論死;長行群旅,茶雖少皆死;
> 雇載三犯至五百斤,居舍儈保四犯至千斤者,皆死(《新唐書》卷五四《食貨志》)。

前引元和間禁兩池私鹽,論坐者包括居邸主人與市儈,若州縣團保不察,亦然。此時裴休主掌鹽政,將防範私鹽之法同樣用之於私茶,可謂駕輕就熟,兩得利便,故此條約中的"居舍儈保",應該指的就是居邸主人、市儈與團保。想來,晚唐亦曾將團保的經濟管理功能,運用到私茶方面。

榷酤是否有伍保之類的組織以司督察,史籍無徵,但如會昌六年（846）九月敕："如聞禁止私酤，過於嚴酷，一人違犯，連累數家。宜從今以後，如有人私沽酒及置私麴者，但許罪止一身。……鄉井之内，如不知情，並不得追擾"（《舊唐書》卷四九《食貨下》）。此連坐之法如與禁私茶鹽相似，則連坐之人或許亦包括團保在内，何況所謂"鄉井之内"，當指與犯者居處相近之各家，由是官府勒使團保聞知私酤之可能性遂大增。然與禁私茶鹽稍異者，私酤之法未必一準於中央條例，而似隨諸道便宜，各行其是。大中元年（847）正月十七日敕："榷酤之利，諸道權宜。如聞所設科條，過有嚴酷，一分抵罪，連坐數家"（《文苑英華》卷四三〇）。雖説諸道各有科條，其嚴酷卻不相上下，或亦利用團保相察。

　　中晚唐時，政府偶因特殊狀況，下屠牛之禁，並權令伍保等基層組織，負責查核。在禮教與佛道思想的影響下，唐代本有斷屠與禁殺的規定。[73] 爲了禁逾侈之風，含養陽和之氣，官府不時下斷屠令，[74] 只是均不曾想到動用伍保的力量。宰殺牲畜以供貨賣，爲商業活動，理應受市場的監督管理，唯自大中五年（851）五月起，因農耕乏牛，於是三年内禁斷屠牛，即享祀亦以諸畜代之，僅死牛方準就市解剥貨賣，中書且奏曰："如有屠牛事發，不唯本主抵法，鄉里保社，並須痛加懲責"（《册府元龜》卷七〇《帝王部·務農》）。是又將連防鏈鎖套在鄉保身上，促其爲官府分擔查禁之責。在地方上，德宗時，浙江東西觀察使韓滉，曾突如其來地欲爲防盜而禁屠牛。《新唐書》卷一二六《韓滉傳》："以賊非牛酒不嘯結，乃禁屠牛，以絶其謀。婺州屬縣有犯令者，誅及鄰伍，坐死數十百人。"韓滉晚年爲政頗傷嚴急，緣因盜賊之虞，遂制屠牛之禁，其所以誅及鄰伍，蓋責其隱匿不報也。

　　唐代官方的財經事務，相當借重伍保的攤派或查核功能，但税賦與經濟管理之外的各式官債務，即使提及保人，也未必與伍保相

---

〔73〕　斷屠、禁殺，是參酌傳統儒家的人情風俗、道德習慣，以及佛道信仰、祭祀禮儀而定，是一種由神聖之意，轉化而爲忌憚不潔、凶事，謹慎其行的禮俗。斷屠月據《斷獄律》"立春後秋分前不決死刑"（總496條）是正月、五月、九月。玄宗"禁屠宰敕"（《全唐文》卷三五）取道教精意，令正月、七月、十月禁斷。禁殺日源於佛教的十齋日，即《斷獄律》前條之每月十直日，又玄宗敕斷屠月之三元日、十三至十五日也是。見那波利貞《唐律に見たる斷屠月に就いて》，《支那學》第1卷第4號，1920年，頁24～43；錢大群、錢元凱《唐律論析》，頁335～336。
〔74〕　關於唐政府下斷屠令之用意與規定，可參閱《唐會要》卷四一《斷屠釣》。

干。如前已約略論述過的請貸常平倉粟，該保人即爲一般債保，非基層伍保。又如屬於官營高利貸的諸色本錢，[75] 捉錢人取本放貸之前，需立保契，[76] 頗異於稅戶之不需事前有保。一旦捉錢人不能如期納利，官府自可依文牒，循名責保，要求其負責，而不必攤及伍保。[77] 至於不肖子弟私舉官錢物，以徒黨爲之作保；[78] 以及許可比遠官連狀相保，預借戶部俸錢等，[79] 則更與伍保無關。

（三）司法類

伍保的司法功能，本質上只是警政事務之延續，爲保障社會治安而設。但因案件一旦進入司法程序，便需依制度規範運作，是以別立一款，以示區別。

官司在審訊過程中，常需就當事人之陳述，責保人或證人問訊，以查其所言虛實，而伍保應是重要的徵詢對象之一。如《太平廣記》卷一三三《報應部》"王公直"條，公直棄蠶貨葉以蓄糧，河南府鞫之：

> 所由領公直至村，先集鄰保，責手狀，皆稱實知王公直埋蠶，別無惡迹。

伍保有偵察四鄰動靜的義務，今所由集之，以查訊公直過惡，且責令立手狀，以供日後檢證，可見伍保在司法問訊中的功能，確實寄託在集體安全體系中。

審訊時責伍保立手狀，手狀蓋爲有畫指之類，可驗諸證信的法律文書，亦即府司視伍保如證人，非僅知見而已。吐魯番文書《麟

---

[75] 討論官本錢的文章甚多，如馬世長《地志中的"本"和唐代公廨本錢》，收入《敦煌吐魯番文獻研究論集》，臺北：明文書局，1986 年；李錦繡《唐代財政史稿》上卷，北京：北京大學出版社，1995 年，頁 134～144、721～741；橫山裕男《唐の捉錢戶について》，《東洋史研究》第 17 卷第 2 號，1958 年。

[76] 《唐會要》卷九三《諸司諸色本錢下》："所稱捉利錢戶，先亦不得本錢，百姓利其牒身，情願虛立保契，文牒一定，子孫相承。"可見捉官本錢要立保契，保契之內容，當不外要求保人承擔一切可能的後果。

[77] 官本錢的保人不必是伍保，但在財政利益的考量下，政府未必認真看待保契，而也可能徵及伍保，如《唐會要》卷九三《諸司諸色本錢下》："自今后，應徵息利本錢，除主保逃亡，轉徵鄰近者放免，餘並準舊徵收。"所謂鄰近者，殆亦包括伍保在內。

[78] 《宋刑統》卷二六《雜律》"受寄財物輒費用"條引唐元和五年敕："應諸色人中，身是卑幼，不告家長，私舉公私錢物等，多有此色，子弟凶惡，徒黨因之交結，便與作保。"此爲保之徒黨，想來不限於伍保。

[79] 《唐會要》卷九二《內外官料錢下》會昌元年中書門下奏："其今年河東隴西廊坊邠州新授比遠官等，望許連狀相保，戶部各借二月之數，加給料錢，至支給剋下。"依本文第三節所論，唐代官吏不納入伍保組織，且連狀相保的比遠官，應該不會那麼巧地就是同伍保中人。

德二年（665）五月高昌縣追訊畦海員賃牛案卷》末有"證見並檢"
之判辭,[80] 是知證人與見人、知見,有所不同。證人所證不實,依
《詐僞律》"證不言情及譯人詐僞"（總 387 條）,以減二等論罪。見
人、知見則法律無特別規範,故其言之效力與所負刑責,應遠遜於
證人。伍保在治安上被賦予的特殊責任,正可由唐政府要求其證詞
之可信度上反映出來。

對賊盜或同伍保内之在家有犯,伍保有舉告之責。唐代對告言
者,原則上採訴訟雙方同時留禁的制度,《通典》卷一六五《刑三·
刑制下》:"諸言告人罪,前人合禁,告人亦禁,辨定放。"即先行將
罪人與告人同時留禁,待審訊後,再開釋無罪的一方。但告人若是
伍保,則有一些例外規定,同前書云:

> 鄰伍告者,有死罪流,告人散禁;流以下,責保參對。

爲了鼓勵伍保告罪,不使其因有告即禁,産生挫折感,所以唐政府
於伍保告者,視案情輕重,定其收禁與否。如所告爲流死重罪,告
人亦同時收禁,但不著獄具;如所告爲徒杖輕罪,則單繫罪人,惟
伍保需另行責保,於監外候訊。[81] 附帶論者,該種保外候訊,爲保
之人應不限於伍保。唐代獄訟制度中,責保放出的情況相當多,[82]
保人主要負的,是防被保人逃走的留住保證,故只要其人願意承擔
后果,就不考慮其是否出自同一伍保,這與前文提及的債務保人,
非必伍保,且亦屬留住保證,有暗合處。[83]

---

[80] 劉俊文《敦煌吐魯番唐代法制文書考釋》,頁 539。

[81] 關於獄訟時之留禁制度,可參看:劉俊文《唐代獄訟制度考析》,收入《紀念陳寅
恪先生誕辰百年學術論文集》,北京:北京大學出版社,1989 年,頁 250。責保參
對之義,見戴炎輝《唐律通論》,臺北:正中書局,1977 年,頁 277;滋賀秀三
《譯注日本律令》五《唐律疏議譯注篇》,東京:東京堂出版社,1978 年,頁 120。

[82] 如囚犯拷滿不承、反拷告人限滿不首,都責令取保放之(《斷獄律》"拷囚不得過三度"
〔總 477 條〕、"拷囚限滿不首"〔總 478 條〕)。另外,官吏所犯在一定罪名之下,無須
留禁,可以保外候訊(《宋刑統》卷二九《斷獄律》"應囚禁枷鏁杻"條引唐《獄官令》)。
還有,在唐代恩赦與疏理囚徒詔中,時亦可見責保放出之例,如《全唐文》卷二四玄宗
《放免囚徒制》、卷六五穆宗《清理庶獄詔》;《册府元龜》卷一四七《帝王部·恤下二》
開元十六年正月制、卷一四五《帝王部·弭災三》敬宗寶曆二年六月詔等。

[83] 學者通常用留住保證的觀念,説明債務保人主要在防本主逃亡。此處亦借用其防逃
之義,理解司法上的保人。關於留住保證的概念,見中田薰《我古法に於ける保證及
連帶債務》,收入《法制史論集》卷三,東京:岩波書店,1943 年,頁 122~134;仁井田陞
《唐宋法律文書の研究》,第四章六、七節;又,《唐宋時代の保證と質制度》,收入《中
國法制史研究——土地法·取引法》,東京:東京大學出版會,1981 年,頁 499~510。

以警政治安爲主的基層伍保制，其功能漸延伸向財經、司法中與之相關的事務上。然如文中所論，伍保與債務保人、司法保人，不惟保之用語常同，且保任之作用相近，都是爲他人之不當或疏失行爲，負連帶責任。只是伍保制在政府的强制下組成，與一般保人在原則上出於自由意願，很不一樣，故二者即使義有相通處，其設立之目的與方式，仍頗有差距。

五、結　論

唐代的伍保制，源自先秦的軍法連坐，繼受秦漢魏晉南北朝之遺規，以維護地方秩序，建立集體安全網絡，鞏固統治權威爲目標。然因該制之連防互保，乃出於官方的强制規定，故其要求與懲處，終不脱苛酷的一面。

五家相保的伍保制，是唐代最基層的地方組織，有伍伯或保長以相禁約，其成員主要是一般民户年十六歲以上之男夫，老小疾及婦女並不承擔責任，而官人之家、僧道之徒與賤民階層，原則上亦不列入。惟中晚唐因政治社會情勢複雜，政府往往於其所認爲的緊要時刻，另行組織團保、保社等，以彌補伍保之不足，甚且可能取而代之。

伍保的傳統功能主要是警政治安，其後隨著政府在財經、司法上的需求，擴大了其對伍保的運用。爲了防盜禁奸，政府畀伍保以查核户籍、糾告逐捕盜賊之責，只是愈到中晚唐，後者的作用似愈受到重視。伍保代耕逃棄田，代輸逃户稅賦是安史亂前承負的重要功能之一，但在蕭、代之後，因耕種逃棄田的對象與方式的漸趨改變，伍保已非政府攤徵之重點。不過伍保或其變制團保、保社等，卻一直在經濟管理上，有著不輕的分量，尤其當中央愈仰賴鹽茶酒課利時，便也愈需依之爲檢查手段。伍保的司法認證功能，或許不如其在警政、財經上的耀眼，然終究顯示伍保是最易受指使的地方基層組織。

伍保制實施的成效如何，史料中難有確切評估，但仍依稀可從客觀形勢的推移裏，略窺一二。歐陽修《五保牒》引户令鄰聚相保後曰：“雖然有此令文，州縣多不舉行。”又謂近歲黎陽衛縣：“自結保後來，絕無逃軍盜賊”（《歐陽文忠公文集》卷一一七）。類推及唐代，大概除少數特例外，伍保的户籍查核與糾告逐捕盜賊功能，亦不能如預期般地發揮。吾人從高宗、武后以來即頗爲嚴重的逃户問題，以及盜賊變亂不時而發的政局中，應可領略出來。至於伍保制另一重要的財經功能，由稅務欠負久不得償，不到底不止的攤徵之弊，與私販、私鑄愈形泛濫等知，政府迫令伍保代輸稅賦、監管經濟犯罪的期望，依舊不如理想。

唐代伍保制的設計，明顯地是重官務，輕民務；重社會安定，輕個人權利；重財政收入，輕百姓利益。這種將政府自身責任，委託或讓渡給伍保來執行，固然可減輕政府負擔，但此舉將導致伍保的負荷過重，甚至遭逢政府的無理摧殘。遍及全國的伍保成員，相信不少人會有這樣深刻的感受吧！

※ 本文原載《新史學》8 卷 3 期，1997 年。
※ 羅彤華，臺灣大學歷史研究所博士，政治大學歷史系副教授。

南宋官户與士人的城居

梁庚堯

一、前　　言

南宋城市的商業性質日益顯著，商人在城市社會結構中已經佔有重要地位。但是當時的城市並非僅是商業中心，而是以行政中心兼具有工商、文化、娛樂等功能，對應於行政與文化兩項功能，官户與士人在城市中的地位也不可忽視。事實上，即使是工商和娛樂活動，官户和士人也在其中扮演了引人注目的角色。本文所説的官户，指文武品官之家；至於士人，則包括已經通過解試的得解舉人、官私學校的學生和其他以讀書求學自業的讀書人，他們大體上以仕進爲努力目標。傳統耕讀傳家的講法，[1] 使人認爲他們來自農村。就南宋時期看，儘管他們之中有許多來自農村，然而也有不少出身於城市；即使是出身於農村的官員、士人。當他們求學仕宦的期間，往往也在城裏居住。城居官户與士人在整個城市人口中所佔的比例自然不會很高，他們的存在卻是一個普遍的事實。

二、官員游宦與士人游學

城市是行政中心，設有官府衙門，因而住有行政官員。層級較高的行政中心官員較多，層級較低的行政中心官員較少。以首都臨安來説，有中央政府各機構，有臨安府和錢塘、仁和二縣各官衙，有浙西安撫司、兩浙轉運司等官衙，[2] 官員之多，可想而知，據估計，臨安的官員數約有一萬人。[3] 郡治以福州、台州爲例，福州有

---

[1] 宋人也有此種説法。夏玉麟《嘉靖建寧府志》卷一七《學校志》載胡寅《重建州學記》："讀且耕者十家而五六。"

[2] 詳見潛説友《咸淳臨安志》卷四至卷一二《行在所錄》，卷五二至卷五五《官寺志》，宋元地方志叢書本。

[3] 見林正秋《南宋都城臨安》，頁185，杭州：西冷印社，1986年；斯波義信《宋代江南經濟史の研究》，《東京大學東洋文化研究所紀要》別册，1988年，頁321。

安撫司官、州司官、閩及侯官二縣官、提刑司官、歸朝官、歸正官、歸附官、忠順官、啓運宮官，包括文武職及釐務、不釐務者在內，約有三百多人；[4] 台州官員較少，但也有州縣官及臨海縣官五十餘人。[5] 縣治官員和郡治相差甚遠，漳州漳浦縣有知縣、縣丞、主簿、縣尉、監商稅務、巡檢共九人，另外縣學學職有七人；長泰縣則只有知縣、縣丞、主簿、縣尉共五人，縣學學職也是七人。[6] 又周必大《文忠集》卷六一《張闡神道碑》載張闡於南宋初年上言：

> 其三論官冗曰：兵火後，縣不滿千戶，設官乃十餘人，
> 州不滿萬戶，而官至百餘人。

所論雖是設官冗濫的情形，但是大體上可由此推知郡、縣城中現任官員的數目。官員上任，有些攜帶家眷，住在任所。臨安城內，有專爲較高階層官員，如丞相、參政、知樞密院、侍從、台官、省府屬官、卿監郎官等專設的官舍，[7] 郡縣官員的住宅則常在官衙之後。[8] 也有一些官員是在城裏租屋居住的，淳熙（1174～1189）初年，當時的臨安知府便曾建言："百官賃屋錢月出無藝，行都爲之虛匱，城內外僧尼私庵，籍之足以居官寮"（陳造《江湖長翁集》卷二四《罪言》）。淳熙十年（1183），張燾自西外宗正司教授內調爲敕令所删定官，"挈家到都城，未得官舍，僦冷水巷駱將仕屋暫處"（洪邁《夷堅支乙》卷八"駱將仕家"條），即爲一例。官學學職中有許多是當地士人，但是教授和其他政府官員卻都調動不常，他們到某一城市任官，大概至少都會有兩三年的時間，成爲這一城市的居民。其中也有官員就仕宦的城市而定居，例如南宋初年，趙子英"爲台州黃巖縣丞，家于縣之西橋，故今號西橋趙氏"（袁桷《清容居士集》卷三二《趙與𤫉行狀》），按西橋在黃巖縣治西一里；[9] 又如孔端木亦於南宋初年，"註黟令，因卜焉"，至其孫孔愻，"所居乃學之舊址"（程敏政《新安文獻志》卷九三載李以申《孔右司端木

---

〔4〕 詳見梁克家《淳熙三山志》卷二三至卷二四《秩官類》，宋元地方志叢書本。
〔5〕 詳見陳耆卿《嘉定赤城志》卷一二《秩官門》，宋元地方志叢書本。
〔6〕 見羅青霄《萬曆漳州府志》卷一九《漳浦縣秩官志·職員篇》，卷二三《長泰縣秩官志·職員篇》，臺北：學生書局，1965 年。
〔7〕 見吳自牧《夢粱錄》卷一〇"諸官舍"條，知不足齋叢書本。
〔8〕 見郭湖生《子城制度》（載《東方學報》第 57 冊，京都）。
〔9〕 《嘉定赤城志》卷三《地理門·橋梁篇》"黃巖縣"條："孝友橋，在縣西一里，……今但呼西橋。"

傳》），當亦在黟縣城。

相應於城市是文化中心，城市裏有學校，有學生。學校雖然不全設於城市，但城市通常是學校的集中地，城市學校的規模也較大，學生較多。臨安都城有太學、宗學、武學、杭州府學、仁和及錢塘二縣學、醫學等多所，[10] "其餘鄉校、家塾、舍館、書會，每一里巷須一二所，弦誦之聲，往往相聞"（耐得翁《都城紀勝》"三教外地"條）。州縣如平江府城有府學、長洲縣學、吳縣學及學道、和靖等書院，[11] 建康府城有府學、明道書院、上元及江寧二縣學，[12] 建寧府城有建寧府學、建安縣學、甌寧縣學及建安書院，[13] 泉州州城有泉州州學、晉江縣學及泉山書院，[14]，建陽縣城有建陽縣學、考亭書院及環峰書院。[15] 其他一般郡城、縣城，除偏僻地區外，大概至少也有郡學、縣學。學生人數如太學，"紹興（1131～1162）年間，太學生員額三百人，後續增一千員，今爲額一千七百一十有六員"，醫學"領齋生二百五十人"（《夢粱錄》卷一五"學校"條），宗學於嘉定七年（1214）"生員以一百人爲額"（《宋會要輯稿·崇儒一·宗學篇》"嘉定七年八月二十六日"條）。地方官學學生人數見下表。

學　校	時　　間	學　生　人　數	資　料　來　源
平江府學	淳祐十一年（1251）	增養弟子員幾六百	《江蘇金石志》卷一八《總所撥歸本學圍田公據》
嘉興府小　學	咸淳二年（1266）	補生徒額三十	徐碩《至元嘉禾志》卷一六《碑碣篇·府學重建小學置田記》
江陰軍學	紹興五年（1135）	願補學官弟子其員二百有四十	趙錦《嘉靖江陰府志》卷七《學校記》載胡理《紹興奉詔新建軍學記》
嚴州州學	寶祐二年（1253）	諸生會者百餘人	鄭瑤《景定嚴州續志》卷三《鄉飲篇》

〔10〕　《夢粱錄》卷一五"學校"條。
〔11〕　見拙作《宋元時代的蘇州》，《國立臺灣大學文史哲學報》第31期。
〔12〕　周應合《景定建康志》卷二八至卷三〇《儒學志》，宋元地方志叢書本。
〔13〕　夏玉麟《嘉靖建寧府志》卷一七《學校志》，天一閣藏明代方志選刊本。
〔14〕　陽思謙《萬曆泉州府志》卷五《規制志·學校篇》，明萬曆四十年（1612）刊本。
〔15〕　夏玉麟《嘉靖建寧府志》卷一七《學校志》。

學　校	時　　間	學生人數	資　料　來　源
衢州龍游縣　　學	紹興十九年 (1149)	可食數十士	范浚《范香溪文集》卷一七《衢州龍游縣學田記》
温州樂清縣　　學	紹興十七年 (1147)	日可食百人	林季仲《竹軒雜著》卷六《温州樂清縣學記》
建昌軍學	南宋中期	增廩生徒至五六十人	真德秀《真文忠公文集》卷四五《包履常墓誌銘》
隆興府學	南宋中期	弟子員溢幾數百	同上
南康軍學	淳熙六年 (1179)	養士不過三十人	朱熹《朱文公文集》卷九九《知南康軍榜文》
福州州學	紹興九年 (1139)	繫籍學生五百餘人	《淳熙三山志》卷八《公廨類·廟學篇》
建寧府學	嘉定三年 (1210)	學有生徒三百	樓鑰《攻媿集》卷五四《建寧府紫芝書院記》
漳州小學	紹定五年 (1232)	教養生徒四十人	《萬曆漳州府志》卷二《漳州府規制志·學校篇》
郴州宜章縣　　學	淳熙八年 (1181)	廩於學者五十人，自食而學於其間者又數十人	陸九淵《象山先生全集》卷一九《宜章縣學記》
成都府學	紹熙四年 (1193)	養士至千人	《攻媿集》卷九一《楊王休行狀》

可知州縣學的學生多者可達千人，少者不過數十人，而以百餘人至數百人爲多。至於私人授徒，學生人數也多寡不一。名學者如吕祖謙講學於婺州城內麗澤書院，"聚學者近三百人"（吕祖謙《東萊集》卷九《與劉衡州》）；陳傅良講學於温州城南，"群居累數百"（陳傅良《止齋先生文集》卷四七《林安之壙志》），學生都有數百人。鄉先生如蔡清宇在建康府城教學，"門人以百數"（張孝祥《于湖居士文集》卷二九《汪文舉墓誌銘》）；黃雲於平江府城教學，"後生慕從常百餘人"（葉適《水心先生文集》卷二六《黃雲行狀》）；

劉宰伯父劉嗣慶於鎮江府金壇縣城教學，“鼓篋從游者以百數”（劉宰《漫塘集》卷三二《先祖十九府君墓誌》），王十朋於溫州樂清縣邑東梅溪書院授徒，紹興二十二年（1152），“游從近百人”（王十朋《梅溪王先生文集》前集卷五《哭孟丙詩序》），他們的學生都約在百人上下。而潭州人梁翰居於聚星門外，租大街索將軍廟前呂氏空宅作書院，不過“其徒從者三十人”（《夷堅支乙》卷一〇“梁主簿書院”條）；撫州崇仁人羅春伯，在縣城吳德秀家租屋作學館，則更只“受業者數輩”（《夷堅支乙》卷二“羅春伯”條）。除學校的學生外，也有一些士人是私自研習的，如前述於崇仁縣城開館的羅春伯，“比秋試，獨羅中選”，可知其一面教書，一面準備應試；又如齊三傑爲士人時，“習業於靈芝門東桂林野圃，淳熙十六年（1189），當科舉之歲，數朋輩相約結課於中”（《夷堅三志壬》卷一〇“漢卿丹桂”條），這是士人私自研習。而城內外的佛寺，也常是教學或士人自行研習的處所。[16]

城市學校的學生或自行研習的士人，有些固然是城裏人，但是也有許多是近鄉或外地人。設於臨安都府的太學自不必論，甚至設有義冢埋葬不幸而死的外來士人，[17] 即使臨安府學，也“在學多外處士人”（《宋會要輯稿·選舉六·貢舉雜錄》“嘉定元年（1208）四月五日”條）。地方學校裏，外地士人的比例也許不如都城學校之高，但同樣有外地人來游學。淳祐十二年（1252），建康府學義莊有這樣的規定，“如是他處游學士人，見在本學行供，或在本府寓居，雖非土著，如有吉凶，並與一例支給”（《景定建康志》卷二八《儒學志》“立義莊”條），可見建康府學有外地士人游學；包履常於南

---

[16] 魏了翁《鶴山先生大全文集》卷八九《吳獵行狀》：“（乾道）七年，即（潭州）城北僧舍受徒。”黃榦《勉齋集》卷二八《與西外知宗訴同慶墳地事目》：“榦世居福州東門外，所居之旁百餘步，有同慶僧寺……先君察院嘗即寺之廊屋爲書院。”這些是教學的例子。施宿《嘉泰會稽志》卷七《宮觀寺院篇》載府城的戒珠寺宇泰閣：“紹興中，爲士子肄業之地，常十餘人，策名巍科者相踵。”《夷堅丁志》卷一四“存心齋”條：“趙善璡與其弟居衢州，肄業城內一小寺，榜小室曰亦樂齋，是歲獲福等，而紬於春官。”《夷堅志補》卷二二“錢炎書生”條：“錢炎者，廣州書生也。居城南薦福寺，好學苦志，每夜分始就寢。”這些都是士人自行研習的例子。

[17] 《兩浙金石志》卷一一《宋重修義冢碑》：“開禧二年（1206），今兵部侍郎戴公溪爲司成，有李迪功壽朋者，老矣不仕，養于學，謁司成，具道太學有義冢，久弗葺，司成樂聞之，訊其顛末。云昔淳熙（1174～1189）間，故待制張公宗元，以所得分地七畝餘，棄之學，以葬遠方士子之不幸而死者，名廣惠山。”

宋中期教授隆興府學，"鄰壤之士，亦相與負笈從君游"（《真文忠公文集》卷四五《包履常墓誌銘》），可見隆興府學也相同。縣學如贛州興國縣學，"在治之北門，縣六鄉，其五鄉之人來游來歌，被服儒雅"（文天祥《文山先生全集》卷九《贛州興國縣安湖書院記》），說明了近鄉居民的入城求學；而紹熙（1190～1194）年間"汀州陳秀才，……游學抵餘干，入縣庠"（《夷堅支癸》卷七"陳秀才游學"條），則連縣學也有外地士人遠來入學了。私人講學如呂祖謙講學於婺州城內麗澤書院，"四方學者幾于雲集"（《攻媿集》卷五五《東萊呂太史祠堂記》）；朱熹講學於建陽縣城的考亭書院，[18] 紹熙五年（1194），由於"四方來學者眾"，而"建精舍於所居之東以處之"（《嘉靖建寧府志》卷一七《學校志》）。近鄉或外地士人來到城中求學，也必然會住上一段時間。南宋太學的肄業年限可以長達七年，甚至更長；[19] 而地方學校如前述汀州陳秀才，至餘干縣學游學，也"逾三四年不言歸"（《夷堅支癸》卷七"陳秀才游學"條）。南宋太學學生均住宿校內齋舍，[20] 而地方官學也有舍廬，[21] 可供外地學生居住。私人講學如前述朱熹在考亭書院，也爲四方來學者建立精舍，但這或許不是普遍的情形，一般從私人問學的外地學生，大概是要租屋居住的。[22] 無論如何，這些近鄉或外地前來城裏求學的學生，也和原住城中的學生一樣，成爲城市居民。也有士人就游學的城市而定居的，例如鄭起潛之父鄭時發，"閩縣人，游學吳中，寓居天心橋，生起潛"（王鏊《姑蘇志》卷五一《人物志·名臣

---

[18] 《嘉靖建寧府志》卷一七《學校志》："考亭書院，在建陽縣三桂里。"馮繼科《嘉靖建陽縣志》卷五《學校志》作"三貴里"，又同書卷三《封域志·鄉市篇》："建寧鄉：縣坊，宋元時屬三貴里，洪武十四年（1381），以此里五分之一爲縣坊，今本縣城內地方是也。"則考亭書院當近縣城。

[19] 見王建秋《宋代太學與太學生》，臺北：中國學術著作獎助委員會，1965年，頁148。

[20] 見王建秋《宋代太學與太學生》，頁113～114。

[21] 《朱文公文集》卷七九《漳州龍巖縣學記》："殿堂門廡，師生之舍，無一不具。"《象山先生全集》卷一九《貴溪重修縣學記》："祠屋土廬，門廡庖湢，繕治加壯。"袁燮《潔齋集》卷一〇《韶州重修學記》："于是自講堂及兩廡，至于師生之所舍，重門垣埔，倉廩庖湢，關于養士者咸具。"《鶴山先生大全文集》卷四六《常熟縣重修學記》："東西爲齋廬四以館士。"姚鳴鸞《嘉靖淳安縣志》卷一三《文翰志》載洪璞作於嘉定九年（1216）的《修學記》："齋宿精其舍"。

[22] 劉克莊《後村先生大全集》卷一六〇《南窗陳居士墓誌銘》："惟徐公（誼）獨存，君僦舍城西，踵門卒業。"

篇》），鄭起潛其後官至兵部尚書，所居仍然在平江府城東北隅天心橋。[23] 可見鄭時發已在平江府城定居。

三、定居於城市的官户與士人

除了官員因仕宦與士人因求學而入居城市外，也有不少官户與士人原本定居於城市。這種現象，可以從及第進士的坊郭户貫看出來。現存《南宋紹興十八年（1148）同年小錄》和《寶祐四年（1256）登科錄》，在及第人姓名下載有户貫，可據以統計户貫在城郭者的人數。《紹興十八年同年小錄》共載331人，其中隸屬於玉牒所的趙氏宗室16人因無法判斷城居或鄉居，除去不計，屬北方户貫者24人亦無法判斷他們在南方城居或鄉居，也除去不計，再除去户貫中未注明坊鄉者一人，尚有290人。290人中，户貫屬坊、廂、團、坊郭鄉、郭下里、州市里、左廂里等，可推知居住於城市的，共有31人，所佔比率將近11%。《寶祐四年登科錄》共載601人，然而户貫資料不全，許多人沒有登載户貫，也有許多人登載了户貫而只有州縣資料，缺少坊鄉資料。僅以坊、鄉資料齊全者173人加以統計，户貫屬坊、廂、在城、坊郭等，可以推知居住於城市的，共有19人，所佔比率也是將近11%。實際上，户貫屬坊郭的人數、比率，均可能較上述略高，因為有時户貫雖以鄉里為名，卻位於坊郭，例如樓鑰所撰《汪大猷行狀》，載汪大猷本貫為慶元府鄞縣武康鄉沿江里，[24] 但汪家是府城人，因為慶元府城含武康、東安兩鄉。[25] 在已知兩登科錄內及第人屬於城市的户貫中，包括有浙西的鎮江府城、常州州城，浙東的紹興府城、溫州州城，江東的建康府城、溧陽縣城，江西的吉州州城、永新縣城、吉水縣城、泰和縣城、安福縣城、撫州州城、建昌軍城、南豐縣城、臨江軍新淦縣城，湖南的潭州澧陵縣城，湖北的鄂州州城、澧州州城，淮東的揚州高郵縣城、泗州盱眙縣城、成都府路的成都府城、蜀州州城、綿州州城，潼川府路的潼川府城、通泉縣城、銅山縣城，福建的福州永福縣城、

---

[23] 見王謇《宋平江城坊考》卷四，蘇州基督教青年會，1925年。

[24] 見《攻媿集》卷八八。

[25] 張津《乾道四明圖經》卷二《鄞縣篇》"鄉"條："武康鄉，在州城下。"又："東安鄉，在州城下。"宋元地方志叢書本。

建寧府城、建陽縣城、漳州州城、南劍州城、廣東的廣州州城、潮州州城。可知郡城、縣城均有，而且幾乎遍及全國各路。坊郭户貫人數在總人數中的比例，所顯示的是定居城市的士人在總人數中所可能佔有的一個最低比例，自然不免有一些士人定居城市而户貫仍在鄉村的。據劉宰所述，"紹熙元年（1190），蘇州進士居郡城者八人"（《漫塘集》卷二九《故湖州通判朱朝奉墓誌銘》），而范成大《吳郡志》卷二八《進士題名篇》所載該榜平江府及第進士總數不過 12 人，亦即這年平江府一地及第進士中，城居者佔總數的比例達到 75% 之高。這也許是一個比較高的例子。不可以視作一般情形，但是也可以説明，户貫比例只能視爲最低比例，實際的情形是有可能比這一個比例高出不少的。

　　南宋城市裏有官户與士人定居，也可以從郡縣坊郭的坊巷名稱反映出來。宋代郡縣坊郭的坊巷名稱，常因該處所居士人登科而命名。例如位於平江府城東南隅醋庫巷的狀元坊，爲"黃魁所居"；西南隅樂橋南紙廊巷的武狀元坊，爲"林魁所居"；西北隅雍熙寺東的武狀元坊，爲"周魁所居"（《吳郡志》卷六《坊市篇》）。按黃魁爲黃由，林魁爲林群，周魁爲周虎。而東南隅南星橋的狀元坊，則因阮登炳所居而立。[26] 又如位於慶元府城東南廂的重桂坊，"爲孫君枝與子起予同立"；西南廂汪運使橋西的符桂坊，"爲汪立中立"；西北廂鑒橋下的狀元坊，"爲袁甫立"；同在西北廂，府學前另有狀元坊，"爲姚穎立"（羅浚《寶慶四明志》卷三《郡志·叙郡·坊巷篇》）。按重桂坊所在爲孫氏父子所居之里，[27] 而汪立中爲汪大猷之子，袁甫爲袁燮之子，汪、袁均爲慶元府城宦族，姚穎亦出身於慶元府城士族（詳第四、五節）。而通州州城以進士爲坊者有叢桂，在州治東，立坊是"爲宋崔敦詩、崔敦禮"（林雲程《萬曆通州志》卷三《經制志·都鄙篇》），崔氏兄弟所居在州城東南崔家橋。[28] 又《至元嘉禾志》卷二《坊巷篇》"錄事司"條載聚桂坊：

　　　名義：舊名神童，蓋市心有唐堯臣、包時習與弟時中、

---

[26]　《宋平江城坊考》卷三。
[27]　王元恭《至正四明續志》卷二《人物志》"孫枝"條："嘉定七年（1214），登進士第，與其子起予同榜……郡守程覃扁其里曰重桂。"宋元地方志叢書本。
[28]　林雲程《萬曆通州志》卷五《雜志·第宅篇》："宋崔進士敦禮、侍講敦詩宅在州東南崔家橋。"天一閣藏明代方志選刊本。

時飛俱中童科，後徐聞詩又以童科第進士故也。堯臣後人夢符、震龍、天麟又相繼擢第，景定庚申（元年，1260）請于郡，改是名。

又談鑰《嘉泰吳興志》卷二《坊巷篇》"州治"條載叢桂坊：

> 太師忠惠觀文趙公府第在焉。忠惠積慶流芳，鍾于令子，今江陰太守孟奎先諸兄擢丙辰第，咸淳乙丑元年（1265），少監孟圻、運幹孟至、機帥孟屋一榜同登。先是，太師國公希悎、監簿公與惣、都承公與勤、忠惠公與蔥世科濟美，奕葉相傳，方來未艾，禮宜柱表，用改今名。

又《永樂大典》卷二二一七"瀘州"條引《江陽譜》載桂林坊：

> 鄉士王世民居之，兄弟三人俱薦，而世民登紹興十一年（1141）第，里人榮之，故以此名其坊。

可知嘉興府城聚桂坊、湖州州城叢桂坊和瀘州州城桂林坊也都因登科士人居於該處而命名。至於縣城，則如臨安府鹽官縣城狀元坊有"張公九成宅"，亞魁坊有"凌公景夏宅"（《咸淳臨安志》卷一九《疆域志·坊巷篇》）；常州無錫縣城東大市橋有狀元坊，"以蔣侍郎所居得名"（史能之《咸淳毗陵志》卷三《地理志·坊市篇》），蔣侍郎爲蔣重珍；嘉興府崇德縣城有五桂坊，"以莫氏五子登第建"（《至元嘉禾志》卷二"坊巷篇""崇德縣"條），莫氏五子爲莫琮五子元忠、若晦、似之、若拙、若冲，坊之所在即其家所居；[29] 平江府常熟縣城有叢桂坊，"以冷副端兄弟連登科，故名"（盧鎮《重修琴川志》卷一《敘縣·坊篇》），按冷氏兄弟登科均在南宋，而其居宅即在此坊。[30] 僅上文所述，已有數處狀元坊。城市不僅爲城居的特出士人而立坊名，也爲鼓勵一般士人致力登科而命坊名。《淳熙三山志》卷三《地理類·敘縣》載福州州城坊名：

> 興文坊：地名塔巷，舊曰修文，其中舉人數不利，陳知縣肅改修爲興，其年登科。秀實坊：舊曰升秀，士人累舉不第者，後有登科，故名。

---

[29] 徐碩《至元嘉禾志》卷一三《人物篇》"莫琮"條："有子五人，元忠、若晦、似之、若拙、若冲，俱登儒科，……邑宰朱甄即所居立五桂坊。"宋元地方志叢書本。

[30] 《姑蘇志》卷三一《第宅志》："冷副端宅在常熟縣西北叢桂坊。"冷氏兄弟爲冷世光、冷世修，同登紹興十八年（1148）進士第，見《重修琴川志》卷八《敘人·人物篇》。

修文坊在士人累試不利之後改名興文坊，秀實坊在士人登科之前原名升秀坊，無疑都寓有期盼他們興起高升的用意。而這也説明了城市裏定居士人的普遍存在。

士人及第之後，便成官户，因此城市爲士人登科而命坊名，也足以説明城市裏定居官户的普遍存在。此外，宋代郡縣坊郭的坊巷名稱，又常爲定居該處的名宦而命名。例如平江府城西北隅的麋都兵巷，因麋篸所居而得名，高師巷則因高定子所居而得名；東北隅的仁美坊，因上官涣酉所居而得名。麋篸、高定子、上官涣酉均爲南宋名宦。[31] 如台州州城的美德坊，"開禧三年（1207），李守兼以錢丞相居此，故名"；而綦内翰巷則因"紹興（1131～1162）中，綦内翰崇禮居之，故名"（《嘉定赤城志》卷二《地里門·坊市篇》"州"條）。温州州城通道橋巷的仁美坊，"宋待制陳謙居此，故名"（張孚敬《嘉靖温州府志》卷二《坊門篇》），陳謙爲南宋名宦。[32]臨江軍城的遺直坊，"以彭龜年居此，故名"；尊賢坊則"以向子諲居此，故名"（管大勳《隆慶臨江府志》卷四《建置志·坊巷篇》）。泉州州城的三朝元老坊，"爲宋丞相留正立"，袞綉坊則"爲梁文靖公立"（《萬曆泉州府志》卷五《規制志·坊亭篇》）。按梁文靖公即梁克家，留正、梁克家居宅均在泉州州城。[33] 興化軍城的師儒坊，"爲林光朝立"，元老舊弼坊則爲"太師魏國公陳俊卿立"（宫兆麟《乾隆興化府莆田縣志》卷三《建置志·坊表篇》）。按林光朝晚年講學於興化軍城南，因而定居；陳俊卿的府第也在興化軍城。[34] 又《至元嘉禾志》卷二《坊巷篇》"録事司"條：

　　青綕坊：名義，宋胡安撫居焉，安撫名與可，子孫皆把麾，故取東郭先生傳青綕之義。

〔31〕　見《宋平江城坊考》卷二、卷四。
〔32〕　見《嘉靖温州府志》卷三《人物篇》，天一閣藏明代方志選刊本。
〔33〕　《萬曆泉州府志》卷二四《雜誌·古迹類》："梁克家宅在晉江縣東。"又："留正故宅在府西隅文錦鋪。"
〔34〕　《乾隆興化府莆田縣志》卷四《建置志·墓域篇》："侍郎謚文節林光朝墓，在南門外洗塘。……郡人侍郎鄭岳記；艾軒林先生，宋南渡大儒。……晚歲講學城南，因家焉。"同書卷一《興地志·里圖篇》"東廂東門外街"條："自鎮海門外直抵熙寧橋界，有仰止里，朱文公熹嘗館寺丞陳宓家，陳扁曰仰止堂，後因以名里。"又《勉齋集》卷二〇《陳師復仰止堂記》："仰止堂者，丞相正獻陳公舊第之東偏，晦庵文公朱先生館焉。"正獻陳公即俊卿，陳宓爲其子。宋時仰止堂當在城外。

聽履坊：名義，西河上有王尚書希呂宅，故取聽履上
星辰之句。

鳳池坊：名義，宋有婁參政機府，故標中書鳳池之榮觀。

輕裘坊：名義，宋寶安撫居焉，寶常帥襄陽，故立此
名，取羊祜輕裘緩帶之義。

皇華坊：名義，宋浙西提舉任清叟居此，故立是名，
蓋取皇華使臣之義。

綉衣坊：名義，宋延安撫故焉，延持使節，故立此名，
以表綉衣之榮。

按胡與可、王希呂、婁機、任清叟均爲南宋時人，南宋有延璽曾任
安撫淮西兼知廬州，[35] 疑即此處之延安撫，而寶安撫曾帥襄陽備
邊，當亦南宋時人。至於縣城，則如平江府常熟縣城有聚星坊，“以
錢、邱、富諸寓公居此，故名”；有衮綉坊，“以曾丞相居此，故名”
（《重修琴川志》卷一《叙縣·坊篇》）。錢、邱、富諸家均於南宋時
寓常熟，曾丞相即曾懷，亦南宋時人。[36] 如南康軍建昌縣城有公輔
坊，命名原因“爲謝方叔寓居於此”（陳霖《正德南康府志》卷三
《坊鄉篇》）。這許多例證，均說明城市不僅是官員任官時停留的處所，
也是官户定居之地，無論郡城或縣城，都有曾任朝廷或地方各級官
職官户的府第。

南宋城市有官户與士人定居，又可以從他們對城市建設的關切
與出力看出。以城墻的修築爲例，黃榦知安慶府，爲了軍事安全的
理由而興築外城，若干居民有不同的意見，上狀表達。先有《府市
西廂士民祖堯述等狀》，後有《西門廂士民計君庸等狀》（《勉齋集》
卷三四《曉示城西居民築城利便》）；到工程進行時，也有“寓公士
友之忠實可託，如太學生陳榕者，十有餘人，各願自分料數，提督
監視，朝至暮歸，如治私事”（《勉齋集》卷三一《三辭依舊知安慶
府申省》）。嘉定十一年（1218），知真州袁申儒上奏朝廷，請築翼
城，則是“具州士民狀陳便宜十二事以上”，次年開始動工，在工程

---

〔35〕 王希呂、婁機見《至元嘉禾志》卷一三《人物篇》。胡與可見王德毅師《宋人傳記
資料索引》第 2 冊，頁 1610；任青叟見同書第一冊，頁 662；延璽見同書第二冊，
頁 1229。

〔36〕 見盧鎮《重修琴川志》卷八《叙人·人物篇》，宋元地方志叢書本。

中幹辦錢糧事務的，有"郡人御前酒正王叔寬、前攝歷陽尉汪文中、前攝淮東節制司屬官吳永錫"（陸師《康熙儀真志》卷五《建置志·城池篇》），這些當是城居官户。紹定二年（1229）九月，大水衝毀台州州城，居民喪生超過二萬，[37]次年州城人仕宦於朝廷者，以陳耆卿爲首，上書丞相討論築城事宜。《赤城集》卷一載陳耆卿《上丞相論台州築城事宜》：

> 某等生長台城，竊見去秋水溢之變，亙古未有，……今士大夫之家，稍富厚之家，徙寓壇庵庀舍者，所在相望，次而捨己地段，寄人籬落，或僦或假，略不敢以爲安，雖稍自愛之細民，亦栖托城外，以希旦暮之活。……今族姻故舊類多流亡來者，且謂某等以鄉人而站朝士，不能一言，實重有愧。

可知陳耆卿等人雖然身在朝廷，但家族親友均居於台州州城，洪水的破壞使得士大夫之家遷出州城之外避難。陳耆卿等人的上言，無疑代表了這些士大夫之家對於重築城墙的共同關切。曾用虎知興化軍，於紹定三年（1230）春至四年（1231）冬修築軍城，《後村先生大全集》卷八八《興化軍新城記》載其事：

> 郡人陳公宓始倡版築之議，士民和之，台郡是之。……初，役之興，陳公最盡力，且率大夫、國人各相斤斵，其後趙君汝駉、判官趙汝茯與有勞焉。

按陳宓所居在興化軍城，[38]而所謂大夫、國人當即指官户與士人。可知興化軍城的修築，起自城居官户、士人的倡議，在修築過程中又獲得他們的協助。

城墙修築之外，其他城市建設也獲得官户與士人的關切與協助。淳熙六年（1179），平江府城居民合力興工甃砌自吉利橋至版寮巷口街道，出錢捐磚的人中有"耿都監錢貳拾貫"、"周將仕匠錢"、"劉將仕匠錢"、"朱大丞錢貳拾貫"、"陳十二官人磚壹仟片"、"祝解元錢伍貫"、"饒州余承務磚壹仟片"、"張郎中錢貳貫"（《江蘇金石志》卷一三《吉利橋版寮巷砌街磚記》），他們無疑都是居於施工路段附近的官户和士

---

[37]　林表民《赤城集》卷一八載葉棠《台州壽台樓記》："紹定二年秋九月，丁卯，大水壞台州城，殺人民逾二萬。"
[38]　見注〔34〕有關仰止堂的記載。

人。宋孝宗末年，奉化縣城復修縣學，首先是“邑士汪君伋素好爲鄉里義事，謂其弟份曰，是吾曹責也。不待勸率，不謀於衆，以身先之，首創大成殿，增廣舊址”，然後是“里中善士董安嗣、徐如松等三十有二人，爭趨競勸，相與再建駕説之堂，挾以直盧，傍列諸齋，庖湢廥廩，器用畢備，凡爲屋四十楹”（《攻媿集》卷五四《奉化縣學記》）。紹熙四年（1193），澧州闢建子城城門，是“訪諸故老，或曰酒壚之後，舊爲城門，兵毀以來，閉塞至今。倘闢而新之，郡之氣且伸，吾民其庶幾乎，士民援以爲請”（《攻媿集》卷五四《澧陽樓記》）。宋寧宗末年，黃巖縣重建縣廳，“凡度工授材，董以邑士周之純、阮時中，所以杜吏奸也”（《赤城集》卷三載王居安《黃巖重建廳事記》）。寶慶三年（1227），袁州知州曹叔遠疏浚貫穿州城的李渠，完工之後，爲了維護渠道暢通，防止堤岸衝決，因而成立維護組織，而在組織中負責督導的，“選請州士十員爲渠長，專修任其事”（王光烈《康熙宜春縣志》卷一三《李渠志·寶慶丁亥修復始末》）。景定二年（1261），福清縣重建譙樓，“諸寄公巨室合助楮六萬五千一百”（《後村先生大全集》卷九二《福清縣重建譙樓記》）。上述的邑士、里中善士、士民、州士、寄公，當皆是定居於郡城或縣城的官户與士人，城市的建設與他們的生活息息相關，所以他們會關心；而他們就地出錢出力，參預工作，也是力之所及。

四、城居官户與士人的居住形態

官户、士人的城居不僅普遍存在於許多城市，而且在一個城市中，他們常散居於城中各處。儘管若干城市中的官户、士人特別引人注目，他們的的住家被形容爲“相望”、“相接”、“比屋”，[39]但實際上，這只不過描述其多。也許在城市的某一個區域有時會聚居了較多的官户與士人，但是他們在南宋時未曾僅集中居住於城市某一個特定區域。以臨安都城來説，達官貴人的住宅、官舍，便散佈在不同的處所，[40]朱

---

[39] 《兩浙金石志》卷一八《元左丞潘元明政績碑》追述南宋湖州州城；“宋諸王、公鍾鳴鼎食，邸第相望。”黃家遴《康熙饒州府志》卷七《建置志》引元人虞伯生《世美堂記》追述南宋饒州餘干縣城，“貴臣大家多居之，軒蓋門戟相接。”《文忠集》卷九〇《王葆墓誌銘》載常州宜興縣，“邑大，比屋皆士族，固已難治。”袁桷《清容居士集》卷五〇《書世綸堂雅集詩卷》追述南宋的慶元府城，“吾鄉盛時，比屋皆故家大官。”《赤城集》卷一五載尤袤《雪巢記》引林景思所述台州州城：“自吾來居天台時，王公貴人比里而相望。”
[40] 見斯波義信《宋代江南經濟史的研究》，頁343～344。

彭《南宋古迹考》卷下《寓居考》記載了南宋時寓居臨安的八十二人，他們的居所也分別在不同的巷、橋、廂、門、山嶺、寺院，也有的鄰近曲院、宫禁或西湖。以鎮江府城來説，南宋時官户、士人同樣散居於多處不同的地點。住於子城内外的，如制置章琰宅在子城内夾道巷，趙提刑宅也在夾道巷，運使錢真孫宅在獅子門西，而獅子門即子城西門欽賢門；居住在商業區附近的，如都統王起宗宅在大市北懷德橋南，周知府宅在大市南叢桂坊，叢桂坊南皇祐橋之北文昌巷則有制置丘岳宅，憲使李節宅在大市西，安撫葉再遇宅在大圍橋南瓶場巷，當地應是製瓶之所，知府湯克昭宅在税務街，而税務街也是商賈所聚；居住在府城城門附近的，如濮安撫宅在青陽門，是府城東門，安撫王雄宅在還京門裏，是府城西北門；居住在府治西南側的，如留守宗澤宅在製錦坊西，總領倪垕宅在石礔橋北，樞密孫附鳳宅也在石礔橋北，石礔橋在府治西南，而製錦坊又在石礔橋之南；其他地點尚有太常龔基宅在小圍橋西北，即霍運使篋故居，知軍王通宅在塘埧山對巷。察使湯孝信宅在柏家橋，提刑王夬亨宅在斜橋南，都統孫虎臣宅在范公橋東。[41] 再以平江府城爲例，武狀元林群宅在西南隅紙廊巷，學士邊知白宅在西南隅大市附近金獅巷，麋巢居於西北隅跋鞋橋附近的麋都兵巷，狀元黄由及其父鄉先生黄雲居於東南隅醋庫巷，尚書鄭起潛居於東北隅魚行橋附近的天心橋，喬行簡居於東北隅長洲縣治以南醋坊橋附近的喬司空巷，均在商業區的各角落；魏了翁初居於西南隅杉瀆橋大街，繼遷於南園巷，胡元質居於南園附近晝錦坊，鄉解進士錢仲鼎居於西南隅蒲帆巷，均在府城名勝南園及府學附近；參知政事高定子居於西北隅高師巷，近城西北側賞花勝地及蔬菜産區桃花塢，史正志、丁氏昆季、方萬里、鄭景平居於東南隅帶城橋，附近採蓮涇亦爲蔬菜産地；其他地點尚有武狀元周虎居於西北隅周武狀元巷，位置在吳縣治北雍熙寺東；狀元阮登炳居於東南隅南星橋西，位置在城南側社壇西；鄭虎臣居於城東北隅鶴舞橋，鄭定居於鶴市坊，位置均在長洲縣治西北；上官涣酉居於仁美坊顯子巷，則位於長洲縣治東。[42] 平江府城的情形也和臨安都城、鎮江府城一樣，官户和士人散居於城中各處。而信州由於地近

〔41〕　見俞希魯《至順鎮江志》卷一二《古迹志·居宅篇》"本府"條，卷二《地理志·城池篇》、《坊巷篇》、《橋梁篇》。

〔42〕　參見《宋平江城坊考》各卷及附錄，又參考拙作《宋元時代的蘇州》。

行都，"士大夫樂居焉，環城中外買宅且百數"（鄧廣銘輯校《辛稼軒詩文抄存》附編《雜録一》洪邁《稼軒記》），他們也很明顯是散居在信州州城內外各處。

官户和士人在城市呈現散居的狀態，而居住環境也各有不同。上述鎮江府城和平江府城中，許多官户和士人居住於商業區附近。而吉州州城的詩書大族王氏，南宋初"嘗築第城西南湖橋之近，面永豐門，棟甍比屬，巷陌縱橫"，也是"市區貿場，延亘周遭，百貨交集"（劉銑《桂隱文集》卷一《山月亭記》）。郡城如此，縣城亦然。前述因蔣重珍所居而得名的無錫縣城狀元坊，便是在大市橋；常熟縣城中，錢、邱、富諸寓公所居的聚星坊，則在"市心北"（鄧韍《嘉靖常熟縣志》卷二《坊巷志》）；劉宰居於鎮江府金壇縣城，而其與友人詩説："今居市北子市南"（《漫塘集》卷四《畏雨不出簡張端袤昆仲、符伯壽諸兄》）。官户、士人有人選擇居住鬧區附近，也有人選擇居住在城中荒僻之所。例如《嘉泰會稽志》卷一一《橋梁篇》"府城"條：

> 廣寧橋，在長橋東，漕河至此頗廣，民居鮮少，獨士人數家在焉。紹興（1131~1162）中，有鄉先生韓有功（原注：復禹）爲士子領袖，暑夜多與諸生納凉橋上。

這是紹興府城的情形。又《水心先生文集》卷一三《墓林處士墓誌銘》：

> 墓林處士者，永嘉何傳字商霖也。……所居墓林巷，城中最深僻處也。

同書卷二一《劉靖君墓誌銘》：

> 買宅城南，四無垣塹，蕭艾數尺。

何傳和劉靖君所居，均在溫州州城深僻荒凉之處。又有一些官户、士人，選擇城內外景物幽美的地方居住。例如謝諤居住於臨江軍新喻縣城，"晚徙邑東，竹木參天，岩桂尤多，命曰桂山"（《文忠集》卷六八《謝諤神道碑》）；李庚於台州"買屋近郊，古木交陰，庭草錯列"（《攻媿集》卷五二《詅痴符序》）；錢端禮還鄉，於台州"卜居城之東北隅，有林泉之勝"（《攻媿集》卷九二《錢端禮行狀》）；趙葵居於潭州州城錫山，"舊第擅錫山之勝，至是又堂於山之絶顛，……雖處闤闠而無市聲之至，不出户庭而有卧游之樂"（《後村先生大全集》卷九一《群山圃堂記》）；徐載叔中年卜居紹興府城中，號橋南書院，"地僻而境勝，屋庳而人傑，清流美竹,秀木芳草,可樂而玩者,不一而足"(陸游《渭南文集》卷二一《橋南書院記》);黃榦返回福州鄉里,"近得小寺屋在城中最幽静處,眼界甚佳,見茸治居之"(《勉齋集》卷五《與李敬子司直書》);辛棄疾建於信州州城側的稼軒,"郡治之北可里許,……前枕澄湖如寶帶"(《辛稼軒詩文抄存》附編《雜録一》洪邁《稼軒記》)。上述的幾個人,都是個別的例子。而《夷堅甲志》卷一八"超化寺鬼"條:

> 衢州超化寺,在郡城北隅,左右菱芡池數百畝,地勢幽
> 闃,士大夫多寓居寺後。

可知衢州州城北隅超化寺左右,由於有菱芡池之美,而又幽静,吸引了不少士大夫居於附近。更明顯的例子是慶元府城。慶元府城西南隅有月湖,又稱西湖,有十洲三島之勝,爲州人游賞之地,[43]因而附近多名宦望族府宅。據《宋嘉定間丈尺圖》所載月湖建築物,有樓三學士宅、樓安撫宅、汪尚書宅、徐運使宅、趙敷文賃屋、楊侍郎宅、馮統制宅、豐尚書宅、史越王府、史丞相府。[44]此外又有望族周氏,"世爲鄞人,居城中西湖十洲之西"(《攻媿集》卷一〇九《周伯範墓誌銘》);名宦王次翁、王伯庠父子,"居於四明西湖之陽"(《攻媿集》卷九〇《王伯庠行狀》)。而高閌兄弟所居在南水門裏河桂芳橋,往西便是樓家所居畫錦坊,[45]大約也近月湖。月湖鄰近雖然聚居了較多的宦族,但是慶元府城的其他地區同樣也有官户和士人居住,[46]並未集中在月湖一帶。

居住於城市的官宦人家,即使住家不在幽雅之所,也喜歡在城郊另覓土地,構築園館別業,或在城内住家空地,構築園林。以城郊的園館別業來説,洪适在饒州城郊的盤洲、曹彦約在南康軍城郊的湖莊、范成大在平江府城郊的石湖,均是佳例。洪适《盤洲文集》附録周必大撰

---

[43] 《攻媿集》卷五八《慶元府通判南廳壁記》:"城中一湖,最爲絶境,公宇據其陽,盡得十州三島之要。"《乾道四明圖經》卷一〇載舒亶《西湖記》:"遂爲州人勝賞之地,方春夏時,士女相屬,鼓歌無虚日。"

[44] 周道遵《甬上水利志》卷一"月湖"條,四明叢書本。

[45] 《甬上水利志》卷一"在城河渠"條。

[46] 例如城東南隅日湖,"已久湮塞,僅如汙澤"(《寶慶四明志》卷四《郡志·叙水》),而日湖附近有趙侍郎水閣,陳少師屋基、樓駱院屋基(《甬上水利志》卷一"日湖"條引《宋嘉定間丈尺圖》)。東南隅尚有袁尚書宅、趙府、史府、馮計院宅(《寶慶四明志》卷四《郡志·叙水》)。城東北厢鄞縣治前有鄭清之宅(《甬上水利志》卷一"在城河渠"條),城西北厢則有高侍郎宅(《寶慶四明志》卷四《郡志·叙水》)。又慶元府城因定居士人登科而命名的坊巷中,重桂坊在東南厢,鑒橋下狀元坊、府學前狀元坊均在西北厢(《寶慶四明志》卷二《郡志·叙郡》)。

神道碑:

> 自越歸,得負郭地百畝,因列岫雙溪之勝,位置台榭,引
> 水流觴,種花藝竹,命曰盤洲,一椽一卉,題咏殆遍。

洪适的盤洲,不過出饒洲北郭"左行一里許"(《盤洲文集》卷三二《盤
洲記》),實際上可說尚屬饒州州城範圍之側。又曹彥約《昌谷集》卷
七《湖莊創立本末與後溪劉左史書》:

> 某江左晚進,世爲南康軍外邑都昌縣村落人,丁巳待班
> 鄉井,始蓋數椽於城下昌谷巷,壬戌待次江西機幕,得數十畝
> 茅茨地於東門之外,神林蒲之東,宮亭廟之北,去城纔三里,
> 聲音相聞。

可知曹彥約原家村落,仕宦後遷居城市,其後又購地於城郊,經過多年
蓋築堂閣、栽植花木之後,"總而名之,謂之湖莊"。又《文忠集》卷六
一《范成大神道碑》:

> 石湖在平江盤門西南十里,……公高下爲亭觀,植花竹
> 蓮芰,湖山勝絶。……先以石湖稍遠,不能日涉,即城居之
> 南,別營一圃,……題曰范村。

說明范成大住家在平江府城內,而城外十里的石湖是他的別業,由於
位置稍遠,他在城居之所又營建名爲范村的園圃。這種擁有園館別業
於城郊的情形,在官宦人家中常可見到。例如張栻居於潭州城中,而
買園於城東梅塢;[47]曾穎茂於建昌軍城南門外有南塘園,而在城東三
里龜湖上又有總清園;[48]而韓世忠、劉光世、楊存中等,居住於臨安城
中,在城郊西湖之側也都有別業。[49]

　　至於就城居之所構築園林,則更爲常見。上述范成大所營的范
村,即爲一例,"梅曰凌寒,海棠曰花仙,荼蘼洞中曰方壺,衆芳雜植曰
露臺,其後庵廬曰山長"(《姑蘇志》卷三一《第宅志》);又如胡元質於
平江府城晝錦坊所築的招隱堂,"堂後有荷、有竹,建二堂曰雲錦、碧
琳,其東有榭曰秀野,瀕水對峙,三石甚奇,乃鎮蜀時所移物也"(同

---

〔47〕 張栻《南軒先生文集》卷三,有詩題中稱"舊聞長沙城東梅塢甚盛,近歲亦買園其間"。
　　　和刻影印近世漢籍叢刊本。
〔48〕 夏良勝《正德建昌府志》卷一一《古迹志》:"總清園,在城東三里龜湖上,宋寶
　　　慶(1225~1227)中,侍郎矩齋曾公穎茂所建。……南塘園,在城南門外,亦侍郎
　　　曾公游息之所。"天一閣藏明代方志選刊本。
〔49〕 見斯波義信《宋代江南經濟史の研究》,頁343~344。

上）；黃度曾買地於紹興府城東郭，"鑿池築堂，榜曰遂初，環以名花修竹。深衣幅巾，挾策吟嘯，陶然自適"（《絜齋集》卷一三《黃度行狀》）；倪思居於湖州州城，"卜室城東之月河，歸自當塗，始闢小圃，以逍遙名亭"（《鶴山先生大全文集》卷八五《倪思墓誌銘》）；葉翯卜居興化軍城，"戶外引泉爲沼，叠石爲山，荷柳蕭森，……亭台花木，皆合位置"（《後村先生大全集》卷一六三《葉寺丞墓誌銘》）；方信孺居於興化軍城南，"中堂作複閣，扁以詩境，鑿田爲壽湖，中累海石爲山，植荷柳松菊，間著茅亭木棧"（同書卷一六六《方信孺行狀》）；真德秀居於建寧府浦城縣城東隅越山下，"舊有花園"（《嘉靖建寧府志》卷二〇《古迹志》）；而劉韞宅第在建寧府崇安縣城南九曲巷，也有園林，朱熹嘗題咏以紀其勝。[50] 如果城中住家周圍已有景色之勝，往往也會再加以人工的興築栽培，以相配合。韓元吉《南澗甲乙稿》卷一五《東皋記》載陶茂安於興國軍城湖畔所營的東皋：

> 所居之勝，在興國，與郡治共一湖水。……抗湖而東，得地數十畝，曰東皋。中爲一堂，曰舒嘯。南望而行，花木蔽芾，以極於湖之涯，作亭曰駐屐。西則又爲蓮蕩，小閣把湖光而面之。餘可以爲亭爲榭者尚衆，而力有未及也，力之及者，名葩異卉，間以奇石，而松竹之植，稍稍茂盛矣。

陶茂安所居與興國郡治"共一湖水"，可知在軍城。其地原已有湖景之勝，而陶茂安又再栽植花木奇石，興築堂閣亭榭。所以官宦人家衆多的城市，常多園林，臨安都城和平江府城，皆以此聞名；[51]湖州州城也因"昇平日士大夫多居之"，而"好事者多園池之盛"（周密《癸辛雜識》前集）；而劉克莊爲建陽令三年，"邑中士大夫家水竹園池皆嘗游歷"（《後村先生大全集》卷一〇二《題丘攀桂月林圖》）。總之，由於官宦人家身居城市而求有田園野趣，而形成了城市的園林景觀。

五、城市的宦族與士族

城居的官户與士人，有些是在城市中已經居住了好幾個世代，建

---

[50]　《嘉靖建寧府志》卷二〇《古迹志》："劉韞宅，在縣南九曲巷，……仕宋，歷倅三州，典二郡，歸隱於此。所居宅有家山堂、拙致堂、昉齋、山人方丈、龜峰樓、月波臺、積芳園、藥圃、春谷、香界、晚蔬、秋香徑、曲池軒、前村、秀野，朱熹爲十五咏以紀其勝。"

[51]　臨安都城園林見《夢粱錄》卷一九"園囿"條；平江府城園林見拙作《宋元時代的蘇州》。

立起家族基礎,也有些不過是初遷城市,僅以個別的家庭生活於城中。以城市的宦族與士族來説,他們大概具有幾個特色。第一,他們在城中居住已有數世之久,如此纔能形成家族,同時由於住在城市已有好幾個世代,所以他們之中有些已經支派繁衍,族口衆多。例如慶元府城樓氏,樓鑰的高祖樓郁爲北宋仁宗時人,自奉化遷鄞,"卜居於郡城之南"(《絜齋集》卷一一《樓鑰行狀》),至樓鑰已有五世。慶元府城袁氏有兩支,袁燮一支其曾祖父爲袁毅,"試開封府第一,登嘉祐四年(1059)進士第",袁韶一支其曾祖父爲袁毅,也"試開封府,以中書守當官"(《清容居士集》卷三〇《海鹽州儒學教授袁府君墓表》),可知兩支均源自北宋,分別已有四、五世之久,而袁韶之於袁燮,"於宗譜爲族子"(同上),則兩支同出於一源,世系尚可上溯。至於墓表作者袁桷,爲袁毅七世孫,墓表表主袁裒,爲袁燮曾孫,元初均仍居城中,則袁氏家族世代之衆,可推而知。慶元府城另一大族史氏,史浩的祖父史詔"以八行科徵於朝,不應"(《袁桷《延祐四明志》卷五《人物考·先賢篇》),爲北宋末年事,至史浩之子史彌遠已是第四代,至史彌遠之侄史嵩之則已第五代。汪氏也是慶元府城大族,汪思温的祖父汪元吉,"爲(鄞)縣從事,爲范文正公所知"(《延祐四明志》卷四《人物考·先賢篇》),當已居城中,至汪思温之子汪大猷,已是第四代。費著《氏族譜》記載了好幾家成都府城宦族,也都世代久遠。如城北劉氏,唐末劉孟温"以儒傳授成都中",至南宋初劉翊、劉竦、劉端,"至是八世,今又一傳矣";城南劉氏至北宋末劉惟正、劉惟盛、劉惟道之前,已"劉氏譜載三世名字卒月日耳",而三家子孫又於南宋初年仕宦;城北郭氏則以郭積爲祖,"嘉祐(1056~1063)求遺書",其曾孫郭友直"上千餘卷,皆秘閣所闕者",另一曾孫郭友聞精於經學,"鄉人曰北郭先生",此後族人有外徙者,"獨北郭子孫不遷",自北郭先生之後,至以孫字排行者,已是第八代;城南郭氏自北宋郭溥"登大觀(1107~1110)第",至南宋郭德柄已是第四代,也是"成都百年故家";施氏也是成都府城宦族,施光袚"始居成都碧雞坊","又三世,庭臣、德修同登宣和(1119~1125)第",至南宋施坤之、施裴、施淵則又兩代,其"家遠矣"(周復俊《全蜀藝文志》卷五四《譜類》)。此外,如興化軍城林氏,"自壽溪徙居郡城之前街五世矣"(《後村先生大全集》卷一六二《林德遇墓誌銘》);如鎮江府城豐氏,自豐有孚以學究出身仕宦,其孫豐漸、豐淵均於南宋初年進士及第,至南宋中期,"今城中諸豐其裔也"(劉宰《京口耆舊傳》卷一《豐有孚傳》),也都在城市住了幾代。

上述慶元府城袁氏至少已分爲兩支,鎮江府城豐氏也稱爲諸豐,都説明了這些家族在城市中已有支派繁衍。更明顯的例子是福州州城黃氏和興化軍城方氏。福州州城黃氏是黃榦的家族。《勉齋集》卷三八《族叔處士墓誌銘》:

> 黃氏居福州城東三百年,蠻而爲三,派而爲六,後有
> 他徙者。自同慶而下,子孫存者無慮四十人。

同慶爲僧寺名,黃氏三世祖墳皆葬其側。[52] 可知黃氏定居福州州城已經世代久遠,分爲三支六派,而且族口繁多。興化軍城方氏爲方大琮的家族。方大琮《鐵庵集》卷三二《述莆方三派聚族》:

> 莆之方其派三,吾長史一派自長官始居于刺桐巷,曰
> 方巷,今曰朱紫坊,次房秘監在焉,析爲留橋,爲後隆,
> 後下坊,爲瀨溪,爲南門外,長房員外有過潮者,既歸而
> 居後塘;第三房著作居朱紫坊,亦有居留橋者;四房司直
> 居義門闕下,曰方倉;五房禮部居後塘,其三子侍郎、光
> 禄寺丞皆在焉。蓋北自河,沿諫議居,東至後隆,其間曰
> 後塘、曰烏石、曰後埭,前方綿亘不斷,大抵烏石山前居
> 其大半。六房正字居後塘之觀後,其散而他去者所未論。
> 此長官六子而唐長史琭之後也。此外如白杜一派,其譜以
> 爲唐末名閥之後,或傳以爲長官遺腹子,聞前此長官有與
> 後塘序昭穆者,更宜考。如方山一派,析而爲大松之鳳沖,
> 爲山屏,爲叱石,爲伯俊,今城居之東,宅學前,則自鳳
> 沖出,城外之上坊,則自伯俊出,龍井則自叱石出,其他
> 尚多,皆唐長史叔達之後也。三派之後,皆以紘爲遠祖,
> 雖世系昭穆莫可推,要皆同出一源。

莆田方氏分爲長史、白杜、方山三派,而派下又再分房。以長史一派而言,自長官始居於刺桐巷,其事早在唐末,[53] 則世代之久遠可

---

[52] 《勉齋集》卷二八《與西外知宗訴同慶墳地並事目》:"由是三世祖墳皆葬同慶寺僧堂之側。"

[53] 《鐵庵集》卷三二《記後塘福平長者八祖遺事》:"長官金紫公唐季入莆,居刺桐巷,今朱紫坊之方巷是也。"

知。刺桐巷即方巷，其名至清初尚存，在興化府城内；後塘、留橋、後埭、烏石均見於清初興化府城街、巷名，而義門亦仍然保存於清初興化府城中；[54] 至於烏石山，則宋代"在城北一里"（祝穆《方輿勝覽》卷一三《興化軍篇》）。可知長官之後六房子孫，分別居住於宋代興化軍城内外。方山一派亦已分爲數房，鳳沖一房在"城居之東，宅學前"，伯俊一房在"城外之上坊"，當亦分居於興化軍城内外。而長官第三子光禄寺丞一房，至北宋末年有福平長者，自長者死後迄方大琮之時，"及今九十四年，合六代子孫餘二百人"（《鐵庵集》卷三二《記後塘福平長者八祖遺事》），足見族口的衆多。

第二，他們大致重視子弟教育，其中有些延師家族之中，教育子弟，也有些親自督課家族子弟，使子弟知書識禮，在邁向仕宦之途的過程中，能够比較順利。例如慶元府城姚氏，狀元姚穎的曾祖父姚阜，"創必慶堂於城南，延師以教宗族子弟"（《攻媿集》卷一〇七《姚穎墓誌銘》）。如慶元府城城南，"楊氏最盛"，袁燮"久處其家塾，子弟多秀士"，又曾聘"三山鄭屯田爲塾師"（袁甫《蒙齋集》卷一八《縣尉楊君太孺人何氏墓誌銘》）。如慶元府城邊氏，邊友誠教其子邊汝實甚嚴，"未嘗令出入閭巷，延師家塾，俾專其習"（《絜齋集》卷一六《邊汝實行狀》）；而邊友誠之弟也"教子甚篤，擇鄉之賢德，俾師事焉，不專爲進取計"，"晚又闢書室以教諸孫，將使詩禮之傳，相承而不絶"（《絜齋集》卷二〇《邊用和墓誌銘》）。如慶元府昌國縣城應氏，參知政事應繇於淳祐（1241～1252）年間還鄉，葺其讀書之所，稱翁州書院，"延師其間，率其子弟及族人與夫鄉之俊秀者造焉"（馮福京《大德昌國州圖志》卷二《叙州》"翁州書院"條）。如紹興府新昌縣城，其姓"石、吕、黃爲大"，而陳傅良"嘗館黃度文叔家，得與石、吕二氏游，其子弟多從予學"（《止齋先生文集》卷四九《吕琰墓誌銘》）。這些都是延師以教家族子弟的例子。而袁燮教授慶元府城南時，其族子袁韶從之學，其子袁甫亦從之學。[55] 袁燮的族兄袁濤，"叔父常德郡丞以儒學教授里

〔54〕 見宮兆麟《乾隆興化府莆田縣志》卷一《輿地志·里圖篇》，臺北市莆仙同鄉會影印本，1963 年。

〔55〕 袁桷《延祐四明志》卷五《人物考·先賢篇》："袁韶，……幼從正獻公燮學於城南。"又："袁甫，……父正獻公教授城南，年尚幼，諭諸生以立志爲先，甫首領其旨。"宋元地方志叢書本。

中, 君親炙焉, 質疑請益, 聞見日廣"(《絜齋集》卷二〇《從兄學錄墓誌銘》)。這都是藉教授他人之便, 同時教育自己家族子弟。也有專意課督自家子弟的, 如興化軍城方氏的方祐, 即前述福平長者, 卒於紹興七年 (1137), "子孫滿前, 督教不倦, 子四人, 吳左公有聲學校, 將貢不仕, 能以長兄助其父課督子弟於學"(《鐵庵集》卷三二《記後塘福平長者八祖遺事》)。福州州城黃氏諸家, 亦皆能親課子姪。如《勉齋集》卷四《與晦庵朱先生書》:

> 榦門戶衰替, 大懼先世儒業之不振, 收教子姪輩, 使粗知孝弟忠信, 每自謂留心於此, 亦居家職分所當然者。間有親舊之子, 爲之授句讀, 解釋訓詁者, 則受其束脩, 以贍老幼。又年長好讀先生書者, 則與之切磋, 以更相勸勉, 舉業聽其自爲, 讀書次第用心。……但歲月如流, 城居人事紛擾, 無復靜坐觀書之樂, 此爲可慮耳。

可知黃榦此時居於福州城中, 收子姪輩及親舊之子教學, 而其所以如此, 是"懼先世儒業之不振", 亦即維持家族士人的傳統。對於年長者, 雖然與之切磋朱熹之學, 但"舉業聽其自爲", 進取仕宦究竟是士人讀書的重要目的。而黃榦族叔黃凱, 也能"教其子南金、宗尹、宗傅, 皆雅飭爲良子弟"(《勉齋集》卷三八《族叔處士墓誌銘》); 另一族人黃振龍, 則"聚伊、洛書, 課其子以講習"(《勉齋集》卷三七《貢士黃君仲玉行狀》)。此外, 如居於興化軍城北郭的林崖, 雖然"頓挫場屋", 卻"不甚戚戚, 以讀書教子爲樂"(《後村先生大全集》卷一五七《林君墓誌銘》)。

而更重要的是第三, 這些家族雖然未必人人入仕, 但通常有許多人參加科舉考試、進入太學或以各種途徑入仕, 甚至代有顯宦。這是城市宦族與士族之所以爲宦族與士族的基本特色。如慶元府城的史、樓、汪、袁諸族, 均是有名的仕宦世家, 尤以史家爲盛。[56] 慶元府城的其他家族, 如城南楊氏的子弟, "服習詩書, 頡頏場屋"(《蒙齋集》卷一八《縣尉楊君太孺人何氏墓誌銘》); 狀元姚穎的曾伯祖希"以儒學決策起家", 曾祖阜爲容州司戶, 祖父孚及其兄弟大

〔56〕 參見《延祐四明志》卷四、卷五《人物考·先賢篇》, 卷六《人物考·衣冠盛事篇》、《人物考·進士篇》。

任、持相繼擢第,[57] 姜浩與其弟姜濤於南宋初年定居慶元府城,歷三代而爲名族,子孫輩紛紛上禮部、入太學、進士及第。[58] 溫州州城何氏有百里坊族和城南族之分,翰林學士何溥爲百里坊族,"試禮部奏名第一,百里坊之何於是始大";國子司業何伯謹爲城南族,自北宋末至南宋初,先後三代,由其父親與伯叔起,中歷其兄弟,下至其侄輩,或爲太學生,或進士及第,"蓋以儒生賦禄三世"(《止齋先生文集》卷五一《何伯謹行狀》)。福州州城黃氏,"挾策爲儒者累累不絕"(《勉齋集》卷三八《族叔處士墓誌銘》),黃榦之父黃瑀中紹興八年(1138)進士第,官至監察御史,去世時,諸子之中,"杲亦以選官至宣教郎、江南西路提點刑獄檢法官,……柬,從政郎、南劍州沙縣丞,查、榦皆業進士"(《朱文公文集》卷九三《黃瑀墓誌銘》);同族黃振龍爲鄉貢進士,去世時,諸子"曰朴,太學生,曰格,業進士"(《真文忠公文集》卷四五《黃仲玉墓誌銘》),黃朴後來中了狀元;[59] 又有同族子弟"南金以弱冠預鄉貢,宗尹亦繼入太學"(《勉齋集》卷三八《族叔處士墓誌銘》)。興化軍城北郭林氏,林崖"群從六七人,策於天子之庭、薦於鄉、於漕者相繼也"(《後村先生大全集》卷一五七《林君墓誌銘》)。吉州安福縣叢桂坊劉氏,自劉安世從祖劉溥"以文章魁恩科",其後"群兄弟策進士者六人,薦名者三十三人"(楊萬里《誠齋集》卷一八八《劉安世行狀》)。成都府城劉、郭、楊諸族,也都是自北宋以迄南宋,官宦不斷。[60] 楊王休任成都府路轉運使時,少城大族郭氏捲入冤案,爲其所雪,郭氏"擁笏致謝三十餘人"(《攻媿集》卷九一《楊王休行狀》)。

興化軍城方氏,是更值得注意的一個例子。宋諺稱:"烏石山

---

[57] 《絜齋集》卷一五《姚穎行狀》:"先是君之曾伯祖希,始以儒學決策起家。"《攻媿集》卷一〇七《姚穎墓誌銘》:"曾大父阜,迪功郎,容州司户,……姚氏後又有曰大任、曰持、曰孚者,相踵擢第,孚即君之大父也。"

[58] 《攻媿集》卷一〇八《姜浩墓誌銘》:"宮教濤出繼伯父,既定居吾鄉,買地城北,分東隅與之,築室比鄰。"又:"(紹興)二十九年(1159),其長子模中浙漕,至于三四,迄不第,又二十年,曰桐、曰柄、曰煤、曰焕、曰光等,相繼累上禮部、入太學,而炳與光同以紹熙四年(1193)賜第,燧又繼之,皆公之子若孫也。"

[59] 《真文忠公文集》卷四五《仙都大夫李君墓誌銘》:"(黃)仲玉雖老于布衣,有子曰朴,遂由膠庠,冠天下士。"

[60] 見《全蜀藝文志》卷五四《譜類》載費著《氏族譜》。

前，官職聯聯”（《方興勝覽》卷一三《興化軍篇》），而方氏爲“官
職聯聯”的家族之一。而方大琮也指出，莆田的其他衣冠大族和編
户之族相同，唯獨方氏家族很少有人從事農、工、商業，若非宦達，
也能保持士人之家的身份。[61]《鐵庵集》卷三二《方氏仕譜誌》：

> 吾大父和劑公，以一經名堂，實藏書萬卷，謂姓名漫
> 漶，弗紀將軼，立仕版於堂楣，以進士標其首，特奏次之，
> 世賞又次之，封贈又次之。高伯祖岳陽使君擴爲之紀，深
> 以磨淬望後來。蓋紹興二十八年戊寅（1158）也。版成之
> 二年而大父策名其間，版載登仕籍者百二十一人。距今五
> 十年來，彬彬輩出，版溢久矣。來者無以容，欲更而大之。

和劑公名萬，其所立仕版，記載所有長官子孫獲授官銜者，至紹興
末已達百二十一人，其後又再彬彬輩出。同書同卷《記後塘福平長
者八祖遺事》載長者後人預鄉薦和及第的情況：

> 端溪丞公諱衡，第三子，首預鄉書。南安丞，第十孫，
> 與長者同脈，則孫十一人皆當見之，紹興甲子（十四年，
> 1144）鄉薦二，又十五年，己卯（二十九年，1159）薦亦
> 二，遂登庚辰（三十年，1160）進士，文子之祥，始兆于
> 此。曾孫三十人，淳熙丁酉（四年，1177）、庚子（七年，
> 1180）、癸卯（十年，1183）三詔，薦者七，登第二，特奏
> 一，漸趨于盛矣。玄孫五十三人，甫十預薦，大琮才品最
> 下，偶脱場屋，居昆仲先，而真才碩能所望以振吾宗者猶
> 未易量也。來孫八十餘人，預薦者僅一、二見，七世孫又
> 將詵詵矣。

據方氏所述，可知長者後人衆多，而能預鄉薦者有限，能進士及第
者更少，但每一代均有人預鄉薦或進士及第，維持家風於不墜。方
氏以官宦著稱，而情形如此，可知即使宦族，族人未能仕宦者亦仍
衆多，即使獲授官銜，許多也是由恩蔭，亦即世賞，或封贈而來，
未必經由科舉。

---

［61］《鐵庵集》卷三二《述莆方三派聚族》：“莆衣冠大姓不一，然多與編户之姓同，而
有非所能雜者。獨吾方姓不甚見于農工商之版，其達且温者各以家世爲念，而其寒
者猶克保其爲士人之家，以待其興。”

六、官户與士人的徙居城市

然而也有很多城居官户，在城市中並沒有家族基礎，他們是入仕或致仕之後纔徙居城市，在城市裏安家立户的。例如第四節所述平江府城所居官户，魏了翁、高定子兄弟是邛州浦江人，史正志是揚州人，丁氏昆季是常州人，方萬里是嚴州人，鄭景平是鄱陽人，喬行簡是婺州東陽人，上官渙酉是邵武軍人，鄭定稱寓公，亦非本地人，[62] 他們均應是初徙平江府城居住。又《赤城集》卷一載陳公輔《臨海風俗記》：

> 比年以來，……寄居官有至宰相者，餘不可以數計，
> 過往日日有之，故城中百物騰踊，價皆十倍於前。

指出了台州州城住了許多徙自外地的官户，官位有高至宰相的。其他個別的例子，如王次翁原爲濟南府人，南渡之初執政，致仕後"居于四明西湖之陽"（《攻媿集》卷九○《王伯庠行狀》），亦即慶元府城西南隅；婺州人潘好謙，有科名，官至右朝散郎，"始自松陽改築臨江，臨江，婺之郊也，晚歲徙郊而城其居焉"（《東萊集》卷一○《潘好謙墓誌銘》）；温州人包履常，曾先後任州學教授與縣令，祖上自合肥遷至温州雁池，再遷至樂清縣的柳市，"其居城之西洋，則自君始也"（《真文忠公文集》卷四五《包履常墓誌銘》）；南康軍都昌縣人黃灝曾任朝散大夫、廣西轉運判官，"晚居城下"（《昌谷集》卷一八《黃子通墓誌銘》）；沈連原家隆興府分寧縣，致仕之後"有宅在豫章（隆興府）城中，因徙焉"（《鶴山先生大全文集》卷八○《沈連墓誌銘》）；黃疇若原居隆興府豐城縣的沈江，也在致仕之後，"治第豫章城中"（《後村先生大全集》卷一四二《黃疇若墓誌銘》）；董德元爲吉州永豐人，官至參知政事，後奉祠禄，"徙居城中"（《文忠集》卷七五《董億墓誌銘》）；進士方濯世家興化軍游洋之壽峰，"學成行尊，始卜城北新居"《後村先生大全集》卷一六○《方濯墓誌銘》）；葉棠世居興化軍仙游縣之瀨溪，官至將作監，"始卜居城北之後塘"（《後村先生大全集》卷一六三《葉寺丞墓誌

---

[62] 史正志、丁氏昆季、鄭景平、喬行簡籍貫分見《宋平江城坊考》卷三、卷四，鄭定爲寓公見同書附録《坊巷篇》。魏了翁、高定子、方萬里、上官渙酉籍貫分見《宋人傳記資料索引》第 5 册，頁 4241；第 3 册，頁 1756；第 1 册，頁 84、31。

銘》）。對於官户在入仕或致仕之後徙居城市這一現象，洪邁在《容
齋隨筆》卷一六"思潁詩"條中，曾從城市的生活條件解釋其原因：

> 士大夫發迹隴畝，貴爲公卿，謂父祖舊廬爲不可居，
> 而更新其宅者多矣，復以醫藥弗便，飲膳難得，自村疃而
> 遷於邑，自邑而遷於郡者亦多矣。

亦即由於城市的生活條件遠較鄉村爲佳，醫藥、飲膳均較方便易得，
促使鄉村出身的官户，在貴顯之後遷居城市。而陳公輔在台州州城
中原"有敝廬"，由於城市物價昂貴，"度不可居，於是遁迹村落"，
然而卻嘆"鄉下寂寞，百物無有，不免布衣蔬飯，杜門待盡而已"
（《赤城集》卷一載陳公輔《臨海風俗記》）。陳公輔對於鄉村百物無
有的感嘆，正足以印證上述洪邁的解釋。

除了生活條件的因素導致官户遷居城市之外，城市裏的文化生活
無疑也是個重要因素，所以陳公輔自城市徙居村落之後，也感嘆"鄉下
寂寞"。鄉村裏讀書人家相隔距離可能較遠，彼此經常往來，作文化上
的交流並非易事。而在城市有限的範圍之內，卻常居住有較多社會身
份、知識程度、甚至年齡都相當的士大夫，他們彼此來往，作文賦詩，滿
足他們對文化生活的心理需求。他們甚至爲這種來往，訂出了聚會的
名稱。北宋時蘇州州城曾有九老會，後改稱爲耆英會，洛陽也有耆英
會，[63]而南宋的慶元府城，也先後有五老會、八老會的聚會。《攻媿
集》卷八五《跋蔣亢宗所藏錢松窗詩帖》：

> 幼時見故大參政錢公爲貳車，公壯年，風流醖籍，與
> 外祖尤厚，吾鄉舊有五老會，宗正少卿王公珩，朝議蔣公
> 璿，郎中顧公文，衢州薛公朋龜，太府少卿汪公思溫，外
> 祖也。皆太學舊人，宦游略相上下，歸老于鄉，俱年七十
> 餘，最爲盛事。禮部侍郎高公開，起居舍人吳公秉信，皆
> 自以後輩不敢預。王、薛二公下世，參政王次翁致仕寓居，
> 嘉慕義風，始議爲八老會。朝議徐公彦，老布衣陳公先，
> 而後至顧、蔣、汪公參政，泊高、吳二公繼之，然已不如
> 前日之純全也。大參政詩中所謂八仙人者，此也。蔣公園

---

〔63〕 參見伊原弘《宋代浙西における都市と士大夫——宋平江圖坊名考》，《中嶋敏先生古
稀紀念論集》上卷；木田知生《北宋時代の洛陽と士人達——開封との對立のなか
で》，《東洋史研究》第 38 卷第 1 號。

中素有集春堂，海棠尤多，即大參所賦也。

五老會諸人，均爲太學舊人，宦游略相上下，而且年齡也都在七十歲左右，其後的八老會，雖然不如五老會純全，但與會諸人大概也有相近的背景。聚集具有共同背景的這樣多人，在彼此的園林中賞花賦詩，只有在城市中纔有可能，在鄉村裏是很難辦到的。所以楊王休爲慶元府象山縣人，而致仕後定居於府城。《攻媿集》卷九一《楊王休行狀》：

逮其賦歸，已先卜城居，棟宇宏敞，猶望老朋友以相依。

能有曾經共歷宦途的老朋友相交游，正是他定居府城的重要原因。不僅高官如此，一般士大夫亦然。如平江府人張廷傑，父、叔皆曾任縣尉，本人"起家迪功郎，靖州軍事推官"，叔父死後，"卜居城中之花橋，……藏書數千卷，士大夫喜從之游"，而張廷傑也"好客不倦也"（《文忠集》卷三三《張廷傑墓誌銘》），可知張氏由於移居城市，而又藏書衆多，因而許多士大夫樂於與其結交，張氏本人也深得其中樂趣。而在城市裏，士大夫間也有比較多的機會成爲鄰居，因而彼此來往，論文吟詩。如張栻教學潭州岳麓及城南書院，而居於城中，與"居湘城蓋幾二十年"的浦城人承議郎吳詮"寓居鄰墻，隔一二日，輒步相過，議論酬唱甚樂"（《南軒先生文集》卷四一《承議郎吳伯承墓誌銘》）；周必大本籍吉州廬陵縣永和鎮，而亦居於吉州州城，結識曾爲太學生的官宦子弟段冲，段冲與居住城中的致仕高官胡銓相交游，"有師友婚姻之契，……每觴咏必連句"，而周必大也因"卜居城東，與君爲鄰"，而知其事，並且自歎"君長予二十五歲，而精神非予所及"（《文忠集》卷三五《段元愷墓誌銘》）。而城市也是官員赴任、還鄉、出使、游歷所經停留休息之地，住在城市裏，有比較多的機會和這些來往的官員交往，增加生活裏的樂趣。[64] 城市裏的交游生活，滿足了士大夫們的心理要求，解除生活上的寂寞，具有吸引官户遷居城市的力量。

官户之外，士人也有遷居城市的情形。城市裏的交游生活，無

---

[64] 陸游《入蜀記》（《渭南文集》卷四三至卷四八），范成大《驂鸞錄》，樓鑰《北行日錄》（《攻媿集》卷一一一至卷一一二），周必大《歸廬陵日記》（《文忠集》卷一六五）、《泛舟遊山錄》（《文忠集》卷一六七至卷一六九）、《乾道壬辰南歸錄》（《文忠集》卷一七一），均有此類資料。

疑也是導致若干士人遷往城市定居的原因之一。呂祖謙在《與學者及諸弟》一信中指示："城中如叔度、叔昌兄弟，德奉、子先、仲益、季益諸人，皆可往還也"（《東萊別集》卷一〇），顯示士人在城中可結交較多的同道。而徐載叔中年卜居紹興府城中，號橋南書院，"客之來者日衆，行者交迹，乘者結轍，訶殿者籠坊陌，雖公侯達官之門不能過也"（《渭南文集》卷二〇《橋南書院記》），這一種訪客盈門的情形，自然不是鄉間所能有。至於對求學的士人來講，城市的教育、文化環境深具吸引的力量。州學、縣學均在城市，私人教授大概以城市爲多，而城市也可能有較好的師資，有利於準備科舉考試，[65] 城裏結交其他讀書人的機會也較多，而釋奠、鄉飲酒、舍菜等與士人有關的儒學禮儀，都在城市舉行，[66] 典禮之後常有講書。因此，有些家長爲了子弟前途，而遷居城市。如《絜齋集》卷二〇《李雄飛墓誌銘》載原籍慶元府奉化縣人李鶚求學經過：

> 乾道（1165~1173）中，吾友楊子嘉教授里中，雄飛師事之，余時時往訪子嘉，因識雄飛，見其氣貌之深厚，學業之精進，而知其不自菲薄也。既又從太學錄沈公、今將作監楊公，雖余之淺陋，亦受業焉。……曾祖晟、祖崇、父鼎，母王氏，三世俱不顯，而乃翁隆于教子，其徙城市，便二子之從師也。雄飛發憤讀書，亦欲仰副親意。

可知李鶚祖上三世俱無科名，其父所以遷居城中，是爲了方便二子的從師，而李鶚在慶元府城中，除了師事楊子嘉外，也先後從沈煥、楊簡、袁燮等名學者求學。李鶚雖未能取科名，但其後"退而誨其徒，乃有得雋場屋，至于擢第者"。又《攻媿集》卷一〇一《鮑明

---

[65] 如前述曾教學慶元府城南楊氏家塾的三山鄭屯田，即鄭鍔，曾肄業太學，據樓鑰稱："尋寓四明，開門受徒，來者雲委。躬孝友之行，該貫群經，旁通子史百家。……鑰年及弱冠，侍親游宦而歸，始得登門，時亦粗成賦篇，及見先生機杼，望洋向若而嘆，一意摹仿。"（《攻媿集》卷五三《鄭屯田賦集序》）又如曾中狀元的姚穎，也師事鄭鍔，《絜齋集》卷一五《姚穎行狀》："師事屯田鄭公鍔，苦心刻意，種積累年，詞采絢發，且有典則矣。"又如平江府城人黃雲亦曾入太學，返鄉教授，"吳中大書會稀少，至君蓋成，後生慕從常百餘人，勤苦勸誘，一變口耳之習，其薦第有名，多君門下，他師不敢望也。考官戲曰，吾爲黃先生取士爾。"（《水心先生文集》卷二六《黃雲行狀》）。

[66] 《夷堅三志辛》卷八"社壇犬"條："乾道三年（1167）八月，饒學釋奠，諸生家在城內者，多以當日夜四更往觀體。"鄉飲酒及舍菜禮見伊原弘《宋代の浙西における都市士大夫》，《集刊東洋學》第45期。

叔墓誌銘》載樓鑰與奉化人鮑俊德的交往：

> 始余數歲時，侍二兄從李先生若訥學，明叔與其兄德
> 光受業于門，既冠矣，余兄弟皆以兄事之。明叔二十六而
> 入太學，猶時時相過，友誼日篤。……曾大父遂良、大父
> 智俱不仕，父璿以君故該慶典封迪功郎，母江氏封孺人。
> 大父力稽起家，迪功愛二子之敏，入城就師友，能相勉勵。

可知鮑俊德祖上出自農家，也是三世不仕，而其父所以遷居城市，
同樣是爲了二子的從師交友。而鮑氏兄弟在慶元府城，果然與宦族
子弟樓氏兄弟因同事一師而結爲終身好友，鮑俊德也獲得了入讀太
學的成就。

而劉宰祖父劉微遷居的經過，更是一佳例。《漫塘集》卷三二
《先祖十九府君墓誌銘》：

> 先祖諱微，……少精記誦，有聲場屋，甫中年即不屑
> 事科舉，常産僅自給。……從弟有同居而酗酒者，先祖一
> 無所較，密與祖妣謀遷居金壇以避之。劉氏自滄徙潤，世
> 爲丹陽大族，居處高明，環而居者皆所隸。既遷金壇，屋
> 敝且隘，閭里情未浹，欲壞覽支床亦不可得。或咎其失，
> 先祖笑曰：是非乃可知。居數年，二子益長，朋游滋廣，
> 伯父連名上春官，士大夫起敬，鼓篋從游者以百數，今邑
> 報恩寺即書院遺址。先祖時杖履游處其間，學徒望之，肅
> 然得不言之教。先祖没十有二年，先君亦預鄉貢。

劉氏原族居於鎮江府丹陽縣，"環而居者皆所隸"，聚族而居，疑是
鄉間的同姓聚落村；[67] 其後劉微率家人遷居金壇，長子後來授徒教
學的遺址在報恩寺，寺"在縣治東三百步"（《至順鎮江志》卷九
《僧寺志·寺篇》"金壇縣"條），而劉微能够"時杖履游處其間，
可知所居在縣城。劉微率家人離開家族聚居的丹陽鄉下，來到陌生
的金壇縣城，爲人咎病，他卻答以"是非乃可知"，從後來其二子廣
交游、預鄉貢的事實看，他的用意是在爲子孫提供一個較好的教育
和交游環境。長子從事教學之時，劉微"時杖履游處其間"，正足以
見其心願逐步達成的愉快。而劉微的心願不僅寄託於二子，更在於

---

[67] 這類同姓聚落村在南宋鄉間很常見，見拙作《南宋的農村經濟》第5章第3節。

諸孫。所以劉宰在《先祖十九府君墓誌銘》中又説："先祖既成其子，尤力於教孫"，據銘中所載，孫輩中有劉桂喦、劉宰二人進士及第，出而仕宦，曾孫輩中三人已預鄉薦，其餘十六人皆業進士。劉微遷居金壇縣城的目的，當在孫輩進士及第之後達成，他生前雖然"有聲場屋"而始終失敗的遺憾，亦得以彌補。

七、結　語

綜本文所述，南宋全國各地城市，均普遍有官户與士人居住。他們有的是因任官而城居，也有的是因游學而城居。從進士及第者的本貫，城市的坊巷名稱，以及官户與士人對城市建設的關心與盡力，又可以看出除了官員游宦與士人游學之外，城市裏也有官户與士人安家立户。官户與士人在城市裏並未集中居住在同一個特定的地區，而是分散居於各處，他們的居住環境也各有不同，有的鄰近市區，有的在城中荒僻之所，也有的選擇城内外景物幽美之處。而許多城居的官宦人家，即使住家不在幽雅之所，也喜歡在城郊另覓土地，構築園館別業，或在城内住家空地，構築園林，如果城中住家周圍已有景色之勝，則更再加以人工的興築栽培，以相配合。居住在城市的官户與士人，有些在城中已經有好幾個世代，甚至數百年，形成家族。這些宦族與士族，有的已經分派分房，族口衆多，他們大致重視子弟教育，雖然未必人人入仕，但通常有許多人參加科舉考試、進入太學或以各種途徑入仕，甚或代有顯宦。也有一些城居的官户與士人，不過是初遷城市，僅以個別的家庭生活於城中，尚未建立家族基礎。他們所以遷居城市，一方面是因爲城市能夠對生活所需提供比較多的方便，另一方面也由於城市有比較好的文化和教育環境，而這樣的環境或者可以使他們享受到交游的樂趣，或者有助於他們的子弟求學入仕。許多官户與士人雖然居住在城市裏，但是他們和農村仍維持有經濟關係，關於這點，將另文討論。

※ 本文原載《新史學》1 卷 2 期，1990 年。
※ 梁庚堯，臺灣大學歷史研究所博士，臺灣大學歷史系教授。

南宋中晚期的役法實況

——以《名公書判清明集》爲考察中心

黄繁光

前　言

宋代役法繼承了隋唐五代的舊制，又歷經三百二十年的曲折變化，頗爲錯綜複雜。其中南宋中晚期的"鄉都職役"，可説是宋代役制的典型之一。

本文參考相關的史料典籍、地方志、文集、奏議等資料，以及近代學人的研究成果，並以《名公書判清明集》作爲實際案例的考察中心，一面從宏觀的角度，梳理兩宋役制的承接軌迹，歸納出南宋役法的幾點基本特質，一面則在這種架構之下，根據若干具體實例來觀察南宋中晚時期，鄉都役人的角色與形象，以及役法的執行狀况，俾便深入體會鄉都職役的實情。

本文除前言、結語外，内容共分三節。

第一節，叙述宋室南渡君臣反對募法，恢復差役，輪差鄉户執行役事，卻又年年向民户繼續徵收役錢，以致形成了：（1）保伍幹部成爲鄉都職役的受差主體；（2）結甲制與保伍制交替輪差執役；（3）民户繳納的役錢無助於役制的汰舊更新等三大特徵。宋廷只顧應付眼前的急需，自然無法創制出一套良法來，在取辦臨時的權宜計策下，南宋役制長期苦患了衆多鄉村中、下人户。

第二節，陳述鄉都役人除"催督賦税"的主要任務之外，還要聽候官府差遣，"承受文引"，奔走公事，作爲支援地方行政的雜務角色，也十分吃重。諸如受命會勘查争執田界或墓地、提供相關地圖或證明憑由、收集法物並出庭作證，甚至被派去拆除非法神祠、掩埋無主死尸等等，實際上已構成了地方基層公務中的必要環節。這與當時經濟發達地區的新增事務漸多、官衙職責日趨繁雜不無關係。至於鄉都役人的一般形象，若從這時期的鄉書手（鄉司、鄉典、鄉吏）之類的吏役性格已經明顯專業化，也就是專職鄉胥的"吏役"與來自民戶輪差的"職役"日漸分化、分離的事實來解析，應可更加切近實情。

第三節，透過對《名公書判清明集》典型案例的分類考察，來瞭解鄉都役法實際運作情形。特別是從"鼠尾流水法"、"倍役法"、"役事訴訟"與"官戶限田免役"等各項判例所反映的社會事實來看，無論是鄉村上戶或下戶都畏懼職役，避之唯恐不及。同時由於官戶限田過於寬鬆、冒用官稱現象泛濫，形勢大戶往往自差役中脫逸出來，中、下戶人家受差執的頻率爲之大增，愈至南宋晚期，情況愈趨嚴重。這是鄉都職役點差不均的一個死結。

結語部分則說明本文提供南宋鄉都役制若干補充之處，在於闡釋南宋役法通則與個別案例之間具有互爲參照的強化功能，但受所用資料的客觀限制，仍有它的局限性和尚待加強的地方。

一、南宋鄉都職役的主要特質

宋室南渡之後，朝廷相率檢討大亂的由來，君臣在傷痛之餘，竟多歸咎王安石變法敗壞人心，才招來了大災禍，因而紛紛非議募法，主張復行差役。但宋朝役制已隨時代推移而不斷演化，無法再回復到北宋差役的本來面目，由此乃逐漸演變成南宋特有的"鄉都職役"制度。筆者在多年前曾發表《論南宋鄉都職役之特質及其影響》一文，[1] 敘述鄉都職役的形成原因、重要特質，分析鄉都役人執行差役的輕重實況，並論及鄉都職役對南宋社會經濟生活所造成的若干影響。爲了避免繁複累贅，茲將鄉都職役的主要特質，簡要介紹如下：

（一）保伍幹部是南宋鄉都職役的受差主體

北宋新法中的"保甲制"與"募役法"原本互不相涉，然於演化過程中日漸摻雜混合，促成募役內容隨著變質，也致使南宋役法走向差募並行之途。

"保甲制"是熙寧新法的重要項目之一，其法係將稅戶皆納入

---

〔1〕 黃繁光《論南宋鄉都職役之特質及其影響》，見《宋史研究集》第16輯，臺北：國立編譯館，1986年，頁393～522。

"保"與"甲"兩種組織之中,前者聯比民戶爲保,以寄兵政;後者編結民戶成甲,以爲貸放青苗錢的作業區域。

"保"又稱爲"保伍",熙寧三年(1070)十二月,始行聯保之法於畿輔(其組織編制詳見《宋史·兵制》卷一四五《保甲篇》)。保伍的任務在於守望相助,稽察欺詐,緝捕盜賊,防制奸人等,其事皆屬民防保安的性質。熙寧六年(1073)起,"保伍制"推行於全國,依其任務重點不同,陸續發展出純任民防的"家保",保丁兼習武藝、協助兵防之責的"教閱保",以及三邊(河北、河東、陝西)諸路義勇所改稱的"義勇保甲"等。哲宗親政(1094)後,將每一都保的編制戶數,由原來的五百戶人家縮編爲二百五十戶,此後一直沿用到北宋末年。

"甲"則是以稅戶三十戶組合而成,每甲設有甲頭一名,差三等以上人戶輪充;或不分物力高低,由本甲各戶更迭擔任,負責本甲之內諸戶青苗錢的散斂工作。[2]

保伍的民防任務與職役中耆長、壯丁、弓手的逐捕盜賊、維持治安等性質相似;結甲區域內的甲頭,因有散斂青苗的任務,又與戶長催稅的性質相近;何況保伍法選出的保正長,必須是地方上主戶物力高强、富有幹力者擔任,常與應役戶交相重覆。爲圖省事方便,自熙寧新法時代起,法令許以保甲幹部兼操役事,使之逐捕盜賊、承受文引,催督賦稅。首先是甲頭的任務由斂放青苗錢擴及至夏秋稅賦與常平役苗的催討,其後則保正長,甲頭代役的項目和內容日益擴大;起初,保甲幹部是否兼代役人應出于自願,其後則强迫充任;原先規定兼代的人,可比照募役雇錢支領相當酬償,崇寧(1102～1106)之後非但刻剋雇錢不予,甚且抑勒執役人耗財賠費,完全違背了結合保甲與募役以期簡併民間勞役的原旨。自徽宗以降,在貪求近便的官僚惰性下,役制日漸變質,竟開啓南宋一面向民間征輸役錢、又不給酬償役使民戶等惡例的先河。

南宋保伍制是鄉村組織中最基層的一環,其標準編制爲:五家爲一小保,設一小保長,五小保即二十五家爲一大保,設一大保長;

---

〔2〕 林瑞翰《宋代保甲》,見《大陸雜誌》第20卷第7期,臺北,1960年,頁13～19。這篇文章對於宋代"保"、"甲"兩制已多所論叙,本文在這兩段有關保甲的叙述,多引用它作爲重要的參考。另參見周藤吉之《宋代鄉村制の變遷過程》,收入氏著《唐宋社會經濟史研究》,東京:東京大學出版會,1965年。

十大保即二百五十家爲一都保，設置保正副各一人，每一都保的保伍幹部包括保正副二人、大保長十人、小保長五十人，共計六十二人。戶數不足地區，則三小保亦可置大保長一人，五大保亦可置都保正一人；若仍不及三小保或五大保，則分別併入鄰近的大保或都保之內，爲其附庸。起先，這些保伍幹部兼代戶長催稅，法令上准許他們自由選擇去就，然而州縣官司執行的結果卻是强迫派任。孝宗乾道五年（1169），刑部侍郎汪大猷便已指出：

> 國家立保正之初，緣法中願兼者、（戶）長者聽，故數
> 十年來，承役之初，縣道必抑使兼充，不容避免。[3]

葉適在《水心文集》卷二九《義役跋》一文中，也指稱"保正不承引帖、催二稅，今州縣以例相驅，訶繫鞭撻，遂使差役不行，士民同苦。"保伍幹部的任期："在法大保長一年替，保正、小保長並二年替"，[4] 而保正副、大小保長任催稅戶長者，一稅一替，本稅期限內若有逋欠租稅，應由下一任兼職人戶續催，所以保正長的催稅期限，依法令規定只有半年。然因地方差役糾紛層出不窮，經常缺乏適當的鄉都役人可資替換，保伍人員的應役時間，便幾乎與保伍幹部的任期相始終了。

保伍職役的實例在文獻中記載甚多，爲求明晰簡要，今摘取各地例證一至二條，排列成表一，以資說明保伍職役制度遍及於南宋疆土的事實。

表一：南宋諸路實施保伍職役例證表

地　區	實施保伍職役例證	資料來源
淮南東路	諸州縣依例差保正副、大小保長擔任差役	《宋會要·食貨》六五《免役篇》，紹興三年（1133）二月二十六日條
淮南西路	安慶府差大小保長搬運糧草木材、起造亭館、迎送賓客	黃榦《勉齋集》卷二五《安慶府擬奏便民五事》
荊湖北路	諸州縣差保正長供役，舉凡排辦錢物、迎送官員、公移文書等，皆一一責辦	廖行之《省齋集》卷五《論迎送出郊科斂鄉保排辦錢物劄子》

---

〔3〕《宋會要輯稿》（臺北：新文豐出版公司出版，1976年。以下簡稱《宋會要》），《食貨》六五《免役篇》，頁6191下，乾道五年五月八日條。

〔4〕《宋會要·食貨》六六《免役篇》，頁6207下~6208上，嘉泰（1201~1204）□年九月十八日條《明堂赦文》。

續表

地　區	實施保伍職役例證	資料來源
兩浙路	台州臨海、黃岩、天台、仙居、寧海五縣差大保長催科 平江府長洲縣以大保長負責催督保內賦稅	陳耆卿《嘉定赤城志》卷一七，"吏役門鄉役人"條 《宋會要》，同前引篇，紹興五年(1135)十一月十八日條
江南東路	徽州歙縣遣保長赴廳當值，並遵依日期逐一催督各保租稅 諸州以保長入役擔任催稅者，多有破產逃亡	真德秀《真文忠公文集》，《政經徵科諸法》 《宋會要》，同前引篇，紹興三十一年(1161)正月二十三日條
江南西路	臨川縣民戶受差爲保正戶長催稅，多有貿田廬、鬻妻子，以供賠備者 江西差役弊害，實因長期驅使河甲役人兼代戶長催稅，以致中產之家破產相踵	黃榦，同前引書卷二四，《催科辦》 陳元晉《漁墅類稿》，《乞差甲首催科劄子》
四川諸路	潼川府中江縣、懷安軍金堂縣，舊例皆選保正長受差，欲望改差甲頭催稅 四川諸路例以保正戶長催稅，雖略有弊，四川制置使仍奏請不可輕言更改，以免轉生其他弊情	汪應辰《文定集》卷五《論罷戶長改差甲頭》 《宋會要》，同前引篇，乾道三年(1167)九月十九日條
福建路	浦城縣七十二都，每歲差保長144名，催督夏秋二稅 建寧府福、泉諸縣，例差保正副管理烟火盜賊、催科夏秋二稅，且保內事務不論巨細，亦皆令趨辦	《真文忠公文集》卷二九《福建罷差保長條令本末序》 《宋會要》，同前引篇，隆興二年(1164)六月一日條
廣南東路	潮州府海陽、潮陽、揭陽三縣催科，例遣民戶充保長，輪流執役	《永樂大典》卷五三四三《潮州府》引《三陽志》
廣南西路	靜江府將州縣雜務、公家科敷、縣官使令、監司迎送等差役，皆攤派給保伍人員趨辦	《宋會要》，同前引篇，紹興五年(1135)十二月八日條

　　由上表可知，江南諸路派遣保伍幹部受差入役，已是遍存的事實。它的演化過程大約自兩浙、江南東西等路首先發展成熟，各地相率加以仿效採行，其後便迅速普及于諸路州縣。如此一來，"保伍幹部"遂成爲"鄉都役人"的同義詞，這是南宋職役最爲無可奈何的特質之一。[5]

---

〔5〕　葉適對於保正長入役的情形，曾作過廣泛的實地調查，結果他發現江淮、閩浙、湖南、湖北等地民戶，都深患保伍職役之害，所以他沉痛地感嘆道："嗚呼！此有司之所宜陳者也。"事見氏著《水心文集》卷二九《跋義役》。

(二) 結甲制與保伍制交替入役

除保伍制之外,南宋又以税户三十家結成一甲,若户數在十户以上、不及三十户者,亦可編排爲一甲,每甲差"甲頭"(又稱"甲首")一人,負責催督本甲租税,是爲"結甲制"。"甲"原爲熙豐新法時期的青苗散斂區,至南宋成爲催税區域,而甲頭也變成南宋差役的法定役人。建炎(1127~1130)間,結甲制首行於廣南西路,其後陸續推廣至諸路州軍,終成爲南宋鄉都職役的兩大支柱之一。當時結甲職役所留下的資料極爲零散,今僅就《宋會要·食貨》之六五《免役篇》内所載各地首行結甲催税的概況,制成表二附列於下,以供參考。

表二: 南宋諸路首行結甲職役概要表

地 區	首行結甲職役概要	資料來源:《宋會要·食貨》六五《免役篇》各條
兩浙路	紹興初,將資産相近的人户三十家歸入同甲,以形勢户催理形勢户,平户催理平户。至淳熙十六年(1189)改行"流水甲首制"。	紹興五年(1135)十一月十八日條;又,陳耆卿《嘉定赤城志》卷一七《吏役門》,"鄉役人"條
江南東路 江南西路	紹興年間,以比鄰三十户合爲一甲,差甲内賦税最高者擔任甲頭,催理本甲夏秋二税	紹興三十一年(1161)正月二十三日條
潼川府路	乾道年間,廢保正長職役,改差甲頭催税	乾道三年(1167)九月十九日條
福建路	建炎年間,罷保正户長,改採三十户結甲制,以甲頭任催科	乾道五年(1169)九月十六日條
廣南東路	紹興五年,依兩浙路平江府甲頭制,將民户依産業厚薄區分爲上、中、下三等,團結三十户爲一甲,輪差甲頭催税	紹興五年(1135)十一月十八日條
廣南西路	建炎間,依熙豐法將村每三十户各編組爲一甲,每料差甲頭一名,催納夏秋租税免役等錢物	建炎四年(1130)八月二十一日條

"結甲制"將每三十户組合成一個單元,甲頭(甲首)的任期以一税一替爲度,每甲每歲須差二户充任,這是南宋全國共通的原則。然而各地催税甲頭的點派差用,在大同之中,尚有若干差異之處,兹歸納爲下列四種實施類型:

(1)不分税户物力之高下,由本甲各户更迭充差者,如廣南西路。

（2）僅差派三分之一的甲内上户,周而復始輪流充任者,如廣南東路。

（3）打破地理的接壤性，將上、下户分别编排成甲，俾使形勢户催理形勢户，平户催理平户者，如兩浙路。

（4）以比鄰相近三十户結爲一甲，本季賦税已缴納足額的人户，得獲出甲；而甲頭則由欠税最多人户擔任者，如江南東路。

淳熙十六年（1189），袁説友將江東差派欠税人户充當甲頭的方式加以改良，創行“流水甲首制”，實行於兩浙路台州五縣鄉都。[6] 其内容含有鼓勵自動輸納租賦的獎懲作用，限期之内自行輸納了畢的税户得先出甲，不必再參與職役責任的承擔；而展期拖欠的人户，遲早必須充任甲首。差役職責判别分明，鄉都催税的程序因得簡化，是以能獲得甲内税户的配合，效果日見彰著。其法後來居上，遍行于浙東地區。甚至寧宗時代，江西路復行甲頭制時，也標舉“流水甲首制”作爲榜樣。[7]

南宋差派保伍幹部承擔租賦催督、宫府使令，監司迎送等諸般雜務，在本質上即非可行之久遠的建制，當保正長力不勝役、破産相踵時，結甲制又成爲保伍職役的暫代品，《宋會要·食貨》六六《免役篇》，紹興元年（1131）正月一日條,“德音”:

> 東南州縣比緣差保正副代户長催税，力不勝役，抑以
> 代納，多致破産，已降指揮罷催税户長，依熙豐法以鄉村
> 三十户差甲頭一名催納，以紓民力。

又，同上引書，紹興五年（1135）十一月十八日條，載兩浙路平江府長洲縣丞吕希常奏陳:

> 大保長催科，一保之内，豈能親至! 逮其過限，催促
> 不前，則枷錮、棰栲、監繫、破産。乞改用甲頭。

然而自二百五十户中精挑出來的保正副,尚且不耐煩重的差役,何況選自三十户的甲頭? 結甲制亦非長久之計,實不待煩言。甲頭的物力普遍較保正長微薄,經不起累累賠費代價;甲頭門户低微,無法與形勢豪族分庭抗禮,拖欠抵賴的弊端,屢見不鮮,以致催科不行。無名之賦,盡勒代輸,甲頭破家蕩産之害,尤烈於保正長。以甲頭制自豪的廣

---

〔6〕 陳耆卿《嘉定赤城志》卷一七《吏役門》,“保正長”條,《宋元地方志叢書》第
  11 册,臺北:中國地志研究會,1978 年,頁 7204 下。
〔7〕 陳元晉《漁墅類稿》卷一《乞差甲首催科劄子》。

南西路,甫經七年,即感窒礙難行。[8] 因此"保伍職役"固非良法美意,"結甲職役"尤爲時人所訴病,如乾道三年(1167),潼川府路保正戶長催科不行,倡議改行結甲制,四川制置使兼知成都府汪應辰期期以爲不可,他分析保正戶長雖有七弊,但當積極設法改善,絕不可差遣戶等較低的甲頭入役,否則執役農民勢必奔走道路,歲無虛日了。[9]

事實上,南宋職役只有在這兩者之間——或抑勒保正長充役,或輪差甲頭催稅——往返徘徊著,[10] 最多是作兩害取其輕的權衡罷了。今據梁克家《淳熙三山志》卷一四《版籍類五》"州縣役人"條所載資料,[11] 可了解福建路福州府所轄十二縣的執役人員實況,茲表列如下所示:

表三:南宋福州府十二縣鄉都職役實際執役人交替表

年　代	保甲實際執役人概要
北宋末年	雇大保長催稅,給雇值;其保正長不願就雇者,仍依舊法募稅戶充者長、戶長、壯丁入役
建炎元年(1127)	罷保正長催稅,團結三十戶爲一甲,差遣甲頭充差
紹興七年(1137)	復令大保長仍舊擔任催科職役
紹興九年(1139)	令保正長專管烟火盜賊,不得承受文帖及課輸事
紹興十年(1140)	復令保正長充職役;以者戶長雇錢充總制窠名
紹興十一年(1141)	同上。復以壯丁雇錢充總制窠名;保正長完全變質爲受差人員
紹興三十一年(1161)	罷保正長法,復令甲頭催甲內賦稅
乾道二年(1166)	罷結甲制,恢復保正長執役
乾道四年(1168)	再廢保正長法,復差遣甲頭催稅
乾道八年(1172)	再罷結甲制,恢復保正長執役
乾道八年至淳熙十六年(1172~1189)	募者長、壯丁爲投名代役;其招募不足之處,則仍差稅戶爲保正長充役

〔8〕《宋會要·食貨》六五《免役篇》,頁6185上,紹興十三年(1143)十月二十四日條。

〔9〕汪應辰《文定集》卷五《論罷戶長改派甲頭疏》。

〔10〕漆俠《宋代經濟史》第11章《宋封建國家的賦役制度(下)》,上海:上海人民出版社,1987年,頁486~487。

〔11〕《宋元方志叢書》第12冊,臺北:中國地志研究會印行,1978年,頁7741~7746。福州府所轄十二縣爲:閩縣、侯官、懷安、福清、長溪、古田、連江、長樂、永福、閩清、羅源、寧德等縣。

由保伍制與結甲制交替入役的事實可知，官府已完全責成保甲人員擔任鄉都職役，可說是南宋役制中最基要的特質。

（三）民户所納役錢無助於役事的運作

南宋役法名義上雖由募役改爲差役，卻依舊徵收免役錢。

宋室南渡後，君臣雖然多反對募法，主張復行差役，卻因連年對外用兵，軍費浩繁，而疆土已喪失大半，税收鋭減，以致財政支應極感拮据，遂決定繼續徵收免役錢。朝廷採取"差募並用"的決策過程，有一幕典型的"君臣唱和"式對話，頗爲精彩，常被學者所引用：[12]

> 趙鼎奏："祖宗差役最是良法，所差既是等第人户，必自
> 愛惜，豈有擾民？王安石但見差衙前一事，州縣舉行失當，盡
> 變祖宗舊法，民始不勝其擾。"上曰："安石行法，大抵學商鞅
> 耳，鞅之法流入於刻，而其身不免於禍，自安石變法，天下紛
> 然。但免役之法行之既久，不可驟變耳。"[13]

高宗顯然反對新法及募役，但爲應付眼前需用，便以"行之既久，不可驟變"爲理由，打算照舊徵收，臣僚承順風旨，立刻上奏乞行拘收役錢。《宋會要·食貨》六六《免役篇》紹興六年（1136）正月十八日條：

> 臣僚言：州縣保正副未肯請雇錢，並典吏雇錢亦不曾給，
> 乞行拘收。户部看詳：州縣典吏雇錢若不支給，竊恐無以責
> 其養廉，難以施行外，其鄉村耆户長依法係保正長輪差，所謂
> 雇錢往往不行支給，委是合行拘收。乞下諸路常平司將紹興
> 五年分，州縣所收雇錢，依經制錢條例，分季起發赴行在送
> 納，如敢有隱匿侵用，並依擅支上供錢物法。從之。

在朝廷君臣唱和下，雇募役人的錢一一解送中央府庫，移充軍費之用。自從紹興五年（1135）閏二月，參知政事孟庾創立總制錢以後，各項役錢皆次第隸屬總制司竂名。民户所繳納的免役錢，諸路州縣難得支用分文於役事之上，保甲制中的保正長、甲頭，遂淪爲無薪給的差役義務人員。[14]

---

〔12〕 王德毅《南宋役法的研究》抽印本，《中國歷史學會集刊》第 6 期，臺北：1974
　　　年，頁 4～5；漆俠《南宋從差募並用到義役的演變》，《歷史論叢》第 5 輯，濟
　　　南：齊魯書社，1985 年，頁 153～154。
〔13〕《宋會要·食貨》六六《免役篇》，頁 6131 下，紹興五年（1135）正月六日條。
〔14〕 參閱聶崇岐《宋役法述》，《燕京學報》33 期，頁 195～270；王德毅《南宋役法的
　　　研究》，頁 8～9。

　　兩宋向民戶所徵收的役錢，如何次第脫離職役而歸入總制窠名的經過，陳傅良曾作深入的分析。今據《止齋文集》卷二一《轉對論役法劄子》一文，整理出表四以便說明：

表四：諸色役錢拘入總制窠名過程表

編號	役錢名目	拘入總制窠名之經過
一	戶長雇錢	熙寧五年(1072)，罷募戶長，十年(1077)，以其雇錢別項樁管，紹聖三年(1096)，再雇戶長，建中靖國元年(1101)，再樁管。紹興元年(1131)發起，十年(1140)九月拘收入總制窠名
二	壯丁雇錢	熙寧七年(1074)，罷募壯丁，十年(1077)，以其雇錢別項樁管，紹興十二年(1142)十月，拘入總制窠名
三	耆長雇錢	熙寧八年(1075)，罷募耆長，十年(1077)以其雇錢別項樁管。紹興五年(1135)起發，九年(1139)罷，十年(1140)九月，拘收入總制窠名
四	三分弓手錢	建炎元年(1127)，增置弓手，二年(1128)，民戶役錢更增三分以贍，三年(1129)罷，紹興五年(1135)三月，拘入總制窠名
五	一分寬剩錢	紹聖二年（1095）封樁，四年(1097)罷，政和三年(1113)再封樁。紹興五年(1135)起發，九年(1139)罷，十年(1140)六月，拘入總制窠名
六	虞候重祿錢	宣和三年(1121)，陳亨伯上奏罷支虞候重祿錢，五年(1123)，拘收充糴本。乾道四年(1168)，拘入總制窠名起發。
七	諸州曹官當直散從官雇錢	宣和五年(1123)，拘收充糴本。乾道時歸入總制窠名
八	學事司人吏雇錢	宣和五年(1123)，拘收充糴本。乾道時歸入總制窠名
九	官戶不減半役錢	建炎二年(1128)起催，紹興五年(1135)起發，乾道二年(1166)六月拘收，依總制解赴南庫
十	在京吏祿錢	政和元年(1111)，每路量添五百貫，其後令別項起發，拘入總制窠名
十一	在京官員雇人錢	紹聖元年(1094)，立一萬貫爲額，於十四路起發，政和四年(1114)，每路量添三百貫。南渡後，亦令別項起發，拘入總制窠名

　　由上表可知，朝廷爲節省役錢開支而剋扣役人雇值，俾封樁以挪用他處的事體，自北宋新法時期已首開其端，至紹興、乾道之交乃集其大成，諸色役錢悉數拘入總制窠名。李心傳《建炎以來朝野

雜記甲集》卷一五《財賦》二 "常平苗役之制" 條云：

> 建炎四年（1130），廣西漕司請罷戶長，而用熙豐法，
> 每三十戶逐料輪甲頭催租。紹興初，遂盡取其庸錢隸提刑
> 司，既而言者以差甲頭不便者五，乃不復行，而耆戶長雇
> 錢因不復給。五年（1135）詔其錢分季起發赴行在，後遂
> 爲總制窠名焉。

朝廷爲了加強聚斂各色役錢，曾假借種種名義，來加重官民戶的科
徵。如南渡之初，兵力薄弱，內有盜賊外有強敵，爲求安內攘外，
乃在各州招置弓手，以充實防衛力量，惟以當時財賦拮据，缺乏固
定的稅源來支付這項新費用，遂 "增天下役錢以爲新法弓手之
費"，[15] 所增添的役錢以 "官戶不減半役錢"、"民戶三分弓手錢"
爲最大宗。[16]《宋會要·食貨》六六《免役篇》建炎二年（1128）
五月二十七日條，臣僚言：

> 官戶役錢舊來比民戶減半，今來招置弓手，以禦暴防
> 患，官戶所賴尤重。欲令官戶役錢更不減半，而民戶比舊
> 役錢量增三分，專椿管以助養給。從之。[17]

南渡君臣爲應付各方面的危急，不惜取辦臨時，乃以理財爲首要之
務。建炎初年，仿宣和經制司之法，於兩浙、江東西、福建、廣南
東西諸路徵收經制錢。至紹興五年（1135），擴大經制司範圍，創立
總制司，作爲軍事期間掌理財政的臨時機構，大起各色錢以歸之，
藉以充裕經費。此後，諸色役錢遂全部拘入總制錢窠名，悉數解送
中央，成爲南宋正式稅目之一。《永樂大典》卷五四三四《潮州府》
引《三陽圖志》"稅賦條" 云："州之賦稅：産戶曰苗米、曰産錢、
曰二科役錢、曰七鹽錢。" 又，謝深甫《慶元條法事類》卷三
〇《財用門》一 "經總制敕令格式申明旁照法" 條，規定各路提點
刑獄司，供申本路諸州每季實收總制錢物文賬簿本上，必須逐條登
錄科斂所得的各色錢，其中屬於役錢的項目計有下列五款：[18]

---

〔15〕《皇宋中興兩朝聖政》卷三，建炎二年（1128）五月庚戌條。

〔16〕 漆俠《南宋從差募並用到義役的演變》，頁 153~154。

〔17〕 李心傳《建炎以來朝野雜記甲集》卷一五《財賦》二 "常平苗役之制" 條所載內
容同此。

〔18〕 謝深甫《慶元條法事類》卷三〇《財用門》一 "經總制敕令格式申明旁照法" 條，
臺北：新文豐出版公司，1976 年，頁 309~310。

　一、免役一分寬剩錢

　一、耆戶長雇錢

　一、壯丁雇錢

　一、民戶增三分役錢

　一、官戶不減半役錢

南宋役錢既成國家稅入的一個正式項目，則不屬于推動役事的固定經費，遂與職役不發生任何關聯。南渡之初，固然由於軍費浩鉅，使朝廷窮于應付，乃不得不挪移役事的經費。惟當大局安定之後，戰事因議和已得休止，朝廷竟仍繼續剝奪役錢的正當用途，因而官府一面年年向民戶科斂役錢，一面又要派遣他們勞動執役，這才逼出了强差保甲幹部的鄉都職役。南宋役制的特質，從這個角度來體認，可獲得較爲深刻的印象。

　綜觀南宋職役的沉重負擔長期累積下來對於社會民間所產生的弊害，最顯著的有二方面，那就是"妨害農業生產"和"破蕩農民家產"：

　1. 妨害農業生產，抵消了農人耕作改良的企圖和努力。

　南宋疆域適處於亞洲東南部的稻穀盛產區內，大部分人口仰賴稻米爲主要糧食，農忙季節的生產工作，必須動用大量勞力，故家家戶戶的成年男子，莫不將全力投注于田畝之中，甚至連婦女，兒童也經常下田幫忙。農家雖爲耕耘種植付出了極大的勞動代價，但其生產所得，在償債、繳納租賦之餘，往往所剩無幾。爲求維持全家的溫飽，他們不得不兼事多種副業，例如稻穀以外的桑、麻、粟、豆、蔬菜等雜作的栽培，牛、豕、鷄、鴨、鵝等家畜家禽的豢養，以及婦女所兼營的績紡縫製，或者利用農閑期間，涉水捕捉魚蝦水產、外出從事傭工或販運等雜工，以補貼家計。因此，一年四季之內，農民全都異常勞碌辛苦。[19]

　因勞動力是鄉戶賴以生存的寶貴資源，而沉重的職役卻長期消耗鄉都役人的大量勞力，以致嚴重妨害農事耕作的正常經營。以結甲催稅爲例，每年夏秋兩料各輪差甲頭一名，催督甲內三十戶人家

---

〔19〕　有關南宋農家勞力的運用情況，本文參考梁庚堯《南宋的農村經濟》第三章《南宋的農家勞力與農業資本》第一節《南宋農家勞力的運用》，臺北：聯經出版事業公司，1985 年，頁 153～170。

的賦稅，二稅二季各有三限，合計六限，此外，又有緩期展限，或有名色甚夥的雜變科捐各具程限，因此，舊租與新稅交相重疊，首尾銜接，應役人戶在一年十二個月之內，幾乎無日不在催稅。而長年受拘于官府的役人，被迫疏離畎畝，實無法致力稼穡，所以合鄉都州縣的甲頭統而計之，則農業人工的損失，至爲驚人。若換成負責二百五十家賦稅的保正副，同樣是疲于奔命，何況催理賦租之外，還有諸般非泛勞務操作，更加摧擊了農戶的生計之本。

> 田家夏耘秋收，人各自力，不給則多方召雇，鮮有應者。
>
> 今甲頭當農忙，一人出外催科，一人負擔齎糧，叫呼趨走，縱能應辦官司，亦失一歲之計。以一都計之，則廢農業者六十人，自一縣一路以往，則數十家不得服田力稼矣！[20]

施用精耕法的地區，如江、浙、閩、蜀等地，多屬田狹人稠的農村，農業生產所必需的連續性密集勞作，往往遭受差役的干擾，而兩淮、京西、湖北、兩廣等地役戶，其勞力被官司佔用的情況亦相仿佛。紹興初年，廣西路靜江府胡舜陟言：

> 凡州縣徭役、公家科斂，縣官使令、監司迎送，皆責辦于都保之中，故民當（保）正副，必破其家，大小保長日被追呼，廢其農業。[21]

農家的時間既然長期被職役所消耗，而他們的勞動力又被官府大量佔用，即使朝廷再三申令州縣政府致力勸農，效果依然不彰。

2. 招致破家蕩產的慘狀，削弱了社會基層結構的穩定。

農民的習性素來固守田畝，安土重遷，他們之所以不得安居田里的緣故，職役繁重實爲主要因素之一。樓鑰《攻媿集》卷二六《論役法》有云：

> 臣竊惟州縣之事，其切于民者莫大于役法，其害于民者亦莫大于役法，役法不明，民受其害。仰惟陛下愛民如子，罷行利害唯恐不及，而猶有未安田里者，蓋役法有以害之。

南宋役戶長期困於煩重的勞力供輸，自家生計已極度艱難，又

---

〔20〕《宋會要·食貨》六五《免役篇》，頁6181上，紹興元年（1131）九月十三日條，臣僚奏言。

〔21〕《宋會要·食貨》六五《免役篇》，頁6183下，紹興五年（1135）十二月八日條。

需滿足官吏的多方需索，不免瀕臨破蕩家產的命運，如保正長受差
"催夏稅，則先期借絹，催秋稅，則先期借米，坍溪落江之田，逃亡
死絕之戶，又令填納。"（《文獻通考》卷一三《職役》二）因此，
馬端臨沉痛地指出："若夫一承職役，羈身官府，則左支右吾，盡所
取辦，傾困倒廩，不足賠償，役未滿而家已罄。"（同上引書）從高
宗紹興時期開始，執政者也承認差役致使保正副、大小保長破產的
事體，相繼不絕，"深可矜恤"，這已是無可掩飾的普遍事實了。今
舉兩條朝廷"赦文"以資説明：

> 今兩浙，江南等路諸縣，並不雇募耆、壯、戶長，卻差保正
> 副、大保長幹辦，又有責令在縣祇候差使者，緣此保正副、大
> 小保長費用不資，每當一次，往往破蕩家業[22]。

> （兩淮）州縣保長催稅，官司常以比較爲名，勾集赴縣
> 科禁，人吏因而乞取錢物，有致破產者[23]。

甲頭的戶等、物力遠遜于保正長，保正長應差催稅，猶且力不
勝役，甲頭的境遇只有更爲凄慘了。紹興時代的臣僚已屢有言及：

> 保長多有慣熟官司人，鄉村亦頗畏之，然猶有日至其
> 門而不肯輸納者。今甲頭皆耕夫，豈能與形勢之家、奸猾
> 之戶立敵，而能曲折自伸於官私哉！方呼追之急，破產填
> 備，勢所必然[24]。

> 今置甲頭則不問物力，雖至窮下之家，但有二丁則以
> 一丁催科，既力所不辦，又無以償補，類皆賣鬻子女，狼
> 狽於道[25]。

保甲役人破產後，役事未必即了，爲避免繼續遭受追呼之苦，
貧弱農戶不得已而有拋棄廬舍，逃亡他去者。南宋中期以後，這種
現象漸形嚴重。慶元五年（1199），右諫議大夫張奎言：保甲役人
"率是五等乏小民，（往往）賣產陪償，賣產不足則有逃徙而去爾。"[26]
破產逃移的民戶增多，則稅戶日漸減少，而遺留下來的逃絕稅額，
反倒增累起來，催稅任務更難擔當，致使鄉里爲之不安。其他較殷

〔22〕《宋會要·食貨》六五《免役篇》，頁6182上，紹興三年九月十五日條明堂赦文。
〔23〕《宋會要·食貨》六五《免役篇》，頁6185上，紹興九年正月五日條明堂赦文。
〔24〕《宋會要·食貨》六五《免役篇》，頁6181上，紹興元年九月十二日條。
〔25〕同注〔22〕。
〔26〕《宋會要·食貨》六六《免役篇》，頁6207下，慶元五年二月二十一日條。

實的中上人户各自計謀，莫不多方設法，規避推諉，甚或傾身力爭，遂授予胥吏播弄的機會，職役的點差派遣，往往轉變成是非難辨的役法訴訟之爭。後者留待討論《名公書判清明集》的具體個案時，再作詳細的分析。

二、鄉都役人的角色與形象

（一）《名公書判清明集》中所呈現的役人角色

南宋應役民的法定職掌，一言以蔽之，惟在"催督賦税"而已。若由保甲幹部兼任役人，則另需負起民防保安之責，即警備本身所在鄉都的烟火盗賊諸事。然因役制的變質與税務行政的不健全等因素，遂使民户的額外負擔，反重於役事本身的責任。紹興後期，國子監正張恢已曾上奏朝廷，請求嚴行戒戢驅使役户承受文引、修飾官衙，備辦膳食、採購土産等份外勞務，然並未見效。紹興三十一年（1161），江南東路轉運副使魏安行，再次言及役户的勞累情形云：[27]

> 既使之督税賦矣，又使之承受文判；既使之治道路矣，又使之供雇船脚；既使之飾傳舍矣，又使之應辦食用；役使既同于走卒，費耗又竭其家資，民不堪命而官吏晏然為之。

總合南宋各地鄉都役人所操持的勞務項目，除了"催督賦税"與"警備烟火盗賊"之外，在公務上又需承受文引，替官司檢驗體究之事，收集證據、排備法物；在營建製作方面需要整治道路、維護橋梁、修葺鋪驛，營繕官宇、製造器用；在交通運輸方面需要供雇船脚、搬運糧草竹木；在官宦排場上則需聽候使唤、擡擎荷轎、迎送官吏賓客往返；在庶務勞作方面還需參予賑糶、抱佃寬剩、採購土産、備辦飲宴食用；此外，又要承擔透漏禁物、捕獲出限的責罰，及弓兵月巡、追呼召集等等諸般騷擾。勞力的支使可謂漫無止境，幾乎將官私有雜務，事無巨細，全都推給役户的雙肩來挑擔。[28]

《名公書判清明集》（以下簡稱《清明集》）所顯示的鄉都役人

---

〔27〕 《宋會要・食貨》六五《免役篇》，頁 6187 下 ~6188 上，紹興二十九年七月二日條；同前引書，頁 6188 下，紹興三十一年正月二十七日條。

〔28〕 參見拙著《論南宋鄉都職役之特質及其影響》，五之一《執役人户的額外負擔》，頁 483~489。

職責，同樣以"催督賦稅"爲首要義務，如署名"葉提刑"者所言："國家憲（典）用保長催稅苗"，[29] 或如劉克莊開宗明義地宣稱："通天下使都保耆長催科，豈有須用吏卒之理!"[30] 但有關鄉都役人執行催理官物的正常程序或經過情形，當時可能視爲理所當然的事情，因此在各篇書判內容裏，幾乎不曾被提及。惟當州縣不依役法差遣時，才會出現上級官司的糾正命令。如上引江東提刑使劉克莊申令催科賦稅須用保甲役人，不許另差吏卒下鄉騷擾，因"苗、絹失陷，緣人户規避和糴，飛走產錢之故，今不核版籍、併產稅，整理失陷，而歸咎於不（差）專人，豈不與近日朝廷詔旨、臺諫申請背馳乎?"[31] 又或在保正長奔走催科之際，遭受非理拘押杖責、代納逋欠賦稅時，有心的長吏才有通令禁止的文告。[32]

役人的催稅任務在南宋各地較屬大同小異，而其他勞務操作，則因地區分佈或資料性質的不同，呈顯出相當差異。《清明集》一書所輯的文章，大多是南宋中晚期審理訴訟法案的判詞，另加少部分的官府公文，因此，役人的角色集中在司法審判工作上的雜務勞動。如鄉曲百姓有因細故利害發生爭執，保正長當出面勸戒排解，與現今的地方調解委員會功能相似;[33] 境內若發生命案，保正應即報官，遇有身死無後人者，亦需協助備辦棺木掩埋;[34] 又如官司判決取締神棍、拆除淫祠，輒差保正與弓手前往處理。[35]

官司審案傳訊之際，保正負有通知、催促當事人出庭應訊（出官）的義務;[36] 審理中的刑案，須再收集據證，或待呈報上級時，部分涉案人（或關係人）且"押下本保知管",[37] 形同限制在家居

---

〔29〕 某福建人輯《名公書判清明集》（北京：中華書局點校本，1987 年；以下簡稱《清明集》）卷三《賦役門》，頁 67，"不許差兵卒下及禁獄羅織"。

〔30〕 同上《清明集》卷三《賦役門》，頁 66，"州縣催科不許專人"。

〔31〕 同上注。

〔32〕 《清明集》卷一《官吏門》，頁 12，"勸諭事件於後"；頁 34，"禁戢巡檢帶寨兵下鄉催科等事"。

〔33〕 同上注，頁 27，"細故不應牒官差人承牒官不應便自親出"。

〔34〕 《清明集·附錄三》，頁 630～631，"鉛山縣禁勸裴五四等爲賴信溺死事"，本條官司指出縣內河渡口有人溺死，都保當申未申；同書卷一三，《懲惡門》，頁 508，"以叔身死不明誣賴"，本條言乞丐曾三餓死，無後人辦喪事，官司著縣吏會同鄰保安葬。

〔35〕 《清明集》卷一四《懲惡門》，頁 543～544，"計囑勿毀淫祠共爲奸利"。

〔36〕 《清明集·附錄二》，頁 601～602，"龔儀久追不出"。

〔37〕 《清明集·附錄二》，頁 569～571，"危教授論熊祥停盗"。

住候傳，這一來保正長似乎也有看管的連帶責任。都保役人除了承
受文判、供刑案官吏驅使奔走之外，附帶的民事處置也得出面協助。
如"危教授論熊祥停盜"一案，即是寄居官户危教授誣告熊祥窩藏
盜匪，危教授又動用關係，計囑尉司弓手將訴訟對手熊祥等人勾追
在官，有霸佔其農產秋收的意圖，縣令因"見今大禾成熟"，乃奉判
派公差二人會"同保監收割"。[38]

　　從若干書判看來，有些審判官對在地保正的證辭相當重視。例
如江東提刑使蔡杭所判"引試"一案中，有名叫毛德者，因案押在
饒州德興縣白沙寨，拘鎖期滿，白沙寨差押人董喜解送赴司途中，
毛德病死，縣府追究董喜有否私刑致死的惡行，結果縣令採信地頭
保正的言詞，確認在毛德起解前已患傷寒重病，董喜並無凌虐犯人
情事，蔡杭也認可德興縣衙對保正的採證，只以延誤送醫的罪名，
將董喜從輕責罰。[39] 又如衢州西安縣有鄭應龍者，自稱官户，進出
縣門打探公事，專以把持訴訟爲生，擾害地方，知縣翁甫採擇當地
保正、隅官的指證，將訟棍鄭應龍繩之以法。[40]

　　《清明集》所收書判的案發審理地點，"不出兩浙、福建，江南
西路、江南東路、荊湖南北路及廣南西路（後者只有少數）的範圍。
除四川外，包括了南宋經濟最發達的地區。"[41] 這些生產力較爲先
進的地方，農工商業活潑，土地田產交易頻繁，因此田業的糾紛與
爭訟也爲之大增。官司面對糾葛纏訟的產業爭奪，常須召喚保正長
共同前往會勘，查驗山林分野、田土疆界，或指明墓地所在位置、
指認墓主所屬何人，或遇分析祖產立户發生爭執時，也會要求保長
具申所知實情，作爲判斷的佐證。[42] 由此可知，在整個司法流程
中，無論是作爲證人、證詞，提供相關實情或證物，催促當事人按
時出庭應訊，或協助執行部分判決事項等等雜務，鄉都役人可謂扮
演著不可或缺的小配角。

[38] 《清明集·附錄二》，頁572。
[39] 《清明集》卷一一《人品門》，頁402~404，"引試"。
[40] 《清明集》卷一二《懲惡門》，頁474，"專事把持欺公冒法"。
[41] 陳智超《宋史研究的珍貴史料——明刻本〈名公書判清明集〉介紹》，北京：中華
　　書局點校本《名公書判清明集·附錄七》，685頁。
[42] 《清明集》卷九《户婚門》，頁325~327，"主佃爭墓地"；卷四《户婚門》，"繆漸
　　三户訴祖產業"，頁105~106。其他零碎資料散見各處。

（二）鄉都役人的一般形象

南宋鄉都職役與"吏役"有許多衍生的關係，特別是保正長由鄉村上戶來充任時，因具有"形勢戶"的成分，是鄉村的統治階級之一。[43] 他們若爲非作歹，也會成爲鄉間的禍患。在《清明集》中出現的鄉都役人，不免有這些負面的形象。如上文所述，保正長的言辭或文字，既具有法律上的部分證據力，以致被用來作僞證，例如劉克莊的"爭山妄指界至"判文中指出，建陽豪富俞行父爲奪取小民山地，不惜假造買賣記錄，安排人頭取得大保長出具的憑由，俞行父得以僞作田業上手干照，企圖蒙混官司；[44] 或形勢官戶爲訛詐磚瓦買賣，則藉公權力動用弓手、保正出面威迫衆窯戶以賤價交貨等。[45] 這是保正役人被地方豪橫所利用的情形。

保正役人本身亦有違法營私的弊情，如署名"彭倉方"的一篇判詞裏，官司追究建陽縣開福寺物業遭篡佃一事，發現早在乾道四年（1168），就"有保正劉時發者，將本院常住作絕產請佃"，理應追還保正篡佃田土。[46] 另有岳州"鄭河以保正而私買乳香，又且低價收買，知情受贓，本州從杖罪編管，不可謂之曲斷"，[47] 保正鄭河既走私違禁品牟利，還企圖假借士人身份掩護，可謂狡獪之至。輪充鄉都役人的形勢上戶得免親身執役，他們"卻募破落過犯人代役，在鄉騷擾"，[48] 往往成爲村里的蠹蟲。

然而檢視《清明集》中的相關資料，上列鄉都役人的惡形惡狀，亦即形勢上戶的武斷鄉曲以自肥，中下人家的甘受利用、爲虎作倀等例子，在書中實不多見；反倒是常發現役人遭官吏、豪強苛擾欺壓的情狀。如理宗紹定五年（1232），真德秀再度知泉州時，他所榜示的"勸諭事件於後"文告內容裏，歷數保正長役人的處境云：

> 一昨來節次約束，遞年逃閣之數當與除豁，不許勒令

〔43〕 王曾瑜《宋朝的吏戶》，《新史學》4 卷 1 期，臺北：1993 年，頁 44。作者指出北宋王安石推行免役法後，"在鄉役方面，因用保甲制取代原來的耆、戶長制，故保正和保長基本上仍是輪差。鄉村上戶充任保正和保長，仍佔一個很大比例，他們在服役期間當然也算形勢戶。"

〔44〕 《清明集》卷五《戶婚門》，頁 157～159，"爭山妄指界至"。

〔45〕 《清明集‧附錄二》，頁 586～587，"窯戶楊三十四等論謝知府宅强買磚瓦"。

〔46〕 《清明集》卷一一《人品門》，頁 407～409，"客僧妄訴開福絕院"。

〔47〕 《清明集》卷二《官吏門》，頁 46～47，"鬻爵人犯罪不應給還原告"。

〔48〕 《清明集》卷一《官吏門》，頁 15，"勸諭事件於後：禁苛擾"。

保長代輸……今來訪聞諸縣於前數弊，色色有之，人戶不
勝其苦，爲保長者尤所不堪，甚至保正、副本非催科之人，
亦勒令代納，違法害民，莫此爲甚……[49]

　　一昨嘗約束，保正、長以編民執役，官司所宜存恤。訪聞
諸縣知、佐科率多端，公吏取乞尤甚，致令破蕩財産。自今除
本役外，不許妄有苛擾。其初參、得替繳引展限之需；官員到
任，滿替供應陪備之費，並與除免。今聞諸縣楯習前弊，又復
甚焉，非當管幹公事，勒令管幹；不當令出錢者，勒令出錢，其
害不可勝計。由此畏避，不肯充承，寧賂吏輩求免，是致都分
有無保正去處。仰知、佐諸廳自今於保正、長等人，務加寬
恤，除烟火盜賊及合受文引外，不稍有苛擾。……[50]

鄉都役人的催稅重擔，是無可脫逃的義務。保正長在執役之際，
最怕催理不動的拖欠賦稅，至期限屆滿亦難以了結，一則有勒令代
納填賠的無底漏洞，再則有遭官衙杖責拘押的苦患，[51] 在《頑戶抵
負國稅賦》這篇判詞中，胡穎指斥一名形勢大戶趙桂，長年抵賴官
稅不納，拖累催稅役人受罪：

　　保正、戶長前後爲催爾等稅錢不到，不知是受了幾多
荊杖，陪了幾多錢財，若爾等今日祇恁清脫而去，略不傷
及毫毛，則非唯奸民得計，國賦益虧，而保正，戶長亦不
得吐氣矣！"[52]

不過像胡穎這樣肯體究執役艱難、懲戒抗稅頑戶，以紓緩保正長鬱
積的地方長吏，並不多見，而役人前往催納官物之際，被地方豪橫
仗勢詐取財物者，則不乏可見。[53] 役人在執行任務時，遭地方豪強
的刁難、勒索，雖極可惡猶有可説，當劉克莊巡視江東路地區，進
入信州弋陽縣境時，遇有基層人員投訴：

　　都保役人又論縣道勒納預借，謂如五年田方夏秋米已交足，
又借及六年之米，剝下如此，所不忍聞。……如預借稅色，既不
具戶眼，止據吏貼敷秤數目，抑勒都保，必如數催到，錢物或歸官

〔49〕《清明集》卷一《官吏門》，頁12，"勸諭事件於後：禁苛擾"。
〔50〕《清明集》卷一《官吏門》，頁15，"勸諭事件於後：禁苛擾"。
〔51〕《清明集》卷一《官吏門》，頁34，"禁戢巡檢帶寨兵下鄉催科等事"。
〔52〕《清明集》卷三《賦役門》，頁67，"頑戶抵負稅賦"。
〔53〕《清明集》卷一二《懲惡門》，頁453，"豪橫"。

庫,或歸吏手,亦何所稽考？爲百姓與都保者,不亦苦哉！[54]

　　保甲役人是南宋龐大統治體系的尾閭末梢,民户依法受差服勞務之外,還得忍受來自各方的重重壓迫。[55] 綜觀南宋時期執役艱難的現實背景,諸如：朝廷索財孔急、監司催逼嚴峻、州縣用度匱乏、税務行政窳陋,以及推割不審、推排失實等因素,再加上吏治隳壞的弊害,不難體會鄉都役人實暴露在惡劣的工作環境裏,容易遭人剥削。難怪馬端臨深嘆南宋的“職役”,已淪爲人人厭惡、家家畏懼的“賤役”。[56]

　　北宋初期的“職役”——如衙前等類役人——經過了二百年的演變,到了南宋中晚期的鄉都役人,鄉村中、下户受差入役的比率日見增多以後,已與“吏役”的性格漸行漸遠。而“吏户”作爲南宋地方社會的統治階級之一,經常結交官府鑽營田地兼併、隱産逃税的勾當,從事貪污、勒索的惡行,欺壓鄉村善良百姓,禍害鄉里,有如地頭蛇一般。[57] 考察南宋中後期的鄉都役人執行勞役的普遍困境,顯現上述凶惡形象的役人應屬少數上户或大地主而已。

　　《慶元條法事類》對“形勢户”的解釋,固然將“保正”、“户長”也包含在内,而定義爲：“謂見充州縣及按察官司吏人、書手、保正、其（耆）、户長之類,並品官之家,非貧弱者。”[58] 但應注意中、下户輪差執役者,愈來愈多,[59] 而且並非所有的保正長都是現役役人,何況南宋“吏役”之中,州縣級以下的吏人、書手、鄉胥等辦事吏員,[60] 幾乎多由投名來充任,世代承襲的情形很普遍。至南宋中期,葉適論及地方胥吏時,也有“官無封建,而吏有封建”

---

〔54〕　《清明集》卷三《賦役門》,頁64～65,“州縣不當勒納預借税色”。

〔55〕　如江東提點刑獄蔡杭指示轄下發生凶案的州縣,懸償重金儘速緝捕放火殺人的凶徒歸案,而州縣“今乃只監隅（官）、保（正）出錢,官司唯恐傷及毫毛。”,事見《清明集》卷一四《懲惡門》,頁523,“殺人於火”。又同書同卷内,有一篇是關心吏治的胡穎所作,文中指出“蓋尋常州縣間,遇有修造,皆是科役村保,起集鄉夫,望青採斫,其爲民害甚大。”(頁543,“計囑勿毁淫祠以爲奸利”),由此可見南宋地方政府經費短缺,凡有額外支用或營造修葺,鄉都役人大多難逃勞力、材料,甚至錢財上的科取。

〔56〕　《文獻通考》卷一三《職役二》,頁140,馬端臨叙述南宋役法後的評論和按語。

〔57〕　王曾瑜《宋朝的吏户》,《新史學》4卷1期,臺北：1993年,頁86～104。

〔58〕　《慶元條法事類》卷四七《賦役門》一,頁432,“税租簿·賦役令”。

〔59〕　漆俠《宋代經濟史》第十一章《宋封建國家的賦役制度（下）》,上海：上海人民出版社,1987年,頁490～491；雷家宏《宋代“弓手”述論》,《晉陽學刊》1993年第4期,頁79。

〔60〕　王曾瑜對“吏”的定義爲：“吏作爲統治機構辦事人員,大致應包括中央、各路帥司和監司、州縣衙門的胥吏以及鄉村基層政權的頭目”。見同注〔43〕,頁162。

的感嘆（《水心文集》卷一四《吏胥》），這與定期輪派鄉户入役服差的情況，大相徑庭。

因時代的變遷，宋代地方基層機構的辦事人員，日漸走向專業化的趨勢十分明顯。隨著人口成長以及人口密度的提升，南宋縣衙數目並未見調整，行政業務必然累增起來，再加上東南經濟先進地區的農工商業與經貿活動興盛，新生事務不斷湧現，面對這些新形勢，基層辦事人員必要快速邁向專業化、職業化，才足以應付新的需求。[61]

兹舉“鄉書手（鄉司）”爲例來説明。[62] 由于宋代兩税法的徵收方式和手續，日漸複雜煩瑣；而商品經濟買賣活絡，則帶動了土地田産換手頻繁，社會民生樣態也較前多變化，在在促使鄉書手的職掌與功能，日形重要。在賦役科徵作業流程中，舉凡版籍簿賬的編排與製作、税鈔注銷及結算呈報、産權轉移及税租推收、差役的排定與點派等等公務，莫不要靠熟練的技術和專業化知識，方足以勝任，因而鄉書手（鄉司）成爲基層行政運作體系中一個不可或缺的獨特角色。[63] 最遲在北宋末期，鄉書手因須經常往來縣衙辦公事，它的胥吏屬性爲之大增，到了南宋初期，鄉書手的法律地位已經和胥吏無異，[64] 而至南宋中晚期時，更可明顯看出鄉書手（鄉司）全變質爲專職胥吏了。[65]

由此可知，鄉都“職役”與“吏役”在性質上已有很大的差別，檢視《清明集》所見的胥吏鄉司相關資料，特別是在卷一一《人品門·公吏》各篇書判裏頭，[66] 被描寫成狼虎之輩的惡棍，無不千方百計地混入公門充任胥吏，尤其是曾有犯過前科的“配吏”或“罷役吏人”，食髓知味，更是處心積慮潛返老地頭“冒役”，方便他們重操盤剥壓榨、魚肉鄉民的行徑，甚至執役役人也成被欺壓的對象。

---

〔61〕 張谷源《宋代鄉書手的研究》，臺北：中國文化大學碩士論文，1998 年。
〔62〕 王棣《論宋代縣鄉賦税徵收體制中的鄉司》，《中國經濟史研究》1999 年第 2 期，頁 11。文中所附注 1 認爲：“鄉司、鄉書手及書手、鄉書、鄉胥、鄉典等，都是指相同的事物。”
〔63〕 同上注，王棣《論宋代縣鄉賦税徵收體制中的鄉司》，頁 11 ~ 18。
〔64〕 《宋會要·食貨》一四《免役篇》，頁 5038，紹興十二年十月四日條，規定：胥吏編排差役時，若被發覺有故意隱匿高强人户，導致職役差派不公，經手承辦的“當行人吏”與“鄉書手”處以同罪，“並從徒二年科罪勒停，永不得叙理。”
〔65〕 張谷源《宋代鄉書手的研究》第五章《鄉書手的專業化與胥吏化》，頁 142 ~ 180。
〔66〕 《清明集》卷一一《人品門》，頁 410 ~ 434。

　　蔡杭任江東提點刑獄時，巡行地方探訪民情，"當職（杭）入境閱詞，訴配吏者以千計，則一路之爲民害者可知也。"[67] 蔡杭視察江東州縣，發現配吏黥徒寄迹官衙興風作浪，以南部地區的饒州安仁縣、信州弋陽縣、鉛山縣等三地最爲嚴重。如有鉛山縣贓吏徐浩者，橫行市井，狠毒酷暴，"霸役年深，民懼如虎，號爲'燒熱大王'。"[68] 又有鄉民群起控訴詹春、張慶二名鄉司的惡行，"凡二十二狀，其他泛訴，亦無一狀無其名者。皆苦其飛走賣弄、鑿空生事之害，言之涕流，痛入骨髓，恨不食其肉。"鄉司詹某二人面對審訊，竟還避重就輕，欲"爲再歸復役害民之計。"[69] 其他如胡穎在邵州時，邵陽士民實封投狀，"備言罷役吏人重爲民害"，經查這些鄉胥"出入案分，教新進以舞文，把持官司，誘愚民以健訟，淫朋比德，表裏爲奸，詢之國人，皆曰可殺。"[70] 一般地方長吏的處置方式，是脊杖後發配（或驅逐）境外。

　　由以上事例可看出，無論是稱呼作書手、鄉書手、鄉司、鄉胥、鄉吏、鄉典之類的"吏役"，經長期專業化、胥吏化的結果，他們已成爲南宋鄉村管理體制中的關鍵人物，有心在地方上把持專擅的人，必定用盡辦法擠進"吏役"行列，才足以呼風喚雨。這與定期輪差的"職役"，造成鄉户間相互推諉規避，脱逃唯恐不及的情形，確有天壤之別。

三、南宋執行鄉都役法的若干實況

　　南宋朝廷自始便勤於制定役法。自高宗時代起，有關役的詔命、法令、指揮，便接二連三地制訂頒行，可謂層出不窮。此後，歷朝皆續有役法新指揮頒佈下來，前後陳陳相因，至慶元二年（1196）乃命吏部尚書許及之重新整理役法，五年（1199）纂成《役法撮要》一書，實集南宋役法之大成。[71] 就南宋役法條例的形式而言，已甚繁夥細瑣，然觀察差役執行實況，各地雖有區域性的歧異，然

---

〔67〕《清明集》卷一一《人品門》，頁414，"冒役"。

〔68〕同上書，頁418，"鉛山贓吏"。

〔69〕同上書，頁422，"二十狀論訴"。

〔70〕同上書，頁424～425，"應經徒及罷役人合盡行逐去"。

〔71〕《宋會要·食貨》六五《免役篇》，頁6187上，紹興二十八年六月一日條；又同前書《役法篇》，頁6207下，慶元五年三月四日條；《宋史》卷一七八《食貨志》上六，臺北：鼎文書局新校本，1987年，頁4335，慶元二年、五年條。

而差役病民的現象卻十分普遍。

（一）"鼠尾流水法" 與 "倍役法" 的實施及其個案觀察

南宋職役的揭簿定差方式，與北宋大體相仿，即依民戶資產厚薄（或產錢多寡），自高物力戶起始，輪流受差，從上而下逐一輪替執役。自紹興時代開始，這種方法已通行全國各地，當時稱作"鼠尾流水法"。

官府差科簿內，將編戶分別注記"批朱"、"白腳"兩種不同的名目。簡單地說，它的含意是"差役之法，已充役者謂之批朱，未曾充役者謂之白腳"（《通考》卷一三《職役》二）。進一步考察則知鄉都之內的中上戶，按照各戶資產多寡的順序排列，並依次執役者，稱之爲"批朱"，他們是差役的主要承擔者，每戶在執役後，應有六年的歇役時間；"白腳"則屬具有起碼物力的下戶（約當第四至第五等戶），當中上戶歇役年限不足，或無可再差時，得由"白腳"中，抽調若干人戶出來應役，他們可視爲鄉都職役的預備戶：

> 謂如十保內，上等家業錢一萬貫，中等家業錢伍千貫，各以充役，謂之批朱；至有下等家業錢一百貫以上、末等家業錢五十貫，未曾充役，謂之白腳。[72]

然而"鼠尾流水法"只規定中上戶依次充役的順序，但沒要求中上戶應負起較多的責任，也未確實保障貧下戶，因此許多貧瘠鄉村，歷經若干年月後，不旋踵便已輪差完畢，缺乏適當的人戶可資接續派遣。這時，官司若要抽調"白腳"戶，則貧下人家實在不堪受役，若回頭重新去輪差"批朱"戶，那麼中上戶又堅持"鼠尾流水差役，必欲差遍白腳，始肯再充"（洪适《盤洲文集》卷四一《論人戶差役劄子》），據此力爭，擾擾攘攘，差役的糾紛多半由此引發出來。紹興三十一年（1161），臣僚言：

> 近因（江南東路）宣州一鄉上戶絕少，下戶極多，守臣奏請本欲不候歇役六年，即再差上戶。有司看詳，誤將歇役六年指揮便行衝改，遂致上戶卻稱朝廷改法，是以鼠尾流水差役，必欲差遍白腳，始肯再充。當差之際，紛紜爭訟，下戶畏避，多致流徙。[73]

---

[72] 《宋會要·食貨》六五《免役篇》，頁6186下，紹興二十六年六月一日條。
[73] 《宋會要·食貨》六五《免役篇》，頁6189上，紹興三十一年二月二十七日條。

其後朝廷雖下令規定：已經歇役六年的"批朱"戶，理爲"白脚"戶，不得豁免再次受差的義務。這一措置只是將上、下戶的差役之爭，擴及到上、中戶之間的爭執，並未解開其根本問題。

南宋五等户制在名義上以"上四下五"作爲應差、免差的分界線，然因點差頻繁，"鼠尾流水法"事實上幾乎偏差各等稅户，各户執役次序雖有先後之別，而受差機率卻是上、下户均等。"以流水輪差，自上而下，使巨萬物力之家與千百小户均受一役。"[74] 故貌似平等實則不合乎情理，因未能顧及上、下户等的承受能力，成爲差役紛爭的亂源，於是有"倍役法"的出現。

"倍役法"是針對民户資產高低之不同，而配予輕重不等的職役責任，以平息糾紛的一種均役方法。約至淳熙十四年（1187），才出現較爲周密的"倍役"制度，辦法是用下等役户的受差資產額，作爲計算基準，而將中、上役户的資產總數，換算成基準額的倍率，倍數愈高者則歇役年限愈短、役期愈趨頻繁，使得資產厚薄與職役責任倆倆相稱。譬如下等役户受差的起碼家業物力爲一百緡，那麼往上的役户，如有二百緡者得歇十年、三百緡者歇役八年、四百緡者歇六年，以此向上類推，也就是每當資產總額增及起碼物力的一倍時，其歇役年限縮短二年，推算方式既簡便，役期分攤也大體允當。本法曾在兩浙路州縣實施，獲得相當績效。到了嘉定五年（1212）後，正式推行至其他諸路。[75]

"鼠尾流水法"與"倍役法"的具體執行個案，在《清明集》中有很好的事例。如范應鈴通判淮南西路蘄州時，他發現蘄春縣守義坊的保正之役，懸缺已久，而官司竟追逮八户人家纏訟不決（"糾役訴訟"詳見下目），范應鈴仔細釐清本案相關各"白脚"户（即歇役期滿等候輪差的鄉户）的產錢多寡，排列出前後順序出來：

1. 張世昌户（36 貫）
2. 明　現户（24 貫）
3. 謝　通户（17 貫）
4. ⋯⋯⋯⋯

---

〔74〕《宋會要·食貨》六六《役法篇》，頁 6207 上，紹熙五年閏七月七日條，中書門下檢正諸房公事徐誼抨擊"鼠尾流水法"的一段話。

〔75〕《宋會要·食貨》六六《役法篇》，頁 6208 下，嘉定五年正月二十二日條。

5. …………

（按產錢多少排序，共計八戶）

范應鈴據此裁決，最高戶"張世昌"著即入役，位居二、三的 "明現"和"謝通"，因涉及與第三者產業買賣，可能發生物力升 降，繼續調查確鑿後，再行比較這兩戶高下，排定第二、第三執役 順位。[76] 從此順流而下，推至第四至第八戶，也同樣由高至低排列 下來，依次服役，使眾戶皆無異辭，這便是"鼠尾流水法"的精神。

"鼠尾流水法"規範了各戶產錢物力多寡與役次先後的順序 （即：多者先/寡者後），而"倍役法"則針對各戶產業物力與役期 頻率的關聯（即：厚者密/薄者疏），作了合理的補充。本著這一法 規的基本精神，各地在實際運作之際，仍可配合鄉都條件，斟酌調 整。如范應鈴執行"倍役法"時，也先引用通則云："準倍役法：稅 錢一倍，歇役十年，稅錢兩倍，歇役八年，稅錢三倍，歇役六年， 並理爲白腳。"[77] 他處理了鄉司連追三戶卻遲遲無從定差的一個案 例，經他分析後，這相關三戶的產錢排序是：

甲戶：張　茂（產錢51貫）

乙戶：鄧汝賢（產錢240貫）

丙戶：張法政（產錢416貫）

以上甲、乙、丙三戶俱爲"白腳"，按照"倍役法"通則，比 較資產基準倍率如下：

甲戶：乙戶：丙戶 = 1：4：8

又查考乙、丙兩户的歇役年限，都已超過十年，那麼入役順序 應該是：

丙戶→乙戶→甲戶

范應鈴的處理方式，則是先排除物力最低的基準戶（甲戶/張 茂），而僅以乙、丙二戶比較，核計丙戶的產錢（416貫）尚未達到 乙戶（240貫）的兩倍（480貫），所以將這兩戶並列在同一級數之 內，再查證兩戶往年的執役記錄，得知乙戶（鄧汝賢）已比丙戶 （張法政）多歇役了六年，因此判定入役順序是：[78]

---

〔76〕《清明集》卷三《賦役門》，頁73～74，"比並白腳之高產者差役"。

〔77〕《清明集》卷三《賦役門》，頁75，"倍役之法"。

〔78〕 同上。

乙户→丙户→甲户

從此可瞭解"倍役法"在各鄉都的適用，也多有因地制宜的情形。

但是值得注意的是這三户的"產錢"，應是指"家業錢"或"家業物力"，[79] 其中張茂一户有兄弟三人，共計才 51 貫，頂多擁有 2~3 畝薄田而已，是典型的鄉村下户，但依法仍"不可謂未應充保正"，[80] 而其他二户的家業物力（240 貫、416 貫），也只相當于田地 10~20 畝之數，應屬第四等户，依一般認定的標準，[81] 要將他們稱作中户已太勉強。早在北宋中期，南方的田價粗估每畝約 1~2 貫，但到了南宋大量發行紙幣後，通貨膨脹，致使貨幣購買力下跌，同時，可耕地的增加無法追上人口增加率，衆多的人口對糧食需求日見迫切，在供不應求的壓力下，米價與田價自然持續上漲，所以南宋每畝田價，值 20~30 貫，或 50~70 貫的例子，不乏可見。[82] 從此可知，這一都保的職役是由下户輪來輪去。

至於前一個案例"比並白脚之高産者差役"裏，張世昌（36 貫），明現（24 貫）、謝通（17 貫）等三户的產錢，同樣是指家業錢的話，他們的家業物力便更爲稀薄了，仍得排定先後，輪番執保正之役。北宋差役時代尚以家業錢 100 貫作爲受差入役的最起碼物力，而南宋鄉都職役的派遣標準顯然大幅降低了。

（二）役法爭訟與糾役案例

因鄉都職役任務艱苦難當，民户各自爲維護自家的生計，莫不多方設法規免差役，甚且傾全力相爭，遂授胥吏予播弄的機會，職役的點差派遣，往往轉變成是非難辨的役法訴訟之爭。葉適《水心文集》卷三《役法》：

> 今之保正副，募法未嘗不存，而未嘗不強差也。其計

---

〔79〕 王曾瑜《宋朝的産錢》，《中華文史論叢》第三輯，上海：上海古籍出版社，1984 年，頁 214、226。

〔80〕 同注〔77〕，頁 75，"倍役之法"。

〔81〕 北宋時期鄉村五等户各户等擁有田畝數的概估，參閲孫毓棠《關於北宋賦役制度的幾個問題》，《歷史研究》1964 年第 2 期，頁 148~149；李志學《北宋差役制度的幾個問題》，《史學月刊》1983 年第 3 期，頁 34。不過這兩篇論文均指北宋時代，南宋時期通貨膨脹嚴重，同樣的錢額能購買到的田畝，較北宋時已大幅減縮。

〔82〕 梁庚堯《南宋的農村經濟》第二章《南宋農村的土地分配與租佃制度》第二節《南宋農村土地所有與經營》，頁 114~117。

較物力、推排先後，流水鼠尾、白脚歇替之差，鄉胥高下
其手，而民不憚出死力以爭之。今天下之訴訟，其大而難
決者，無甚於差役。蓋朝廷之上，其於庶事條目，纖悉委
曲，動有法禁，而所謂保正副者乃獨無法，何爲其無法也？
名募而實差，是以若此其不齊也。

輪差保正長已致論訴紛擾，若改差甲頭則需每料一替，前後任
期輪換頻繁，指決論訟之爭議，更是層出不窮。這種因點差而互相
推諉規避，爭執不休的情況，袁説友稱之爲"糾役"，"糾役"之害
有時更甚於執役本身。《東塘集》卷九《糾役疏》，袁説友謂：

> 臣以不才，誤蒙聖恩，久長民部，日受詞訟，其間有
> 訴枉申屈，外若可念而中實爲奸者，莫如糾役是也。今當
> 官者往往知有差役之弊，而不知糾役者，其弊尤甚於差役；
> 差役之不公，害固及於一家也，糾役之不當，其害豈止一
> 家哉！蓋甲役已滿而當替，則乙合充役而妄姦，被糾者不
> 止一人，官司與之追呼，與之審證，猶未肯而已也，又訴
> 之諸司省部焉，凡妄糾一人，有經涉一、二年而不能決者，
> 故甲之當替，則不容其去，於是破家蕩產，益重其禍。逃
> 亡避免，都分無見役之人，乙之當役，則久而不充，於是
> 被糾者或一、二家，或三、四家，其擾卒未巳也。然則糾
> 役之弊其曰甚於差役役信矣。

樓鑰曾深刻觀察出民户爲圖推脱職役，興訟之風盛行，詐僞之
事百出，竟至意氣用事的地步，每每牽連瓜蔓，不但延禍衆多當事
民户，安寧的社會生活，也平添許多無謂的擾攘。[83]

主政官員能明察秋毫秉公決斷，是止息紛爭、暢順役事的重要
關鍵。上舉范應鈴的《比並白脚之高產者差役》這篇書判裏顯示，
蘄州蘄春縣守義坊保正之役的爭訟，起於本都"張世昌"雖是產業
物力較多人户（户下產錢36貫），卻再三訴請，不肯入役，糾舉出
物力較低的"明現"，案連"謝通"、"張子高"、"明球"等八户人

---

[83] 樓鑰《攻媿集》卷二六《論役法》："夫民之畏役如避仇讎，苟可以幸免則無所不
至，甲當爲之必曰乙富於我，乙當爲之必曰丙之增產倍我。民之奸僞百出，吏之上
下百端，州以爲甲可，甲不已而訴之運司，則以乙爲之，乙又訴於常平司，則復及
於丙矣！取其案而觀，則據法援例皆不可破，三者交訴，不勝不已，卒之豪強得
志，而害及下户。小人以氣相高，往往未被供役之害，而生涯蕩於吏手矣！"

家，"展轉供牽，訖無定說"，[84] 范應鈴查出張世昌曾任嘉定十三年
（1220）保長，催科夏稅一季，藉此糾舉他人，頑拒入役，然縣令早
先的判文業已指出："國家正法，保長不理，此小役不折大役之法
也。"[85] 意即張世昌前擔任的保長小役，不能抵充大役，張某應輪
值保正一役，而承行典押竟受囑託，並未依判決執行，以致張某乘
機興訟，牽延他人。范應鈴查明内情，快刀斬亂麻，判處"張世昌
勘下杖一百，押赴蘄春縣，日下著役。"[86] 這一拖累其他七户人家，
宕延一年二個月之久的輪差紛爭，才告落幕。

又如某縣鄉第十五都保正"熊俊英"執役期滿當替，縣司點差
"熊瀾"入役，發生糾役官司，以致本都役事無人幹辦。熊瀾户下稅
錢雖有三貫二百多文，卻堅持別户應優先充役，於是一再論訴，"熊
瀾詞内所糾論者凡六人"，詞連熊俊義、熊俊民、張師説、張師華、
師承之、師望之等六户，情狀複雜。[87] 判官當廳查驗各户稅錢數
目、歇役遠近，參稽比對，先將歇役未滿人户逐一剔除，最後照得
"師承之一户，稅錢計七貫六百文有零，較之熊瀾稅數，則不啻一
倍。又昨於紹熙年間應役一次，歇役已經二十餘年，參之物力增及
一倍，歇役十年，理爲白腳之法，亦不啻一倍矣。以人情法意論之，
合當差師承之充應目今役次。"因此判決師承之"日下即便入役，不
得妄有推託。"[88] 從而解決了本都長期無保正執役的困境。

有時因案情複雜，認證曲折，原告訴人在初判獲勝訴者，可能
因經上級再深入會勘，發覺新的證件、證物後，被翻案過來。福建
路建寧府建陽縣某都，有"王昌老"一户糾論同都官户"陳坦"，
舉證陳坦户下在免役限田數之外的産錢，高達 14 貫有餘，是本都物
力産錢最高人户。署名"關宰璠"書判由此斷定："王昌老所糾允
當。兼陳坦産錢比之（王昌老），已有四倍，更有何詞？案從條告示
陳坦應役。"[89]

被訴人陳坦不服，經層層官司會勘，驗證，索取陳家烝嘗（祀

---

〔84〕《清明集》卷三《賦役門》，頁73，"比並白腳之高産者差役"。
〔85〕《清明集》卷三《賦役門》，頁74。
〔86〕同上注。
〔87〕《清明集》卷三《賦役門》，頁82，"産錢比白腳一倍歇役十年理爲白腳"。
〔88〕同上注，頁82～83。
〔89〕《清明集》卷三《賦役門》，頁77，"限田外合計産應役"。

田）砧基簿、支書、正契，及陳坦父祖告敕、批書、分析田業干照
及陳家宗枝圖證物看詳。由縣道經府廳，轉呈提舉司，最後確認：
陳坦家產田畝爲八頃二分，理得承蔭其父七品官免役限田十頃之數，
並未超出限田額度。因此，"本縣令其應役，委是不公"，而王昌老
"合該入役名次，卻將限田未滿人妄行糾論，究其詞説，大抵枝蔓引
援，不合人情，顯是健訟，理合照條斷治"。原本的勝訴人王昌老所
訴不合，"且與押下本縣照條原擬差定，監勒日下入役。"[90]

綜觀糾役官司，多起於民戶認爲差役不公，主動投訴。各方爭
執的要點，是產業物力推算法、稅錢數目多寡，役次先後、役色種
類、役期（或歇役）年月、免役範圍之確認等各項；而官府查驗的
文書以產業物力簿、差役圖簿，及民間執持的田地契書，田業分析
干照、買賣契書、官身告敕，分關簿書等證照爲主。由於糾紛訴訟
多涉及地方上有產業，有官戶身份的中上人戶，因此官判決是否適
法得當，主要繫於牧民官的素質與魄力，及衙門胥吏的風紀。若任
其拖延不決，枝蔓牽連，致使陷入官司人戶愈多，而鄉都役事也爲
之滯礙曠廢了。

（三）官户限田免役的漏洞

官戶在差役任務中實際承擔的角色，最足以影響均役的成敗，
而官戶限田的執行效果又是考察這一問題的癥結所在。宋朝嚮慕多
士以寧之美，努力創造文人政府，官員數額的增加十分快速，南宋
光宗紹熙（1190～1194）以後，膨脹得更爲驚人。[91] 南宋初年的官
戶限田免役辦法，大體沿襲北宋末年的舊制，然而並未確實執行，
人戶一旦掛籍"官戶"，均得獲品級不同的優待，[92] 對一般編戶造
成擠壓作用。

官戶在鄉里中往往擁有較富厚的田產物力，他們卻自差役責任
中脫逸出來，因而執役戶爲之縮減，相對之下，一般農戶的負擔越
發沉重，職役之不均莫此爲甚。自紹興時代起，要求官戶限田均役

---

〔90〕 《清明集》卷三《賦役門》，頁 80，《章都運臺判》。另參見同卷兩篇相關書判，頁
78，《父官雖卑於祖祖子孫衆而父祇一子即合從父限田法》；頁 79《申發干照》。

〔91〕 洪邁《容齋四筆》卷四，"今日冗官"條。

〔92〕 有關官戶限田免役，請參閱殷崇浩《宋代官戶免役的演變與品官"限田"》，《中國史研
究》1984 年第 2 期；王曾瑜《宋代階級結構》第三編第二章《官戶》第一節《官戶的特權
與禁約》，石家莊：河北教育出版社，1996 年，頁 270～272。

的呼聲，便接連不斷地上達朝廷。[93] 官戶猥多，又廣佔田畝，不惟破壞了差役的均衡分配，抑且阻礙了役制的正常運轉，因此官、民戶之均役，勢在必行。自紹興末年至淳熙初年（1159～1179），政府所採行的官戶限田免役制度，包括下列三項重要內容：[94]

（1）品官之家依現任官階品格，各有其免役之限田數：一品 50 頃，二品 45 頃、三品 40 頃、四品 35 頃、五品 30 頃，六品 25 頃、七品 20 頃、八品 10 頃、九品 5 頃。若父祖官卑而同居子孫高者，得依高階官位限田。

（2）官戶限田之外的田畝，須與境內編戶比並物力以供差役。若官戶田產散置諸縣者，應併一縣合計；各縣分別超過限田之數者，逐處均須募土著有行止之人代役。品官身歿，子孫限田數量減半，蔭盡則服役同於編戶。

（3）父母生前無官，因伯叔或兄弟封贈者，稱為封贈官戶。其限田數額比照官戶辦理，惟其身亡歿則子孫役同編戶。泛色補文學與特奏名文學人，已至落權合注正官人，始得理為官戶；進納，軍功、捕盜、宰執給使減年補授等，轉至升朝官，方得理為官戶，其優惠條例與封贈官戶相等。進納未至升朝官者，祇合募人代役。

從南宋社會的經濟狀況來衡量，上述限田條例實過於寬鬆，不足以約束廣置田產的兼併行為，因此官戶限田的均役效果，仍有其局限性。淳熙年間（1174～1189），孝宗一度下定決心，大幅縮減限田免役頃畝，進而大力推動“官民戶一體通差”，徹底掃除差役不均的宿弊。惜因奉詔率先實施的兩浙路州縣官員，不敢開罪地方上勢力龐大的官戶集團，何況奉行者本身也屬於利益集團內的一員，難免推三阻四，敷衍搪塞，其他路分跟著觀望度日，一番緊鑼密鼓的官民戶均役行動，為之煙消雲散了。紹熙（1190～1194）以後，至南宋末年，有關官戶限田均役事宜，大體依據上列三項主要原則來處理。

---

[93] 李心傳《建炎以來繫年要錄》卷一八一，紹興二十九年三月丁丑條：“大理寺評事趙善養言：自古王者制民之產皆有定法，蓋所以抑兼併而惜民力也。比年以來，形勢之戶收置田畝，連亙阡陌，其為害甚者，無如差役。今官戶田多，差役並免，其所差役，無非物力低小貧下之民，州縣稍不加察，求其安裕樂業不可望也。望命有司立限田之制，以抑豪勢無厭之欲。”

[94] 以下所列三項內容之資料來源，主要是：《宋史·食貨志》卷一三一《役法》下、《宋會要·食貨》六《限田雜錄篇》、六五《免役篇》紹興至淳熙諸條。

南宋對各級品官之家的免役限田數額,除立法太寬之外,主要弊病還來自冒立官戶、寄產官戶之風盛行。因而在官戶田產廣大、形勢富戶競相避役的地區,也被稱作是差役上的"狹鄉"、"狹都",[95] 這些鄉都的中、下人家備受其困,甚有一鄉全境,"省簿立戶,並有官稱,無一編民"[96] 的怪異現象。范應鈴在撫州時,處理崇仁縣的官戶限田案子,他查出:

> 照對本(崇仁)縣惠安、穎秀兩鄉,原係臨川,續行撥隸,
> 去城才一、二十里,所有田業,無非城中寄產,各冒官稱。其
> 內十餘都,自二、三十年間,無可差之役。間有小民,稅才滿
> 百,勒充戶長,役滿而稅與之俱亡,其禍慘甚![97]

> 往歲到官之初,嘗取(穎秀鄉)版籍,逐一考核,其
> 間真偽相半,而實有憑可以免役者無幾。[98]

運用官戶名義避役的手法,常見者有兩種途徑:

(1)利用歷任官職或子孫承蔭官稱,多立戶名。如"黃知府以朝奉大夫知筠州,所立契書曰縣丞、曰知縣、曰通判,皆知府所歷之任:曰縣尉、曰主簿、曰將仕,皆知府所生之子,其實一戶。"[99] 一戶而多立戶名,不僅可以分散財產登錄,且每多一官戶則限田數額隨之倍增,乃至十數倍,輕易便可脫逃役責。

(2)違反官戶限田數額"逐代遞減半數"並"按子息位數開析"的規定行事,即使縣吏明知實情,面對強勢的官戶,亦無從貫徹執法。且"所居(有官告)人戶咸在臺府之側,役一及之,群然而訟,朝發暮至,縣吏束手,莫敢誰何。"[100] 憑一紙官告,一再被引用作免役的護符,為害鄉都役事的公平性極為深巨,"儻執一

---

〔95〕 各地鄉都因其地理環境與經濟發展的差異,自然呈現出不同的景觀。較為富裕的地方,或擁有眾多中上稅戶的地區,稱為"寬鄉"或"寬都",反之,地瘠民困、人口稀少、土著居民率皆貧下細民的地方,則稱為"狹鄉"或"狹都"。就職役的立場而言,富戶眾多,差役輕省的地區,也稱為"寬鄉(都)";中上戶稀少、差役頻繁的地區,也稱作"狹鄉(都)"。但除了氣候不宜、田土瘠磽、收獲稀微、交通欠便等因素外,若某地官戶所佔比率偏高,免差戶太多的鄉都,亦常淪為差役貧狹鄉都。韓元吉《南澗甲乙稿》卷一〇《論差役劄子》云:"所謂寬鄉者,一鄉官戶田產少處也;狹鄉者官戶田產多處也。"

〔96〕 《清明集》卷三《賦役門》,頁88,"限田論官品"。

〔97〕 《清明集》卷三《賦役門》,頁89,"提舉再判下乞照限田免役狀",頁89。

〔98〕 同注〔96〕。

〔99〕 《清明集》卷三《賦役門》,頁84,"歸並黃知府三位子戶"。

〔100〕 同注〔96〕。

（官）告，便可立户，才頓一户，便可免役，是族人之有官品，同宗皆可影占，父祖之有限田子孫皆可互使，朝廷役法，何所適從！"[101]

依法不論品官本身曾歷任多少官職，父祖有幾人仕宦，本户只能選擇官位中一項最高、最優者，來認定限田數額，因而同一品官子孫的免役優待總額，理應逐代遞減，如下表（以六品官爲例）所示：

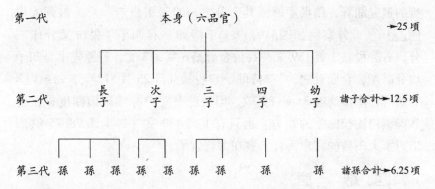

第一代　　　　　　　　　本身（六品官）　　　　　　→25 項

第二代　　長子　　次子　　三子　　四子　　幼子　　諸子合計→12.5 項

第三代　孫　孫　孫　孫　孫　孫　孫　　　孫　　　　孫　　諸孫合計→6.25 項

但是這一規定往往被視爲具文，衡諸實情，反倒常見子孫免役田額，代代增添。范應鈴舉一實例，指出崇仁縣樂侍郎任官於北宋開國初年，至嘉定年間，已歷二百五十年以上，樂家後代子孫一無告敕、砧基簿書等干照可作憑證，仍長久享有免役特權。[102] 難怪南宋名義上的官户愈立愈多，免役田畝也愈累積愈廣大，破壞役制的均平原則，無過於此者。

檢視以上引用過的書判條文可知，官户就算恪守免役額度，仍屬太過寬鬆。如"黄知府"户經歸併三位子户後，稅錢共計 4 貫 350 文，以中田産錢每畝 5.45 文換算，[103] 共有田業 8 頃，應爲鄉村上户無疑，但黄府爲六品官第二代，可享有免役田額 12.5 頃，亦即無需受差。再如官户"黄監稅"的稅錢共計 6 貫 900 文，每畝以産錢 8 文換算，擁有田業 8 頃 62.5 畝，可先扣除九品官限田 5 頃後，再與稅錢 2 貫 300 文（即田産 2 頃 87.5 畝）的編民"董世昌"户，比較二户歇役遠

〔101〕 《清明集》卷三《賦役門》，頁 88，"限田論官品"。

〔102〕 《清明集》卷三《賦役門》，頁 85，"贍墳田無免役之例"。

〔103〕 在本文引用的《清明集》卷三《賦役門》案例中，出現了四種田畝與産（稅）錢比率，有每畝等於：（a）十文（頁 77）（b）八文（頁 91，指六等田）（c）六點零二六文（頁 85，指中上田）（d）五點四五文（頁 85，指中田）等，可能因爲地區不同、田土美惡有別，故而數值不一。

近,也就是將第一等户與二、三等户並列看待。[104]

又如官户"陳坦"的情形,官司"今紐計本縣產錢見一十四貫有餘,若以每畝產錢十文爲率,亦計有田一千(四百)餘畝,本都產錢無有高於此者,合從制應役。"他是本都最大的地主户,只因祖父爲六品官、父親爲七品官,便與同都編户糾役纏訟,經過繁複曲折的追究紐算,結果產錢僅其四分之一的"王昌老"户,被判入役應差。[105] 此外案例如四品官户"李侍郎"有四子,長位又分作二分,各分税錢3貫189文,長位合計爲6貫378文,若原先由是四子均分財產,合而計之,"李侍郎"户税錢共計25貫512文,每畝以8文紐計,產業高達31頃89畝,但至孫輩每户扣除限田額度後,合該與編户比校點差的物力,也只有1貫430文(即1頃78.75畝),這對家大田廣的官户而言,實在太輕省了。[106]

四、結　語

役法與宋代社會經濟發展及鄉村農民生活的苦樂,關係十分密切,兩宋時期紛更多變的役制,經過近代學者的研究探討,已有可觀的成績。本文對南宋鄉都職役特質的探索,僅就其影響民生欣戚最爲深遠者,歸納成三項,其中仍多不足之處,尚請方家不吝指正。

一般研討宋代役法,常受限于史料所載的内容,大多偏向通盤性的論述,具體個案的討論比較缺乏,因而在役法通則之下的各别樣態,不易呈顯出清晰的圖象。在《清明集》這部書裏,卻提供了一些具體的判例,它們都是當時社會生活中確實存在的事例,具有一定的典型樣式,每篇書判多引援相關法律條文,再參酌現實狀況作出判決,頗能反映當時社會的本質,對於南宋中後期歷史的研究,是一份很珍貴的史料。[107]

本文嘗試將整體式的論述與個案式的事實聯結起來,從全貌來觀照個别事件的意義,再拿已確定的細節來補充整體的缺隙。話雖如此,結果還是不盡理想,因《清明集》所收錄的役法案例並不算

[104] 《清明集》卷三《賦役門》,頁91,"限田外合同編户差役"。
[105] 《清明集》卷三《賦役門》,頁77~80,"限田外合計產應役"。
[106] 同注〔104〕,頁91。
[107] 陳智超《宋史研究的珍貴史料——明刻本〈名公書判清明集〉介紹》,645~686頁。

多，部分書判的文辭非常簡扼，發生地點又多集中在福建路、江南東路、江南西路及淮南西路南端的幾處州縣，依然無法顯示役事內涵的多樣形態，也難以對照出地區間的差別，因此仍有許多尚待充實、釐清的地方。此外，諸如官户、女户免役資格的認定細節，受差户登録資産時有關浮産、烝嘗、贍塋田、山林地的採計法，以及同一户産業分散各鄉或各縣的點差方式等等，不乏具有意義的觀察點，可再搜尋其他資料，作進一步的探索。

※ 本文原載《淡江史學》2001 年第 12 期。
※ 黄繁光，文化大學史學研究所博士，淡江大學歷史系教授。

明代北京的瘟疫與帝國醫療體系的應變

邱仲麟

前　言

瘟疫與人類之間的糾結歷時久遠，它在人類文明的發展過程中，曾不斷地爆發流行，除了造成人口的大量死傷之外，也常扭轉戰爭的局勢，或帶來政治、社會變遷。而隨著人群聚落的不斷出現、商路與戰線的持續向外延伸，與墾殖活動的一再增加，瘟疫的細菌、病毒也在各處散佈。甚至環境生態的改變，有時也會引發病菌與人類的另一波戰爭，帶來難以想像的後果。[1]

在明代（1368～1644），瘟疫就曾在帝國境內不斷肆虐，并造成人口的大量死亡。[2] 而瘟疫同樣也在明朝與蒙古的戰爭中，扮演著扭轉局勢的重要角色。Carney T. Fisher 即曾爲文論及嘉靖年間蒙古攻入山西，因而將天花帶回蒙古草原，致使此後蒙古人遭受到極大困擾，死傷情況也相當嚴重的情況。[3] 俺答之所以願意接受明帝國的冊封，不再持續敵對，雖同衆所熟知的"三娘子事件"有關，但

---

〔1〕 參見 Frederick F. Cartwright, *Disease and History* (New York: Barnes & Noble, 1972); William H. McNeill, *Plagues and Peoples* (Garden City, NY: Anchor Press/Doubleday & Company, 1976); Arno Karlen, *Plague's Progress: A Social History of Man and Disease* (London: Victor Gollancz, 1995).

〔2〕 參見張廷玉等《明史》卷二八《五行志一·疾疫》，北京：中華書局點校本，1974年，頁442～443；陳高傭編《中國歷代天災人禍表》，暨南大學，1939年，下冊，頁1217～1238；鄧雲特《中國救荒史》，臺北：臺灣商務印書館，1966年臺一版，頁30、55；汪榮祖《氣候變化與明清代興》，收入《紀念陳寅恪先生誕辰百年學術論文集》，北京：北京大學出版社，1989年，頁335；張志斌《古代疫病流行的諸種因素初探》，《中華醫史雜誌》1990年第1期，頁30；梅莉、晏昌貴《關於明代傳染病的初步考察》，《湖北大學學報》1996年第5期，頁80～85；邱仲麟《明代的疫癘——兼及官民的肆應》，第一屆兩岸明史學術研討會論文，臺北：政治大學，1996年7月23至24日，頁3。

〔3〕 卡尼·T·費什著，張憲博譯，《天花、商賈和白蓮教——嘉靖年間明朝和蒙古的關係》，《明史研究》第4輯，合肥：黃山書社，1994年，頁233～235。按：卡尼·T·費什即 Carney T. Fisher（費克光）。

與瘟疫造成的危害亦脱不了關係，而此正是瘟疫改變戰争局勢的一個顯例。然而，有趣的是，關外的蒙古人與女真人，雖同樣受到天花的干擾，但後者卻從經驗中學習，並建立一套防制體系，即避痘與查痘的制度。有關於這一點，張嘉鳳在文章中曾加以探明，[4] 她更進一步指出：也就因爲女真能夠控制天花，故得以與明帝國纏鬥數十年，進而入主中原。[5] 由此看來，一個民族的盛與衰，與其能否戰勝傳染病，其實有相當大的關係。

在十四至十七世紀，鼠疫曾在歐洲大流行，並造成相當大的人口死傷。說者或謂十四世紀中葉的黑死病源自中國，在 1331 年（元文宗至順二年）曾在中國嚴重流行，疫死大量人口，其後在 1331 年至 1346 年間往西橫越亞洲及東歐，進入環地中海各地，並侵襲西歐、北歐及英倫三島。[6] 按此説法，中國在明代以前應已流行過鼠疫，而且也有不少學者持此觀點。[7] 果真如此，明代有過鼠疫應該不令人意外。有趣的是，對於明代是否流行過鼠疫，學者的看法並不一致。事實上，早在六十多年前，伍連德（1879～1960）就曾經指出：山西潞安在崇禎十七年（1644）曾流行過鼠疫。[8] 然而，雖然伍連德的看法有其專業的背景支持，但並非所有學者皆認同他的看法。Helen Dunstan 在 20 多年前發表的論文中，曾對晚明疫病的時空分佈、流行季節、死亡率，官民的反應，及瘟疫對中醫學的影響等，皆有所討論；不過，她並不認爲十七世紀一連串的大瘟疫中曾有鼠疫。[9] 其後，梁其姿亦接受此

〔4〕 張嘉鳳《清初的避痘與查痘制度》，《漢學研究》14 卷 1 期，1996 年，頁 135～156。

〔5〕 Chia-Feng Chang（張嘉鳳），"Disease and Its Impact on Politics, Diplomacy, and the Military: The Case of Smallpox and the Manchus（1613～1795），" *Journal of the History of Medicine and Allied Science* 57. 2（2002）：177～181，186～188。

〔6〕 參見 McNeill, *Plagues and Peoples*, pp. 162～169。

〔7〕 參見 Wu Lien-Teh, J. W. H. Chun, Robert Pollitzer, & C. Y. Wu, *Plague, A Manual for Medical and Public Workers*（Shanghai: Weishengshu National Quarantine Service, 1936），p. 11; Denis Twitchett, "Population and Pestilence in T'ang China," in Wolfgang Bauer（hrsg.），*Studia Sino-Mongolica: Festschrift Für Herbert Franke*（Wiesbaden: Franz Steiner Verlag, 1979），pp. 42, 52; 范行準《中國醫學史略》，北京：中醫古籍出版社，1986 年，頁 162～163、241～242；曹樹基《地理環境與宋元時代的傳染病》，《歷史地理》第 12 輯，上海：上海人民出版社，1995 年，頁 186～192。

〔8〕 見 Wu Lien-Teh, et al., *Plague, A Manual for Medical and Public Workers*, p. 14. 又見伍連德《中國之鼠疫病史》，《中華醫學雜誌》22 卷 11 期，1936 年，頁 1042。

〔9〕 Helen Dunstan, "The Late Ming Epidemics: A Preliminary Survey," *Ching-Shih wen-t'i* 3. 3（1975）：1～59。對於晚明是否出現鼠疫的討論，見該文 pp. 22～28。

一觀點,認爲鼠疫首次出現於中國,是在乾隆五十七年(1792)的雲南。[10] 另外,Fisher 也認爲中國在十八世紀以前,未曾流行過鼠疫。[11] 而 Carol Benedict 亦支持 Dunstan 的看法,不認爲晚明曾有鼠疫。[12] 與此相反的是,大陸學者多半認爲鼠疫在明代就已流行。李濤即認爲鼠疫在明末曾嚴重流行。[13] 范行準也認爲崇禎末年曾大範圍流行鼠疫。[14] 另外,馬伯英亦認爲明末曾發生腺鼠疫、肺鼠疫及敗血型鼠疫。[15] 梅莉、晏昌貴則因襲馬伯英的看法,認爲鼠疫在明代曾有大面積的流行。[16] 此外,于德源等人也指出北京在崇禎年間曾出現鼠疫。[17] 曹樹基更力主在萬曆至崇禎這段期間,華北曾大規模流行鼠疫。[18]

　　對於這個富含爭議的問題,本人雖在文中也有所觸及,不過這不是本文主要的重點。在本文中,本人比較關心的是:明代的瘟疫對人群與國家產生怎樣的影響,以及國家如何與傳染病相抗。事實上,老百姓在各種危難發生時,往往沒有足夠的力量與其抗衡,而在瘟疫流行時更是如此。畢竟在瘟疫肆虐的當兒,個人其實是既無助而且無奈。明初,太祖曾於洪武三年(1370)降旨令天下設立惠民藥局,"凡軍民之貧病者,給之醫藥"。[19] 又於洪武十七年(1384)下令各府州縣設立醫學,並置醫官,府設醫學正科,州置醫學典科,縣設醫學訓科。"[20]

〔10〕 Angela Ki Che Leung (梁其姿), "Diseases of the Premodern Period in China," in Kenneth F. Kiple (ed.), *The Cambridge World History of Human Disease* (Cambridge: Cambridge University Press, 1993), p. 355.

〔11〕 費克光 (Carney T. Fisher)《中國歷史上的鼠疫》,《積漸所至:中國環境史論文集》下冊,臺北:中央研究院經濟研究所,1995 年,頁 684、687。

〔12〕 Carol Benedict, *Bubonic Plague in Nineteenth-Century China* (Stanford: Stanford University Press, 1996), p. 11.

〔13〕 原見其《明代醫學的成就》(1957),轉引自洗維遜編著《鼠疫流行史》,廣州:廣東省衛生防疫站,1990 年,頁 95。

〔14〕 范行準《中國醫學史略》,頁 242～243。

〔15〕 馬伯英《中國醫學文化史》,上海:上海人民出版社,1994 年,頁 593～595。

〔16〕 梅莉、晏昌貴《關於明代傳染病的初步考察》,頁 87～88。

〔17〕 于德源《北京農業經濟史》,北京:京華出版社,1998 年,頁 254;尹鈞科、于德源、吳文濤《北京歷史自然災害研究》,北京:中國環境科學出版社,1997 年,頁 165。

〔18〕 曹樹基《鼠疫流行與華北社會的變遷(1580～1644 年)》,《歷史研究》1997 年第 1 期,頁 17～32;《中國人口史·明時期》,上海:復旦大學出版社,2000 年,頁 432～433。

〔19〕 《明太祖實錄》,臺北:中央研究院歷史語言研究所校勘本,1962 年。以下所引明各朝實錄並同)卷五三,洪武三年六月壬寅條,頁 4b。

〔20〕 《明太祖實錄》卷一六二,洪武十七年六月甲申條,頁 5a。

就整體而言,在明中葉以後,明代的地方醫療體系有逐漸衰敗之勢,但少數地方的醫療機構仍然持續運作直至明末,北京就是其中之一。[21] 本文之所以選擇北京做爲考察的對象,除了其資料相對比較豐富之外,亦在於探明帝國醫療資源最爲豐富的北京,如何應變歷次的瘟疫,以做爲衡量其他地區醫療體系對抗瘟疫的參照點。基於此,本文將探討這一時期京城瘟疫的流行情況,與國家醫療體系在當中所扮演的角色及其所採取的因應措施,並析究流行過的瘟病的病徵,與城市環境衛生惡化的情況。由於北京系帝國的政治中樞,瘟疫對北京所產生的衝擊,與北京是否能够承受,對於帝國的命脈極具重要性。每一次瘟疫的侵襲,也正考驗著當時國家體系的應變能力。而當國家無法應變,這時帝國的生命可能就會出現嚴重的危機。

一、歷次瘟疫的疫情

就個人所搜集的資料,北京在明代初期似未出現大型的瘟疫。在景泰七年(1456)冬天,北京外圍的順天府等地曾流行大瘟疫。[22] 當時,疫情從冬天一直延續至隔年(即天順元年,1457)五月。所幸北京在這次瘟疫大流行時,逃過了一劫,城內並未受到波及。迨成化七年(1471),北京才出現其在明代的首次大瘟疫。此後,直至明亡,共出現了十五次較大的瘟疫。在這十五次瘟疫當中,除前兩次外,其餘十三次均爆發於 1540 年以後。(參見 192 頁表)

嘉靖以前

北京在嘉靖以前,共發生了兩次比較大的瘟疫,前一次在成化七年(1471)。成化七年的瘟疫,據陸簡(1442～1495)云:是年"城中大疫,一人受患,闔室或去之,雖父子莫或及焉",[23] 疫情似頗嚴重。此次瘟疫肇因於前一年的直隸饑饉,至成化七年春,饑民涌至順天府及

---

[21] 參見 Angela Ki Che Leung(梁其姿),"Organized Medicine in Ming-Qing China:State and Private Medical Institutions in the Lower Yang Zi Region,"*Late Imperial China* 8. 1(1987):139～141。

[22] 事據直隸巡按御史史蘭的奏疏云:"順天等府,薊州、遵化等州縣軍民,自景泰七年冬至今春夏,瘟疫大作,一户或死八、九口,或死六、七口,或一家同日死三、四口,或全家倒卧,無人扶持。傳染不止,病者極多。"參見《明英宗實錄》卷二七八,天順元年五月丙子條,頁 11a。

[23] 陸簡《龍皋文稿》卷一三《贈韓世資醫師序》,《四庫全書存目叢書》集部第 39 册,臺南:莊嚴文化事業公司,1995～1997 年,頁 3a。

北京;迨至四月,據官員奏稱:"饑民行乞於道,多有疲不能支,或相仆籍。"[24]迄於五月,傳染日益嚴重,順天府尹在上奏時談到"近日京城饑民疫死者多",乞請撥款令各坊火甲瘞埋。[25] 爲此朝廷也做出了回應,在城門外設了許多的漏澤園,以收瘞遺尸。[26] 從資料看來,這一年的瘟疫,可能在春末已經潛伏,至陰曆四、五月疫情轉爲嚴重,六月以後未見記載,似乎是漸漸消散了。

另據記載,北京在弘治十一年(1498)夏天,曾經"痘疾盛行",[27] 至於其詳細情況如何,則不清楚。

嘉靖後期

北京在嘉靖中葉以後,再度出現嚴重的瘟疫。據現存資料記載,嘉靖中葉以後,北京發生了六次瘟疫,分別爲嘉靖二十一年夏、二十四年春,三十三年夏。四十年春、四十二年夏及四十四年春。

嘉靖二十一年(1542)五月,北京瘟疫大行。據禮部左侍郎孫承恩(1485~1565)等奏言:"臣等竊見比者時當盛夏,炎氣鬱蒸,積沴成災,散爲疫癘。傳聞都城內外,民無老幼,傳染甚多,僵仆相繼。"[28] 疫情似乎相當嚴重。其後,據零星資料記載,北京又間歇性地發生了五次瘟疫,即:(1)嘉靖二十四年(1545)春正月,"民多疾疫"。[29] (2)嘉靖三十三年(1554)四月,都城內外大疫。[30] (3)嘉靖四十年(1561),京師因"春冷,人多生疾"。[31] (4)嘉靖四十二年(1563)夏,"天災流行,民多病疫"。[32] (5)嘉靖四十四年(1565)正月,京師民饑且疫。[33] 在此六次瘟疫中,發生在春初的計有三次,在夏季的亦有三次。至於傷亡情況如何,由於未見記載,無法得知。

[24]《明憲宗實錄》卷九〇,成化七年四月壬申條,頁8a。

[25]《明憲宗實錄》卷九一,成化七年五月乙亥條,頁1a。

[26]《明憲宗實錄》卷九一,成化七年五月辛巳條,頁2a。

[27] 王鏊《震澤集》卷一一《贈陳希夷序》,《影印文淵閣四庫全書》第1256冊,臺北:臺灣商務印書館,1983年,頁9b~10a。

[28] 見孫承恩《文簡集》卷五《請九門施藥疏》,《影印文淵閣四庫全書》第1271冊,頁11a。《明世宗實錄》卷二六一,嘉靖二十一年五月丁酉條,頁2a~b。

[29]《明世宗實錄》卷二九四,嘉靖二十四年正月己酉條,頁2b~3a。

[30]《明世宗實錄》卷四〇九,嘉靖三十三年四月乙亥條,頁4a。

[31]《明世宗實錄》卷四九三,嘉靖四十年二月戊申條,頁4a。

[32] 張瀚《松窗夢語》卷五《災異紀》,北京:中華書局點校本,1985年,頁99。

[33]《明世宗實錄》卷五四二,嘉靖四十四年正月乙丑條,頁4b。

萬曆年間

萬曆年間，北京的瘟疫計有五次，分別出現在萬曆十年、十五年、三十六年、四十年及四十五年。其中萬曆十年、四十年，可以確定是大頭瘟；萬曆十五年，則見載是羊毛疔。至於萬曆三十六年，四十五年所疫爲何症，則不得其詳。

萬曆十年（1582）北京瘟疫的疫情，據實錄記載：該年三月，"京城內外，災疫流行，人民死者甚衆"。神宗於是傳示禮部，命其擇日祈禱。[34] 但到四月，疫情未見稍減。[35] 迄至五月間，瘟疫猶然盛行，營軍傳染，死者極衆。[36] 北京這一年的瘟疫，係由塞外傳來。據康熙《懷來縣志》記載：萬曆九年（1581），懷來當地"人腫頸，一二日即死，名大頭瘟。起自西域，秋至本城，巷染戶絕。冬傳至北京，明年傳南方"。[37] 按此記載，萬曆九年秋，大頭瘟由西域傳至宣府鎮的懷來，入冬後傳至北京，萬曆十年以後擴散至京師以南。則北京在萬曆九年的冬天，其實已存在此一疫病，只是在萬曆十年三月以後才大規模流行。當時疫情極爲嚴重，刑部郎中舒邦儒（？～1582）家中亦染疫，"妻女僮僕，死者什九"，最後全家僅餘一襁褓小兒。幸賴同年江東之（？～1599）前往抱歸，香火得以延續。然而，由於當時北京"最苦疫傳染"，因此江東之的家人對於此舉"多怨之"，深怕他把病疫帶回家中。[38]

至於萬曆十五年（1587）北京的瘟疫，其疫情亦不小。據《明神宗實錄》記載：該年的五月，北京疫癘盛行，死者甚衆。[39] 又據《名醫類案》記述，流行的是叫羊毛疔的怪病：

> 萬曆丁亥（十五年），金臺有婦人，以羊毛遍鬻於市，

---

〔34〕《明神宗實錄》卷一二二，萬曆十年三月辛未條，頁6a。

〔35〕《明神宗實錄》卷一二三，萬曆十年四月癸卯條，頁4b～5a。

〔36〕《明神宗實錄》卷一二二，萬曆十年三月辛未條，頁6a；卷一二三，萬曆十年四月乙巳條，頁5a；卷一二四，萬曆十年五月乙丑條，頁4a。

〔37〕康熙《懷來縣志》卷二《災異》，中央研究院傅斯年圖書館藏康熙五十一年刊本，頁16b～17a。

〔38〕此事見載於丁元薦《西山日記》卷下，《四庫全書存目叢書》子部第242冊，總頁741。丁氏在《西山日記》中，並未語及病疫者爲何人。據沈思孝所撰《明故中議大夫都察院右僉都御史念所江公墓誌銘》載其事云："刑部郎舒邦儒，公同年也，闔門病疫死，僅遺一歲孤，公即抱婦乳之。"見江東之《瑞陽阿集》卷首，《四庫全書存目叢書》集部第167冊，頁13b。

〔39〕《明神宗實錄》卷一八六，萬曆十五年五月辛卯條，頁1a。

忽不見。繼而都人身生泡瘤，漸大，痛死者甚衆，瘤內惟
有羊毛。有道人傳一方，以黑豆、菱參爲粉涂之，毛落而
愈，名羊毛疔。[40]

由此可見，當時人們對於瘟疫的病因並不甚清楚，故將此疫與賣羊
毛的婦人聯繫在一起，而認爲她是羊毛疔爆發的根源。雖然其中涉
及神秘性的解釋，但從記載中可知它是一種身體會起泡瘤，而且劇
痛的疾病。

另外，萬曆三十六年（1608），京城又瘟疫大作，"死者相
枕"。[41] 至萬曆四十年（1612）三月，由於直隸北部饑饉荒旱及疫
癘，流民涌入北京，瘟疫隨之大行，都城内外，饑者、病者甚
多。[42] 根據資料記載，該年北直隸曾再度流行大頭瘟，[43] 則是年北
京所盛行的瘟疫，應該也是大頭瘟。而在萬曆四十五年（1617），因
畿輔大旱，隨之發生瘟疫；六月時，"都城内外，瘟疫盛行"。[44]

崇禎末年

在明代北京的十餘次瘟疫當中，最爲嚴重的當屬崇禎末年的瘟
疫。在這段期間，曾爆發兩次嚴重的瘟疫，一次在崇禎十四年，一
次在崇禎十六年，其中又以後者傷亡人數最多，也最令人震撼。

崇禎十四年（1641）七月，北京再次爆發嚴重的瘟疫，據云：
"死亡者晝夜相繼，闔城驚悼。"面對如此嚴重的疫情，崇禎皇帝曾
於會極門召見正一教大真人張應京，命其禳疫。[45] 其後情況如何，
未見談及。不過，明遺民張怡曾經提到："京軍素多虛冒，自辛巳
（崇禎十四年）大飢大疫，繼以逃亡，隸尺籍者十僅一二。"[46] 可見
這一年瘟疫所造成的人口死亡，應該是相當多的。

至於崇禎十六年北京的大疫，疫情之嚴重更是空前。據文秉

〔40〕　汪瓘《名醫類案》卷九《疔瘡》，臺北：宏業書局據清刊本影印，1971 年，頁 274。
〔41〕　光緒《嘉定縣志》卷一六《人物二》，《中國地方志集成·上海府縣志輯》第 7 册，
　　　　上海：上海書店影印，1991 年，頁 12a～b。
〔42〕　《明神宗實錄》卷四九三，萬曆四十年三月壬寅條，頁 4a。
〔43〕　如北京稍南的保定府容城縣，就"人病大頭瘟疫，傳染死者甚衆。"參見光緒《容城縣
　　　　志》卷八《災異》，臺北：成文出版社，據光緒二十二年刊本影印，1969 年，頁 2a。
〔44〕　《明神宗實錄》卷五五八，萬曆四十五年六月乙巳條，頁 5a。
〔45〕　《崇禎實錄》卷一四，崇禎十四年七月丁亥條，頁 7a。
〔46〕　張怡《謏聞續筆》卷一，收入《筆記小說大觀》第 22 編第 8 册，臺北：新興書局，
　　　　1978 年，頁 2b。

《烈皇小識》記載：是年“北兵退後，京城瘟疫盛行，朝病夕逝，有全家數十口，一夕併命，人咸惴惴慮其不免”。[47] 或許這場瘟疫與軍事活動有某種關聯。清兵此次入關，在崇禎十五年（1642）歲末。十五年十一月初，清兵由黃崖口破關而入，屢破畿東城邑，其後轉而南下，連下直隸南部州縣，閏十一月已直抵臨清；至十二月，兵鋒甚至達淮北海州、徐州等地，此後轉戰於山東全境。崇禎十六年（1643）三月，清兵自山東北還，繞經通州，京師一度緊張，最後於五月初一由直隸懷柔出關。[48] 文秉所云的“北兵退後”，指的應是清兵於崇禎十六年自南北退之後，也就是五月以後。

北京這一年的大疫，疫情極其嚴重，而且疫死的人相當多。據《崇禎實錄》記載，是年二月至七月，“京師大疫，死亡日以萬計”。[49] 當時任錦衣衛指揮的王世德也説：四月以後，“日死萬餘人，城門壅擁，千棺不能出”。[50] 左都御史李邦華（1574～1644）亦云：“入秋以來，氣候不齊，以致疫癘大作，轉相傳染，閭閻下户，畢命此中者，一家數口，甚至無遺育，情可惻也。”[51] 又據記述：該年“秋七月，京師大疫，日死人不可勝計，甚有空一門、空一巷者”。[52] 八月，思宗還因刑部獄中的監犯罹患瘟疫，“物故者多，慘不忍見”，諭命尚書張忻將其取保放出。[53] 至九月間，思宗還曾以“憫都人疫，諭修省、釋輕繫”。[54] 清初，宋起鳳在回憶這場大瘟疫時云：

> 是歲，遍北京城内外，傳染疙瘩瘟一疫，古今方書所無。……一人感之，全家以次傳患，甚者有闔門皆殁，無有棺殮者。親戚不敢吊問，及門必中疫，殆返則家口得全

〔47〕 文秉《烈皇小識》卷八，上海：神州國光社排印本，1947 年，頁 217。
〔48〕 參見孫文良、李治亭、邱蓮梅《明清戰爭史略》，瀋陽：遼寧人民出版社，1986 年，頁 372～375。
〔49〕 《崇禎實錄》卷一六，崇禎十六年七月庚申條，頁 13a。
〔50〕 王世德《崇禎遺録》，收入《明史資料叢刊》第五輯，南京：江蘇古籍出版社，1986 年，頁 18。
〔51〕 李邦華《李忠肅公集》卷六《奏報領銀施棺疏》，《四庫禁毀書叢刊》集部第 81 冊，北京：北京出版社，2000 年，頁 87b。
〔52〕 金鉉《金忠節公文集》卷八《年譜》，《四庫未收書輯刊》陸輯第 26 冊，北京：北京出版社，1997 年，頁 13a。
〔53〕 李遜之《三朝野記》卷七《崇禎》，收入《荊駝逸史》，《明清史料彙編》三集，臺北：文海出版社影印，1968 年，頁 41a～b。
〔54〕 《崇禎實錄》卷一六，崇禎十六年九月壬辰條，頁 14b。

者什不二、三。九門日出萬棺，涂行者悉垂首尫羸，淹淹
欲絶。[55]

而據熊開元（1599～1676）記述，崇禎十六年七、八月北京瘟疫，
"彌月間，官民數十萬，皆須臾畢命"。[56] 又據《花村談往》記載：
是年八月至十月，京城内外傳染疙瘩病，"沿街小户，收掩十之五、
六；凡楔杆之下更甚，街坊閑的兒爲之絶影。有棺、無棺，九門計
數已二十餘萬"。[57] 按此記載，北京在八月至十月這三個月内，内
城九門門吏統計的死亡人數已達二十多萬人。如果這個數字是正確
的，那北京在這三個月内所疫死的人口，約是整個城市人口的五分
之一到四分之一，[58] 堪稱是一場超級大瘟疫。

綜合以上的記載，此次瘟疫可能在二月間已經開始蔓延，但在
四、五月以後趨於嚴重，七月至十月達到高峰。而據許多資料記述，
當年肆虐北京的瘟疫係疙瘩瘟。有記載説這年的疙瘩瘟出現在五、
六月間，[59] 實際上可能更早。這年年底抵達北京的劉尚友則説：
"夏秋大疫，人偶生一贅肉隆起，數刻立死，謂之疙瘩瘟，都人患此
者十四五。"[60] 可以想見當時罹患此疫者不在少數。又據《花村談
往》載：

> 癸未（崇禎十六年）京師疫時，病起必有紅點在背，
> 中包羊毛一縷，無得活者，疫死至數百萬。[61]

由是看來，疙瘩瘟患者身上存有與羊毛瘟相似的病徵。另外，北京

---

[55] 宋起鳳《稗説》卷二"明末災異"條，收入《明史資料叢刊》第 2 輯，南京：江蘇人民出版
社，1982 年，頁 49。

[56] 熊開元《魚山剩稿》卷四《自序·罪狀本末》，收入《筆記小説大觀》第 40 編第 4
册，臺北：新興書局，1986 年，頁 20b。

[57] 花村看行侍者《花村談往》"風雷疫癘"條，收入《説鈴》，臺北：新興書局影印，
1968 年，頁 37a～38a。

[58] 據研究，明代後期北京的人口在八十萬以上，十七世紀時可能已達百萬。參見
Joanne Clare Wakeland *Metropolitan Administration in Ming China*: *Sixteenth Century Pe-
king* (Ph. D. dissertation, The University of Michigan, 1982), pp. 91～101；新宫學
《明代の首都北京の都市人口について》，《山形大學史學論集》1994 年第 11 期，
頁 36～39；韓光輝《北京歷史人口地理》，北京：北京大學出版社，1996 年，頁
104～110。

[59] 趙某《唐亭雜記》，收入《筆記小説大觀》第 38 編第 9 册，臺北：新興書局，1985
年，頁 5a。

[60] 劉尚友《定思小紀》，杭州：浙江古籍出版社點校本，1985 年，頁 65。

[61] 花村看行侍者《花村談往》，"風雷疫癘"條，頁 39a。

在這年冬天又出現了吐血瘟。根據記載：這年的十一月，北京突然流行吐血瘟，病者"人忽咳血一口，周日亦死"[62]另一資料則説：十七年春間，"又有嘔血瘟，亦半日死，或一家數人並死"[63] 雖然時間有所不同，但可知吐血瘟出現在寒冷的冬季與春天。

由於當時的疫情頗惡，故凡客游、宦游京師者，"無不預寫家書，恐不及作囑語。大内亦然"[64] 范景文（1587～1644）在家書中就説："相別曾幾何時，京師瘟疫盛行，哭聲連屋"，而他自己也感染了重病[65] 吳麟徵（1593～1644）於家書中亦云："京師疫病盛行，錢義、王隆相繼物故，三立僅免，我亦多病，思歸甚急，進退兩難，奈何！奈何！"[66] 另外，在這場瘟疫流行時，申涵光（1619～1677）適入都探視其父親申佳胤（1603～1644），佳胤"遽命肩輿歸"[67] 顯然是怕他染上瘟疫。

在這種瘟疫到處蔓延的情況下，居民的恐慌是可以理解的。由於對瘟疫的起因無從捉摸，於其蔓延亦無法掌控，各種謠言於是在城中大肆流傳。其中，民間對於瘟疫的起因，即充滿神秘性的解釋，説這年春天瘟疫未流行前，喪門神曾假扮成一位婦人，穿著白色的衣服，於夜間出來散佈瘟疫：

> 相傳是年春，京營巡捕軍夜宿棋盤街之西，更定時，一老人囑曰："今夜子時，有一婦人通身縞素，涕泣而至，自西徂東。汝切不可放過，如放過，爲害不淺。延至鷄鳴，即無事矣。吾乃本境神祇，特來救此一方民，汝違吾言，當得重譴。"迫夜將半，果有一婦白衣泣訴，云歸母家，不意夫死，急欲奔喪，不避昏暮。邏者謹如前戒，堅持不允，婦亦暫退。迨漏五下，邏者偶倦寐，俄頃，婦折而東矣。輒復旋返，蹴邏者醒而告之曰："吾乃喪門神也，上帝令吾行罰，災此一方，汝何聽老人之言，阻吾去路？汝今逆天，災首及汝！"言畢不見。邏者

---

[62] 趙某《唐亭雜記》，頁5a。

[63] 劉尚友《定思小紀》，頁65。

[64] 計六奇《明季北略》卷一九《崇禎十六年癸未》，"志異"條，北京：中華書局點校本，1984年，頁403。

[65] 范景文《文忠集》卷一二《影印文淵閣四庫全書》第1295冊，頁22a。

[66] 吳麟徵《吳忠節公遺集》卷三《家書》，《四庫禁毀書叢刊》集部第81冊，頁53a。

[67] 申涵光《覺盟先生年譜略》，崇禎十六年癸未，《四庫全書存目叢書》集部第207冊，頁4b。

大懼，奔歸告其家人，言甫終，仆地而死。自後遂有疙瘟瘟、
西瓜瘟、探頭瘟等症，死亡不可勝計。[68]

另外又有記載提到：崇禎十六年四月初一，思宗循例祭享太廟，聖
駕未出，中極殿忽起旋風，有白衣人隨風而出，宿衛的軍校皆大驚
失色。風吹向東南，白衣人行至大通橋二閘而止。自此瘟疫流行，
日死萬餘人。黃昏時。街衢人鬼相雜，遇著白衣者必死。[69] 據説當
時"貢院前後，人鬼錯雜，日暮人不敢行"[70] 市肆鬻賣餅餌之所，
至夜晚撿整櫃錢，半皆冥紙。白晝人鬼相雜不能辨，諸家邸店多貯
水於巨盆中，客人所付的錢即丟置水中，以判別是否爲真錢。[71] 此
外，也有鬼買棺的傳言："東城一匠家鬻棺，有人將錢數千、銀幾錠
來買十二具，約于前門某胡同內某家，于次日送來。其匠果于次日
送去，至其家，人都死矣。果有十二人，符其棺之數。歸，整昨
日所貯銀錢，皆紙錠、紙錢也。"[72] 基於民眾企求逃脱死神招手的
心理，甚至出現了"區致遠能治疫鬼"的説法：

> 都事名致遠，新會人，舉于鄉，明末爲都察院都事。
> 都下大疫，惟區家晏然。有得其花押者，持至門，室內病
> 人立起。家家走求，於是都事門熱于要津。自宮府大僚，
> 床竈衙署，皆都事花押矣。某御史病甚，過致遠，致遠曰：
> "入吾榻臥當瘳也。"其人少睡，得汗，病遂已。[73]

區致遠是否真能治疫鬼，現已難查考，但從上自達官顯要，下至一
般百姓，皆前往乞求花押，可以想見當時人群之不安。而且，也就
因爲當時人們認爲瘟疫是疫鬼作祟，故在瘟疫大作時，"民間終夜擊
銅鐵器，以驅屬祟、聲達九重，上不能禁"。[74]

---

〔68〕 見胡介祉《茨村咏史新樂府》卷下《京師疫》，《四庫未收書輯刊》捌輯第 26 册，
頁 7a～b。並見沈頤仙《遺事瑣談》卷三《災異》，臺北：偉文圖書出版社據清鈔
本影印，1976 年，頁 112～113。
〔69〕 王世德《崇禎遺録》，頁 18。
〔70〕 沈頤仙《遺事瑣談》卷三《災異》，頁 113。
〔71〕 宋起鳳《稗説》卷二"明末災異"條，頁 49。
〔72〕 趙某《庸亭雜記》，頁 5a～b。
〔73〕 羅天尺《五山志林》卷二"能治疫鬼"條，《叢書集成初編》，上海：商務印書館，
1937 年，頁 25。
〔74〕 李遜之《三朝野記》卷七《崇禎》，頁 41b。並見胡介祉《茨村咏史新樂府》卷下
《京師疫》，頁 7a。類似記載又見于敏行等《欽定日下舊聞考》卷一六〇《雜綴》，
北京：北京古籍出版社點校本，1983 年，頁 2570。

二、瘟疫流行的背景

明代北京瘟疫的時間分佈，主要集中在帝國最後一百年，這一點相當值得注意。事實上，這與北直隸的瘟疫發生頻率是相仿的。據個人初步統計，北直隸在明前期（1368～1464）的疫癘甚少，到明中期（1465～1560）的後半始見增加，迨明後期（1561～1644）則增長的情況更加明顯。這三個時期受到瘟疫波及的府州數字，分別爲4：33：64。基本上，在1540年以後，直隸的瘟疫也是越來越多。[75] 換言之，晚明一百年間，華北的病菌似要比以前活躍。

明代北京歷次瘟疫年月分佈表

年　份	季　節	春季			夏季			秋季			冬季		
		1月	2月	3月	4月	5月	6月	7月	8月	9月	10月	11月	12月
成化七年	1471				●	●							
弘治十一年	1498					●							
嘉靖二十一年	1542					●	●						
嘉靖二十四年	1545	●											
嘉靖三十三年	1554				●								
嘉靖四十年	1561		●										
嘉靖四十二年	1563					●							
嘉靖四十四年	1565	●											
萬曆十年	1582			●		●							
萬曆十五年	1587					●							
萬曆三十六年	1608												
萬曆四十年	1612			●									
萬曆四十五年	1617						●						
崇禎十四年	1641							●					
崇禎十六年	1643		●	●	●	●	●	●		●	●	●	●

如上表所示，北京這十五次重大的瘟疫，除了季節不明的萬曆三十六年，與最後兩次之外，主要發生在前半年，即陰曆的春夏二季。其中，又以三月至七月（約爲陽曆的四至八月）的發生頻率最

---

[75]　邱仲麟《明代的疫癘——兼及官民的肆應》，頁3。

高。不過，在此要特別強調的是，由於在這十餘次瘟疫當中，除崇禎十六年的記載較爲完整外，其餘的十三次瘟疫，通常僅記其疫情嚴重的月份，至於何時出現、何時消失，記載多半闕如。因此，此表所呈現的，僅是嚴重疫情的月份分佈，不足以代表該年的流行情況。至於歷次瘟疫的大小，除了崇禎十六年瘟疫的嚴重性可能高於其他幾次之外，對於其他的十餘次，基本上很難分辨其高下。

然而，爲何北直隸的瘟疫主要發生在 1540 年以後？氣候的轉冷或許是可能的因素之一。根據學者的研究，明代後期天氣轉趨寒冷，熱帶地區自十六世紀開始出現降雪現象，至十七世紀最冷。[76] 又根據文煥然的研究，華北在 1450 年以後，寒冷年份明顯增多；而 1550～1650 年這一百年間，氣候又較 1450～1550 年間爲冷。"[77] 以海河流域來看，明中葉自 1500 年以後，冷秋、冷冬、冷春、冷夏的年份計有 54 年，平均約 2.7 年就會遇到一次冷年。[78] 這樣看來，氣候轉冷與瘟疫流行之間，似乎有某程度的重疊，然而這當中缺乏足夠的證據，本文不擬多加討論。

不過，北京歷次瘟疫與災荒的關聯相當密切，倒是可以確定的。據于德源指出：明代北京的瘟疫，大多出現在水，旱災和饑荒之後。嘉靖三十三年春，京畿因上一年北直隸大水，饑荒嚴重，百姓甚至剝樹皮以食，延至該年四月，都城內外發生大疫。另外，嘉靖四十四年的瘟疫，亦與饑旱有關。至於萬曆年間的瘟疫，發生瘟疫的時間也均在該年的饑旱月份：萬曆十年發生在三月，十五年也發生在"天時亢陽"的五月，四十五年發生在"赤日流金，土焦泉涸"的六月；而崇禎十四年以後連續四年的大旱，也爲崇禎末年的瘟疫創造了有利條件。[79] 明代北京的許多次瘟疫，就與附近災荒之區饑民的涌入有所關聯。

---

〔76〕 竺可楨《中國近五千年來氣候變遷的初步研究》，《竺可楨文集》，北京：科學出版社，1979 年，頁 486～487；王育民《中國歷史地理概論》上冊，北京：人民教育出版社，1987 年，頁 220～221；張丕遠主編《中國歷史氣候變化》，濟南：山東科學技術出版社，1996 年，頁 303～304。

〔77〕 文煥然、文榕生《中國歷史時期冬半年氣候冷暖變遷》，北京：科學出版社，1996年，頁 122～129、161。

〔78〕 湯仲鑫等編著《海河流域旱澇冷暖史料分析》，北京：氣象出版社，1990 年，頁 111～112。

〔79〕 于德源《北京農業經濟史》，頁 251～253。

　　而在另一方面，北京以其政治上的樞紐地位，即使没有饑民涌
至，其通往全國各地的交通線，也不可避免地成爲瘟疫傳播的通道。
在明代，由北京向外輻射的官道與驛路計有七條，分別通往東邊的
山海關、東北邊的古北口、西北邊的宣府鎮、西邊的大同鎮；西南
趨保定，轉南可經河洛至湖廣，再達雲貴或兩廣；東南往天津，循
運河趨齊魯，直抵蘇杭，轉至閩贛。[80] 在此情況下，即使附近未發
生饑饉，只要瘟疫在北直隸或其他地方爆發，透過官員，商人等人
群的南來北往，同樣可以將瘟疫的病菌帶至北京。反之，北京一旦
遭受瘟疫侵襲，其病菌也會經由北京往各地擴散。當然，北京的瘟
疫也有可能是自發的。但由於資料缺乏，我們很難判斷北京在瘟疫
的傳播上是否曾扮演過疫源地的角色。

　　除了以上這些背景之外，環境衛生的因素，可能也必須加以考
慮。[81] 在中國，其實很早就認識到環境衛生不佳易於滋生疾病。以
宋代而言，就不乏這類的看法。[82] 這種認識，在明代同樣存在。萬
曆中葉，謝肇淛（福建長樂人，萬曆二十年〔1592〕進士）旅居北
京時，曾對京師的生活環境有如下的評述：

　　　京師住宅既逼窄無餘地，市上又多糞穢，五方之人，
　　繁囂雜處，又多蠅蚋，每至炎暑，幾不聊生，稍霖雨，既
　　有浸灌之患，故瘧痢瘟疫，相仍不絕。攝生者，惟静坐簡
　　出，足以當之。[83]

雖然整段文字缺乏緊密的邏輯性聯繫，但謝氏在此很清楚地點出：
明代後期北京城市環境的不佳，與瘟疫不斷發生有所關聯。從行文
當中可以知道當時的北京，有著居住空間狹窄、街道髒亂、排水不

---

〔80〕 有關於北京往各地的交通線，參見蘇同炳《明代驛遞制度》，臺北：中華叢書編審
　　　委員會，1969 年，卷首，"明代全國驛路圖"；楊正泰《明代驛站考》，上海：上海
　　　古籍出版社，1994 年，頁 109，"二京至十三布政司主要驛路圖"。
〔81〕 按照現代公共衛生學的看法，環境衛生的不佳，與瘟疫的流行存在著極大的相關
　　　性。參見經利彬、張文彬編著《衛生學》，臺北：正中書局，1953 年，頁 23～25。
　　　另參見孟洛（W. B. Munro）著，宋介譯《市政原理與方法》，上海：商務印書館，
　　　1926 年，頁 135～167。
〔82〕 鄭壽彭《宋代開封府研究》，臺北：國立編譯館中華叢書編審委員會，1980 年，頁
　　　570；梁庚堯《南宋城市的公共衛生問題》，《中央研究院歷史語言研究所集刊》第
　　　70 本第 1 分，1999 年，頁 128～139。
〔83〕 謝肇淛《五雜組》卷二《天部二》，臺北：偉文圖書出版社影標點本，1977 年，頁
　　　33～34。

良，又多蚊蠅的問題，也就因爲如此，乃使得"瘧痢瘟疫，相仍不絕"。不過，即使謝肇淛已經指出這點，但北京歷次的大瘟疫，是否與這些因素存在直接的關聯，已經難以查考，故以下有關於北京環境衛生的考察，僅在於指出明代中後期北京環境衛生的變遷，以及公共衛生的管理日趨敗壞，可能與瘟疫的增多有某種程度的關係。

明代對於京城街道、溝渠的清潔，設有專責衙門管理與監督。明初，負責巡視北京道路、溝渠的機構，爲錦衣衛官校、五城兵馬司、巡街御史；至成化十五年（1479），工部虞衡司也成爲巡視街道的衙門之一。據資料記載，工部虞衡司之下設有街道廳、街道房，專責整頓街道。[84] 另外，對於在街道上傾倒穢物，律令同樣有所限制。明初在定律令時，曾斟酌《唐律》、《宋刑統》的條文，[85] 對於街道有如下的規定：

> 凡侵佔街巷道路，而起蓋房屋，及爲園圃者，杖六十。各令復舊。其穿墻而出穢污之物於街巷者，笞四十。出水者，勿論。[86]

這一規定除了不准起蓋違章建築、侵佔路面之外，也不準將污穢之物棄置於街道之上，至於向街上潑水，則不處罰。不過，雖然有以上的法規與這些巡視的機構，但都市居民的生活習慣與管理機關的因循苟且，遂使得都市的環境衛生日益惡化。從諸多記載看來，謝肇淛所談到的這些問題，並非是萬曆年間才出現的。至晚在十五世紀後半，這些問題已經在北京浮現。

實際上，城市人口的增長，也對北京的環境衛生帶來負面的影響。明代初期，北京城內的居住空間尚未飽和；衛生條件應也較好。在這段期間，北京未爆發嚴重的疫情，或許與此有關。然而，在十五世紀中

---

〔84〕 李東陽等，正德《大明會典》卷一五九《橋道》，東京：汲古書院影正德四年司禮監刊本，1989 年，頁 21b、22a。沈榜《宛署雜記》卷五《德字·街道》，北京：北京古籍出版社點校本，1980 年，頁 34。

〔85〕《唐律》、《宋刑統》中的條文爲："諸侵巷街、阡陌者，杖七十。若種植墾食者，笞五十。各令復故。雖種植，無所妨廢者，不坐。其穿垣出穢污者，杖六十。出水者，勿論。主司不禁，與同罪。"參見長孫無忌等《唐律疏議》卷二六《雜律》，北京：中華書局點校本，1983 年，頁 488～489；竇儀《宋刑統》卷二六《雜律》，北京：中華書局點校本，1984 年，頁 417。

〔86〕 黃彰健編著《明代律例匯編》卷三〇《工律二·河防》，"侵佔街道"條，臺北：中央研究院歷史語言研究所，1979 年，頁 1024。

葉以後,北京人口日益增加,其居住品質相對下降。成化五年(1469),吳寬曾説:"京師民數歲滋,地一畝率居什佰家,往往床案相依,庖厠相接,其室宇湫隘,至不能伸首出氣。"[87] 弘治二年(1489),也曾説當時北京是"生齒益緊,物貨益滿,坊市人迹,殆無所容"。[88] 京城的居住空間,似乎已極擁擠。至明代後期,城内及關廂的人口增至八十萬以上,居住空間狹小的問題,當更爲嚴重。而隨著人口的增加,各種垃圾、穢物的處理,也成爲一個大問題。

垃圾堆積

北京居民作賤街道的問題,在十五至十六世紀之交已經相當嚴重。弘治六年(1493),兵部尚書馬文升(1426~1510)的奏疏就談到:皇城北安,東安、西安各門外,"被人作踐,十分不潔"。[89] 直至萬曆初年,皇城一帶仍然不怎麽乾凈。萬曆七年(1579),神宗曾降旨:"潔凈皇城門,並疏通溝渠、道路。"[90] 而萬曆十年(1582),工部申明街道事宜六款時,其中二款也提及潔凈皇城四門,灑掃街道溝渠之事。[91] 皇城宮門附近尚且如此,其他街道可知。

此外,由於居民將灰燼、碎屑等物傾倒於街面,日積月累,往往導致街面上升,高過兩旁住家,連帶也造成住家積水的問題。這個問題,在明孝宗在位時已經存在。弘治六年,馬文升上奏時也談到:皇城北安、東安、西安三門外,"三面糞土,高於門基,若遇大雨,水必内流,恐與門基相平"。而另一方面,"東西長安門外通水溝渠,年久淤塞,水不能行"。[92] 直至崇禎末年,還是有官員指出:居民將土屑、煤渣倒棄於馬路上,造成路面升高,兩旁建築物"没地數尺",每逢大雨,雨水灌入民居,導致積水不退。[93]

排水不良

北京在建都之初,原有良好的排水設計,此一設計直至民初猶

---

〔87〕 吳寬《家藏集》卷三一《陋清閣記》,《影印文淵閣四庫全書》第 1255 册,頁 5a。
〔88〕 吳寬《家藏集》卷四五《太子太保左都御史閔公七十壽詩序》,頁 13b。
〔89〕 馬文升《端肅奏議》卷五《潔凈皇城門禁以壯國威事》,《影印文淵閣四庫全書》第 427 册,頁 3a。
〔90〕 《明神宗實錄》卷八五,萬曆七年三月丁未條,頁 2b。
〔91〕 《明神宗實錄》卷一三〇,萬曆十年十一月戊辰條,頁 5b。
〔92〕 馬文升《端肅奏議》卷五《潔凈皇城門禁以壯國威事》,頁 3a~4a。
〔93〕 李邦華《李忠肅公集》卷六《巡城約議疏》,頁 56a。

爲人所稱道。[94] 不過，北京自永樂年間 （1403～1424） 興築以來，
由於歷時久遠，溝渠淤積的問題日趨嚴重。景泰六年 （1455），官方
曾命給事中，監察御史、工部官，督率五城兵馬司疏浚京城溝
渠。[95] 然而至成化年間，淤塞問題依然存在。這種情況在皇城附
近，亦是如此。成化二年 （1466），就曾疏通皇城東、西公生門至大
明門溝渠 215 丈，以及東安門至南墙角溝渠 225 丈。[96] 同年，憲宗
並下令：“京城街道、溝渠，錦衣衛官校，並五城兵馬，時常巡視，
禁治作踐，如有怠慢，許巡街御史，參奏拿問。若御史不言，一體
治罪。”[97] 成化六年 （1470），又令：“皇城周圍，及東西長安街，
並京城内外大小街道，溝渠，不許官民人等，作踐掘坑，及侵佔、
淤塞。”[98] 然而，溝渠淤積的問題並未解決，對於這類情況的指摘，
也屢屢形諸官員的奏疏。[99] 成化八年 （1472） 十月，御史楊守隨等
人在上奏時，甚至建議“令居民自治溝渠”。[100] 至成化十年 （1474）
四月，由於城中“街渠污穢壅塞”，憲宗至爲震怒，曾降旨將中城兵
馬司指揮、巡城御史及錦衣衛官校下獄，令法司議罪。[101] 從朝廷一
再頒佈這些命令及官員的奏陳看來，問題似乎已到不得不加以解決
的地步。爲了能根本性解決這一問題，工部在成化十年奏准：

> 京城水關去處，每座蓋火鋪一，立通水器，於該衙門
> 撥軍二名看守，遇雨過，即令打撈。其各廠大小溝渠、水
> 塘、河漕，每年二月，令地方兵馬，通行疏浚。看廠官員，
> 不得阻擋。[102]

此一條例大致可分兩方面來看，其一係於各重要的水閘，蓋鋪舍一
間，設置通水工具，派軍士二名看守，大雨過後，即令打撈河上的
垃圾。其二則是每年二月，京城所有的溝渠、水塘及河道，通行疏

〔94〕 齊如山《故都三百六十行》“御史查溝”條，北京：書目文獻出版社，1993 年，頁 77～78。
〔95〕 《明英宗實錄》卷二五五，景泰六年閏六月癸酉條，頁 7a。
〔96〕 《明憲宗實錄》卷三一，成化二年六月戊午條，頁 7a～b。
〔97〕 李東陽等，正德《大明會典》卷一五九《橋道》，頁 21b。
〔98〕 李東陽等，正德《大明會典》卷一五九《橋道》，頁 21b。
〔99〕 《明憲宗實錄》卷一〇〇，成化八年正月戊午條，頁 9a；卷一二七，成化十年六月
戊寅條，頁 4b～5a。
〔100〕 《明憲宗實錄》卷一〇九，成化八年十月丁亥條，頁 4b～5a。
〔101〕 《明憲宗實錄》卷一二七，成化十年四月丁丑條，頁 8a。
〔102〕 李東陽等，正德《大明會典》卷一五九《橋道》，頁 22a。

淘，此即明人所謂的二月淘溝之制。後來，淘溝制度實施至萬曆七年（1579）三月，因神宗降旨："潔淨皇城門，並疏通溝渠、道路，歲爲例"，[103] 才改爲三月淘溝。然而，溝渠淤塞的問題，直至晚明仍然未有大幅度的改善。萬曆三十六年（1608），工部都給事中孫善繼就曾奏陳："國家宮府、市廛、溝渠、街道，靡不昉古，經緯布之。年來職掌寖廢，街道穢積，所在爲丘；溝渠壅塞，一雨成沼。"[104]

滿街糞穢

除了以上兩者之外，北京還有一個長年以來無法解決的問題，即滿街是糞穢。究其所由，也與居民的生活習慣有關。王思任（1576～1646）在《謔庵文飯小品》中就曾說："愁京邸街巷作溷，每昧爽而攬衣。不難隨地宴享，報苦無處起居。"[105] 這種在街巷上隨地便溺的情況，應是相當普遍。清初，李鶴林在《集異新抄》中曾有一則紀事云：

> 吳門馮先生謁選京師，謂人言："長安道中有二恨：遍地烏紗、觸鼻糞穢。獨我窮經一生，巴一頂教官紗帽，候缺年餘，未得到手，不若猾胥市儈，朝媒而夕榮，一恨也。偶從道旁痾屎，方解褌，卒遇貴官來，前驅訶逐至兩，三胡同，幾污褌內，二恨也。"聞者絕倒。[106]

此一記載，談到這位馮先生在北京想求頂烏紗帽戴，候缺多年未得，本想在路邊拉屎，沒想到遇見高官經過，前面開道的左驅右趕，趕到兩、三條胡同之外，害得他差點痾在褲子裏，又想到自己沒得官做，所以如此狼狽，自然是恨了！

而居民之所以隨地大小便，則與北京的廁所少有所關聯。在明代的北京，室內設有廁所者不多，其中最好的當推紫禁城。據記載："乾清宮圍墻之內，左右廊房之朝南半間者，曰東夾墻、西夾墻，又慈寧宮西第等處，皆宮眷、內宮便溺之所。宮墻之外，磚砌劵門，

〔103〕《明神宗實錄》卷八五，萬曆七年三月丁未條，頁1b。

〔104〕《明神宗實錄》卷四四七，萬曆三十六年六月甲戌條，頁3b。

〔105〕王思任《謔庵文飯小品》卷一《坑廁賦》，《續修四庫全書》第1368冊，上海：上海古籍出版社，1997～2000年，頁93b～94a。

〔106〕李鶴林《集異新抄》卷三"長安二恨"條，收入《筆記小說大觀》第32編第8冊，臺北：新興書局，1981年，頁15a。

安大石於上，鑿懸孔垂之，各有净軍在下接盛。”每月的初四、十四、二十四三日，開玄武門及各小門放夫匠及打掃净軍，入内擡運堆積的糞穢。[107]擡運時，“以空車推入一换，從後宰門出”。[108]另外，在慈寧宮南邊的司禮監掌管處，亦設有茅房、木桶，“爲便溺之所”。[109]

至於皇宮之外，家中設有厠所的，多半是達官貴人。成化年間（1465～1487）有位書生來到北京，就看準厠所需要有人清理這點，與其妻子商量説：“京師甲第連甍，高者鞏飛，低者鱗次，皆有偃舍其中。吾顧無他能，將求治溷以爲業，不識可乎？”其妻不置可否，書生乃“置溲器二、臿一，恒冠幘曳履，負器荷臿，日往富貴者之門，爲之治溷，治溷一輒取錢數文，人見其巾幘類儒生也，因呼爲‘治溷生’”。[110]由此記載看來，北京貴戚之家多有偃厠，這位書生爲這些家庭清理糞穢，每次才得數文錢，看來工資頗賤。

然而，雖説達官貴人多有偃厠，但一般人家則多無此設施。明末，謝肇淛曾在《五雜俎》中提到：大江以北人家，家中大多不設偃厠，而以“净器之便”爲主；至於京師，“則停溝中，俟春而後發之，暴日中，其穢氣不可近，人暴觸之輒病”。[111]由此看來，北京城内一般住家或多不設偃厠，而以净桶替代。結果，净桶中的屎尿，都倒入了溝渠之中，造成了嚴重的環境衛生問題。在這種情況下，溝渠是臭氣衝天。萬曆初，徐渭（1521～1593）在詩中就曾咏道：“燕京百事且休憂，但苦炎天道上溝。近日已聞將掃括，不須遮鼻過風頭。”[112]

其實，明代北京的街道上除了人糞之外，牲畜的排泄物也到處都是。萬曆年間，屠隆（1542～1605）就曾説：“人馬屎，和沙土，

〔107〕劉若愚《酌中志》卷一六《内府衙門職掌》，北京：北京古籍出版社點校本，1994年，頁106；卷一七《大内規制紀略》，頁148。

〔108〕徐充《暖姝由筆》，《叢書集成續編》第213册，臺北：新文豐出版公司，1989年，頁6b。

〔109〕劉若愚《酌中志》卷一七《大内規制紀略》，頁149。

〔110〕童軒《治溷生傳》，收入黄宗羲編《明文海》卷四二四，北京：中華書局影清抄本，1987年，頁7b～8a。

〔111〕謝肇淛《五雜俎》卷三《地部一》，頁76。

〔112〕徐渭《徐渭集》，《徐文長三集》卷一一《燕京五月歌四首》，北京：中華書局點校本，1983年，頁357。

雨過淖濘没鞍膝。"[113] 這種情況，謝肇淛也有一番體會。他説："燕
都高燥多煩暑，五、六月則赫曦藴隆，自旦徹夜，九衢之交，驢馬
輿儓，肩磨踵擊，污潢糞穢，逆鼻不可耐。"[114] 崇禎年間，京官們
也有"朝罷驢尿攜滿袖"之説。[115] 甚至有人曾戲謔地説：

> 京師有七味解熱丸，用騾驢人馬牛犬豕糞，以大騾車
> 羅過，加久年陰溝秋實和之，此丸專解爭名爭利的熱
> 火。[116]

這雖是戲謔之語，但卻點出了北京街上的各種糞穢，如騾糞、驢糞、
人屎、馬糞、牛糞、犬屎，猪屎等等。想來明代後期北京的街上，
到處是糞便，其臭自然令人難以忍受。難怪明末李流芳（1575～
1629）會説："長安城中有何好，惟有十丈西風塵。人畜糞土相和
匀，此物由來無世情。"[117]

病媒滋生

明代後期北京這樣的都市環境，其實頗利於傳染病媒的生長。
明中葉，何孟春（1474～1536）曾云："京城夏月蚊多，處人苦於宵
嚼，百計薰逐，不能成寐。"[118] 何景明（1483～1521）亦有詩云：
"晝夜蚊蠅飛滿天，穿窗撲帳攪人眠。"[119] 謝肇淛更是一再指出"京
師多蠅"。[120] 他在給友人的信中曾抱怨説：

> （京師）四月以後，即苦暴暑，斗室如甑，床几皆難著
> 手。袒跣偃臥，則青蠅嬲之不置，青衣平頭，塵箑交揮，
> 纏得合睫，復聞剥啄聲。[121]

〔113〕 屠隆《在京與友人》，見何偉然等評選《皇明十六名家小品》卷二《翠娛閣評選屠
　　　 赤水小品》，《四庫全書存目叢書》集部第 378 册，頁 11a。
〔114〕 謝肇淛《小草齋文集》卷一〇《蓮華庵記》，《四庫全書存目叢書》集部第 176 册，
　　　 頁 20a。
〔115〕 其原因在於："京師脚驢，多於沙塵中遺尿，既乾經踐，仍復成塵，乘風而起，穢
　　　 氣逆鼻，所謂'驢尿攜滿袖'也。"見楊士聰《玉堂薈記》，臺北：偉文圖書出版
　　　 社影抄本，1977 年，頁 67～68。
〔116〕 姚旅《露書》卷一二《諧篇》，《四庫全書存目叢書》子部第 111 册，頁 11b。
〔117〕 李流芳《檀園集》卷二《送汪君彦同項不損燕游兼呈不損》，《影印文淵閣四庫全
　　　 書》第 1295 册，頁 17a。
〔118〕 何孟春《餘冬序録》卷五〇《四庫全書存目叢書》子部第 101 册，頁 7a。
〔119〕 何景明《大復集》卷二九《苦熱行十首》，《影印文淵閣四庫全書》第 1267 册，頁
　　　 11a。
〔120〕 謝肇淛《五雜俎》卷九《物部一》，頁 236。
〔121〕 謝肇淛《小草齋文集》卷二一《京邸與人雜書》，頁 24a。

其實，北京多蠅，並不是謝肇淛一個人的感受而已，其他士人也多語及。俞彥（萬曆二十九年〔1601〕進士）就曾痛斥北京的蒼蠅："十萬八千隨處是，嘬頭喋耳又呼朋，佛見也須憎！"[122] 蒼蠅之惱人，由此可見。直至明末，黃道周（1585～1646）仍說："京師物繁，蒼蠅爲最。"[123] 而朱察卿（？～1572）甚至曾開玩笑地說：北京的"青蠅屎，日可積十石"。[124]

在明代後期，北京除了多蚊蠅之外，也多床蝨（臭蟲）、跳蚤。嘉靖末年，郎瑛在北京就曾有一番體驗，他說："予嘗以北京多蝨，畏之者以床置室中央，水舂戴其足，蝨不能至矣，然猶群聚於梁以下。"[125] 雖然在四支床脚分別放了水舂，但蝨子還是一樣令人感到可怕！萬曆年間，俞彥談到北京的臭蟲，記憶也是揮之不去："天地不仁乃生爾，何緣獨聚此城中，夜夜苦相逢！"[126] 其他如戴九玄（萬曆三十二年〔1604〕進士），他也有詩咏道："長安不可住，五月劇炎暑。日與青蠅居，夜與蚤蝨處。"[127] 王思任（1576～1646）也曾苦於北京的"蒼蠅竟夜語"與"擷蝨隨膚掠"。[128] 錢謙益（1582～1664）在《鼈蝨詩》中，更是細述了其在北京被蝨子騷擾的情況：

> 僦舍都門外，湫隘類鼠穴。土炕搘前楹，瓴甋累後闑。
> 炎歊氣彌蒸，溝澮惡不渫。凡百蟲與豸，因依作巢窟。有
> 蟲蟣蝨類，厥然肖惟蟗。形圓脊微穹，幂介儼環列。多足
> 巧於緣，利嘴銳如鐵。伏匿床第間，夢囈伺悅智。囓肌陷
> 針芒，啖血恣剖劂。攢喋方如錐，墳起已成凸。不禁膚爬
> 搔，猛欲手捫滅。倏若捷疾鬼，驚走在一瞥。都無翼撲緣，
> 不聞聲偠屑。近或匿枕衾，遠或走楄棧。明或潛帷幔，隱

---

〔122〕 俞彥《俞少卿集·近體樂府》，《四庫未收書輯刊》第 6 輯第 23 冊，頁 6a。

〔123〕 見劉侗、於奕正《帝京景物略》卷二《城東內外·春場》，北京：北京古籍出版社點校本，1980 年，頁 77。

〔124〕 朱察卿《朱邦憲集》卷五《燕市集序》，《四庫全書存目叢書》集部第 145 冊，頁 15a。

〔125〕 郎瑛《七修類稿》卷四五《事物類》，"壁蝨"條，北京：中華書局點校本，1959 年，頁 664。

〔126〕 俞彥《俞少卿集·近體樂府》，頁 6b。

〔127〕 戴九玄《長安不可住》，見《帝京景物略》卷二《城東內外·春場》，頁 77。

〔128〕 王思任《避園擬存·熱嘆詩》，《王季重十種》，杭州：浙江古籍出版社點校本，1987 年，頁 365。

或據衣裙。遠床何處搜，拂簀誰能撤？兒童偶批摑，經時
臭不歇。未足快俘獲，徒然滋嘔噦。我坐環堵室，屏居謝
朝謁。方當病幽憂，又復遭螫蠚。睡少不耐嘖，皮枯豈堪
蜇。……[129]

由錢謙益這首詩，可以看出其居室是空間狹窄又排水不良。而在這
樣的生活環境中，虱子成了他每天晚上睡覺時所要奮戰的對象。

綜合看來，在明代後期，北京的環境衛生是出了問題。而之所
以如此，原因或許相當複雜，但與唐、宋兩代相比，明代律令對於
違犯街道管理條例者的處罰減輕了很多。就出穢污之物於街巷而言，
在宋代杖六十，明代則改爲笞四十。而且，《大明律》也缺乏《唐
律》、《宋刑統》中"主司不禁，與同罪"的規定。或許也就因爲不
追究失職者的責任，相關衙門漫不經心，街道衛生也就不太理想。
而在定期淘溝方面，相關衙門也常僅是虛應故事，[130] 故溝渠淤塞的
問題也是長期無法解決。然而，有時問題被提出來，官方未必就有
強烈的警覺與貫徹的魄力。弘治十六年（1503），吏科左給事中吳世
忠在上疏時曾指出：

> 皇城之外街土太高，於相地爲凌犯之象；溝湖日壅，
> 於剋應爲腸目之災；臭惡薰蒸，於醫家爲嘔痢之疾。乞將
> 濠湖填窄者，盡爲開闊；溝渠阻塞者，盡爲淘浚；街巷堆
> 積者，盡爲鋤艾，乃大街兩旁皆栽植槐柳，以蔭夏日。事
> 下工部，覆奏。命姑置之。[131]

吳世忠的這段文字分別談到：皇城外街土太高，就相地之術而言，
爲下凌上之象；溝渠池塘壅塞不通，於五刑剋應爲腸目之災；而道
路惡臭薰天，就醫家的看法，將有爆發"嘔痢之疾"的可能。故建
議開闊填窄之濠湖、淘浚阻塞之溝渠、鋤艾街巷之堆積，並在大街
兩旁廣植槐柳。其建議頗具建設性，可惜遭到擱置。此外，明代北
京的街道管理成效不彰，可能也與人力不足有關。由於明代京師街
道的修繕，是以徵調差役的方式進行，常僅在道路破壞嚴重的時候，

---

[129] 錢謙益《牧齋初學集》卷八《繁虱》，上海：上海古籍出版社點校本，1985 年，頁
241。

[130] 沈德符《萬曆野獲編》卷一九《工部》，"兩京街道"條，北京：中華書局標點本，
1959 年，頁 487。

[131] 《明孝宗實錄》卷二〇三，弘治十六年九月丁卯條，頁 4a～b。

才由各城兵馬司督促夫役修理；[132] 而平時並未有清道夫之類的組織，對於京師常時性的污穢物處理，並未能取得全盤性的解決。嘉靖六年（1527），大學士桂萼曾建議將京城內無所事事的游手者整編，"授以耒耜畚鍤，因責之以除糞穢，潔街衢，聚土涂，治潦水，埋棄尸，掩流殍"，[133] 即由游手者負責清潔街道溝渠的工作，但似乎沒有議行。

　　從某方面來說，北京居民生活習慣不佳與環境衛生管理不善，所導致的環境衛生惡化，對於瘟疫的散播應有影響。據現代微生物學的臨床報告，病菌的散播分爲機械性傳播（mechanical transfer）及生物性傳播（biological transfer）兩類，而昆蟲在後者之中，是重要的傳播媒介。[134] 明代後期，北京的蒼蠅、跳蚤，壁虱等昆蟲之大量存在，自然增加了生物性傳播的機會。而環境衛生的惡劣，也爲機械性傳染增加了相當大的機率。雖然我們不知道北京在明代是否曾爆發小規模的瘟疫流行，但其存在應是一個可以理解的事實，謝肇淛前面所指陳的"瘧痢瘟疫，相仍不絶"，應該就是這個情況。至於明中葉以後都城環境衛生的不佳和病媒的大量存在，是否與這十五次較大型的瘟疫有絶對的關係，雖然無法證明，也難查考，但這當中亦應有某種程度的聯繫。

三、流行瘟疫考論

　　就前面所統計的十五次瘟疫而言，在萬曆之前，多半未見病名之記載與病狀之描述；而在萬曆以後，這方面的記載則較多，有些資料對於病情的描述也較詳細。就已知病名的幾次瘟疫來說，北京在弘治十一年曾嚴重流行痘疹；而在萬曆以後，至少曾流行過大頭瘟、羊毛瘟、疙瘩瘟及吐血瘟這幾種疫病。其中，大頭瘟流行於萬

---

〔132〕　邱仲麟《明代北京的地理形勢、氣候與都市環境管理：一個人文角度的觀察》，《史原》18 卷，1991 年，頁 76。

〔133〕　桂萼《文襄公奏議》卷一《應制條陳十事疏》，《四庫全書存目叢書》史部第 60 冊，頁 36a ~ b。

〔134〕　機械性傳播包括：（1）接觸傳染，如接吻、性接觸、皮膚分泌物、病媒排泄物等；（2）空氣傳染，如飛沫、塵埃傳染；（3）飲食傳染；（4）病患及帶菌者使用過的物品傳染。生物性傳播則主要爲：（1）病媒傳染，如跳蚤傳染鼠疫；（2）動物傳播，如犬咬傷人造成狂犬病。參見林榮茂、林環編《微生物學》，臺北：南山堂出版社，1982 年，頁 70 ~ 71。

曆十年（1582）、萬曆四十年（1612）；羊毛瘟則發生在萬曆十五年（1587）及崇禎十六年（1643）；至於疙瘩瘟及吐血瘟，則爆發於崇禎十六年。

痘疹，即今日所知的天花，殆已無疑義。至於大頭瘟、羊毛瘟、疙瘩瘟及吐血瘟這幾種瘟疫，由於病名甚奇，而且醫籍中的記載也不如痘疹多，到底是何種傳染病，還是充滿爭議。其實，受限於既有史料對於瘟疫的記載簡略，加上記述語言的迷津不易解開，研究中國歷史上的傳染病，極容易碰到瓶頸。雖然認定某種瘟疫是現在的何種疾病，是件不討好且易引起爭議的事；[135] 但個人認爲，即使無法直接以細菌檢驗的方式對過去的疾病做出決定性的判定，但只要不是爲了嘩衆取寵，或迎合當代流行説法，依據證據進行推論，以提供相關學者論辨，似乎也無不可。基於此，以下將對大頭瘟、羊毛瘟，疙瘩瘟及吐血瘟的病徵加以叙述，並稍做推論。

痘　疹

在中國，痘疹的流行史可以上推至公元四五世紀之間。[136] 其在明代，也常造成幼兒極大的死傷。[137] 不過，就個人所見，資料載及北京痘疹大流行，僅言及弘治十一年（1498）。然從明代許多京官的小孩，常因痘疹而死於京師，可以推知痘疹在北京仍不時流行。如王直（1379～1462）就曾説：“予來京師，有男女三人，皆以痘疹失之。”[138] 又，岳正（1418～1472）的次子應元，亦以痘疹病死於北京，生下來才五個多月。[139] 另外，夏良勝的女兒進第，在正德七年

---

[135]　在西方，有醫學史學者曾對此種對應的考察方式提出批評。Andrew Cunningham 就反對以現代的“鼠疫”概念解釋中世紀的“黑死病”。他認爲用現代疾病概念來解釋過去的疾病史，帶來的是對過去的醫學與疾病觀的嚴重扭曲；要決定某種疾病是不是鼠疫，只有靠細菌學檢驗與實驗室才能判定。Cunningham 這樣的立場，涉及到一個知識論上的難題，也與疾病生物學史的基本出發點相抵觸，引發了學界的辯論與反對意見。這一看法，並非人人都接受，以研究殖民醫學史著名的 David Arnold，就不排斥以現代疾病範疇來探討現代實驗室醫學到來之前的疾病史，並曾揣測1850年代印度發生的 Burdwan Fever，極可能是瘧疾。參見李尚仁《歐洲擴張與生態決定論──大衛阿諾論環境史》，《當代》170 卷，2001 年，頁25。

[136]　梁其姿《明清預防天花措施之演變》，收入《國史釋論：陶希聖先生九秩榮慶祝壽論文集》上册，臺北：食貨出版社，1987 年，頁239。

[137]　邱仲麟《明代的疫癘──兼及官民的肆應》，頁 9～10。

[138]　王直《抑庵文集》後集卷九《贈鄒孟義序》，《影印文淵閣四庫全書》第 1241～1242 册，頁23a。

[139]　岳正《類博稿》卷九《瘞應元兒銘》，《影印文淵閣四庫全書》第 1246 册，頁 9a～10a。

（1512）陰曆五月三十日，以痘瘡暴卒於北京，死時才四歲。[140] 姚希孟（1579～1636）之子宗明，亦於天啓四年（1624）正月十三日，因痘癰死於北京，年僅三歲。[141] 由這些例子看來，痘疹在北京長期存在、且不定時流行，應是可以確定的。直至清代，痘疹仍常見於北京，造成居民（特別是旗人）極大的困擾。[142]

大頭瘟

大頭瘟這一種疫病，見諸於記載，始於金泰和二年（1202）四月。據《試神方》記載此疫的症狀云：“初憎寒體重，次傳頭面腫盛，目不能開，上喘，咽喉不利，舌乾口燥，俗云大頭天行。”[143] 爾後，在元明的醫籍中，也都載有此一病名。明末，秦景明在其《症因脈治》（成書於崇禎十四年〔1641〕）中曾説：“大頭症，古書未載，近代獨多。頭面紅腫，其大如斗。”[144] 其所言應即指此疫在明代曾頻頻流行。然而，此疫在明中葉以前的流行情況如何，則不甚清楚，直至萬曆年間（1573～1620）始大量見諸於記載，北京流行大頭瘟，也多在萬曆年間（萬曆十年及四十年）。

明代關於大頭瘟病徵的描述，雖然稱不上細緻，但還是值得稍做討論。據康熙《懷來縣志》記載，感染此疫者，“人腫頸，一二日即死”。[145] 又據龔廷賢（1522～1619）於萬曆十四年在開封所目擊，述其症狀云：

> 萬曆丙戌（十四年）春，余寓大梁，府屬瘟疫大作，士民多斃其症，閭巷相染，甚至滅門。其症頭疼身痛，憎寒壯熱、頭面頸項赤腫、咽喉腫痛、昏憒等症，此乃冬應寒而反熱，人受不正之氣，至春發瘟疫，至夏發爲熱病，名曰大頭瘟，大熱之症也。[146]

---

[140] 夏良勝《東洲初稿》卷五《女進第壙銘》，《影印文淵閣四庫全書》第1269冊，頁9b～10a。

[141] 姚希孟《棘門集》卷四《殤兒宗明志銘》，《四庫禁毀書叢刊》集部第178冊，頁691～692。

[142] 可參見前引梁其姿、張嘉鳳所撰各文。

[143] 見載於朱橚《普濟方》卷一五一，《影印文淵閣四庫全書》第747～761冊，頁69a。

[144] 秦景明《症因脈治》卷一《内傷·頭痛附大頭症》，臺北：旋風出版社，1972年，頁69。

[145] 康熙《懷來縣志》卷二《災異》，頁16b。

[146] 龔廷賢《萬病回春》卷二《瘟疫》，天津：天津科學技術出版社點校本，1993年，頁99。

而張介賓(1563~1640)在《景岳全書》(成於天啓四年〔1624〕)中,記大頭瘟的症狀爲:"憎寒發熱,頭目頸項或咽喉俱腫,甚至腮面紅赤,肩背斑腫,狀如蝦蟆,故又名蝦蟆瘟。"[147] 又云:"其證則咽痛、項腫,甚有頸面、頭項俱腫者。北方尤多此病,俗人呼爲蝦蟆瘟,又名顱鶋瘟,亦名大頭瘟。"[148] 不過,有不少明末清初的醫者,認爲大頭瘟與蝦蟆瘟是有所區別的,如王肯堂(1549~1613)在《證治準繩》中,就認爲兩者有所不同,其"發頭面預腫"者,是大頭瘟;而"腮頷預腫者",才是蝦蟆瘟。[149] 清初,吳有性(約1582~1652)及喻昌(1585~1664?)也都認爲兩者是有分別的。吳有性在《瘟疫論》中云:"其爲病也,或時衆人發頤,或時衆人頭面浮腫,俗名爲大頭瘟是也。或時衆人咽痛,或時聾啞,俗名爲蝦蟆瘟是也。"[150] 約略同時的喻昌在《尚論篇》中亦云:"世俗所稱大頭瘟者,頭面腮頤,腫如瓜瓠者是也。所稱蝦蟆瘟者,喉痹失音,頸筋脹大者是也。"[151] 然而,王肯堂、吳有性及喻昌等人對此的區別,反而可能混淆了此一疫病的真正面貌。其實,不論是大頭瘟,抑或是蝦蟆瘟,都可能是一種傳染病的多種病徵。

根據以上的描述,大頭瘟的主要病徵爲:憎寒壯熱,頭疫身痛,昏憒,腮面紅赤,肩背斑腫,頸面、頭項俱腫,咽喉腫痛,及發病後數日即死亡。有不少中醫學者認爲:大頭瘟、蝦蟆瘟或大頭風、大頭天行,係面顏部丹毒、流行性腮腺炎。[152] 然而,流行性腮腺炎不可能造成嚴重的死亡,因此曹樹基認爲大頭瘟或蝦蟆瘟,絕不會是腮腺炎,而斷定它是腺鼠疫。[153] 基本上,從死亡情況的嚴重程度來看,大頭瘟不是腮腺炎,應是可以確定的。[154] 而且,大頭瘟傳染的對象並沒有老少之別,這與腮腺炎的病患主要是青少年是不同的。但醫籍所載的大頭瘟,是

---

〔147〕 張介賓《景岳全書》上冊卷一三《雜證謨・瘟疫》,上海:上海科學出版社影印,1959年,頁233。

〔148〕 張介賓《景岳全書》上冊卷二八《雜證謨・咽喉》,頁492~493。

〔149〕 王肯堂《證治準繩》卷八七,《影印文淵閣四庫全書》第767~771冊,頁44b。

〔150〕 吳有性《瘟疫論》卷下《雜氣論》,《影印文淵閣四庫全書》第779冊,頁1b。

〔151〕 喻昌《尚論篇》卷首《駁正序例》,《叢書集成續編》第84冊,頁27b。

〔152〕 參見施奠邦等編《中國大百科全書・中國傳統醫學》,"大頭瘟"條(嚴世芸撰),北京:中國大百科全書出版社,1992年,頁71~72;柯雪帆等主編《中醫外感病辦治》,北京:人民衛生出版社,1993年,頁291;李家庚等主編《中醫傳染病學》,北京:中國醫藥科技出版社,1997年,頁267。

〔153〕 曹樹基《鼠疫流行與華北社會的變遷(1580~1644)》,頁18。

〔154〕 流行性腮腺炎患者的死亡率,僅達2%。

否就如曹樹基所説的，是腺鼠疫？個人認爲：傳統中醫可能將耳頰、頸部淋巴腺腫大的症狀，通指爲大頭瘟。而依據現代臨床醫學顯示，會造成這些病徵的疾病相當多，當中自然也包含腺鼠疫，但卻不一定就是腺鼠疫。易言之，光憑這些症狀，很難斷言大頭瘟是何種疾病，僅知道它是一種傳染力極强的烈性傳染病。

羊毛瘟

羊毛瘟係明代才見諸記載的瘟疫，在這之前的醫書及其他資料之中，皆未見述及。而在明代，羊毛瘟見於記載，亦多在萬曆以後，其流行於北京者，至少有兩次，即萬曆十五年及崇禎十六年。

有關於羊毛瘟的病徵，明代醫籍的記載甚少，因此必須借助筆記及地方志中的描述。據《名醫類案》記載萬曆十年（1582）北京流行的羊毛疔，其病徵爲：“人身生泡瘤，漸大，痛死者甚衆，瘤内惟有羊毛。”[155] 萬曆三十二年（1604），江南亦出現羊毛瘟。據錢希言所著的《獪園》記載：

> 萬曆三十二年，吳中病疫，俗傳爲羊毛瘟，民家醬瓿、食
> 器中，往往見之。王太學無曲家，日令僮子掃階前地，每早得
> 羊毛半升許。未幾，病者瘳，妖亦遂絶。[156]

根據此一記載，在羊毛瘟流行時，家中及户外常可見到羊毛。同年秋，浙江衢州府江山縣也流行此一瘟疫。據載當時“日中飛絮，疫作，俗名羊毛瘟，市鄉死者甚衆”，[157] 則羊毛又隨風到處飄散。崇禎十一年（1638），南直隸太平府也患是疫，據方志記載：

> （崇禎）十一年，大疫。又患羊毛疹，醫經所不載。其病
> 先類傷寒，身熱三日，出瘤疹，脹甚，投以藥，皆死。有嫗得挑
> 法，針刺中指中節間，出紫血少許，去羊毛一莖，隨愈。由是
> 轉相傳授，始多活。未幾，老嫗死。[158]

此條資料對於羊毛瘟的病徵及療法記載較詳，從中可知病起時會連續發高燒，身體出現瘤疹，服用一般的藥多不見效。一老嫗用針挑之法

---

〔155〕 汪瓘《名醫類案》卷九《疔瘡》，頁274。

〔156〕 錢希言《獪園》卷一五，“羊毛瘟”條，《續修四庫全書》第1267册，頁767。

〔157〕 同治《江山縣志》卷一二《拾遺·祥異》，臺北：成文出版社據同治十二年刊本影印，1970年，頁26b。

〔158〕 康熙《太平府志》卷三《星野·祥異附》，臺北：成文出版社據光緒二十九年重刊本影印，1974年，頁24b～25a。

爲人治病,則多有成效。其後,疫情稍減,但老嫗卻染疫而死。此外,在崇禎十四年(1641),浙江湖州、嘉興一帶也曾流行羊毛瘟。據《懷陳編》記載:

> 明崇禎辛巳(十四年),歲值奇荒,斗米(銀)四錢,艱於存活。順寰公挈家往嘉興,在途染瘟疫,夫妻、二子俱死。嗚呼! 求生得死,滅及一門,真慘變也。按是時瘟疫盛行,所患病狀極奇怪不測,有名羊毛瘟者,果品、食物之中,忽生羊毛一根,人誤食之即病死。[159]

文中所提到的順寰公一家,爲了逃荒而在途中感染羊毛瘟,全家四口悉數疫亡,看來此一瘟疫的病菌似乎相當凶惡。而在瘟疫流行時,同樣可以見到食品中到處是羊毛。另外,北京在崇禎十六年(1643)流行疙瘩瘟時,其患者在病起時亦"必有紅點在背,中包羊毛一縷",一受感染,"無得活者"。[160] 這兩種瘟疫似乎有某程度的關聯性。

綜合以上這些記載,可知羊毛瘟是一種身體會發高燒,並起泡瘤或瘤疹,且這些泡瘤會脹痛或劇痛的疾病,數日即死。且在泡瘤中多有羊毛。這種瘟病發生時,在醬瓿、食器或果品、食物之中,也常可發現羊毛,人們若誤食之將導致死亡。然而,羊毛瘟究係何症? Dunstan曾認爲羊毛瘟比較接近炭疽(anthrax),而非腺鼠疫。[161] 不過,羊毛瘟是否爲炭疽,其實也需要檢視。由於相關的記載不足以確定它是何種傳染病,個人在此不擬多做考證。比較值得注意的是,在崇禎十六年北京大疫時,羊毛瘟曾與疙瘩瘟、吐血瘟同時流行;崇禎十七年江南疙瘩瘟、西瓜瘟盛行時亦然。或許它是一種跟疙瘩瘟有密切關聯的傳染病。

疙瘩瘟、吐血瘟

明代北京的疙瘩瘟、吐血瘟,主要爆發於崇禎十六年。其中的吐血瘟,係此年才見諸記載的瘟病。至於疙瘩瘟,則在之前已經存在,並非明末始見。就現在所知,疙瘩瘟見於記載,大約始於金代。明初,《普濟方》(刊於永樂元年至二十二年〔1403～1424〕)在記載疙瘩腫毒時曾云:

---

〔159〕同治《湖州府志》卷九四《雜綴一》引《懷陳編》,臺北:成文出版社據同治十三年刊本影印,1970年,頁31b。
〔160〕花村看行侍者《花村談往》,"風雷疫癘"條,頁39a。
〔161〕參見 Dunstan, "The Late Ming Epidemics: A Preliminary Survey," p. 27.

時疫肮瘩腫毒病者，古方書論解，不見其説。古人無此
病，故無此方。惟正隆楊公集《拯濟方》，内言自天眷(1138～
1140)、皇統(1141～1148)間生於嶺北，次於太原，後於燕薊，
山野頗罹此患，至今不絶，互相傳染，多至死亡，至有不保其
家者。其狀似雲頭，腫連咽頸，……[162]

按照《普濟方》的記載，疙瘩瘟起於金代，先出現於長城以北地區，其後
延及山西，後來在直隸北部一帶也爆發流行，而且在元代以後一直未
見絶迹。可惜的是，這種疫病在明末以前的流行情況，並不甚清楚。萬
曆初年，吳昆(1551～?)在《醫方考》中曾述及此種瘟病，但未語及其在
明代流行的情況。[163]　至崇禎十六年，此疫突在北京及華北其他地區爆
發嚴重疫情。而在該年冬天至隔年春天，北京又出現了吐血瘟。

這一年爆發於北京的疙瘩瘟，其流行時間之長，在明代北京係屬
空前絶後，而且也奪去相當多的生命。然而，何謂"疙瘩"？ 按明代北
京的俚語，稱"身上生瘤曰扢搭"。[164]　在清末，北京土話所謂的"疙
瘩"，也常指疔腫；此外，人們發燒或身子軟弱時，胳肢窩的淋巴腺炎，
當地人稱之爲"筋疙瘩"。[165]　由此看來，所謂的"疙瘩"，有可能指皮膚
上隆起的瘤瘤，也有可能是指淋巴腺腫大的症狀。據資料記載，疙瘩
瘟的患者，"身中不拘何處，起一塊，周日即死"。[166]　它之所以叫疙瘩
瘟，係因爲病者"人身必有血塊"。[167]　又劉尚友云：疙瘩瘟流行時，"人
偶生一贅肉隆起，數刻立死，謂之疙瘩瘟"。[168]　另據宋起鳳記述，這一
年爆發的瘟疫，其症狀爲：

是歲，遍北京城内外，傳染疙瘩瘟一疫，古今方書所

---

〔162〕　見朱橚《普濟方》卷二七九《諸瘡腫門·毒瘡》，頁1a～b。
〔163〕　吳昆在《醫方考》卷一《瘟疫門》(南京：江蘇科學技術出版社校注本，1985年)中曾言
　　　　及"疫癘積熱，時生疙瘩結毒，俗稱流注，面腫咽塞者"，宜用漏蘆湯；又言"疫毒内積，
　　　　時生疙瘩者"，宜服消毒丸。見頁71～72。
〔164〕　徐昌祚《燕山叢録》卷二二《長安里語》，《四庫全書存目叢書》子部第248册，
　　　　頁6b。
〔165〕　參見御幡雅文編《華語跬步·身體類》，收入波多野太郎編《中國文學語學資料集成》
　　　　第3篇第2卷，東京：不二出版株式會社，1989年，頁93、95。此書原刊於明治三十六
　　　　年(1903)。
〔166〕　趙某《庤亭雜記》，頁5a。
〔167〕　徐樹丕《識小録》，"甲申奇疫"條，收入《筆記小説大觀》第40編第3册，臺北：新興書
　　　　局，1985年，頁533。
〔168〕　劉尚友《定思小紀》，頁65。

無。疫所中人，忽于身體肢節間突生小瘰一，食飲不進，
目眩作熱，嘔吐如西瓜敗肉，多寡不一，三、二日即不起，
百藥無救。[169]

文中提到染疫者在身體肢節間會生小瘰的病徵，頗值得注意。這種
肢節間生小瘰的症狀，包括另一記載所談到的"膝彎後有筋腫"。[170]
除此之外，染疫者亦有頭熱目眩，食欲不振等病狀，並吐血如西瓜
汁，常兩三天即病亡。另據資料記載，一旦染上疙瘩瘟，常有猝死
的慘劇：

> （崇禎十六年）八月至十月，京城內外病稱疙瘩，貴賤
> 長幼，呼病即亡，不留片刻。兵科曹良直古遺，正與客對
> 談，舉茶打恭，不起而殞。兵部朱希萊念祖，拜客急回，
> 入室而殞。宜興吳彥昇，授溫州通判，方欲登舟，一价先
> 亡，一价爲之買棺，久之不歸，已卒于棺木店。有同寓友
> 鮑姓者，勸吳移寓，鮑負行李，旋入新遷，吳略後至，見
> 鮑已殂于屋；吳又移出，明晨亦殂。又金吾錢晉民同客會
> 飲，言未絕而亡，少停，夫人、婢僕輩，一刻間殂十五人。
> 又兩客坐馬而行，後先敘話，後人再問，前人已殞于馬鞍，
> 手猶揚鞭奮起。又一民家合門俱殂，其室多藏，偷兒兩人，
> 一俯于屋檐，一入房中，將衣飾疊包，遞上在檐之手，包
> 積于屋已累累，下賊攣一包托起，上則俯接引之，上者死，
> 下者亦死，手各執包以相縛。又一長班方煎銀，蹲下不起
> 而死。又一新婚家合巹坐帳，久不出，啓幃視之，已殞於
> 床之兩頭。[171]

這一記載述及了各種聳人聽聞的死法，如談話間、騎在馬上與偷東
西時猝然疫死，描述雖稍嫌誇張，但可見它是一種相當可怕的烈性
傳染病。而從以上的記述看來，疙瘩瘟的主要病徵爲頭暈目眩，並
發高燒，身體隆起贅肉，並有血塊，肢節處生瘤瘰。在感染之後，
常有數日或單日內即暴斃的情況。這些病徵與腺鼠疫（bubonic
plague）的臨床症狀，如發病急遽、發高燒、頭部劇痛、皮下出血、

---

[169]　宋起鳳《稗説》卷二，"明末災異"條，頁49。
[170]　花村看行侍者《花村談往》，"風雷疫癘"條，頁38a。
[171]　花村看行侍者《花村談往》，"風雷疫癘"條，頁37a～38a。

全身淋巴結腫大等症狀頗爲近似。至於同一年發生的吐血瘟，係緊接著疙瘩瘟之後流行的，其病徵爲吐痰血，流行季節在入冬以後，與臨床傳染病學所示的肺鼠疫症狀及季節是相符的，故極有可能就是肺鼠疫（pneumonic plague）。[172]

然而，要判定這年是否曾流行鼠疫，還必須有其他的證據，即在人間鼠疫流行之前或同時，常見鼠類大量死亡的情況。以往學者在討論此一議題時，雖有人注意及此，[173] 但多無法提出證據。個人在爬梳明人文集時，意外發現崇禎十六年北京瘟疫流行時曾有此一現象。此事據太常寺少卿吳麟徵（1593~1644）寫給朋友的信上說：

> （今歲）夏秋，疫癘盛行，比屋而誅，弟所居一帶，登鬼錄者五十餘人，兩僕與焉。聞太倉之鼠，日死以數百計……[174]

這則太倉老鼠大量死亡的記載，對於推斷疙瘩瘟是否爲腺鼠疫極爲重要。晚近，Carol Benedict 之得以判定清代中葉雲南曾發生鼠疫，並展開其對十九世紀華南鼠疫的論述，老鼠大量死亡就是重要的證據。[175] 而從疙瘩瘟患者具有發病急遽、發高熱、身上隆起贅肉、肢節處生筋腫、皮膚並有血塊等症狀，再加上老鼠大量死亡這一證據，

---

〔172〕 依據研究，鼠疫主要類型有三，即腺鼠疫（bubonic plague）、肺鼠疫（pneumonic plague）與敗血性鼠疫（septicemic plague）。其中，腺鼠疫有發病急遽，初起時畏寒、發高燒、頭部劇痛，背部及四肢疼痛，顏面及結膜明顯充血，或黏膜及皮下出血等症狀，而以全身淋巴結腫大爲主要病徵，常因敗血症而死。淋巴結腫大的部位，以鼠蹊部爲最多，其次爲腋下、頸部及頷下等處。淋巴結腫脹小者如拇指，大可至鷄蛋大小。其死亡率達50%～90%。至於肺鼠疫，則以發病迅速、高熱、頭痛、胸痛、虛脫等全身毒血症狀，及咳嗽、呼吸急促等呼吸症狀爲初期病徵，一二日後出現大量顏色鮮紅、流質或泡沫狀的痰，二三天內死於心力衰竭，全身紫紺，死亡率達70%～100%。其流行時間通常在氣溫寒涼的季節。而敗血性鼠疫，則更爲凶險，又稱爲猛暴型鼠疫。其病徵爲高熱或竟無熱，無淋巴結腫大症狀，但會呈現全身中毒及中樞神經系統受破壞症狀，並有出血傾向，可在數小時或24小時內死亡，亦可能歷時二三天始病死。死亡率高達100%。參見戴佛香《微生物與疾病》，臺北：臺灣商務印書館，1978年，頁175～177；蔡承惠編著《臨床傳染病學》，臺北：大學圖書出版社，1982年，頁205～206；馬伯英《中國醫學文化史》，頁594～595；李家庚等主編《中醫傳染病學》，頁458～459；Robert S. Gottfried, The Black Death: Natural and Human Disaster in Medieval Europe（London: Robert Hale, 1983），pp. 7～8；Abraham I. Braude, Charles E. Davis & Joshua Fierer（eds.），Infectious Diseases and Medical Microbiology（Hong Kong: W. B. Saunders Company, 1986），p. 1288；Sherwood L. Gorbach, John G. Bartlett & Neil R. Blacklow（eds.），Infectious Diseases（Philadelphia: W. B. Saunders Company, 1992），pp. 1509～1510。

〔173〕 如馬伯英，參見其《中國醫學文化史》，頁595。

〔174〕 吳麟徵《吳忠節公遺集》卷二《寄吳楚衡》，頁33a。

〔175〕 參見 Benedict, Bubonic Plague in Nineteenth-Century China, pp. 23～24。

北京在崇禎十六年曾爆發鼠疫的可能性大爲增加。

四、醫療體系與疫病救濟

在明代，不論是官方或是民間，對於疾疫的發生與蔓延，都極嚴肅地加以看待。其中，採取施藥或診療，是最常見的措施。此外，朝廷也常派遣官員出祭山川之神，或召張真人進行祈禳。至於地方官，除了展開施藥外，則多祭祀城隍神。[176] 在明代北京歷次瘟疫流行時，國家所採取的回應措施，大致有以下幾種：（1）設法掩埋尸體，（2）派員祈禳，（3）遣醫官診療及施藥。基本上，這些措施常是先後或同時展開的。

就設法掩埋尸體而言，在成化七年（1471）五月北京疫情升高之時，明憲宗對於"大疫流行，軍民死者枕藉於道"的情況，曾深表憐憫，於是下詔在京城崇文、宣武、安定、東直、西直、阜城六門郭外，各置漏澤園一所，收瘞遺尸。[177] 這是最基本的公共衛生處理措施，對於防止病菌的擴散自有其助益。而在嘉靖以後，國家於瘟疫流行時，通常也會提供草席及棺木，給予百姓裝裹其親人的尸骸。

在派員祈禳方面，神宗於萬曆十年（1582）三月京城災疫流行時，曾傳示禮部，命其擇日祈禱。[178] 崇禎十四年（1641）七月北京瘟疫盛行時，崇禎皇帝也曾於會極門召見正一教大真人張應京，命其禳疫。[179] 而在崇禎十六年（1643）秋疙瘩瘟大作時，張天師輯瑞適入京謁見，甫出部門不久，思宗急命將其追回，"諭其施符、噴咒、嗦經清解，眠宿禁中一月，而死亡不減"。[180] 看來召張真人禳疫，效果似乎有限。

至於派員診療及施藥，在北京更是常見。北京做爲明帝國的都城，乃是當時醫療資源最爲豐富的一個城市。據明中葉吳寬（1435～1504）記述：當時"吳中業醫者百餘家"，而"京師業醫者，數倍于吳中"。[181] 故在北京開業的民醫，當不在少數。而除了民醫之外，官方

---

[176]　參見邱仲麟《明代的疫癘——兼及官民的肆應》，頁32～42。
[177]　《明憲宗實錄》卷九一，成化七年五月辛巳條，頁2a。
[178]　《明神宗實錄》卷一二二，萬曆十年三月辛未條，頁6a。
[179]　《崇禎實錄》卷一四，崇禎十四年七月丁亥條，頁7a。
[180]　花村看行侍者《花村談往》，"風雷疫癘"條，頁38a。
[181]　吳寬《家藏集》卷三六《慈幼堂記》，頁4a～b。

也有太醫院及順天府惠民藥局。明代太醫院的醫官及醫生額數，一般情況下多在 300 人以上。在永樂十五年(1417)營建紫禁城時，永樂皇帝派令赴北京安樂營醫治患病夫匠的醫士，就有 350 人。[182] 宣德五年(1430)，太醫院院判韓叔暘上疏談到：醫士逃逸及丁憂服滿不回任者，也有 700 多人。[183] 宣德十年(1435)，禮部尚書胡濙奏稱："太醫院見存醫士 600 餘名，足備差役。"[184] 可見在十五世紀初，太醫院醫生的人數曾在 600 名以上。至於明代後期的醫官數，據崇禎二年(1629)倉場侍郎南居益奏言：太醫院舊制，從院使、院判到醫士共止 110 員；"沿至萬曆年間，官醫已增 323 員。迨天啟年間，增添日多。及至崇禎元年，官醫共計 533 名"。[185] 由此看來，萬曆年間官醫數是 323 名，崇禎元年增至 533 名。這些官醫與民醫加起來，構成了北京診療系統的主幹。換句話說，在瘟疫發生時，北京所能動員的醫者，要較其他城市多。其中，太醫院在編制上雖係皇家的醫療組織，但在京城瘟疫流行時，也常是重要的醫療團隊。明代自嘉靖以後，遇京師大疫時，就常啟動這一機制，命太醫院派遣醫官進行診療。

嘉靖後期

在嘉靖年間，北京除了既有的太醫院、惠民藥局之外，還出現了一個重要的措施，即定期施藥、施粥的制度。這個措施，後來成為明代臣子在瘟疫流行時，常會記起並加以運用的傳統與典範。根據明人郎瑛(嘉靖、隆慶時人)的記載，這一制度始於嘉靖二十年(1541)：

> 嘉靖二十年起，朝廷每歲一月，日散粥米二百石，丸藥六千囊。粥則人給一杓，可三、五口供也。藥則衣金者百丸，並符篆湯方各一紙。銀五分，銅錢十五文。共貯綾錦，計價三錢。惠下之心甚矣。[186]

---

[182] 《明太宗實錄》卷一八八，永樂十五年五月戊子條，頁 1a。

[183] 《明宣宗實錄》卷六八，宣德五年七月丁卯條，頁 10b。

[184] 《明英宗實錄》卷一一，宣德十年十一月甲申條，頁 5a。

[185] 孫承澤《山書》卷二《京支錢糧數目》，杭州：浙江古籍出版社點校本，1989 年，頁 48。

[186] 郎瑛《七修類稿》卷一四《國事類》，頁 207。清初，褚人穫所記則云其始於嘉靖二十三年 (1544)，且文字略有不同："嘉靖甲辰 (二十三年)，朝廷於京師，每歲一月，日散粥米二百石，施藥六千囊。粥則人給一杓，可三、五口供也。藥則衣金者百丸，並符篆湯方各一紙，以白綾作袋，上刻印板云：'凝道雷軒施'。內貯銀五分、銅錢十分文，計價二錢，惠下之心至矣。雷軒，蓋世宗道號也。參見褚人穫《堅瓠續集》卷一，"散粥施藥"條，收入《筆記小說大觀》第 23 編第 9 冊，臺北：新興書局，1978 年，頁 10b。就現有資料判斷，嘉靖二十年應該是比較正確的。

按此記載，北京自嘉靖二十年起，朝廷於每年的一月，每日施粥二百石，施藥六千包。施粥時每人給一大杓，可供三、五個人喝；藥則衣金藥丸百枚，加道符、湯方各一紙；並且施給白銀五分、銅錢十五文，再以綾錦製的袋子裝著，總計每袋價值白銀三錢。袋上還印著"凝道雷軒施"的字樣，而"凝道雷軒"正是明世宗的道號。[187] 由此看來，這個制度結合了施粥、施藥，施符咒與施銀錢四者，分別具有止饑、療疾、鎮邪、購置柴火煎藥的功用。明世宗基於其對道教的篤信所創立的這個制度（即後人所謂的"五城粥廠煮賑制度"），對於北京的游民或貧窮百姓而言，是一個重要的社會救濟措施。不過，由於字面上稱之爲"煮賑"，故大家通常會忽略其在施粥的同時，也對饑病的流民加以診療，並給予藥餌。[188]

其實，當瘟疫蔓延時，窮苦百姓是相當渺小的，透過國家的醫療行動或其他措施的配合，局勢可能才得以改善。在嘉靖二十一年（1542），即五城粥廠煮賑制度出現的次年，盛夏適逢大疫。是年五月，禮部左侍郎孫承恩（1485～1565）等人在奏疏上說：

> 臣等竊見比者時當盛夏，炎氣鬱蒸，積沴成災，散爲疫癘。傳聞都城內外，民無老幼，傳染甚多，僵仆相繼。況窮巷蔀屋，單夫寡婦，食不充口，一有疾病，醫藥尤艱，坐視危殆。臣等考之《周禮》醫師之職，其屬有疾醫，以掌萬民之疾病，凡有疾病者，使分而治之，所以惠養黎元，重恤民命，爲慮周矣。臣等愚見，伏望皇上敕下太醫院，差官督同順天府惠民藥局，給散藥材，檢驗方書，某方可防未病，某方可治已病，考論運氣，量治湯藥，分撥醫士九人，於九門人烟輳集之處，招諭給散，庶幾未病者得先事可免，已病者亦不至顛危。其於貧窶之人，尤爲便益。……[189]

這封奏疏清楚地指出瘟疫發生時，國家對於窮苦百姓的重要性。若

---

〔187〕 參注〔186〕。

〔188〕 基本上，五城粥廠施行直至明亡前夕，仍有命巡城御史煮粥賑饑的事例。在明亡之後，這一制度並爲清代所延續，直至清末仍然每年舉行。參見邱仲麟《明代北京的粥廠煮賑》，《淡江史學》1998年第9期，頁115～117；《清代北京的粥廠煮賑》，《淡江史學》1999年第10期，頁227～259。

〔189〕 孫承恩《文簡集》卷五《請九門施藥疏》，頁11a。《明世宗實録》卷二六一，嘉靖二十一年五月丁酉條，頁2a～b。

國家不加以救濟，這些無依的百姓必致"坐視危殆"。明世宗在接到奏疏之後，隨即令太醫院差遣醫官，順天府籌措藥物，設法展開施濟。[190] 世宗本人還親自檢閱方書，製成"濟疫小飲子方"，"頒下所司，遵用濟民"，並命禮部刊行藥方。[191] 至閏五月，禮部將御製濟疫方刊行完畢，尚書嚴嵩並摹印疫方，裝潢上呈。[192] 而在官方展開施藥後，疫情似有所好轉。孫承恩在奏疏上說：

> 項因時饑作沴，遂至疫癘肆行。既納臣言，命所司廣
> 爲治療。復廑宸慮，謂庸術勘克奏功。俯念民艱，親勞神
> 運。爰稽秘錄，酌病宜以製方。特發內藏，備珍材以成劑。
> 九門施散，爭來遠邑之民。萬口歡呼，頓脫顛連之苦。[193]

這段文字雖不免帶有官場俗套，但在明代諸多帝王之中，親自爲百姓檢閱方書，配製藥方，以冀瘟疫平息，也僅有明世宗一人而已。在孫承恩的認知中，應該還是覺得難能可貴。而就京城百姓而言，獲得皇帝親自所配的"濟疫小飲子方"，內心的感受，恐怕是感激涕零吧！

其後，在嘉靖二十三年（1544）三月，世宗亦曾命禮部侍郎孫承恩、錦衣指揮使陸炳（1510～1560），於都城的朝天宮等寺廟進行施藥。[194] 嘉靖二十四年（1545）正月，世宗因"春時民多疾疫"，又命自正月十五日起，照往年方式，於朝天宮門外施藥。[195] 嘉靖三十三年（1554）四月，因都城大疫，復下令禮部展開施藥、施粥與施棺。此事據《明世宗實錄》載云：

> 都城內外大疫，上聞之，諭禮部曰："時疫太甚，死亡
> 塞道，朕爲之惻然。其令太醫院發藥，戶部同錦衣衛官，
> 以米五千石，煮粥療濟，用副朕好生之意。死者，官給蓆
> 藁，令所在居民收瘞之。"詔下，貧民全活者甚衆，遠方聞
> 者，爭來就食。戶部尚書方鈍以人多食少，請益發廩以賑
> 之。報可。[196]

---

〔190〕《明世宗實錄》卷二六一，嘉靖二十一年五月丁酉條，頁 2a～b。
〔191〕《明世宗實錄》卷二六一，嘉靖二十一年五月巳酉條，頁 4b。
〔192〕嚴嵩《南宮奏議》卷一七《刊佈御製濟疫方具題》，《續修四庫全書》第 476 冊，頁 16a。
〔193〕見孫承恩《文簡集》卷五《謝賜藥疏》，頁 12a。
〔194〕《明世宗實錄》卷二八四，嘉靖二十三年三月甲辰條，頁 1a。
〔195〕《明世宗實錄》卷二九四，嘉靖二十四年正月巳酉條，頁 2b～3a。
〔196〕《明世宗實條》卷四〇九，嘉靖三十三年四月乙亥條，頁 2a。

至嘉靖四十年（1561），世宗也因春冷，人多生疾，令太醫院自二月起，"依方修藥，隨病治療，差官同錦衣衛官，于九門分佈給散，立夏日止"。[197] 嘉靖四十二年（1563）夏，瘟疫流行，世宗除命醫官施藥之外，又親自配製了方濟"如意飲"賜予百姓：

> 癸亥（嘉靖四十二年）夏，天災流行，民多病疫。上命內使同太醫院官施藥餌於九門外，以療濟貧民。又命禮部官往來巡察，務使恩意及下。上親爲製方，名"如意飲"。每藥一劑，盛以錦囊，益以嘉靖錢十文，爲煎藥之費。其憫念窮愁，仁慈懇惻，周悉如此。所費亦復萬計，不之惜也。[198]

直至嘉靖四十四年（1565）正月，以京師民饑且疫，也曾諭命大學士徐階（1503～1583）派遣官員施藥、煮粥療濟。[199]

萬曆年間

嘉靖年間，國家展開的定期與臨時性的施藥，不論其成效如何，對於京城百姓而言，多多少少有一些幫助。其最大的意義在於建立了一套機制，成爲萬曆年間類似情事發生時足資援引的傳統。而在這當中，太醫院的太醫，自然是抗疫最重要的成員。如萬曆三十六年（1608）北京疫癘流行時，當時嘉定醫者何其高適任職於太醫院，"沿門診療，貧者施以藥餌，全活以萬計"。[200]

在萬曆年間，朝廷於疫病流行時，也常展開施藥、施錢。其首次在萬曆十年（1582）大頭瘟爆發時。根據實錄記載：萬曆十年三月疫癘爆發，至四月疫情未見稍減，神宗於是命太醫院官"廣施藥餌，遍濟群生"。[201] 旋又降旨，蠲免都城百姓的房契稅。[202] 迄至五月，由於營軍傳染，死者極眾。經給事中王鳳竹建議，神宗特發銀

[197]　《明世宗實錄》卷四九三，嘉靖四十年二月戊申條，頁4a。
[198]　張瀚《松窗夢語》卷五《災異紀》，頁99。
[199]　除階《世經堂集》卷三《答設濟諭》（嘉靖四十四年正月初五日）、《答出粟諭》（嘉靖四十四年正月初六日），《四庫全書存目叢書》集部第79冊，頁13b～14b。《明世宗實錄》卷五四二，嘉靖四十四年正月乙丑條，頁4b。
[200]　見光緒《嘉定縣志》卷一六《人物二》，頁12a～b。
[201]　《明神宗實錄》卷一二三，萬曆十年四月癸卯條，頁4b～5a。
[202]　《明神宗實錄》卷一二三，萬曆十年四月乙巳條，頁5a～b。張四維《條麓堂集》卷八《論免房稅疏》，《續修四庫全書》第1351冊，頁23a～b。

三千兩，賜給染病的貧軍。[203]

另外，在萬曆十五年（1587）北京羊毛疔流行時，由於疫情相當嚴重，大學士申時行（1535～1614）亦曾在五月題奏，建議仿照世宗的做法，對京城的瘟疫蔓延展開救濟：

> 兹者天時亢陽，雨澤鮮少，沴氣所感，疫病盛行。祖宗以來，設有惠民藥局，皇祖世宗屢旨舉行，乞敕禮部札行太醫院，多發藥材，精選醫官，分札於京城內外，給藥病人，以廣好生之德。[204]

神宗旋批示：遵照所請，依嘉靖末年施藥方式，除給藥外，每家酌量給予銀錢一次。[205] 由於京城疫氣盛行，神宗旋命太醫院精選醫官，分撥於五城地方診視、給藥，病患每戶並給予銀六分、錢十文，經費俱於房號銀及內太倉中動支。且特別叮嚀，"不許兵番人等作弊，及無病平人混冒重支"。[206] 至五月底施藥行動結束，禮部隨即於六月初會奏五月份施藥的過程與花費如下：

> 奉聖諭施藥救京師災疫，即於五城開局，按病依方散藥。復差委祠祭司署員外郎高桂等五員，分城監督，設法給散。隨於五月三十日據中城等兵馬司造冊呈報五城地方給散銀錢，共散過患病男婦李愛等一萬六百九十九名口，共用銀六百四十一兩九錢四分，錢十萬六千九百九十文。五城會齊，俱於五月二十一日給散，一切病民，委沾實惠。太醫院委官御醫張一龍等造冊呈報，自五月十五日開局以來，抱病就醫，問病給藥，日計千百，旬日之外，疫氣已解，五城共醫過男婦孟景雲等十萬九千五百九十名，共用過藥料一萬四千六百六十八斤八兩，相應住止。……[207]

按照病患每戶給予銀六分，錢十文的規定，從這份奏報中可知，北京有 10 699 戶人家受到瘟疫波及，總計醫過的病患有 109 590 人，用的藥材數量為 14 668.5 斤。假設當時北京有 80 萬人口，則受染者達 13.7%。然而這僅是最低的數字，畢竟在診療展開前已死亡的人口，今已無從

〔203〕《明神宗實錄》卷一二四，萬曆十年五月乙丑條，頁4a。
〔204〕《明神宗實錄》卷一八六，萬曆十五年五月甲午條，頁1b。
〔205〕《明神宗實錄》卷一八六，萬曆十五年五月丙申條，頁2a。
〔206〕《明神宗實錄》卷一八六，萬曆十五年五月丁酉條，頁4a。
〔207〕《明神宗實錄》卷一八七，萬曆十五年六月戊寅條，頁9b～10a。

得知,若再加上這些已死亡而無法來看病的病人數,此次瘟疫的染患率應該更高。不論如何,太醫院在十五天內醫過 109 590 人,平均每天診視 7 306 人,其規模不能説不大。

而在這年瘟疫大行時,正值營造天壽山的神宗陵寢,"大役繁興,民苦疾癘",督造陵工的光禄寺少卿徐泰(1540~1598),曾設立醫局,"藥之而瘳";又因"疫氣浸淫,流傳漸染,恐燥濕不時,以傷餘者,乃設病局,令病者分曹而處,民賴以安,所全活者萬衆,道路歌舞之"。[208] 由是看來,徐泰採取了簡單的隔離措施,設立病局讓病者進住,以避免這些人將瘟疫傳染給其他工人。但北京城中,似乎並未採行這種隔離病患的措施。

崇禎十六年

如前所言,崇禎十六年的疙瘩瘟、吐血瘟,是北京在明代所遭逢的最嚴重瘟疫。面對這樣的大瘟疫,帝國其實是有些捉襟見肘,力不從心。當時,内閣首輔是非東林黨的周延儒,本身無所作爲,一味以鞏固己位爲考量;其他有識的官員則被貶或被辭退,政局也傾軋於黨爭之中。[209] 在瘟疫大流行的同時,帝國又剛好處於内憂外患的當兒。從這年的年初起,清兵在山東一帶橫行無阻,至三月間從山東北上,於來去之間,據説共攻下了三府、十八州、六十七縣、八十八座城鎮,獲黄金 12 250 兩、銀 220 萬 5 277 兩、珍珠 4 440兩、緞 52 230 匹,緞衣 33 720 領、貂皮等 600 多張,俘獲 36. 9 萬餘人,牛馬等共 32. 1 萬餘頭。[210] 而在同一年,李自成於湖北襄陽設立襄京,改稱新順王後,決定揮師北上,展開其進攻北京的計劃;張獻忠則由淮南進入湖廣,最後攻下長沙、衡州。[211] 在這樣的情況下,思宗無法像之前的世宗、神宗那樣,可以全心全意應付這場人類與病菌的戰爭。

或許是受限於財政的困難與其他的因素,思宗並未在瘟疫已開

---

〔208〕 范允臨《輪寥館集》卷五《明太僕寺少卿興浦徐公暨元配董宜人行狀》,臺北:中央圖書館影印刊本,1971 年,頁 18b。

〔209〕 參見謝國楨《明清之際黨社運動考》,上海:商務印書館,1934 年,頁 71~73。

〔210〕 孫文良、李治亭、邱蓮梅《明清戰爭史略》,頁 375。

〔211〕 李文治《晚明民變》,北京:中華書局據該書局 1948 年版影印,1989 年,頁 123~126;James Bunyan Parsons, *Peasant Rebellions of the Late Ming Dynasty* (Tucson: University of Arizona Press, 1970), pp. 106~113, 149~154。

始蔓延的二月即展開施藥，而是在疫情已極其嚴重的七月底，才下令發銀二萬兩，令五城巡城御史收埋死者；並發銀一千兩，令太醫院醫官分城醫治病民。[212] 思宗之所以採取此一措施，係因駙馬鞏永固上疏，題奏"都門疫癘盛行，災黎罹害最慘，懇乞皇上軫念孑遺，亟賜拯救，以重根本，以廣皇仁"，思宗看了之後批示：

> 覽奏：都門時疫傳染，殊可惻念。御前特發銀一千兩，著太醫院即合藥，差官醫分投醫治；再發銀二萬兩，著都察院分發五城察院，有病疫的酌給，以爲棺木、掩埋之資，用示軫恤，仍著府城兩縣停刑清獄，竭誠祈禳，以圖消弭。該衙門知道。欽此！[213]

左都御史李邦華（1574～1644）在七月二十九日，接到刑科抄出駙馬都尉鞏永固這一奏本後，當天即差遣都察院司務司司務區志遠，前赴承運庫領出銀二萬兩，分發予巡視五城的御史向北、任天成、王燮、鄭封、傅景星等，每城各分銀四千兩，視察所轄之內有死無棺、殯無人者，酌量給予銀兩。[214] 而爲了解決施棺的諸多問題，李邦華曾集合巡城各御史會議，御史王燮等認爲：棺木必購自行戶，而在這用者極衆的當兒，木材有限，"昔時一金之價，即三倍不可得"，且棺木透過五城兵馬司的坊差發放；難免有勒索之弊，故"給棺不若給銀"。爲此，衆人議定：廣貼告示，令百姓自行報名，但須鄰居切結，防範冒領。"又親審其長幼爲差等，令得隨便自辦。更嚴禁總甲需索，門役刁阻"。其全家病歿的，責成鄰家處理；街上倒斃的，由兵馬司負責掩埋，仍給予欽賜銀兩。議定之後，御史按此執行。[215] 後來由於死亡人數太多，銀兩不敷使用，思宗再發三千兩買棺，但還是不够用。[216]

崇禎十六年北京的大疫，帶給醫療體系極大的考驗。在此之前，嘉靖、萬曆年間的大疫，頂多流行數月即得到控制。但這年的大疫，從仲春直至冬天，甚或至隔年春，嚴重流行幾近一年，情勢實已失

---

〔212〕《崇禎實錄》卷一六，崇禎十六年七月庚申條，頁13a。
〔213〕 李邦華《李忠肅公集》卷六《奏報領銀施棺疏》，頁87a～b。
〔214〕 李邦華《李忠肅公集》卷六《奏報領銀施棺疏》，頁87b～88a。按：文中所記的區志遠，可能即是前面所談到會治疫鬼的區致遠。
〔215〕 李邦華《李忠肅公集》卷六《奏報奉行施棺疏》，頁85a～86b。
〔216〕 花村看行侍者《花村談往》，"風雷疫癘"條，頁38a。

去控制。太醫院的醫官們，面對較前嚴厲的大瘟疫，可說是難以招架。究其原因，雖可能牽涉到太醫院醫官的素質、藥材的好壞與藥方是否對症，卻也與財政困窘有關。崇禎朝財政之困窘，為眾人所皆知，面對此一凶惡的瘟疫，朝廷所撥給的醫療銀兩才僅一千兩，顯然是杯水車薪，故疫情亦一直無法得到控制。當然，病菌的益發凶猛，可能也必須加以考慮。不論如何，在疫情進入高峰的八月，官方總算展開施藥，然從陳龍正（1585～1645）代任天成所寫的奏疏中，施藥似乎亦有其未周之處：

> 竊見瘟疫日盛，藥局所施，多用煎劑，方之當否，固未可知，即令處方必中其病，而以至貧之民，犯至急之症，領藥入手，無錢買罐，無力炊煤，徬徨半日之間，病者已多稿項矣。臣訪得各坊屢有善士，製造五瘟丹施捨，臣曾揭視其方，大抵以五運為主。今年戊癸化火，故其藥純用清凉，消解熱毒，傳聞領者十起八、九。或丸或末，每服不過一錢二分，價銀約止一分，藥到用水調服，既濟其急，更便於貧。此雖若至微至瑣之事，而在今日，以活人為急，雖謂之至巨至要之事可也。專藉民間施舍，所及有幾，即臣等私相傳播，終難徧感人心，一出天言，使藥局即日合施此藥，則起死人而肉白骨，日當以千計矣。藥之能生人者多，則棺之給死人者當漸少，……[217]

從此段文字可知，官方沿襲之前的做法，施的是藥包，百姓須自行煎煮；而民間所施的五瘟丹，則以藥丸或藥粉為主。就時效而言，官方所施的藥，是有緩不濟急的缺點，不像民間所施的藥，可以直接吞服，且費用也不高。然而，官方在昔時行之或有效，而此次卻失去控制，則問題自不在於這藥包或藥丸上面，當是用藥上有問題。

北京在此之前，其歷次瘟疫的流行期間，均未見民間施藥的事例。而在這一年，則有士紳展開施藥。當瘟疫流行時，在京任職的金鉉（1610～1644），就曾"製五瘟丹施之，親自和藥，晝夜不殆者數月，所全活甚眾。家中上下幾五十人，絕無病且死者，都人奇之"。[218] 不過，就

---

〔217〕 陳龍正《幾亭全書》卷四〇《軫疫施藥疏》，《四庫禁毀書叢刊》集部第 12 冊，頁 25b～26a。

〔218〕 金鉉《金忠節公文集》卷八《年譜》，頁 13a。

如陳龍正在上段引文中所説的,"專藉民間施捨,所及有幾",民間施藥所能發揮的作用還是有限,故希望透過明思宗的金口,將民間所施的藥方傳播出去。除此之外,民間對付疙瘩瘟也有其他的療法。據《花村談往》記載:有位來京候補縣丞的福建人,"曉解病由,看膝彎後有筋腫,起紫色,無救;紅者,速刺出血,可無患。來就看者,日以萬計"。[219] 另外,宋起鳳在《稗説》中亦云:"其什百中得生者,惟有挑毒法。用銀簪脚就瘰上刺破,挑得紫血出則蘇,否則必死。"[220] 究其所用,其實與應付羊毛瘟的方法是相同的。

五、餘論: 瘟疫與帝國的崩潰

北京在崇禎十六年二月起,至隔年春天止發生的這場大瘟疫,由於疫情無法控制,曾導致人口大量死亡。其中死亡者,又以下階層及"閑的兒"[221] 最多,而影響最大的,則爲京營的兵丁。崇禎十七年（1644）春,王家彦（? ～1644）在寫給左都御史李邦華的信中説:"聞十餘萬旅,瘟疫之後,缺額數萬。"[222] 明遺民張怡也説:在"荒疫之後,幾於空伍。甲申寇至,點萬人上城,亦不能足數"。[223] 清初,談遷（1594～1657）也説,崇禎十六年夏、秋間,"畿內大疫,營兵半空"。[224] 不過,大疫造成的兵員大損,除了來自於兵丁疫死之外,還另有緣故。明代中葉以後,防守京師的京營,原就存在著嚴重的吃空缺現象。明遺民林時對曾提到:"余在長安,班役多竄籍三大營,冒名支糧,每月至三四石,遇操期則倩人畫卯耳。"[225] 蔣臣亦云:"京兵舊止空籍,凡負販諸傭及各衙門班役皆是

---

[219] 花村看行侍者《花村談往》,"風雷疫瘋"條,頁38a～b。

[220] 見宋起鳳《稗説》卷二,"明末災異"條,頁49。

[221] 所謂的"閑的兒",應係叫花子之類的游民。清初,釋元璪曾有詩咏"閑的兒"云:"畊田性不耐勞苦,讀書少也失父師。作官那得才與粟,行販又乏囊中資。肚饑無飯衣無襦,老天養就閑的兒。人人有錢皆可須,不枝不求亦不迂。請君弗笑閑的兒,除了京師天下無。"見釋元璪《完玉堂詩集》卷七《京師百咏》,《四庫全書存目叢書》集部第211 册,頁9b。

[222] 王家彦《王忠端公文集》卷一〇《與李懋明總憲書》,《四庫禁毁書叢刊》集部第162 册,頁39b。

[223] 張怡《謏聞續筆》卷三,頁11a。

[224] 談遷《棗林雜俎·和集·叢贅》,"兵疫"條,《四庫全書存目叢書》子部第113 册,頁75b。

[225] 林時對《荷牐叢談》卷三,"京營之弊"條,揚州: 江蘇廣陵古籍刻印社據手稿本影印, 1990 年,頁302。

也，臨點則募市人充之。"而歷經此次大疫，這些充場面的人手，死
耗達"十之六七"。[226] 也就因爲臨時應募點名的百姓大量死亡，無
法找到人手填補，才造成了"缺額數萬"與"營兵半空"。

此次大疫，除了造成兵丁及負販、傭工之流的死傷外，還使得
叫花子大量倒斃，結果在次年三月李自成包圍北京城時，要雇用乞
丐守城都發生困難。據說是年瘟疫，"人已去其半，故至次年闖圍城
時，京花子亦無處雇倩"。[227] 據蔣臣所見，當時掌軍事者"下氣怡
聲，卑詞戶曉，逾五六日尚未集"。後來勉強"五垛置一人，皆尫瘠
老弱、鳩形鵠面，充數而已"。[228] 又據資料說："守陴軍皆貴近家詭
名冒糧，臨時倩窮人代役，僅給黃錢五十文，雖外城二堵置一卒，
內城五堵置一卒，率飢疲不堪任，老幼內監俱乘城，凡數千人。"[229]
相較於崇禎九年（1636）、十五年（1642）的京師戒嚴，崇禎十七
年守城的情況極糟。據資料記載：

> 丙子（崇禎九年），壬午（崇禎十五年）間，清兵圍
> 城，京師每堵五人守城。一人造飯，一人往來城下，其三
> 人輪替看堵。其人乃京營兵雇倩足數。至癸未（崇禎十六
> 年）大疫，凡京城窮人盡死，故至甲申（崇禎十七年）初
> 守城，人守五堵，至內相上城，凡大小火皆往，又多方雇
> 倩，始得一人守一堵焉。[230]

另據楊士聰云：三月十七日一早，京城還沒什麼防禦；午刻，西直
門外突然出現數名"賊騎"揮刀砍殺，於是才倉促閉門，傳令軍士
上城，"每八垛僅得一人"。申刻，思宗"令各監局掌印，下至小火
者俱上城，每一垛始得一人。又炊竈未立，乃以錢抵市，括食上
城"。[231] 當時守城軍士的情況甚爲凄慘：

> 京城堞十五萬四千有奇，京兵羸弱者四萬人，其數僅當
> 三之一，並淨身男子三四千人上城設守。內丁俱擇便處站

---

[226] 蔣臣《無他技堂遺稿》卷一五《遁荒紀略》，《四庫禁毀書叢刊》集部第72冊，頁
3b。
[227] 趙某《庸亭雜記》，頁5b。
[228] 蔣臣《無他技堂遺稿》卷一五《遁荒紀略》，頁3b。
[229] 鄒漪輯《明季遺聞》卷一《北都》，《續修四庫全書》第442冊，頁34b。
[230] 趙某《庸亭雜記》，頁5b。
[231] 楊士聰《甲申核真略》，杭州：浙江古籍出版社點校本，1985年，頁11。

立,營軍立風雨中,糧又不以時給,城堵人馬雜沓,又不能具

斧甖,人給百文買粥糜食之,飢而且寒,日切怨望。[232]

以上諸多記載,雖多有未盡一致之處(特別是多少人守一垛的部分),但從這些描述,可以看出情況之狼狽,從而也可以看到崇禎十六年疫病所造成的人力損失,對於崇禎十七年北京城的防務,有相當大的影響。換言之,持續近一年的大瘟疫,已經將整個北京防守的人力擊潰泰半,至次年三月李自成包圍北京時,其實已經存在人力嚴重不足的問題。我們甚至可以這樣說:崇禎十六年的大瘟疫,間接造成了北京的淪陷與明朝的滅亡。

實際上,崇禎十六年的大瘟疫,除了癱瘓帝國中樞的防守人力之外,後來也可能麻痺了帝國的身體部分。在這一年,疙瘩瘟在直隸等地也爆發大流行。直隸昌平州是年大疫,"名曰疙疽病,見則死,至有滅門者"。沙河亦然。[233] 順天府通州在是年七月也大疫,同樣叫疙疽病,"比屋傳染,有全家喪亡,竟無收殮者"。[234] 河間府景州亦"瘟疫大行,病者吐血如西瓜水,立死"。[235] 據資料記載,這一年的大疫,"南北數千里,北至塞外,南逾黃河,十室鮮一脫者"。[236] 蔓延的結果,在崇禎十七年(1644)春天,甚至襲擊了江南。崇禎十七年春,蘇州府盛行疙瘩瘟,又名西瓜瘟,病者"吐血一口如西瓜狀,立刻死",[237] 或"無病而口中噴血輒死",[238] 或"民嘔血縷即死"。[239] 另外,浙江的湖州府,同年春也吐血性瘟疫大作,"民嘔血縷即死"。[240]

而當崇禎十七年江南流行西瓜瘟的同時,疙瘩瘟仍在華北地區繼續肆虐。一直到滿清入關,疫情依然。是年天津此疫盛行,俗稱

[232] 沈頤仙《遺事瑣談》卷一《懷宗紀略》,"駙馬"條,頁25。
[233] 見陳夢雷編《古今圖書集成·方輿匯編·職方典》卷三九《順天府部》,臺北:文星書店影印,1964年,頁401。
[234] 光緒《通州志》卷末《雜識》,臺北:臺灣學生書局據光緒五年刊本影印,1968年,頁96b。
[235] 康熙《景州志》卷四《災變》,北京:中國書店據康熙十九年刻本影印,1992年,頁60a。
[236] 民國《青縣志》卷一三《故實志·祥異篇》,天津:鴻興印字館鉛印本,1931年,頁6b。
[237] 徐樹丕《識小錄》,"甲申奇疫"條,頁533。
[238] 朱梅叔《埋憂集》,"疫異"條,臺北:新文豐出版公司影排印本,1978年,頁36。
[239] 乾隆《震澤縣志》卷二七《災祥》,臺北:成文出版社據光緒十九年重刊本影印,1970年,頁13b。
[240] 同治《湖州府志》卷四四《前事略·祥異》,頁19a;光緒《歸安縣志》卷二七《祥異》,臺北:成文出版社據光緒八年刊本影印,1970年,頁17a;民國《德清縣志》卷一三《雜誌》,臺北:成文出版社據1931年鉛印本影印,1970年,頁17a。

此病為探頭病，意謂著一探頭即受感染而死。[241] 順治元年（1644）
九月，漕運總督駱養性在上奏時指出：

> 天津地方，神京咽喉，水陸通衢，從來人民轇集，近
> 被流賊毒害，地方凋殘，人不聊生，困苦已極。詎意上天
> 降災，瘟疫流行，自八月至今，傳染之盛，有一二日亡者，
> 有朝染夕亡者。日每不下數百人，甚有合家全亡，不留一
> 人者。排門逐戶，無一保全。……昨年京師瘟疫大作，死
> 亡枕藉，十室九空，甚至戶丁盡絕，無人收殮者。天心降
> 割，至此已極，不謂今日津門復罹此慘也。一人染疫，傳
> 及闔家，兩月喪亡，至今轉熾。城外遍地皆然，而城中尤
> 甚，以致棺槨充途，哀號滿路。誠有耳所不忍聞，目所不
> 忍見者。[242]

另外，在李自成部隊移動的過程中，疫菌也隨之散播。據康熙《懷
來縣志》記載："是年，凡賊所經地方，皆大疫，不經者不疫。"[243]
九月間，宣府鎮的"保安衛、沙城堡，絕者不下千家。生員宗應祚、
周之正、朱家輔等皆全家疫歿，雞犬盡死"。[244] 而在山西南部的潞
安府，七月間亦大疫，"病者先於腋下、股間生一核，或吐淡血即
死，不受藥餌"。[245]

結　論

明代（1368～1644）北京的瘟疫，前後共計十五次。從史料上看，
這些瘟疫集中在嘉靖、萬曆、崇禎年間，疫情最嚴重的，則是崇禎末年
的大疫。而在這十五次中，爆發於1540年以後者，就佔了十三次。

就資料所示，明代北京這十餘次重大的瘟疫當中，可知其流行瘟
疫的病名者僅有數次，即大頭瘟在萬曆十年（1582）、萬曆四十年

---

[241] 康熙《天津衛志》卷三《災變》，臺北：成文出版社據1934年易社新校鉛印本影
印，1968年，頁30a。
[242] 中央研究院歷史語言研究所編《中央研究院歷史語言研究所現存清代內閣大庫原藏
明清檔案》，臺北：聯經出版事業公司影印，1986～1995年，A1-162、B383。
[243] 康熙《懷來縣志》卷二《災異》，頁17b。
[244] 同上。
[245] 順治《潞安府志》卷一五《紀事·災祥》，臺北：臺灣學生書局據順治十八年刊本
影印，1968年，頁62b～63a。光緒《長治縣志》卷八《大事記》，臺北：成文出版
社影光緒二十年刊本，1976年，頁36b。

（1612）曾經流行；羊毛瘟則發生在萬曆十五年（1587）及崇禎十六年（1643）；至於疙瘩瘟及吐血瘟，則爆發於崇禎十六年。大頭瘟的主要病徵爲：憎寒壯熱，頭疫身痛，昏憒，腮面紅赤，肩背斑腫，頸面、頭項俱腫，咽喉腫痛，及發病後數日即死亡。至於羊毛瘟的症狀，則是身體發高燒，並起泡瘤或瘤疹，且這些泡瘤會脹痛或劇痛，數日即死。以上這兩種瘟疫到底是現在所知的那些疾病，個人於此未多做推測。至於疙瘩瘟，由於流行時曾有老鼠大量死亡的記載，加上疙瘩瘟患者有發高燒、身體起血塊、肢節處生瘤瘰，以及數日即死或猝死的症狀，與鼠疫發病急遽、高燒不退、皮下組織出血、身體肢節間淋巴腺腫大，及數日即病死等病徵頗爲類似，故極有可能是腺鼠疫（bubonic plague）。而同年發生的吐血瘟，除了病徵爲吐痰血之外，流行季節在入冬以後，與臨床傳染病學所示的肺鼠疫症狀及季節也相符合，是肺鼠疫（pneumonic plague）的可能性也是存在的。

歐洲在十四世紀以後，受到鼠疫大流行的影響，曾引發國家對於防疫體系、公共衛生的重視；[246] 明代後期北京的一連串瘟疫，是否也對國家產生這方面的影響？就現存資料所見，明帝國在這十餘次瘟疫當中，主要是動用太醫院及順天府惠民藥局等醫療體系，對患者進行診療，施藥，並未制定類似西方檢疫制度的辦法，以控制疫情。不過，明世宗在嘉靖二十年（1541）所創設的五城粥廠煮賑制度，其每年冬春的定期施藥、施粥措施，在平時具有預防性的意義，而在瘟疫發生時，更是協同以進行救濟的一個機制。

瘟疫的發生，除了影響到居民的生命安危之外，也同時考驗國家的醫療體系。在嘉靖、萬曆年間，帝國的醫療體系對於北京瘟疫的應變，相較於崇禎年間，似乎還算有效，疫癘通常在盛行二、三個月後，即漸漸消散。然而，面對崇禎十六年（1643）的大瘟疫。國家的醫療體系顯然無法招架，故而瘟疫從春天流行至冬天，甚至崇禎十七年的春天，時間可能長達一年。也正因爲帝國欠缺應變這場大瘟疫的能力，故而導致人口大量死亡。根據記載，這一年的瘟疫至少奪去二十萬條人命，其中又以軍士及下階層的百姓、乞丐最多。這一情況，後來也影響

---

[246] 參見 George Rosen *A History of Public Health* (Baltimore and London：The John Hopkins University Press, 1993 expanded edition), pp. 40～48；Harry Wain *A History of Preventive Medicine* (Springfield, Illinois：Charles C. Thomas Publisher, 1970), pp. 61～63。

到崇禎十七年(1644)三月的京城防衛戰,造成防守人力不足,進而導致北京的陷落。以往學者在談到北京淪陷的原因,常提出政治性的因素,然而當軍事防衛的人力因瘟疫侵襲而大量死亡或者弱化,其對戰局的影響可能更大。畢竟在軍事決戰的當兒,兵力與戰力更為重要。

※ 本文原載《中央研究院歷史語言研究所集刊》第 75 本第 2 分,2004 年。
※ 邱仲麟,臺灣大學歷史學研究所博士,中央研究院歷史語言研究所助研究員。

十六七世紀中國的一個地權問題：
福建省漳州府的一田三主制

張彬村

一、前　言

　　1983 年春天，中國社會科學院歷史研究所明史組主任王毓銓教授，在一篇未刊的精彩稿文中申述一個有關中國地權性質的觀點：至少在文獻較詳的帝國時代，中國的土地真正只有一個地主，那就是皇帝，人民只是替皇帝管業的僕人，不能擁有真正的地權。包括王先生在內的許多中外學者常喜歡引用《詩經・小雅・北山》篇的一句話：“溥天之下，莫非王土”，來強調上述的觀點，甚至因此把這個觀點上推到帝國時代以前的封建社會或奴隸社會。[1] 帝國時代的中國，政府與社會之間，國與家之間，沒有明顯的界線，這就容易給人一個印象，以爲皇權和所有權是沒有分別的。根據這個前提，專制君主任意處置人民的財產也就無所謂違規侵犯的問題，因爲人民的財產權並不存在。皇權和所有權的混淆問題，有待進一步的研究來澄清。如果我們把皇權問題暫置一旁，來注意民間習慣上所承認的一些地權問題，我們會發現這些地權深刻地影響中國人民的生活。瞭解這些地權的性質，也許有助於我們更具體地瞭解和掌握中國歷史的特點，減少一些揣測和爭議。

　　許多學者把帝國時代的中國視爲一個以“私有土地制”爲基礎的封建世襲社會，這大致是符合歷史事實的。除了五至八世紀中國政府曾不徹底地推行“均田政策”，使公田制在某些地區流行一時外，私有土地制一直是中國社會普遍採用的習慣。不僅如此，在帝國時代以前的相當一段時期，私有土地制大概也曾普遍流行過，公

---

〔1〕　Wang, Yu-quan, "The Organization of Human Resources under the First Emperor of the Ming Dynasty," pp. 1~2, 8~9. Unpublished paper, 1983.

元前四世紀左右的孟子構想出三代（夏商周）施行過土地公有的
"井田制"，是對當時的私有土地制有所不滿而作出的反應。

私有土地制之下，土地佔有的基本原則是自由競爭，不管是經
由買賣或其他方式的競爭。這種原則自然會造成有些人兼併大量土
地，成爲大地主；有些人則喪失土地，藉著耕作別人的土地來謀生，
淪爲傭工或佃户；租佃關係也就建立起來。由於爭奪土地或耕作機
會的激烈化，有些地權與耕作權也就跟著複雜地割裂走樣，而不單
純地保持地主與佃農之間的租佃關係。這種地權割裂的過程，就是
本文想要探索的問題。

我們説地權或耕作權複雜地割裂，意思是指一塊田地的所有權
不是單一主體所擁有，而是分割成兩個或兩個以上的權利，爲兩個
或兩個以上的主體所分別擁有。不同的權利主體，對於該田地的收
成，主要是穀物，具有不同分量的分享權。這種地權分割的情形，
具體反映於文獻記録上，就是所謂的"一田多主"制，包括一田兩
主、三主，或三主以上。

"一田多主"制顯然是中國民間在世襲制度、人口增殖等等因素的
影響下，逐漸形成的社會習慣。它不是官方所制定的規矩，相反的它
是官方一再想要消滅的習慣。史料告訴我們，大概在南宋時，地權分
割已稍稍開始萌芽。[2] 元代和明代前期，我們幾乎看不到一田多主
的記録。進入十六世紀，這種習慣已經變得複雜與成熟，成爲官方頭
痛的問題。就由於它是官方的問題，纔能有比較詳細的官方記録留下
來，讓我們瞭解"一田多主"的内容。本文擬以明代後期福建省漳州府
所見到的"一田三主"制爲例，試圖説明地權的各種分割情形。我們相
信以"一田三主"這種類型，即足以澄清各種多重地權的分割過程。

在進入討論之前，我們先將三個名詞稍作解釋，也許有助於讀
者的瞭解：

（一）永佃權：這是一種保障佃農的權利。只要繳足租額，佃農
可以依己意無限期地耕種所承佃的土地。永佃權一般具有下面兩個
條件：1. 土地的耕作權可以由承佃者終身保有，並且可轉授給子

---

〔2〕　草野靖《宋元時代の水利田開發と一田兩主慣行の萌芽（上）》，《東洋學報》53 卷 1
　　　號，頁 50～51；仁井田陞《明清時代の一田兩主慣習とその成立》，在《中國法制史研
　　　究──土地法・取引法》，東京：東京大學出版會，1962 年，頁 182。

孫；地主不得藉故增租或撤換佃者；2. 承佃者可將此權利自由典押或出賣，地主不能干涉。[3]

（二）一田兩主：地權分爲兩層，爲二主體所擁有。一層屬於田主；通常叫作"田底"權，藉此田主可以分享田地上的部分收成；一層屬於耕作者；通常叫作"田面"權，藉此耕作者可以全權使用該田地。田面權的内容與永佃權差不多，其不同在田面權的擁有者與田底權的擁有者之間並無主佃關係，而是平等地位的田主，這在帝國時代的中國，是有相當大的差別的。"田底"與"田面"權在中國各地有不同的名相，附表所列，就是一些例子。[4]

（三）一田三主：地權分爲三層，爲三主體所分有。第一層地主有權分享某些數量的收成，而没有向政府繳納税糧的義務；他通常被稱爲"小租主"或"小税主"。另一層地主亦有權分享某些數量的收成，但需要向政府繳納税糧；他通常被稱爲"大租主"。第三層地主就是土地耕作者，有使用土地並分享部分收成的權利。這三層地權的名相也有多種，見附表。[5]

許多記録把耕作者和佃户混淆不分，造成我們研究上的困擾。爲方便計，我們將視具有土地使用權的耕者爲"田主"，這將包括田面權的擁有者與永佃權的擁有者。因此在底下的論述中所提到的佃户，有許多場合應視爲田主。

"一田多主"的地權分割，有比三主更加零碎者，分成更多層地權，但這些分割大體上只是三重地權的進一步零細分割。瞭解"一田三主"的分割情形，也就差不多瞭解"一田多主"的各種分割形態了。

二、學者們的意見

多重地權問題受到學者們的注意，大概是清末民初對中國地權習慣所作的幾個調查所引起，陳翰笙、馮和法和伊能嘉矩等人的介

〔3〕 關於永佃權的討論，天野元之助的研究最詳盡，參看《中國農業經濟論》，東京：龍溪書舍1940年刊行，1978年再版，第1册，頁478～479。小笠原正治的討論也很扼要清楚，見於《宋代官田における永佃について》，《山崎先生退官記念東洋史論集》，東京：大安株式會社，1967年，頁180。

〔4〕 田面權與永佃權是有分别的，這在地權分爲三重的情況下就很明顯，田底、田面和永佃權分屬於不同的主體。詳細討論見草野靖《舊中國の田面慣行——田面の物質的基盤と法の慣習的諸權利》，《中國關係資料論説》卷17，册3，1975年，頁587～589。

〔5〕 仁井田陞《中國法制史研究——土地法・取引法》，頁204。

紹，首開其端。[6] 但對於多重地權作深入研究而貢獻較大的，是幾個日本學者，像仁井田陞（明清）、清水泰次（明代）、草野靖（南宋及明清）、藤井宏（清）、天野元之助（民國）等人；以及中國學者，像傅衣凌（明清）、陳其南（清）等人。[7] 許多其他學者兼有觸及多重地權的問題，但不如上述諸位的成就。

學者們的研究，除了很大篇幅用於史料及名詞的爭議之外，大致包含四個方面：（一）發生的時代；（二）涵蓋的範圍；（三）發生的原因；（四）產生的過程。

追溯多重地主的時代淵源，由於史料的限制，目前尚不能很肯定，也許將來也肯定不了，但一般認為仁井田陞和草野靖所推測的南宋時期是比較可能的。確實成熟而多樣化，則大致是在十五、十六世紀。

多重地權發生的地區，民國時代的調查比較全面，可見諸天野元之助的著作。明清時代因記錄有限，所知也就比較局面性，大致是在華南的幾個省份，這一點以仁井田陞收集得比較詳細。

多重地權發生的原因，像人多田少、貨幣經濟發達、財富觀念

〔6〕　清朝末年日人據臺，設立"臨時臺灣舊慣調查會"，從 1903 到 1910 年陸續刊行調查報告。根據這些報告，1963 年臺灣銀行經濟研究室刊行為《臺灣私法》，其中的物權編載有多重地權的官私文契。同年臺銀又刊行《清代臺灣大租調查書》，收集多重地權的有關文獻。1928 年東京刀江書院刊行的伊能嘉矩的巨著《臺灣文化志》中卷頁 546～557，作者對臺灣墾殖歷史與多重地權的形成，有扼要的描述。1920 年代國民政府對中國內地各省舉行過一次粗略的習慣調查，結果在 1930 年由司法行政部刊行為《民商事習慣調查報告錄》，其中報導了許多省份的多重地權習慣。陳翰笙在 1934 年的《中國經濟年鑑》的上卷，以及馮和法在 1935 年發表的《中國農村經濟資料續編》（由上海黎明書店出版），均討論到多重地權的問題。
〔7〕　仁井田陞，前引文。清水泰次《明代福建的農家經濟——特に一田三主の慣行について——》，《史學雜誌》63 卷 7 號，1954 年，頁 1～21。草野靖，前引二文，以及《南宋文獻に見える田骨、田根、田底》，《中國關係論說資料》卷 12，冊 3，1970 年，頁 556～568；《舊中國の田面慣行——田面の轉頂と佃戶の耕作權》，《東洋史研究》34 卷 2 號，1975 年，頁 50～76。藤井宏《崇明島の一田兩主制》，《東方學》1975 年第 49 號，頁 1～14。天野元之助，前引書，頁 478～520。傅衣凌《明清農村社會經濟》，北京：三聯書店，1961 年，頁 20～67。陳其南《清代臺灣漢人社會的開墾組織與土地制度之形成》，《食貨》9 卷 11 期，1980 年，頁 380～398。另有幾篇文章專門討論多重地權問題，我尚未看到：草野靖《明末清初における田面の變質——閩江廣三省交界山田地帶の場合——》，《熊本大學文學部論叢》(1)，1980 年；藤井宏《一田兩主制の基本構造 (1)(2)(3)(4)》，《近代中國》，5 (1979)，7、8 (1980)。片岡芝子的《福建の一田兩主制について》，《歷史學研究》294 (1964)，頁 42～49，以及周藤吉之的《南宋の田骨、屋骨、園骨について》，《東方學》第 21 號，1961 年，頁 73～86，雖然對多重地權的分析不是很仔細，也是值得參考的。

等社會經濟因素，目前的少量研究還不足以説明清楚。[8] 比較有收穫的是地權分割的近因方面的探索，學者們的發現大體可歸納爲下面幾點：（一）耕者由於投資改善農田或開發農田，因而取得田面權；地主保有田底權；（二）開墾公有荒地，政府將田面權給耕者，而售田底權給地主；（三）分割家産，將地權分成田底與田面權，給予不同的子孫；（四）地主不在本地，將田面權給予可靠的耕者，自留田底權；（五）耕者承佃土地時，付出押金或定金，換取田面權；（六）自耕農賣地，將田底權出售，自留田面權，繼續耕作；（七）世代耕作同一土地的佃農，其耕作權終於受到承認，成爲田面權的擁有者。[9]

多重地權的分割過程，以清水泰次和陳其南講得比較好。清水研究明代福建的地權，發現多重地權的現象肇因於地主權的分割；陳研究清代臺灣中北部的墾殖社會，發現該現象是由於耕作權（或者説是佃權）的分割所導致的。他們的發現有進一步詳加分析的必要，本文就企圖以明代後期漳州府所發生的地權分裂情形爲例，來完成這個任務。

三、漳州府的一田三主制

明代閩省的行政區劃分爲八府一直隸州，漳州府轄境是該省極東南的一個濱海地區。1368 年朱元璋建立大明政權時，漳州府分爲五個縣：龍溪、漳浦、龍岩、長泰、南靖。以後行政單位逐漸細分，主要是由於地方秩序不安，分治以加強控制。到 1567 年時，漳州府已分成十個縣。新設的五個縣是：漳平（1467 年分割龍岩縣而設立）、平和（1517 年分割南靖縣而設立）、詔安（1530 年分割漳浦縣而設立）、海澄（1564 年分割龍溪縣而設立）、寧洋（1566 年分割龍岩縣，以及屬於延平府的大田、永安兩縣的土地，合併設立）。迄明朝滅亡，漳洲府一直保持一府十縣。[10]

在這十個縣中，史料告訴我們，龍溪、海澄、漳浦、平和、南

---

〔8〕 這些方面片岡芝子的短文已介紹了一些，見前引文。
〔9〕 參看仁井田陞、天野元之助以及傅衣凌的文章。
〔10〕《明史》卷四五，北京：中華書局，1975 年，頁 1130～1132；趙泉澄《清代地理沿革表》，北京：中華書局，1955 年，頁 79～86。

靖、龍岩六縣在明代已盛行一田三主的習慣。[11] 萬曆元年（1573）
編纂的漳州府志提到長泰縣曾有一田三主制存在，但在某一次針對
地權紊亂而推行的丈量運動中被消滅了。根據乾隆十三年（1748）
的長泰縣志，這次丈量發生於明成化八年（1472）。[12] 丈量運動是
否真正杜絕了一田三主的習慣，官方的記錄很難遽以採信，但至少
上述的長泰縣志中已承認這種習慣又在地方上流行起來。無論如何，
長泰縣在明代已有一田三主制是很明顯的事實。

　　康熙元年（1662）編纂的《寧洋縣志》有一段記錄一田三主制
的文字，與嘉靖三十七年（1558）編纂的《龍岩縣志》所保存的記
錄一樣。[13] 這大概是由於寧洋縣本屬龍岩縣境而在 1566 年被分割出
來獨立成縣，因此兩縣的地權習慣大體一樣。一田三主制在明代曾
流行於寧洋縣，也應該是可以肯定的。

　　這樣，除了詔安和漳平兩縣之外，明代漳州府的其他八縣都有
一田三主制的記載。也許我們閱讀更多史料後，將來會看出詔安和
漳平的地權習慣。如果讓我們現在就作個推測，那麼這兩縣在明代
是應該也有一田三主制存在，不會例外。

　　漳州府的一田三主制始於何時何地，目前尚不清楚，也許永遠
弄不清楚。仁井田陞懷疑南靖縣是個發源地，但他沒有提出充分證
據來。[14] 宮崎市定認爲一田三主的發生，是受到英宗正統十三年
（1448）鄧茂七變亂的影響而來的。清水泰次已經有力地否定宮崎的
説法，但他提出開始於嘉靖時期（1522～1566）的揣測，也是值得
商榷的。[15] 根據我們前面所提到的乾隆十三年（1748）《長泰縣志》
的記錄，知道在明成化八年（1472）以前一田三主制已行於漳州府，
因爲該年舉行的丈量運動的目標之一是針對此種多重地權而發的。

---

〔11〕　羅青霄編《漳州府志》(1573) 卷五,臺北:學生書局重印本,1965 年,頁 7 下;顧炎武編
　　　《天下郡國利病書》冊 26,上海商務印書館影印崑山圖書館手稿本,1935～1936 年,頁
　　　85 上～86 下,88 上～89 下,122 上～122 下、123 上～124 下。
〔12〕　《漳州府志》(1573) 卷五, 頁 6 下～7 下;賴翰顒編《長泰縣志》(1748) 卷四,
　　　臺北: 成文出版社重印本, 1975 年, 頁 10 上～10 下。
〔13〕　1662 年《寧洋縣志》的記載, 見仁井田陞, 前引書, 頁 179, 注 7;湯湘編《龍岩
　　　縣志》(1558, 微捲本) 卷一, 頁 46 上～46 下。
〔14〕　仁井田陞, 前引書, 頁 204～205。
〔15〕　宮崎市定《中國近世的農民暴動——特に鄧茂七の亂について》,《東洋史研究》10
　　　卷 1 號, 1947 年, 頁 1～13。清水泰次, 前引文, 頁 5～7。

雖然如此，起源的確切時間和地點，我們委實說不出來。

一田三主是怎麼產生的？我們從地方志的記錄可以看出幾個形成過程的類型，可是無從知道不同類型出現的時間先後。底下就是我們要介紹的類型。

土地租佃的最基本形態是一主一佃，整個土地所有權屬於地主，佃農只是替地主耕作而獲得酬報，對該土地沒有絲毫權利可言。當佃户的耕作權成立，使他只要繳足地租即可以永久自由地使用該土地時，地主的所有權就被減低，限於向佃户收取定額或一定比率的租穀（或相等物）；這樣，對於同一土地即有兩種所有權，分別爲不同的二主體所擁有，"一田二主"就此成立。從土地收租權和使用權分別獨立的主佃關係出發，如果權利再分割而帶來第三位主體，就造成了"一田三主"的關係。可以推想，權利的繼續分割是可能的，而同一田地的主體不限於三人也是可能的。

在一主一佃的情況下，土地利益由主佃兩人分享；在一田三主的情況下，除主佃之外，又加進來第三個利益分享者。這第三者的權益，可以從地主方面分撥出來，也可以從佃户方面分撥出來。下面就是地權分割的第一類型：

當地主把一部分收租的權益轉移給別人（通常是以出售的方式），同時把繳納稅糧給政府的責任讓渡給別人，如此便產生第一類型的一田三主。原來的地主，在此情況下，變成爲一般所謂的"小租主"（或小稅主），可享取部分租穀而無納稅糧的義務；新的地租受益者是"大租主"，必須向政府完糧。佃户仍爲土地使用者，權益不受影響。關於這種地權分割，1628 年的《漳州府志》有一段記錄，顧炎武的《天下郡國利病書》也收錄了這段文字。記錄是這樣的：

(1) 地主 ⟶ 小租主

大租主

佃户 ⟶ 佃户

（虛線代表新生的地權主體）

> 其受田之家，後又分爲三主。大凡天下田土，民得租
> 而輸賦稅於官者，爲租主；富民不耕作，而貧無業者代之
> 耕，歲輸租於産主，而又收其餘以自贍給，爲佃户，所在
> 皆然，不獨漳一郡而已。唯是漳民受田者，往往憚輸賦稅，
> 而潛割本户米，配租若干石，以賤售之。其買者亦利以賤
> 得之，當大造年，輒收米入户，一切糧差，皆其出辦。於

是得田者坐食租税，於糧差概無所與，曰小税主。其得租
者，但有租無田，曰大租主。……甚者大租之家，於糧差
不自辦納，歲所得租，留强半以自贍。以其餘租，帶米兑
與積慣攬納户，代爲辦納。雖有契券，而無資本交易，號
曰白兑。往往逋負官租，構詞訟無已時。[16]

文中“大造年”是指明代每十年一次編纂“賦役黃册”的年代。根
據黃册記錄，官方向人民征取税糧。地主爲避免糧差的困擾，寧願
將部分租穀的權益出售給別人，同時把別人的名字登記入黃册，頂
受納糧義務。這樣原來的地主收租權就分成兩份，原地主成爲“小
税主”，有净收部分租穀的權利；新介入者成爲“大租主”，可分享
部分租穀，但需納糧。值得注意的是，上面引文中提到，大租主有
時又讓出部分租穀權給別人，同時也把辦納糧差的責任推卸給別人。
於是同一土地的受益者又增加了一個，除了大租主、小税主、佃户
之外，還有所謂的“白兑之家”。名爲“白兑”，因爲大租主割讓部
分權益給人時，沒有買賣行爲，只是平白地兑與他人，而以代辦糧
差爲條件。這個“白兑之家”，可視爲同一田地的第四主。

一田三主，加上白兑之家，對同一田地的實際受益量如何？我
們推測其比例是會因時因地，以及因個例差別而有所不同。這裏就
舉出一個例子，讓讀者有點印象。在隆慶四年（1570）與萬曆二年
（1574）之間擔任漳州知府的羅青霄（四川忠州人，1562 進士及第）
曾於隆慶五年（1571）清釐田賦，企圖消滅多重地權的困擾。他在
一個奏議中提到：

　　議一：祛宿弊以正田賦。漳州所屬，如長泰等縣，田
唯一主，唯龍溪、平和、南靖等縣，一田而有三主之名，
一曰大租主，一曰小租主，一曰佃户。如每田十畝，帶米
九斗六升二合，值銀八十兩，年收租穀五十石。大租只用
出銀二十兩，買得年租穀一十石，雖出銀少，而辦納糧差，
皆其人也。小租則用銀五、六十兩，買得年租穀二十石，
雖出銀多，而一應糧差不與焉。至於佃户，則代爲出力耕
收，年分稻穀二十石，是謂一田三主。此外又有白兑之名。

---

[16] 劉庭惠編《漳州府志》（1628，微捲本）卷八，頁 6~7 上。《天下郡國利病書》册
二六，頁 85 下~86 上。

> 如大租人，將糧差不自辦納，就於十石租內，存留三、四
> 石自享安逸，抽出五、六石，帶米九斗六升三合，白兑與
> 積慣豪霸棍徒，代爲辦納。夫以九斗六升三合之米，歲帶
> 本折色機兵、驛傳、八丁銀等項，該銀一兩二錢有零。若
> 以十石租論之，約值銀二兩五錢，亦自足辦；唯白兑之家
> 止得租五、六石，值銀愈少，而欲其辦納糧差，其可得
> 乎？[17]

羅青霄的奏議告訴我們，在一塊面積十畝，年產 50 石稻穀的田地上，大租主、小租主和佃户分享收成的比率是 10：20：20，可見十六世紀的漳州府，地租已高達 60%。這十畝地每年所負擔的稅糧和各色差役費用約 1.2 兩左右。如果大租主撥一半租穀（即五石）給白兑之家，使之代爲辦納糧差，這五石的時價大約在 1.25 兩左右。白兑之家在這種情況下，幾無利潤可圖。不難想像，白兑之家若欲真正獲利，就要在稅糧繳納上作手腳，逃稅大概是很自然的結果。

我們前引顧炎武《天下郡國利病書》及 1628 年漳州府志共同的一段記錄，説漳州府人民往往因"憚輸賦税"，因而出售部分租穀受益權給"大租主"，讓大租主來代辦糧差。大租主有時又把糧差責任讓渡給"白兑之家"。這些大租主或白兑之家能够作爲糧差代理人而從中取得好處，他們應該是熟悉稅務而與地方官府關係較密切的人，也大概是在地方上較有影響力的人。他們的存在使一般人民的納稅工作增加困難，也使政府的征稅工作增加困難。就是利用這種局面，大租主或白兑之家可以發揮操縱的功能，從地方政府和人民兩方面的損失中牟取利潤。羅青霄指責白兑之家是"積慣豪霸棍徒"，甚至明言他們大多來自豪門大户，與衙門裏的胥吏常常"表裏爲奸"，其故在此。[18]

地主爲逃避糧差，犧牲部分利益，而將田地的稅負寄託在大户名下，這種現象在明清社會叫作"詭寄"。[19] 小租主推卸糧差給大租主，也是一種"詭寄"的行爲，雖然"詭寄"不必然使地權分裂

---

〔17〕《漳州府志》（1573）卷五，頁 6 下 ~7 上。

〔18〕 同上，頁 8 下。

〔19〕 王又槐《錢穀備要》（微捲本，1814 年）第十項"田宅"部門説到："詭寄，謂將己糧寄於他人户内者。大約有力之家，包攬貧人田畝，以圖侵欠，而貧人又藉其勢力，可以躲避差徭"。

成大小租。除此之外，在十六、十七世紀，有相當多的人口沒有被官方登記。當這些人有了積蓄，想購置田產，卻無戶名可立，因此常將買下的田產，挂名於大戶之家，每年輸納定額的租穀，作爲條件。大小租主也就在這種安排下形成。[20]

大租主果然都是豪門大戶嗎？這也不盡然。事實上，小租主是富豪，而大租主只是負有糧差義務的小戶，這種情形也是存在的。顧炎武的《天下郡國利病書》有一段記載：

> 按：南靖田土，不經清丈，區畝稅糧，原無定則。奸民乘之，欺隱日甚。間嘗核通縣田畝，不下三十萬，其登賦者，十五萬九千有奇耳。此外皆他邑豪所據者也。且所謂一田三主之弊，尤海內所罕有。一曰大租主，一曰業主，一曰佃戶。同此田也，買主只收稅穀不供糧差，其名曰業主。糧差割寄他戶，收田中稅配之，受業而得租者，名曰大租主。佃戶則出資佃田，大租業稅，皆其供納，亦名一主，此三主之說也。又有一田，而載官米若干在趙甲戶，又載民米若干在錢乙戶，不成四主乎？……南靖土壤……田多而壤沃，視他邑頗勝。第兵災之後，民多流離，境內田土，歸他邑豪右者，十之七八。土著之民，大多佃耕自活。其他邑豪得田者，憚於立戶當差，則又飛詭其田米。每米一斗，割租穀或數斗，或一石，以與詭寄之家，使之代納糧差，名曰配米大租，遂有一田三主之說。得租者不能常守，又或減米而賣其租，遂有虛懸之號。訟端紛紛，多從此起。[21]

明太祖立國時，注意到戶口與田土的掌握爲明政權的命脈所繫，因此十分重視編纂戶口與田土登記的《黃冊》。《黃冊》亦名《賦役黃冊》，因爲它是政府向人民征稅差役的依據。就因爲這種重要性，明太祖在編成全國性的《黃冊》而要將它貯藏在南京後湖（即今日的玄武湖）島中的檔案庫時，特別要把《黃冊》擺在香案上，祭告天地。十年一次的《黃冊》編纂，在洪武時代曾有效率地實行過；但

---

[20] 林登虎編《漳浦縣志》（1700年編，臺北：成文出版社重印本，1968年）頁501（舊頁碼不明）提到："有單寒小姓買田，無戶可歸，輒寄於勢豪戶內，歲還其租"。

[21] 《天下郡國利病書》冊二六，頁112上～下。

從十五世紀起，編纂工作逐漸變成具文，《黃册》的記録再也不能反映土地户口的實際情形，所反映的是政權這部機器的逐漸衰老，失去控制社會的功能。[22] 十六世紀以後這種衰老的趨勢並没有挽回，直到（1644）明政權的正式解體爲止。我們上面所引的一段文字，是隆慶三年（1569）至萬曆二年（1574）之間擔任漳州府南靖知縣的曾球（廣東海陽人）整頓南靖縣田土賦税時所作的報告。報告中指出，該縣田土幾乎有一半没有登記入《黃册》來征税。見一斑可以窺全豹，明政權在十六世紀後半期的行政效率也就可想而知。這種賦役《黃册》的登記紊亂不清，征税的漏洞跟著變大變多，給多重地權提供了一個孕育的條件。南靖縣的多重地權，根據曾球的報告，已明顯地發展到“第四主”。值得注意的是，真正没有税負而有租穀分享權益的，是居住在外縣而來南靖從事土地投機的富豪。他們自居小租主的身份，而讓南靖縣的一般土著挂名爲大租主。就在這種安排下，《天下郡國利病書》説該縣田土的實際權益有百分之七、八十掌握在外縣人民的手中。如果《天下郡國利病書》的話不是誇大，那麽明代的漳州府，或中國的其他地區，存在有甲地人民全爲乙地人民佃耕的現象，幾乎是可以肯定的。可以想見地權分割所造成的經濟控制是極深刻的。

總而言之，一田三主的第一種類型的發生，是由於一個代繳糧差税務的經紀人被地主引進來，分享同一田土的租穀，地主犧牲部分租穀收入，以便逃避納税義務。這種多重地權的形成過程，可以説就是地主把糧差義務轉移到他人身上的過程。

如果地主把部分租權讓渡給別人，而仍保留對政府的糧差義務，則地主本身成爲“大租主”，新的租權受益人是

(2) 地主 ------→ 小租主
　　　　　　↘ 大租主
佃户 ——→ 佃户

“小租主”。佃户仍然保有耕作權，不受影響，這樣也就形成了一田三主。我們這裏就舉一個例子來説明。在康熙三十五年（1696）和四十七年（1708）之間擔任漳浦知縣的陳汝咸（浙江鄞縣人，1691年進士）針對一田三主的困擾，曾提出一個革除大租的建議：

　　查三十年（1691）憲示云：“福州之弊在佃户不在業

---

[22] 韋慶遠《明代黃册制度》（北京：中華書局，1961年）對於明代黃册的源起與變化，有很好的描述。

主，漳泉之弊在賣主而不在買主。”此語最爲破的……蓋漳
州根租之始，始於良家賣業，本民不議開割過户，將田仍
留伊户行糧，而索業主田租之半，以充糧費。故不論豐欠，
歲必取盈，甚有業主顆粒無收，而租主顆粒不讓者，其酷
勒如此。雖托名完糧，而租收實數倍於糧，所謂漳泉之弊
在賣主而不在買主也。……因卑職細查浦邑志書，開載浦
邑田肥瘠有五，而受田之家，其名有三：一曰大租主。共
此一田，少出銀買租，辦納糧差。一曰小稅主。多出銀買
稅，納租於租主辦糧。一曰佃户。出力代耕，租稅皆其自
出。大租即根租主也，唯勢家大族有之。蓋始自宦家賣業
平民，不許開割，將田仍留伊户行糧，而索業主之租，以
充糧費。不論豐欠，歲必取盈。名雖完糧，而實數倍於糧
也。迨傳之既久，根租亦復互相授受，然止賣其完糧之羨
租，不得賣其收租之田畝，爲價無幾，故曰少出銀買租辦
糧差也。若多出銀之稅主，則爲得業之户，田不得開歸
己户行糧，唯收佃户之稅，而納租於租主以行糧，故曰多
出銀買稅也。若佃户則納稅於稅主，稅之盈虛，則視年之
豐欠。合而言之，有是三者，浦人所謂耕者納稅，稅者納
租是也。通縣計之，根租之田，十居其二。[23]

這一段話雖是出自 1690 年代後期漳浦知縣陳汝咸的奏議，但文章中
提到，一田三主的習慣已開載於舊有的漳浦志書。它是明代已經通
行的習慣，應無問題。陳汝咸的報告中顯示“大租主”經常是勢家
大族，甚至是“宦家”，即官僚之家。他們賣田給平民，而要求後者
輸給定量的租穀，理由是買賣成交後，他們的名字仍留在官方的賦
役册子上，負擔糧差。買賣時土地的產權是私下過割了，但在官方
的賦稅登記上並沒有過割，地權就這樣被割裂開來。原地主賣了土
地，但保留“大租權”；新地主買了土地，但只享有“小租權”。大
小租權分開之後，可以各自獨立轉手，其價錢是不負稅糧義務的小
租權，一般上較昂貴。

　　大租主並不全然是勢家大族來擔任。單寒小户，爲將田地高價

---

[23] 《漳浦縣志》（1700），頁 502～503。

出售,有時雖出售租權與別人,糧差義務仍然留下來,便自己成爲
"大租主"。但他與前述的可以向"小租主"索糧的大租主不同,因
爲他以高價售田的代價,就是要負擔糧差,而不能從原來的田地上
收租納稅,或則只能收取很少的租穀。1573 年的《漳州府志》記載
這種沒落地主的地權轉移,造成無田租收入而有納稅之實的虛名地
主,這種現象在當時稱爲"虛懸"。[24] 與此類似的,是買主在地權
過割時,推卸部分糧差,賣主則負責這些剩下的糧差。這種買賣雖
不必然造成多重地權的現象,但也是有可能導致地權分割的結果。
福建人把這種現象叫作"短苗",下面就是一段相關的記載:

> 短苗: 短苗之弊,福建爲甚。如張三賣田於李四,張
> 田原屬上則,每畝該完糧一錢。李四乘其急迫,勒作中則,
> 載於契內,每畝該完糧八分,因而遂照中則推收。除李四
> 推收八分之外,尚餘二分之糧在張三戶內。[25]

不論是"虛懸"或"短苗"的情況,如果大租主是如上述的安排來
產生,那麼他一定是對原有田地失去全部收租權的有名無實的地主。
他只是載在官方賦役冊上的名義地主。在地權爭奪戰中,他是最徹
底的失敗者。

我們從上述的地權分割情況,已充分説明大、小租的權益難以
一概而論,大小租主的身份也難以一概而論。要真正考察權益安排
的個案,纔能斷定那一方是主宰者。

我們在類型 (1) 和類型 (2) 的　　　　　(3)地主———→大租主
介紹中,指出地主權的分割足以引介　　佃户———→小租主
第三個土地受益者來分享同一土地的　　　　　　　　　➔佃户(新)
收成,形成一田三主制。現在我們想從佃權方面的分割,來觀察多
重地權的發生。如果佃户把耕作權讓渡給別人,自己仍保留某些數
量的租穀受益權,這樣他就成爲淨收租穀而不必納稅的"小租主",
實際耕作由新的承佃者來擔任。原地主仍然是收租納稅的地權所有
者,不受影響。但由於原佃權分割成"小租主"與"佃户",原地
主的身份自然變成爲"大租主"。"一田三主"的情形就這樣建立起

---

[24] 《漳州府志》(1573) 卷五,頁 7 下有一段文字:"及照漳州,又有利賣價多而推糧
　　數少,以致本户有糧而無田,業户有田而無糧,謂之虛懸。"
[25] 見《錢穀備要·短苗》。

來。關於這種類型的多重地權的形成，嘉靖三十七年（1558）編纂的《龍岩縣志》有一段記載：

> 受田之家，其名有三。一曰官人田：官人即主人也。謂主是田而輸賦於官者。其租曰大租。二曰糞土田：糞土即糞其人之田也。佃丁出銀幣於田主，質其田以耕。田有上下，則質有厚薄，負租則没其質。沿習既久，私相授受，有代耕其田者，輸租之外，又出税於質田者，謂之小租。甚至主人但知其租而不知其田之所止云。[26]

這一段記載説明佃農要提出押金給田主，換取耕作權。原來押金的用意是在預防佃户不繳或少繳租穀，但時間一久耕作權被輾轉讓渡，成爲一獨立的地權，不只是完整的讓渡，耕作權甚至可被割裂。新佃户向舊佃户求取耕作權，除了輸租之外，有時也得提出押金來。[27] 可以想見，佃權的分割，反映了實際耕作者經濟地位的降低，這在人多田少爭佃風氣熾烈的地方，尤其不可避免。

地主權的分割，可以使原地主變成大租主或小租主。同樣地，佃權的分割，也可以使原佃户變成小租主或佃户。如

（4）地主 ——→ 大租主
　　佃户 ----→ 小租主
　　　　　＼→ 佃户

果佃權分割之後，原佃户仍然是土地耕者，那麼他的身份雖然不變，他的土地受益權卻被縮減了。通常是佃户在經濟壓力下，將自己所分享的收成，撥出一部分出售給別人。這樣新形成的收租權，没有糧差義務，就是"小租"。原地主變成爲收租納糧的"大租"，其權益不受影響。一田三主制就因爲佃權分而告成立。福建侯官人陳益祥（1549~1609）在他的《采芝堂集》中，有一段記載：

> 貧佃揭債莫償，指田禾歲歲輸納，名曰田根。根主得粟與業主同，而實無苗糧之苦。此風閩省最甚，故奸猾富厚者，多蓄田根，根價遂倍於面。而佃農之苦，亦倍於他郡。[28]

陳益祥記録的地權分割，應該是指他的家鄉福州府的習慣。明代福州府的地權分成田面與田根，前者指的是負有納糧義務的地主的收

---

[26] 《龍岩縣志》（1558）卷一，頁46上~下。

[27] 吳文林編《雲霄廳志》（1816）卷四，臺北：成文出版社重印本，1966年，頁11上~下。

[28] 陳益祥《采芝堂集》（1613）卷一三，日本斐紙影印本，頁5上~6下。

租權，後者是佃戶的土地使用權。[29] 陳益祥説到富厚之家多蓄田根，使佃户倍加困苦，顯然是佃户把部分收成的受益權出售，田根權也就是這種受益權。這種佃權分裂而使原佃户更加貧困化的現象，我們在明代的漳州府還沒有看到有關的記載。陳益祥説到"此風閩省最甚"，也許是誇大，但我們不能排除漳州府也可能有類似的地權分割情形，因爲我們所閲讀的史料十分有限。田根作爲一種小租主的收租權，自然可獨立地輾轉讓渡。明代田根契的實際格式，我們可從厦門大學教授傅衣凌先生搜集的一份 1645 年的契約紙，得到一些印象。這份契紙是福州府閩清縣的田根契，内容如下：[30]

> 立賣田根契。方繼養承祖置有民田根參號，坐産二十
> 五都大箬地方，土名赤墓，受種陸斗，年載王衙租穀壹拾
> 壹石。又枯壠枯細墈，受種五斗，年載鄭衙租穀玖石。今
> 因乏用，向到安仁溪劉鎮西表兄處，賣出田根價銀共壹拾
> 貳兩正，水九參色頂九五，即日收記。其田根聽買主前去
> 管業收租。其根係已物業，與房下伯叔弟侄無干。如有來
> 歷不明，係養出頭抵當。亦未曾重張典挂，自賣之後，不
> 得言盡之理。倘有力之日，不拘年限，照契面贖回，不得
> 執留。兩家允願，不得反悔。今欲有憑，立賣契一紙爲照。
>
> 順治二年五月吉日
>
> 　　　　　　　　立賣田根契　方繼養（押）
>
> 　　　　　　　　代字　葉子輝（押）

在租佃制度下，佃户的經濟地位一般上是比較差的，佃權分裂之後的佃户，其經濟地位當然只能更差。這就容易給人一個印象，以爲佃户是貧弱的，不只是在經濟上，而且在其他方面。對於許多佃户來説，這種印象也許是有道理的；可是如果説所有佃户都是一群貧弱的被剥削者，也不盡符合歷史事實；特别是當佃户擁有土地耕作權而不必受地主干擾的時候。1980 年冬天張富美博士在一篇檢討明清主佃關係的文章裏，已明白指出了許多學者對於這個問題的

---

〔29〕　仁井田陞，前引書，頁 180。仁井田在同書頁 199 説到田骨、田根是同一物，指"田底權"，這是不對的。福州的田骨應該是相當於大租權，田根相當於佃權，而田皮是小租權。

〔30〕　傅衣凌，前引書，頁 66。

印象有所偏頗。[31] 我們從明代福建的一田三主制，也可以發現不少
例子，佃户的權益不但受到保障，有時甚至侵犯到地主的權益。例如：

> 他省一田一主，而閩則三主。田骨之外有田皮，田皮
> 之外有田根……而田主經佃户留根，賠户取皮之後，始得
> 收其餘爲租税。[32]

這一段話出自晚明的一位學者沈演的《止止齋集》，所指的大概也是
福州府的多重地權問題。在利益分享上，顯然負有糧差義務的田骨
擁有者，等於我們所分析過的大租主，是處於最下風的地位。我們
在前面引到的漳浦知縣陳汝咸的報告，則指陳出，夾在佃户和有勢
力的大租主之間，小租主的處境最爲艱難。貪虐的地主當然是有的，
跋扈的佃户也一樣存在。顧炎武在一段批評一田三主的文字中，説
"按：佃户出力代耕，如傭雇取值，豈得稱爲田主？緣得田之家，見
目前小利，得受糞土銀若干，名曰佃頭銀。田入佃手，其狡黠者，
逋租負税，莫可誰何。業經轉移，佃仍虎踞，故有久佃成業主之謠，
皆一田三主之名，階之爲厲"。[33]

據嘉慶二十一年（1816）的《雲霄廳志》（轄平和、詔安），佃
頭銀是佃户付給地主的錢，而糞土銀是新佃户給舊佃户的錢。顯炎
武顯然沒有搞清這種分別，而將兩者混淆一起。[34] 上述的現象大概
是租佃關係的異態吧，但無論如何，它們的確透露出舊中國租佃關
係的複雜性，這是不可忽視的。複雜的關係網纏是人類社會的寫真，
任何簡單化的意見都含有不同程度的扭曲和偏頗。如果我們以這種
態度來看待多重地權的問題，那麼一田三主制所帶給我們的歷史消
息，應當不止於這篇短文所作的介紹而已。

四、結　論

我們對於明代漳州府的多重地權問題所作的考察，可以得一個

---

〔31〕 Fu-mei Chang Chen, "A Preliminary Analysis of Tenant-landlord Relationships in Ming and
Qing China," Presented at the Symposium on Social and Economic History from the Song
Dynasty to 1900, Sponsored by the Chinese Academy of Social Sciences and the U. S.
Committee on Scholarly Communication with the PRC, held in Beijing, October 26-Novem-
ber 1, 1980.

〔32〕 沈演《止止齋集》，引自清水泰次，前引文，頁12。

〔33〕 《天下郡國利病書》册二六，頁86上。

〔34〕 《雲霄廳志》（1816）卷四，頁11上、下。

結論，那就是：不論是地主權，或是佃權都可分割成更多的土地權益，造成一田三主或更多主的情形。值得注意的是，地主權和佃權可以同時被割裂，不必然像我們所提出的四個類型那樣呆板。我們所以作地權個別分割的討論，只是方便之計。雖然我們相信地權有形形色色的多種變化方式，但是這些方式是可以從上述的四個基本類型推衍出來的。

多重地權的不同主體中究竟是小租主，是大租主，還是佃戶，擁有較大的土地受益權，我們很難一概而論，必須檢視個別事例纔能決定。不同主體的經濟地位、社會身份等等，也同樣地難以一概而論，雖然我們願意推測，佃戶可能不會是最好的。

我們所舉的幾個多重地權的事例，幾乎都是由於納稅義務的問題而發生，這當然是不周延的。在介紹學者們的意見時，我們已列舉出許多其他原因。因爲這篇文章只涉及多重地權的分割過程而不討論它的發生原因，所以事例上所顯現出的偏頗並不重要。我們想要指出的是，納稅問題被突出來，完全是資料的性質所決定，因爲我們所據以論述的資料，主要是有關漳州府的地方志。官方編纂方志會特別注意賦稅問題。就因爲這種態度，纔留給我們一些一田三主制的消息。

多重地權顯然破壞了舊有的一主一佃的井然秩序，對於社會安定是一種威脅，這是晚明一些保守學者的看法和關切的焦點，顧炎武就是一個例子。[35] 但多重地權導致賦稅紊亂，這個實際問題，纔是地方官僚的關切焦點。面對這個多重地權所帶來的麻煩，明代的地方官僚已一再制定政策來釐清地權的混亂局面。政策的制定原則，都希望以一主一佃爲典型，將不同的地權合併爲一個地主權和一個耕作權，由前者來辦納糧差。地權合併的辦法，有時是把大租併入小租，有時把小租併入大租。[36] 在大多數的場合，官方所定的辦法是消滅大租，這或許是官方認識到，小租主是比較接近土地的原地主吧？官方所作的多次努力，效果是很有限的，因此漳浦知縣陳汝咸承認說一田三主的習慣"旋革旋興"。[37] 直到民國時代，多重地

---

[35] 《天下郡國利病書》冊二六，頁86上。
[36] 《天下郡國利病書》冊二六，頁89上～90下。
[37] 《漳浦縣志》（1700）頁503。

權依然廣泛地流行於中國各省。可堪注意的是，最早成功地消滅多重地權的地方，是在日本人統治下的臺灣省。[38]

多重地權在中國歷史發展上具有怎樣的意義，目前有限的研究成果，還不足以作爲評估的依據。有些日本學者，例如仁井田陞，認爲多重地權的出現反映了佃農身份的提高，這就升高了他們對社會與經濟地位的要求。佃農身份的提高與造成晚明社會秩序紊亂的"奴變"、"佃變"，甚至大規模的農民革命，同是晚明農奴要求解放的社會趨勢。[39] 就目前對多重地權的研究，我們實在難以作出這種大規模的推論。也許我們從對多重地權的認識，可以這樣謹慎地結論：多重地權的習慣反映了舊中國社會的多樣性與複雜性，使我們很難根據一些表面現象或名詞去簡單地說明中國的社會性質與歷史演進。在我們進一步掌握這些多樣性之前，解釋中國歷史演進的工作，恐怕需要很多的臆測和想像。

※ 本文原載《食貨月刊》復刊 14 卷 2 期，1984 年。
※ 張彬村，美國普林斯頓大學博士，中央研究院人文社會科學研究中心研究員。

---

[38] 臺灣大租的徹底消滅是在 1905 年。當時日本爲鞏固對臺的統治，曾全面清查臺灣的地權與賦稅問題。參看矢内原忠雄著，陳茂源譯《日本帝國主義下的臺灣》臺灣文獻委員會編行，1952 年，頁 15～17。

[39] 仁井田陞，前引書，頁 176～177，以及《中國法制史研究·奴隸農奴法》，東京大學出版會，1962 年，頁 112、194。

附表　一田兩主及三主諸名稱

（取自仁井田陞《中國法制史研究——土地法・取引法》,頁 180~181）

（一）一田兩主

省　份	縣	上　　　地	底　　　地
江　蘇	崇　明	全承價	輕田、田底
	海　門	田面、批價	田底
	蘇　州	田面、灰肥	田底
	通　州	頂首告工	
	江　寧	肥土	
	江　都	糞繫脚	
	甘　泉	糞繫脚	
	泰　州	糞繫脚	
	寶　應	糞繫脚	
	如　皋	田面	
	泰　興	田面	
江　西	諸府縣	田皮、大業、大買、大頂、大根	田骨、小業、小買、小頂、小根
	寧　都	田皮（皮主）	（骨主）
福　建	汀　州	田皮、皮田（皮主）	田骨（骨主）
	福　州	田根	田皮、田面
	福　寧	田根	田皮、田面
	南　平	（賠主）	苗主
	臺　灣	地皮（小租主）	地骨（大租主）

（二）一田三主

省　份	府、廳、縣	無糧差地主	有糧差地主	耕作者
福　建	漳　州 龍　溪	小稅主	大租主（大租）	佃　戶
	南　靖	業主、糞主（小租）、（糞工）	大租主（大租）	佃　戶
	平　和	田主（小租）	（糞工）租主（大租）	
	漳　浦	小稅主、糞主	大租主	佃　戶
	雲　宵	稅主	租主	佃　戶

注：更多的地權名相，可參考：天野元之助《中國農業經濟論》冊一，頁 506~508。

明清時期長江下游地區都市化
之發展與人口特徵

劉翠溶

引 言

長江下游地區，依施堅雅（G. William Skinner）的巨區（macroregion）定義，大致包括江蘇、安徽兩省南部沿長江之地區以及浙江省北部沿錢塘江之地區，這是十九世紀末中國境内都市化程度最高的區域；依施堅雅估計，在 1893 年長江下游地區都市化程度（即城市人口佔總人口之比例）是 10.6%，而全國平均是 6%。[1] 本文擬運用地方志、族譜、文集和筆記的資料，將人口特徵與都市化現象結合起來觀察研究。由於這些歷史資料之性質相當分歧，首先必須指出的是，本文雖標明以長江下游地區爲研究對象，實則因資料之限制，本文尚無法做到整個區域的全面研究，而只能在資料掌握之範圍内，提出一些個別地方或家族的個案，以説明在此地區内城居人口與鄉居人口之異同。

本文分爲三節。第一節追溯唐宋之際以至明清時期長江下游地區都市化之發展。第二節就婚姻、生育、死亡、遷移四方面討論城居和鄉居人口之特徵，主要是以家族個案之統計結果爲例。第三節擬用其他非統計的資料，探討人們對婚姻和生死的態度和制度，以期更深入瞭解統計結果之意義。本文的結論是，在傳統中國都市化程度最高的長江下游地區，城居與鄉居人口之特徵的確有些相異之處。

一、都市化現象

唐宋之際是中國都市發展史上的一個轉捩點。歷史學者一般同

---

〔1〕 見 G. William Skinner, "Regional Urbanization in Nineteenth-Century China," in Skinner ed., *The City in Late Imperial China*, Stanford: Stanford University Press, 1977. pp. 229, Table 4。Skinner 對各區域之界定見 pp. 214~215 之地圖。

意，中國城市的外貌與分佈在此期前後有相當大的轉變。[2] 日本學者斯波義信曾詳細研究宋代長江下游地區的都市化發展。他指出，長江下游在宋代是經濟最發達，最多大城市集中的地區。就整個地區而言，中唐以後和宋代北方人口之南移加速了南方的都市化。就個別地點而言，十二、十三世紀城市居民所佔的比重有相當大的差別；在歙縣（屬今安徽省）是7%，在鄞縣（屬今浙江省）是13%，在丹徒（屬今江蘇省）是37%～38%。此外，他分析宋神宗熙寧十年（1077）的商稅資料，結果顯示長江下游地區設有徵稅站的地點在各級城市中都佔最大的比例。[3] 簡言之，在唐宋以前主要是自給自足的農業經濟已轉變爲較專業化、商業化和都市化的經濟，而這種現象西方漢學家稱之爲"中古時期市場結構與都市化之革命（medieval revolution in market structure and urbanization）"。[4] 在此發展中，長江下游地區的轉變較其他地區更爲顯著。

以此歷史背景爲前提，這一節將集中討論明清時期（1368～1911）長江下游地區都市化之發展。除引述其他學者之研究以外，這一節也將補充一些有關安徽南部的資料，以期對長江下游地區的都市化發展有稍爲完整的認識。

所謂"中古時期都市化革命"之主要特徵約有以下五點：（1）取消每一縣只許設一個市場之限制；（2）官市制度終於崩潰；（3）取消城市中特別劃定市場區，商店可隨處開設；（4）有些城市快速的擴大，並在城門外出現商業區；（5）出現了許多中小型、具有重要經濟功能的市鎮。[5] 以上五點之前四點涉及的是城市本身外貌和市場組織的改變，而第五點涉及城市以外，在鄉村地區出現新市鎮，並且有隨時間之推移而進一步發展之可能性。最後這一點對明清時

〔2〕 Shiba Yoshinobu. "Urbanization and the Development of Markets in the Lower Yangtze Valley," in John Winthrop ed., *Crisis and Prosperity in Sung China*, Tuscon, Arizona: The University of Arizona Press, 1975, pp. 13～15。

〔3〕 見 Shiba, in winthrop ed., *Crisis and Prosperity in Sung China*, pp. 20～21, 24～28。必須指出的是，斯波義信對長江下游地區的定義與 Skinner 的略有不同，他指的大致是江蘇、安徽兩省南部及浙江全省，見 *Crisis and Prosperity in Sung China*, p. 15。

〔4〕 此說爲 Elvin 所提出，見 Marrk Elvin, "Market Towns and Waferways: the County of Shanghai from 1480 to 1910," 見 Skinnered., *The City in Late Imperial China*, p. 164；Skinner 亦沿用此說，見 Skinner 同書，p. 23。

〔5〕 G. William Skinner, "Introduction," in Skinner ed., *The City in Late Imperial China*, Stanford: Stanford University Press. 1977. pp. 23～24。

期都市化之發展而言最爲切合。

　　首先，明清時期的發展顯示的是出現許多大專業市鎮，從事於米糧或手工業品之貿易。這一發展當然與長江下游地區的農業逐漸商業化有密切關係；在明清時期，長江下游成爲中國最重要的棉貨與絲貨產區。[6] 劉石吉曾從地方志中爬梳許多資料，詳細臚列江南地區的專業市鎮。以下就據他整理的結果再加以簡化，分別列出棉貨（包括棉花和棉布）、絲貨（包括生絲和絲織品）以及米糧專業市鎮的數目如表一所示。

表一　明清時期江南地區的專業市鎮

(1)棉貨專業市鎮			(2)絲貨專業市鎮			(3)米糧專業市鎮		
府(州)	縣	市鎮數	府(州)	縣	市鎮數	府(州)	縣	市鎮數
松江府	上海	4	杭州府	(府城)	1	蘇州府	吳	2
	華亭	1		仁和	3		長洲	1
	奉賢	3		海寧州	2		吳江	2
	青浦	1	湖州府	德清	1		新陽	1
	南匯	3		烏程	1	松江府	南匯	1
	金山	1		歸安	2	杭州府	錢塘	2
	婁	1	嘉興府	桐鄉	1		昌化	1
太倉州		1		嘉興	3		海寧州	1
	寶山	9		秀水	4	嘉興府	平湖	1
	嘉定	15		海鹽	1	太平府	蕪湖	1
	鎮洋	1	蘇州府	吳				
常州府	江陰	5		吳江	2			
	金匱			震澤	1			
蘇州府	元和	2	鎮江府	金壇	1			
杭州府	海寧州	1	太倉州	嘉定	1			
嘉興府	嘉興	1						
總　數		52	總　數		25	總　數		13

　　資料來源：劉石吉《明清時代江南地區的專業市鎮》，《食貨月刊》第 8 卷第 6 期至第 8 期，1978 年，頁 282～284、328、374。

---

〔6〕　劉石吉《明清時代江南地區的專業市鎮》，《食貨月刊》第 8 卷第 6～8 期，1978 年，頁 274～291、326～337、365～380。劉翠溶《明清時代南方地區的專業生產》，《大陸雜誌》第 56 卷第 3、4 期合刊，1978 年，頁 1～35。

　　就總數而言，江南地區（約略相當於施堅雅所謂的長江下游核心區）有 52 個棉貨專業市鎮，25 個絲貨專業市鎮，13 個米糧專業市鎮。這些市鎮，除蕪湖以外，都分佈在太湖附近及長江三角洲一帶。雖然表一省略了市鎮名，必須一提的是在這些市鎮中，只有一個鎮——南匯縣周浦鎮——既屬棉貨專業又屬米糧專業。換言之，其他的 88 個市鎮都只專業一項主要產品。這個現象説明了長江下游的核心區已經出現相當高度的分工。

　　然而，必須注意的是，表一所列的市鎮並非在整個明清時期中都維持著繁榮的狀況。它們的盛衰在時間上也並不一致。例如，在棉貨專業市鎮中，金山縣的朱涇鎮於十六世紀末和十七世紀初最爲繁盛，但其棉布貿易在十七世紀中葉至十八世紀初葉漸趨衰微，因爲山西和陝西的布商不再來此鎮貿易。又如，太倉州的鶴王市直到十八世紀末棉貨貿易很盛，然而，到了十九世紀末，它幾乎失去了所有的生意，因爲賴以進出的劉河港逐漸淤淺之故，閩粵商人也不再來此貿易。相反地，在上海附近的一些市鎮，如嘉定縣的南翔鎮和羅店鎮，上海縣的法華鎮、寶山縣的江灣鎮和月浦鎮，都在十九世紀末更趨繁榮，主要是因上海開港以及鐵路運輸的影響。[7] 總之，雖然這些棉貨市鎮的盛衰時期不同，上舉數例都顯示，它們的盛衰頗受交通路線轉移的影響。

　　絲貨專業市鎮大多數位於太湖附近。在這些市鎮中，以烏程縣的南潯鎮、吳江縣的盛澤鎮和震澤縣的震澤鎮最爲著名。這些絲貨市鎮都在明末始漸形重要，進入清代以後不斷地成長，甚至在太平天國亂後也迅速恢復。它們的成長無疑地是受絲貨出口貿易擴張之賜；它們的成長也轉而促其附近農村腹地的生產商業化。此外，在這些市鎮發展的過程中，有幾個大鎮甚至在人口集中與商業機能等方面超過所在縣份的縣城。這個現象已出現於南宋，到了明清時期可能有更顯著的發展。[8]

　　至於米糧專業市鎮，其發展正好反映米糧生產中心由長江下游轉

〔7〕 劉石吉《明清時代江南地區的專業市鎮》，《食貨月刊》第 8 卷第 6 期，1978 年，頁 284～287。

〔8〕 劉石吉《明清時代江南地區的專業市鎮》，《食貨月刊》第 8 卷第 8 期，頁 365～368；梁庚堯《南宋的農村經濟》，臺北：聯經出版事業公司，1984 年，頁 209～214。

移到長江中游的事實。在清初（十七世紀下半期）原是米糧剩餘的太湖一帶（"江浙熟，天下足"）變成米糧不足區而需賴長江中游（"湖廣熟，天下足"），甚至後來需賴四川。這些米糧專業市鎮大多數位於蘇州附近，而蘇州正是十九世紀中葉以前長江下游地區最大的城市。[9]

　　明清時期都市化發展中最顯著的現象就是上述專業市鎮之出現，反映出長江下游地區高度的分工和商業化。除此之外，有些研究從數量方面來考察長江下游地區之都市化。以下將舉二項研究加以説明。第一項研究以太湖附近爲範圍，得到的結果如表二所示。

表二　太湖附近四縣的市鎮數目

時期	吳江縣			桐鄉縣			歸安縣			烏程縣		
	鎮	市	合計	鎮	市	合計	鎮	市	合計	鎮	市	合計
1368	2	1	3				2	2	4	2	2	4
1430				4	0	4						
1488	4	3	7									
1561	4	10	14				2	2	4	2	2	4
1573 ~ 1620				6	0	6						
1662 ~ 1722	7	10	17	6	0	6	2	3	5	2	2	4
1736 ~ 1795	7	10	17	6	0	6	6	1	7	4	2	6

資料來源：Chin Shih. "Peasant Economy and Rural Society in the Lake Tai Area., 1368 ~ 1840," Ph. D. Dissertation, University of California, Berkley, 1981; University Microfilms International, Ann Arbor, Michigan, 1985. pp. 92, 原始資料是地方志。

　　由表二可見，十八世紀末太湖附近四縣共有 36 個市鎮。這些市鎮之中只有 16 個是出現於明初至清中葉（1368 ~ 1795），而其他的 20 個則或在明清以前已經出現，或爲原有市鎮之復建。[10] 此外，值

〔9〕 劉石吉《明清時代江南地區的專業市鎮》，《食貨月刊》第8卷第8期，1978年，頁 370 ~ 373；G. William Skinner, "Regional Urbanization in Nineteenth – Century China," in Skinner ed., *The City in Late Imperial China*, Stanford：Stanford University Press, 1977, pp. 238；全漢昇《清代中葉蘇州的米糧貿易》，收入全漢昇《中國經濟史論叢》，香港：新亞研究所，1972年，頁 567 ~ 582。

〔10〕 Chin Shih, "Peasant Economy and Rural Society in the Lake Tai Area, 1368 ~ 1840," Ph. D. Dissertation, University of California, Berkley, 1981；University Microfilms International, Ann Arbor, Michigan, 1985., pp. 92 ~ 93.

得注意的是市鎮數目的增加大部分是在十八世紀，只有吳江縣在明中葉（1488~1561）也曾一度有所增加。

另一項範圍較廣的研究包含江南的八府一直隸州。表三列出的是這些行政區內市鎮數目增加的情形。表三看起來雖然很不完整，這個結果是就劉石吉爬梳百餘種方志以後理出的數據加以合併簡化，省去縣份的資料而只列出各府州之總數。

表三　明清時期江南地區的市鎮數目

時期*	蘇州府	松江府	常州府	太倉州	鎮江府	江寧府	杭州府	嘉興府	湖州府
1368~1398	30								
1465~1487			22				21		
1506~1521	45	44							
1522~1566								17	
1573~1619					18		44	28	
1621~1628									17
1662~1722		79	66					29	
1736~1795	100						88		25
1796~1820		113				21			
1821~1850	100		105						
1862~1874	143								41
1875~1908	206	259	}185~			}83		39	57
1909~1911		303	}253	79~193	65		145		

資料來源：劉石吉《太平天國亂後江南市鎮的發展》，《思與言》第16卷第2期，1978年，頁139~144。

*時期是按每一皇帝之年號，無資料之時期在此省略。

由表三可見：每一府的市鎮數目在明清時期中呈現增加之趨勢。蘇州府在洪武年間（1368~1398）只有30個市鎮，到了光緒年間（1875~1908）有206個市鎮，在這510年間約增加七倍；松江府在正德年間（1506~1521）有44個市鎮，到宣統年間（1909~1911）有303個市鎮，在這390年間也大約增加七倍；常州府在成化年間（1465~1487）有22個市鎮，到宣統年間有185個（以低估數計）市鎮，在這424年間增加了八倍；杭州府在相同的424年間，由21

個市鎮增爲145個市鎮，增加了七倍。以上四府的市鎮數目在明清
時期約增七、八倍。其他各府的市鎮數目增加幅度較小，但也有二
至四倍。如果以清末這八府一州的市鎮總數計之，則共計有1 162個
市鎮（以低估數計）。這個數目比施堅雅依最寬的城市中心地點
（urban central place）標準所估計的長江下游地區城市數目（338個）
要大得多。[11] 當然，由於所據之資料與所採之定義不同，在此無需
判斷那一個估計較爲正確。問題是，施堅雅對十九世紀末長江下游
地區都市化程度之估計，是否可能偏低呢？

劉石吉在同一項研究中，也曾詳列千戶以上的江南市鎮共56
個，其中有8個在乾隆年間或以前達萬戶以上，另有3個在清末達
萬戶以上；而這些萬戶以上的大鎮都分佈在太湖附近。[12] 地方志中
也有一些縣份詳載市鎮之戶口，從而可據以估計城居人口所佔的比
重。例如，吳江縣在乾隆九年（1744）有12個市鎮，其戶數約佔全
縣總戶數的35%；又如，以常熟昭文兩縣合併計算，在光緒二十九
年（1903），兩縣所屬市鎮之人口約佔總人口的19.6%。[13] 劉石吉
認爲，這些證據似可證明饒濟凡（Gilbert Rozman）對十九世紀江蘇
省都市化程度之估計（7%），施堅雅對長江下游地區都市化之估計
（1843年7.4%，1893年10.6%）都可能偏低。[14]

以上所舉的研究都未涉及安徽南部（約當於施堅雅所謂的長江
下游邊陲區）。以下就地方志搜集到的資料對安徽南部地區市鎮發展
情形加以說明。[15] 表四列出的是安徽省太平、寧國，廬州三府屬縣
的市鎮數目。

[11] G. William Skinner, "Regional Urbanization in Nineteenth-Century China," in Skinner ed., *The City in Late Imperial China*, Stanford: Stanford University Press. 1977. pp. 226.

[12] 劉石吉《明清時代江南市鎮數量分析》，《思與言》第16卷第2期，1978年，頁133～135。

[13] 同上，頁136～137。

[14] 同上，頁135；Shih-chi, Liu, "Some Reflections on Urbanization and the Historical Development of Market Towns in the Lower Yangtze Region, ca. 1500～1900," *The American Asian Review*, Vol. 2, No. 1, Spring 1984, p. 9.

[15] 按清代的行政區，安徽南部應包括太平、寧國、廬州、安慶、徽州五府，因安慶、徽州二府及其屬縣之方志，目前所見者對"市鎮"之記載不太周詳，故在表四中暫不加以臚列。

表四　安徽省太平寧國廬州三府屬市鎮數目

地　名	年代	鎮	市	合　計	年代	鎮	市	合　計
太平府								
當塗縣	1673	14	9	23				
蕪湖縣	1673	3	9[a]	12	1919	6	16[b]	22
繁昌縣	1673	6	4	10	1826	7	6	13
寧國府								
宣城縣	1815	16	5	21				
南陵縣	1815	13	0	13	1914	33[c]	0	33
涇　縣	1815	12	9	21				
寧國縣	1815	14	0	14	1936	13[d]	0	13
旌德縣	1815	15	0	15				
太平縣	1815	7	0	7				
廬州府								
合肥縣	1885	15	1	14 (142)[e]				
廬江縣	1885	33	3	36 (3)[f]				
舒城縣	1885	11	1	12				
無爲州	1885	37	0	37				
巢　縣	1885	14	2	16				

資料來源：《太平府志》卷四，康熙十二年刊本，臺北：成文出版社影印，1970年，頁17～18、24、26～27；《蕪湖縣志》卷五，1919年石印，臺北：成文出版社，頁1～3；《繁昌縣志書》卷一，道光六年增修，1937年重印，臺北：成文出版社，頁19；《寧國會志》卷一二，嘉慶二十年補修，臺北：成文出版社，頁1～16；《武陵縣志》卷三，民國鉛印本，臺北：成文出版社，頁27～29；《寧國府志》卷一，1936年鉛印，臺北：成文出版社，頁25～26；《續修廬州府志》卷三，光緖十一年刊，臺北：成文出版社，頁4～16。

附　注：a. 包括2個在縣城内的市：縣市、河南市。

　　　　b. 包括3個在縣城的市：縣市、河南市、租界。

　　　　c. 其中21個是新增，舊有者名稱前後略有不同。

　　　　d. 另有3個鎮，雖列名，但注"今廢"。

　　　　e. 142爲各鄉新增"集鎮"之數。

　　　　f. 這3個列爲"店"。

　　表四所列的三府十四縣中，太平府屬三縣位於長江沿岸，寧國府屬六縣位於長江以南，廬州府屬五縣位於巢湖附近。由於地方志所載

資料之限制,表四的數據難以説明長期間之變化,因爲只有四縣有兩期的資料;這四縣之中,寧國縣的市鎮減少,其他三縣則增加,尤以南陵縣在十九世紀當中新增 21 個市鎮,最爲可觀。此外,值得注意的是,合肥縣在十九世紀末除了有 16 個市鎮以外,還有 142 個"集鎮",這些集鎮也許可歸入施堅雅所謂的標準市場(Standard market),但很難歸入他所謂的城市中心地點。廬江縣的三個"店"也屬於此類。總之,由表四得到的印象是,安徽南部都市化的程度顯然不及江南地區。

然而,個別縣份的都市化程度可能相當高。例如,蕪湖縣在1915～1916 年調查的結果,城區之户數佔全縣户數的43%,口數則佔39%(見表五)。

表五　蕪湖縣之户口(1915～1916)

	户　　數	口　　數	佔總數之百分比	
			户	口
城區[a]	17 876	92 627	43. 3	39. 4
四鄉[b]	23 373	142 539	56. 7	60. 6
總　　數	41 249	235 166	100. 0	100. 0

資料來源:《蕪湖縣志》卷二六,1919 年石印,臺北:成文出版社,頁 1～3。

　　a. 民國四年警察廳之調查。

　　b. 民國五年縣公署之調查。

表五的數據是民國初年的調查資料,在時間上距清末尚不太遠,或可視爲清末民初的情形。再者,數據本身也可能不是絶對正確的,因爲無法判斷調查的方法和過程是否合乎理想。然而,若對照其他文字記載,則可推測蕪湖縣城在清末確實有所擴張,城區人口也可能隨著增加。《蕪湖縣志》記載縣市之情況云:"咸豐兵燹,肆廛爲墟。通商以後,繁盛視昔有加。江口一帶米商及行棧居多。長街百貨咸集,殷實商鋪亦萃於此。東南北三門商務較遜。二街馬路則茶樓酒肆梨園歌館環繞鏡湖堤邊,類皆光緒季年所新闢也。"[16]更何況,蕪湖縣城在清季除縣市外,還有河南市和租界兩個商業區。當然,蕪湖的高度都市化只是特殊的例子,並不能代表安徽南部一般的情形。

前面提到歙縣在宋朝時(1172)城居人口佔7%,這是斯波義信據

[16]　《蕪湖縣志》卷五,臺北:成文出版社,1919 年石印,頁 1。

新安志所載資料計算的結果。明清時期的徽州府志對户口之記載並未分別城鄉，無法據之以估計都市化程度。[17] 不過，從基層單位之劃分也許可以探得一些線索。歙縣在唐、五代、宋各朝代都分爲 80 里（16 鄉，每鄉 5 里）。元明於附郭立關隅 8，於各鄉立都 37。洪武二十四年（1391）編户 208 里，内關隅 18 里，鄉都 190 里。後增編 20 里，共 228 里。嘉靖四十一年（1562），析東關三圖，置東關五圖，共 230 里。清代鄉沿宋制，都沿明制，而圖村時有析而增編。據《歙縣志》所列清末的基層單位計數之，結果是鄉村共有 37 都 256 圖 887 村，附郭東西北古四關共有 11 圖 40 關，東南、西南、東北、西北四隅共有 11 圖 42 隅。[18] 如果以 887 村、40 關和 42 隅當做最低的基層單位，則總計共有 969 個單位，其中屬於鄉村的佔 91.5%，屬於附郭的佔 8.5%。由這項資料約略可知歙縣縣城附郭人口之比重（假定每一單位的人口相等），但仍無法知道城内（街坊）人口之比重。不過，如果附郭人口已佔 8.5%，再加上城内人口，則城居人口（包括城内和附郭）的比重只可能更高。如此，則較諸十二世紀的 7%，歙縣在十九世紀末的都市化程度可能已略爲提高。近年有些學者主張，中國都市化程度在十二世紀達於頂點（城市人口佔 22.4%），於十九世紀降至谷底（1820 年爲 6.9%），呈現的是一種衰退的趨勢。[19] 以上有關歙縣的推論，若可以接受的話，似乎是一個反證。

　　總之，就中國歷史資料而言，都市化程度之衡量實在不是一件容易的工作。一方面，採用人口數量爲標準來分類各級城市，從而估計都市化程度，難免是有問題的，因爲各級城市的確實人口數目往往不可得知；另一方面，從地方志爬梳出來的資料，品質參差不齊，定義也不一致，故也難以據作正確的推測。再者，最近發表的一項有關中國歷史上都市化程度之估計，已有人評論指出，至少對長江下游地區而言並不合歷史事實。[20] 因此，本文不再企圖進一步使用有問題的户

---

[17] 明清時期所修之《徽州府志》有弘治十五年、嘉靖十五年、康熙三十八年及道光七年之刊本，但都未分別記載城鄉人口，對於市鎮的記載亦付諸闕如，只記有各縣城之坊和街，而這些資料實在難以用來測度都市化的程度。

[18] 《歙縣志》卷一，臺北：成文出版社，1937 年鉛印，頁 1～5。

[19] 見趙岡、陳鍾毅《中國歷史上的城市人口》，《食貨月刊》第 13 卷第 3、4 期合刊，1983 年 7 月，頁 109～131，其他西方學者如 Elvin 和 Skinner 亦有類似之看法。

[20] 梁庚堯《中國歷史上的城市人口讀後》，《食貨月刊》第 13 卷第 3、4 期合刊，1983 年，頁 132～137。

口數字來估計都市化程度。

二、人口特徵

在過去數年中，本文作者已有數篇關於中國歷史人口研究之論文發表。這些研究都是以族譜爲基本材料，從其中整理出有用的生命統計（vital statistics）加以分析。目前已有的結果雖仍相當的貧乏，這些結果卻爲瞭解中國過去人口的特徵提供了基本的訊息。這一節就是根據這些研究，選取幾個家族個案來説明長江下游地區城居人口與鄉居人口之異同。下面將從婚姻、生育、死亡、遷移四方面討論人口特徵。

（一）婚　姻

在此將以兩個家族個案來比較城居和鄉居人口婚姻行爲之差異。表六列出的是居住在浙江省桐鄉縣青溪鎮嚴氏家族的例子；表七列出的是江蘇省武進縣十里牌周氏家族的例子。在這兩個表中，每一項的人數一面按世代分類，一面按男子及婚入女子之地位分類。此外，一些特殊的個別事件則附注於表之下面。在討論這些統計數字以前，先略述一下兩個家族的背景。

青溪嚴氏在此是代表城居家族的個案。青溪鎮，一名青鎮，在明清時期是一個絲業市鎮，與鄰近的烏鎮（屬烏程縣）合稱爲烏青鎮。[21] 嚴氏原來住在浙江嚴州府，遷到青鎮的時間大約是在嘉靖初年（其始遷祖生卒年不詳，第二世祖生於嘉靖三十七年，1558）。嚴氏遷到青鎮之初，家境仍頗寒微。到第五世有一人（名國鋴、字君美、1677～1750）"以二百金貿布起家，並及身發至十數萬"。到第六世（泳，1705～1779）家業隆起；歷第七世（大奎，1728～1797；大烈，1746～1799）至第八世（寶傳，1781～1814）而達極盛，開有十典，時號爲"嚴百萬"，又因所置市廛偏於四柵，而有"嚴半鎮"之稱。[22] 嚴氏家譜雖未詳載每一個成員的職業，對於獲有科舉功名或捐納頭銜的人則一一注明，妻室之父兄若有名銜也都注明，據此可以計數，家譜登録的242名男子中，

〔21〕　劉石吉《明清時代江南地區的專業市鎮》，《食貨月刊》第8卷第7期，1978年，頁328。
〔22〕　見《青溪嚴氏家譜》，光緒十八年，浙西世恩堂藏版，序，頁1；個別之生卒年見卷四，頁17，頁27。序中把六世渚亭公，墅洲公誤爲二人，但據卷四，頁17列出之六世爲："泳，字墅洲，號渚亭"，則明爲一人。

81 人持有功名或捐銜,其中第十世的嚴辰(生 1822 年,修譜時,年七十一),中咸豐已未科(1859 年)進士;家譜登録的 214 名婚入女子之中,99 人來自父兄持有名銜的家庭。[23] 總之,嚴氏是一個城居的、經商致富後躋身傳統社會中地方紳士階層的家族。

武進周氏在此是代表鄉居家族的個案。十里牌在武進城南。[24] 周氏遷居十里牌是在明初(始遷祖聖五,1365～1434)。周氏宗譜追溯其始租至宋代大儒周敦頤(1017～1073),然而,十里牌的周氏"族衆多務農力穡"。[25] 登録的男子中,只有二位庠生,一位武舉人(天啓四年,1624)。甚至是同治十年(1871)率族人重修宗譜的玉昌(第 61 世,1837～1899)也是農人,他的傳記説,他"雖業農,能知大義"。[26] 可見,周氏確是一個鄉居務農的家族。

比較表六和表七所示兩個家族的婚姻情況,有以下四點值得注意:

(1)一般而言,年滿五十以上而未婚之男子幾乎可以忽略。嚴氏没有任何一個男子年滿五十而未娶,周氏自第 53 至第 61 世有 25 個男子年滿五十而未婚,但他們不過佔周氏總登録男子數的 1.4% 而已。就此而言,城居家族的男子似乎較鄉居家族的男子更傾向於普遍結婚。此外,在兩個表上都列出卒於五十以下或死亡年齡不詳的人數,但這些人不可以視爲真正未婚,因爲他們未能在可能結婚之前避免死亡。在兩個表上也都列有不少人在修譜時仍然活着,由於這些人年紀尚輕也有可能結婚,故也不可視爲真正未婚者。

(2)男子之再婚可由計算第二次結婚率(繼室人數除以元配人數)和第三次結婚率(二繼人數除以繼室人數)加以考察。如果不分世代,就總數計之,嚴氏男子的第二次結婚率是 15.7%,第三次結婚率是 20%;而周氏男子的比率分别是 7.6% 和 8.2%。據前此研究的結果,長江中下游地區 23 個家族的平均數,男子第二次結婚率是 11.3%,第三次結婚率是 10.8%;若細察 23 個家族的差異,則可見那些城居家族的比率有高於平均的傾向,而那些鄉居家族的比率

---

〔23〕 詳見《青溪嚴氏家譜》卷四、五、七。在此把所有的功名,從庠生至進士都包括在内,捐銜亦包括所有的捐納頭銜。

〔24〕 見《毗陵十里牌周氏宗譜,始修宗譜序》,頁 1。又《武進陽湖合志》卷二,光緒十二年刊本,詳列武進縣所屬鄉都圖,但查不到十里牌地名。

〔25〕 《毗陵十里牌周氏宗譜》,光緒三十年重修,卷一,凡例。

〔26〕 《毗陵十里牌周氏宗譜》,光緒三十年重修,卷二。

表六 嚴氏家族之婚姻:一個城居人口的例子

世代	出生年份	登錄之男子						登錄之婚人女子					
		已婚	已聘	未 卒年-50	婚 卒年不詳	仍活著*	總數	元配	繼室	二繼	三繼	側室	總數
1	?	1					1	1					1
2	1558	1					1	1				1	2
3	1597	3					3	3					3
4	1621~1638	6					6	6					6
5	1653~1677	6			3		9	6	2	1		1	10
6	1673~1713	10					10	10	4				14
7	1701~1746	11			4		15	11	2			3	16
8	1726~1788	16^a			4		20	15				6	21
9	1756~1829	27	1^b		3		31	27	4			7	38
10	1791~1854	39		5^e	10		54	40^f	5^g	3		5	53
11	1815~1881	31	1^c	7	5	9	53	31	6	1	1	1	40
12	1842~1892	8	2^d	1		20	31	8	2				10
13	1871~1890	0			1	7	8	0					0
總數		159	4	13	30	36	242	159	25	5	1	24	214

資料來源:《青溪嚴氏家譜》,光緒十八年,浙西世恩堂藏版。

附 注:* 這些仍活著的人是在1892年修譜時的情形。
a. 有一人出贅至沈氏。
b. 此人出贅至年齡35。
c. 此人死亡年齡23。
d. 在1892年,分別是13和15歲。
e. 有一人死亡年齡40,他未娶是因患癲癇症。
f. 有一人被記爲元配,但他之前已聘一女子,未婚而卒;另有一人已聘但未婚而卒。
g. 有一人已聘,但未婚而卒。

表七　周氏家族之婚姻：一個鄉居人口的例子

世代	出生年份	登錄之男子 已婚	未婚 卒年−50	未婚 卒年50+	未婚 卒年不詳	未婚 仍活著[b]	總數	登錄之婚入女子 元配	繼室	二繼室	三繼室	側室	總數
46	1365[a]	1					1	1					1
47	1399～1401	2					2	2					2
48	1422～1428	3					3	3					3
49	1448～1452	4					4	4					4
50	1466～1476	8					8	8					8
51	1496～1523	29			1		30	29					29
52	1522～1570	40	4		5		49	40	2				42
53	1542～1620	54		1	9		64	54	6				60
54	1575～1637	74[c]			8		81	73	5				78
55	1592～1697	80	2	1	14		97	80	8	1		3	92
56	1620～1720	78[e]	1		41		120	78	6	1			85
57	1644～1760	122[c]	1	4	14		141	121	8	1			130
58	1656～1807	143	5	7	28		184[d]	143	7	2			152
59	1704～1814	170[c]	10	4	37		221	170	16	2	1	1	190
60	1729～1845	185[c]	14	4	36		239	185	19			1	205
61	1739～1890	138	13	4	41	4	201[d]	138	10	1			149
62	1774～1902	88	16		37	8	149	88	4				92
63	1798～1904	46	2		18	29	95	46	5				51
64	1821～1903	13	2		7	29	51	13	1				14
65	1899～1902					5	5	0					0
總數	數	1 276	70	25	298	75	1 745	1 276	97	8	1	5	1 387

資料來源：《毗陵十里牌周氏宗譜》，爲十里牌周氏之始遷祖。光緒三十年重修。

附註：a. 此人遷到十里牌，爲十里牌周氏之始遷祖。

b. 這些在1904年修譜時仍活著的人，屬於61世者出生年是1882～1890，屬於62世，出生年是1882～1902，屬於63世者，出生年是1867～1902，屬於64世者，出生年是1887～1903。

c. 這幾世中都有出贅的人，對方之姓氏或不詳（如屬54世和57世者）。

d. 58世有一人而61世有2人出爲他氏之子（史、惲、王），故他們的婚姻及卒年皆不詳。

有低於平均的傾向。[27] 嚴氏之高比率與周氏之低比率與此種城鄉差異之傾向正好相符。

至於婚入女子之再婚，嚴氏和周氏的族譜並未記載任何這種例子。但是早先的研究發現，鄉居的家族似乎比較傾向於有較多的婚入女子在丈夫死後改適。

(3)一個男子可能在配偶死後再娶,但他也可以同時有妻妾並存。中國傳統的法律允許男子納妾,只是各朝代的規定略有不同而已。例如,明律規定平民男子需年四十以上而無子嗣才可以納妾,然而,清律取消了年齡的限制。[28] 一個家族所立的族訓也可能對成員的婚姻行為有所影響。此外,一個人的財富也是決定他是否能够納妾的因素。這些制度和經濟的條件都有助於瞭解一個家族的世代之間或各家族之間男子納妾率(側室人數除以婚入女子總數)之差異。例如,就總數而言,嚴氏的納妾率是 11.2%,而周氏只有 0.4%。嚴氏的成員多數是城居的商人或紳士而周氏的成員多爲鄉居的農人,這一事實使兩家族間納妾率之差異很容易理解。再者,嚴家的 24 位側室中,只有一位是屬於明朝之男子(生於 1558 年)所納。

(4)順便一提的是嚴氏和周氏都有出贅的男子。嚴氏只在第 8 世有一人出贅,而周氏則在第 54、56、57、59 和 60 世共有 5 人出贅。雖然這些人爲何出贅,詳情不明,他們的共同困難則可能是貧窮。

(二)生　育

運用家庭重組(family reconstitution)的方法,可以從族譜中整理出以夫婦爲中心的家庭(conjugal family)。只要這些家庭的成員,即每一對夫婦及親生子(族譜往往不載女兒)的生命日期(vital dates)相當完整,就可以做爲估計生育率的基本資料。不過,首先要聲明的是,由於族譜多不載女兒,故生育率的估計只能以生男率代之。

在此選取三個鄉居家族的個案加以比較。這三個家族是武進周氏和江都朱氏(皆在江蘇)以及桐城王氏(安徽)。前面已經提到,周氏是一個鄉居務農的家族。至於朱氏,可能也是以鄉居爲主。朱氏的族譜對其始祖之生卒及何時遷到江都已不能詳。據九修族譜序云:"興一公卜

---

〔27〕 劉翠溶《明清人口增殖與遷移──長江中下游地區族譜之分析》,收入許倬雲等編《第二屆中國社會經濟史研討會論文集》,臺北:漢學研究資料及服務中心,1983 年,頁 288。

〔28〕 陳顧遠《中國婚姻史》,臺北:商務印書館,1975 年,頁 68~69。

宅黃花嶺、興二公肇基朱家塘、興四公居白沙之西,興六公居白沙之北,興八公居中閘"[29] 這些興字輩的人已是朱氏的第二代,他們的居址都不在江都縣城內。至於朱氏男子的職業,據族譜的記載有 2 人行醫,15 人出家爲僧;得到科舉功名的有 3 個舉人(分別在 1612、1635、1669 年中舉),14 個庠生;另外有捐納頭銜的 19 人,出任地方下層官吏的 1 人。朱氏族譜並未載明經商的人,但記有 115 人出外或遷移,其中可能有經商的人。總之,即使包含出外和遷移的人在內,這 169 人只佔族譜登錄男子總數(5 565 人)的 3% 而已。[30] 故朱氏的成員可能也是以務農爲主。

至於王氏,其始遷祖生於元延祐年間(1314～1320),於明初自婺源清華鎮遷到桐城縣五顯巷口。[31] 據《古塘王氏宗譜序》云:"其王氏之居桐者十餘聚,而同宗異譜者有五:曰縣市、曰鴉山、曰炭埠、曰養馬圩、曰縣後古塘。古塘稱縣後者以別於東鄉古塘之王氏也。古塘王氏自說繹公(即一世祖)於洪武三年由徽婺佔籍於桐"。[32] 由此可見,王氏的祖先具有城居的背景。然而,這並不能保證王氏族人就只從事非農業的生計。據其家訓第四條云:"治生理:治家以治生爲先,士農工商治生之本業也,爲父兄者當量子弟材質,俾於四民專治一業,勿令游閑"。[33] 從王氏宗譜所載個人之資料可知,王氏成員中有 2 個進士(皆是雍正癸丑科,1733),5 個舉人,51 個生員(包括貢生、廩生、庠生等);此外,有 13 個業儒、11 個經商、7 個出家爲僧、3 個幕游、5 個從軍、10 個擔任地方下層官吏;另有 45 人有捐納頭銜。以上,總共 152 人,約佔登錄男子總數(2 211 人)的 7%。這個比例當然是較江都朱氏的略高一些,但並不足以證明王氏族人的治生之業以非農業爲主。

總之,周氏、朱氏、王氏三個家族的成員大多以務農爲業,雖然在職業分化的程度上略有不同。王氏的祖先雖有城居的背景,但後代子孫是否也都城居,也很難肯定。因此,本文暫且把三個家族都歸入鄉居人口。如果要以核心區和邊陲區來分別,則周氏和朱氏屬核心區,

---

〔29〕 見《維揚江都朱氏十修族譜》卷一,咸豐九年(1859)第二十五世孫炳煌所撰之《邗東朱氏修族譜序》。又《江都縣續志》,光緒九年刊本,卷首,頁 14,縣境圖中有中閘鎮,但黃花嶺、朱家塘和白沙則未見於圖內。

〔30〕 《維揚江都朱氏十修族譜》,光緒七年,卷二至卷一二。

〔31〕 《桐城王氏宗譜》,同治五年修,卷一,卷四。

〔32〕 《桐城王氏宗譜》,同治五年修,卷一。

〔33〕 《桐城王氏宗譜》,同治五年修,卷一。

王氏屬邊陲區。除了這三個鄉居家族以外,在此也以青溪嚴氏做爲城居家族之例子。

有關生育率的估計結果列於表八和表九。表八列出的是元配的生育率,表九列出的是丈夫的生育率,皆以所生的男兒估計。元配的生育期間由 15 至 49 足歲分爲七個年齡別,丈夫的生育期間由 15 至 59 足歲分爲九個年齡別。元配的生育率只計元配所生之子,丈夫的生育率則包括所有妻妾所生之子,在此或可稱爲生男率。元配和丈夫皆按其出生年輪(cohort)分組,每一組包括 50 個年輪;但由於族譜記載的時限,各家族的最後一個年輪組都不足 50 年。嚴氏的情形則因資料太少而未分年輪。此外,表八和表九也都列出周、朱、王三氏的加權平均值(weighted average)及該值的累積(cumulative),加權是以各家族各年輪的觀察人數(N)爲權數。加權平均也許不是最理想的方法,在此只做爲家族間互相比較的一個權宜指標。

由表八和表九所列的年齡別生男率(ASFRs,表示每人每年平均生男數)和總生男率(TFRs,表示每人在一生中生男數,其計算是以 ASFRs 之總和乘五),大致可歸納以下四點結果:

(1)一般而言,就周、朱、王三個家族的加權平均值觀之,丈夫的生男率較元配略高一些。嚴氏未加權的估計值也顯示相同的結果。這很顯然是因爲丈夫的生男率受到再婚的影響。嚴氏丈夫和元配的總生男率相差較其他三族爲大,正因如前所論,嚴氏男子有相當高的第二次結婚率、第三次結婚率和納妾率。

(2)就時間過程的變化來看,不論丈夫或元配,皆以出生於十八世紀的年輪顯示較其他年輪爲高的生男率。桐城王氏的觀察資料含蓋約 400 年,在這長期間,總生男率的變動顯示在十八世紀以前另有一次高峰發生於 1450 年輪組(1448～1497)。此外,江都朱氏的 1550 年輪組(1548～1597)也出現生男率高峰。當然,這些估計也可能是因家族早期觀察的人數較少而導致偏差。然而,中國人口若是在十五～十六世紀也曾逐漸增加,[34]則十八世紀以前王氏和朱氏出現的生育率高

[34] Dwight H Perkins, *Agricultural Development in China*,1368～1968 , Chicago: Aldine Publishing Co. , 1969. p. 16; Paul K. C. Liu, and Kuo-shu Huang, "Population Change and Economic Development in Mainland China since 1400 ," in Chi-ming Hou and Tzong-shian Yu eds. , *Modern Chinese Economic History*, Taipei: Institute of Economics, Academia Sinica, 1979,pp. 66～68.

表八 元配之生育率（以所生之男兒估計）

| 家族 | 年輪組 | N | ASFRs | | | | | | | TFRs |
			15~19	20~24	25~29	30~34	35~39	40~44	45~49	
周氏	1698~1747	31	.045	.124	.100	.087	.087	.000	.000	2.22
	1748~1797	91	.029	.110	.111	.096	.073	.028	.000	2.24
	1798~1817	35	.034	.091	.102	.126	.056	.023	.000	2.16
加權平均值		157	.033	.109	.107	.101	.072	.021	.000	2.22
累積值			.033	.142	.249	.350	.422	.443	.443	
朱氏	1548~1597	30	.073	.108	.119	.080	.072	.017	.010	2.40
	1598~1647	38	.042	.086	.106	.098	.071	.027	.007	2.19
	1648~1697	62	.019	.091	.113	.093	.048	.027	.004	1.98
	1698~1747	96	.027	.121	.118	.087	.069	.020	.016	2.29
	1748~1797	179	.028	.115	.112	.096	.092	.033	.005	2.41
	1798~1817	84	.033	.098	.082	.116	.055	.032	.000	2.08
加權平均值		489	.031	.108	.108	.096	.077	.028	.007	2.28
累積值			.031	.139	.247	.343	.420	.448	.455	
王氏	1398~1447	14	.071	.086	.100	.100	.043	.000	.014	2.07
	1448~1497	23	.026	.130	.139	.061	.122	.046	.010	2.67
	1498~1547	48	.079	.125	.072	.052	.045	.023	.021	2.09
	1548~1597	44	.091	.068	.064	.042	.048	.043	.022	1.89
	1598~1647	60	.057	.100	.080	.069	.069	.036	.022	2.17
	1648~1697	153	.056	.116	.110	.107	.075	.048	.008	2.60
	1698~1747	234	.057	.117	.155	.120	.097	.053	.007	3.03
	1748~1797	245	.050	.124	.123	.127	.083	.042	.004	2.77
	1798~1817	62	.029	.136	.110	.063	.102	.023	.000	2.32
加權平均值		883	.055	.117	.120	.103	.082	.043	.009	2.65
累積值			.055	.172	.292	.395	.477	.520	.529	
嚴氏	1597~1842	43	.047	.125	.101	.072	.057	.046	.000	2.24
累積值			.047	.172	.273	.345	.402	.448	.448	

資料來源：《青溪嚴氏家譜》，光緒十八年，浙西世恩堂藏版；《毗陵十里牌周氏宗譜》，光緒三十年重修；《桐城王氏宗譜》，同治五年修；《維揚江都朱氏十修族譜》，光緒七年。

表九 丈夫之生育率（以所生之男兒估計）

家族	年齡組	N	ASFRs									TFRs
			15~19	20~24	25~29	30~34	35~39	40~44	45~49	50~54	55~59	
周氏	1698~1747	47	.013	.060	.080	.124	.057	.069	.050	.021	.000	2.37
	1748~1797	109	.013	.068	.089	.099	.074	.061	.035	.014	.000	2.27
	1798~1817	45	.004	.071	.080	.118	.093	.035	.020	.009	.000	2.15
加權 平 均 值		201	.011	.067	.085	.109	.074	.057	.035	.015	.000	2.27
累 積 值			.011	.078	.163	.272	.346	.403	.438	.453	.453	
朱氏	1548~1597	42	.024	.106	.110	.132	.077	.052	.020	.025	.017	2.82
	1598~1647	49	.012	.041	.110	.049	.104	.053	.037	.051	.007	2.32
	1648~1697	105	.010	.038	.071	.085	.073	.085	.056	.021	.022	2.31
	1698~1747	120	.012	.082	.112	.087	.076	.046	.033	.013	.006	2.34
	1748~1797	269	.018	.079	.097	.090	.088	.062	.026	.007	.006	2.37
	1798~1817	145	.015	.077	.105	.103	.068	.042	.019	.004	.003	2.16
加權 平 均 值		730	.015	.072	.099	.091	.080	.058	.030	.013	.008	2.33
累 積 值			.015	.087	.186	.277	.357	.415	.445	.458	.466	
王氏	1398~1447	14	.000	.100	.143	.071	.043	.000	.029	.000	.030	2.08
	1448~1497	31	.026	.123	.095	.095	.081	.064	.040	.018	.019	2.81
	1498~1547	71	.048	.110	.100	.079	.061	.037	.031	.018	.017	2.51
	1548~1597	67	.075	.066	.072	.027	.040	.041	.016	.019	.018	1.87
	1598~1647	84	.057	.057	.075	.083	.065	.052	.070	.036	.024	2.60
	1648~1697	173	.028	.091	.116	.098	.091	.069	.037	.013	.004	2.74
	1698~1747	289	.019	.078	.116	.109	.103	.076	.042	.014	.004	2.81
	1748~1797	327	.021	.074	.103	.125	.107	.070	.040	.022	.011	2.87
	1798~1807*	57	.021	.071	.083	.082	.094	.053	.077	.023	.000	2.52
加權 平 均 值		1113	.029	.080	.103	.101	.091	.064	.042	.019	.010	2.70
累 積 值			.029	.109	.212	.313	.404	.468	.529	.539		
嚴氏	1597~1832*	50	.050	.089	.094	.053	.083	.031	.047	.042	.017	2.53
累 積 值			.050	.139	.233	.286	.369	.400	.447	.489	.506	

資料來源：同表八。
* 由於王氏宗譜修於 1866 年，嚴氏家譜修於 1892 年，為避免包括那些尚未過完生育期限的人在內，所觀察的年輪較元配少十年。

峰也許並不是偶然的結果。無論如何,十八世紀出生年輪的生男率普遍較高,此則與一般學者認知的中國人口在該世紀的成長趨勢頗爲符合。

（3）至於城居和鄉居人口在生育率方面有何差異,對於中國歷史人口研究者而言,仍是一個謎。就以加權平均的結果而言,江蘇兩個家族的總生男率（周氏元配爲2.22,朱氏元配2.28）較安徽的（王氏元配2.65）爲低。然而,這種差異很難强歸諸於城鄉之不同;最多也只能説是長江下游核心區與邊陲區之差異而已。當然,也許可以進一步説,核心區的都市化程度可能高於邊陲區。至於嚴氏,其元配的總生男率（2.24）約略與周氏和朱氏相當,然其觀察人數太少（只有43人出生於1597～1842）,故在此似乎不宜將這群人視爲城居人口之代表。

（4）就年齡別生男率觀之,有些年輪組出現不規則的現象,主因是觀察人數太少之故。然而,很明顯的是,元配的生男率高峰出現在20～24或25～29年齡別中,丈夫則出現在25～29或30～34年齡別中。就年齡別生男率呈現的形態來看,高峰之後的降低並未如在實行生育控制下的情形那麼陡峭。可見,中國傳統人口之生育率縱然相當緩和,也還是接近自然生育率（natural fertility）的水準。

在此,也許適於插進一些有關於元配守寡的資料,以便瞭解爲何核心區家族的生育率較邊陲區的爲低。表十列出的是朱氏（核心區）和王氏（邊陲區）元配守寡的比例。

表十　元配守寡的比例

出生年輪	觀察的元配人數		守寡時年在20～44				守寡時年在45＋			
	朱氏	王氏	朱 氏		王 氏		朱 氏		王 氏	
			N	%	N	%	N	%	N	%
1548～1597	30	44	4	13.3	8	18.2	8	26.7	20	45.5
1598～1647	38	60	7	14.3	17	28.3	11	28.9	24	40.0
1648～1697	62	153	16	25.8	27	17.6	23	37.1	53	34.6
1698～1747	96	234	13	13.5	30	12.8	23	24.0	82	35.0
1748～1797	179	245	31	17.3	42	17.1	57	31.8	68	27.8
1798～1817	84	62	19	22.6	17	27.4	27	32.1	12	19.4
總　數	489	883	90	18.4	141	16.0	149	30.5	259	29.3

資料來源:《桐城王氏宗譜》,同治五年修;《維揚江都朱氏十修族譜》,光緒七年。

表十所觀察的元配人數一方面按其出生年輪分爲六組,一方面

按其開始守寡的年齡分爲兩組（年20～44，年45＋）。與表八所列的總生男率相對照，很清楚的可以看出，年在20～44的年輕守寡者，其比率在長期間之變動與總生育率之方向一致。若就總數而言，年輕守寡者在朱氏佔18.4%，在王氏佔16%，而這兩個比率與兩家族元配生男率相對的程度亦頗爲一致，其間之差異若反過來比較，竟然得到非常相近的結果（2.28/2.65＝0.86，16/18.4＝0.87）。總之，元配守寡率的高低可以解釋朱、王二氏元配生男率之差異。

表八和表九的生育率估計值是基於具有完整生命日期的家庭。那些缺少生命日期的家庭未計在內，主要是因爲不適於估計年齡別生育率。爲了探討一下如果所有的家庭都計在內，對生育率的估計有何影響，在此，以有關的資料另依生子數加以編排，其結果如表十一、十二和十三所示。在這三個表中，所有的家庭以父親之出生年輪爲準（出生年不詳的父親仍被排除在外，但這些人已是很少數），先分爲兩組：卒年50＋和卒年－50（包括卒年不詳者）。然後，各項數目分列爲九列：(1)生子數 n(n＝0，……9)，(2)總生子數，(3)早卒之子數，(4)家庭總數，(5)再婚人數，(6)每家平均子數＝(2)÷(4)，(7)早卒之子所佔比例＝(3)÷(2)×100，(8)再婚率＝(5)÷(4)×100，(9)無子之家庭所佔之比例＝(n＝0)÷(4)×100。以上九項之中，前五項是觀察的資料，後四項是推算的資料。三個表依序是周氏、王氏和嚴氏的資料。

由表十一、十二和十三得到的結果，摘述如下：

(1)比較周氏和王氏，從總數欄第(6)列可以看出，周氏每家平均子數(1.6)較王氏每家平均子數(1.8)爲低。這兩個數值都較表九所列丈夫的總生男率爲低，反映的是把生命日期不完整的家庭和無子的家庭納入考慮以後所產生的結果。而卒年50＋的父親一般看來較卒年－50（包括卒年不詳）的父親平均有較多的兒子，這是一個相當合理的結果，並且也反映以生命日期完整的資料估計的生育率可能是偏向於生育率的上限。

(2)就時間過程的變化觀之，值得注意的是，周氏和王氏的每家平均子數在長期間的變動方向一致，雖然幅度高低略有不同。簡言之，這兩個家族的每家平均子數都先在1550年輪組達到高峰，又在1650年輪組再達高峰。至於嚴氏，則在1750年輪組達到高峰。這種變動趨勢相當能夠反映中國人口成長的一般趨勢。

表十一　每家庭之子數按父親之出生年輪與死亡年齡分類：武進周氏

列	1400年輪組 生1398~1447			1450年輪組 生1448~1497			1500年輪組 生1498~1547			1550年輪組 生1548~1597			1600年輪組 生1598~1647		
	卒50+	卒-50	合計	卒50+	卒-50	合計	卒50+	卒-50	合計	卒50+	卒-50	合計	卒50+	卒-50	合計
(1)															
n=0	0	0	0	1	0	1	4	8	12	12	11	23	6	10	16
n=1	3	0	3	3	0	3	10	7	17	14	10	24	25	11	36
n=2	2	0	2	4	0	4	10	4	14	20	6	26	17	7	24
n=3				2	1	2	7	1	8	5	3	8	13	2	15
n=4				1	1	2	3	0	3	3	3	6	2	1	3
n=5				0	0	0	3	0	3	2	1	3	1	2	3
n=6				1	0	1							0	1	1
n=7				1	0	1							1	0	1
(2)	7	0	7	34	4	38	78	18	96	91	48	139	118	51	169
(3)	0	0	0	0	0	0	0	2	2	2	3	5	14	6	20
(4)	5	0	5	13	1	14	37	20	57	56	34	90	65	34	99
(5)	0	0	0	0	0	0	4	0	4	5	1	6	8	2	10
(6)	1.4	0	1.4	2.6	4.0	2.7	2.1	0.9	1.7	1.6	1.4	1.5	1.8	1.5	1.7
(7)	0	0	0	0	0	0	0	11.1	2.1	2.2	6.3	3.6	11.9	11.8	11.8
(8)	0	0	0	0	0	0	10.8	0	7.0	8.9	2.9	6.7	12.3	5.9	10.1
(9)	0	0	0	0	0	0	10.8	40.0	21.1	21.4	32.4	25.6	9.2	29.4	16.2

表十一 每家庭之子數按父親之出生年輪與死亡年齡分配：武進周氏（續）

列	1650 年輪組 生 1648~1697			1700 年輪組 生 1698~1747			1750 年輪組 生 1748~1797			1800 年輪組 生 1798~1847			總數			數
	卒 50+	卒 −50	合計	卒 50+	卒 −50	合計	卒 50+	卒 −50	合計	卒 50+	卒 −50	合計	卒 50+	卒 −50	合計	合計
(1)																
n=0	11	12	23	11	22	23	13	37	50	9	66	75	67	166	233	233
n=1	24	32	56	44	39	83	35	56	91	17	54	71	175	209	384	384
n=2	24	17	41	40	19	59	37	31	68	17	33	50	171	117	288	288
n=3	12	5	17	17	13	30	25	14	39	15	15	30	96	53	149	149
n=4	9	3	12	9	4	13	6	4	10	4	5	9	37	21	58	58
n=5	6	0	6	1	0	1	1	3	4	3	1	4	17	7	24	24
n=6							1	0	1	0	1	1	2	2	4	4
n=7													2	0	2	2
(2)	174	93	267	216	132	348	219	191	410	127	196	323	1064	733	1797	1797
(3)	15	7	22	14	12	26	14	12	26	21	72	93	80	114	194	194
(4)	86	69	155	122	97	219	118	145	263	65	175	240	567	575	1142	1142
(5)	9	4	13	7	2	9	16	10	26	6	16	22	55	35	90	90
(6)	2.0	1.4	1.7	1.8	1.4	1.6	1.9	1.3	1.6	2.0	1.1	1.4	1.9	1.3	1.6	1.6
(7)	8.6	7.5	8.2	6.5	9.1	7.5	6.4	6.3	6.3	16.5	36.7	28.8	7.5	15.6	10.8	10.8
(8)	10.5	5.8	8.4	5.7	2.1	4.1	13.6	6.9	9.9	9.2	9.1	9.2	9.7	6.1	7.9	7.9
(9)	12.8	17.4	14.8	9.0	22.7	15.1	5.9	25.5	19.0	13.9	37.8	31.3	11.8	28.9	20.4	20.4

資料來源：《毗陵十里牌周氏家譜》，光緒三十年重修。

表十二　每家庭之子數按父親之出生年輪與死亡年齡分類：桐城王氏

列	1350 年輪組 生 1348~1397			1400 年輪組 生 1398~1447			1450 年輪組 生 1448~1497			1500 年輪組 生 1498~1547			1550 年輪組 生 1548~1597			1600 年輪組 生 1598~1647		
	卒 50+	卒 -50	合計	卒 50+	卒 -50	合計	卒 50+	卒 -50	合計	卒 50+	卒 -50	合計	卒 50+	卒 -50	合計	卒 50+	卒 -50	合計
(1)																		
n=0	0	0	0	0	1	1	0	1	1	12	12	24	9	31	40	5	16	21
n=1	4	0	4	6	7	13	11	5	16	20	23	43	27	25	52	20	34	54
n=2	2	0	2	4	2	6	4	6	10	19	18	37	17	17	34	20	12	32
n=3	0	0	0	5	4	9	6	3	9	17	10	27	14	6	20	16	11	27
n=4	0	0	0	3	3	6	6	6	12	7	2	9	7	3	10	8	6	14
n=5	1	0	1				2	1	3	2	3	5	1	0	1	5	1	6
n=6							0	0	0				0	0	0	2	0	2
n=7							0	1	1				0	0	0	1	0	1
n=8													0	2	2			
n=9																		
(2)	13	0	13	41	35	76	71	62	133	147	112	259	136	105	241	184	120	304
(3)	0	0	0	2	2	4	0	0	0	2	1	3	18	21	39	11	13	24
(4)	7	0	7	18	17	35	29	23	52	77	68	145	75	84	159	77	80	157
(5)	0	0	0	0	0	0	4	1	5	7	10	17	6	3	9	12	2	14
(6)	1.9	0	1.9	2.3	2.1	2.2	2.5	2.7	2.6	1.9	1.7	1.8	1.8	1.3	1.5	2.4	1.5	1.3
(7)	0	0	0	4.9	5.7	5.3	0	0	0	1.4	0.9	1.2	13.2	20.0	16.2	6.0	10.8	7.9
(8)	0	0	0	0	0	0	13.8	7.4	9.6	9.1	14.7	11.7	8.0	3.6	5.7	15.6	2.5	8.9
(9)	0	0	0	0	5.9	2.9	0	4.4	1.9	15.6	17.7	16.6	12.0	36.9	25.2	6.5	20.0	13.4

表十二 每家庭之子數按父親之出生年輪與死亡年齡分類：桐城王氏（續）

列	1650年輪組 生1648~1697 卒50+	卒-50	合計	1700年輪組 生1678~1747 卒50+	卒-50	合計	1750年輪組 生1748~1797 卒50+	卒-50	合計	1800年輪組 生1778~1817(46)* 卒50+	卒-50	合計	總數 卒50+	總 卒-50	合計
(1)															
n=0	7	24	31	27	63	90	38	126	164	4	241	245	102	515	617
n=1	48	28	76	72	88	160	66	181	247	10	265	285	294	656	950
n=2	42	33	75	59	84	143	56	91	147	15	120	135	238	383	621
n=3	34	18	52	61	38	99	57	66	123	13	55	68	223	211	434
n=4	31	7	38	45	22	67	45	29	74	12	31	43	164	109	273
n=5	8	4	12	21	10	31	22	13	35	3	18	21	65	50	115
n=6	6	2	8	7	2	9	11	6	17	1	5	6	27	15	42
n=7	3	0	3				8	0	8	0	1	1	12	2	14
n=8							0	4	4				0	6	6
n=9							0	2	2				0	2	2
(2)	455	208	663	700	520	1220	761	828	1589	158	921	1079	2666	2991	5577
(3)	28	18	46	34	48	82	115	132	247	35	249	284	245	484	729
(4)	179	116	295	292	307	599	303	518	821	68	736	804	1125	1949	3074
(5)	15	11	26	41	17	58	45	43	88	19	87	106	149	174	323
(6)	2.5	1.8	2.3	2.4	1.7	2.0	2.5	1.6	1.9	2.3	1.3	1.3	2.4	1.5	1.8
(7)	6.2	8.7	6.9	4.9	9.2	6.7	15.1	15.9	15.5	22.2	27.0	26.3	9.2	26.6	13.1
(8)	8.4	9.5	8.8	14.0	5.5	9.7	14.9	8.3	10.7	27.9	11.8	13.2	13.2	8.9	10.5
(9)	3.9	20.7	10.5	9.3	20.5	15.0	12.5	24.3	20.0	5.9	32.7	30.5	9.1	26.4	20.1

資料來源：《桐城王氏宗譜》，同治五年修。　*卒年50+者，觀察年輪終止於1817。

表十三　每家庭之子數按父親之出生年輪與死亡年齡分類:青溪嚴氏

列	1550 年輪組 生1548~1597			1600 年輪組 生1598~1647			1650 年輪組 生1648~1697			1700 年輪組 生1698~1747		
	卒50+	卒-50	合計	卒50+	卒-50	合計	卒50+	卒-50	合計	卒50+	卒-50	合計
(1)												
n=0	0	0	0	0	0	0	2	0	2	1	3	4
n=1	0	0	0	3	0	3	1	1	2	5	1	6
n=2	0	0	0	1	0	1	4	0	4	2	3	5
n=3	1		1				1	0	1	3	0	3
n=4	1	0	1				1	0	1	1	1	2
n=5										0	0	0
n=6										0	0	0
n=7										0	0	0
n=8										1	0	1
(2)	7	0	7	4	0	4	16	1	17	30	9	39
(3)	0	0	0	0	0	0	0	0	0	1	1	2
(4)	2	0	2	4	0	4	9	1	10	13	7	20
(5)	1	0	1	0	0	0	6	0	6	5	1	6
(6)	3.5	0	3.5	1.0	0	1.0	1.8	1.0	1.7	2.3	1.3	2.0
(7)	0	0	0	0	0	0	0	0	0	3.3	1.1	5.1
(8)	50.0	0	50.0	0	0	0	66.7	0	60.0	38.5	14.3	30.0
(9)	0	0	0	0	0	0	12.5		20.0	7.7	42.9	20.0

列	1750 年輪組 生1748~1797			1800 年輪組 生1798~1842			總　　數		
	卒50+	卒-50	合　計	卒50+	卒-50	合　計	卒50+	卒-50	合　計
(1)									
n=0	0	4	4	2	10	12	5	17	22
n=1	1	6	7	4	18	22	14	26	40
n=2	2	3	5	2	6	8	11	11	22
n=3	1	2	3	5	0	5	11	2	13
n=4	2	3	5	3	4	7	8	8	16
n=5	3	2	5	2	3	5	2	3	5
n=6	0	1	1				0	1	1
n=7							0	0	0
n=8							1	0	1
(2)	16	51	67	45	46	91	118	107	225
(3)	5	7	12	5	5	10	11	13	24
(4)	6	22	28	18	38	56	52	68	120
(5)	3	8	11	6	12	18	21	21	42
(6)	2.7	2.3	2.4	2.5	1.2	1.6	2.3	1.6	1.9
(7)	31.3	13.7	17.9	11.1	10.9	11.0	9.3	12.2	10.7
(8)	50.0	36.4	39.3	33.3	31.6	32.1	40.4	30.9	35.0
(9)	0	18.2	14.3	11.1	26.3	21.4	9.6	25.0	18.3

資料來源:《青溪嚴氏家譜》,光緒十八年,浙西世恩堂藏版。

（3）就總數之平均而言，早卒之子所佔比例（第 7 列）在周氏是 10.8%，王氏是 13.1%，嚴氏是 10.7%。由此可見，似乎邊陲區的人口較核心區的人口有較高的兒童死亡率，雖則這三個估計都可能偏於低估，因為族譜對於早卒的幼兒記錄多不完整。至於這項估計的時間變化，並不如每家平均子數那樣有規則可尋。值得注意的是 1800 年輪組的父親有相當高比率的早卒之子（周氏 28.8%，王氏 26.3%，嚴氏 11%）。這個結果似乎暗示著十九世紀兒童死亡率（child mortality）的提高，雖然在此無法用更細密的方法來衡量，因為這些早卒之子有很多未留下生命日期。

（4）表十一至十三所列的再婚人數和再婚率都僅限於第二次結婚。換言之，凡再婚或納妾皆只計一次。再婚率在三個家族皆未呈現明顯的時間趨勢。然而，可以肯定的是，城居的嚴氏確實較鄉居的周氏和王氏在每一年輪組都有較高的再婚率。

（5）至於無子之家庭所佔的比例，平均而言，三個家族都相當高（周氏 20.4%，王氏 20.1%，嚴氏 18.3%）。周氏和王氏的長期趨勢都顯示，第一個高峰出現在 1550 年輪組，第二個高峰出現在 1800 年輪組，而後者竟有三分之一左右的人無子嗣。這意味著十九世紀初的生育率（至少是生男率）可能降低。無子的家庭所佔比重頗高又與中國家族中承嗣的習慣有密切的關係。一個家族的傳承往往需賴同族內個別家庭間之交互領養，不論是實際上或名義上的安排。然而，這個問題似乎與家庭史（family history）的關係較深，故在此暫不進一步討論。

（三）死　亡

上面已經提到，中國族譜提供有關兒童死亡率的資料實在很貧乏，這是族譜資料的一項缺點。另一項缺點是，甚至於成年人的記錄，族譜也往往有生年而無卒年，因此能够知道死亡年齡的人數相對減少。[35] 第一項缺點使得研究者不可能直接用族譜資料估計兒童死亡率。於是，間接的辦法就是借用典型生命表（model life tables）來加以推算。第二項缺點使得研究者往往必需合併整個家族的資料來編算生命表，尤其是如果一個家族有用的資料數量甚少的話。

在此，有關死亡率的討論將以兩個生命表（見表十四）為基礎。

〔35〕 Ts'ui-jung Liu, "The Demographic Dynamics of Some Clans in the Lower Yangtze Area, ca. 1400～1900," *Academia Economic Papers*, Vol. 9, No. 1, March 1981, p. 122。

這兩個生命表是以族譜所載有詳細生卒年記録的人數爲基礎編算而成，一個代表城居的男性，另一個代表鄉居的男性。城居的男性包括青溪鎮的嚴氏和南潯鎮的周氏（二鎮皆在太湖附近）以及會稽（即浙江紹興縣）秦氏。至於鄉居男性則以桐城王氏爲例。

表十四　城居和鄉居男性人口之生命表

年齡	城居人口 青溪嚴氏，生 1558～1872 南潯周氏，生 1719～1887 會稽秦氏，生 1615～1861				鄉居人口 桐城王氏，生 1400～1782			
	N^*	q_x	l_x	e_x	N^*	q_x	l_x	e_x
0～1		.1821	10000	34.39		.2056	10000	35.53
1～4	2	.1065	8179	40.79		.1203	7944	43.64
5～9	2	.0316	7308	41.69	16	.0322	6988	45.43
10～14	1	.0227	7077	37.97		.0232	6763	41.86
15～19	3	.0316	6916	33.79	21	.0322	6606	37.79
20～24	12	.0441	6697	29.82	48	.0454	6393	33.97
25～29	16	.0606	6402	26.08	84	.0504	6103	30.46
30～34	11	.0824	6014	22.60	103	.6051	5793	26.95
35～39	18	.1104	5518	19.40	110	.0744	5418	23.65
40～44	15	.1463	4909	16.50	130	.0950	5015	20.35
45～49	19	.1914	4191	13.90	174	.1404	4539	17.32
50～54	30	.2473	3389	11.60	193	.1812	3902	14.63
55～59	13	.3153	2551	9.59	217	.2489	3195	12.31
60～64	14	.3969	1747	7.85	173	.2641	2400	10.56
65～69	10	.4936	1054	6.36	176	.3651	1766	8.46
70～74	15	.6065	534	5.12	133	.4346	1121	6.88
75～79	3	.7356	210	4.16	97	.5607	634	5.25
80＋	1	1.0000	56	3.73	76	1.0000	279	3.74

資料來源：《青溪嚴氏家譜》，光緒十八年，浙西世恩堂藏版；《南潯周氏家譜》，宣統三年；《桐城王氏宗譜》，同治五年修；《會稽秦氏宗譜》，宣統三年。

*N 是觀察到的死亡人數。

由表十四可見，城居男性的死亡人數在每一年齡別都很少，雖則三個城居家族的資料已合併觀察。此外，觀察到的 15 歲以下死亡人數在兩群人口中都很少，顯示前述族譜記録的第一項缺點。在這種情況下，每一年齡別的死亡可能率（q_x）是先就觀察到的 15 歲以上的人數計算後，加以調整（graduated）再外推（extrapolated）至零歲。[36] 有 q_x 值就可推算生命表上的其他變數。由表十四可見，這兩群人的死亡率可能是屬於相同的水準，雖然城居人口的死亡率似乎略高一些。但必須注意的是，城居人口的觀察數太少，所以這個結果只是試驗性的，並不能據爲定論。

爲了探討死亡率在時間過程中之變化，在此以桐城王氏爲例做分期的嘗試。表十五列出的是依王氏成年男子出生年輪分組編算的生命表。

在表十五中，王氏成年男子共分爲六個年輪組：(1)1500 年輪組（生 1498～1547），(2)1550 年輪組（生 1548～1597），(3)1600 年輪組（生 1598～1647），(4)1650 年輪組（生 1648～1697），(5)1700 年輪組（生 1698～1747）和(6)1750 年輪組（生 1748～1782）。比較這六個生命表，可見王氏成年男子的死亡率在 1500 年輪組相當緩和（e_{15} = 41.88），至 1550 年輪組而提高（e_{15} = 34.14），至 1600 年輪組和 1650 年輪組又漸降低（e_{15} = 37.87 和 42.61），然後在 1700 年輪組和 1750 年輪組又漸提高（e_{15} = 40.53 和 38.01）。綜觀這長期間的變化，以 1550 年輪組的死亡率最高，其次是 1600 年輪組，再次是 1750 年輪組。死亡率以 1550 年輪組爲最高是可以理解的，因爲這些人的一生剛好是在明清兩代轉接的亂世中渡過。至於 1750 年輪組的死亡率較其前兩年輪組爲高，則似乎是顯示在十八世紀死亡率曾一度降低，但到十九世紀又漸提高。王氏成年男子死亡率的變動與明清時期社會、政治、經濟條件的變化頗爲相符，這是表十五所傳達的主要訊息。但是，王氏大致上是一個鄉居務農的家族，而且憑一個個案也無法以偏概全，故在此也不能妄斷城居人口死亡率的變動是循著什麼規律。總之，以族譜資料爲基礎估計的死亡率，在目前只能算是嘗試性的。

（四）遷　移

以上有關婚姻、生育和死亡的討論，提供一些瞭解長江下游地區城居和鄉居人口特徵的統計發現。但是，在任何時期和任何地方影響都市化速度的一個主要因素是由鄉至城的遷移。這個問題在此

---

[36] 調整 q_x 採用的公式是 $\log q_x = a + bx + cx^2$，見 I-chin Yuan, "Life Tables for a Southern Chinese Family from 1365 to 1849", *Human Biology*, vol. 3, no. 2（May 1931），p. 161；推算至零歲是採用二組典型生命表的平均，在此用 Model West, Levels 7 and 8, 見 Ansley Coale and Paul Demeny, *Regional Model Life Tables and Stable Populations*, Princeton: Prinction University Press, 1966, part II, pp. 8～9。

表十五　王氏成年男子生命表

Age	(1) 1500 年輪組 生 1498~1547，卒 1627 以前				(2) 1550 年輪組 生 1548~1597，卒 1677 以前				(3) 1600 年輪組 生 1598~1647，卒 1727 以前			
	N	q_x	l_x	e_x	N	q_x	l_x	e_x	N	q_x	l_x	e_x
15	1	.0138	10000	41.88	1	.0132	10000	34.14	4	.0394	10000	37.87
20	5	.0202	9862	37.43	6	.0242	9868	29.56	8	.472	9606	34.32
25	7	.0294	9663	33.15	22	.0424	9629	25.23	9	.0569	9153	30.90
30	6	.0420	9379	29.08	23	.0702	9221	21.24	13	.0690	8632	27.61
35	9	.0593	8985	25.25	15	.1105	8574	17.65	14	.0841	8036	24.47
40	7	.0827	8452	21.65	27	.1650	7627	14.53	13	.1032	7360	21.49
45	13	.1136	7753	18.41	28	.2337	6369	11.91	20	.1275	6600	18.68
50	21	.1539	6872	15.45	20	.3142	4881	9.78	9	.1583	5759	16.04
55	13	.2058	5814	12.81	30	.4009	3347	8.11	11	.1978	4847	13.59
60	19	.2714	4617	10.48	14	.4853	2005	6.87	9	.2486	3888	11.32
65	15	.3530	3364	8.45	12	.5574	1032	5.98	13	.3143	2921	9.24
70	14	.4530	2177	6.70	5	.6076	457	5.36	17	.3997	2003	7.34
75	12	.5734	1191	5.17	5	.6285	179	4.80	10	.5115	1202	5.56
80+	9	1.0000	508	3.76	3	1.0000	66	3.73	10	1.0000	587	3.76

表十五　王氏成年男子生命表（續）

Age	(4) 1650 年輪組　生 1648~1697, 卒 1777 以前				(5) 1700 年輪組　生 1698~1747, 卒 1827 以前				(6) 1750 年輪組　生 1748~1782, 卒 1862 以前			
	N	q_x	l_x	e_x	N	q_x	l_x	e_x	N	q_x	l_x	e_x
15	1	.0113	10000	42.61	5	.0132	10000	40.53	9	.0182	10000	38.01
20	10	.0173	9887	38.07	9	.0202	9868	36.04	9	.0269	9818	33.67
25	13	.0260	9716	33.70	15	.0304	9669	31.73	17	.0391	9554	29.53
30	14	.0383	9463	29.53	26	.0449	9375	27.64	20	.0559	9180	25.63
35	8	.0555	9101	25.61	38	.0650	8954	23.83	25	.0789	8669	22.00
40	17	.0790	8596	21.97	32	.0922	8373	20.31	32	.1095	7983	18.67
45	15	.1102	7917	18.64	39	.1284	7600	17.12	55	.1498	7109	15.65
50	26	.1510	7045	15.63	63	.1751	6624	14.27	50	.2018	6044	12.97
55	41	.2031	5981	12.97	56	.2343	5464	11.77	61	.2676	4824	10.62
60	32	.2682	4766	10.64	49	.3074	4184	9.61	43	.3496	3533	8.59
65	29	.3475	3488	8.62	49	.3955	2898	7.76	45	.4498	2298	6.86
70	20	.4420	2282	6.85	43	.4990	1752	6.22	32	.5700	1264	5.43
75	19	.5519	1273	5.30	33	.6172	878	4.89	10	.7113	544	4.30
80 +	19	1.0000	570	3.76	19	1.0000	336	3.75	7	1.0000	157	3.73

資料來源:《桐城王氏宗譜》, 同治五年修。

也將以個案為例加以討論。

有一項研究發現,浙江省歸安縣菱湖鎮(一個絲業市鎮)在十八世紀末有 59 個家族,其中 35 個家族的祖先是在明清兩代從他處移來。依他們到達菱湖鎮的時間來分類,可分為五期:(1)1360~1398 年間有 6 人,(2)1399~1521 年間有 10 人,(3)1522~1620 年間有 5 人,(4)1621~1722 年間有 6 人,(5)1723~1795 年間有 8 人。在這長達 435 年的期間,以每 10 年平均移入率計之,則第(1)和(5)期較其他三期更有利於遷移(第(1)期每 10 年平均 1.6%,第(5)期 1.1%)。至於這些移入菱湖鎮者之起源地,據 1360~1798 年間的資料得知,來自浙江西部的有 26 人(其中 14 人來自鄉村,7 人來自市鎮),來自浙江東部的有 7 人,來自安徽的有 5 人,來自江蘇的有 3 人,來自河南的有 1 人。簡言之,這一個鎮的個案也透露不少有關由鄉至城的遷移活動,反映出明清時期政治、社會和經濟條件的變化。[37]

另外一個個案以桐城王氏為例。表十六列出的是王氏家族男性成員移動的情形,按兩方面分類: (1) 每一世代移出者之頻數及比例, (2) 移出者之目的地。

表十六　桐城王氏男性成員之遷移

(1)每世代移出者之頻數及比例

世代	登錄男子數	移出人數(生年)	移出者所佔比例(%)
10	158	3(?)	1.9
11	131	5(2?,1609~1674)	3.8
12	197	3(1672~1710)	1.5
13	355	4(2?,1660~1712)	1.1
14	506	9(1?,1715~1758)	1.8
15	722	19(4?,1714~1808)	2.6
16	742	25(6?,1775~1836)	3.4
17	635	24(1?,1738~1852)	3.8
18	392	12(2?,1804~1851)	3.1
19	189	5(1804~1826)	2.6
總數		109	

---

[37] 見 Chin Shih, "Peasant Economy and Rural Society in the Lake Tai Area. 1368~1840", pp. 109~110。有關明清時期一般的經濟發展情形,見 Pwight H. Perkins, *Agricultural Development in China*, pp. 23~29,吳承明《論清代前期我國國內市場》,《歷史研究》1985 年第 1 期。

(2)移出者之目的地

省份	人數	第一個和最後一個已知之生年	
安徽	29	1609	1824
陝西	18	1714	1794
江蘇	4	1797	1852
廣西	4	1674	1712
江西	2	1660	1799
浙江	1	1808	
河南	1	1763	
廣東	1	1758	
福建	1	1819	
直隸	1	?	
不詳	47	1672	1851
總數	109		

資料來源:《桐城王氏宗譜》,同治五年修。

　　由表十六的第(1)部分,可見每一世代移出者所佔的比例幾乎都不高,最多不超過4%,但移出者大多數出生於十八～十九世紀。由第(2)部分可見,除了那些目的地不詳者以外,王氏男子移到離家鄉相當遠的地方。據統計結果,有29人移到安徽省內其他縣份(共有13縣),18人移到陝西、4人移到江蘇、4人移到廣西、2人移到江西,而移到浙江、河南、廣西、福建和直隸者各有1人。對於這些移出者之目的地,族譜所記大多數不詳及縣以下的地名(如霍山縣青天坂、建德縣角弓鎮,僅是一些殊例),因此,並不宜認為他們的遷移都止於縣城或省城。但是,確知的是那些遷到江西、江蘇、浙江、福建和直隸的都住在城裏。此外,那些遷到陝西或目的地不詳者,有些是經商的。這些證據顯示的是,王氏家族成員的移動與中國境內十八世紀的移民潮大致同時,但是,王氏較諸湖南的魏氏和李氏家族,則似乎更傾向於移入城市。[38]

　　有關長江下游地區由鄉至城的遷移活動尚缺乏通盤的研究,最大的困難也許是在於缺乏有系統的統計資料。在此,最多只能說,由鄉至城的遷移活動在十九世紀中葉以後的上海附近可能逐漸增加,其結

---

[38] Ping-ti. Ho, *Studies on the Population of China*, 1368～1953, Cambridge, Mass. : Harvard University Press, 1959, pp. 136～158;劉翠溶《明清人口之增殖與遷移——長江中下游地區族譜資料之分析》,收入許倬雲等編《第二屆中國社會經濟史研討會論文集》,臺北:漢學研究資料及服務中心,1983年,頁303～314。

果是上海取代蘇州成爲長江下游乃至中國最大的城市。[39]

綜合上述有關人口特徵的討論，可以歸納五點如下：第一、在婚姻方面，長江下游地區的城居和鄉居人口再婚率和納妾率有明顯的差別。第二、在生育方面，核心區人口的生育率較邊陲區的略低，而城居男性的生育率較鄉居的爲高，因爲他們的再婚率較高。第三、在死亡方面，以目前的發現只能暫時認爲，城居和鄉居人口的死亡率水準約略相同。第四，在遷移方面，就小規模的個案研究而言，似乎透露出由鄉至城的遷移活動，尤其是在十八、十九世紀，這種活動漸漸頻繁。然而，有關遷移的問題尚待大規模有系統的研究。最後一點，值得注意的是，有關人口特徵的統計發現傾向於符合明清時期社會經濟情況的一般變動趨勢。

三、其他有關人口特徵之因素

這一節討論與人口特徵有關的其他因素，諸如態度、心態、制度等。由於這一類的資料多爲文字叙述，難以量化，而且零星的散見於筆記小説和地方志中，因此，以下的討論只是一種嘗試。這些文字叙述資料也許可提供有用的線索，以便更深入瞭解有關長江下游地區人口特徵的統計結果。

明清時期中國男子之再婚似乎是頗爲正常的現象，然而，人們卻難免譏嘲那些不相稱的匹配，尤其是再婚時新郎新娘的年紀相差很多的情形。例如，《堅瓠集》中有"嘲老人娶少婦"、"嘲續娶"等條。[40]此外，對城居男子而言納妾雖是相當普遍的，清代長江下游地區流傳一些故事，主題都是有良知的男子拯救了不幸的女子免於爲妾，而自己後來得到善報。[41] 妾一般是花錢買的，而有些富人也願意出高價，

〔39〕 劉石吉《太平天國亂後江南市鎮的發展》，《食貨月刊》第 7 卷第 11 期，1978 年，頁 559～563；Mark. Elvin, *The Pattern of the Chinese Past*, Stanford：Stanford University Press, 1973；Clifton W. Pannell, "Recent Growth and change in China's Urban System," in Laurence J. C. Ma and Edward W. Hanten eds., *Family and Population in East Asian History*, Stunford；Stanford University Press, 1985, pp. 13～61；王樹槐《中國現代化的區域研究·江蘇省(1860～1916)》，臺北：中央研究院近代史研究所，1984 年，頁 492；章英華《清代以後上海市區的發展與民國初年上海的區位結構》，《中國海洋發展史論文集》，臺北：中央研究院三民主義研究所，頁 177～187。

〔40〕 褚稼軒《堅瓠首集》卷一，《筆記小説大觀續編》第 13 册，頁 11；褚稼軒《堅瓠十集》卷四，《筆記小説大觀續編》第 14 册、第 15 册，頁 12～13。

〔41〕 梁恭辰《北東園筆録三編》卷二，《筆記小説大觀》第 23 册，頁 6；陳康祺《郎潛紀聞》卷二，《筆紀小説大觀》第 23 册，頁 8；《歙縣志》卷一六，1937 年鉛印，臺北：成文出版社，頁 5。

所以媒人得到從中取利的機會。[42]

至於女子再嫁之事,似乎在清代更爲人們另眼看待。清人筆記中有關女子再嫁之議論多引述宋代士大夫家庭的故事,以説明在宋代女子改嫁並不爲非。[43] 到了清代,則"今制崇尚貞節,婦人再醮者不得請封。雍正元年,詔直省州縣各建節孝祠。有司春秋致祭,所以勵風教維廉恥者至矣"。[44] 而且,清代江南的習俗,對待再嫁者的禮儀也不同。《蟲鳴漫録》云:"江南俗例新婚者皆鼓吹迎導,娶再醮婦則否"。[45] 再嫁的女子往往成爲人們嘲笑的對象。[46] 由於清代制度的安排和人們心態的反應都偏向崇尚貞節,故筆記小説中有不少貞女的故事,地方志中也都有烈女節婦的篇幅。[47] 此外,城市中也有慈善機構專從事於幫助守節的貧窮婦女。[48]

以上這些證據説明人們對男女再婚抱著不同的態度,而這些故事都發生在長江下游地區。由於這些文字證據的支持,可以令人更有信心的接受統計發現丈夫生育率略高於元配的事實。

在明清時期長江下游地區的婚內生育率(marital fertility)依本文估計推論,顯得相當地緩和,是何原因呢? 明顯的答案是,以族譜資料爲基礎所做的估計很可能偏低,因爲只有族譜登録者才算在內。然而,除了這個資料缺陷的理由外,是否有其他影響生育率的

---

[42] 採蘅子記云:"有顯宦買妾吳中,不惜多資",見《蟲鳴漫録》卷一,《筆記小説大觀》第14冊,頁25~26。褚稼軒記道:"東鄰買妾費萬錢",見《堅瓠五集》卷一,頁11。

[43] 褚稼軒《堅瓠三集》卷一,頁11;錢泳《履園叢話》卷二三,頁6;陸敬安《冷廬雜識》卷一,《筆記小説大觀續編》第13冊,頁10。

[44] 陸敬安《冷廬雜識》卷一,頁10。

[45] 採蘅子《蟲鳴漫録》卷二,頁12。

[46] 採蘅子《蟲鳴漫録》卷二,頁12;褚稼軒《堅瓠首集》卷四,頁8,13。

[47] 如陸敬安《冷廬雜識》卷六,頁8,"未婚守貞"條;朱梅叔《埋憂集》卷四,頁8,"支氏"條;黃均宰《金壺七墨·遁墨》卷五,頁1~2,"孫溪唐節婦家傳"條;諸晦香《明齋小識》卷四,頁1,"兩銀"條;同上書卷四,頁12,"王記節婦"條;同上書卷五,頁12,"托病絶粒"條。有些地方志用許多篇幅只列出節婦的姓氏。

[48] 例如,武進縣有敬節堂,設立於嘉慶元年(1796),每年贍給窮嫠300名,見《武進陽湖合志》卷五,頁25。江都縣有立貞堂,建立於道光二十年(1840),收養年在30以下守節的婦女;又有恤嫠會,於嘉慶年間(1796~1820)開始資助窮嫠;另有保節局,成立於光緒七年(1881),按月發口糧給自願守節者,見《江都縣續志》卷一二下,頁16~20。有關這類慈善機構之研究,見夫馬進《善堂、善會的出發》,收入小野和子編《明清時代の政治と社會》,京都:京都大學人文科學研究所,1983年,頁189~232;梁其姿《明末清初民間慈善活動的興起——以江浙地區爲例》,《食貨月刊》第15卷第7、8期,1986年,頁304~331。

因素呢？在傳統中國有溺嬰（尤其是女嬰）的習俗，這是控制人口的手段之一。[49] 但是，在清代長江下游地區的城市普遍設有育嬰堂。有一項研究發現在 1655～1736 年間，長江下游地區的府州縣城內共建立了至少 45 所育嬰堂。[50] 這些育嬰堂多由地方官和地方上的紳士和商人集資興建。地方上的領導階層熱心經營育嬰堂，一方面固然是因爲他們的社會意識反對溺嬰惡習，另一方面也因爲當時經濟發展的結果使他們能够有資金從事堂屋之興建和堂務之推行。總之，溺嬰可能是傳統中國婚內生育率相當緩和的原因之一，然而，溺嬰之效果在清代長江下游地區也許已經受到一些約制，如果這些育嬰堂運作得相當好的話。

一般而言，由於傳統中國的結婚年齡相當低，[51] 故晚婚不能成爲一個預防性的制衡（preventive check）。然而，值得注意的是明清文獻中有關避孕和墮胎的記載。例如，明末崑山歸有光（1507～1571）在其《先妣事略》中曾述説，他的母親在生第七個小孩（她在婚後第一年開始生育，以後每一年生一個小孩，共四女三男，其中二女殤）以後，"孺人比乳他子加健，然數顰蹙，顧諸婢曰：吾爲

〔49〕 褚稼軒《堅瓠六集》卷三，頁 2～3，"戒殺女歌"；陳康祺《郎潛紀聞》卷一〇，《筆記小説大觀》第 22 册，頁 3，"溺女之風，西江尤甚"。又參見 Gilbert Rozman, *Population and Marketing Settlement in Ch'ing China*, Cambridge：Cambridge University Press, 1982, pp. 35～38。

〔50〕 見梁其姿《十七、十八世紀長江下游之育嬰堂》，《中國海洋發展史論文集》，臺北：中央研究院三民主義研究所，1983 年，頁 97～130；夫馬進《善堂、善會的出發》，頁 210～219。梁其姿所列的 45 個育嬰堂，除屬於蕪湖、繁昌二縣者外，其餘皆在江蘇南部。至於安徽南部的情形，據地方志所載，廬州府城內育嬰堂，建於康熙三十六年（1697），至光緒年間"仍其舊"，見梁章炬《浪迹叢談》卷一六，頁 18～19；廬州府屬之廬江縣也有育嬰堂，但光緒時已經"兵毁"，見梁章炬《浪迹叢談》卷一六，頁 20。此外，寧國府屬宣城縣，育嬰堂設於乾隆十二年（1747），旌德縣，建於乾隆五十一年（1786），皆見《寧國府志》卷一五，嘉慶二十年補修，臺北：成文出版社，頁 1～2，又同上書，卷二三，頁 27～28 有《育嬰堂碑記》。南陵縣育嬰堂建於康熙四十五年（1706），久廢，後於光緒三十二年（1906）改建，見《南陵縣志》卷一，民國鉛印本，臺北：成文出版社，頁 9。又《歙縣志》記載光緒末有一位徽州府學教授周賫，"曾捐廉創辦育嬰堂於城西關"，見《歙縣志》卷一六，1957 年鉛印，頁 15。

〔51〕 George W. Barclay, *et al.* "A Reassessment of the Demography of Traditional Rural China." *Population Index*, Vol. 42, No. 4（October 1976）, pp. 609；Ts'ui-jung Liu, "The Demography of Two Chinese Clans in Hsiao-shan, Chekiang, 1650～1850," in Susan B. Hanley and Arthur P. Wolf eds., *Family and Population in East Asian History*, Stanford：Stanford University Press, 1985, pp. 23～25。

多子苦。老嫗以杯水盛二螺進曰：飲此後妊不數矣。孺人舉之盡，暗不能言"[52] 歸有光的母親試用這種避孕法的結果是成為啞巴，但她也未再生育，而在一年多以後死了，只活25歲（1488～1513）。雖然這一個單獨的例子不能證明那置有二螺的飲料確實有避孕之效，這個實例卻具有相當的啟示性，揭露了早在十六世紀初年，長江下游地區就有人想避孕而且付諸行動。此外，清代長江下游地區的文人也提到"賣安胎、墮胎藥"的藥婆，或記述婦人為人墮胎漁利的故事。[53] 無論這些證據是多麼零星，它們至少證明長江下游地區的傳統中國婦女已知道墮胎，至於是否足以影響生育率，則不是這些非量化的資料所能肯定的。

此外，還有一些關於出生的習俗也可能與生育率有關。清代文獻中提到"以收生為業"的穩婆，但穩婆之名事實上在清代以前就存在了。流傳的故事說，在長江下游地區有的穩婆"家計阜實，聲價頗昂"；有的是"巨室臨蓐，必迎致之"。[54] 為了安產，筆記中也記有醫藥或心理的方法。醫藥之法，例如有一個治難產方是"用杏仁一個，去皮，一邊書日字，一邊書月字，外用熬蜜為丸，或滾水或酒吞下，試之有驗"；[55] 另一個治產婦胞衣不下的方法是，"鮮荷葉剉碎，濃煎服，即下"。[56] 心理之法，例如要產婦"不作意，任自然"，[57] "睡忍痛、慢臨盆"，[58] 或臨盆時令左右之人呼"語忘敬遺"，[59] 或用催生符之類。[60] 雖然這些方法的效驗不能就此肯定，而且有關生育之傳統醫學仍需待

〔52〕 歸有光《震川先生集》，收入《四部叢刊初編》，上海：商務印書館，1935年，頁328。
〔53〕 褚稼軒《堅瓠六集》卷四，《筆記小說大觀續編》第14冊，頁10；朱梅叔《埋憂集》卷四，《筆記小說大觀》第10冊，頁8～9。
〔54〕 俞樾曾引明人蔣一葵《長安客話》，證明穩婆之名在明代已有之，在清代亦"猶在人口"，見俞樾《茶香室續鈔》卷五，《收入筆記小說大觀續編》第16冊，臺北：新興書局，1962年，頁9。穩婆之名甚至存在於明代以前，褚稼軒引元人《輟耕錄》提到三姑六婆中有穩婆，見褚稼軒《堅瓠六集》卷四，頁10。至於富穩婆的故事，見諸晦香《明齋小識》卷七，《筆記小說大觀》第13冊，頁6～7；陸長春《香飲樓賓談》卷一，《筆記小說大觀》第10冊，頁16。
〔55〕 褚稼軒《堅瓠餘集》卷四，《筆記小說大觀續編》第15冊，頁5。
〔56〕 梁章炬《浪跡叢談》卷八，《筆記小說大觀續編》第17冊，頁3。
〔57〕 青城子《志異續編》卷四，《筆記小說大觀》第22冊，頁4。
〔58〕 同上書，卷四，頁5。
〔59〕 同上書，卷四，頁7，"語忘敬遺"為二鬼名。
〔60〕 俞樾《茶香室續鈔》卷二一，《筆記小說大觀續編》第16冊，頁2～3。

科學的研究,這些證據卻提供線索以便更進一步探討至今所知甚少的傳統中國嬰兒死亡率。

最後,必須一提的是救荒、濟貧、施棺和義冢等制度之實踐;這些制度都與人們的生死有關。對於傳統中國的救荒制度和活動,近年來出現不少的論著。[61] 救荒制度若運行得當,無疑在饑荒時有助於減少死亡人數。[62] 至於濟貧的措施,清代各城市裏,往往有官方設立的養濟院和民間捐建的普濟堂;這些機構的宗旨是救濟貧苦無依的老人和孀婦孤兒。[63] 如果這些機構經營得好,則救濟窮人就是保護他們的生命。

施棺和義冢也是重要的慈善工作,地方志中也記載這類建置和活動。在此以武進陽湖兩縣爲例,説明這種活動之普遍性。武進和陽湖縣城内分別設有存仁堂和同仁堂,從事製棺收埋路尸及施棺給貧民之不能殮者。嘉慶十六年(1811)由邑紳趙翼(1727～1814)等人呈請立案,凡有水陸路斃浮尸,不必傳地主地鄰,均由堂董辦理報驗和掩埋。這種辦法最初因經費不足,只施行於近城五里以内,後各鄉聞風集費,陸續開辦。於是,在道光四至二十一年間(1824～1841),武進縣鄉間共設立 72 個善堂(各有堂名),附入存仁堂,在道光十三至二十一年間(1833～1841),陽湖縣鄉間共設立 21 堂,附入同仁堂,辦理收尸掩埋的工作。[64] 義冢之設立,有的是官建,有的是士民捐建。例如,江寧府屬各縣之義冢多由士民捐置。[65] 而徽州府因有停喪不葬之習俗,

---

〔61〕 Pierre-Etienne Will, *Bureaucratic et famine* en Chine au 18e siècle, Paris: Mouton Editeur, 1980; R. Bin Wong, and Peter C. Perdue, "Famine's Foes in Ch'ing China," *Harvard Journal of Asiatic Studies*, Vol. 43, No. 1, June 1983, pp. 291～331; Lillian M Li, "Introduction: Food, Famine, and the Chinese State," *Journal of Asian Studies*, Vol. 41, No. 4, August 1982, pp. 687～710;劉翠溶、費景漢《清代倉儲制度功能初探》,《經濟論文》第 7 卷第 1 期, 1979 年,頁 1～29;劉翠溶《清代倉儲制度穩定功能之檢討》,《經濟論文》第 8 卷第 1 期, 1980 年,頁 1～31。

〔62〕 如《江南賑饑記》云:"均賑四月有奇,日全活數百萬生靈",見《重刊江寧府志》卷五六,嘉慶十六年修,光緒六年刊,臺北:成文出版社,頁 19～21,此處 "數百萬" 當解釋爲 "數百" 較妥。

〔63〕 例如,常州府城内的普濟堂收養老人 60 名,發給孀婦孤兒 150 名,見《武進陽湖合志》卷五,光緒十二年刊本,臺北:成文出版社,頁 32,參見夫馬進《善堂、善會の出發》,頁 205～207,梁其姿《明末清初民間慈善活動的興起——以江浙地區爲例》,頁 304～331。

〔64〕《武進陽湖合志》卷五,光緒十二年刊本,臺北:成文出版社,頁 31～34。

〔65〕《重刊江寧府志》卷一二,嘉慶十六年修,光緒六年刊,頁 17。

故清代有些地方官倡建義冢,以矯此俗。[66] 從個人的角度來看,施棺和義冢等善舉固然可能帶給當事人善報。更重要的是,從社會的角度來看,適當的處理路上和水道中的尸體,無疑的可以改善環境衛生,有益於生者的居住。

　　總之,以上所舉文字叙述性之資料涉及人們之婚姻和生死,雖嫌零星而無系統,但這些態度與制度之證據並非與人口特徵毫無關聯;將這些非量化資料與第二節的量化資料合起來看,也有互相發明之處。

四、結　　論

　　長江下游地區都市化的現象在明清時期較唐宋時期曾有更進步的發展。不僅是市鎮的數量有所增加,而且市鎮的性質也有所改變,尤其是出現於長江下游核心區的專業市鎮,更是前所未有的。

　　以族譜爲基礎進行的人口統計分析,證明在城居人口與鄉居人口之間,人口特徵有一些不同之處。城居男子有較高的再婚率和納妾率,因而生育率較高。城居男子的死亡率則似乎與鄉居者之水準相近。至於由鄉至城的遷移活動,對於長江下游地區在十八世紀的都市化相當有利,而十九世紀中葉以後,上海逐漸成爲中國最大的城市也與此種方向的遷移活動有關。

　　至於涉及人們之生死和婚姻的一些態度、心態與制度,雖然資料零星,但也足以提供一些見識,以便更深入瞭解統計發現的人口特徵。

　　本文試以文字的和數量的資料配合探討長江下游地區的都市化現象,已得到一些結果,然而,更全面和有系統的研究仍尚待今後繼續努力。

※ 本文原載《經濟論文》14 卷 2 期, 1986 年。
※ 劉翠溶, 美國哈佛大學博士, 中央研究院院士, 現任中央研究院臺灣史研究
　所特聘研究員。

---

〔66〕　休寧知縣廖騰奎有《義冢記》,見《休寧縣志》卷七,康熙三十二年刊本,頁 91～92;黟縣知縣謝永泰捐置義冢,又著有《勸葬集證小引》,見《黟縣三志》卷一一,同治七年刊,頁 27、30;《歙縣志》列有官義冢三所,見《歙縣志》卷三,1937 年鉛印,頁 3。

明清時代江西墟市與市鎮的發展

劉石吉

導　論

“物華天寶、人傑地靈”的江西，自從唐宋以來，即已成爲江南經濟核心區的一部分；降及明清時代，這裏更是“物産繁多，品質精美，馳名中外，領袖江南”。[1] 由於水運交通的便捷，手工業的發達與商品經濟的發展，江西在全國經濟上佔有極爲特出的地位。

江西居揚子江中游左岸，向稱土廣民衆之區。全省面積計六十萬三千四百餘方里，人口在十九世紀後期約有二千五百萬人。地勢則東西南三面爲南嶺與大庾嶺之本支各山脈如：仙霞嶺、懷玉山、武夷山、九連山、大庾嶺、羅霄山、九嶺山、幕阜山等所圍繞。而鄱陽湖附近，贛江下游與撫河以西，平原擴展，沃野千里，地理條件優越，物産豐富，礦藏繁多；森林、木材，均極充裕，農村副業極爲普遍。江西稻田佔可耕地的 75%，稻米無疑是全省最主要的農産品兼糧食作物，每年産量將近四千萬石。但江西經濟之最大特色，實在於手工業之發達。其中紙、茶、瓷器、藍靛、烟葉、鎢砂産量都居全國首位，苧麻、夏布、藥材、木材也都聞名全國。而便捷的水運系統，更是各類産物商品化及省內貿易發達的重要因素。贛江貫穿南北，爲全省交通及商業動脈；小民船可至瑞金，打開生漆、烟草、夏布、苧麻産區，北下吉安府納萬安、遂川的紙及永豐的麻、夏布。過樟樹鎮，有袁水來會，帶出宜春、新喻的麻和紙；過豐城，抵市汊，取瑞州的紙、苧麻、夏布；市汊北上即南昌，有撫河自福建挾撫河流域的糖、米、夏布、苧麻、紙集散於南昌。贛水再北，入鄱陽湖，抵吳城鎮。湖西修水爲運輸義寧茶、油菜、柏油、桐油的

---

〔1〕 引自《中國農村經濟研究參考資料選輯・江西卷》，頁 114～115，參見：賴澤源《歷史的啓示——從江西農村經濟的歷史探索現階段發展的戰略思路》，《農業考古》1987：1。

重要路線，自西而東，匯集於吳城鎮。贛東之昌江、信江（錦江）源自安徽、浙江；昌江北支承祁門紅茶、景德鎮瓷器，南支承婺源綠茶、樂平的藍靛。信江連接常山、玉山，集河口鎮的紅茶、廣豐的烟草、鉛山及貴溪的紙，由瑞洪入鄱陽湖，在吳城鎮匯合，自吳城越湖經姑塘、湖口、九江後，運至長江兩岸。這樣完整的天然水道網絡，把全省各地重要物產陔覽無餘。[2]

　　江西素稱“吳頭楚尾、粵腹閩庭”，處於中國東南半壁江山的中心地帶。在近代鐵路、公路興起之前，中國北方各省與嶺南的交往，最爲便捷的就是經大運河入長江，然後進鄱陽湖經贛江而達贛南，再過大庾嶺通廣東，經廣州出海。所以，江西一直是全國南北交通的咽喉要道，是水運交通的一個重要樞紐。江西的作用、地位和影響，都是全國性的。由於水運交通的便捷，加以經濟發達、物產豐富，江西商人依靠大宗的米、瓷、夏布、木材、茶、紙等商品，活躍在國內市場上，形成了實力雄厚、經營有道的“江右商”（又稱“西幫”）。“江西商人遍佈於長江上游各省，遠及雲貴、四川，下迄淮揚、滬瀆，而尤以湖南、四川爲最多，且恒操其金融之樞紐，西幫之名，震躍一時，其盛況與同時之山西（商人）相頡頏”。[3] 隨著商品經濟的發展，江西境内興起了一批繁榮的城鎮，省城南昌外，1861 年成爲通商口岸的九江爲全國四大米市和三大茶市之一。除各縣城外，各市鎮之大者甚多：景德鎮躋身於全國四大名鎮之中，而樟樹、河口、吳城鎮在省內則與景德鎮齊名。此外較著名的是南昌境内的市汊、荏港，安仁縣的鄧埠，上饒縣的沙溪，玉山縣的三里街七里街，廣豐縣的洋口墟及五都墟，鉛山縣的石塘鎮，弋陽縣的大橋及漆工，貴溪縣的上清，廣昌縣的白水，金溪縣的許灣，新淦縣的三湖，分宜縣的桑林，萍鄉縣的宣風鎮等，都是地方貿易的中心或臨近村莊的交易據點，其中不乏由原始的墟市發展起來的。

　　本文上篇嘗試利用地方志資料，統計分析江西省各府縣的墟市與市鎮。下篇則集中論述樟樹、河口、吳城、景德四大鎮。除景德

〔2〕　Imperial Maritime Customs, *Decennial Reports*, 1882～1891, p. 221. 以上這段論述大致參考謝世芬《九江貿易研究（1861～1911）》（臺灣大學歷史研究所碩士論文，1977年）。

〔3〕　《中國農村經濟研究參考資料選輯·江西卷》，頁23。（見之於賴澤源，前引文）

鎮僅作簡略重點敘述外，其餘三個鎮則儘可能爬梳各類方志、調查報告及統計資料，做一詳細分析。至於省城南昌、九江口岸及各府縣城，則不在本文主題之論述範圍。

上篇 江西墟市發展的分析

明清兩代，江西省由於農村經濟的商品化，傳統手工業的發展，水陸交通運輸的發達，因而推進了社會分工的擴大，促進了商品經濟的繁榮，進一步加強了小生產者家庭對市場的依賴，帶來眾多農村墟市的蓬勃發展。這種農村經濟社會結構的變化，是明清時期中國各地農村墟市集鎮勃興繁榮的背景。這類村鎮墟市，遍佈在廣大的中國農村中，是鄉村產品的主要市場，也是中國農村社會文化組成的基本單位。宋代以降，以迄近代，這類墟鎮的發展是中國社會中極顯著現象。我們從日本學者斯波義信最近對宋代江南經濟史的綜合研究，[4] 前此山根幸夫對明清華北農村定期市的研究，[5] 以及加藤繁有關清代分佈南北各地村鎮中的定期市的研究，[6] 都可看出這個顯著的歷史發展。美國學者施堅雅（G. William Skinner）進一步把這類鄉村市場的階層性結構加以理論化與模型化，用來解釋十九世紀中國各級城市市場的結構特徵。[7] 最近學術界也針對農村墟市與城鎮的歷史發展，做了某些特定區域的研究，例如：李國祁研究浙江、山東市鎮，[8] 葉顯恩、譚棣華、李龍潛、林和生研究廣東墟市，[9] 高

---

[4] 斯波義信《宋代江南經濟史の研究》（東京，1988）；《宋代江南の村市と廟市》，《東洋學報》44:1~2（1961）。

[5] 山根幸夫《明清時代華北における定期市》，《史論》8（1960）。

[6] 加藤繁《清代に於ける村鎮の定期市》（王興瑞譯《清代村鎮的定期市》，《食貨》半月刊，5卷1期，1937年1月）。

[7] G. William Skinner, "Marketing and Social Structure in Rural China", *Journal of Asian Studies.* , 24:1~2(1964~65); "Marketing Systems and Regional Economies: Their Structure and Development", (Beijing,1980,unpublished); G. W. Skinner, ed. *The City in Late Imperial China.* Stanford,1977.

[8] 李國祁《十六世紀後期至廿世紀初期山東萊州府的市鎮結構及演變》，《師大歷史學報》8(1980)；《清代杭嘉湖寧紹五府的市鎮結構及其演變初稿》，《中山學術論文集刊》27(1981)。

[9] 葉顯恩、譚棣華《明清珠江三角洲農業商業化與墟市的發展》；收入《明清廣東社會經濟研究》，廣州，1987；李龍潛《明清時期廣東墟市的類型及其特點》；《學術研究》1982:6；林和生《明清時代廣東の墟と市——傳統の市場の形態と機能に關する一考察——》，《史林》63:1(1980)。

王凌研究四川的場市,[10] 戴一峰就閩江上游墟市所作的研究等,[11] 都有了顯著的成果。

墟市或集市貿易,是中國城鄉傳統的商品交換形式。根據古代文獻記載,它的前身,名稱繁多,最初稱爲"市";南北朝後,長江流域及北方農村稱"草市",南方農村稱"墟市";西南地區特別是四川叫"亥市"。有些地方稱村市、山市、野市、子市、早市、廟市、草墟、村墟、水步、山步、道店、莊店、草店、野店等,不一而足。[12] 唐宋時代,凡州治、縣治所在的都市,以及所謂"鎮市"的小都市及村落中,都開有定期市。這類定期市,歷元、明、清三代而益盛。在宋代,定期市通常稱爲市、市集、會、會集、墟、墟市、集、集場等;在清代,一般叫做集、市或集市、市集。而趁定期市則謂之"趕集"、"趁墟"、"趕場"、"市合"等。[13] 誠如加藤繁所説,清代中國村鎮的定期市,是地方經濟的動脈,它經歷了幾世紀演變,直到二十世紀,並未因現代化過程中外來勢力的影響而衰頹没落;相反的,透過其階層性的結構,逐漸與各市鎮、都市等國內外市場相聯繫,因而構成一個整體性的貿易網絡。從本文附錄各表所做江西各府縣墟市市鎮的統計中,可以看出從十六至二十世紀初年,江西各地集市墟鎮有不斷增加的趨勢,這與本文作者以往研究太湖流域的市鎮發展,[14] 以及加藤繁統計南北各省的定期市(不包括江西省),其結論是相符的。而根據最近出版的《中國集市大觀》一書的估計,1986 年全國的集市數量是 67 610 個,比 1978 年的 33 302 個增加 34 308 個,可謂迅猛神速;而集市貿易額的增加更屬空前。其中江西省的大中型集市(上市人數五千至一萬人爲中型集市,一萬人以上爲大型集市),據保守估計,仍有 117 個,大多屬於綜合性集市,少數則爲專業集市。[15] 以明清兩代江西撫州爲例,可看出該府在嘉靖年間(1522 ~ 1566)有集市 54 個,雍正年間(1723 ~ 1735)減爲 43 個,光緒年間(1875 ~ 1908)則增至 115 個,其他臨江、建昌、袁州各府均有所遞增。由於各地方志品質參差不齊,記載詳略有別,我們幾乎不可能作全面

---

〔10〕 高王凌《乾嘉時期四川的場市、場市網及其功能》,《清史研究集》1984:3。

〔11〕 戴一峰《近代閩江上游山區初級市場試探》,《中國社會經濟史研究》1985:3。

〔12〕 培植主編《中國集市大觀》,中南工業大學,1988,頁 3。

〔13〕 加藤繁,前引文。

〔14〕 參考劉石吉《明清時代江南市鎮研究》,中國社會科學出版社,1987。

〔15〕 《中國集市大觀》,頁 8,頁 280 ~ 303。

概括性的統計;但從現有零星的資料中,可以看出直到十九世紀末年,中國南北各州縣的集市墟鎮仍然有增無已。在商業化程度較低的地區,集市的增加仍是顯著的現象,如安徽西北部的亳州,據州志:

> 亳州村集,順治志所載共三十有九,乾隆五年志共六十有四,道光五年志共九十有五。咸豐、同治間歷遭兵燹,又以十三保分撥渦陽縣,今除城內、城關之外,共得八十有二,雖不及道光中之數,然較之乾隆以上則遠勝矣。人物蕃庶,日增月盛,於此可概見焉。[16]

江西南昌府在同治年間有市鎮及墟市 117 個,直到 1935 年版的《南昌縣志》卷四 "市鎮" 條,仍然有如下清楚的記載:

> 南昌村居稠密,每七八里或三數里輒有墟市,每市所屬皆數千戶,大者近萬餘戶。而市肆多者不過數百,所積之貨皆日用之需。其運售於遠道者獨穀米,其來則以棉花。雖曰魚米之鄉,實耕織爲業。市多濱河,西成之後遠賈爭集,帆檣林立,人多醉飽,則景象殊熙熙然也。[17]

綜合南昌地區與附錄表所列廣信府各墟市的商業情況,可見商業化與都市化發達的地區,傳統的鄉村墟市仍然相當興旺,如廣豐縣的五都墟與洋口墟:

> 五都墟,縣東十五里,路通浦城,產靛青、竹木,一四七日爲墟期,鄉民聚集,貿易用米麥,商民千餘家。洋口墟,縣西三十里,產烟葉、菜油,二五八爲墟期,客商販運聚集之所,行鋪千餘家。[18]

這種規模的墟市,雖然仍維持墟期的特色,但已接近一個大市鎮。一般鄉民以其生產品透過墟市而提供於各城市及外地,各村鎮所無的生活必需品亦賴此由都市及外地引入。各村鎮中雖有常設的商店,但定期市似乎是主要的商業交易場所,例如高安縣的凰鳴巷市,"邑民貿遷六畜者,日中爲市,交易而退";[19] 又如盧陵縣城內的小市,曾經是 "民居與賈肆並列",[20] 所屬張家渡的秋季會市則 "百貨充

[16] 光緒《亳州志》卷二,頁14a。
[17] 《南昌縣志》(1935)卷四,頁2b。
[18] 同治《廣信府志》卷一,頁51a。
[19] 崇禎《瑞州府志》卷六,頁17。
[20] 《盧陵縣志》(1920)卷三,頁13b。

斥，尤爲繁盛”。[21] 雖然“墟市之大者，鄰邑鄰省貨物皆至”，[22]
但一般來説，“墟市不過布帛菽粟，物無淫巧，無他大利”。[23]

有些學者將上述五都墟、洋口墟等類墟市稱爲“基本墟市”，它
介於“原始墟市”與市鎮之間，是集聚土産品以供應外地市場的起
點，又是家庭需要的消費品銷售終點。它依賴高一級的墟市（市鎮）
銷售其聚集起來的農産品和手工業品，又將外地運來的貨物銷售給
當地居民，它起了承上啓下的作用，是商品經濟流通網絡中最基本
的環節。[24] 施堅雅也將這類鄉村集市區分爲“標準市場”（standard
market）、“中介市場”（intermediate market）與“中央市場”（cen-
tral market）等階層性的網狀結構：透過這種階層性的市場體係，傳
統中國鄉村地區的重要産物如生絲、茶、糧食等，無不由此成爲商
品，而與海內外市場進行著大規模的貿易活動。[25] 施堅雅的“中介
市場”，實際上就是上述的“基本墟市”。一般説來，我們從明清兩
代江西各地方志中，所見常是墟、市、鎮混同並舉的；這表示它們
的功能已經大爲混淆而不能區分，也表示各個不同發展階段的市場
的雜然並陳。（附表所列新喻縣的墟市均有墟期，多數接近鄉村原始
墟市；相對的，《萍鄉縣志》所列只有市鎮，並有詳細的户數與街
長，它們的發展，已經脱離原始墟市的階段了。廣信府各縣的墟市，
“市鎮化”與商業化的程度也相當可觀）。

在清代,墟市的設置及其組織有頗爲精密者。許多方志對於墟市
的開市地點、距離縣城的位置以及墟期,甚至其附近所屬村莊、墟市交
易內容等,都有詳細的記載。同治《新喻縣志》列舉境內各市、墟之位
置及集期非常詳細,其中的鵠山墟、天井墟、東下墟、高湖墟,更標明是
明正統年間設立的,武林市在宋代以前即已存在,潁江墟則爲清道光
年間所建(附錄“新喻縣墟市表”)。上猶縣的清湖墟爲咸豐初年所
開,中稍墟、石崇墟分別開於同治及光緒年間。[26] 分宜縣的桑林墟開

〔21〕 乾隆《廬陵縣志》卷六，頁51b～52a。
〔22〕 乾隆《龍南縣志》卷二，頁43b。
〔23〕 乾隆《信豐縣志》卷二，頁22b～23a。
〔24〕 葉顯恩、譚棣華，前引文。
〔25〕 G. William Skinner, "Marketing and Social Structure in Rural China", Part Ⅰ。
〔26〕 光緒《上猶縣志》卷二,頁26b。

於乾隆年間,並立有墟長。[27] 樂安縣的嚴城市,即詹墟,爲宋朝景佑年間進士詹鎬所創。[28] 此類墟市之設,道光《定南廳志》的記述可爲代表:

> 建縣之初,未有墟市,貨物皆之鄰縣貿易,一遇淫潦,民皆束手。萬曆十一年知縣章瑩立墟市於城隍廟前,僉立墟長,較定稱錘斗斛,釐戥丈尺,物價照時,每月以三、六、九日爲期。國[清]朝順治丁酉移於城外,今復於城中。萬曆十三年下歷司巡檢虞廷用呈請本縣設立下歷墟,以一、四、七日爲期。十六年大石堡鄉民呈請設立鵝公墟,以二、五、八日爲期,伯洪堡鄉民呈請設立天花墟,以三、六、九日爲期,後兵燹頻仍,三墟尋廢。國朝順治九年,縣令祝添壽查令復行,鄉民稱便。[29]

集期一般以旬爲單位,或每十日開三次(如一四七、二五八等),或每十日開四次,或每二日一次(即十日開市五次,亦即雙日市、隻日市之分)。開市最多的是每日市,江南一帶及安徽、江西境內極多市鎮均爲每日開市。在明清時代,各地方墟市的設立及廢止都必需呈請知縣等地方官署裁可,地方政府在地方貿易活動上扮演了一定的角色;透過對墟市及牙行的控制,也控制了度量衡制與物價。但大致説來,在自然經濟仍佔優勢、商品經濟尚未發達的僻遠農村地區,地方官員及縉紳負責開創各類集市墟場以從事買賣交易,基本上是一種便民的措施。[30]

墟市的貿易範圍,如前所述,有的甚至擴及鄰省;但一般僅做爲附近各村莊農户日用品及初級產品的交易中心而已。同治《泰和縣志》在每鄉之下,列舉所管之都及墟、市;[31] 康熙及同治《廣昌縣志》則列舉每里所專屬之墟市;[32] 乾隆及同治《新城縣志》在每鄉之下,條列所

---

[27] 同治《分宜縣志》卷一,頁 6a。
[28] 康熙《樂安縣志》卷一,頁 21a。
[29] 道光《定南廳志》卷一,頁 18b～19a。
[30] 楊聯陞 (Lien-sheng Yang)在"Government Control of Urban Merchants in Traditional China"(《清華學報》新 8 卷 1 期,1970)一文中,論及明清政府恤商、保商的觀念,以爲政府對商人的態度尚屬寬大,其統制措施亦日趨和緩。若從各地方官普遍開設墟市、鼓勵鄉民從事地方貿易活動來看,明清地方政府在地方商業活動與市場體系的運作中,或許有相當積極的作用。
[31] 同治《泰和縣志》卷四,頁 19b～21a;光緒《泰和縣志》卷二,頁 16a～17a。
[32] 康熙《廣昌縣志》卷一,頁 36a;同治《廣昌縣志》卷一,頁 48a～50a。

轄之都名、村、鎮、市數及其名稱,例如該縣所屬旌善鄉之十九都:[33]

　　十九都　村十市鎮一

　　李原　焦原　北門渡　西洲　澄潭　黄原　涂田　楊塘　宵家段　下爐　鍾田鎮

　　同治《玉山縣志》更詳細列舉所屬十個鄉之人口、所轄之都,各都所領之村數、村名及市鎮名稱。總共玉山縣 40 個都所轄 31 市鎮, 共領 195 村, 居民約共 35 060 人; 平均每一市鎮領 6.3 個村, 服務人口約爲 1 131 人, 可以大略視爲市鎮的 "市場圈" 或 "服務區"(參考附録 "玉山縣村鎮人口表")。

　　墟市的交易内容, 一般爲米糧蔬菜和茶鹽農具之類; 但在江西境内, 有不少專做某一商品交易的 "專業墟市" 出現, 較顯而易見的, 例如同治《新淦縣志》所載各墟市:[34]

　　城東墟, 花布專行, 列肆駢集。

　　迎春門外墟, 米市及牲口行。

　　賓暘門外墟, 米市及猪行。

又康熙《餘干縣志》所載的盤田墟:[35]

　　萬春鄉有古埠市, 舊有盤田墟, 其土出黄布, 每秋中北人以絲綢來貿易, 里諺云: 君有一尺絹, 我有五尺布, 相與值貿之, 麄者不貧, 細者不富。

又都昌縣的周溪市, 據同治《南康府志》:

　　周溪市, 在縣治東六十里, 濱湖, 巡檢司駐扎。近來烟葉日多, 故貿易並集於此。

　　同邑的徐家埠與高家埠, 均以木行集中, 商買如林。[36] 前舉廣豐縣的五都墟産靛青、竹木, 洋口墟則專以烟葉、菜油交易爲主, 兩墟商民均有千餘家。

　　這類專業墟市主要是聚集本地出産的某一産品, 並作爲向外地市場推銷的起點; 亦即爲滿足專門生産某一産品的小生産者銷售其産品的需要而設置的。在明清兩代的華中華南地區, 隨著各地專業作物的生産,

〔33〕　乾隆《新城縣志》卷一, 頁 32a~38a; 同治《新城縣志》卷一, 頁 1a~7b。十九都見同治志, 卷一, 頁 4a。

〔34〕　同治《新淦縣志》卷二, 頁 24b。

〔35〕　康熙《餘干縣志》卷二, 頁 20b。

〔36〕　同治《南康府志》卷五, 頁 45b~46b。

專業化的商品性農業區域的形成,各種專業墟市及市鎮也應運而興。[37]
在江西,這種專業貿易的墟市最著名的則是寧都及興國縣的夏布墟。
據《興國縣志》:

> 績苧絲織之成布,曰夏布,土俗呼爲春布。一機長至
> 十餘丈,短者亦八、九丈。衣錦鄉、城寶鄉各墟市皆賣夏
> 布。夏秋間每值集期,土人及四方商賈雲集交易,其精者
> 潔白細密,建寧福生遠不及焉。[38]

又據《植物名實圖考》引《苧略》:

> 江西之撫州、建昌、寧都、廣信、贛州、南安、袁州,
> 苧最饒,緝纏織線,猶嘉湖之治絲。宜黃之機上白,市者
> 鶩其名,然非佳品。寧都州俗,無不緝麻之家,敏者一日
> 可績三四兩,鈍者亦兩以上。……夏布墟則安福鄉之會同
> 集,仁義鄉之固厚集,懷德鄉之璜溪集,在城則軍山集。
> 每月集期,土人商賈,雜遝如雲,計城鄉所產,歲鬻數十
> 萬縝,女紅之利普矣。《石城縣志》亦曰:石邑夏布,歲出
> 數十萬疋,外貿吳、越、燕、亳間。贛州各邑皆業苧,閩
> 賈於二月時放苧錢,夏秋收苧,歸而造布,然不如寧都布
> 潔白細密。[39]

這種規模的夏布墟集,已超越一般鄉村市場的範圍,而成爲省
際貿易的主要商品了。如建昌府廣昌縣境內,據清末的一項調查云:

> 市鎮生意,以甘竹、白水、頭陂、驛前爲最,其次則
> 尖峰、小南、長橋、高洲暇等處墟市。出口貨以夏布爲大
> 宗,杉木、澤瀉、烟葉、冰糖次之;進口貨以苧麻爲大宗,
> 藥材、棉布、洋貨次之。販自鄰省鄰縣者,以紙張爲最,
> 油糖次之。……婦女均以績麻爲事,所織夏布,每年約出
> 二萬餘疋,運銷山東、山西、河南、福建等省,價值約三

---

[37] 參考:葉顯恩、譚棣華,前引文;劉翠溶《明清時代南方地區的專業生產》,《大陸雜誌》56:3、4 (1978);劉石吉《明清時代江南地區的專業市鎮》,收入《明清時代江南市鎮研究》。

[38] 道光《興國縣志》卷一二,頁19b。(同治志所載相同)

[39] 〔清〕吳其濬《植物名實圖考長編》(臺北:世界書局影印本,1962)卷一四,"苧麻"條。

萬餘金。[40]

盛産夏布的萬載縣，其境内鄉鎮如大橋有布行七家，潭埠、金樹各有布行三、四家；每年出産夏布常達萬餘卷，湘鄂客商，多直接至此採辦；布號營業，活動於蘇、浙、皖各大埠，其中以無錫所銷者最多，甚至有遠銷至高麗仁川及臺灣者。[41] 這種專業化的集市，其交易額顯然極大；有不少來自外地的客商活動於其中。經由此種鄉村墟集貿易，江西的夏布才能透過各大城鎮轉運至國内外市場。這類規模的夏布墟市與夏布專業市鎮，與清中葉後廣東珠江三角洲的絲墟、蠶市，及明清時代長江下游地區的棉織及絲織專業市鎮，都反映了地方小市場向初級市場的過渡，有的甚至發展成爲著名的手工業市鎮。市鎮的規模比一般墟市大，貨物品種繁多，所謂"百貨叢集"是也；它的商品流通量亦大。在市區範圍内還設有不同數量的小市，以及行、欄等，常日開市，但又常保持原有的墟期不變。它既有一定區域範圍内商品集散的功能，又有滿足周圍小生産者經常性對市場要求的作用。無論從規模、商品流通量，或從市區設備、市民階層結構看，都表明了市鎮是農村墟市發展的高級形式。它對農村中的基本墟市及專業墟市，都具有相對支配作用。在清代，它常與外地的市鎮，建立了一定的聯繫，甚至進一步同國際市場發生了密切的關係。[42] 這在明清時代的江西省，最顯著的例證莫如馳名中外的"瓷都"景德鎮、"茶市"河口鎮、"藥都"樟樹鎮以及轉口要地的吳城鎮。

下篇　江西的四大鎮

（一）樟樹鎮

樟樹鎮屬清江縣，在縣城東北三十里，介於豐城、新淦之間，原爲新淦縣城，隋開皇年間建鎮，又名清江鎮。[43] 明初曾設巡檢署，乾隆

---

〔40〕〔清〕傅春官《江西農工商礦紀略》(1908)，建昌府廣昌縣，頁5~6。

〔41〕胡邦憲《江西萬載苧麻之生産貿易及其利用狀況》，《經濟旬刊》7卷18期，1936年，收入《江西近代貿易史資料》（江西人民出版社，1988），頁247~249，直到最近，上饒縣沙溪鎮的苧麻專業市場，每天成交金仍達七萬元，參見《中國集市大觀》，頁292。

〔42〕參考葉顯恩、譚棣華，前引文。本文對於明清江西墟市的初步探討，可以印證並比較葉、譚兩氏關於同時代珠江三角洲農業商業化與墟市發展的研究結論。

〔43〕乾隆《清江縣志》卷六，頁1a；卷四，頁23b。

年間裁廢；臨江府通判、照磨均駐此鎮。[44] 乾隆《清江縣志》云：

> 樟樹鎮，江西一都會也。山水環繞，舟車輻輳，爲川
> 廣南北藥物所總匯，與吳城、景德稱江西三大鎮。地勢與
> 城邑相犄角，文物亦與城邑相頡頏，非他市可比。[45]

在明清時代，樟樹鎮是全國有名的藥材市場。此藥市有一千七百多年的歷史，號稱“藥碼頭”。乾隆縣志記此地，“民勉貿遷，或徒步數千里，吳、粵、滇、黔無不至焉。其客楚者尤多，惟蘗木藥材之利甲諸郡”。[46] 清人有詩形容其盛況云：

> 市語喧騰滾麴塵，萬家烟火接魚鱗，
> 軍門鼓角尊雄鎮，估貨帆檣集要津。

又云：

> 吳商蜀估走駸駸，塵市無關物外心，
> 老體扶持須藥物，秋容點綴得楓林……
> 不見當年古樟樹，數行衰柳映江潯。[47]

樟樹爲江西中部的重要商業中心，位於袁水與贛江之交流處，爲贛江中流以上民船所必經，遠較附近各縣城繁庶。同治《清江縣志》曾載：“鎮市則以樟樹鎮爲最著，闤闠千家，商賈四集。”[48] 此鎮除藥材市場外，鎮內並多糧行及夏布行，爲一重要的米市，是附近萍鄉、宜春、分宜、新喻及袁水流域各縣的米穀集散中心，每年經由此地輸出的米糧達十萬擔以上。[49] 民初估計人口達三萬，僅次於南昌省城、九江市、吉安縣城、景德鎮等少數大城。[50] 在五口通商之前，樟樹常被認爲是江西境內第二大鎮。據清末的一項調查報告說：

> 江省各處市鎮，除景德鎮外，以該縣〔清江〕所屬之

---

〔44〕《大清一統志·嘉慶》，江西省臨江府。

〔45〕乾隆《清江縣志》卷八，頁24b。

〔46〕乾隆《清江縣志》卷八，頁3b~4a；同治《清江縣志》卷二，頁87b。

〔47〕乾隆《清江縣志》卷二三，頁22b、23a。

〔48〕同治《清江縣志》卷二，頁9b。

〔49〕《江西糧食調查》（1935；東京，1940，日譯本），頁17。清代江西盛産米糧的地區主要是南部的贛州、建昌、寧都及南安各府，有大量餘糧可外運。北部的南昌、九江、南康、饒州及中部的瑞州、吉安、臨江等府米糧大致只能自給；若遇荒歉，必需依賴少量外糧輸入。參見：陳支平《清代江西的糧食運銷》，《江西社會科學》1983:3。

〔50〕《江西之米穀》（出版時、地不詳），頁88、102、112。

樟樹鎮爲最盛。昔時江輪未興，凡本省及汴鄂各省販賣洋貨者，均仰給於廣東。其輸出輸入之道，多取徑江西。故內銷之貨，以樟樹爲中心點；外銷之貨，以吳城爲極點。自江輪通行，洋貨之由粵入江，由江復出口者，悉由上海徑運內地，江省輸出輸入之貨減，樟樹、吳城最盛之埠，商業亦十減八九。樟樹距臨江府城三十里，自吉安以下至省，以此鎮市面爲大。其貿易品以藥材爲多，歲額數十萬元，產瓜子歲值二十餘萬元，將來可望振興。[51]

樟樹鎮的地理位置優越，交通條件得天獨厚。五口通商之前，從廣州北上南雄，越大庾嶺至贛南，經贛江北上南昌、九江，經鄱陽湖，接長江的交通線，是明代以來中國境內最重要的南北交通商道之一，而樟樹正居贛江主流的中點。爾後浙贛鐵路經此橫貫東西，南昌井崗山、清江萍鄉公路也交匯於此。這裏氣候溫暖多雨，適宜各種中藥材的種植，盛產橘殼、黃枝子、陳皮等藥材。在明末，袁河兩岸及贛江南岸，自三湖至樟樹綿延五、六十里，遍地種植橘樹。根據李時珍《本草綱目》載，"橘殼生商州川谷，九月十月採；陰乾。今各西、江、湖、州郡皆有之，以商州者爲佳。"當時做爲貢品的商州橘殼，即江西橘殼（以產於南豐爲有名），不僅產量高，而且品質優良，行銷遠近。直到清末，柑橘仍爲清江縣土產大宗。[52]

明末清初，樟樹鎮的藥業最爲興旺，約有二百餘家藥鋪。藥行的經營方式專爲四方客商及藥材生產者代購、代銷、代存、代運、代墊運雜費，並接待客商住宿，以致當時四方客商絡繹不絕。來自各地的藥材，如湖北英山、羅田的茯苓，浙江龍游、蘭溪的蜂蜜，義烏、巍山的玄參、玄胡、白術，福建浦城的厚朴，建甌的澤瀉，安徽桐城的桔梗、秋石，歙縣的棗皮、菊花等藥材，每次運至樟樹銷售的達千件以上。此外，有自營販運業務購銷遠運的藥材號，如專營洋廣貨的"廣浙號"；專售西北、西南、東北各省出產藥材的"西北號"。他們在湘、漢、粵、桂、禹、祁、川、陝等地遍設分莊，並在湘潭、漢口、重慶等大商埠普設專店，連接樟樹形成四大據點，

〔51〕傅春官，前引書，臨江府清江縣，頁8下~9上。

〔52〕黃長椿《江西古代柑橘栽植小史》，《農業考古》1984：2；《樟樹的中藥事業》，《江西文史資料選輯》1982：4，頁100~107；傅春官，前引書，清江縣，頁3下。

使樟樹變成了以交易藥材爲主的中心市場。[53] 以樟樹爲主的江西藥材商幫，更在近代河北安國藥市有名的"十三幫"中，佔有重要的地位。[54] 二十世紀初年，此地每年進出口藥材數百萬斤以上；[55] 而每年的輸出額，估計約值百萬元，輸入則達二百萬元，西藥約值三、四十萬元。[56] 日本對華貿易物品中，所需要的各種藥材如黃柏皮、甘草、海人草、蜜蠟、茯苓等達一百餘萬斤。[57] 此外，樟樹的製藥工業也很發達，康熙至乾隆年間，這裏的青矾作場有一百餘家，年産五、六百斤，行銷遠近；這充分體現了明清藥店"前堂賣藥，後堂加工"的傳統。[58]

江西省三面環山，背沿江漢，沿江交通便利，又有豐富的山貨和礦産做爲手工業的原料與商品生産，所以極利於經商行賈，"浮梁賈"早聞名於唐代。[59] 而腹地山區，如廣信府的鉛山則是閩、浙、贛三省的商業要衝，商貨往來不絕，"民居輻輳，艤舟蟻集，乃東南往來之通道。"[60] 南安府的大庾，處梅嶺之中，乃贛粵南北貨之要道。所以明清兩代，俗稱"江右商"的江西商人，曾經大量外移。據明人記載：

> 豫章之爲商者，其言適楚猶門庭也。北賈汝宛徐邳汾鄂，東賈韶夏夔巫，西南賈滇僰黔沔，南賈蒼梧桂林柳州，爲鹽麥竹箭鮑木旃罽皮革所輸會。故南昌之民客於武漢，而長子孫者十室居九。[61]

江西商人除了移至兩湖外，在明代更有至登州、宣化者；而撫州府金溪商人更行賈滇、黔、蜀、楚及陝甘各地，甚至從滇黔進入

[53] 《樟樹的中藥事業》，頁 100～107；喻達志《樟樹藥業發展簡史》，《江西醫藥志》（南昌，1985），頁 115～138。

[54] 參見鄭合成《安國縣藥市調查》、《關於安國縣藥市調查》（《社會科學雜誌》3卷1、2期，4卷3期，1932～1933）。

[55] 《樟樹的中藥事業》，頁 102。

[56] 《江西省貿易概況》（1938年5月），收入《江西近代貿易史資料》，頁 107。

[57] 姚淑貞《江西之特產》，《工商知識》4卷1期（1947年），收入《江西近代貿易史資料》，頁 280。

[58] 《樟樹的中藥事業》，頁 103、107。

[59] 傅衣凌《明代江西的工商業人口及其移動》，《明清社會經濟史論文集》（人民出版社，1982），頁 187。

[60] 〔明〕張瀚《松窗夢語》卷二，頁 1 下。

[61] 〔明〕徐世溥《榆溪集選》，《楚游詩序》（引文參見傅衣凌，前引文，頁 190）。

緬甸從事商業活動。嘉靖年間，江西商人也參與了沿海走私貿易與海外活動。隆慶、萬曆年間，江西商人即在北京建立了會館。清代的江西商人，已在國內市場上居於重要地位，如茶商、木商、雜貨商、藥材商，都是其中佼佼者；而當時湖南且有"無江西人不成商場"之諺語。[62]

包括江西臨江、峽江、豐城、新喻各縣的"樟樹幫"藥商，隨著商業網的擴大，他們離鄉背井，徒步千里，深入滇、黔、川、陝各省，開店採藥；爲了掌握貨源，奪取市場，他們甚至深入產區，雇人包山培植藥材，運回樟樹銷售。明清時代，有爲皇帝治病的一些處方，常指名要採購樟樹的藥材，可謂名聞遐邇。[63] 而"藥不到樟樹不齊,藥不過樟樹不靈"的美譽,"無樟樹,不成口岸"的形容,可以說道盡了樟樹這個全國"藥都"的貨真價實與雄厚商業勢力。

(二) 河口鎮

河口鎮居上饒江左岸，屬廣信府鉛山縣，爲錦江流域最大都市。《鉛山縣志》記此鎮云：

> 河口之盛由來舊矣。貨聚八閩川廣，語雜兩浙淮揚；
> 舟楫夜泊，繞岸燈輝，市井晨炊，沿江霧布；斯鎮勝事，
> 實鉛巨觀。[64]

此地因所處地位重要，乾隆年間廣信府同知移駐於此。清末，此鎮人口一萬以上，街市長約二里。[65] 河口鎮當信河、鉛河二水交會之衝，大型民船以此爲終點；又當通福建、浙江兩省陸路交通之要衝孔道，商業殷盛。此鎮與同邑的石塘鎮均盛產竹器，在清末有竹器行五十餘家。[66] 造紙工業首屈一指，鎮中製紙場及販紙店頗多。民初此地年產著名的連史紙三萬件、關山紙十萬件、京放紙五、六十萬件、書川紙四萬擔、草紙十萬件、黃表紙八萬件。[67] 按廣信府所屬各縣爲贛省產紙之中心，據同治府志：

> 郡中生產多而行遠者莫如紙（以近閩多竹故）。上饒、

---

〔62〕 傅衣凌，前引文，頁189～193。
〔63〕 《樟樹的中藥事業》，頁103～104，喻達志《樟樹藥業發展簡史》。
〔64〕 同治《鉛山縣志》卷二，頁12b。
〔65〕 蔡源明《江西之住民與都市》，《地學雜誌》3（1931）:381～400。
〔66〕 傅春官，前引書，鉛山縣，頁4；石塘鎮，見乾隆《鉛山縣志》卷二，頁5b。
〔67〕 《工商知識》4卷2期（1947），轉見：《江西近代貿易史資料》，頁244。

廣豐、弋陽、貴溪皆產紙，其名則簾細、毛邊、花箋、方高。向惟玉山玉版紙擅名，今業之者日衆，可資貧民生計，然率少土著。富商大賈挾資而來者大率徽、閩之人，西北亦間有。[68]

此地所產之紙，多客商前來販運，其貿易範圍極大；而造紙所用之原料，頗有來自遠地者，如乾隆《玉山縣志》載：

> 紙，東北鄉出。楮之所用爲構皮，爲簾，爲百結皮。其構皮出自湖廣，竹絲產於福建，簾產於徽州、浙江，自昔皆屬吉安、徽州二府商販裝運本府地方貨賣，其百結皮玉山土產。[69]

此區出產的紙，主要經由河口鎮，運經玉山、常山，轉至上海、蘇州發售。明清時代，由此地通往浙江常山的商道，“爲雲、貴、川、廣、兩湖等省通衢，商旅差使往來絡繹。凡有行李貨物過山，均係投行，轉交歇夫店家保雇人夫挑運。”[70] 明初以後，贛江水運已頗繁盛，明廷在江西境內設有南昌、清江、臨江、吉安四個鈔關，其後九江設關，饒州、景德鎮商旅日繁，而鉛山縣的河口鎮也由二、三户人家，“而百而十”，到嘉靖、萬曆時，河口已“舟車四出，貨錙所興”，成爲“鉛山之重鎮”了。[71]

河口鎮是一個以茶市聞名中外的市鎮。關於近代中國茶的生產貿易，以及贛省山區茶的生產在全國經濟所佔的地位，前此學者論述已多，此處不擬詳述，而僅就以河口鎮爲中心的茶市略作叙論。康熙初年後，中國茶葉開始出口歐洲，以致茶成爲英國的必需品。嘉慶年間，清廷禁茶出海南運，因而安徽、福建等之茶集中至河口鎮的茶市，由此沿信江而西，轉入贛江，南下大庾嶺，用人力擔過梅嶺關，再由南雄沿北江至廣州，經十三行商人出口。而福建武夷山區的製茶工人，許多是由江西去的。[72]

---

[68] 同治《廣信府志》卷一，頁97。

[69] 乾隆《玉山縣志》卷二，頁21b～22a。

[70] 橫山英《清代江西省における運輸業の機構》，《廣島大學文學部紀要》18（1960），引《治浙成規》卷八。

[71] 吳承明《論明代國內市場和商人資本》，《中國資本主義與國內市場》（北京，1985），頁244；許滌新、吳承明主編《中國資本主義的萌芽》（北京，1985），頁85。引文出自：〔明〕費元祿《晁采館清課》卷上。

[72] 許滌新、吳承明《中國資本主義的萌芽》，頁331～336。

廣信府的上饒、玉山、廣豐、鉛山所產之茶，向以“河紅玉緑”著稱。此地位於贛省東北，與閩浙山地毗連，仙霞山脈爲自然疆界，地勢多傾斜，新安江、信江、昌江流貫其境，河道縱橫，形成深斜谷地，茶葉運輸多賴水道。此區植茶歷史悠久，尤以清光緒年間爲最盛。當時河口鎮上茶商廠號林立，不下四十餘家，一時稱盛。除一部分洋莊河紅運銷國際市場外，大都內銷，成茶以“營口”、“小種”、“杭州”爲主，運銷東北、滬、杭及福州銷售。[73] 對於當時河口鎮茶市，西人復慶（R. Fortune）有極詳盡的描寫：

> 河口鎮是一個繁盛的大市鎮，茶行林立，全國各地茶商雲集於此。許多茶商則越過武夷山前往崇安縣收購。一旦中國真正對外人開放通商，英國商人能够到內地自行採購紅茶時，他們大概會選擇河口作爲據點，從這個據點可以去武夷山和（義）寧州，也可以去徽州婺源的綠茶區。[74]

河口鎮做爲近代武夷山區茶葉對外貿易的主要轉運中心，在清代如此；在五口通商後，仍然如此。緣福建武夷山區所產的上等紅茶，幾全由商人向小茶農收購，集散於星村和赤石街，然後運往崇安賣給茶商（多爲廣東人），茶商雇苦力搬運，攀越福建與江西交界的武夷山而抵鉛山。此山道寬約六尺，上鋪小方塊花崗岩，苦力每次搬運一、二箱，約需五、六日才能到達。從鉛山裝載小船，運至河口；自河口鎮順上饒江而下，出鄱陽湖，再溯贛江而上，南達贛州，小船至南安大庾，以苦力扛負過梅嶺，抵廣東南雄，換船至韶州，順北江而下，經珠江抵廣州。此路線全程約需五十至六十日，主要是利用江西省境內的水運，在五口通商後，此路乃逐漸沒落。[75]

上海成爲通商口岸後，集中在河口鎮的茶的出口港埠漸由廣州移至上海。崇安地區的武夷紅茶運至河口鎮後，茶船逆水上行，東運至玉山，再雇苦力脚夫，運往鄰省浙江之常山，常山的茶即可順錢塘江直下杭州，再由杭州經運河，轉至上海。估算武夷紅茶由產

---

[73] 《上玉廣鉛四縣茶業調查》，《江西貿易》1（1940），頁20～21。收入《江西近代貿易史資料》，頁187。

[74] R. Fortune, *A Journey to the Tea Countries of China*, (London, 1852), pp. 262～270.（引自《江西近代貿易史資料》，頁215～216）

[75] 陳慈玉《近代中國茶業的發展與世界市場》（臺北,1982），頁38～39；橫山英，前引文，頁52～53。

地運至上海的路程時間如下：

崇安至河口鎮	（陸路）	280 里	6 天
河口鎮至玉山	（水路）	180 里	4 天
玉山至常山	（陸路）	100 里	3 天
常山至杭州	（水路）	800 里	6 天
杭州至上海	（水路）	500 里	5 天

這條"紅茶之路"總長 1860 里，需時 24 天，每箱運費約 1740 文。1845 ~ 1849 年間茶商以平均每斤 160 文的價格向小茶農收購上等茶，換算得每擔 8 兩，加上茶價以外的運費、包裝、釐金、出口稅等約每擔 6 兩，總成本每擔 14 兩，而茶商以平均每擔 22 兩的價格賣給英國商人，每擔則有 8 兩的利潤。[76]

清代河口鎮茶市極盛時，茶莊、牙行遍佈，每年由此鎮輸出茶葉十萬箱以上，不僅江西茶市所萃，而且經由廣州、上海等通商口岸，與國外市場聯繫。光緒末年後，由於日本、印度、錫蘭茶的競爭，加以此地的茶莊虧損，茶市由此移至九江，再轉至漢口，河口茶市因而凋敝。[77] 但在清代，河口鎮繁盛的茶市，直可與鄰邑的"瓷都"景德鎮相輝映媲美。以下是一個寓華西人在 1852 年對河口鎮的描述：

> 河口鎮爲中國内地最重要的市鎮之一。從河口的面積判斷並與其他城市比較，我想此地約有三十萬居民，它是紅茶貿易的一個大市場。中國各地的商人都到河口來，或者是收購茶葉，或者是把茶葉運往其他各地。河口鎮到處都可遇到大茶棧、茶行和倉庫，沿河一帶更多。停泊在市鎮附近的船隻非常之多，有載單身乘客的小船，有大的渡船以及懸挂旗幟的華美的官船。此外還有東去玉山、西至鄱陽湖載運茶及其他商品的大貨船。上海和蘇州是靠近海岸的商埠，而河口則是靠近西部腹地的商埠。[78]

（三）吳城鎮

吳城鎮屬南昌府新建縣（與南昌縣同爲附郭），瀕鄱陽湖西岸，

---

[76] R. Fortune, op. cit.《江西近代貿易史資料》，頁 216 ~ 218。

[77]《河口茶市》，《工商通訊》1 卷 22 期，1937 年，引自《江西近代貿易史資料》，頁 196。

[78] R. Fortune, *A Journey to the Tea Countries of China*. pp. 197 ~ 198.（引《江西近代貿易史資料》，頁 194）河口鎮的人口 30 萬，顯然太高估。

位於贛江及修水的交會口，爲贛江、撫河、修水流域的主要物產集中地。清初，南昌府的水利同知駐在此鎮，據乾隆《德化縣志》：

> 江右食貨充盈，省會爲最。次則如臨郡之樟〔樹〕鎮，南郡之吳〔城〕鎮，皆百貨蝟集，而郡之西城殆與相埒。[79]

由九江入鄱陽湖可至吳城鎮，由吳城可至南昌、樟樹鎮，"樟樹居吉安、南昌之中，東連撫州、建昌，西通瑞州、臨江、袁州，吳城瀕江而瞰湖，凡商船之由南昌而下，由湖口而上，道路所經，無大埠頭，吳城適當其衝。故貨之由廣東來江者，至樟樹而會集，由吳城而出口；貨之由湘、鄂、皖、蘇入江者，至吳城而薈存，至樟樹而分銷；四省通衢，兩埠爲之樞紐。"[80]

此鎮居民絕大多數從商，爲一典型的商業城鎮。由於自然環境及地理位置之衝要，在1860年曾被英人考慮爲取代九江而爲通商口岸之一。九江開埠之前，江西出產的紙集中在吳城鎮，再由民船運至九江，下長江至鎮江走運河北上，至天津分散於北方各省。根據海關報告，1860年代此鎮有紙行四十餘家。[81] 江西是有名的木材產地，而全省的木材，主要自各產地集中於吳城鎮，在此復編木簰，經鄱陽湖出口，直放南京，卸編小簰，逕入常州批售。常州爲全國木材集散之區，所售木材，多係贛產，總稱"西木"。[82] 著名的義寧州的茶，其運輸路線則沿修水東下吳城鎮，再轉由九江出口。廣信府的茶先在河口鎮集中，再沿信江運至鄱陽湖南岸的瑞洪，越湖至吳城鎮。[83] 江西茶的運銷，主要先在這些市鎮集中，再經由九江，轉口至漢口、上海，外銷國內外市場。在此過程中，吳城鎮與九江一樣，是一個重要的轉口中心。

（四）景德鎮

景德鎮不僅是江西四大鎮之首，也是全國有數的商業巨鎮（與漢口、佛山等鎮齊名）。此鎮的陶瓷專業生產與貿易，向來即被史家

---

〔79〕乾隆《德化縣志》卷五，頁1。

〔80〕傅春官《江西商務說略》，《江西官報》1906年第27期；參見陳榮華、阿友良《九江通商口岸史略》（江西教育出版社，1985），頁2。

〔81〕Imperial Maritime Customs, *Reports and Returns of Trade*, 1863～1911, pp. 116～117；並參見謝世芬《九江貿易研究》，頁7、77～78。

〔82〕《江西經濟問題》（南昌，1934；臺北，1971重印），頁20～21。

〔83〕謝世芬，頁7～8。

視爲近世中國資本主義萌芽發展的一個主要例證。本文專論明清兩代江西市鎮的發展，自然不能忽略這個大鎮，但因前此學者專論此鎮發展的著作已經相當充實完整，本文自不必重覆叙述。這些著作較重要的是：

陳詩啓《景德鎮陶瓷史稿》

江思清《景德鎮瓷業史》

徐文、江思清《從明代景德鎮瓷業看資本主義因素的萌芽》

梁淼泰《明清時期景德鎮城市經濟的特點》

高中利惠《明清時代の景德鎮の陶業》

Tsing Yuan, " The Porcelain Industry at Ching-te-chen. 1550 ~ 1770".

Michael Dillon, "Jingdezhen as a Ming Industrial Center."

以及其他有關中國資本主義萌芽問題的討論論著。

清人論述景德鎮的專著，除《饒州府志》、《浮梁縣志》等地方志，傅春官《江西農工商礦紀略》（浮梁縣部分）及《中國近代手工業史資料》所引録各文獻之外，較著名的是：

藍浦，《景德鎮陶録》

朱琰，《陶説》

吳允嘉，《景鎮舊事》、《浮梁陶政志》等書。

景德鎮屬饒州府浮梁縣，民國初年成爲浮梁縣縣治，現在則爲江西六個省轄市之一（其餘爲南昌市、九江市、鷹潭市、新喻市、萍鄉市）。嘉靖《江西大志》叙述此鎮的沿革謂：

> 陶廠景德鎮，在今浮梁縣西興鄉，水土宜陶。宋景德
> 中始置鎮，因名，置監鎮一員；元更景德鎮税課局監鎮爲
> 提領。洪武初，鎮如舊，屬饒州府浮梁縣。洪武三十五年
> 始開窰燒造，解京供用；有御廠一所，官窰二十座。宣德
> 中，以營膳所專督工匠，正統初罷；天順丁丑仍委中官燒
> 造；嘉靖改元，詔革中官，以饒州府佐貳督之。[84]

到了清代，這裏的民窰更爲發達，遠近商販畢集。據道光《浮梁縣志》：

---

[84] 轉引自：雍正《江西通志》卷二七，頁1b；卷二七，頁12b。

景德一鎮，僻處浮梁，邑境周袤十餘里，山環水繞，中央一洲。緣瓷產其地，商販畢集。民窰二三百區，終歲煙火相望，工匠人夫不下數十餘萬，靡不借瓷資生。[85]

《陶錄》亦載：

昌江之南有鎮曰陶陽（即景德鎮），距城二十里，而俗與邑鄉異。列市受廛延袤十三里許，煙火逾十萬家，陶戶與市肆當十之七八，土著居民十之二三。凡食貨之所需求無不便，五方借陶以利者甚衆。[86]

景德鎮的製瓷業，在明代就已有比較複雜的分工，據《天工開物》所謂"一杯工力，過手七十二，方克成器"。清代更進一步專業化；其工種、行業區分之細，恐怕是各種手工業之冠。[87] 其製瓷的瓷土多來自安徽祁門、婺源及鄰近的鄱陽、餘干、樂平、星子各縣。其貿易範圍極大，在明代，"自燕雲而北，南交阯，東際海，西被蜀，無所不至，皆取於景德鎮"。[88] 而其品質精良，價值名貴，歷數百年而盛道不衰，不僅在國內首屈一指，抑且流傳海外，名滿寰宇。這裏極盛之時，嘗有窰三千座，從業工人達百萬，產品輸出各地，遠及南洋歐美。[89] 而技術上的優勢和產量的急劇增長，便可以低於一般市場價格出售，如1600年，中國陶瓷在日本的售價約爲廣州價格的兩倍或三倍，同年運銷葡屬印度果阿（Goa）的中國陶瓷，其利潤爲投資的100%～200%。因爲彼時中國陶瓷只相當於世界市場價格的1/2、1/3或1/4，這就爲它開闢廣闊的國際市場準備了條件。明清之際，歐洲已成爲中國外銷瓷器的主要市場。此時中國陶瓷品遠銷歐洲的數量非常大，至十七世紀晚期達到高峰，每年從巴達維亞運往歐洲的瓷器達三百萬件之多。[90] 自從嘉靖、萬曆年間，中國已開始接受歐洲國家的特殊訂貨，製造並出口西式餐具和紋章瓷等外銷產品。據1616年荷蘭東印度公司一名職員寫給董事們的信說：

---

〔85〕 道光《浮梁縣志》卷八，頁43。引自《中國近代手工業史資料》第一卷（北京，1957），頁277。

〔86〕 藍浦《景德鎮陶錄》卷八，頁2。引自《手工業史資料》第一卷，頁268。

〔87〕 許滌新、吳承明，頁567。

〔88〕 嘉靖《江西大志》卷七，引自《陶書》。

〔89〕 《江西經濟問題》，頁15。

〔90〕 參見：沈定平《從國際市場的商品競爭看明清之際的生產發展水平》，《中國史研究》1988：3。

在這裏我要向您報告，這些瓷器都是在中國內地很遠的地方製造的。賣給我們各種成套的瓷器都是定製，預先付款。因爲這類瓷器在中國是不用的，中國人只有拿它來出口，而且不論損失多少，也是要賣掉的。[91]

到了清代，從國外發現的實物看，康熙年間開始已有專爲國外市場特製的外銷瓷器輸出，而以各類餐具和咖啡具爲主；它們的器形、尺寸和圖案在訂貨合同中都有明確的規定。這些中國外銷瓷，或者通過歐洲各國駐在廣州的代表，根據歐洲市場的需求情況，向中國直接訂貨；或者委託歐洲經銷中國瓷器的專門商店出售，從而使中國瓷器在歐洲市場上獨佔鰲頭，暢銷不衰。[92] 根據民國初年的估計，該鎮每年出售瓷器價值共五六百萬元，多半銷於國內，而1916 年行銷國外者約值銀 1 092 081 元。[93] Stanley Wright 在 1919 年估計景德鎮瓷器經由海關、常關的出口，加上浙江、福建、廣東的省際貿易，其年產量約爲200 萬～250 萬擔，總值六七千萬兩。[94] 這個數字可能高估。但即使景鎮瓷業在民國年間減遜，而其輸出，並無減少。1928 年此鎮尚有 136 座窯，直接從事於製瓷之工人約三萬餘人，直接間接恃瓷爲業者亦達二三十萬人。[95]

結　論

明清兩代，江西省由於農村經濟的商品化，手工業的發達，水陸交通運輸的便捷，帶來了商品經濟的繁榮及小生產者家庭對市場的依賴，各種農村墟市蓬勃發展。根據地方志資料的粗略估計，這時期江西各地的墟市與市鎮，在數量上呈不斷增加的趨勢；此中雖有不少衰廢的墟市，但卻有更多的墟市增設或進化爲市鎮，各方志

---

〔91〕 沈定平，前引文，頁 23，引中國硅酸鹽學會編《中國陶瓷史》，頁 412。此時，荷蘭人主要以臺灣爲據點，發展中國瓷器的輸出貿易。據荷蘭方面的記載，十七世紀荷蘭共輸出中國瓷器一千五百萬件以上，運往歐洲及東方各國出售；此時代中國陶瓷器之大規模輸出貿易，可說是荷蘭商船的貢獻。參見全漢昇《明清經濟史研究》（臺北，1987），頁 38。

〔92〕 沈定平，頁 23。

〔93〕 《景德鎮之瓷業》，《東方雜誌》16 卷 10 號（《江西近代貿易史資料》，頁 233）。

〔94〕 Stanley Wright, *Kiangsi Native Trade and Its Taxation*, (Shanghai, 1920; Taipei, 1980, Reprinted), pp. 23, 24; 謝世芬，頁 9～10、16。

〔95〕 《江西經濟問題》，頁 15。

所開列的，幾乎都是墟、市、鎮並列，而且混同並舉，表示各地同時存在著各個不同發展階段的市場。由於江西物產豐富，農業經濟發達，頗能自給自足不假外求，所以許多鄉村地區的墟市，不乏只是地方的小市場或原始墟市；其交易內容，則以農家日常用品爲主，所謂「墟市不過布帛菽粟，物無淫巧，無他大利」，仍維持著濃厚的自然經濟的基本特徵。但另一方面，卻有不少的墟市已經擺脫了作爲自然經濟內容之一的地方小市場的格局，墟集交換的產品已有衆多民生用品及商品，且有些墟市已經進化至每日常市；少數規模甚大的墟市，如廣豐縣的五都墟、洋口墟，其商民達到千餘家，甚至超過了不少的市鎮。

由於農村經濟區域生產的專業化，江西境內更產生不少的專業墟市，其中尤以寧都州、興國縣及廣昌縣的夏布墟最爲著名。這種專業化的墟市，其交易額顯然極大，且有不少外地的客商活動其中。這類規模的夏布墟市與夏布專業市鎮，與清代珠江三角洲的許多絲墟、蠶市及長江下游地區的棉織及絲織專業市鎮等，都反映了地方小市場向初級市場（或原始墟市向基本墟市）的演進，有些更發展成爲著名的手工業市鎮——它們的市場範圍不但擴及鄰縣、鄰省，而且與國外市場發生密切的關係。從本文所剖析四大鎮的「瓷都」景德鎮、「茶市」河口鎮、「藥都」樟樹鎮及商品轉口要地的吳城鎮的發展過程及市場狀況，可以得到較清楚的觀察與印證。

江西墟市與市鎮的發展，如與前此本文作者所探討的江南地區（指長江下游太湖流域一帶）的市鎮發展略作比較，可以看出兩者互有同異之點：（一）明清江南地區的市鎮是全國最發達的，墟市貿易則極少見，許多地方已因「市鎮化」而完全絕迹；江西境內則各級墟市與墟市發展的「高級形式」的市鎮，並肩成長，紛然共陳。（二）江西境內景德、河口、樟樹、吳城等四大鎮的發展規模與繁庶景況，比之楓橋、南潯、盛澤、烏青、硤石等江南巨鎮，不但毫不遜色，而且長久以來，它們的市場範圍，已遍及於國內各地，甚而擴展至海外。（三）十九世紀中葉後，江南及江西地區均有通商口岸的建立，使這兩地區可透過口岸，與國內外相聯繫。但從發展過程來看，九江卻不能與上海、漢口相比較；九江只是一個轉口港，不能成爲促進對外貿易與帶動社會經濟變遷的先鋒；它的經濟地位也

不如行政中心的省城南昌。[96]　江西省雖然商品經濟、城鎮經濟及手
工業均相當發達，但因處於"内地"，當通商口岸時代來臨後，原有
的南北商業要道轉移至沿海，江西也漸由"核心區"淪爲"邊陲
區"，而只能成爲近代上海的腹地之一了。

※ 本文原載《第二次中國近代經濟史會議論文集》，臺北：中央研究院經濟研究
　所，1989 年。

※ 劉石吉，臺灣大學歷史研究所碩士，中央研究院人文社會科學研究中心暨近
　代史研究所合聘研究員。

---

[96]　關於九江通商口岸的研究，參考謝世芬，前引文；陳榮華、何友良《九江通商口岸
　　史略》一書的論述。

清代江西簡圖

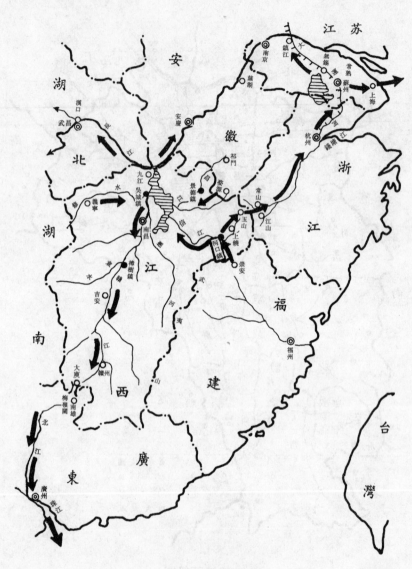

近代茶出口路線簡圖

附錄表

一、南昌府市鎮墟市表

州　縣	市　鎮、墟　市　數						資　料　出　處
	康熙年間	乾隆年間	道光年間	同治年間（縣志）	同治年間（府志）	民國年間	1. 同治《南昌府志》卷六，頁 1～10。
南昌縣					18	⎫ ⎬ 38 ⎭	2. 《南昌縣志》（1935年）卷四，頁 2～4。
新建縣					18		
豐城縣					20		3. 康熙《進賢縣志》卷一，頁 36～37。
進賢縣	17			25	25		4. 同治《進賢縣志》卷二，頁 30～31。
奉新縣			7		6		
武寧縣		14			15		5. 道光《奉新縣志》卷一，頁 7。
義寧州					15		6. 乾隆《武寧縣志》卷四，頁 8。
靖安縣					—		
總　計					117		

二、瑞州府市鎮墟市表

州　縣	市　鎮、墟　市　數			資　料　出　處
	崇禎年間	康熙年間	同治年間	1. 崇禎《瑞州府志》卷六，頁 17～19。
高安縣	17			2. 同治《瑞州府志》（沒有記載）。
上高縣	12	14	17	3. 同治《高安縣志》（沒有記載）。
新昌縣	16	26		4. 康熙《上高縣志》卷一，頁 23～25。
				5. 同治《上高縣志》卷二，頁 23～24。
總　計	45			6. 康熙《新昌縣志》卷一，頁 23～24。

三、撫州府市鎮墟市表

州 縣	市 鎮、墟 市 數						資 料 出 處
	嘉靖	康熙	雍正	乾隆	道光、同治	光緒	
臨川縣	7		9			41	1. 嘉靖《撫州府志》卷四,頁6~57。
崇仁縣	9		9			17	2. 雍正《撫州府志》卷五,頁5~47。
宜黃縣	21	10	13		27	30	3. 光緒《撫州府志》卷二之一,頁9~22。
金溪縣	12		7	20		22	4. 康熙《宜黃縣志》卷一,頁25~26。
樂安縣	5		5		21	5	5. 道光《宜黃縣志》卷四,頁5~16。
東鄉縣	11		—			—	6. 同治《宜黃縣志》卷二,頁2~14。 7. 乾隆《金溪縣志》卷一,頁1~7。
總　計	65		43			115	8. 同治《樂安縣志》卷二,頁15。 9. 嘉靖《東鄉縣志》卷上,頁24。

四、臨江府市鎮墟市表

州 縣	市 鎮、墟 市 數				資 料 出 處
	隆慶年間	乾隆年間	同治年間（府志）	同治年間（縣志）	
清江縣	9	25	16	25	1. 隆慶《臨江府志》卷三,頁10~11。
新淦縣	7		10	33	2. 同治《臨江府志》卷三,頁2~3。
新喻縣	13		18	59	3. 乾隆《清江縣志》卷四,頁23~26。
峽江縣	7	15	9		4. 同治《清江縣志》卷二,頁10~13。 5. 同治《新淦縣志》卷二,頁24~25。 6. 同治《新喻縣志》卷一,頁30~31。
總　計	36		53		7. 乾隆《峽江縣志》卷二,頁18。

五、廣信府市鎮墟市表

州 縣	市 鎮 、墟 市 數			資 料 出 處
	乾隆年間	同治年間（府志）	同治年間（縣志）	1. 同治《廣信府志》卷一之一，頁49~56。
上饒縣	3	3		2. 乾隆《上饒縣志》卷四，頁10~14。
玉山縣	2	4	31	3. 乾隆《玉山縣志》卷二，頁6。
廣豐縣	7	6	13	4. 同治《玉山縣志》卷一上，頁3~13。
鉛山縣	12	8	13	5. 乾隆《廣豐縣志》卷二，頁5。
弋陽縣		2		6. 同治《廣豐縣志》卷一之二，頁3~4。
貴溪縣		2	4	7. 乾隆《鉛山縣志》卷二，頁5~6。
興安縣		2		8. 同治《鉛山縣志》卷二，頁8~13。
總　計		27		9. 同治《貴溪縣志》卷一之二，頁5~8。

六、建昌府市鎮墟市表

州　縣	市 鎮 、墟 市 數					資 料 出 處
	正德年間	康熙年間	乾隆年間	同治年間	民國年間	1. 正德《建昌府志》卷九，頁6~16。
南城縣	17					2. 乾隆《新城縣志》卷一，頁32~38。
新城縣	2		16	16		3. 同治《新城縣志》卷一，頁2~7。
南豐縣	9		31		31	4. 乾隆《南豐縣志》。
廣昌縣	5	11		12		5. 民國《南豐縣志》卷二，頁13。
瀘溪縣			5			6. 康熙《廣昌縣志》卷一，頁36。
總　計	33					7. 同治《廣昌縣志》卷一，頁48~56。
						8. 乾隆《瀘溪縣志》卷一，頁29。

七、饒州府市鎮墟市表

州　縣	市　鎮　、墟　市　數			資　料　出　處
	康熙年間	乾隆年間	同治年間	
鄱陽縣	10		20	1. 康熙《饒州府志》卷四，頁16~18。
餘干縣	8			2. 同治《饒州府志》（没有記載）。
浮梁縣	9			3. 同治《鄱陽縣志》卷一，頁19~20。
樂平縣	17	17	19	4. 康熙《餘干縣志》卷二，頁22~24。
德興縣	2			5. 乾隆《樂平縣志》卷一，頁9~10。
安仁縣	9		16	6. 同治《樂平縣志》。 7. 同治《安仁縣志》卷二，頁5~6。
萬年縣	4		5	8. 同治《萬年縣志》卷三，頁4。
總　計	59			9. 康熙《德興縣志》卷一，頁26~27。

八、袁州府市鎮墟市表

州　縣	市　鎮　、墟　市　數						資　料　出　處
	正德年間	康熙年間	雍正年間	同治年間(府志)	同治年間(縣志)	民國初年	
宜春縣	6	6		14			1. 正德《袁州府志》卷三，頁7~8。
萬載縣	6		14	12			2. 同治《袁州府志》一之卷一，頁19~22。 3. 康熙《宜春縣志》卷一三，頁8。
分宜縣	4			11	16		4. 雍正《萬載縣志》卷一，頁19,13~16。
萍鄉縣	6	9		20	20	21	5. 同治《分宜縣志》卷一，頁5~6。 6. 康熙《萍鄉縣志》卷二，頁12~13。 7. 同治《萍鄉縣志》卷二，頁5~7。
總　計	22			57			8. 民國《昭萍志略》卷一，頁9~11。

九、吉安府市鎮墟市表

州 縣	市 鎮 、 墟 市 數				資 料 出 處
	乾隆年間	同治年間	光緒年間	民國初年	
廬陵縣	28			43	1. 光緒《吉安府志》(没有記載)。
泰和縣		18	18		2. 乾隆《廬陵縣志》卷五,頁9~11。
龍泉縣	20				3. 民國《廬陵縣志》卷一,頁13~16。
萬安縣		38			4. 同治《泰和縣志》卷四,頁19~22。
永新縣		17			5. 光緒《泰和縣志》卷二,頁15~17。
安福縣		—			6. 乾隆《龍泉縣志》卷一,頁13。
永寧縣		—			7. 同治《萬安縣志》卷二,頁23。
吉水縣					8. 同治《永新縣志》卷一,頁19。
永豐縣					9. 同治《安福縣志》(没有記載)。
總 計					10. 同治《永寧縣志》(没有記載)。

十、南安府市鎮墟市表

州 縣	市 鎮 、 墟 市 數			資 料 出 處
	乾隆年間	道光年間	光緒年間	1. 乾隆《南安府志》(没有記載)。
大庾縣	7			2. 同治《南安府志》(没有記載)。
南康縣	20			3. 乾隆《大庾縣志》卷二,頁9~11。
上猶縣		7	11	4. 乾隆《南康縣志》卷一九,頁2。
崇義縣				5. 道光《上猶縣志》卷四,頁8。
總 計				6. 光緒《上猶縣志》卷二,頁26。

十一、九江府市鎮墟市表

州　　縣	市　鎮　、　墟　市　數			資　料　出　處
	嘉靖年間	乾隆年間	同治年間	
德化縣	3	9	9	1. 嘉靖《九江府志》卷二,頁20~26。
湖口縣	2	7		2. 同治《九江府志》(沒有記載)。
德安縣	0			3. 乾隆《德化縣志》卷四,頁17~18。
彭澤縣	0			4. 同治《德化縣志》卷二,頁9。
瑞昌縣	5			5. 乾隆《湖口縣志》卷五,頁15。
總　　計	10			

十二、南康府市鎮墟市表

州　　縣	市　鎮　、　墟　市　數		資　料　出　處
	康熙年間	同治年間	
星子縣		25	1. 同治《南康府志》卷五,頁39~57。
都昌縣	5	20	2. 康熙《都昌縣志》卷一,頁42。
建昌縣		19	3. 同治《安義縣志》卷一,頁13、62。
安義縣		12	4. 正德《南康府志》(沒有記載)。
總　　計		76	

十三、贛州府市鎮墟市表

州　縣	市　鎮　、　墟　市　數					資　料　出　處
	嘉靖年間	隆慶年間	乾隆年間	道光年間	同治年間	
贛　縣	23				40	1. 嘉靖《贛州府志》卷五,頁6～11。
信豐縣	44		55			2. 道光《贛州府志》(沒有記載)。
興國縣	21			20	20	3. 同治《贛州府志》(沒有記載)。
會昌縣	11	7	19		35	4. 同治《贛縣志》卷一〇,頁11。
安遠縣	0		9			5. 乾隆《信豐縣志》卷二,頁21～22。
長寧縣	—		18			6. 道光《興國縣志》卷四,頁11～22。
龍南縣	12		16			7. 同治《興國縣志》。
定南廳	—			20		8. 乾隆《會昌縣志》卷八,頁3～4。
虔南縣	—					9. 同治《會昌縣志》卷四,頁6～7。
雩都縣	29					10. 乾隆《安遠縣志》卷一,頁2～9。
總　計	140					11. 乾隆《長寧縣志》卷二,頁5～6。

10. 乾隆《安遠縣志》卷一,頁2～9。
11. 乾隆《長寧縣志》卷二,頁5～6。
12. 乾隆《龍南縣志》卷二,頁42～43。
13. 道光《定南廳志》。

十四、寧都州市鎮墟市表

州　縣	市　鎮　、　墟　市　數			資　料　出　處
	嘉靖年間	乾隆年間	光緒年間	
寧都州	41	38		1. 嘉靖《贛州府志》卷五,頁11～14。
瑞金縣	11(17)		35	2. 嘉靖《瑞金縣志》卷一,頁22。(記載市鎮17個)
石城縣	0	24		3. 乾隆《寧都州志》卷二,頁26。
總　計	52(58)			4. 乾隆《石城縣志》卷一,頁32～33。

4. 乾隆《石城縣志》卷一,頁32～33。
5. 光緒《瑞金縣志》卷一,頁13。

十五、新喻縣(江西臨江府)墟市表

墟　市	位　置	集　期	備　注
羅 坊 市	縣城東 45 里	1、4、7 日市	
泗 溪 市	縣城東 70 里	2、5、8、10 日市	
鵠 山 墟	縣城北 70 里		正統六年起
錢 家 墟	縣城北 70 里	1、4、7 日市	
水 北 墟	縣城北 70 里	2、5、8 日市	
水 口 墟	縣城北 80 里	2、5、8 日市	
河 下 墟	縣城北 20 里	2、5、8 日市	
江 東 墟	縣城北 40 里	3、6、9 日市	
棣 村 墟	縣城北 50 里	1、4、7 日市	
槎 江 墟	縣城北 45 里	2、5、8、10 日市	
新 橋 墟	縣城北 70 里		
馬 洪 墟	縣城北 35 里	3、6、9 日市	
姚　　墟	縣城東 75 里	3、6、9 日市	
柘 湖 墟	縣城東 80 里	1、4、7 日市	
南 安 墟	縣城東 70 里	1、4、7 日市	
水 西 墟	縣城東 30 里	2、5、8 日市	
鸛 巢 墟	縣城西北 30 里	1、4、7 日市	
燕 山 墟	縣城東北 50 里	2、5、8 日市	
江 口 墟	縣城西南 50 里	2、5、8 日市	
和 平 墟	縣城東 30 里	1、4、7 日市	
穎 江 墟		3、6、9 日市	道光年間建
同 人 墟	縣城北 30 里	1、4、7 日市	
楊壩橋墟	縣城東 30 里	2、5、8 日市	
黃 上 墟	羅坊東下 10 里	2、5、8 日市	
大 園 墟	縣城西 25 里	1、4、7 日市	
通濟橋市	縣城東 5 里		
嚴家渡市	縣城東 10 里		
篡頭橋市			
安 和 市	縣城東 30 里	每日早市	
上 和 市			
中 和 市	縣城東 35 里	3、6、9 日市	
大 港 墟	縣城東 40 里		

續表

墟　市	位　置	集　期	備　注
羅坊新市	羅坊東南對江		
萬　全　市	縣城東 50 里		
萬　安　市	縣城東 60 里		
劉　家　墟	縣城東 60 里	2、5、8 日市	
天　井　墟	縣城東 60 里		正統五年起
東　下　墟	縣城東 60 里		正統五年起
高　湖　墟	縣城東 70 里		正統二年起
劉家陂市	縣城東 70 里	2、5、8 日市	
盤　谷　市	縣城西 20 里		
大　源　市	縣城西 40 里		
洋　津　市	縣城南 5 里	2、5、8 日市	廢
鵬　湖　市	縣城南 5 里		後改名鄒家墟
井　富　墟	縣城南 5 里	3、6、9 日市	
江　東　市	縣城南 30 里		
田　南　市	縣城南 40 里		
武　林　市	縣城西南 40 里		舊名水口墟,宋仁宗時改名
櫟　口　墟	縣城北 30 里		
連　接　市	縣城北 40 里		
上　舉　市	縣城北 40 里		
白　梅　市	縣城北 45 里		
白　沙　市	縣城北 50 里		
藍　塘　市	縣城北 60 里		
昇　平　市	縣城北 60 里		
遞　步　市	縣城北 60 里		
大　埠　墟	縣城北 60 里		
公　成　墟	縣城東 25 里	2、5、8 日市	
榴花渡墟	縣城東 55 里	1、4、7 日市	

資料見:同治《新喻縣志》卷一,頁 30～31。

十六、萍鄉縣(江西袁州府)市鎮表

市鎮名稱	位　　置	街　　長	戶　　　數	資　料　出　處
湘東市	縣西30里	街2里	(1)居貨殖者300家 (2)商民400家	(1)康熙《萍鄉縣志》卷二,頁12b. (2)同治《萍鄉縣志》卷二,頁6a. (3)民國《昭萍志略》卷一,頁10a.
桐木市	縣北90里	街1里	(1)居貨殖者200家 (2)商民100家	(1)康熙志卷二,頁12b. (2)同治志卷二,頁3. (3)民國志卷一,頁11a.
耀村市	縣北30里	小街一、南北300步	居貨殖者四、五十家	康熙志卷二,頁12b.
小梘市	縣北60里	街半里	(1)居貨殖者40家 (2)商民80家	(1)康熙志卷二,頁12b. (2)同治志卷二,頁6b. (3)民國志卷一,頁10b.
桐田市	縣西15里	街半里	(1)居民約50家 (2)商民40家	(1)康熙志卷二,頁12b. (2)同治志卷二,頁6a. (3)民國志卷一,頁10a.
江西市	縣東南70里	南北街2里	居貨殖者約50家	康熙志卷二,頁12b.
蘆溪市	縣東50里		(1)爲水陸衝衢,居貨殖者二三百家 (2)商旅輻輳如縣市	(1)康熙志卷二,頁12b. (2)同治志卷二,頁5b. (3)民國志卷一,頁10a.
上栗市	縣北75里	街1里半	(1)居貨殖者百餘家 (2)商民三百餘家	(1)康熙志卷二,頁13a. (2)同治志卷二,頁7a.
宣風鎮	縣東70里	東西街3里	(1)居貨殖者二、三百家 (2)商民400家	(1)康熙志卷二,頁13a. (2)同治志卷二,頁7a. (3)民國志卷一,頁10a.
新店市	縣東80里	街1里	商民百餘家	(1)同治志卷二,頁6a. (2)民國志卷一,頁10a.
茅店市	縣東90里	街1里	商民百餘家	同上
烏龍橋市	縣南20里		商民四十餘家	同上
南坑市	縣南30里	街半里	商民40家	同上
麻山市	縣西20里	街半里	商民40家	同上
劉公廟市	縣西30里	街1里	商民200家	同上
蠟樹下市	縣西30里	街半里	商民100家	(1)同治志卷二,頁6b. (2)民國志卷一,頁10b.
草市	縣西90里	街半里	商民50家	同上

續表

市鎮名稱	位　　置	街　　長	戶　　　數	資　料　出　處
彭家橋市	縣北 20 里	街半里	商民 60 家	同上
赤山橋市	縣北 35 里	街 1 里	商民 200 家	同上
青溪市	縣北 35 里	街半里	商民 100 家	同上
均江市	縣北 70 里	街半里	商民 50 家	同上
湖塘市	縣北 80 里	街半里	商民 80 家	同上
安源特別市	縣南 10 里	向系村落,自礦務發展,建築爐廠,構造廬舍,闤闠駢列,工商叢集,加以鐵軌交通,貿易繁盛,駸駸與各巨鎮埒已。(民國志卷一,頁 11a)		

十七、江西廣信府墟鎮概況表

墟鎮名稱	位　　置	商　業　情　況	人　　口
(上饒縣)沙溪鎮	縣城東 50 里	通玉山大路,客商往來,農民市易聚集之所。	商民千餘家。
應家口	縣城南 50 里	產煤、居民頗雜。	(1)店鋪百餘家。(2)商居六七十家。
上瀘坡	縣城南 70 里	近山產竹,槽戶制紙頗為近利,客商販運。	行戶二百餘家。
(玉山縣)三里街七里街	縣西門外	水陸馬頭,江浙閩粵仕商往來如織。	行鋪千餘家。
寨頭墟	縣城東 80 里	界連江山縣,一六日為集期,二邑人貿易,往來其中,最為雜囂。	
鎮頭墟	縣東南八都	集日與寨頭墟同,農民貿易頗多。	
峽口鎮	縣西 30 里	入峽山路崎嶇,有小徑通懷玉、三清。	
(廣豐縣)杉溪鎮	縣東 20 里	墟久廢	
施村墟	縣北 30 里	路通江山、玉山二邑,二、四、六、八百為墟期,民聚集貿易。	店鋪數十家。
吳村墟	縣北 25 里	久廢。	
下塘墟		宋時鄉民貿易處,今廢。	
五都墟	縣東 15 里	路通浦城,產靛青、竹木,一、四、七日為墟期,鄉民聚集,貿易用米麥。	商民千餘家。

墟鎮名稱	位 置	商 業 情 況	人 口
洋口墟	縣西 30 里	産烟葉、菜油,二、五、八日爲墟期,客商販運聚集之所。	行鋪千餘家。
(鉛山縣) 東關市	仁壽門外		
北關市	麗澤門外		
西關市	義和門外		
石溪市	縣北 30 里	上饒接界	商民二百餘家。
湖坊市	縣西 50 里	其山産煤,窑民頗雜,又饒紙利。	行鋪二百餘家。
紫溪市	縣南 45 里	昔名鎮,今爲市,人烟輳集,路通甌閩,有塘汛。	商民四百家。
河口鎮	縣西 30 里	即古沙灣市,當信河鉛河交會之衝,汭口九陽石之上,商賈往來,貨物貯聚,爲縣西保障,府同知駐箚。	
石塘鎮	縣東南 30里	界近閩越,地居險僻,流民繁多,土著稀少,其地宜竹,水極清洌,紙貨所出,曰毛六,曰黄表,名色不一而殊無佳者。	商民千餘家。
(弋陽縣) 大 橋 (村莊之大者)	縣西 80 里	烟户業聚,商民千餘家,米穀互易。	商民千餘家。
七公圳 (村莊之大者)	縣北 70 里	烟户稠密,商民三百餘家,米穀互易(又名漆工鎮)。	商民三百餘家。
(貴溪縣) 上清鎮	縣南 70 里	南擁琵琶,北枕台山,左抱象山,右控西華,前臨大溪,中間居閭數千,横長五里許,山饒竹木之利,店鋪數百家,商民貿易,最稱繁盛,巡檢駐防。	商民千餘家。
鷹潭鎮	大河南岸、距城 50 里	乾隆 30 年改神前司爲鷹潭司,於是稱鎮,四境貿易喧盛之市,巡檢駐防。	商民三百餘家。
(興安縣) 葛源街 (村莊之大者)	縣北 60 里	環源皆山,羅列如城,居民稠密,店鋪四百餘家,産米穀、葛粉、桐油。	商民千餘家
姜裏村 (村莊之大者)	縣北 140 里	産竹木紙張,商民貿易。	店鋪三百餘家。

資料見:同治《廣信府志》一之卷一,頁 49～56。

十八、玉山縣(江西廣信府)村鎮人口表

鄉　名	人　口	所屬都名	市　　鎮	所領村數	位　　　置
招善鄉	1 990 有奇	六都		5	縣城東南 15 里
		七都		2	縣城東南 30 里
		八都	八都街	6	縣城東南 40 里
惠安鄉	4 200 有奇	九都		1	縣城東 30 里
		十都	下鎮墟 (商民百餘家)	5	縣城東 30 里
		十一都	下鎮墟 (商民百餘家)	4	縣城東 20 里
		十二都	東津橋 (居民百餘家)	6	縣城東 20 里
務林鄉	4 140 有奇	十三都		5	縣城東 30 里
		十四都		4	縣城東 40 里
		十五都	太平橋	6	縣城東 40 里
		十六都	古城街 (商民百餘家)	10	縣城東 35 里
安平鄉	3,170 有奇	十七都	十七都 (商民數百家)	5	縣城北 10 里
		十八都	十七都 (商民數百家)	5	縣城北 20 里
		十九都		4	縣城北 15 里
		二十都		4	縣城北 30 里
玉山鄉	4 170 有奇	廿一都	橋　村 (居民百餘家)	4	縣城北 30 里
		廿二都		4	縣城北 40 里
		廿三都	貴　邱 (居民百餘家)	4	縣城北 50 里
		廿四都		4	縣城北 120 里
		廿五都		5	縣城北 120 里
衣錦鄉	3 460 有奇	廿六都	楓林街 (居民數百家)	5	縣城西北 90 里
		廿七都	王家坊	8	縣城西北 70 里
		廿八都	童家坊 (居民數百家)	6	縣城西北 90 里
		廿九都	樟　村 (商民千餘家)	5	縣城西北 120 里
賓賢鄉	2 720 有奇	三十都	樟　村 (商民千餘家)	5	縣城西北 100 里
		三十一都	靈江湖	5	縣城西北 80 里

鄉 名	人 口	所屬都名	市 鎮	所領村數	位 置
		三十二都	（居民千餘家）坊頭、蘇村	4	縣城西北 60 里
懷德鄉	2 450 有奇	三十三都		5	縣城西 70 里
		三十四都	姃姆山	5	縣城西 50 里
		三十五都	（商民百餘家）	5	縣城西 40 里
順城鄉	5 420 有奇	三十六都	峽口鎮橫街	5	縣城西 40 里
		三十七都	周口街（商民百餘家）	5	縣城西 30 里
		三十八都		5	縣城西 20 里
		三十九都	崙溪	6	縣城西 20 里
		四十都	（居民數十家）七里街	4	縣城西 10 里
信豐鄉	3 340 有奇	一都		4	縣城南 7 里
		二都		3	縣城南 10 里
		三都		6	縣城南 20 里
		四都		5	縣城南 30 里
		五都		6	縣城南 15 里
諸鄉合計	居民 35 060 有奇	40 都	20	171（不含信豐鄉）195（含信豐鄉）	
城內居民	780 有奇				
附郭居民	2 400 有奇				
其他墟鎮	寨頭墟（在縣治東,屬十都,江山縣界,一、六爲集期,最爲喧雜,改三、八日爲集期）鎮頭墟（在縣治東南,屬八都,江山縣界,一、六爲集期）峽口鎮（縣西 30 里）沙溪鎮（商民千餘家）西濟浮橋（居民數十家）葉宅橋（居民百餘家）白石橋（居民數十家）茭塘（居民數十家）殿口（居民數十家）濆口（居民數十家）潭頭（居民數十家）				

資料見:同治《玉山縣志》卷一上,頁 3b～13b;卷一〇,頁 41。

明末清初城市手工業工人的集體抗議行動

——以蘇州城爲探討中心

巫仁恕

一、前　言

中國的傳統手工業發源很早，在相當長的一段時間裏，官手工業的比重很大。在上古時代手工業專業生產就已出現，在殷商時期專業生產是由個別氏族進行。到了周代，專業氏族被網羅在官府之下，轉化成官場手工業。但是在沒有嚴格禁止私營手工業生產的情況下，私營手工業依舊存在，不過人數可能不多。到了宋代，城市的民營手工業及山野間的民營礦冶及煮鹽業都發展到空前的高峰，官手工業則退居於次要地位。當時城市民營手工業的雇傭勞動也已經很普遍，不過並未見到雇工罷工暴動集體抗議的事例，一直要到明末清初，才出現了這類例子。

關於明清城市雇工罷工暴動所代表的歷史意義，早在 1960 年代日本史家受到馬克思史學的影響，已經開始注意這個問題，他們認爲明末雇工的暴動所反映的主雇關係是一種傳統的家長制形態。並且稱此現象爲"亞細亞專制主義"的模式，並用以解釋中國傳統社會受制約的結構特質。[1] 大陸學者則在 "資本主義萌芽" 的論點上，強調

---

[1] 持這種看法的學者主要有：橫山英《中國における商工業勞動者の發展と役割》，《歷史學研究》160 號，1952 年，頁 1～13；田中正俊《民變・抗租奴變》，收入《世界の歷史》第 11 册，東京：築摩書房，1960 年，頁 41～80。不過對於市民運動的性質與是否有階級意識則仍有爭論。如佐伯有一研究萬曆蘇州織工之變後提出不同的看法，首先他以葛成的身份並非織工，而是來自崑山縣農村的農民，所以事變的參與者應包括商人、市民與鄉民（賣菜傭），見佐伯有一《織傭の變》，《歷史學研究》171 號，1954 年，頁 52～54；其次，他還認爲當時機户有分化成大商人支配的織房與獨立的小機户，對於反抗税監的作法和態度也有差異，見佐伯有一《1601 年"織傭之變"諸問題——その一——》，《東京大學東洋文化研究所紀要》45 號，1968 年，頁 77～108。佐伯另有《明末織工暴動史料類輯》一文，刊於《清水博士追悼記念明代史論叢》，東京：大安，1962 年，頁 611～636。森正夫則發現了新史料並指出，此事變還有一個真正組織"團行"的領導人王秩，同時他也指出葛成的言論仍然反映的是傳統士大夫的政治意識，見森正夫《十七世紀初頭の"織傭の變"ぐる二、三の資料について》，《名古屋大學文學部研究論集》80 號，1981 年，頁 107～128。

雇傭勞動出現與階級對立的特點。他們認爲明代萬曆年間的蘇州織工之變反抗的對象是宦官，還未見到階級對立的衝突，而且也未出現行會的組織。[2] 關於清初罷工的研究，大多數的學者則認爲清代已經很明顯地出現了資本主義形式的雇傭關係，導致主雇間的階級對立與勞資糾紛嚴重，而且官府對工人的罷工都是採取無情的鎮壓。[3] 這時工人只有行幫的地緣組織，仍然沒有工人的會館行會出現。[4]

　　本文除了叙述明末清初城市雇工人數的成長外，主要是從三個角度來觀察探討手工業工人的集體抗議行動，首先是關於集體抗議形成的原因，嘗試將工人薪資與當時的經濟狀況，如物價、銀錢比價等作一比對，以解釋罷工暴動的形成。其次，透過歷史社會學所謂的"集體行動"的概念，[5] 來分析這類集體抗議事件形成的要素，如組織、動員、抗議儀式、群衆心態、集體抗爭與集體暴動的形式等。另外，過去大陸學者認爲清政府在處理罷工時都是採取無情鎮壓的説法，本文則提出不同的解釋，強調清政府在勞資糾紛中扮演了重要的居中協調者的角色。

---

〔2〕 這類的研究如汪槐齡《明萬曆年間的市民運動》，《歷史教學》1959 年第 6 期，頁 23 ~ 27；傅衣凌《明代蘇州織工、江西陶工反封建鬥爭史料類輯》，原刊於《廈門大學學報》1954 年第 1 期，後收入氏著《明清社會經濟史論文集》，北京：北京人民出版社，1982 年，頁 327 ~ 337；尚鉞《中國資本主義生產因素的萌芽及其增長》，《歷史研究》1957 年第 3 期，頁 85 ~ 133。

〔3〕 參考洪焕椿《明清蘇州地區資本主義萌芽的初步考察》，《明清資本主義萌芽研究論文集》，上海：上海人民出版社，1981 年，頁 494 ~ 555；李華《試論清代前期的市民鬥爭》，《文史哲》1957 年第 10 期，頁 54 ~ 62；又吳大琨不贊成這時主雇關係是資本主義形式，認爲清代的機户並非資本家，而只是代皇家織綢的人，所以機匠鬧市時，清代的地方官府才會出來幫助雇主立碑"永禁機匠叫歇"，參見氏著《評"明清之際中國市民運動的特徵及其發展"》，《中國資本主義萌芽問題討論集續編》，北京：三聯書店，1960 年，頁 317 ~ 329。

〔4〕 吳承明、許滌新《中國資本主義發展史》，臺北：谷風出版社，1957 年，頁 930 ~ 937。日本學者的研究主要是寺田隆信《蘇州踹布業的經營形態》，原刊於《東北大學文學部研究年報》18 號，1968 年，後收入氏著《山西商人の研究》，京都：東洋史研究會，1972 年，附補論，頁 339 ~ 408。

〔5〕 西方社會史學家 Charles Tilly 用"集體行動"（collective action），泛稱這類"人們爲追求共同的權益而聚集行動的行爲"（people acting together in pursuit of common interests）。參見 Louise A. Tilly & Charles Tilly, eds. , Class Conflict and Collective Action（London：Sage Publications, 1981）, p. 17. 他的理論認識爲促進群衆"動員"的有四個要素：即組織、利益、鎮壓與機會；而形成集體行動是由三方面的要素構成，即動員、機會與權力。參見 Charles Tilly, From Mobilization to Revolution（Reading, MA：Addison Wesley, 1978）, p. 56.

二、明清城市發展與雇工人數的成長

由附錄的年表中可以看到,明末至清中葉城市手工業雇工集體抗議事件有 33 個例子,大多集中在幾個特定的城市,如蘇州 18 件、景德鎮 6 件與其他城市。這些城市都是經濟機能遠較行政機能重要的城市,也是城市化現象較明顯的城市。換言之,工人的集體抗議行動和城市化有相當密切的關係。這些城鎮中最重要的是蘇州,現存資料也最完整,所以本文探討的重心將放在蘇州城,其次再旁及其他城市。以下由這些城市之經濟與社會結構來探尋工人集體抗議的背景。

明清蘇州城中已有許多以雇傭爲生的手工業工人。明代的蘇州爲江南絲織業重心所在,而其絲織業所以興盛導因於官手工業。明代官方在蘇州設有織染局,主要生產兩種緞匹:一是上用緞匹,二是歲造緞匹。但是隨著明朝政府需求日多,使得額外的加派日增。至十五世紀後期約當嘉靖年間以後,由於原有的織局規模無法完成繁重的織造任務,於是採取局織、領織並行制,即由隸局籍之存留地方的輪班匠在局内織造上用緞匹,而歲造緞匹由民間的機户領織在局外製造。[6] 這種由機户領織,再由機户自己招募機匠織造的方式,促進了明代蘇州民間絲織業的興盛。據嘉靖《吳邑志》的記載:當時 "綾錦紵絲紗羅紬絹,皆出郡城機房,產兼兩邑(吳縣、長洲),而東城爲盛,比屋皆工織作,轉貿四方,吳之大資也。"[7] 由此可見,城東北部地區是絲織業中心,其中聚集了大批的絲織業機匠。據明人蔣以化的記載,蘇州大機户與小機匠之間的關係是 "每晨起,小户數百人,嗷嗷相聚玄廟口,聽大户呼織,日取分金爲饔飧計。大户一日之機不織則束手,小户一日不就人織則腹枵,兩者相資爲生久矣。"[8] 又《明神宗實錄》中曹時聘也奏云:"吳民機户出資,機工出力,相依爲命久矣。" 又説:"染坊罷而染工散者數千人,機户罷而織工散者又數千人。"[9] 此外,顧炎武記天啓時,"城

---

〔6〕 范金民、金文《江南絲綢史研究》,北京:農業出版社,1993 年,頁 119~131。

〔7〕 嘉靖《吳邑志》卷一四《土產·貨物》,轉引自段本洛、張圻福《蘇州手工業史》,南京:江蘇古籍出版社,1986 年,頁 11。

〔8〕 蔣以化《西臺漫記》卷四,轉引自洪煥椿《明清史偶存》,南京:南京大學出版社,1992 年,頁 536。

〔9〕 《明神宗實錄》卷三六一,萬曆二十九年丁未條,曹時聘奏,頁 6741~6743。

中機戶數千人"。[10] 以上資料顯示，明代蘇州的絲織業機工人數已
經有數千人之多。

　　明末清初蘇松地區棉紡織品的國內市場日漸形成，促進棉紡織
業的商品生產和商品流通的擴大，刺激了棉紡織手工業的發展。在
城市內的棉紡織業生產形態仍是分散的、個體性質的家庭手工業。
布商從初級市場收來的都是白色原布，而棉布市場盛行的是青藍大
布，商人爲了銷路，必需將原布染色和整平，於是棉布的整染手工
業應之而生。整染業是紡織品的加工業，分爲染色與踹砑兩部分。
明末清初以後棉布貿易中心移到蘇州，青藍大布的染整加工也由松
江府轉移到蘇州府。[11] 早期踹布業是附屬在染坊，至康熙末才從染
坊中分離出來。乾隆時蘇州的布號多設在閶門，踹坊在閶門外上下
塘，染坊多在婁門。[12] 清代以後，蘇州城外來人口猛增，多數是來
自江南、江北各地鄉鎮的過剩人口，其中以受雇於棉布整染業作坊
主人（包頭）的踹（砑）染工匠爲多。表一列出的是康熙至乾隆年
間有關蘇州踹匠人數的記載。由表一中可以看到，當時人估計蘇州
的踹匠就至少有二萬人之多，雖然乾隆年間略有減少，但也還有九
千餘人。

---

〔10〕　顧炎武《中憲大夫山西按察司副使寇公墓誌銘》，收入《顧亭林詩文集》，臺北：漢
　　　京出版社，1984 年，頁 156。

〔11〕　顧公燮《消夏閑記摘鈔》卷中《芙蓉塘》記："（明初）數百家布號，皆在松江楓
　　　涇、洙涇樂業，而染坊、踹坊商賈悉從之。"收入《涵芬樓秘笈》第 9 冊，臺北：
　　　臺灣商務印書館，1967 年，頁 13。有關蘇州踹布業的發展及其經營形態的討論除段
　　　本洛、張圻福《蘇州手工業史》外，還可參見宮崎市定《明清時代の蘇州と輕工業
　　　の發展》，《東方學》第 2 期，1951 年，後收入氏著《アジア史研究》第 4 輯，東
　　　京：岩波書店，1964 年，頁 306～320；全漢昇《清代蘇州的踹布業》，《新亞學報》
　　　第 13 期，1980 年；寺田隆信《蘇、松地方に於けろ都市の棉業商人について》，
　　　《史林》41 卷 6 期（1958 年），頁 52～69 及前引文；橫山英《清代におけろ踹布業
　　　の經營形態》，《東洋史研究》19 卷 3、4 期，1961 年，頁 23～35、19～35；橫山英
　　　《清代におけろ包頭制の展開——踹布業の推轉過程について——》，《史學雜誌》
　　　71 卷 1、2 期，1962 年，頁 45～71、42～55。寺田隆信與橫山英二氏對於蘇州踹布
　　　業的包頭性質，以及資本主義式生產方式的出現有不同的看法。同樣地，中國大陸
　　　的學者也有類似的論爭，主張踹布業已出現資本主義的形式，如尚鉞《清代前期中
　　　國社會的停滯、變化與發展》，見《中國資本主義萌芽討論集》，北京：三聯書店，
　　　1957 年；又一派主張踹布業並不具有包買性質與資本主義形式，而是封建的家內工
　　　業，如傅築夫、李競能《中國社會內資本主義的萌芽》，同前書；彭雨新《從清代
　　　前期蘇州的踹布業看資本主義萌芽》，《理論戰線》1959 年第 12 期；從翰香《中國
　　　封建社會內資本主義萌芽諸問題》，《歷史研究》1963 年第 6 期，頁 25～29。

〔12〕　段本洛、張圻福《蘇州手工業史》，頁 61。

表一　清初蘇州踹匠人數一覽

年代	人數	資料來源
康熙三十三年（1694）	踹匠雜沓，每一字號，何啻千百，總計何只累萬。	《明清蘇州工商業碑刻集》，江蘇人民出版社，1981年，頁62～64
康熙四十年（1701）	踹匠窮民也，……。踹匠之數萬人。	同上，頁59～61
康熙五十九年（1720）	蘇城內外踹匠，不下萬餘，均非土著，悉係外來。	同上，頁69
雍正元年（1723）	染坊踹布工匠，俱係江寧、太平、寧國人民，在蘇俱無家室，總計約有兩萬餘人。	《雍正硃批諭旨》15函4冊，胡鳳翬奏，頁5181
雍正七年（1729）	蘇州以軋硯布爲業者，皆係外來單身游民。從數有七八千人，……目前硯匠又增出二千多人，……閶關外一帶地方遼闊，各匠數盈萬餘。	同上，13函4冊，李衛奏，頁4457～58
雍正八年（1730）	從前各坊不過七八千人，……現細察蘇州閶門外一充當包頭者，共有三百四十餘人，設立踹坊四十餘處，每坊容匠各數十餘人不等。	同上，13函5冊，李衛奏，頁4515
乾隆十七年（1752）	蘇州踹坊，雍正九年共四百五十餘處，點定踹石，一萬一千六百六十六塊，踹匠一萬餘人；今現在止存三百三十五處，計石九千二百零九塊，踹匠九千餘人。	《乾隆朝宮中檔奏摺》第5輯，頁63～64*

* 有關此資料可以參考陳國棟《介紹一條有關長江下游踹布業的史料》，《思與言》19卷2期，1981年，頁135～138。

　　蘇州的絲織業到了清代繁榮依舊，清代官營的織造局對蘇州民間的絲織業也有相當大的影響，有負面也有正面的作用。在清初織造採取僉派制，"恣拿鄉紳及富室充當機戶"，曾是蘇郡一大危害，造成"大抵給發官價，僅及其半，機戶賠補其半。"[13] 順治十三年

---

[13]　葉紹袁《啓禎記聞錄》，收入《痛史》卷七，臺北：廣文書局，1968年，頁11。

（1656）改採"買絲招匠"制，即由織局選定領機機户，給其機張
執照，由局内備好絲料再責令機户招募機匠進局織造，又稱"領機
給帖"制。[14] 這樣對民間絲織業的妨礙就小了。到康熙年間織造局
的上供採買制有了改良後，對江南的民間絲織業産生正面的促進作
用。據康熙三十四年（1695）九月李煦奏摺稱，上供織品到民間採
辦後"此項布匹出在上海一縣，民間于秋成之後，家家紡織，賴此
營生，上完國課，下養老幼。"[15] 另外，官營織造對民間絲織業技
術的提高，也有一定的貢獻。到乾隆年間，官營織造局對民間機户
的負面影響又出現了，據稱蘇州機户"向時頗樂業，今則多失業矣。
而機户以織作輸官，時或不足，至負官債，而補苴無術者亦往往然
也。"[16] 至於在明代業已相當興盛的絲織業機匠的人數，到清代仍
有增無減。明代蘇州的機匠不過數千人，到清代從事絲織業者已有
上萬户。[17] 其中只有少部分是名隸官籍的機户，[18] 他們可能都是官
營織造局的成員。又根據學者王翔的估計，若以乾隆年間蘇州城内
擁有絲綢機一萬二千台計算，大約從事機織者兩萬人，從事牽經拍
絲者兩萬人，從事掉經掉緯者三萬人，其餘絲行、經行、染坊、煉
絹坊，制機具工各種分業者，亦二萬餘人。此外，從事絲綢商業者
也大約一萬人。這樣，蘇州城内從事絲綢生産與貿易的就有十萬人
之譜，連帶他們的家屬子女，至少在二、三十萬人，而當時蘇州城
市人口爲六、七十萬上下，居然佔城市人口三分之一以上。[19]

---

[14] 過去的學者如彭澤益、段本洛等認爲"買絲招匠"與"領機給帖"制是兩種制度
（參見彭澤益《清代前期江南織造的研究》，《歷史研究》1963 年第 4 期，頁 96 ～
98、112 ～ 113；段本洛《蘇州手工業史》，頁 19 ～ 21），但范金民認爲二者實爲同一
制度，筆者亦贊同此説（參見《江南絲綢史研究》，頁 143）。

[15] 李煦《康熙三十四年九月，請預爲採辦青藍布匹摺》，《李煦奏摺》，臺北：里仁書
局，1985 年，頁 1。

[16] 沈德潛，乾隆重修《元和縣志》卷一○，頁 7。

[17] 顧詒禄，乾隆《長洲縣志》卷一六，頁 8，記云："織作，在東城。比户習織，專
其業者不啻萬家。工匠各有專能，或素或花，俱以計日受值。其或無主，黎明林立
花橋、廣化寺橋，以候相呼，名曰喚找。"

[18] 乾隆重修《元和縣志》卷一○，頁 7，記云："東城之民多習機業，機户名隸官籍。
傭工之人，計日受值，各有常主。其無常主者，黎明立橋以待喚。緞工立花橋，紗
工立廣化寺橋。又有車紡絲者曰車匠，立濂溪坊。什百爲群，粥後始散。"這裏
所謂的"名隸官籍"的機户只佔民間絲織業者的 3% ～ 4%，所以過去有些大陸學者
一論到官局控制機户與限制民間絲織業發展，就動輒以"名隸官籍"來解釋，此種
説法是有待商榷的。

[19] 王翔《中國絲綢史研究》，北京：團結出版社，1990 年，頁 226。

明清景德鎮瓷器工業的發展與蘇州一樣，都使當地聚集相當多的人口。在明初於景德鎮設有御器廠，施行輪班匠制。到明後期漸有雇役匠制的出現以及"官搭民燒"制，使得匠籍制度漸漸式微，而民窰則快速發展。[20] 城市人口也隨著窰業發展而膨脹，在明嘉靖年間，景德鎮人口已增至"主客無慮十萬餘"，其中又有相當多來自饒州府所屬縣份及遠方縣份的外地人，是以"窰業傭工爲生"，[21] 其人數約萬餘人。到了萬曆後期，已每日不下數萬人。[22] 清代御窰廠皆採雇役制，到嘉慶年間也盡搭燒民窰，照值給值，可以說完全以民營爲主。[23] 清代景德鎮的人口與陶工人數據記載是"烟火逾十萬，陶戶與市肆當十之七八，土著居民十之二三。"而且"五方借陶以利者甚衆"。[24] 雍乾之際已有"工匠人夫不下數十餘萬"。[25] 另外，北京地區的工匠亦有不少，就以乾隆六年（1741）曾發生罷工的户部所屬的寶泉局四廠鑄錢工匠爲例，據陳德華奏摺指出"該匠役等皆屬無籍頑民"，户部四廠匠役共二千餘人，另外還有工部所屬的二廠約千餘人，六廠合計工人約有三千餘人。[26] 雖然在清代北京人口總數中並非佔多數，但亦是不小的數目。

三、集體抗議行動形成的原因

明清時期工人集體抗議事件發生的原因，可以從兩方面來探討：一方面是人爲因素的影響，尤其是官府的制度，對手工業工匠有相當的影響。另外一方面，由市場經濟的角度來解釋，即可以由物價波動與薪資結構的角度來解釋。

〔20〕關於景德鎮民窰的發展，可參看以下諸文：梁森泰《明清景德鎮城市經濟研究》第二章，南昌：江西人民出版社，1991年；佐久見重男《明代景德鎮窰業の一考察》，《清水博士追悼記念明代史論叢》，東京：大安，1962年，頁477～483；高中利惠《明清時代の景德鎮の陶業》，《社會經濟史學》32卷5、6期，1967年，頁87～90。
〔21〕包括饒州府屬鄱陽、餘平、德興、樂平、安仁、萬年縣等，以及其他府屬如南昌、都昌等縣。參見王宗沐等撰，萬曆《江西省大志》（萬曆二十五年刊本）卷七《陶書》，"設官"條，頁2a～b。
〔22〕梁森泰《明清景德鎮城市經濟研究》，頁16～17。
〔23〕同上書，第四章。
〔24〕藍浦《景德鎮陶錄》卷八《陶說雜編上》，臺北：文海出版社，1969年，頁2。
〔25〕梁森泰《明清景德鎮城市經濟研究》，頁19～20。
〔26〕《乾隆六年八月二十二日陳德華等奏》，收入《清代檔案史料叢編》第11輯，北京：中華書局，1984年，頁36。

(一) 晚明反礦稅使罷工暴動

明代手工業工人的集體抗議事件大多發生在萬曆年間,可以説是屬於反礦稅使城市民變的一部分。萬曆二十四年(1596)起,明神宗先後以採礦、徵稅爲由,派遣宦官至各地擔任礦監、稅使,從此中官四出,礦稅流毒遍天下。直至萬曆三十三年(1605)十二月,始以"得不償價"下詔停礦,撤回各地礦監。榷稅之使則始於萬曆二十六年(1598),稅監或徵店稅,或專領稅務,或兼領開採,不數年間,鈔關遍佈大江南北,運河、長江沿岸尤甚。稅使所至,害商擾民,搜括民財無算,對工商業造成很大的打擊,各地的城市與商業經濟受到影響倒閉者衆。[27] 最後普遍地在全國各地城市引起民變,直到萬曆四十八年(1620)神宗臨終遺詔罷除一切稅課爲止。

萬曆二十九年(1601)在蘇州發生了織工領導的一次大規模反礦稅使暴動,史稱"織傭之變"。爲何會發生在這一年呢? 據當時的記載,"萬曆二十九年六月,其年水災,絲價甚昂",而"蘇民素無積聚,多以絲織爲業,東北半城大約機户所居",[28] 織造太監孫隆帶稅事,而其參隨黄建節等擅加徵稅,甚至及於織户小民,"妄議每機一張,稅銀三錢",趁機要機匠按匹納稅後才可發賣,以至"百物騰貴,民不堪命。又機户牙行,廣派稅額,相率改業,傭工無所趁食。"[29] 可見這一年的物價已經很高了,再加上稅監的苛徵,對機户與工人而言無異是雪上加霜,工人終於無法忍受而爆發暴動。

先是有"傭工徐元、顧元、錢大、陸滿等集衆二千餘人"。[30] 到隔二日,有某些不知名人士爲首,率數十人入玄妙觀約定行動,而且以芭蕉扇爲號指揮,[31] 並發誓"不取一錢"、"不夾寸刀,不掠一物,預告鄉里防其延燒,毆死竊取之人,抛棄買免之財。"[32] 行動於是開始了,先從葑門起,於滅渡橋捶斃稅官參隨黄建節,[33] 午間又擊斃徐怡春,接

---

〔27〕《明神宗實錄》卷三七六,萬曆三十年九月丙子條,户部尚書趙世卿疏,頁7072~7073。
〔28〕 朱國禎《皇明大事記》,收入《皇明史概》卷四四《礦稅》,揚州:江蘇廣陵出版社,1991年,頁31。
〔29〕 牛若麟等修,崇禎《吳縣志》(崇禎十五年刊本)卷一一《祥異》,頁40。
〔30〕 同上。
〔31〕 沈瓚《近事叢殘》卷一《葛誠打稅》。
〔32〕《明神宗實錄》卷三六一,萬曆二十九年七月丙申條,頁672;崇禎《吳縣志》卷一一《祥異》,頁40a。
〔33〕 陳繼儒《吳葛將軍墓碑》,收入江蘇省博物館編,《江蘇省明清以來碑刻資料選集》,北京:三聯書店,1959年,頁416;崇禎《吳縣志》卷一一《祥異》,頁40a。

續分別往閶、胥二門外,凡是稅官所在地方者,盡遭民衆毆殺。之後又前往投靠稅監的鄉紳與富戶家,"毀其室廬、器物,或斃其戚屬",或各執火炬燒打。[34] 直到六月九日,葛賢挺身投官後才結束此事件。[35]

這次事件之後,在萬曆三十年(1602)又發生機戶管文藉口激變,並大書揭帖指稱:"君無戲言,稅監可殺"等語,煽動搶掠的暴動。這是因爲蘇松常鎮稅務改用劉成因、陸邦新等宦官,使得"礦稅傳罷旋行,中外人心惶懼。"[36] 蘇州的機戶怕宦官來了之後又跟去年一樣專肆搜括民財,所以聚集暴動。宦官不但用礦稅使的身份廣抽商稅,而且身任織造局長官借端中飽,造成機戶罷織逃亡。最明顯的例子就是發生在萬曆三十一年(1603)杭州機戶罷織逃亡事件。太監孫順與魯保想擴充江南諸局的局匠規模,欲"選殷實機戶,先納後領",[37] 又兼管杭州織造局,結果是"杭城機戶聞風逃竄"。[38] 由以上的例子可以看到,有明一代督織有地方官與宦官兩種,但是反對宦官督織者很多,但是卻少有人反對地方官織造歲織緞匹,原因正如工部尚書姚思仁在天啓二年(1622)所説:"有司畏撫按之綜核,銀兩盡行給發,機戶有利,接迹而來。"但是宦官一來督織就不一樣了,"內監挾朝廷之威權,銀兩不免減削,機戶無利,掉背而去。"[39] 明代手工業工人集體抗議行動的動機,大多是這類反貪官苛徵事件。

明代這幾次的工人暴動與清初的工人罷工不同,反對的是官府徵稅的政策與織造制度,而非勞資糾紛的形態。在反礦稅使的立場上機戶和機匠都是相同的,[40] 士大夫、地方官與商人亦站在同一陣線。[41] 蘇州的手工業在明代雖早已有雇傭工人的情形,但如第二節

---

[34] 崇禎《吳縣志》卷一一《祥異》,頁40a～b;沈瓚《近事叢殘》卷一《葛誠打稅》。

[35] 文秉《定陵注略》卷五,臺北:偉文圖書公司,1976年,頁365。

[36] 《明神宗實錄》卷三七二,萬曆三十年五月戊辰條,頁6977。

[37] 《明神宗實錄》卷三八〇,萬曆三十一年正月乙亥條,頁7165。

[38] 《明神宗實錄》卷三八四,萬曆三十一年五月乙亥條,頁7229～7230。

[39] 《明熹宗實錄》卷三〇,天啓三年一月辛丑條,頁1506。

[40] 過去的研究中,大部分學者都主張當時機戶與機工之間是和諧相安的,對反礦稅的立場也是一致的。但是佐伯有一在《1601年"織傭之變"諸問題——其一——》一文中則認爲,機戶有大小的分化,而且對反礦稅民變運動的參與也有不同的態度。其說雖有可能,但在現有史料中仍無法明確區分兩者在民變的態度上有何差異。

[41] 劉志琴《試論萬曆民變》,《明清史國際學術討論會論文集》,天津:天津人民出版社,1982年,頁688、692。

所提到的，勞資關係是維持著 "機戶出資，機工出力，相依爲命久矣。" 這顯示機戶與機匠之間的關係是頗和諧的，這種 "相資相養" 的關係可以稱之爲 "父道主義模式" （paternalist model）。

另外，明末還有一些較特殊的手工業雇工集體抗議的事件，也值得注意。如發生在嘉靖十九年（1540）景德鎮的暴動事件，據《明實錄》的記載如下：

> 初，江西樂平縣民嘗傭工於浮梁，歲饑艱食，浮梁民負其傭直，盡遣逐之。遂行劫奪，二縣凶民遂各聚黨十餘，互相仇殺。[42]

這次事件看似是勞資糾紛的事件，但其中反映出地域性族群的衝突。因爲該地在明末聚集大量外來的雇工從事窯業，而且這些不同地域的人都有自己的同鄉組織，例如在滿窯行中有都昌幫及鄱陽幫，都昌會館又是介紹其鄉人到景德鎮從業的媒介。[43] 可是當地人對這些外地人印象並不好，認爲他們 "雖有殷贏，並非浮邑納賦當差之民，而四鄉嘗因末作利厚，荒廢本業，反爲浮累。"[44] 該年因爲 "大水食絕"、"水災後米貴"，天災的導火線造成 "沉溺相繼者亦無算，絕糶阻饑，劫攘以食"，窯業停止後樂平縣的雇工也因爲失業加上饑餓，遂聚集同鄉搶劫，當地浮梁縣人也結合起來與之械鬥，釀成此一事件。其實背後的因素是異鄉族群間的地域性衝突。[45]

廣東以鑄鐵聞名的佛山鎮，在明末也曾發生二起工匠暴動事件，但是造成這二次工匠暴動的直接原因並不清楚。[46] 其中一次是發生在天啓二年（1622）九月，"炒鑄七行工匠糾衆狂噪，借復清復靈應祠地爲名，先拆祠前照壁，隨毀民廬，奸不可測。知縣羅萬爵急出

---

〔42〕《明世宗實錄》卷二五〇，嘉靖二十年六月辛酉條，頁 5017～5018。

〔43〕 高中利惠《明清時代の景德鎮の陶業》，頁 94。

〔44〕 王臨元修、陳淯增修，康熙《浮梁縣志》卷四《賦役》，"陶記" 條，康熙十二年刊本，收入《稀見中國地方志匯刊》，北京：中國書店，1992 年，頁 49。

〔45〕 佐久間重男《明末景德鎮の民窯の發展と民變》，《鈴木俊教授還曆記念東洋史論叢》，東京：大安，1964 年，頁 271～275；又見高中利惠《明清時代の景德鎮の陶業》，頁 94～98。

〔46〕 據羅一星的說法，這二次事件是因大族把持經濟而引起工匠鼓噪暴動，其說大族把持經濟一事濫觴於正統元年，梁、霍二族爲建宗祠而強要爐戶他遷，以致事後引起工匠暴動。見羅一星《明清佛山經濟發展與社會變遷》，廣州：廣東人民出版社，1994 年，頁 152～154。然此事距工匠暴動已相隔百年之久，是否可因此論定爲工匠反大族把持經濟，似仍待商榷。

示安民，計擒爲首者重懲，始各解散。"[47] 第二次是在崇禎六年
（1633），"耳鍋匠並鋸柴工與諸爐戶爭鬥，毀陳達逵房屋，拿獲責
究。"[48]

（二）清代前朝的勞資糾紛罷工

清代前期所發生的城市手工業工人集體抗議事件，多屬勞資糾
紛的罷工事件。清代的勞資關係不像明代，以絲織業爲例，機戶與
機工之間的關係就很緊張。其間的差異與變化可以由明清兩代官府
爲手工業者所立之碑中略見一斑。明代官府爲手工業者所立之石碑，
內容主要是處理手工業者與官府之間的問題，如《雲間志略》記有
汾州府同知喬木，因爲該地有"州貢綢，綢局有織戶、解戶，織者
苦不中程，解者苦不時納，往往破家。公爲酌議，調停勒石，以垂
永久。"[49] 又如蘇州巡撫劉一焜在蘇州得令豁免民匠承造上供袍緞
後，"刻石豎碑於局（織造局）之首，以後民機永不許僉派。"[50] 但
是到了清代，官府所立的石碑則多是處理勞資之間的問題居多，以
蘇州的絲織業爲例，雇主（機戶）與雇工（機匠）間的關係，據清
代蘇州的碑刻資料顯示：

> 查民間各機戶，將經絲交給機匠工織，行本甚巨，獲
> 利甚微。每有匪匠，勒加工價，稍不遂欲，即以停工挾制，
> 以侵蝕爲利藪。甚將付織經緯，私行當押，織下紗匹，賣
> 錢侵用。稍向理論，即倡衆歇作，另投別戶，此種惡習甚
> 爲可惡。[51]

可見因爲機戶數量增多後，使機工自由選擇雇主的機會大增，因而
對雇主機戶也不會太客氣。

清代蘇州工人的罷工與暴動主要以絲織機匠、棉業染踹匠、製
紙業工匠等三類爲多，但在嘉慶以前是以棉業的染踹匠罷工爲主。

---

[47] 乾隆《佛山忠義鄉志》卷三《鄉事志》，引自《明清佛山碑刻文獻經濟資料》，廣
　　州：廣東人民出版社，1987 年，頁 317。
[48] 同上。
[49] 何三畏《雲間志略》卷一六《喬憲副玄洲公傳》，臺北：學生書局，1987 年，頁
　　1414。
[50] 劉　焜《撫浙疏草》（萬曆末年刊本）卷四《題駁召監條陳疏》，頁 70a～b。
[51] 《元和縣嚴禁機匠借端生事倡衆停工碑》，收入《江蘇省明清以來碑刻資料選集》，
　　北京：三聯書店，1959 年，頁 13。又收入南京大學等編《明清蘇州工商業碑刻
　　集》，南京：江蘇人民出版社，1981 年，頁 25。

工人的罷工與抗爭活動大部分的原因仍是"年荒米貴"，加上坊户或包頭"扣克工資",[52] 又經流棍煽惑，以組織行幫、或幫助普濟院、育嬰堂等爲由，要求增價。由此可見這段期間手工業工人集體抗議行動與糧食價格的上漲是有很大的關聯性。而工人所以對米價的漲跌很敏感，因爲他們的工資結構與米價相牽聯。在此將蘇州工人集體抗議事件發生的時間、工人的薪資、江南米價，以及銀錢比價相比較列於表二。

由表二中可以看到，就時間分佈而言，工人集體抗議事件從康熙年間到乾隆年間都有，但若以密集的程度來看，多集中在 1720 年到 1750 年之間，而 1720 年間正是米價開始上漲的時期。而工人的工資方面，以踹匠工資爲例，在康熙九年（1670）踹布工價照舊例每匠紋銀一分一釐,[53] 康熙三十一年（1692）時仍是"每匹紋銀一分一釐，毋庸增減，相安已久。"[54] 到康熙五十四年（1715）才稍有增加，每匹一分一釐三毫。[55] 這樣的工資對工人要在大城市生活的確嫌微薄，因爲踹匠每月還要交給踹坊作頭賃石租銀三錢六分，等於三十多匹的踹布工價。所以康熙九年起就不斷地有踹匠罷工事件。[56] 但是因爲這時物價還不致太高，所以工人的罷工暴動還不頻繁。至 1720 年代以後，從米價指數上可以清楚地看到上升的趨勢，而工資雖在康熙五十九年（1720）調整，但其規定是"米貴至一兩五錢，每踹布千匹，加銀二錢四分",[57] 這種"獎金制"是口惠而實不至，因爲一般工人要踹到上千匹並不容易，對工人薪資並不見得有太多的助益，所以此後工人的罷工暴動仍然頻繁。1750 年代米

[52] 據寺田隆信的研究指出，蘇州的"作頭"、"保頭"、"坊户"、"坊主"與"包頭"其實都是性質相同、稱呼不同的身份。他們招募工匠染踹的過程主要是"置備菱角樣式巨石木滾，家伙房屋，招集踹匠居住，墊發材米銀錢，向客店頒佈發碾，每匹工價銀一分一釐三毫，皆係各匠所得，按名逐月，給包頭銀三錢六分，以償房租家伙之費。"（《雍正硃批諭旨》，李衛奏摺）因爲工錢由其轉發工匠，所以常會發生包頭從中剝削與克扣的情形。參看寺田隆信《蘇州踹布業の經營形態》，頁 339～410。

[53] 《蘇州府爲核定踹匠工價嚴禁恃强生事碑》（康熙九年），《明清蘇州工商業碑刻集》，頁 54。

[54] 《蘇州府爲永禁踹匠齊行增價碑》（康熙三十二年），同上書，頁 55。

[55] 《長吳二縣禁立踹匠會館碑》（康熙五十四年），同上書，頁 66。

[56] 洪煥椿《清代前期蘇州手工業工匠的貨幣工資和罷工鬥争》，《明清史偶存》，南京：南京大學出版社，1992 年，頁 550。

[57] 《長洲吳縣踹匠條約碑》（康熙五十九年），《明清蘇州工商業碑刻集》，頁 68。

價幾乎漲到最高峰，罷工反而漸少，這與同時期工資也大幅調整有
關。乾隆十七年（1752）端匠的"獎金制"改善爲"以米價一兩五
錢以上，每布十匹加端工銀二錢四分；二兩三錢以上，再加銀三錢
四分。"[58] 這次工資的調整對端匠的生活有相當的影響，過去"每
月停石放工，端匠即結伴閑蕩，行爲詭僻"；工資調整後激勵了端
匠，使得"近因米價工昂，即值放工之日，各匠多仍照常端布，並
不停工，結伴遊蕩事亦少。"[59] 乾隆在位期間最後一次提高工資是
在乾隆三十七年（1772），本薪調整爲"詳酌定每布一匹，給發工價
連薪菜米加等，總計銀一分三釐。"[60] 這兩次的工資調整是經端匠
抗爭而得來的，自從乾隆三十七年工資調整後，端匠的罷工已少了，
只有乾隆四十四年（1779）與乾隆六十年（1795）又發生兩次罷
工，時間再後的就要到道光年間才出現。又銀錢比價也影響到工人
的罷工，一般官方公訂的銀錢比價是1：1 000，由表二中可以看到在
清康熙初年可以說是銀貴錢賤時期，至雍正乾隆時期是銀賤錢貴時
期，乾隆末年則呈現銀貴錢賤。而乾隆六十年發生的這次工人抗議
事件就是因爲有雇主坊戶不想以銀來付工資，"日久有發錢之事"，
"或有輕平短色之弊"所致。[61]

表二　清初蘇州工人集體抗議事件
時間與工資、米價、銀錢比價關係表

端、紙匠集體抗議事件 發生時間	端匠 工資（兩）	紙匠 工資（兩）	米價 （兩/石）	米價指數 1670 = 100	銀/錢比價
康熙九年（1670）	0.011		1.00	100	(1671)1：1 182
康熙三十一年（1692）	0.011		0.70	70	
康熙三十二年（1693）			1.00	100	
康熙三十九年（1700）			0.83	83	
康熙五十四年（1715）	0.011 3		1.20	120	
康熙五十九年（1720）	0.011 3 *		0.80	80	
雍正元年（1723）			1.00	100	

〔58〕《宮中檔乾隆朝奏摺》，《乾隆十七年鄂容安與莊有恭奏》，臺北：故宮博物院，1975
　　年，第5輯，頁64。
〔59〕同上，頁65。
〔60〕《蘇州議定端匠工價碑》（乾隆四十四年），《明清蘇州工商業碑刻集》，頁77。
〔61〕《元長吳三縣會議端匠工價給發銀兩碑》（乾隆六十年），同上書，頁79。

續表

雍正七年(1729)		1.20	120	(1730)1:850
雍正十二年(1734)(兩次)		1.20	120	
乾隆二年(1737)		1.10	110	
乾隆四年(1739)		1.40	140	
乾隆五年(1740)		1.20	120	1:700
乾隆九年(1744)(紙匠)		1.55	155	
乾隆十七年(1752)	0.0113#	2.31	231	
乾隆二十一年(1756)(紙匠)	(1757)0.72	2.73	273	(1759)1:750
乾隆三十七年(1772)	0.013	1.2	1.55	155	(1771)1:860
乾隆四十四年(1779)	(1787)1.205	2.33	233	(1775)1:875
乾隆六十年(1795)	(1793)1.245	1.37	137	1:1300

説　明:*米貴至一兩五錢以上,每端布千匹,加銀二錢四分。

　　　#以米價一兩五錢以上,每布十匹加端工銀二錢四分;二兩三錢以上,再加銀三錢四分。

資料來源:工資史料參見《明清蘇州工商業碑刻集》;1752年之工資史料見《宮中檔乾隆朝奏摺》5:64;米價資料參見 Yeh-chien Wang, "Secular Trends of Rice Prices in Yangzi Delta, 1638~1935," in Thomas G. Rawski & Lillian M. Li, ed., *Chinese History in Economic Perspective*, Berkeley: University of California Press, 1992, pp. 39~42;銀錢比價史料參見葉夢珠《閲世編》7:171;陳昭南《雍正乾隆年間的銀錢比價變動》,臺北:臺灣商務印書館,1966年,頁16。本表亦參考 Paolo Santangelo, "Urban Society in Late Imperial Suzhou," in Linda Cooke Johnson ed., *Cities of Jiangnan in Late Imperial China*, New York: State University of New York Press, 1993, p. 111.

同樣的,表二中也顯示紙業的工資在乾隆三十七年(1772)至四十年(1775)間也有很大的調整:

　　〔乾隆二十二年〕每月每工給進平九五色銀七錢二分。嗣于三十七年起至四十年,迭□□□□坊給飯食不□外,〔中缺九字〕給銀一兩二錢。茲各坊仰遵憲示,設法嚴禁,將前九九平加增一分二釐,改爲足兌。嗣後工銀一兩二錢,應以蘇圓曹平足兌發給。[62]

---

[62] 《元長吳三縣詳定紙匠章程碑》(乾隆五十八年),同上書,頁93。

乾隆四十七年（1782）又有蘇州府元和縣染紙坊戶楊彩霞等主動請增工價，"如有勤力多刷者，亦即按工給價外，再給茶點銀半分，以示鼓勵各緣由。"[63] 乾隆五十八年（1793）蘇州府又定紙匠工價，凡是"盡力刷造，除去六百張（中缺十二字）按月統算，每工給茶點銀半分，共成四分五釐，以示鼓勵。"[64] 基本上，乾隆後期工人集體抗爭事例所以較以前少，即是因爲工資調整的幅度大致上已能與日趨緩和的米價相稱。乾隆後期的情形也可以反映出汪輝祖所云，在乾隆初、中期時因爲貨幣供給不足，而有米價稍一貴，"即有餓殍"的現象，而到乾隆後期貨幣供給量大幅提高，所謂"魚蝦蔬果，無一不貴"，工匠之工資也大幅提高，改善工人的生活，所以即使"今米常貴，而人尚樂生"，[65] 工人亦不致於動輒罷工。

景德鎮的情形也很類似，當地陶工的待遇並不好，正所謂"糲食充枯腸，不敢問薑韭；工賤乏贏資，異鄉無親友。"[66] 而且雇主與商人又很現實，"率皆促居逐末，錙銖計較，過老病者，不能執業，輒屏棄之，雖平時曾資其力，亦莫之或恤。"[67] 面臨物價波動與經濟蕭條時，陶工受害更大。此外，當地與蘇州踹匠一樣工資是以銀兩來付的，所以銀的成色充足與否成了勞資糾紛的焦點，在雍正、乾隆與嘉慶年間就分別發生五起罷工事件，其中也有三件是以銀兩成色爲藉口。

雖然北京的鑄錢工人罷工事件，在附錄年表中只看到乾隆六年（1741）這次實例，但據檔案史料指稱"從前康熙、雍正年間俱有拋磚擲瓦，圖爭工價之事，惡習相沿，已非一次。"而乾隆六年這次罷工是因爲"究係爐頭屢年侵扣所致"。[68] 可見北京鑄錢工人的罷工與蘇州踹匠的罷工原因有相似性，即都是因爲平日雇主爐頭扣克工資而起。

---

[63] 《元長吳三縣詳定紙匠章程碑》（乾隆五十八年），同上書，頁93。

[64] 同上。

[65] 汪輝祖《病榻夢痕錄》，臺北：臺灣商務印書館，1980年，頁254~255。

[66] 沈嘉征《窰民行》，轉引自彭澤益編《中國近代手工業史資料》卷一，北京：中華書局，1984年，頁416。

[67] 趙之謙等，光緒《江西通志》卷九四，頁19，轉引自《中國近代手工業史資料》卷一，頁417。

[68] 《清代檔案史料叢編》第11輯，北京：中華書局，1984年，頁36。

四、從組織到集體行動

（一）手工業工人的組織

萬曆二十九年（1601）蘇州織工曾聚集了數十人於玄妙觀內商議抗議礦稅使行動之事，並且組織"團行"來領導群衆；明宋懋澄的《葛道人傳》中云：

> 參隨黄建節者，通吳中無賴湯莘、徐成等二十餘人，乘裒稅之令，嗾稅使令民間一杼輸月稅三錢，姑蘇遠道凡六門，水關者三，二十人將分據之，無貨不征。更議羅綺非奉司禮篆箱，不得私貿，剋日開徵。市人淘淘，遂期於六月三日詛玄妙觀，爲首六十人，名曰"團行"，明日不呼而集者萬人。[69]

這種組織是臨時性的，當時的工人並未意識到要成立自己一個長期性的組織。當時工人仍是隸屬在地域性的工商業組織如會館、公所之下，在這些組織成員中地方行幫商人佔比例極大，而且工商不分，手工業工人行會還未從商業行會獨立出來。又從佛山鎮的兩次工匠暴動事件中，"炒鑄七行工匠糾衆狂噪"、"耳鍋匠並鋸柴工與諸爐户爭鬥"可以反映出工匠自我意識的出現，並且似有組織聯合行動的趨勢。

到了清代約從康熙時開始，在工人從事集體抗議的過程中，漸漸有一些類似工會或行會的雛型組織出現，如蘇州端布業工匠中有"齊行叫歇"、"拜把結盟"、"糾衆拜把"之事，而且他們的集會地點大多在城市內外的一些公共廟宇內，可見當時應該已經有工人組織的雛型。最早在康熙三十一年（1692），蘇州有"羅貴、張爾會等，冒名端匠，聚衆齊行，威脅罷市。"[70] 康熙三十九年（1700）又據稱，"向來流棍煽惑，多在西山廟、半塘寺、西園禪寺、菩提場、鄉山廟等處，爲聚衆倡亂之場。"[71] 康熙三十九年蘇州端匠的罷工，還發展出類似罷工準備金的設計，"或曰某日齊行，每匠應出

---

〔69〕 宋懋澄《葛道人傳》，《明文海》卷四〇三，北京：中華書局，1987年，頁4203～4205。
〔70〕 《明清蘇州工商業碑刻集》，頁55。
〔71〕 《蘇州府約束端匠碑》（康熙四十年），《明清蘇州工商業碑刻集》，頁64。

錢五文、十文不等；或曰某匠無業，……每匠應出銀二分、三分不等，而衆匠無一不出，……積少成多，已盈千萬。"[72] 康熙五十四年（1715），曾有蘇州府長洲與吳縣二縣之邢春林與王德等，"煽惑踹匠，加價斂銀，欲助普濟院、育嬰堂，結黨創立會館"，"倡言欲作踹匠會館"，[73] 想斂錢唱戲、成立會館卻不成。這是中國手工業工人最早要求設立自己行會的記錄。到了雍正元年（1723）蘇州研匠有樂晉公"糾聚匠黨衆，拜把約會。"雍正七年（1729）又有"樂爾集爲首，於九月初九，糾合段秀卿等共二十二人，拜把結盟，祀神飲酒。"這樣的集團組織雖爲官方視爲危險的叛亂組織，他們自己卻"堅稱異鄉在外，止圖疾病扶持，別無爲匪之情。"[74] 雍正十二年（1734）又有蘇州絲織業機匠"倡爲幫行名色，挾衆叫歇，勒加銀兩。"[75] 這時出現了"幫行"一詞。其後有"各立會名，拜盟結黨，私設公所"。大概到雍正以後官方對工匠的組織控制漸漸較放鬆了，所以結黨情事也多。據顧公燮的《消夏閑記摘鈔》卷下記道："門外社壇踹坊鱗次，匠以數萬計，結黨生事。"[76] 流棍煽動踹匠結黨多是自稱同鄉或是稱親戚之類（詳見下節），可見他們原本是地緣關係而結合的一種同鄉團體，因爲他們大都來自城市附近的農村，如蘇州踹匠來自江寧、寧國與太平等府，景德鎮的陶工來自附近的農村以及樂平、都昌等縣，因之與傳統農村社會仍有相聯的共生關係。[77]

　　工人由組織"團行"而欲成立"會館"、"公所"的歷程，正是手工業工匠意識到要脫離作坊主行會，自組"幫工行會"的過程。中國的行會組織演變到明清時代，已經由唐宋以來一種政府對城市工商業者徵斂的工具，轉變成限制同業自由競爭及調和行會內部衝

---

〔72〕　《蘇州府約束踹匠碑》（康熙四十年），《明清蘇州工商業碑刻集》，頁63。

〔73〕　《明清蘇州工商業碑刻集》，頁65～67。

〔74〕　《宮中檔雍正朝奏摺》第15輯，臺北：故宮博物院，1967～1968年，頁208～209。

〔75〕　《長洲縣永禁機匠叫歇碑》（雍正十二年），《明清蘇州工商業碑刻集》，頁16；又見於中國人民大學等編《康雍乾時期城鄉人民反抗鬥爭資料》，北京：中華書局，1979年，頁526。

〔76〕　顧公燮《消夏閑記摘鈔》卷下《李制台治吳》，頁16a。

〔77〕　工人的這種強烈地域觀念，使他們與其原來的農村家庭仍然存在著一種血緣關係的紐帶（kinship tie）。直到近代中國開始工業化時，各城市的農村剩餘勞動力，仍然是新式工廠及傳統手工業工人的主要來源。參見劉石吉《一九二四年上海徽幫墨匠罷工風潮——近代中國城市手藝工人集體行動之分析》，《近代中國區域史研討會論文集》，臺北：中央研究院近代史研究所，1986年，頁422～424。

突，並倚恃官府對抗工人罷工的組織。這種行會限制了學徒及使用
幫工的數目，也限制作坊的開設，劃定產品的規格、價格、原料分
配及規定統一工資。[78] 清代以後工人不斷地受到這種行會的限制，
於是在集體抗議的過程中，工人也漸漸意識到要脫離傳統行會的束
縛，成立自己的"幫工行會"。前述工匠在某些廟宇集會也正是行會
起源的一個標志，早期中國會館公所的地點都與壇廟寺觀有關，[79]
正如上海的碑刻所記："此所爲宮後殿與會館二而一也，合廟堂于會
館也。"[80] 手工業行會的資料亦顯示，行會幾乎都是在一些宮或廟
觀成立的，而且行規中也規定一些祀神，或祭祀其行業神（祖師爺）
的活動。如上海成衣業於六月六日在"城隍廟東園有曬袍會，合邑
之衣工爲之。"[81] 乾隆五十二年（1787）長沙村鋪業規定"一議每
年六月二十四日，恭逢雷祖大帝瑞誕，演戲敬神，公議派定，不得
推諉。"[82] 加入手工業行會時也有規定，如是作坊主開業要入銀若
干，要演戲一台。外來工匠入幫也要繳錢，如違者也要罰戲一
台。[83] 這與康熙九年（1670）蘇州踹匠竇桂甫鼓衆添價，"因王明
浩不肯附會，輒罰令唱戲酬神"的情形一樣。[84]

　　雖然工匠一直想要成立自己的會館公所，然而商人與坊主反對
工人成立會館最力，他們向官府陳言："倘會館一成，則無籍之徒，
結黨群來，害將叵測。"[85] 官府向來懷疑工匠的身份，而且又從維
護社會秩序的角度出發，所以也贊同商人的看法，一直不肯讓工人
成立會館公所。但在清政府嚴禁下，仍可看到一些後來手工業工人
成功地組織自己行會的例子。[86] 如乾隆年間廣州絲織業即已成立與

〔78〕　劉永成、赫治青《論我國行會制度的形成和發展》，《中國資本主義萌芽問題論文
　　　　集》，南京：江蘇人民出版社，1983 年，頁 123～130；全漢昇《中國行會史》，臺
　　　　北：食貨月刊再版，1978 年，頁 121～149。
〔79〕　何炳棣《中國會館史論》，臺北：學生書局，1966 年，頁 68～69。
〔80〕　《興修漳泉會館碑》，收入上海博物館編《上海碑刻資料選輯》，上海：上海人民出
　　　　版社，1980 年，頁 236。
〔81〕　《中國近代手工業史資料》卷一，頁 197。
〔82〕　《中國近代手工業史資料》卷一，頁 196。
〔83〕　《中國近代手工業史資料》卷一，頁 180～181。
〔84〕　《明清蘇州工商業碑刻集》，頁 54。
〔85〕　《明清蘇州工商業碑刻集》，頁 66。
〔86〕　李華《論中國封建社會的行會制度》，《中國資本主義萌芽問題論文集》，頁 110～
　　　　111；汪士信《我國手工業行會的產生及其作用》，《中國社會科學院經濟研究所集
　　　　刊》，北京：中國社科院，1981 年，頁 236～237。

資方"東家行"對抗的"西家行";道光以後有更多的手工業行會成立,
例如:杭州機匠成立了行會,佛山的帽綾業也有"東家"、"西家"之分,
道光二十五年(1845)蘇州府吳縣書坊印手朱良邦等"復立行規,霸持
各店收徒添伙,勒加節禮",成立自己的行會。[87]

(二) 抗議儀式與群眾心態

在手工業工人集體抗議行動的過程中常有一些祀神唱戲的儀式,
早在萬曆二十九年(1601)蘇州織工葛成反抗礦稅監事件已有"織房織
手聚眾誓神"的儀式,[88] 但是詳細資料並不完全。在清雍正七年
(1729)蘇州也有砑匠樂爾集爲首糾衆"拜把結盟,祀神飲酒",而且還
至包頭家"詐死打降",勒索錢財。[89] 乾隆五年(1740)在蘇州有機匠反
頭目克扣薪糧的事件,據記載當時蘇州織造的南北兩局,共有720機,每
局設頭目三人管轄,名爲"所官"。而機匠日給口糧四升,工價另撥:

> 所官奚廷秀欲將春季口糧,九折放給,至冬季算,倘
> 有餘剩,再行派給各匠,以免賠累。各匠聽聞,誤認克扣,
> 嘖有煩言。……詎革匠朱裕章等,遷怒奚廷秀,九月二十
> 七日糾衆身背黃布冤單,扎神馬,拜往城隍廟,唱戲盟神,
> 經過廷秀之門,焚化神馬。廷秀門首原有稻草,比時家人
> 將草搬進,頃刻厨房失火,毀屋六間。廷秀疑爲火星落于
> 稻草所致,隨具稟海保,飭發長洲縣查審,將朱裕章八名
> 分別以枷責,詳經海保批允,發落在案。[90]

這樣"身背黃布冤單,扎神馬"、"焚化神馬"的儀式與手工業行會
的起源息息相關,因爲手工業行會的起源多是同業聚集廟宇中,祀
奉行業神祇,同時在每年還要演戲祭神。"神馬"又叫作神碼、紙
馬、甲馬、花馬、甲子馬等稱,是一種木板印刷的紙神像。祭祀民
間神祇也用到神馬,但大量的神馬是行業神祭祀用的,在祭祀行業
神的儀式之後都會到門外將神馬焚化。它的起源可能與古代喪葬時
以紙錢代替金屬幣,作爲喪葬用品的習俗有關。[91] 以前的學者認爲

---

〔87〕 《吳縣禁書坊把持行市碑》(道光二十五年),《明清蘇州工商業碑刻集》,頁95。
〔88〕 《明神宗實錄》卷三六一,萬曆二十九年七月丙申條,頁6741~6743。
〔89〕 《雍正硃批諭旨》,雍正七年二月二日浙江總督管巡撫事李衛奏,頁4457~4458。
〔90〕 《中國近代手工業史資料》卷一,頁95。
〔91〕 參看李喬《中國行業神崇拜》,北京:中國華僑出版社,1990年,頁59~62;郭立
誠《行神研究》,臺北:中華叢書,1967年,頁3。

這類的敬神活動只不過是被利用來團結"同鄉"、"同業"以期達到"互助"的目的；或因工商業者害怕競爭和無力戰勝天災人禍，所以把希望寄託在神靈的保祐和同行的恩賜。[92] 但是在這裏要强調的是，這樣的儀式和活動也成了工人聚集表達不滿的一種象徵行爲，並藉焚燒紙馬如同將不滿訴諸於行業神，也可吸引社會的注意，就算不能獲得實質利益的效果，亦可藉此宣泄對雇主的不滿。就如同在十八世紀法國工人以殺猫的儀式來表達對雇主的不滿一樣。[93]

值得注意的是在清代城市群衆集體抗議的事件中，也往往可以看到群衆聚會在城隍廟，甚至利用城隍神作爲抗爭的工具。尤其常見於爲表達對政府救濟政策不滿的事件，如乾隆八年（1743）江蘇高郵州等地的求賑事件，"在城居民有力家，例不在賑恤之列者，聚衆罷市，抬神哄鬧公堂衙署，勒要散賑。"[94] 又如乾隆十二年（1747）江蘇通州鬧賑一事，有群衆約日聚集，"扛抬城隍神像，至場官衙署，吵鬧求賑。"[95] 上舉工匠朱裕章等亦是藉城隍廟會時燒神馬抗議，這樣的舉動反映出工匠利用原有的傳統文化形式轉化爲自己的文化。誠如 E. P. Thompson 在研究英國工人階級形成的經典之作中指出：近代工人階級意識及組織的形成，導源於十八世紀以來英國的宗教文化、政治理論、手工藝工人傳統及地方習俗等因素，而不是工業革命帶來的直接結果。即使工人對工業化的反動與非政治性的反應，也是淵源於十八世紀的歷史文化背景。[96] 同樣的，清初手工業工匠的集體抗議儀式，也導源於傳統城市市民的集體抗議模式。

（三）集體抗議的方式

明末的手工業工人的集體抗議事件中，其抗議的方式大多直接訴諸暴力，如嘉靖十九年（1540）景德鎮，"浮、樂之民相角，聚衆

---

〔92〕 劉永成《試論清代蘇州手工業行會》，《歷史研究》1959 年第 11 期，頁 44～45；劉永成、赫治青前引文，頁 135～136。

〔93〕 Robert Darnton, *The Great Cat Massacre and Other Episodes in French Cultural History* (New York: Basic Books, Inc., 1984), pp. 75～106.

〔94〕 《康雍乾時期城鄉人民反抗鬥爭資料》，頁 564。

〔95〕 《康雍乾時期城鄉人民反抗鬥爭資料》，頁 566。

〔96〕 E. P. Thompson, *The Making of the English Working Class* (N. Y.: Vintage Books, 1966), p. 194.

殺掠";[97] 萬曆二十九年（1601）蘇州的織傭之變，"毀其室廬、器物，或斃其戚屬，或各執火炬燒打;"[98] 較溫和的方式是採取罷織逃亡，如萬曆年間江南反對織造局由宦官督織事件；但是因爲沒有嚴謹的組織，所以並沒有像清代以"齊行叫歇"的方式出現。

清初手工業工人的集體抗議形式有幾種,有的是齊行叫歇式的罷工或脅迫商人罷市,如康熙九年（1670）,蘇州踹匠竇桂甫倡言年荒米貴,"傳單約會聚匠停踹,索添工銀。"[99]康熙三十一年（1692）蘇州踹匠羅貴等"煽惑齊行增價,以致聚衆毆搶,復毀官示","聚衆齊行,威脅罷市";[100]有的是聚衆毆打或勒索雇主,如康熙三十九年（1700）蘇州有"流棍之令一出,千百踹匠景從。成群結隊,抄打竟無虛日。以致包頭畏避,各坊束手,莫敢有動工開踹者。"[101]有時聚衆至衙門哄鬧,如乾隆二十七年（1762）湖南嘉禾縣城有修城工匠毀鬧公堂一事,導因各匠赴縣衙懇求保釋被捕之匠頭王宴林,但該縣不允所請,"隨有匠人于大堂內哄鬧,將公案印架打毀"。[102]有的則是形同盜匪,如雍正元年（1723）蘇州有硯匠樂晉公等,"糾聚硯匠黨衆,拜把約會,欲於五月五日放火劫庫,奪船下海。"[103]

綜觀明清手工業工人的集體抗議方式,是一種"直接行爲"的模式（"direct-action" type）,也就是對財物施以暴力行爲,基本上仍屬於法國史家 George Rudé 所謂的"前工業時期"或"農村社會的抗議"方式（pre-industrial, agrarian protest）。George Rudé 認爲這種集體抗議方式是十九世紀英法兩國群衆暴動的特色。[104]

值得注意的是從蘇州手工業工人集體抗議的例子中,顯示至乾隆以後手工業工人已漸漸瞭解到官方介入的重要性,同時也知道以"齊行叫歇"的方式來要求加薪,是會遭到官府取締與逮捕,而且刑

〔97〕 康熙《浮梁縣志》卷四《賦役》,"陶政"條,頁50a。
〔98〕 崇禎《吳縣志》卷一一《祥異》,頁40a~b；沈瓚《近事叢殘》卷一《葛誠打稅》。
〔99〕 《明清蘇州工商業碑刻集》,頁54。
〔100〕 《明清蘇州工商業碑刻集》,頁55。
〔101〕 《明清蘇州工商業碑刻集》,頁63。
〔102〕 《康雍乾時期城鄉人民反抗鬥爭資料》,頁534。
〔103〕 《雍正硃批諭旨》,雍正七年二月二日浙江總督管巡撫事李衛奏,頁4457~4458。
〔104〕 George Rudé, "The 'Pre-industrial' Crowd," in *Parish and London in the 18th Century: Studies in Popular Protest* (N. Y.: Viking, 1971), pp. 17~34. 有關此説可參看劉石吉《中國近代手工業工人的抗議形態演變芻議（1600~1920）——兼論近代歐洲手藝匠人的研究》,收入《香港大學國際明清史會議論文集》。

罰是愈來愈重（詳見下節）。於是工人們開始循正常的申訴途徑，即以報官請增工價或控告坊主扣克工資的方式來表達抗議。如乾隆二年（1737）蘇州踹匠殷裕公等報官請增工資，"以米價昂貴，于姚署司任内，懇（中缺）一石即加二錢四分。"[105] 乾隆四年（1739），"蘇郡退業踹匠王言亨等，呈控店商趙信文等不遵舊例，扣克（中缺）。"[106] 其他的例子還有：乾隆三十七年（1772）踹匠李宏林等報官請增工價；乾隆四十四年（1779）蘇州踹匠孔體任等控告布坊主，報官請增工價；乾隆六十年（1795）蘇州踹匠蔡士謹以工銀輕平短色，停工報官請增工價（詳見附録年表）。

五、官府對工人的處理政策

對官府來説，工人們的集體抗議也是對社會秩序的一種威脅，因此，明清官府都擬定政策，防止工人的集體罷工或暴動，尤其是清朝官府在處理勞資糾紛時發揮了很大的功能。以下分別從管制與協調兩個角度來觀察。

（一）官府的看法與管制政策

明代官員認爲這些雇傭工人因爲不像農民一樣在糧食生産方面可以自給自足，所以當荒年時就成了社會治安的大問題。據《明熹宗實録》徐憲卿疏云：

> 獨蘇郡之遊手遊食者多，即有業者不過輦玉點翠、織
> 造機繡等役。一遇凶荒，此技皆無所用，而立就於淪，故
> 奸民往往乘而亂。[107]

即使在清代,官府對蘇州城内踹匠與機匠等類手工業工人的看法,也與明代一樣,仍然認爲他們是社會治安的危險人物:"踹匠皆係膂力凶悍之輩,俱非有家土著之民。散漫無稽,盜逃叵測。且異方雜處,奸究易生。"[108] 官方的看法多認爲工人與雇主的衝突是有野心者在中間煽動而成的。據雍正十二年(1734)蘇州碑刻資料提到,當地絲織業雇主機户與其所雇之機匠間本是"機户出資經營,機匠計工受值,原屬相

---

[105] 《元長吳三縣永禁踹匠借端齊行碑》（乾隆四年），《明清蘇州工商業碑刻集》，頁74。
[106] 同上。
[107] 《明熹宗實録》卷四六，天啓四年一月丁丑條，徐憲卿疏，頁2242～2243。
[108] 《蘇州府爲永禁踹匠齊行增價碑》（康熙三十二年），《明清蘇州工商業碑刻集》，頁56。

需,各無異議。"但是他們之間的衝突是因爲"惟有不法之徒,不諳工作,爲主家所棄,遂懷妒忌之心,倡爲行幫名色,挾衆叫歇,勒加工銀,使機戶停職,機匠廢業。"[109] 同樣的,在棉染業踹匠與坊主的關係原來是"工價有例,食用有條,原自相安。"但是"其間爲禍,並非真正踹匠,流棍從中漁利,釀害非輕。"[110] 這些流棍的活動是"混迹寺院,隱現踹坊。或稱同鄉,或認親戚,煽惑衆匠,齊行增價,代告扣克,科斂訟費,再索酬金。流棍貪婪,作俑倡亂不絕。"[111] 爲了防止這類人生事,官府規定了許多制度來約束工人。

清代官府採取嚴密的控制措施,以對付蘇州踹匠工人的罷工。例如雍正九年 (1731) 浙江督臣李衛奏議,"踹坊石塊,毋許加增,即寓有限制踹匠人數之意。""總在踹石不許私添,則人數自有限制,平時再加防範,自不致則滋釁端。"[112] 最具代表性的就是透過坊主或包頭來控制工人。如康熙三十九年 (1700) 蘇州發生踹匠工人以包頭扣工資而毆打包頭的事件後,官府認爲是流棍煽動工人,於是採用了以下的"坊長制"措施:

> 請將包頭編甲,責其相互稽查,□于其内擇一□于老
> 成者,充任坊長,令其管轄,□家□□,盤查來歷。一家
> 有事,九家連坐。則彼此俱責成。再設循環簿,著令登填
> 何處籍貫,何人保引,何日進坊,何日出坊,分列舊管、
> 新收、開除三項。每逢朔望,必與坊長倒換。則來蹤去迹
> 自明,無處隱藏矣。如請委文武弁員專董一法。仿之松府,
> 系城守營與典史互相稽查,行之頗著成效……,仍委城守
> 營爲總巡,不許踹匠夜行,不許包頭侵克。……一有奸徒
> 事犯,輕則移解有司,重則申報各憲。[113]

上述之制度是假設每坊即由一包頭所有,則由十家包頭中選出一家任"坊長"監督之。但這種"坊長制"只有監督的功能,到康熙五十九年 (1720) 更在坊長制的基礎上進一步地設立"坊總制",使監控制度更擴大、更嚴密,連坐制也發揮得淋漓盡致。其中的坊總

---

〔109〕《明清蘇州工商業碑刻集》,頁55。
〔110〕《明清蘇州工商業碑刻集》,頁63。
〔111〕《明清蘇州工商業碑刻集》,頁68。
〔112〕《宮中檔乾隆朝奏摺》第5輯,乾隆十七年鄂容安與莊有恭奏,頁65。
〔113〕《明清蘇州工商業碑刻集》,頁63~64。

已具有半官方的身份，可以直接取締踹匠。[114]

> 謹遵前府憲遺意，開列數條，悉陳稽查之法。身等同為
> 包頭，約有三百餘戶，或有兩作，或有三坊，不能分身稽察。
> 每作用管帳一人，專責稽查，名曰"坊長"，凡有踹匠投坊傭
> 趁，必須坊長認識來歷，方許容留。然坊長之責，必自包頭。
> 即將包頭立于居民之外，每十二家編為一甲，每月輪值甲長，
> 每歲周而復始。各給循環印簿，開明某月甲長某人，查填踹
> 匠姓名，仍于眾包頭中，擇一老誠練達者，舉充坊總，頒給團
> 牌，管押各甲。踹匠五人連環互保，取結冊報，一人犯事，四
> 人同罪。日則做工，夜則關閉在坊。如有拐布盜逃，賭博行
> 奸鬥毆，聚眾歃盟，停工科斂，閒鬧花鼓，糾眾不法者，坊長報
> 明包頭，令同甲長，填簿交坊總，申明拿究。如有徇隱發覺，
> 互結保人，本坊坊長，一體同罪。簿列管收，除在四柱開填，
> 每月朔日，甲長彙交坊總稽查，循環倒換。倘甲內擅留匪類，
> 坊總協同甲長，立刻驅逐，仍將窩頓之坊長，按以窩盜之例，
> 通同徇庇，一體治罪。

可能是後來包頭往往擁有數坊，於是舊制頗不便，遂每坊設一管理
員為"坊長"，十二戶包頭中設一"甲長"，再由眾包頭中選一"坊
總"。由以上的引文，我們可以把這一套連保監督制度繪成下圖：

另外，雍正年間也有何天培奏稱管理染躍匠之法：

---

[114] 《長吳二縣踹匠條約碑》（康熙五十九年），《江蘇省明清以來碑刻資料選集》，頁
44。關於此問題可參考寺田隆信《蘇州踹布業の經營形態》，頁358～362。

福建客商出疆貿易,各省馬頭皆有。而蘇州南濠一帶,客商聚集尤多,歷來如是,查係具有行業之商,於國課關稅及肩挑負販之小民,皆有裨益。……至於染踹二匠,俱係店家雇用之人,各有收管其中。固有安分良民,亦有酗酒不法之輩。查去年五月間曾有踹匠謀盜富戶,其事未成,已經地方官府將爲首之人盡法究處結案。再查蘇州發賣各省經商布疋,必須工匠踹染。臣愚見飭令雇用之家,各取保結。更令地方官嚴加稽察,則生事之徒不敢容留,而彼亦畏法知警矣。[115]

至乾隆年間又規定凡是坊長或坊總, 盡心稽察者, 三年無過, 就照例給與"把總"(清綠營正七品官) 虛銜。[116]

其實這套監視系統是由保甲制演化而來的。清順治三年(1646)已建立類似保甲制的"里甲制";至康熙九年(1670)頒上諭十六條,其一曰:"聯保甲以弭盜賊",至此可見保甲之爲用已漸漸廣泛。[117] 康熙五十四年(1715)蘇州府所立的《長吳二縣禁立踹匠會館碑》中就稱:"爾等踹匠、包頭,務須遵照前督院撫各憲頒定條約,永遵保甲之法,不許招留匪類,通同作奸爲害。"[118] 雍正九年(1731)"令江南蘇州踹坊,設立坊總甲長。南北商販青藍布匹,俱于蘇郡染造,踹坊多至四百餘處,踹匠不下萬有餘人。時浙江總督李衛節制江南,因陳地方營制事宜,言此等踹匠多係單身烏合,防範宜嚴,請照保甲之法,設立甲長,與原設坊總,互相稽查,部議從之。"[119]

官方對其他行業以及其他城市的手工業工人的看法, 就如同蘇州官府對踹匠的看法一樣, 例如乾隆初年一則官方的記事就指出:江西景德鎮的工匠"秉負強梁, 不糾于法, 故歷稱景德鎮爲藏奸納

〔115〕 《雍正硃批諭旨》卷三, 何天培奏, 頁771。
〔116〕 《宮中檔乾隆朝奏摺》第5輯,乾隆十七年鄂容安與莊有恭奏,頁65。有關把總的性質,參見劉子揚《清代地方官制考》,北京:紫禁城出版社,1994年第2版,頁179。
〔117〕 順治三年(皇朝通典作五年)更定的里甲之制,令天下各府州縣編賦冊,以一百一十戶爲里,推丁多者十人爲長,餘百戶爲甲,甲凡十人,歲役里長一人;城中曰"坊",近城曰"廂",在鄉曰"里",各置一長;造冊時人戶各登其丁口之數,而授之甲長,甲長授之坊廂里各長,坊廂里長上之州縣,州縣合而上之府,府別造一冊上之布政司督撫,而據布政司所上之冊,達於戶部。此種制度在當時著重在戶口調查與賦役征課二事,而調查似較重視。參見聞鈞天《中國保甲制度》,臺北:臺灣商務印書館,1971年,頁217~218。
〔118〕 《明清蘇州工商業碑刻集》,頁67。
〔119〕 《欽定皇朝文獻通考》卷二三,《影印文淵閣四庫全書》第632~638冊,臺北:臺灣商務印書館,1983年,頁17~18。

污遍竄之區。"甚至以爲他們的罷工是故意藉題發揮，"伊等錙銖必較，即銀色飯食之類少有齟齬，動即知會同行罷工罷市，以爲挾制。甚至合黨成群，恣行抄毆。"[120] 所以對城市的手工業工人一致採取嚴密的監視制度，例如在蘇州除了對踹染匠採取包頭制外，在乾隆五十八年（1793）也對紙匠規定"仿照憲定，今各紙坊户據設立司月，城内城外各設三坊，專司稽查。""如有散匠來歷不明，責歸匠頭查察。""坊甲專司稽查各坊，彈壓各匠。"甚至還嚴禁犯匠改名。[121] 太倉州嘉定縣在康熙五十四年（1715）時規定了管理踹匠的制度，也像蘇州府一樣，"包頭内擇老成者爲坊長，管轄九家，如容流棍，坊長十家，一體治罪。"[122] 在景德鎮窰户與官府則透過陶工的組織"行幫"的基層頭目——"頭"來約束與監督，"以便稽查口類，出入雇人"，"約束衆工，勤惰聽其處分"。[123]

（二）協調、安撫與鎮壓

過去學者常將蘇州官府禁手工業工人罷工的碑刻，看做是清官府幫助雇主鎮壓工人罷工的證據，其實未必全然如此。就處理勞資糾紛的過程與方式而言，官府對工人集體抗議或罷工的處罰並不算重。從蘇州碑刻資料的内容來看，康熙時期的罷工事件，官府大多是將首要帶頭分子予以杖責後發還原籍嚴行管束；有的工人領導分子因爲抗議行動時釀成暴力事件，所以刑罰較重，如康熙三十一年（1692）羅貴等人因爲"聚衆毆搶，復毀官示"，於是被判"枷號一個月，滿日各重責三十板"。至雍正十二年（1734）官府才有明文規定罰責："應比照把持行市律究處，再枷號一個月示儆。"關於"把持行市"的刑罰，依大清律的規定如下：

> 凡買賣諸物，兩不和同，而把持行市，專取其利；及
> 販鬻之徒，通同牙行共爲奸計，賣物以賤爲貴，買物以貴
> 爲賤者，杖八十。
>
> 若見人有所買賣，在傍（混以己價）高下比價，以相

[120] 凌燽《西江視臬紀事》卷四《條教》，禁窰廠滋事，引自《中國近代手工業史資料》卷一，頁418。又見於《康雍乾時期城鄉人民反抗鬥爭資料》，頁532。
[121] 《明清蘇州工商業碑刻集》，頁93～95。
[122] 《嘉定縣爲禁踹匠齊行勒索告示碑》，《上海碑刻資料選輯》，上海：上海人民出版社，1984年，頁99。
[123] 梁淼泰《明清景德鎮城市經濟研究》，頁219。

惑亂，而取利者（雖情非把持），笞四十。[124]

這樣"杖八十"、"笞四十"若再加上枷號一個月的刑罰，比起康熙時的處罰要來得重，但較之清代處理其他民變事件的法律動輒"斬立絕"、"絞監候"的死刑要輕很多，例如清代最早處罰民變的條例是在雍正三年（1725）訂定的山陝光棍之例：

> 山陝刁惡頑梗之輩，假地方公事，強行出頭，逼勒平
> 民，約會抗糧，聚眾聯謀，斂錢搆訟，抗官塞署。或有冤
> 抑，不於上司控告，擅自聚眾至四、五十人者，地方官與
> 同城武職，無論是非曲直，拿解審究，爲首者照光棍例擬
> 斬立決。爲從擬絞監候。其逼勒同行之人，各杖一百。[125]

至於其他從犯，官府處理的態度是認爲若"眾匠隨已帖息，似可不加深究"，[126] "米價稍昂，艱苦起見，並無齊行煽惑斂錢生事等，應請各予從寬，使安端業。"[127] 所以對從犯最多只是"驅逐遞回原籍"而已。至乾隆年間如上所述工匠有報官請增工價或控告雇主扣克工資的抗議事件，像這種合法的抗爭方式，官府也大多未予深究處罰。

官府在處理這類勞資糾紛之後，也漸漸能體會到雇工生計的艱困，所以官府也在調整自己的角色，成爲勞資糾紛中的居中協調者。首先官府意識到工人薪資與包頭侵扣的問題。如康熙五十九年（1720）長洲與吳縣官府對踹匠工資有了新規定：

> 荷蒙前府陳議工價，每疋一分一釐三毫，銀色九七，
> 頒給法馬三百枚。其間米貴至一兩五錢，每踹布千疋，加
> 銀二錢四分。米價一兩二錢則止。商店給發工價，每兩加
> 五釐，名曰"捐助"。[128]

這次官府規定，凡是當年米價若昂貴地超過每石一兩二錢以上的話，就要另外按千疋加工資給踹匠。事實上正因爲有了這次規定，使踹

---

[124] 吳壇著，馬建石、楊育棠主編《大清律例通考校注》，北京：中國政法大學出版社，1992 年，頁 532。有關明清政府的把持行市法律，可以參考邱澎生《由市廛律例演變看明清政府對市場的法律規範》，收入《史學：傳承與變遷——沈故教授剛伯先生百齡冥誕臺灣大學歷史學系博士班成立三十周年紀念研討會論文》。

[125] 《大清會典事例》卷七七一《刑部·兵律軍政》，"激變良民"條，臺北：啓文出版社，1963 年，頁 7a～b。

[126] 《明清蘇州工商業碑刻集》，頁 54。

[127] 《明清蘇州工商業碑刻集》，頁 75。

[128] 《明清蘇州工商業碑刻集》，頁 68～69。

匠的工資結構有了變化。前面我們看到，有的罷工事件就是坊主或包頭不願隨米昂加薪所引起的。官府在調解時也注意到米價是否漲至一兩二錢，在論定上是有困難的，因爲米的種類太多了，很難有一定的標準去衡量。據乾隆四年（1739）蘇州官府的碑刻云：

> 至奉議米價，據稱若以中米不符，且中米〔中缺〕之內，又有秈米、土米之等差，價值亦有此高彼賤之分別。若不議明，似未足以杜商匠爭端。……詔應□該商等所供，于去年歲冬季加增，庶可以服衆之心。[129]

乾隆十七年（1752）與三十七（1772）年工資的調整，也是官方協調後的產物。

乾隆末年銀貴錢賤，官府也注意到布商與坊主可能會改發錢爲工資，所以在乾隆六十年（1795）又明文規定，踹匠工資的銀兩成色，布號一律發銀，不能以錢代銀，從中扣克：

> 新定規章，統以陳平九八總九六色銀給坊。該坊戶即以布號所發之銀，亦以陳平九八總九六色，每兩給工匠九錢五分，聽其自行換錢。餘銀五分留坊，以爲添備家伙之用。布號、坊戶不得再以錢文給放，其所發之銀兩，亦不得輕平短色。[130]

另一方面，官府在處罰勞資糾紛時，態度亦不會全偏資方。例如乾隆二十一年（1756）蘇州紙業工匠以坊主折扣工銀平色爲辭而糾衆停工一事，經官府協調平覆後規定：

> 倘（坊主）敢再將工價折扣給發，請照示應重律杖八十；工匠持伙漲價，應照把持行市，以賤爲貴律杖八十。如糾衆停工，請予照律問擬之外，加枷號兩個月。[131]

松江府也可以看到類似的例子，如乾隆三十九年（1774）嘉定縣知縣立《奉憲嚴禁踹匠工價錢串碑》，在調整踹匠工資後明定："不許再行藉端滋事，恃衆告增。倘敢故違，定即照例通詳，從重治罪。各商店亦不得短發虧扣，敢于併究。"[132]

---

〔129〕《明清蘇州工商業碑刻集》，頁75。

〔130〕《明清蘇州工商業碑刻集》，頁79。

〔131〕《元長吳三縣嚴禁紙作坊工匠把持停工勒增價碑》（乾隆二十一年），《明清蘇州工商業碑刻集》，頁90。

〔132〕《嘉定縣爲禁南翔鎮踹匠恃衆告增規定踹匠工價錢串告示碑》，《上海碑刻資料選輯》，頁100。

同樣地，官方在處理其他城市的勞資糾紛時也會顧及雇工的利益，而要求資方提供基本的待遇。如乾隆初年有蕉草行罷工事件，官方的看法就對窯戶聲明：

> 至窯戶借窯爲業，尤當律己公平，一應銀色飯食，均宜體恤人情，以彰信實。刻苦剝削，何以立業？深恐愚民罔識，乃踵澆風，合再諄示。[133]

康熙五十四年（1715）松江府嘉定縣知縣所立之《禁端匠齊行勒索碑》內，亦明定：“端匠傳單鼓衆，停染歇端，借端科斂；所至之坊，即行指稟。端匠工價平色，各字號不得扣克，其增減悉照蘇、松例。”[134]

這時期工資的調整是因爲工人的抗爭、官府的協調以及雇主的退讓而成的。其中值得注意的是前面所提到乾隆四十七年（1782）元和縣染紙坊户主動請增工匠工資一事，也説明了明代主雇之間“相資相養”的父道主義模式，至清代並未消失，而且如同十八世紀西歐工廠廠主主動救濟工人一樣，防止了部分工人罷工的可能性。[135]

官府在處理工人罷工時，若撫諭協調無法達到預期的效果時，才會採用鎮壓的手段，最好的例子是乾隆六年（1741）北京鑄錢工人罷工一事。事件期間可以看到官員在處理時非常謹慎，除非勢不可遏，不然官員並不希望採取暴力鎮壓。據當時奉命帶兵前往鎮壓的兵部侍郎舒赫德奏稱：

> 臣思此輩動輒上堆喊鬧，雖屬向有之惡習，將來該管大臣查明爲首者，自必重加懲治。但喊鬧之際，不可不使其知所畏懼，因曉諭，若再如此習劣，即施放鳥槍，而工匠等仍不下堆，臣隨令施放空槍數聲，工匠等恃其人數衆多，雖仍喊叫，然不敢抛擲磚瓦，稍知畏懼。[136]

由上面的引文可知，軍隊只是放空槍欲阻止更進一步地暴動，並未真正射殺工人。但是乾隆皇帝對這次事件的處理則表不滿，他一再

---

[133] 《中國近代手工業史資料》卷一，頁418；《康雍乾時期城鄉人民反抗鬥爭資料》，頁532。

[134] 《上海碑刻資料選輯》，頁99。

[135] Peter N. Stearns "Patterns of Industrial Strike Activity in France during the July Monarchy," *American Historical Review*, Vol. 70, No. 2 (1965), pp. 382~384.

[136] 《清代檔案史料叢編》第11輯，頁38。

在硃批中指出 "此等刁風甚屬可惡。京師之地且如此，何以示四方？"[137] 對舒赫德的辦法頗不以爲然地説："辦理殊怯矣。此等刁民，即槍傷一、二何妨？彼見空槍，所以益無忌憚也。"[138]

六、結　論

明末清初由於商品經濟空前繁榮，城市手工業的經營也因應商品的需求而需要雇傭工人，所以在明末清初可以看到在城鎮的勞動力市場之出現與繁盛。同時，雇傭工人的罷工暴動事件也成爲城市內的特殊現象。

關於手工業工人集體抗議行動的原因，本文除了探討官府的制度與政策失誤外，更進一步由物價的波動與薪資結構的關係出發，以解釋罷工暴動發生的原因。在明代城市工人罷工暴動原因，主要是失當的政策與制度所造成的結果，但到清代康熙以後物價的波動與工人的薪資結構，則成了罷工暴動最重要的因素。以蘇州爲例，明朝後期的工人罷織與暴動主要是反對官府的收稅制度與織造制度，到了清朝前葉罷工的藉口常是"倡言年荒米貴"，可見得罷工與物價息息相關。此外，蘇州踹匠的工資結構也是造成罷工的原因之一。因爲康熙五十九年（1720）官府規定坊主給與工資要隨米價的漲跌作調整，這樣一來使勞資之間極易因衡量米價上漲的標準不同而啓釁。到乾隆三十七年（1772）之後，蘇州不論是紙匠或踹匠的工資都有了大幅度的調整，同時米價也維持在較平穩的階段，故罷工事件少了許多。

由工人集體抗議的事件中很明顯地看到明清兩代勞資關係的變化。在明代雇傭工人與業主之間的和諧關係，可以説是一種父道主義模式；到了清代可以很明顯地看到勞資對立的情形，使得勞資糾紛不斷。但是父道主義模式並未完全消失，而且有助於防止罷工的發生。在碑刻史料中也曾出現坊主與商人主動爲雇工加薪的例子，如乾隆四十七年蘇州府元和縣染紙坊户楊彩霞等主動請增工價。所以清代手工業的勞資對立只是相對於明代而言，二者關係並不全然一定就是對立。這裏需要再説明的是，其實商人與坊主不同，坊主先"向客店頒佈發碾"再招匠工作，完工後坊主由布商布號手中拿到工錢，再"以布號

---

[137]　《清代檔案史料叢編》，頁35。
[138]　同上書，頁38。

所發之銀,每兩給匠九錢五分"。所以商人是出資者,坊主可以説是包
工者,踹匠則是受雇於坊主。

本文借用歷史社會學有關"集體行動"的概念,討論明末清初
城市手工業工匠形成集體抗議的諸要素。先就工人組織動員而言,
明末至清中葉的手工業工匠雖然還没有自己的行會組織,但是他們
之間已有聯繫的組織存在。明末的工匠團體仍不是長期嚴謹的組織,
至清代則漸趨嚴密,而且有相當的地緣色彩。清初的手工業工人在
原來以商人爲主的工商行會中,因爲受到種種約束,漸漸意識到要
組織自己的幫工行會,從他們集體抗議的口號中可以看到這樣的要
求。雖然因爲商人與官府反對,而遲遲未能正式成立自己的會館公
所,但是這些所謂"團行"、"行幫"的組織,對動員工人齊行罷工
暴動具有很大的影響力。

在工人集體抗議的過程中,還可以看到一些"祀神飲酒"、"盟
神唱戲"與"焚化神馬"的儀式。這些看似敬神的活動並不只是用
來團結同鄉、同業而已,它代表工人表達不滿的一種象徵行爲。同
時也反映出工人們漸漸地利用原有的傳統文化形式轉化爲自己的文
化。清初手工業工匠的罷工抗議儀式,就是淵源自傳統城市市民的
集體抗議模式。

就集體抗議方式而言,有温和的罷工罷織,也有直接訴諸暴力
的形式,這是一種"直接行爲"的模式,仍屬於 George Rudé 所謂的
"前工業時期"或"農村社會的抗議"方式。值得注意的是從乾隆
朝的一些例子中可以看到,工人開始循正常的申訴途徑,即以報官
請增工價或控告坊主扣克工資的方式來表達抗議,反映了集體抗議
有漸漸走向合法抗爭的傾向,可惜之後似乎未能制度化,在乾隆以
後這類事件即不常見諸記載。

過去大陸學者認爲清政府在處理罷工時,都是採取無情鎮壓的
做法。本文則指出官府在平時是很注意工匠的行動,所以設立"坊
長"、"坊總"的制度,以防止窩藏"流棍"分子;但在處理勞資糾
紛所造成罷工事件不斷的過程中,也漸漸能體會到雇工生理的艱困,
所以官府也在調整自己的角色,成爲勞資糾紛中的居中協調者,在
一定範圍内給予工匠加薪的機會,同時也明文規定坊主或包頭不准
侵扣工人的工資。

道光年間，因爲銀貴錢賤下貨幣緊縮，致使百業蕭條，[139] 同時工匠失業者頗衆，於是罷工事件頻傳。其中值得注意的是他們罷工的理由與藉口已經與乾隆朝及之前的罷工例子有很大的差異。過去藉口是"倡言年荒米貴"，道光年間罷工的藉口大致有幾個：首先是因爲雇主在給工資時，本以銀爲準，故銅錢要兌換成銀兩來給付，但雇主卻少兌銀兩給雇工，以致引起雇工的不滿。其次是有工匠倡議成立同業行會，立下行規而且設有"行頭"，並藉此壟斷收徒人數與學費，"意在工多人少"，更可以組織罷工以要求加薪。再其次是藉各種支離的藉口要求加薪。其實這些罷工事例雖然要求與過去一樣，都是想增加工資，但是由這三種藉口中，可以看出這與道光朝的銀貴錢賤，以銀表示的物價大跌有很大的關係。關於道光朝之工匠罷工事件將待日後繼續爲文探討之。

附錄：明末清初城市手工業工匠集體抗議事件年表

時間		發生地點	事件紀要	資料來源
嘉靖十九年	1540	江西浮梁縣景德鎮	因水災後饑荒，當地浮梁縣窰主遣逐樂平縣雇工，樂平縣工人遂在街搶攘，終致二縣縣民聚衆互相仇殺。	《世宗實錄》卷二五〇
萬曆二十九年	1601	蘇州府	礦稅使孫隆之參隨擅徵機紗稅，商人罷市，機户罷織，織工聚衆燒殺參隨與鄉紳。	《皇明大事記》卷四四
萬曆三十年	1602	蘇州府	衆機户懼新任稅使宦官劉成因、陸邦新等營私，由機户管文領導，以揭帖煽衆搶攘。	《神宗實錄》卷三七二
萬曆三十一年	1603	南京	欲預領工銀，而督織少監楊忠不肯，織匠項舉等遂領導罷工。	《神宗實錄》卷三八一
萬曆三十一年	1603	浙江杭州	機户懼内織造太監魯保欲擴充局匠規模，機户畏懼而逃竄。	《神宗實錄》卷三八四
天啓二年	1622	廣東南海縣佛山鎮	炒鑄七行工匠以靈應祠地被佔爲由，糾衆狂噪，拆祠壁，毀民廬。	《明清佛山碑刻文獻經濟資料》，頁317

---

[139] 林滿紅《明清的朝代危機與世界經濟蕭條——十九世紀的經驗》，《新史學》1卷4期，1990年，頁128～130。

續表

時間		發生地點	事件紀要	資料來源
崇禎六年	1633	廣東南海縣佛山鎮	耳鍋匠並鋸柴工與諸爐戶爭鬥,毀陳達逵房屋。	同上。
康熙九年	1670	蘇州府	踹工竇桂甫等領導,倡言年荒米貴爲由,傳單約會聚衆停踹罷工,向徽商布店要求加價。	《明清蘇州工商業碑刻集》,頁53~54。
康熙三十一年	1692	蘇州府	踹匠羅貴、張爾會等聚衆齊行罷市,要坊主加薪。	同上書,頁55。
康熙三十七年	1698	松江府婁縣楓涇鎮	踹匠朱阿文領導,聚衆抄搶潘志遠、彭盡三家。	《上海碑刻資料選輯》,頁98。
康熙三十九年	1700	蘇州府	踹匠劉如珍等領導,以包頭扣工資,聚衆抄打包頭。	《明清蘇州工商業碑刻集》,頁64。
康熙五十四年	1715	蘇州府	踹匠王德等以創立會館資助普濟院爲由,領導罷工要求坊主增加工資。	《明清蘇州工商業碑刻集》,頁65~67。
康熙五十九年	1720	蘇州府	蘇州府長洲、吳二縣示禁踹匠齊行叫歇以增添工價。	《明清蘇州工商業碑刻集》,頁68。
雍正元年	1723	蘇州府	研匠樂晉公、徐樂等商謀約會,聚衆放火劫庫。	《雍正硃批諭旨》,頁4457。
雍正二年	1724	直隸宣化府居庸關南	學道張學庠修堤塾道,因令工匠代塾工費,卻拖欠工程費,以致工匠紛紛索價,停工以待。	《康雍乾時期城鄉人民反抗鬥爭資料》,頁533。
雍正七年	1729	蘇州府	研匠樂爾集、段秀卿等因拜把結盟、祀神飲酒被捕獲釋後,恨包頭錢裕遠,遂至其家詐死打降。	《雍正硃批諭旨》,頁4457。
雍正十二年	1734	蘇州府長洲縣	長洲縣示禁機匠倡爲幫行名色,以挾衆叫歇,勒加工銀。	《明清蘇州工商業碑刻集》,頁15~17。
雍正年間	1723~1735	江西饒州府浮梁縣景德鎮	碓房匠作以及坯行、車坯行、畫行、彩行、菱草行、柴行工匠,每因銀色飯食不足,常知會同行罷工。	《康雍乾時期城鄉人民反抗鬥爭資料》,頁532。
乾隆元年	1736	江西饒州府浮梁縣景德鎮	坯戶吳以恒、胡萬正等因借工資菜銀以及銀色低潮,與窯戶萬美生爭鬧停工。	《康雍乾時期城鄉人民反抗鬥爭資料》,頁530。
乾隆初年	約1736	江西饒州府浮梁縣景德鎮	菱草行因銀色低潮而罷工。	《康雍乾時期城鄉人民反抗鬥爭資料》,頁532。
乾隆二年	1737	蘇州府	踹匠殷裕公等因米價昂貴,報官請增米貼。	《明清蘇州工商業碑刻集》,頁74。

時間		發生地點	事件紀要	資料來源
乾隆四年	1739	蘇州府	踹匠王言亨等控告店商趙信文扣克工資。	《明清蘇州工商業碑刻集》,頁 75。
乾隆五年	1740	蘇州府	織造局機匠朱裕章等認爲頭目奚廷秀克扣口糧,遂聚衆於其宅前焚神馬抗議。	《中國近代手工業史資料》卷一,頁 95。
乾隆六年	1741	北京	寶泉局鼓鑄錢文四廠工匠因抗議户部所發工價較前爲少而不敷用,遂停爐罷工。	《康雍乾時期城鄉人民反抗鬥爭資料》,頁 520～523。
乾隆九年	1744	蘇州府	蘇州府示禁染紙作坊工匠歇業把持,閑宕滋擾。	《明清蘇州工商業碑刻集》,頁 89～90。
乾隆二十一年	1756	蘇州府吳縣	染紙坊工匠張聖明等以坊主折扣平色工銀,糾衆停工。	《明清蘇州工商業碑刻集》,頁 89～90。
乾隆二十七年	1762	湖南桂陽州嘉禾縣城	因修城石匠匠頭王宴林遭知縣温伯魁逮捕,修城匠李洪玉、王見吉等欲保釋不成,乃聚衆毀鬧公堂。	《康雍乾時期城鄉人民反抗鬥爭資料》,頁 534。
乾隆三十七年	1772	蘇州府	踹匠李宏林等,報官請增工價。	《明清蘇州工商業碑刻集》,頁 77。
乾隆三十九年	1774	江蘇太倉州嘉定縣南翔鎮	布商程怡亭等請訂踹匠工價錢串之例,官府訂價後示禁踹匠日後因米薪錢價長落,不許再恃衆報官請增工資。	《上海碑刻資料選輯》,頁 100。
乾隆四十四年	1779	蘇州府	踹匠孔體任等因米價上漲,報官請增工價。	《明清蘇州工商業碑刻集》,頁 77～78。
乾隆六十年	1795	蘇州府	踹匠蔡士謹等以工銀輕平短色,糾衆罷工,報官增錢串。	《明清蘇州工商業碑刻集》,頁 79。
乾隆年間	1796	江西饒州府浮梁縣景德鎮	茭草行工匠鄭子木爲首,向雇主爭取"一條凳、一斤肉",即每五人每日吃肉一斤,舉行罷工。	《康雍乾時期城鄉人民反抗鬥爭資料》,頁 532。
乾隆嘉慶間	1736～1795	江西饒州府浮梁縣景德鎮壓	畫壞工王子貞爲首,爭取工資由毛銀改紋銀而罷工。	《康雍乾時期城鄉人民反抗鬥爭資料》,頁 533。

※ 本文原載《中央研究院近代史研究所集刊》第 28 期,1997 年。

※ 巫仁恕,臺灣大學歷史研究所博士,中央研究院近代史研究所副研究員。

由蘇州經商衝突事件看清代
前期的官商關係

邱澎生

近代中國一直未能出現“國民人均所得持續成長”的現代式
“經濟發展”（economic development），這是學界公認的事實。在檢討
近代中國爲何未出現“經濟發展”的諸種原因時，明清政府實行所
謂的“重農抑商”政策，是其中常被提及的重要因素[1] 就字面意
義而言，“重農抑商”政策主要指的就是政府種種有關“重視農業、
抑制商業”的法令制度與行政手段。姑且不論“重視農業、抑制商
業”的政策是否一定就會阻礙“經濟發展”，本文最有興趣探討的議
題則是：明清傳統政府是否真在執行所謂的“抑商”政策？

究竟要如何檢討清代前期政府的“抑商”政策？本文選擇由商
人和政府官員的關係來檢討，也就是本文所指的“官商關係”。“官
商關係”原本包含甚廣，但爲便於集中討論主題，本文主要指的是
官員和商人之間在經商衝突事件過程中的關係。本文的做法是，由
官員處理經商衝突事件的方式，來檢視官員對待商人在經商過程中
權益受損的處理態度，進而澄清清代前期的政府官員是否真在執行
所謂的“抑商”政策。

商人經商過程中，難免會發生一些和市場交易、債務糾紛或是
財産侵擾等事件有關的糾紛和衝突。蘇州是清代前期商業最發達的
城市之一，發生的經商衝突事件很多，政府官員處理的經商訟案也
爲數不少。因爲蘇州商人曾將和經商訟案有關的資料刻佈在石碑上，
留下一些記錄，爲分析清代前期蘇州的官商關係提供了珍貴素材，
使本文可藉以分析事件始末和官員的處理方式。本文將透過碑刻資

---

[1] 如有學者認爲：明清時代的經濟行政是以“重農抑末爲原則”，不斷地“壓制工商
業的發展”（魏向陽《康乾盛世的扛鼎桿杆：康雍乾時期經濟立法縱橫論》，北京：
首都師範大學出版社，1993 年，頁 183），可爲近年來此派學者的典型見解。

料和相關史料的記錄，考察政府官員處理商人經商衝突事件的方式，釐清清代前期蘇州的 "官商關係"。

本文分爲三節。第一節介紹清代前期蘇州工商業發達的背景，一方面述叙晚明以來全國市場發展過程中蘇州工商業的發達概況，另一方面則分析蘇州商人有關放料制生産和商人團體產生的特殊經商環境。第二節則對現存經商衝突事件的記錄進行分類，一方面分析經商衝突事件的類型，另一方面也整理其中相關的商業訟案資料，檢視政府官員處理這些事件的方式，以明白當時蘇州 "官商關係" 的一個重要組成部分。第三節爲結論，利用分析結果具體説明清代前期發生在蘇州這種工商業大都市中的官商關係，檢視所謂 "抑商" 政策的實際狀況。

一、蘇州商人的經商環境

蘇州工商業的發達，吸引了衆多商人在此經商發賣或是鳩工生産，也産生林林總總的經商衝突事件。分析經商衝突事件之前，有必要先介紹蘇州發達的工商業概況以及當時商人的經商環境，借以瞭解清代前期蘇州經商衝突的産生背景。

(一) 全國市場的發展以及蘇州工商業的發達

明清蘇州不僅是全國生活最富庶的城市，也是工商業最發達的城市。蘇州的生活富庶和工商業發達，其實都和十六世紀以後全國市場的成長以及蘇州在全國市場中的關鍵地位密切相關。

十六世紀以後，中國的市場經濟更形發展，特別在江南、華南、華北和長江沿岸的華中地區，形成了日益密切的市場網絡，在此市場網絡內，進行著食糧、農工原料以及手工業成品的市場交易，至遲在十八世紀初，全國市場的架構已基本完成。商人在全國市場上進行長程貿易，不僅貿易的數量龐大，而且貿易的商品又以民生必需品爲主。清代前期的全國市場，是由三條主要商業網路所構成。一條是由長江中下游航道爲幹道而組成的東西向國內網路，一條是由京杭大運河、贛江、大庾嶺商道爲幹道組成的南北向國內網路，另一條則是由東北到廣州沿海的海運網路。以這三道商業網路爲主軸，構成了當時的全國市場。在全國市場內，商人組成商幫進行長程貿易，所販賣的商品以稻米、棉布、食鹽等民生必需品爲最大宗，改變了過去長程貿易以奢侈品爲大宗的商品結構。[2]

在清代前期,由東北到廣州沿海的這條海運網路十分活絡,構成這條國內沿海貿易的主要商品,包括了由廣東、福建兩省販出的蔗糖、稻米、木料、藍靛、茶葉、烟絲、瓷器、鐵器,江浙兩省販出的絲綢、棉布、紙張,以及華北、東北販出的大豆、棗梨、醃臘、魚貨。特別是乾隆年間以後,江南的商品化農業更加發達,大量利用東北的大豆、豆餅做爲農業肥料,更使江南和東北之間的海運商船組織運作的更有效率,形成海運上的規模經濟。[3] 十八世紀中後期,臺灣銷往福建的稻米和蔗糖皆在 100 萬石以上,全年輸出的商品總重量在 1 900 000 石(約 133 000公噸)至 2 250 000 石(約 157 500 公噸)之間。[4] 以全中國而論,嘉道年

〔2〕吳承明《論明國內市場和商人資本》,氏著《中國資本主義與國內市場》,北京:中國社會科學出版社,1985 年,頁 217~246;《論清代前期我國國內市場》,同上書,頁 247~265。Fan,I-chun. 1992. Long-distance trade and market integration in the Ming-Ching period, 1400~1850. Stanford:Dissertation of University of Stanford;Brook,Timothy. 1981,"The merchants' network in 16th century China:a discussion and translation of Chang Han's 'On merchants'. "*Journal of the Economic and Social History of the Orient* 24(2):165~214。Braudel 認爲:"中國經濟的底層,只是由數以千計的原始經濟體"所構成,並無互相聯繫的複雜網絡(Braudel, Fernand. 1979(1977). Afterthoughts on material civilization and capitalism. trans. by Patricia Ranum. Baltimore, Maryland:The Johns Hopkins University Press. pp. 35.),他對中國前近代市場規模的估計,明顯地太低。Skinner 將十九世紀末年的中國市場體系分爲十個"巨區"(macroregions),認爲市場活動幾乎只限於各巨區之內,區巨間則少有市場聯繫(Skinner, G. William. 1977. "Regional urbanization in nineteenth century China. "in Skinner, G. William(ed.), *The City in Late Imperial China.* Stantord:Stanford University Press. pp. 212~249. Skinner, G. William. 1985. "The structure of Chinese history. "*Journal of Asian Studies* 44(2):271~292.),也是低估了當時中國全國市場的整合程度,學者對此已有所質疑和批評,如:章英華《歷史社會學與中國社會史研究》,《中國社會學刊》1983 年第 7 期,頁 230;Wang Yeh-chien. 1989. "Food supply and grain prices in the Yangtze Delta in the eighteenth century, "in *The second conference on modern Chinese economic history.* Taipei:The Institute of Economics, Academic Sinica. pp. 444~451;Sands, Barbara and Myers, Ramon H. 1986. "The spacial approach to Chinese history:a test. "*Journal of Asian Studies* 45(4):721~743;林滿紅《銀與鴉片的流通及銀貴錢賤現象的區域分佈(1808~1854)——世界經濟對近代中國空間方面之一影響》,《中央研究院近代史研究所集刊》第 22 期(上),1993 年,頁89~135。
〔3〕劉素芬《清朝中葉北洋的邊運》,吳劍雄主編《中國海洋發展史論文集》第四輯,臺北:中央研究院中山人文社會科學研究所,1991 年,頁 101~124。
〔4〕陳國棟《清代中葉(約 1780~1860)臺灣與大陸之間的帆船貿易:以船舶爲中心的數量估計》,《臺灣史研究》1 卷 1 期,1994 年,頁 55~96;王世慶《清代臺灣的米產與外銷》,氏著《清代臺灣社會經濟》,臺北:聯經出版事業公司,1994(1958),頁 93~129。乾隆年間,臺灣南部鳳山生產的蔗糖,更由商人運載直達江南(王瑛曾《乾隆重修鳳山縣志》:"粟米餘資閩粵,菁糖直達蘇杭",頁 11。轉引自林玉茹《清代臺灣港口的空間結構》,臺北:臺灣大學歷史學研究所碩士論文,1993 年,頁 121)。

間的沿海船隻的總載重量約爲 68 萬噸,上海、寧波以及福建、廣東、華北各海運口岸之間的貿易總額,每年一般都在 2 600 萬銀元以上。[5]

進入全國市場的商品,不只是來自國內貿易,海外貿易也日形重要。由十六到十九世紀中期,無論是海内或海外貿易都有巨幅成長。當時的海外貿易,主要是由南海航線(也稱西洋航線)和東洋航線所構成,前者主要對東南亞貿易,後者則主要對日本貿易。[6]於此期間,中國商船頻繁往來於東南亞、日本以及中國沿海各省的港口之間。[7] 同時,外國商人也用白銀等貨幣,大量購入中國出產的絲綢、瓷器、茶葉,將這些商品販售到海外,每年爲中國賺入巨額的白銀貨幣。絲綢的外銷地區甚廣,日本、菲律賓和東南亞諸港、南美洲西班牙屬地、南印度、歐洲都是中國絲綢的外銷區域。[8] 在和歐洲商人貿易的過程中,中國商人賺入數以千萬計的美洲白銀,形成清代前期海外貿易上的長期出超。其中,江南生產的生絲持續外銷日本,每年也賺取大量的白銀回國。

歷年流入的白銀數量龐大,竟使中國這種白銀產量不多的國家,得以在晚明以後發展成爲銀銅貨幣並用的國家。[9] 進入國內流通的

〔5〕 郭松義《清代國內的海運貿易》,《清史論叢》1982 年第 4 期,頁 93~94;田汝康《再論十七至十九世紀中葉中國帆船業的發展》,氏著《中國帆船貿易和對外關係史論集》,杭州:浙江人民出版社,1987 年,頁 35~52。

〔6〕 陳希育《中國帆船與海外貿易》,廈門:廈門大學出版社,1991 年,頁 171。

〔7〕 田汝康《十七世紀至十九世紀中葉中國帆船在東南亞洲航運和商業上的地位》,氏著《中國帆船貿易和對外關係史論集》,杭州:浙江人民出版社,1987 年,頁 1~34;松浦章《清代沿岸貿易——帆船と商品流通》;小野和子編《明清時代の政治と社會》,京都:京都大學人文科學研究所,1983 年,頁 595~650;林仁川《明末清初私人海上貿易》,上海:華東師範大學出版社,1987 年。

〔8〕 全漢昇《略論新航路發現後的海上絲綢之路》,《中央研究院歷史語言研究所集刊》第 57 本第 2 分,1986 年,頁 233~239;全漢昇《明清間中國絲綢的輸出貿易及其影響》,陶希聖先生祝壽編委會編《國史釋論:陶希聖先生八秩榮慶論文集》上冊,臺北:食貨出版社,1987 年,頁 231~237。

〔9〕 張德昌《清代鴉片戰爭前之中西沿海貿易》,《清華學報》10 卷 1 期,1935 年,頁 97~145。全漢昇《明清間美洲白銀的輸入中國》,《香港中文大學中國文化研究所學報》2卷 1 期,1969 年,頁 12~20;《美洲白銀與十八世紀中國物價革命的關係》,氏著《中國經濟史論叢》,香港:新亞研究所,1972 年,頁 475~508;《美洲白銀與明清經濟》,《經濟論文》14 卷 2 期,1986 年,頁 35~42;《略論新航路發現後的中國海外貿易》,張彬村、劉石吉主編《中國海洋發展史論文集》第五輯,臺北:中央研究院中山人文社會科學研究所,1993 年,頁 1~16;奈良修一《十七世紀中國になけと生系生産日本への輸出》,《明清時代の法と社會》編集委員會編《和田博德教授古稀記念:明清時代の法と社會》,東京:汲古書院,1993 年,頁 469~490。

白銀貨幣日形重要，和國內銅錢貨幣之間的比價也形成了更複雜的波動變化，進口白銀的數量變動，更足以影響到國內部分地區的經濟景氣，甚而影響民生，產生不小的社會問題，迫使許多學者開始討論政府應該如何管理白銀和銅錢貨幣的思想和主張。[10]

晚明以來全國市場的成長，表面上是國內和海外商品交易的活絡，實際上則是以國內農業和手工業生產數量的成長爲基礎。據估計，十四至二十世紀間，中國的農業總產量有巨幅增加，使這段期間內成長了六倍的中國人口得以維生。[11] 特別在江南、湖南、華南等地，因爲大量種植經濟作物而帶動了商品農業的發展，不僅增加了農民的實質所得，也爲絲棉手工業生產提供豐富原料。[12] 在商品農業發展過程中，江南地區更成爲全國最大的絲、棉手工業生產區。至少在十九世紀中葉以前，進入長程市場販賣的全國棉布數量，已增加到每年約 4 500 萬匹。[13]

十六世紀以後長程貿易的發達，使全國許多重要的商業都市與主要商業網路中，出現了眾多貿易商人，並且逐漸形成各種知名的"商幫"。清代中期以前，即已形成了山東、山西、陝西、洞庭山、江右、寧波、龍游、福建、廣東、徽州等全國知名的大商幫。[14] 特別是其中的"徽商"（徽州商幫）、"西商"（山西商幫），更是晚明

〔10〕 林滿紅《明清的朝代危機與世紀經濟蕭條——十九世紀的經驗》，《新史學》1 卷 4 期，1991 年，頁 127～147；《嘉道年間貨幣危機爭議中的社會理論》，《中央研究院近代史研究所集刊》第 23 期，1994 年，頁 163～203；Atwell, William S. 1982. "International bullion flows and the Chinese economy, circa 1530～1650." Past and Present 95:68～90；鄭永昌《明末清初的銀貴錢賤現象與相關政治經濟思想》，臺北：臺灣師範大學歷史學研究所，1994 年。

〔11〕 Perkins, Pwight H. 1969. Agricultural Development in China, 1368～1968. Chicago: Aldine Publishing Company。

〔12〕 劉翠溶《明清時代南方地區的專業生產》，《大陸雜誌》56 卷 3、4 期，1978 年，頁 125～129；Rawski, E, Sakakida 1972 Agricultural Change and the Peasant Elonomy of South China. Cambridge, Mass. Harvard University Press, 1972；Wiens, Mi Chu. 1976. "Cotton textile production and rural social transformation in early modern China." The Journal of Chinese Culture. (Hong Kong) 7 (2)：515～534；鄭昌淦《明清農村商品經濟》，北京：中國人民大學出版社，1989 年。

〔13〕 吳承明《論清代前期我國國內市場》；劉石吉《明清時代江南地區的專業市鎮》，氏著《明清時代江南市鎮研究》，北京：中國社會科學出版社，1987 年，頁 1～72。

〔14〕 有學者將這些商幫合稱爲明清時代的"十大商幫"（張海鵬主編《中國大商幫》，1993 年，頁 3～4）。

清初以來最著名的全國性商幫。[15] 這些商幫因爲經濟實力雄厚而受時人注意，並遍佈在當時全國的商業交通要道上以及商業發達的大小城鎮中。這種都市中商幫林立的現象，正是十六世紀以後全國市場成長的結果。

在長程貿易帶動市場經濟的過程中，無論是農業商品化的程度加深、手工業生產的產量增加，以及商業城鎮的數量成長，皆以江南地區最引人注意。當時所謂的"江南地區"，主要是指長江三角洲地區，大約包括了蘇州、松江、常州、鎮江、杭州、嘉興、湖州七府和太倉一州，也就是以太湖流域爲中心的三角地帶。[16] 集散於江南地區的稻米、豆餅、鹽絲、絲綢、棉花、棉布、鐵器和木材，都成爲聯結江南與全國其他地區長程貿易的重要商品。[17] 江南的商業交通位置，正處長江航線、大運河航線和沿海航線這三條長程貿易軸線的輻輳帶內，而蘇州又是江南的經濟中心。在乾隆時人沈寓的文章中，可以看到蘇州優越的商業地理位置：

> 長江繞於西北，大海環於東南，蘇郡爲奧區耳。山海
> 所產之珍，外國所通之貨貝，四方往來。千萬里之商賈，
> 駢肩輻輳。[18]

瀕臨長江和大海，爲蘇州提供了優越的水運條件，國內外物產都可以透過水運和海運的聯結源源運至蘇州。此外，具有"南糧北調"和"南貨北運"功能的大運河也以蘇州爲重要轉運中心，配上蘇州近郊太湖流域的綿密水運網，不僅縮小了太湖流域農工產品的運輸成本，也擴大了當地農工產品的行銷腹地。蘇州地處太湖流域的中

---

[15] 傅衣凌《明清時代商人及商業資本》，北京人民出版社，1956；藤井弘《新安商人の研究》（一）、（二）、（三）、（四），《東洋學報》36 卷 1～4 號，1953～1954 年，頁 1～44、180～208、65～118、533～563；張海鵬、張海瀛主編《中國十大商幫》，合肥：黃山出版社，1993 年。

[16] 洪煥椿《長江三角洲地區社會經濟史研究》，南京大學出版社，1989 年。也有學者將明代的應天府（清代的"江寧府"）也一併算入"江南地區"中（李伯重《明清江南與外地經濟聯繫的加強及其對江南經濟發展的影響》，《中國經濟史研究》1986 年第 2 期，頁 117～134）。關於江南做爲明清經濟中心的提法，王業鍵有更爲宏觀的論點，他甚至將清代全國經濟區域分爲"已開發"、"開發中"和"未開發"等三大區域，分別以江南、華南區域，兩湖、華北區域以及西北區域納入這三大區域中（王業鍵《清代經濟芻論》，《食貨復刊》2 卷 11 期，1973 年，頁 541～550）。

[17] 李伯重《明清江南與外地經濟聯繫的加強及其對江南經濟發展的影響》，《中國經濟史研究》1986 年第 2 期，頁 117～134。

[18] 沈寓《治蘇》，《清經世文編》卷二三。

心，同時更因位居南北大運河與婁江（今瀏河）的交匯處，故使蘇州兼具內河航運和海上交通的便利。[19] 透過婁河的連絡，使蘇州可以直通東北方的太倉州，再以太倉州而和海外市場相聯絡。太倉州發達的海外貿易，使其在十七世紀即有"六國馬頭"的稱呼：

> 太倉州城外，有一處地名六國馬頭。土人猶能舉六國
> 之名，曰：大小琉球、日本、安南、暹羅、高麗也。前
> （明）朝以來，劉河、吳淞江皆廣闊，六國商販聚集。[20]

大小琉球、日本和高麗正屬於當時的東洋航線，安南和暹羅則屬於西洋航線。東西向的長江航運和南北向的大運河，爲蘇州聯絡了國內市場。東側的太倉州"六國馬頭"，則使蘇州有了出海港口，藉以連接東海和南海的海外貿易。這是蘇州商業交通的基本網絡，爲蘇州工商業的發達提供了良好的交通條件。乾隆二十七年（1762），在蘇州貿易的商人即將蘇州的商業交通位置描述爲："蘇州爲東南一大都會，商賈輻輳，百貨駢闐。上自帝京，遠連交廣，以及海外諸洋，梯航畢至"，[21]清楚說明了當時蘇州在國內市場和海外市場的商業中心地位。

宋元時期蘇州地區的經濟重心，仍以發達的農業生產力爲主要特色，[22]但至晚明以後，隨著全國市場的發展以及蘇州優越的商業中心地位，蘇州開始以發達的商業和手工業知名。晚明以降，蘇州發達的商業中心地位，進而帶動了臨近江南地區商品農業和絲棉手工業的發展，不僅使蘇州城的經濟發達，更使左近眾多市鎮的經濟也達到空前繁榮的程度。[23] 由晚明到整個清代前期，蘇州成爲太湖流域農產品與農副手工業產品的集散地，加上蘇州城本身擁有的棉布、絲綢加工業技術優勢，使蘇州府城成爲江南地區的區域性經濟中心。[24]

明代的蘇州府城（即郡城）包括了吳與長洲兩個縣，西半城屬吳縣，東半城則屬長洲縣，兩縣的絲織手工業皆很發達。楊循吉在

〔19〕 傅崇蘭《中國運河城市發展史》，成都：四川人民出版社，1986年，頁97。
〔20〕 鄭光祖《一斑錄》卷一《六國馬頭》，頁20下～21上。
〔21〕 《陝西會館碑記》，《蘇州工商業碑刻資料集》（下文皆簡稱"《蘇州碑刻》"），頁331。
〔22〕 梁庚堯《宋元時代的蘇州》，《文史哲學報》第31期，1982年，頁1～45。
〔23〕 劉石吉《明清時代江南市鎮之數量分析》，氏著《明清時代江南市鎮研究》，北京：中國社會科學出版社，1987年，頁157。
〔24〕 王家範《明清蘇州城市經濟研討：紀念蘇州建城兩千五百周年》，《華東師範大學學報》1986年第5期，頁27～29。

《嘉靖吳邑志》上即記載了十六世紀蘇州絲織業的繁榮："綾錦紵絲，紗羅紬絹，皆出郡城機房。產兼兩邑，而東城爲盛，比屋皆工織作，轉資四方，吳之大資也"。除了外銷絲織商品之外，蘇州也是豆米糧食和棉花的集中地，早在十六世紀的蘇州即已因此相當繁榮：

> 自閶門至楓橋，將十里，南北兩岸，居民櫛比，而南
> 岸尤甚。凡四方難得之貨，靡所不有，過者爛然奪目。楓
> 橋尤爲商泊淵藪，上江諸郡及各省菽粟棉花大貿易咸聚焉，
> 南北往來，停橈解維，俱在於此。[25]

閶門是蘇州城西北邊城門，楓橋則位於閶門以西七里處，十六世紀時蘇州商業最發達的地區，正是在"自閶門至楓橋，將十里"這一帶。在閶門和楓橋之間，商人積存了大量的米糧和商品："郡中諸大家之倉廩，與客販囤圍棧房，陳陳相因，以百萬計，胥在城外"。[26] 崇禎《吳縣志》卷首，記有時人在閶門西郊一帶的親身聞見：

> 嘗出閶市，見錯繡連雲、肩摩轂擊。楓江之舳艫銜尾，
> 南濠之貨物如山，則謂此亦江南一都會矣。

具體指出了蘇州閶門、楓橋、南濠一帶的經濟繁榮，使蘇州成爲"江南一都會"。乾隆年間(1736～1795)，楓橋一帶仍是"南北衝要"，"各省商米、豆麥屯聚於此"。[27] 直至清代中葉，蘇州一直是全國最重要的米糧市場。[28] 蘇州的棉布加工業在明末即已開始發展："數百家布號，皆在松江、楓涇、洙涇樂業，而染坊、踹坊、商賈悉從之"。[29] 當時這種稱爲"字號"的棉布商人，以預發資本的方式控制了染坊、踹坊坊主以及收購棉布的商人。[30] 乾隆年間，蘇州棉布業更已有相當規模：

---

〔25〕 鄭若曾《江南經略》卷二，臺北：新興書局，《筆記小說大觀》1 編 9 册，1978 年，頁 60 上。

〔26〕 鄭若曾《江南經略》卷二，頁 60 上。

〔27〕 《乾隆江南通志》卷二五《關津》，頁 503。

〔28〕 全漢昇《清朝中葉蘇州的米糧貿易》，氏著《中國經濟史論叢》，香港：新亞研究所，1972 年，頁 567～582。

〔29〕 顧公燮《消夏閑記摘抄》卷中《芙蓉塘》，頁 13 上。

〔30〕 傅衣凌《論明清時代的棉布字號》，氏著《明清江南市民經濟試探》，上海：上海人民出版社，1957 年，頁 127～130；全漢昇《鴉片戰爭前江蘇的棉紡織業》，氏著《中國經濟史論叢》，香港：新亞研究所，1972 年，頁 625～649；橫山英《踹布業的生產構造》，氏著《中國近代化の經濟構造》，東京：亞紀書房，1972 年，頁 63～143；寺田隆信《蘇州踹布業の經營形態》，氏著《山西商人の研究——關於明代的商人及商業資本》，京都：京大東洋史研究會，1972 年，頁 337～410。

"蘇布名稱四方,習是業者,在閶門外上下塘,謂之字號。漂布、染布、看布、行布,各有其人。一字號常數十家賴以舉火,惟富人乃能辦此"。[31] 可見棉布生產的專業分工已很細致,由製造加工過程中的"漂布、染布",到驗貨行銷的"看布、行布",都有專人負責,並且皆是受字號商人資本的支配來生產。

清代前期,蘇州和杭州生絲和綢緞外銷更加暢旺,[32] 行銷至廣州的生絲也被歐洲商人稱做是"南京絲"(Nankeen silk)而大量採購。[33] 絲織業的生產組織也有進一步發展,至少從康熙四十一年(1702)以下,已發展出時稱"賬房"的紗緞莊,由原料採購、準備經絲緯絲、織造紗緞到行銷成品,皆由賬房的資本來控制。[34] 杭州的商人也帶來大批綢緞在蘇州行銷。乾隆卅七年(1772),在蘇州經商的杭州籍綢緞商人即說:

> 吾杭饒蠶績之利,織紝工巧。轉而之燕,之齊,之秦、晉,之楚、蜀、滇、黔、閩、粵,衣被幾遍天下,而尤以吳閶爲繡市。[35]

可證明經銷綢緞的杭州商人也是以蘇州爲最重要的綢緞轉運市場,然後將綢緞發售到河北、山東、陝西、山西、兩湖、四川、雲南、福建、廣東等地。由乾隆《吳縣志》的記載,也可看到蘇州棉布業、絲綢業和糧食業等行業的繁榮景象:"金閶市肆,綢緞與布,皆列字號,而布業最巨。楓橋以西,市多米豆,南濠則海外之貨萃焉"。[36] 由十六世紀初到十八世紀末,蘇州西北邊"金門"和"閶門"兩座城門,以及城門附郭的南濠一帶,始終是米豆、絲織綢緞、加工棉布和種種"海外之貨"的集中地。證明蘇州在長程貿易線上的重要位置,以及蘇州經濟的繁榮,成爲當時全國最重要的米糧市場、棉布市場、絲綢市場,吸引衆多商人來到蘇州。《揚州畫舫錄》即記

---

〔31〕 蔡方炳等撰,乾隆《長洲縣志》卷一〇,同治年間藍欄抄本。

〔32〕 全漢昇《略論新航路發現後的海上絲綢之路》,《明清間中國絲綢的輸出貿易及其影響》。

〔33〕 Sun, Zen E-tu. 1972. "Sericulture and silk textile production in Ch'ing China." in Willmote, W. E. (ed.). *Economic Organization in Chinese Society.* Stanford University Press. pp. 79~108。

〔34〕 王翔《中國資本主義的歷史命運:蘇州絲織業"賬房"發展史論》,南京:江蘇教育出版社,1992年,頁57~70。

〔35〕 《蘇州碑刻》,頁19。

〔36〕 以上皆可參見洪煥椿編《明清蘇州農村經濟資料》,江蘇古籍出版社,1988年,頁275。

載：“杭州以湖山勝，蘇州以肆市勝，揚州以園亭勝”，亦可見蘇州在時人心中即特別是以全國商業中心而聞名。[37]

（二）蘇州商人的經商環境：放料制生產與商人團體的出現

隨著全國市場和本地工商業的日益發展，蘇州的經商環境也有重要的發展，其中最明顯的就是外來客商介入手工業進行放料制生產，以及商人團體的大量出現。

長程貿易和市場經濟的發展，爲蘇州帶來衆多的外地商人。清代蘇州府包含九縣一州，其中尤以蘇州府治所在的蘇州城最稱繁華，城中商人人數也最衆多。相對於本地商人而言，外來商人都是“客商”。清代前期，蘇州城的客商很多，而且來自全國許多地方。近者，有來自太湖地區的洞庭山客商。稍遠者，有來自江蘇常州府、鎮江府、揚州府、徐州府、通州、海州；安徽徽州府、寧國府；浙江寧波府、紹興府，以及江西、湖廣等地的客商。再遠者，有來自福建福州府、漳州府；廣東潮州府、廣州府、嘉應州、彰德府的客商；往北則有山東、山西與陝西等地的客商。[38] 來自不同地方的客商，在蘇州經營著不同的行業。對於不同地方、不同行業的一群群外地商人，當時人也將其稱爲“客幫”。直至清末，客商仍以蘇州城西北“閶門一帶”爲最大的聚集區，時人稱閶門當地是：“堪稱客幫林立”，如“鮮幫、京莊、山東、河南、山西、湖南、太谷、西安、溫臺州幫、長江幫等等，不下十餘幫”。[39] 這些都是清代聚集在蘇州城的外來商業人口。

客商介入蘇州本地的各種手工業生產，特別是以包買放料制進行生產的棉布加工業和絲織加工業，更是日益發達，爲蘇州城帶來

---

〔37〕 明清蘇州的園林亭榭當然也是很有名的，但在清中葉以前蘇州商業發達的揚州園林景觀也十分出色的對照之下，便顯得蘇州是以“肆市”取勝。不過，清末以降，“市肆中心已移上海，園亭之勝，應推蘇州”，民國以後的蘇州反而是以園林知名於全國了。乾隆廿四年九月(1759)完成的徐揚《盛世滋生圖》中，即對十八世紀蘇州城的商業肆市有具體的繪寫，在這幅長 10 公尺、寬 36 公分的圖卷軸冊中，總計劃上了 230 多家、50 多個行業的蘇州商鋪，單是棉衣店，即有“京口蕪湖梭布”和“松江大布標布”等以不同名色產品招徠顧客的店招(李華《從徐揚〈盛世滋生圖〉看清代前期蘇州工商業的繁榮》,《文物》1960 年第 1 期，頁 13～17)。

〔38〕 范金民《明清時期活躍於蘇州的外地商人》,《中國社會經濟史研究》1984 年第 4 期，頁 39～42。

〔39〕 蘇州檔案局藏《雲錦公所各要總目補記》。轉引自范金民《明清時期蘇州的外地商人述略》,洪煥椿等主編《長江三角洲地區社會經濟史研究》,南京：南京大學出版社，1989 年，頁 220。

了更多就業機會，不僅爲本地工匠增加了工作機會，更吸引了許多
外來工人，從而使蘇州的工人數量愈來愈多。清代蘇州手工業行業
很多，至少有絲織、印染、踹整、造紙、印書、冶煉、銅錫、鋼鋸、
張金、包金、金銀絲、漆作、紅木巧木、紅木梳妝、臘燭、鍾表、
刺繡、眼鏡等行業。[40] 其中，又以絲織加工業和棉紡織加工業的規
模較大。蘇州冶坊業者也不少，並且雇傭了許多外地工匠。乾隆六
年 (1741)，蘇州府元和、長洲兩縣知縣等官員即指出：“蘇城冶
坊” 所雇傭的冶匠，多來自無錫、金匱兩縣。[41] 道光年間的調查更
指出當時冶坊爲數不少：“今郡中西城業銅作者，不下數千家，精粗
巨細，日用之物無不具”。[42] 來自紹興府的商人，也在蘇州開設了
許多燭鋪：“城鄉共計一百餘家”，[43] 雇傭工人從事生產。

自晚明以來，蘇州的絲織業工匠人數即已不少，到清初更是不
斷增加。《康熙長洲縣志》記載：蘇州 “東城之民多習機業，機戶名
隸官籍。傭工之計日受值，各有常主。其無主者，黎明立橋以待喚
……，什百爲群，粥後始散”。承繼十六世紀以來官手工衰落的趨
勢，康熙二十六年 (1687) 以後更切實執行 “買絲招匠制”，使蘇州
織造局官營機構内 “名隸官籍” 的許多 “機戶”，都成爲雇傭關係
下的民間手工業者。[44] 蘇州機戶的規模不一，有些機戶甚至雇傭機
匠生產。雍正十二年 (1734)《長洲縣永禁機匠叫歇碑》，即對當時
蘇州絲織業生產關係有所説明：“蘇城機戶，類多雇人工織。機戶出
資經營，機匠計工受值”。[45] 機戶雇傭的機匠可分爲兩大類：一是
“計日受值，各有常主” 的機匠，一是 “無主者，黎明立橋以待喚”
的機匠。道光年間，顧震濤記錄了蘇州城内無主機匠聚集的情形：

> 花橋，每日黎明，花緞織工群集於此。素緞織工聚白
> 蜆橋。紗緞織工聚廣化寺橋。錦緞織工聚金獅子橋。始日
> 立橋，以便延喚，謂之叫找。[46]

〔40〕 段本洛、張圻福《蘇州手工業史》，江蘇古籍出版社，1986 年，頁 128。
〔41〕 《蘇州碑刻》，頁 154。
〔42〕 石韞玉等修，道光《蘇州府志》卷一八，道光四年 (1824) 刊本，頁 38 下。
〔43〕 《蘇州碑刻》，頁 267。
〔44〕 王翔《中國資本主義的歷史命運：蘇州絲織業 “賬房” 發展史論》，頁 48。
〔45〕 《蘇州碑刻》，頁 15。
〔46〕 顧公燮《吳門表隱》，江蘇古籍出版社，1986 年，頁 22。

由機匠細分爲花緞織工、素緞織工、紗緞織工、錦緞織工的情況,也可以反映出當時蘇州勞力市場上機匠人數的衆多。至遲在康熙四十一年(1702),蘇州城已出現了"賬房"絲織包買商人。至少在道光二年(1822)以前,有更多蘇州機户轉變成資本更雄厚的"賬房"包買商人。[47]

客商在蘇州從事的棉布加工業生產也很有規模。清代棉布的銷售市場很大,在全國性長距離貿易商品的比重上已超過食鹽,成爲僅次於糧食的全國性商品。[48] 蘇州在清代前期也已成爲全國棉布加工業的主要中心。[49] 因爲棉布手工業的發展,衆多開設棉布字號的客商以及被客商以資本雇傭的工匠,都聚集在蘇州城。雍正元年(1723),蘇州織造胡鳳翬報告了當時蘇州衆多棉布商人和工匠聚集的情形:"閶門南濠一帶,客商輻輳,大半福建人民,……又有染坊踹布工匠,俱係江寧、太平、寧國人民……總計約有二萬餘人"。雍正八年(1730),李衛的報告則指出:"現在細查蘇州閶門外一帶,充包頭者,共有三百四十餘人,設立踹坊四百五十餘處。每坊客匠各數十人不等,查其踹石已有一萬九百餘塊,人數稱是"。[50] 布業客商在"閶門外上下塘"開設字號,將布匹原料和工匠工資發予"漂布、染布及看布、行布"等加工業者。[51] 踹坊(或稱"踏布坊")即是一種染布加工業者。字號布商付錢予"四百五十餘處"踹坊的"三百四十餘人"坊主"包頭",而包頭再付工資予"總計約有二萬餘人"的踹匠。

客商除以資本介入手工業生產之外,也開設許多典鋪。清代要求典鋪商人必須領有帖照才能開張營業。乾隆年間,在蘇州府九縣領帖開張的典鋪,計有 489 家,嘉慶年間則爲 319 家。其中,蘇州城吳、長洲、元和三縣的領帖典鋪數量,在乾隆和嘉慶年間則分別爲 290 家和 193 家。[52] 蘇州城和其他城鎮中的典鋪,彼此間可能也

〔47〕 范金民《明清時代蘇州絲織業生產形式和生產關係初探》,洪煥椿等主編《長江三角洲地區社會經濟史研究》,南京:南京大學出版社,1989 年,頁 211。直至清末,絲織業仍是蘇州工業的最大宗,賬房商人在當時仍指出:"蘇郡工界,以敝業之織匠爲大宗"(《蘇州商會檔案叢編》第一輯,武昌:華中師範大學出版社,1991 年,頁 650)。
〔48〕 吳承明《中國資本主義與國內市場》,頁 259。
〔49〕 全漢昇《中國經濟史論叢》,頁 634。
〔50〕 分見《雍正硃批諭旨》(影印本,臺北:文海出版社,1965 年),册九,頁 5185;册八,頁 4515。
〔51〕 《乾隆長洲縣志》卷一○。
〔52〕 《光緒蘇州府志》卷一七,頁 440。嘉道年間,額繳當稅稅銀爲 1 674.75 兩。

發展出某種業務的聯繫。[53]

　　衆多外來的商業和手工業人口，使蘇州城的都市人口不斷增加。蘇州城原包括吳縣和長洲縣，雍正二年（1724）則再從長洲縣析出元和縣，使蘇州城成爲三縣治共一城的特別都市。[54] 早在十六世紀，蘇州城內河兩旁即因人口增多而發生嚴重的“侵河”現象。[55] 嘉慶二年（1797）調查蘇州城內河河身寬度時，河道更已愈形狹窄：“前明隆、萬年間，所量河身丈尺，寬者三、四丈不等，今已侵佔過半”。[56] 城內河道寬度的縮窄，即是因爲都市人口增加帶來嚴重“侵河”現象所致。據估計，十四世紀洪武年間蘇州城人口約爲 10 萬，到十八世紀乾嘉年間則達到高峰的 50 萬人口。[57]

　　城市內的衆多外來人口，是蘇州工商業發達的直接反映。外來客商的人口數目不僅日漸增加，更開始組成自己的團體組織。至少自十六世紀末開始，蘇州即出現一些由商人捐款創立的名爲“會館”、“公所”的建築物，成爲外來客商集會議事、祀神宴會以及儲貨歇宿的場所。下迨清代，這類建築物愈設愈多。會館公所雖是一棟建築物，但因爲成立時通常得到當地政府的立案保護。同時，隨著商人的持續捐款以及在建築物內舉辦各類聯誼、祀神、善舉集體活動，逐漸使會館公所發展成一種更加正式的商人團體。[58] 據近人估計，蘇州至少出現過 50 座“會館”和 210 座“公所”，[59] 其中絕大多數皆與商人的創建支持有密切關係。商人捐款建立會館公所，並不限於蘇州。在北京、漢口、上海、佛山、重慶、廣州、江西吳城鎮等商業發達城鎮中，皆有商人建立的會館公所。不過，商人在蘇州建立的會館公所卻爲數最多，加

---

〔53〕　崑山縣和蘇州郡城的某些典鋪，彼此間可能存有相互流通抵押品的關係。乾隆年間，崑山縣有一家典鋪假借失火，暗中將抵押品“潛運於郡典”（《巢林筆談》卷二，頁 50），似乎表示崑山該家典鋪和蘇州城某家典鋪的關係頗爲密切，才能做成此密謀。

〔54〕　嘉慶十四年（1809），分巡吳和縣事喩榮疆即說：“雍正初，分長洲爲元和，由是同城有三縣，此兩京十九布政司所無也”（嘉慶《增輯貞豐擬乘·序》，頁 397）。貞豐里即是元和縣的周莊鎮，在今江蘇省崑山市境內。

〔55〕　《萬曆長洲縣志》卷一〇《水部》：“城內河渠，國初可通漕舫，今則兩岸民居歲侵，河形歲束，僅可容舠。亦有全就湮塞不復通舟者矣”。

〔56〕　《蘇州碑刻》，頁 309。

〔57〕　傅崇蘭《中國運河城市發展史》，頁 220。

〔58〕　邱澎生《十八、十九世紀蘇州城的新興工商業團體》，臺北：臺灣大學出版社，1990 年。

〔59〕　蘇州“會館、公所”的統計，主要參考：呂作燮《明清時期蘇州的會館和公所》，《中國社會經濟史研究》1984 年第 2 期，頁 10～24；洪煥椿《明清蘇州地區的會館公所在商品經濟發展中的作用》，氏著《明清史偶存》，南京：南京大學出版社，1992 年，頁 566～612。

入會館公所的商人數目也相當可觀。乾隆四十二年(1777),捐款給
"全晉會館"的商號即至少有 53 家。道光元年(1821),列名"小木公
所"管理人員名單的木作坊業者有 24 人。道光二十四年(1844),捐款
給"小木公所"的業者名錄共列有 67 人。[60]

蘇州會館公所的座落位置,絕大多數分佈在蘇州郡城城郊和城內,
另外少部分則在以下四個城鎮:吳縣楓橋鎮有"洞庭會館"一座,長洲縣
滸墅鎮有"寧紹公所"一座,吳江縣盛澤鎮有"濟寧會館"、"徽寧會館"、
"普仁堂綢業公所"、"米業公所"、"寧紹會館"等五座,常熟縣城近郊有
"存仁堂梅園公所"、"寧紹會館"、"豐慶堂米業公所"等三座。[61] 若以
蘇州城的會館公所區位分佈來看,則又以閶門內外附近最為密集,其餘
會館公所則分散在蘇州城內各地,皆不如閶門附近的集中程度。

蘇州城西北邊閶門附近不僅是會館公所分佈最密集的區位,也
是蘇州商業最發達的區位。蘇州城的會館公所區位分佈和商業區位
分佈,兩者正相符合。距蘇州城西北 25 里的滸墅鎮,是聯絡蘇州對
外經濟的重要樞杻。由滸墅關進入蘇州城的商品貨物量相當巨大,
明代即在此設立鈔關專收商稅,清代初年更成為全國稅收量最高的
權關。[62] 早自十六世紀以來,由滸墅關進入蘇州城的交通要道即分
為"正道"與"間道"兩條,"正道"由楓橋鎮入蘇州城,"間道"
則由虎丘山塘逕入蘇州城。[63] 無論是由正道或間道入蘇州城,閶門
都是必至之地,閶門附近的金門、山塘、上塘、下塘、南壕區域,
就成為商人經商最重要的集聚地,這些地方都成為明末以來記錄蘇
州繁華文獻必定提及的地名:"金閶一帶,比户貿易,負郭則牙儈轇
集";[64] "閶門內出城,自釣橋西、渡僧橋南分為市心……京省商賈
所集之地。又有南北濠、上下塘,為市尤為繁盛"。[65] 閶門繁華的

〔60〕《蘇州碑刻》,頁 335～337、135～137。
〔61〕 江南市鎮中的會館公所數目很多,並不限於縣城之中。據不完全統計,江南市鎮中的
     會館至少有 33 座,公所則至少有 50 座。見陳忠平《宋元明清時期江南市鎮的牙人與
     牙行》,《中國經濟史研究》1987 年第 2 期,頁 30～38。
〔62〕 夏維中《明清時代滸墅關的研究》,洪煥椿等主編《長江三角洲地區社會經濟史研
     究》,南京:南京大學出版社,1989 年,頁 273～285。
〔63〕 鄭若曾《江南經略·滸墅險要説》卷二下,影印本,臺北:商務印書館,《四庫全
     書珍本》二集,1971 年,頁 15。
〔64〕《崇禎吳縣志》卷一〇《風俗》,頁 1 下,頁 892。
〔65〕《乾隆蘇州府志》卷一九。

商業景象，可在下面的文字中得到具體描繪：

閶門外，爲水陸衝要之區，凡南北舟車、外洋商販，莫不畢集於此，居民稠密，街衢逼隘，客貨一到，行人幾不能掉臂。[66]

眾多商業聚集在閶門附近，更使該處地價不斷上揚，據十八世紀中葉蘇州人的記錄，閶門上下塘一帶："人居稠密，五方雜處，宜乎地值寸金矣"。[67] 商人捐款建立的會館公所，以閶門爲最集中的區位，除了反映該區商業發達之外，也反映了商人以金錢買下蘇州地價高昂地段的經濟實力。

當會館公所成立之後，這棟捐款商人的專屬建築物也成爲一處經商的公共空間，除了舉辦祀神和慈善活動之外，也做爲捐款成員貯貨、歇宿與設置官頒度量衡器具的活動場地，並且還提供成員共同議定商業契約、商議工資爭議、協議營業規則甚或貸放團體公共捐款等服務，[68] 乃對商人的經商環境有所影響。會館公所的大量成立，使許多蘇州商人之間的商業競爭性質有所改變，不再只是個人與個人之間的競爭，而加上了團體與團體間進行商業競爭的性質。會館公所加入商業競爭，固然使某些行業的商品售價和收徒規則形成了壟斷性的市場結構，[69] 但因爲業者始終可以援引政府明文禁止"把持行市"的法令來保障自身權益，會館公所的壟斷能力其實收效有限。[70] 客商設立的一些會館公所，爲成員提供儲貨、集體協議商業契約、設置官頒度量衡具等功能，則特別值得重視，具有節省商人種種"交易成本"（transaction costs）的重要功能，[71] 這種功能具有改善商人經商環境的重要效果。

[66] 納蘭常安《宦游筆記》卷一八，臺北：廣文書局，1971 年，頁 8 下。
[67] 顧公燮《消夏閑記摘抄》卷中《芙蓉塘》，頁 13 上。
[68] 洪煥椿《明清蘇州地區的會館公所在商品經濟發展中的作用》；邱澎生《十八、十九世紀蘇州城的新興工商業團體》，頁 134～179。
[69] 劉永成《試論清代蘇州手工業行會》，《歷史研究》1959 年第 11 期，頁 21～46。
[70] 邱澎生《十八、十九世紀蘇州城的新興工商業團體》；Rowe, Williolm T. "Ming-Qing Guilds", Ming Qing Yanjiu. 1992 (1). pp. 47～60。
[71] Chen, Fu-mei and Myers, Ramon H. 1989 "Coping with transaction costs: the case of merchant associations in the Ch'ing period." in The second conference on modern Chinese economic history. Taipei: The Institute of Economics, Academic Sinica. pp. 317～341；邱澎生《商人團體與社會變遷：清代蘇州的會館公所與商會》，臺灣大學歷史學研究所博士論文，1995 年，臺北：未刊本，頁 132～134。

　　商人捐款成立的會館公所在成立時,通常都會向地方政府呈請
"立案"保護。晚明以來,全國各城鎮中不僅有愈益加多的同鄉會館相
繼成立;[72]蘇州地區也有爲數衆多的家族"義莊"和慈善"善堂"不斷
成立,[73]這些都是以促進鄉里和睦、維繫家族倫常以及救貧慈善爲宗
旨而得到政府核可成立的民間結社,這些民間結社在成立時幾乎都以
"公產"的名義向各地地方政府順利取得立案保護。商人組成團體時,
爲了順利取得立案保護,所以儘管會館公所具有很强的經濟功能,但
基本上則仍是以同鄉聚會、敬祀神祇和慈善救濟等名義向政府呈請
"立案",以一種類似公同財產的"公產"名義向政府要求核可和保護。
因此,儘管商人捐建的會館公所具有明顯的同鄉聚會、敬祀神祇和慈
善救濟等結社宗旨,[74]但仍不能忽略其主要的經濟功能,以及會館公
所成立之後改善了商人經商環境的重要效果。

　　清代前期的蘇州工商業,因爲優越的商業交通位置和全國市場
的發展而高度發達。蘇州的經商環境,則有兩個重要變化,一個是
因爲放料制生產而聚集了衆多的商人作坊主和雇傭工匠,另一個則
是衆多會館公所商人團體的成立,提供許多集體功能,使結社商人
節省了交易成本。這些都是清代前期蘇州經商環境的主要特色。無
論是經商發賣或是組織生產,商人都免不了會碰上一些與經商活動
直接或間接相關的衝突事件,嚴重者則成爲與經商衝突有關的訴訟
案件。本文第二節將分析清代前期蘇州可考的經商衝突事件與案件,
區分其類別,並檢視政府官員處理各類經商衝突事件的方式。

二、經商衝突的種類以及調處解決的方式

　　在商人經商貿易的過程中,經常遭遇到哪些實際的經商衝突? 當

---

〔72〕　王日根《明清時代會館的演進》,《歷史研究》1994 年第 2 期,頁 47～62。

〔73〕　劉錚雲《義莊與城鎮:清代蘇州府義莊之設立及分佈》,《中央研究院歷史語言研究所
　　　　集刊》第 58 本第 3 分,1987 年,頁 633～672;夫馬進《善會、善堂的出發》,小野和子編
　　　　《明清時代の政治と社會》,京都:京都大學人文科學研究所,1983 年,頁 189～232;
　　　　《清代前期育嬰事業》,《富山大學人文學部紀要》11(1986),頁 5～41;梁其姿《十七、
　　　　十八世紀長江下游之育嬰事業》,曹永和等編《中國海洋發展史論文集》,臺北:中央研究
　　　　院三民主義研究所,1984 年,頁 97～130;梁其姿《明末清初民間慈善活動的興起:以江
　　　　浙地區爲例》,《食貨月刊》15 卷 7、8 期,1986 年,頁 52～79。

〔74〕　傅築夫《中國工商業者的"行"及其特點》,氏著《中國經濟史論叢》下册,北京:三聯書
　　　　店,1980 年,頁 608～668。

時政府官員又是如何處理這些不同的衝突？這是本節分析的主題。

由碑刻資料中，不僅可以觀察到當時商人身處的經商環境，也提供了許多業者實際遭遇的案例。事實上，目前存留的碑刻資料中，有許多內容正是當時商人在解決經商衝突後所聯名刊立的事件始末或訴訟記錄，這些資料提供了經商衝突事件的許多實例。由於各類經商衝突事件的大小規模不同，較難做全面討論。本節選擇以商人聯名立碑的經商衝突案例做爲討論的基礎，因爲立碑人數衆多，不僅代表著事件涉入人數較多，也在相當程度上反映了該事件在社會上的影響規模較大，因而較具有代表性。

本文整理商人聯名立碑中與經商衝突有關的資料，做成表一。除了一般商人的經商衝突事件外，由於手工業作坊坊主也將其產品投入市場，故他們所涉入的經商衝突事件也列入考察。表一依照聯名立碑中涉及主要內容的不同，將經商衝突事件分爲以下三類：甲類爲與工資爭議有關者，包括圍繞著工匠"工資爭議"而引起的布業、絲業、紙業等商人作坊主聯名立碑。乙類爲與商人"經商安全"有關者，包括盜賊無賴與官員吏胥索詐侵騷而引致的商人聯名立碑。丙類爲與商人間的"商業契約"有關的糾紛，包括商人、牙行、踹坊主、運輸業者在商業交易過程中因爲契約內容爭議等糾紛而引發的衝突事件。統計結果，甲類佔13件，乙類佔9件，丙類佔6件。下文將依次討論。

（一）有關"工資爭議"的經商衝突

清代前期蘇州的工資爭議衝突事件，通常都發生在手工業內。當時蘇州的手工業行業很多，但以規模而論，是以棉布、絲織以及紙張加工等行業的生產規模較大、雇傭的工匠人數較多。這些行業中，商人作坊主不僅出資購買原料，而且也間接或直接雇傭衆多工匠進行商品生產。當時，這些商人作坊主經常與所雇傭的工匠發生工資爭議，時人多將此種衝突事件稱爲"商匠爭端"，[75] 這是清代前期蘇州經商衝突事件中的重要組成內容。表一列入甲類的與"工資爭議"有關的經商衝突事件，共有13件。

事實上，當時重要的工資衝突事件並不只13件。根據不完全統計，由康熙九年（1670）至道光二十五年（1845）間，在蘇州共發生至少 19 次的工匠抗爭、罷工或是控告作坊主商人的事件，其中踹布業有 10 次，絲織業有 2 次，染紙業有 5 次，印書業有 2 次。[76] 若再加上乾隆四年（1739）、乾隆六年冶坊業的兩起工匠"干預把持、訟棍殃民"事件，[77] 道光六年（1826）、道光二十七年（1847）臘燭店業工匠的"霸停工作、勒派斂錢"事件，[78] 以及道光十七年（1837）箔作坊業工匠的"霸衆停工"事件，[79] 則累計有 24 件規模較大的"商匠爭端"。但因爲相關資料不全面，所以本文只以表一所列甲類的 13 樁事件爲討論的素材，重點放在政府官員如何處理這些經商衝突事件。

衆多布商在蘇州參與了棉布的行銷和生產過程，並對踹染坊等加工作坊坊主及工匠等人，直接或間接發給工資，兩者乃產生密切的雇傭關係。在清代前期的蘇州，這些衆多的商人作坊主以及工匠之間，常因工資問題而發生彼此衝突事件甚或兩造對簿公堂進行司法訴訟。

在表一第 11 號康熙四十年（1701）的聯名立碑中，反映了去年一件嚴重的商匠衝突。自康熙三十九年（1700）四月始，蘇州城內，"千百踹匠景從，成群結隊，抄打竟無虛日。以致包頭畏避，各（踹）坊束手，莫敢有動工開踹者。變亂之勢，比諸昔年猶甚。商民受害，將及一載"。[80] 照政府官員的說法看來，事件發生過程中，有些所謂善於"東挑西撥，借景生端"的"流棍亡命"踹匠人物，竟然還設計了類似"罷工準備金"的制度：

> 或曰某日齊行，每匠應出錢五文、十文不等；或曰某匠無業……每匠應出銀二分、三分不等，而衆匠無一不出。……積少成多，已盈千萬。[81]

踹匠在"齊行"罷工期間，多半無法領取工資，踹匠個人生活或是其家庭生計乃頓陷艱難。若布商與踹坊包頭無意溝通工資問題予以

---

〔76〕 許滌新、吳承明主編《中國資本主義發展史》第一卷《中國資本主義的萌芽》，北京：人民出版社，1985 年，頁 719。

〔77〕《蘇州碑刻》，頁 154。

〔78〕《蘇州碑刻》，頁 268、頁 273。

〔79〕《蘇州碑刻》，頁 165。

〔80〕《蘇州碑刻》，頁 63。

〔81〕《蘇州碑刻》，頁 63。

加薪，則對那些待領工資糊口而此刻卻在進行抗爭中的踹匠將極爲
不利。因此，發動"齊行"的踹匠，乃向支持抗爭的踹匠收取"錢
五文、十文不等"的經費，以做爲長期抗爭的罷工基金。儘管政府
官員批評那些響應捐錢的踹匠是"奈何蚩蚩者流，割肉喂虎，若不
自知"，[82] 但畢竟在衆多踹匠的配合之下，這筆捐款已是"積少成
多，已盈千萬"。這種共同捐款以"齊行"罷工的制度，才使得康熙
三十九年這場踹匠"齊行"衝突事件持續甚久，使商人大嘆："商民
受害，將及一載"，對布商利益造成不小的損害。第 12 號的例子，
更已看到所謂的踹匠"斂銀"，以建造"普濟院育嬰堂，結黨創立會
館"，[83] 這是踹匠準備捐款成立團體組織的努力，但卻被政府以危
害社會治安的理由加以禁止取締，未能真正成立工人的團體組織。
儘管政府取締工匠成立團體組織，但對工匠的增加工資要求卻並非
一概禁止。乾隆二年（1737 年），殷裕公等踹匠即"請照松郡之
例"，要求該管縣衙強制布商增加踹匠工資。其後，踹匠王言亨等人
更採取徑行"越控督撫"的上控手段，[84] 要求政府官員爲踹匠增加
工資。

　　面對工匠的聯合抗爭行動，商人作坊主也採取各種相應的手段。
除了不斷將發動齊行叫歇的工匠套上諸如"流棍亡命"、"退業並不踹
布"等污名而向政府提出訴訟外，也開始成立自己的團體組織。布業
商人在乾隆中期成立了"新安會館"，紙業作坊商人在乾隆末年成立
"仙翁會館"，絲織業的"賬房"商人則在道光初年成立"雲錦公所"。
表一所列 13 件甲類聯名立碑案例，其立碑地點則逐漸由廣濟橋、閶
門、玄妙觀附近，轉變至在"新安會館"、"仙翁會館"與"雲錦公所"等
特定商人團體建築物處豎立。這些證據都説明了上舉三個會館公所
和十八世紀中晚期蘇州"商匠争端"衝突事件的密切關係。

　　蘇州地方政府介入商匠争端的處理，比較常見的辦法是仲裁解決
商人作坊主與工匠兩造間的工資争議。早在康熙九年（1670），蘇州知
府即已爲布商與踹匠重申訂定了"照舊例，每匹紋銀一分一釐"的工資

---

〔82〕《蘇州碑刻》，頁 63。
〔83〕《蘇州碑刻》，頁 66。
〔84〕《蘇州碑刻》，頁 74。

水準,並且要求雙方遵守:"店家無容短少,工匠不許多勒",[85] 這是表一第 3 號例子所載經商衝突經地方政府裁決之後的結果。而在康熙三十二年(1693)之前,清政府甚且已將端匠工資的規定刊刻在蘇州當地的"皇華亭"上。[86] 乾隆二十一年(1756),元和、長洲與吳等三縣知縣聯合爲紙坊坊主與紙匠定下了工資:

> 長、元、吳三縣會議,各坊工價,總以九九平九五色,
> 按日按工給發,錢照時價高下。倘敢再將工價折扣給發,
> 請照不應重律,杖八十;工匠持伙漲價,應照把持行市、
> 以賤爲貴律,杖八十。如糾衆停工,請予照律問擬之外,
> 加枷號兩個月。[87]

在這份議定紙匠工資的碑文中,分別依據"推、刷、灑、梅、插、托、裱、拖"等不同工技與工序而羅列 24 項不同的工資計算標準。[88] 在此處也看到地方政府特別加意嚴懲那些"糾衆停工"的工匠。同時,也對"倘敢再將工價折扣給發"的紙坊坊主提出警告:將予以"請照不應重律,杖八十"的處罰。

政府介入商匠爭議並且代爲規定工資水準和發放方式的相關規定,其實是有一個逐步改良的演化過程。在康熙四十年(1701)至五十四年(1715)間,政府明定端匠工資由"每匹紋銀一分一釐"提高爲"每匹紋銀一分一釐三毫",並且還規定了糧價上漲期間貨幣工資應該如何換算的法定標準:"其米價貴至一兩五錢,每端布千匹,加銀二錢四分。米價一兩二錢則止。商店給發工價,每兩外加五釐,名曰捐助"。[89] 地方政府有時還進一步規定對工資的發放方式,以保障工匠的權益。如乾隆六十年(1795)的《元長吳三縣會議端布工價給發銀兩碑》即説:"嗣後坊户給匠工價,即照所發陳平九八兑九六色銀。……給匠,聽其自行換錢,毋庸坊户代爲經

---

[85] 《蘇州碑刻》,頁 54。

[86] 《蘇州碑刻》,頁 55。

[87] 《蘇州碑刻》,頁 90。

[88] 《蘇州碑刻》,頁 90～92。

[89] 《蘇州碑刻》,頁 68～69。Paolo Santangelo 曾將端匠白銀貨幣工資、當期米價與銀錢比價略做排比(Santangelo, Paolo. 1993. "Urban Society in Late Imperial Suzhou." in Johnson, Linda Cooke, ed., *Cities of Jiangnan in Late Imperial China*. Albany: State University of New York Press. pp. 111),可稍參照。

理"。[90] 可見布商所發踹匠工資原本多屬白銀貨幣，而踹坊坊主則假借代換銅錢之便在銀錢比價折算價差上剋扣踹匠所得之實際工資，[91] 地方政府在此處的介入，應是為避免上述不利踹匠利益所做的考量。至於商人作坊主所支付的不同貨幣工資形式，地方政府有時也會介入加以規範。如道光二年（1822）元和縣知縣，即為 26 名"開莊機戶"的賬房究竟應該如何給付機匠工資，做成批示："至應給工價，如各戶用洋，悉照每日錢鋪兌價作算，不得圖減滋弊"。[92]

另一方面，中央與地方政府皆對社會上的"齊行"、"叫歇"等罷工事件特別重視。早在康熙四十年（1701），政府官員即已頒立《蘇州府約束踹匠碑》，設計了以保甲連坐方式編查踹坊踹匠的一套方法，先以十家踹坊包頭編成一甲，而"於其內擇……老成者，充任坊長"，再以踹坊包頭來約束踹匠，每家踹坊"設循環簿，著令（所收踹匠）登填何處籍貫、何人保引、何日進坊、何日出坊，分列舊管、新收、開除三項。每逢朔望，必與坊長倒換"，並且責成專門官員稽查彈壓。[93] 康熙五十九年（1720）更訂立《長洲吳縣踹匠條約碑》，規定了連環互保與夜間禁閉在坊的嚴苛管束政令。[94] 到了雍正九年，更對上述保甲制度進行了再一次的整頓與加強工作。乾隆五十八年（1793），元長吳三縣更聯合援引康熙五十八年的《踹匠章程例》而訂定了一套《紙匠章程》（第 22 例）。在此種對踹匠的嚴厲管制措施之下，發生在康熙五十四年間的踹匠"欲助普濟院、育嬰堂，結黨創立會館"一事應該是踹匠較難實現的願望。官方的考量是："倘會館一成，則無籍之徒結黨群來，害將叵測"，[95] 也可見官員防範踹匠的戒心。

在清代前期看到的眾多蘇州"商匠爭端"，的確是一類十分顯著的經商衝突事件，在衝突事件中，也的確可以看到地方政府積極介

---

[90] 《蘇州碑刻》，頁 79。
[91] 包世臣也曾指出嘉道年間民間市場上的貨幣使用習慣："小民計工受值皆以錢，而商賈轉輸百貨則以銀"（《安吳四種》卷二六，臺北：文海出版社，《近代中國史料叢刊》30 輯，1968 年，頁 1762）。此與蘇州布號商人與踹匠各自的貨幣使用方式是類同的。
[92] 《蘇州碑刻》，頁 25。
[93] 《蘇州碑刻》，頁 63～64。
[94] 《蘇州碑刻》第 45 號。
[95] 《蘇州碑刻》，頁 66。

入這些與"商匠爭端"有關的訴訟案件中。蘇州布業、絲業等商人固然呈請地方政府官員維護自身的商業利益，希望官員制止工匠的"齊行"罷工；但端布機織等工匠也同樣會向官員提出控訴，要求商人增加工資。

無論政府官員是否有意在工資協商過程中偏袒布商，但在美洲白銀大量流入而造成盛清時期物價上漲的大背景下，十八世紀後半葉的蘇州米價不僅遠較十七世紀爲高，而且長期停留在較高價位之上。[96] 至少由康熙四十年代至乾隆嘉慶年間蘇州工匠工資的增加緩慢看來，這種情況無疑是不利於工匠的實質所得。但換一個角度看，蘇州地方政府在因應商匠爭端的過程中，屢次介入商匠之間的工資調整衝突事件中，並頒發了許多相關法令，則顯示了地方政府官員其實也正在學習和累積這類工資爭議的處理經驗。

(二) 有關"經商安全"的經商衝突

表一所列乙類聯名立碑事件，共有 9 件。其主要內容是與商人經商安全有關的經商衝突，其中包括了盜賊無賴與官員吏胥對商人的侵騷。這些侵騷並不涉及商人經商買賣的實際契約內容，但有時卻會嚴重妨礙到其經營環境的安全，增加業者的經營風險。

地方無賴常常威脅到工商者的經商活動。除此之外，有些官員與吏胥也會侵騷商人。官員吏胥一方面是商人經商過程中的保護者，但卻又常倒過來成爲侵奪者。這些都是影響商人經商環境的主要人物，也是商人常要面臨的困擾。單以客商爲例，在他們四處運貨發賣的過程中，即常要面對上述人物的侵擾。在清初一首《估客苦行》的記實詩作上，即描寫著當日客商的甘苦：

> 昨日泊舟楓林下，左右舳艫盡商賈。見彼哽咽當風餐，
> 爲言作客江湖難。江湖近年多盜賊，布衣夜脫安可得。徵
> 賤鬻貴雖不貪，風波萬里真辛苦。更逢當關多暴吏，欲浚
> 錙銖加重罪。可憐曛黑不開關，苦守巨浪危檣間。恨不載
> 金長安買都尉，等閑見汝一官何足貴。[97]

這首詩具體指出了"盜賊"與"暴吏"是商人的兩大威脅，也指出當時

---

[96] 全漢昇《鴉片戰爭前江蘇的棉紡織業》，氏著《中國經濟史論業》，1972 年，頁484。

[97] 張應昌編《清詩鐸》(原名《國朝詩鐸》)卷二五，北京：中華書局，1983 年，頁924。

一般"布衣"身份的商人由於不具官員特權而隱忍的辛酸與無奈。

胥吏、乞丐與無賴，都是當時經常造成商人經商環境惡化的人物。碑文中常有此類的經商衝突，表一中乙類的 7 件聯名立碑案例，不過是較嚴重者。早在明末天啓七年（1627）的《蘇州府嚴禁南濠牙戶截搶商船客貨碑》上，即已記錄著下面的實際案例：

> 江寧府等處商人……梅鼎臣等……販賣海蜇……等貨，
> （航貨運至）蘇鎮，南濠牙戶先遣健僕使船，糾集……黨棍，一
> 遇（商貨船隻，即）哨黨蜂涌、叢打亂搶，……致使異鄉孤客束
> 手空回。……萬里孤商，餐風宿月，……紛紛泣訴。[98]

這是非常令人吃驚的社會失序現象。在這個例子中，牙戶不做正常的仲介生意，反而掠奪客商的資產。表一第 14 號例子，發生在康熙六十一年（1722）。閶門一帶的鋪戶，平日即屢被當地乞丐勾結胥吏強行"蠹取月規"，而在是年三月初十日，更"有惡丐魚得水借尸圖賴，糾集多丐……（將）香店家伙打毀。致閶門一帶鋪戶，各將店門關閉，遠近傳爲罷市"。[99] 這個案例造成閶門、金門一帶商民罷市的結果，最後並形成了一百戶"金閶市民公立"的示禁碑文。

儘管市鎮有巡檢的設立以維護治安，[100] 然而仍有"打行"一類的無賴組織存在於蘇州及其附近的許多市鎮之中。[101] 如"康熙年間，……善拳勇者爲首，少年無賴，屬其部下，聞呼即至，如開行一般，謂之打行"。[102] 這種無賴的組織力量，仍是危害社會秩序的潛在因素。這固然多是因爲明清之際動蕩局勢所造的特殊社會失序現象，但其下都市治安惡化的問題也始終不斷出現。乾隆二十四年（1759）的《陳文恭公風俗條約》，即描述了當時蘇州附近都市治安惡化的現象：

---

〔98〕 《蘇州碑刻》，頁 240。
〔99〕 江蘇省博物館編《江蘇省明清以來碑刻資料選集》，北京：三聯書店，1959 年，頁 431。
〔100〕 川勝守《明代鎮市の水柵と巡檢司制度》，《東方學》第 74 輯，1987 年，頁 101～115；林紹明《明清年間江南市鎮的行政管理》，《華東師範大學學報》1987 年第 2 期，頁 93～95。
〔101〕 川勝守《中國近世都市の社會構造：明末清初江南都市について》，《史潮》（新），1979 年 6 號，頁 65～90；上田信《明末清初江南都市の"無賴"と社會關係》，《史學雜誌》90 卷 11 號，頁 41～59；川勝守《明末清初の打行と訪行》，《史淵》119 號，1982 年，頁 36～51。
〔102〕 顧公燮《丹午筆記・打降》，江蘇古籍出版社，1985 年新版本，頁 188。有關"打行"的詳細討論，可以參見上田信以及川勝守的著作。

> 濱海地方，習成強悍。衝繁鎮市，慣逞豪強。設約盟
> 神，結成黨羽。或衣服一色，或同佩一物，創立黨名。如
> 小刀黨、青龍黨之類，手帶鐵梭鐵套，身佩⋯⋯角刀，生
> 事打降，一呼而集。毆差抗官，同惡相濟。[103]

這些"或衣服一色，或同佩一物"的地方豪強人物，除了能"毆差抗官"之外，對商人的經商環境也肯定是很大的威脅。即使到了嘉慶年間，閶門山塘的治安狀況有時仍令人不敢樂觀，如表一第 23 號發生在嘉慶十一年（1806）的聯名立碑例子，當時受害的虎丘一帶"山塘鋪戶居民"，即在控詞上寫道：

> 虎丘山塘，通衢七里。地方名勝，店鋪稠多。然買賣
> 貿易，皆賴過往商船。邇緣惡匪糾黨成群，皆帶鐵槍、小
> 枷及揹石之類，或十餘人、或廿餘人，聚伍絡繹。或至停
> 泊之船，或至店戶之家。每人勒索十四文。適有不遂，塗
> 污抛石。是以來往商船，畏其強惡，不敢停泊。以致各鋪
> 生意蕭條，貿易零落。[104]

這些山塘的鋪戶商家因爲來往商船被那些"糾黨成群，皆帶鐵槍、小枷及揹石之類"的人物勒索，以致商船不敢泊岸進行買賣，連帶也嚴重損害了山塘鋪戶的利益，這也是反映了經營環境方面的經商衝突。

無論是在運貨製造或是經商發賣等營業過程中，這些暴力威脅的不穩定因素，都是造成經商環境惡化的主要因素。城鎮中的暴力問題值得重視，雖然這無關乎商業經營行爲中買賣雙方涉及的契約條件，但卻是當時商人經常面對的惡劣經營環境，是其必需額外付出的風險成本。有時經商環境的惡化更會令整個市鎮受損，如萬曆年間同屬蘇州府的嘉定縣南翔鎮即有其例：

> 南翔鎮，⋯⋯往多徽商僑寓，百貨填集⋯⋯於諸，鎮
> 比爲無賴蠶食，稍稍徙避，而鎮遂衰落。[105]

可見市鎮中"無賴"對於客商的危害，竟然能使客商"稍稍徙避"，南翔鎮的繁榮也受到嚴重的影響。南翔鎮在清初雖再度恢復市面的

---

[103] 馮桂芳等《光緒蘇州府志》卷三，臺北：文成出版社，1970 年，頁 151。

[104] 《蘇州碑刻》，頁 388。

[105] 顧炎武《肇域志》，同治年間藍欄鈔本，冊 5，頁 74 下。

繁榮,[106] 然城鎮中暴力問題之嚴重，亦可見一斑。

　　政府不斷重申禁令，希望保護商人的經商安全，如碑文上所經常看到的政府禁令：“如有……勒索肆凶不法者，許被詐之人，扭交地保、丐頭，稟解本縣，以憑從嚴究辦。地保人等，如有容隱，察出並處，決不姑寬”。[107] 然而，經商安全始終是個困擾商人的問題。面對經商安全受到威脅，商人捐款組成的會館公所則提供了另一種集體保障的管道，當再有類似衝突事件時，會館公所可以提供更多的人力與物力來向政府提出訴訟要求保護或賠償。

　　表一第 24 的號例子，是件發生在嘉慶十五年（1810）左右有關地痞索詐米商的聯名立碑，這是署名“湖南北、江南西通幫公立”的案例。在清代中葉，蘇州早已是全國重要米市，約自康熙末年開始，蘇州米市上的米價漲落，主要即由湖廣（有時加上江西）食米到達的多寡來決定。[108] 根據包世臣在嘉慶道光年間的估計：“蘇州無論豐歉，江廣、安徽之客米來售者，歲不下數百萬石”。[109] 表一第 24 號碑文也説：“米濟民食，貨利國用。蘇省之流通，全賴楚船之轉運”，[110] 正指出當時湖廣米糧和蘇州米市間的密切關係。然而，有時當這批湖廣米商販米來到蘇州時，他們的經商安全卻遭到嚴重威脅：

　　　　遭一干地痞，假充河快，聚黨多人，日肆索詐。裝米者，
　　照船之大小，索米自三升至一斗不等。……船各夜逐要燈油
　　錢十四文。種種擾害，萬船切齒。忍氣吞聲，已非一日。[111]

蘇州府元和、長洲與吳三縣知縣針對此種詐索商船事件做成批示：“嗣後，如有無籍徒乞丐假充河快名目，在於各商船索詐錢米、生事擾害者，許即扭稟本縣，以憑按律究辦”。[112] 這也是一件由商人聯名向地方官府請求保護的例子，經過訴訟手段，這批販米客商獲得蘇州府三縣知縣的聯名示禁，頒發“示禁索詐”碑文，以爲“勒碑永垂”。

〔106〕　樊樹志《明清江南市鎮探微》，上海：復旦大學出版社，1990 年，頁 323。
〔107〕　《蘇州碑刻》，頁 388。
〔108〕　全漢昇《中國經濟史論叢》，1972 年，頁 573。
〔109〕　包世臣《齊民四術》卷二，頁 4 上（《安吳四種》本卷二六，頁 1767）。
〔110〕　《蘇州碑刻》，頁 389。
〔111〕　《蘇州碑刻》，頁 389。
〔112〕　《蘇州碑刻》，頁 389。

另外，至少自明末開始，便可在政府禁令中屢屢看到“禁革行户當官”的宣告。如崇禎四年（1631）的《蘇州府爲永革布行承値當官碑》即記録了蘇州知府“永革鋪行”的命令：“一切上司按臨府縣公務，取用各色……，照時價平買。該房胥役供應，並不用鋪行承値。但有仍尋鋪行，仍用團牌……（持）票借用”者，“許諸人首告，差役究，遣官聽參”。[113] 直至清初，禁革鋪行的命令仍屢見於碑文等資料中，蘇州府常熟縣有關此類禁令的資料特別多，可見到當時政府官員禁革鋪行做法的普遍。[114]

然而，無論政府如何禁革“行户當官”，不肖官員與吏胥在地方上藉編定“行户”手段來控制徵取商人的財貨，則終清之世不能全免，特別是在吏治較差與社會失序時尤然。[115] 晚明以來的禁革鋪行改革收效甚緩，清初的情況仍然是：“今官府有所吩咐，勾取於下，其札曰票”。[116] “票取”商人財貨的現象仍然發生，未因政府屢申鋪行之禁而消除。即使到乾隆三十六年（1771）的蘇州，仍然有以“各行户領價承辦……不肖官吏或因此短發價值、減剋平色”的記録，[117] 政府官員依然有編審“行户”的行政慣例。有時候，一些人物更假藉政府編審行户的機會或名義，自稱爲“行頭”或是“小甲”，用以勒詐商人。這些打著“編審行户”口號藉機勒索商人財物的官員、吏胥與“行頭”、“小甲”，都是威脅商人經商安全的潛在威脅。

雖然明末清初以降政府官員推動的禁革編審鋪户措施的確是一種制度改革，有助於商人改善經商環境。但問題是法令上雖然原則禁止，實際成效則依各地各時期的吏治良窳來決定。一般來説，在雍乾

---

〔113〕 《蘇州碑刻》，頁 53。

〔114〕 佐藤學《明末清初期一地方都市になけろ同業組織と公權力》，《史學雜誌》9 號，1987 年，頁 96。在康熙年間成書的《資治新書二集》卷八的《文移部·民事編》“鋪行”類上，所見清初地方政府官員對禁革行户的努力也很可注意。如周亮工即在福建向所屬官員下令：“不許分毫取之鋪户。其歷來相傳鋪户姓名册籍，但有存者，俱令該縣焚毁。”（《資治新書二集》卷八，頁 11 下）

〔115〕 如咸豐十年(1860)，官員段光清即在寧波爲政府向“城中紳士及各行司事”勸募捐款，段氏除了儘量對那些紳商動之以情、曉之以害之外，最後還是要對那些堅持不捐款者使用強制手段：“有不從（捐款）者，將是業行簿吊齊，核計一年生意若干，照抽釐式書捐”。這裏的“行簿”即與昔日政府官員早已禁革的編審“行户”做法類似。（段光清《鏡湖自撰年譜》，北京：中華書局，1960 年，頁 175～176）

〔116〕 劉繼莊《廣陽雜記》卷五，《從文庫》本第 426 號，臺北：商務印書館，1976 年，頁 14 上。

〔117〕 《光緒蘇州府志》卷一九，頁 483。

年間的蘇州,儘管仍會有一些強編"行户"的個案發生,也始終有某些自稱"小甲"之類人物的騷擾,但禁革行户的實際功效仍比較好。[118]由碑刻資料看,雍乾年間的蘇州地方官員確是較有效率地在處理商人控告勒編"行户"與"小甲"騷擾的案件。乾隆四十六年(1781),長洲知縣即指出:

> 蘇郡地方,凡有生意行當,動稱小甲,從中滋事需索,
> 殊堪髮指。……奉批:木簰小甲,既無設立成案,自未便
> 聽地棍把持擾累。如詳,嚴飭革除,勒碑永禁。[119]

在此例子中,該名官員固然是對蘇州當地"動稱小甲,從中滋事需索"的現象大感不滿,甚至說是"殊堪髮指",因而對"小甲"之類人物"嚴飭革除,勒碑永禁"。但是,這位官員仍是要在查過該"小甲"確是"既無設立成案"後才下令禁革。而在《吳中判牘》上則略有不同,該名同治年間任長洲知縣的官員仍是記錄著:"查各行小甲,最為民害",但他的判案則是:"即使實有其事,凡不便於民者,本縣亦將更之",[120] 可見他的態度是無論有無"成案"皆一律禁止"小甲"一類人物。

會館公所成立後,這棟專屬於捐款商人的建築物,也成為商人經商貿易的一處公共空間,提供了成員貯貨、歇宿或是議定商業契約的公共場所,成為捐款商人經商環境的一部分。然而,會館公所所在地的房舍屋宇卻也經常成為無賴胥吏的騷擾對象,這是許多會館公所經常呈請地方政府立案保護的一個重要理由。道光元年(1821)蘇州知府為"小木作公所"立碑示禁:"恐……近鄰褻瀆侵僭,叩乞示禁。……如有地匪棍徒,在于該公所作踐,以及私行盜租侵僭情事,許即指名具稟,以憑拿究",[121] 這是一個典型的例子。

(三) 有關"商業契約"的經商衝突

商人在經商過程中總會發生許多與商業買賣有關的交涉,而買賣行為在本質上即是一種雙方協議合意的契約行為。因此,無論是度量衡的爭議、仲介費用的爭議、運輸費用的爭議、不履行契約的

〔118〕 洪煥椿《明清史偶存》,1992年,頁565。
〔119〕 《蘇州碑刻》,頁120。
〔120〕 蒯德模《吳中判牘》,《筆記小説大觀》4編9冊,頁6037。
〔121〕 《蘇州碑刻》,頁135。

債務糾紛，甚至私自仿冒商標的侵權行爲（可謂是一種未經授權的
"非法契約"），都可列入本文所謂的有關"商業契約"的經商衝突。
表一將其歸爲丙類案例，共有6件。

在清初一些商業書中，即將當時商人實際遭遇的經商場合予以
分類，並將商人的經商交涉對象區分爲"車、船、店、脚、牙"五
類，分別指車夫、船夫、邸店、脚夫以及牙行。[122] 其中又以牙行這
種仲介商人以及脚夫、車夫與船户等運輸業者，爲構成與客商交涉
商業契約衝突起源的主要人物。

牙行在當時的商業經營過程中，其實是不可或缺的一種商業制
度。無論是在仲介買賣雙方完成交易、評定商品成色與價值，以及
換算各地度量衡等方面，牙行都提供了重要的中介服務功能，客商
經商的確也必需要依賴市場上這類人物的服務。雍正二年（1724），
在一份有關紗緞業牙行的碑文上，紗緞業牙行業者即説：

> 吾吳中紗緞一業……豈非蘇城極大生産，而合郡生民
> 所（不可缺）者乎！但商客之來，必投行主，而造作之家，
> （率）由機户。兩者相須，而一時未必即能相（遇），……
> 此紗緞經紀所由設也。……經紀一途壞，而客商與行家機
> 户，交受其害也。[123]

由文中所謂的"經紀一途壞，而客商與行家機户，交受其害"，可看
到牙行業者對其職業重要性的自我肯定。牙行對市場交易的必要性，
除了因爲具有仲介買賣雙方的功能之外，很大一部分則是來自牙行
業者對當地度量衡具的熟悉。儘管政府要求市場使用官頒度量衡做
交易，但各地市場仍有各自慣用的度量衡，牙行掌握了官頒法定度
量衡與當地民間慣用度量衡間有關折算問題的專業知識，這使牙行
業者成爲傳統社會的"商場中的專家"。[124]

---

[122] 鞠清遠《清開關前後的三部商人著作》，收入包遵彭等編《中國近代史論叢》2 輯 3
册，臺北：正中書局，1977 年，頁 205~244。

[123] 《蘇州碑刻》，頁 14。

[124] 梁方仲《中國歷代户口、田地、田賦統計》，上海：上海人民出版社，1980 年，頁
535。梁氏雖然也譴責牙行居中"剝削了小生産者及一般消費者"，但仍引用趙翼
《陔餘叢考》"斗稱古今不同"條中所稱牙行對統一全國度量衡"官稱"及"民稱"
差異的正面作用（"有行稱、官稱之不同……又非禁令所盡一。而市儈牙行自能參
校，錙黍不爽，則雖不盡一而仍通行也。"（乾隆五十五年湛貽堂板本影印，臺北：
華世出版社，卷三〇，1975 年，頁 13 上）

　　商人在蘇州發展出各行業不同的貿易範圍與方式,外來客商多半從事批發貿易,本地商人則泰半經營仲介商人性質的牙行業務。不過,在批發客商與仲介牙行之間,其實是個動態的變化過程,二者可以相互轉化,客商由批發涉入仲介業,牙行由仲介轉爲批發業,兩者都隨市場交易複雜化而不斷變動。[125] 不過,在商業發展過程中,批發與仲介業務合一的轉化過程畢竟仍需要較長時間,牙行與客商間既合作又衝突的狀態,在清代前期的蘇州仍是較普遍現象。

　　客商與牙行常因市場交易而發生衝突, 除了度量衡具方面的衝突外, 仲介過程也常發生債務糾紛或是詐欺行爲。度量衡具換算方式常使客商自覺吃虧, 仲介費用和交款方式也常使客商和牙行產生爭議。客商初至蘇州這樣一個工商繁華的大都市, 對當地市場狀況總不若本地牙行熟悉, 所攜帶的或是所需要的貨品都有待熟悉本地市場行情變動的牙行爲其尋覓買賣機會, 爲了減少貨品損耗與資本閒置的損失, 客商面對牙行時, 便常顯得相對弱勢。在與牙行交易過程中, 小至度量衡的衝突, 大至債務糾紛或詐欺事件的發生, 都使客商利益蒙受很大損失。

　　明清文獻中常將牙人稱爲 "居停主人" 或是 "經紀", 有關客商和牙人間的經商衝突屢屢發生, 並且時或出現在文獻紀載中。十六世紀一本商業書中, 即特別提醒到蘇州貿易的客商要留意沿途市價, 避免被蘇州的牙行欺騙: "市價須訪, 恐遭牙行詿誘"。[126] 萬曆年間, 李樂更曾描述位於蘇州府附近的湖州府客牙衝突, 記載著湖州府烏鎮、青鎮眾多客商在經商過程中所受牙行的侵欺:

> 　　兩鎮通患通弊,又有大者。牙人以招商爲業,(商貨初至,)牙主人豐其款待,……(牙)主人私收用度,如囊中己物,致(客)商累月經年坐守……,情狀甚慘。……這商貨中間,又有借本置來者,舉家懸望,如合負了他? 負了他,天不容,

〔125〕　山本進《清代江南の牙行》,《東洋學報》74 卷 1、2 號,1993 年,頁 27～58。康熙年間的《木棉譜》一書,即載有客商如何吸納牙行仲介業務的過程:"近商人乃自募會計之徒,出銀採擇。而邑之所利者,惟房屋租息而已"。至於由牙行轉爲批發商的例子,在江南城鎮中也不乏其例。(陳忠平《明清時期江南市鎮的牙人與牙行》,《中國經濟史研究》1987 年第 2 期,頁 30～38)

〔126〕　《商程一覽》卷下, 頁 30 下。

地不載,世間極惡大罪也。余目擊心傷……[127]

客商除了被牙行拖誤行銷時機以及私吞財貨之外,貸本經商的客商因爲還有利息負擔,損失更加慘重。李樂在看到許多客商的經商慘狀後"目擊心傷",記下該江南市鎮牙行侵凌客商的"通患通弊",李氏認爲:牙行欺詐客商的這種行徑,簡直是"天不容,地不載,世間極惡大罪也"。

康熙四十六年(1707),福建巡撫張伯行頒佈《嚴禁牙棍扛吞示》,其中也描述了客商至異鄉貿易的苦狀:

> 爲商賈者,出其汗,積微資,越境貿易,……乃牙店無體恤之意,而棍豪懷詐騙之謀,或仗衙胥而硬取,或勾黨類而朋吞,或飾詐於賒營,或狡情於揭借,誆銀入手,視爲己財,營室肥家,固知客困。……(商賈)赴公府而投訴,其如吏黠官尊,誰憐越陌度阡、目斷家園於異國?遂使本虧貨折,淚灑憫救之無門,種種弊端,深可憐惻。[128]

由文中,可見到在當時"吏黠官尊"的背景下,"牙店"、"棍豪"聯合"衙胥"、"黨類"等人物,透過或賒或借的種種詐騙方式,使客商"本虧貨折,淚灑憫救之無門"。張伯行自言其"下車伊始,開期放告。披閱所屬呈詞,所控負欠客債者甚多"。[129] 由張氏的記載看來,不僅可見到當時牙行積欠客商"客債"的嚴重,也可以看到這位官員對商人債務問題的重視。

儘管清代前期已建立了"牙帖制度",政府有一套管理制度規範牙行的開設,其中對各地牙行的開設數目,每年都有固定額數做上限。[130]不過,各地牙行的實際開設數目則遠超過政府的定額。康熙年間成書的《福惠全書》即已指出,當時法定的領帖官牙幾乎都以"一帖凡蔽數十人",造成"無帖私幫有帖以爲影射"的普遍現象。[131]蘇州的商業市場比當時其他地方更加活絡,吸引全國各地客商至此,牙人居間仲介生意的機會更多,私牙的生存空間也更大。單以領帖官牙額數而論,蘇州城吳、

---

[127] 李樂《續見聞雜記》,收入《見聞雜記》卷一一,上海:上海古籍出版社,1986 年。

[128] 張伯行《正誼堂集》卷五,收入吳元炳編《三賢政書》,影印光緒五年刊本,臺北:學生書局,1976 年,頁 32 上 ~ 頁 32 下。

[129] 《正誼堂集》卷五,頁 32 下。

[130] 吳奇衍《清代前牙行制試述》,《清史論叢》第 6 輯,1985 年,頁 26 ~ 52;陳忠平《明清時期江南市鎮的牙人與牙行》。

[131] 黃六鴻《福惠全書》卷八,日本詩山堂,1850 年,頁 7 下。

長洲、元和三縣的牙行總數在乾隆年間合計共有 2 435 户,道光年間則有 2 555 户。[132] 蘇州發達的工商業市場,爲衆多合法與非法的牙行提供了謀生與營業的基礎,客商與牙間的衝突也時常發生。

衆多的牙行與客商在交易過程中總難免累積各種債務,有時也演變成債務糾紛、衝突甚或是訟案。以蘇州從事豬肉買賣的客商和牙行而論,彼此間即有不少債務糾紛。提供販豬客商做爲"以資栖歇"的"毗陵會館",即有一個"討賬公所"的別名,[133] 正是反映當時豬肉客商與牙行債務糾紛的普遍,所以才將會館做爲職司追討欠款的"討債公所"。[134]

客商與牙行間的種種經商衝突,有時也會由商人呈請地方政府介入解決,官員也因而做成一些相關判決。乾隆七年(1742),長洲知縣即爲客商訂定牙行備金,"此外浮費,概行革除"。[135] 在嘉慶十八年(1813)的一份碑文上,棗業客商則獲得元長吳三縣縣令的批示:"凡蘇城棗帖牙户,概行領用(棗商)會館烙斛,公平出入……概不許混用私秤,以歸劃一而杜後訟"。[136] 據棗商會館成員的説明,該"會館烙斛"是"遵用康熙三十年蒙憲較定烙印砝"。[137] 客商在會館公所置放官定度量衡,用以避免牙行操縱度量衡所造成的損失。透過商人間的共同捐款和集體活動,會館公所成爲與牙行協議仲介費用和度量衡具的場地,成爲屬於捐款商人改善與牙行協議談判契約條件的場所,有利於捐款商人解決商業契約方面的經商衝突。當衝突無法解決時,商人便透過政府官員做成判決,約束牙行遵守共同議定的商業契約協議。

另外,客商與牙行有時也個別或是聯合起來對付脚夫或船行等運輸業者,這是和運輸契約有關的經商衝突。道光二十二年(1842),吳縣知縣在受理米行商人與米牙人聯合控告盤户與脚夫的案件時,即曾提及:"道光十一年間,亦因脚夫霸奪挑米,逞凶争鬧,經牙户凌德興稟

---

〔132〕 《光緒蘇州府志》卷一七,頁 439。
〔133〕 《蘇州碑刻》,頁 250。
〔134〕 客商與牙行間的衝突,加速了彼此各組會館公所相互抗衡的過程,商人以團體力量來相互協議和談判。就成立時間先後而論,客商組成的會館公所在前,牙行的會館公所則在後(Liu, Kwang-Ching. 1988. "Chinese merchant guilds:an historical inquiry."*Pacific Historical Review* 57(1):1~23)。因爲客商不若本地牙行瞭解本地商情和擁有較好的人際關係,爲了共同對付牙行,一些客商乃籌組了蘇州最早的會館公所。
〔135〕 《蘇州碑刻》,頁 248。
〔136〕 《蘇州碑刻》,頁 252。
〔137〕 《蘇州碑刻》,頁 251。

奉元邑,訊枷示禁",在審案官員援用元和縣("元邑")的類似判例後,該名知縣即做成判決:"脚夫把持地段,本爲惡習……自示之後,如有行内買賣米石,應聽本行工人自行挑送,盤户脚夫如敢恃强霸持地段,勒索凶毆以及借端滋擾者,許即指名稟縣,以憑提究"。[138] 這是商人與牙人聯合對付運輸業者以保障自身權益的一個案例。

道光年間,則有一件客商誣告船户有關承攬運輸方面的訟案。道光十四年(1834)左右,蘇州元和縣有位福建籍的木材商人控告某家船户"盜賣"其由福建托運至蘇州的木材。縣令桂超萬在查明木材客商與船户雙方所呈交的"攬約交單"後,認爲該名客商實屬"誣控,明爲騙局",故將其"責處押追"。[139] 這個案例中,可以看到元和縣令對於民間商業契約文書法律效力的認可,並且還將經商衝突中的欠債商人"責處押追",由政府出面向敗訴商人收取欠款,以維護運輸業者"船户"的債務權利。學者指出,明清時期官員在審理有關田房地産的産權爭議時,很重視相關的契約文書,特別是以土地交易過程中由政府核可的"紅契"做爲判案的法定契約證明文書。[140] 由蘇州的案例看來,政府在處理經商訟案過程中,確是承認並維護民間商業契約有效性的。

商人和脚夫間的經商衝突很多。由於江南工商業的發達,從事運輸行業的盤户也雇請了許多的脚夫。除了有盤户雇請的脚夫以外,還有許多的無主脚夫,都成爲當地的運輸業者。脚夫人數的衆多,使其成爲江南一帶的一股重要社會勢力。[141] 商人與脚夫盤户之間,時常因爲承運契約方面的糾紛産生經商衝突和訟案,表一第7號案例即是一例。該案中,長洲縣令介入商人和盤户間的承攬運輸契約,爲米行業者和盤户脚夫訂定了"每石斛用(儡)銀七釐"的脚夫運送價格。[142] 另外,還有不少案例顯示,政府官員常以禁止"把持行市"的法令,判決脚夫不得任意抬高運送費用來强迫商人接受,這種單方面的運輸契約

---

[138] 《蘇州碑刻》,頁234。

[139] 桂超萬《宦游紀略》卷一,臺北:廣文書局,1972年,頁22下～23上。

[140] 經君健《清代關於民間經濟的立法》,《中國經濟史研究》1994年第1期,頁51。

[141] 沙夢軍《試論明清時期的江南脚夫》,《中國史研究》1988年第4期,頁104～109;陳忠平《宋元明清時期江南市鎮社會組織述論》,《中國社會經濟史研究》1993年第1期,頁33～38。

[142] 《蘇州碑刻》,頁231。

是被明令禁止的。正如乾隆四十六年(1781)長洲知縣在判決公文中所强調的:"查一切牙行脚夫,把持壟斷,久奉禁革"。[143] 由此可見,政府官員對於維持市場價格穩定和商人選擇承運的契約自由基本上是予以維護的。政府禁止運輸業者任意提高運費和强制商人接受片面議定的運費價格,並保護商人經商的契約自由。

禁止"把持行市",是政府官員處理商事契約案件中時常援引的重要法令規定,成爲商人維護營業自由的重要憑藉。政府不僅禁止牙行脚夫等業者的"把持壟斷",也禁止其他各業商人的市場壟斷行爲。如"新安會館"與踹坊間的商事契約糾紛,即是一個明顯例子。表一第26號是由捐建"新安會館"的布號商人控告踹坊坊主的案例,政府官員做的判決是:"布匹應聽布號自行擇坊開踹"。[144] 道光十四年(1834),一份豎立在"新安會館"的碑文也可看到政府官員强調要維護布號商人的營業自由,官員强調:"百工藝業,首禁把持。……坊匠踹不光明,豈竟不能更換?任其(踹坊)把持壟斷,殊非平允",因而做成判決:"仰布商、坊户人等知悉:自示之後,務遵照現定章程,聽(布)號擇坊發踹"。[145]

另外,由一些案例中也可以看到政府官員積極維護商人"商標"的例子。《三異筆談》曾記載一個著名的"汪益美布號"故事:"新安汪氏,設益美字號於吳閶。巧爲居奇,密囑衣工,有以本號機頭繳者,給銀二分。縫人貪得小利,遂群譽布美,用者竟市。計一年消布約以百萬匹……十年富甲諸商,而布更遍天下",[146] 布號商人透過"機頭"牌記的作用增加自己商品的市場佔有率,這個"汪益美布號"的商標名稱,即出現在蘇州碑刻中。[147] 布商字號的"機頭"牌記,在當時其實即具有類似"商標"的功能,而"汪益美字號"的故事則深刻説明了當時商標對棉布商人的重要影響。因爲商標對布號商人在市場行銷上有重要作用,早在清初即發生不少冒用"機頭"牌記的事件,造成商人間

---

[143] 《蘇州碑刻》,頁120。
[144] 《蘇州碑刻》,頁80。
[145] 《蘇州碑刻》,頁81。
[146] 許仲元《三異筆談》卷三,收入《筆記小説大觀》1編9册,臺北:新興書局,1978年,頁5869。
[147] 《蘇州碑刻》,頁80。顧震濤《吳門表隱》亦記載有此字號的名稱,江蘇古籍出版社,1986年,頁347。

的經商衝突,甚而引發訟案。順治十六年(1659)的《蘇松兩府爲禁布牙假冒字號告示碑》,已記載"(蘇州)奸牙沈青臣假冒三陽號記"的冒用機頭牌號事件,經過受害商人向松江府官員呈提訟案後,松江府官員發出文移給蘇州府:"仰蘇州府立提,限三日內連人解報",[148] 這是一件蘇州府布商仿冒松江府布商的經商衝突。松江府官員在乾隆元年(1736)更清楚地指出:"蘇松等郡布業甚夥,但貨有精粗長短之不齊,惟各立字號以分別。故從前盛行之字號,可以租頂售(賣)……乃有射利之徒,並不自立字號………或以字音相同,或以音同字異,竊冒壟斷,以僞亂真,起釁生非,病累商民",爲了保障被仿冒牌號布商的權益,政府官員批示了下列的公文:"蘇松兩府字號布記,不許假冒雷同,著有成案。今……蘇郡又有布商竊冒字號招牌……檄行蘇松兩府查禁,並勒石永遵"。[149] 由清代前期這類布商仿冒名牌"商標"的案例來看,蘇州和松江等地政府在維護商人的商標權方面,其重視和努力是十分清楚的。

(四)地方政府與商事訟案

分析清代前期蘇州有關工資爭議、經商安全和商業契約等三類經商衝突,可以看到當時蘇州商人在經商過程中時常遭遇的問題,也可以看到政府官員的確爲各種經商衝突事件的解決提供了不少幫助。固然這些立碑都是當時成功獲得政府官員幫助解決經商衝突所留下的資料,無法反映當時所有經商衝突事件獲得政府重視解決的真正比例,但是,由表一所列 28 件案例當中的政府處理方式來看,卻不能不肯定當時政府官員提供的各種保護補救措施,絕對沒有對權益受損的商人相應不理甚或故意打壓。

儘管商人經常要面對工匠的"齊行"罷工、始終要面臨地棍胥吏的勒索騷擾,也要不斷解決和其他商人之間的議價、債務和商標等商事糾紛,這些衝突和糾紛確實未曾因爲政府官員的處理而完全解決。但是,如果説政府官員在這些經商衝突事件中採取"抑商"政策故意打擊商人的權益,則絕對與事實不符。舉凡協調訂定工資、禁革棍徒流丐胥吏的騷擾、協助執行債務"押追"、查禁仿冒字號牌記以及用"把持行市"罪刑維護商人經營自由等等政令的執行,的確不是蘇州地方政府

---

[148] 上海博物館編《上海碑刻資料選輯》,上海:上海人民出版社,1981 年,頁 84。
[149] 《上海碑刻資料選輯》,頁 86。

的獨特做法。但是,由於蘇州這類經商衝突的較常發生,仍給予蘇州
各級地方官員更多調解審理各類經商衝突的經驗。

　　明清政府的法律系統中, 將有關商業契約方面的訟案劃爲由
"戶婚、田土、錢債" 等法令所規範的 "刑案", 其刑責程度比較輕
微, 可以直接在州縣衙門審定, 不需送府級以上司法單位再審即可
結案, 所以稱做是州縣 "自理刑案"。[150] "人命、盜犯" 等案件的刑
責則比較嚴重, 要上送知府、按察使司、督撫、刑部才能定讞。[151]
因此, "戶婚田土錢債" 和 "命盜" 在性質上都是 "刑案", 只是刑
責程度有所不同, 並不存在區別 "民事"、"商事" 和 "刑事" 的法
律觀念。[152] 儘管法律系統中沒有 "刑事" 和 "民事"、"商事" 的
區分, 但這並不是表示明清法律中沒有規範人民財產、繼承、債權
等有關私權的實質內容。《大清律例》分爲七篇,[153] 其中 "戶律"
一篇又細分爲戶役、田宅、婚姻、倉庫、課程、錢債和市廛等七節,
里面即包括許多規範人民私權的法律內容。[154] 特別是其中 "錢債"
和 "市廛" 兩項, 更是地方官常用以審理商事糾紛的法律依據。儘
管晚清以前沒有 "民事訟案"、"商事訟案" 的名稱, 但是對於社會
上發生涉及商事糾紛或衝突的訴訟案件, 政府仍然有相關法律可以
規範。

　　清代司法體系中, 戶婚田土案件的處理多半是以私下和解爲大
宗。不過, 私下和解與司法訴訟其實經常相輔相成, 在戶婚田土案

〔150〕 趙爾巽修《清史稿·刑法志》:"戶婚、田土及笞杖輕罪, 由州縣完結, 例稱自理"。
　　　臺北: 鼎文書局, 1981 年。

〔151〕 鄭秦《清代司法審判制度研究》, 長沙: 湖南教育出版社, 1988 年, 頁 37~42。

〔152〕 滋賀秀三《清代中國の法と裁判》,東京:創文社,1984 年,頁 5~6。將司法案件區分
　　　成規範人民私權的"民事"以及規範公權利的"刑事",並且將商事案件列人民事案件
　　　之中,其實是晚清借自近代歐美國家的法律制度;對於"民事"法律和"商事"法律的關
　　　係,自十八世紀以來,各國一直著有不同的法律和法理爭議,有所謂的"民商分立",也
　　　有所謂的"民商合一"(王泰銓《法國私法統一問題面面觀》,《國立臺灣大學法學論
　　　叢》18 卷 2 期,1989 年,頁 365~376)。1920 年代修訂新民法時,國內即發生了"民商
　　　分立"或"民商合一"的爭議,最後則採取了"民商合一"的立法精神。至今則有學者
　　　指出"民商合一"立法其實不利於工商業日益發展的局勢,建議對現行民法加以檢討
　　　改善(鄭玉波《民法五十年》,《法學叢刊》30 卷 1 期,1985 年,頁 12~13)。基本上,不
　　　管"民事"和"商事"在法律上如何定位彼此的關係,二者與"刑事"的區分皆比較清
　　　楚,這和清末引入歐美法制以前的中國傳統法制是大不相同的。

〔153〕 依序爲:《名例律》、《吏律》、《戶律》、《禮律》、《兵律》、《刑律》和《工律》。

〔154〕 經君健《清代關於民間經濟的立法》,《中國經濟史研究》1994 年第 1 期,頁 42~45。

件中，先興訟、後和解的案例，佔有很高的比例。[155] 儘管明清政府
將民事訟案視爲 "細案"，處理態度不若命盜 "重案" 般認真，但
對當時許多地區的民衆而言，和民事訟案有關的訴訟經驗，卻是日
常生活中的重要組成部分。有關民事訟案的種類繁多，如不動產所
有權、債務追償、家產繼承、婚姻關係的維持和終止、墓地紛爭、
水利設施糾紛等都很常見。[156] 在商業發達城鎮中，商事訟案也是構
成 "自理刑案" 或有關民事訟案的重要部分。

對商人而言，經商過程中總難免發生有關商業契約方面的糾紛，
糾紛無法私下協議解決，便會演變成商事訟案。就算進入訴訟程序，
糾紛也還是有可能在官員介入仲裁下使商人兩造達成協議和解。儘
管目前有關蘇州商事訟案的記錄不多，但透過相關記載，還是可以
見到蘇州地方政府官員對商標、債務等商事糾紛的處理方式，甚至
有松江府和蘇州府官員互通公文追究仿冒商標商人法律責任的實際
案例發生。宋代有官員主張，處理訟案應先處理士、農、工的訴訟，
然後才爲商人解決訟案，[157] 由實際案例來看，這不是清代蘇州官員
處理各種經商衝突和商事訟案的態度。

在記錄商人進行商事訟案過程的資料中，看不到會館公所介入
參與的明顯證據，這主要是因爲政府將會館公所視爲是舉辦聯誼、
祀神和慈善的 "公產"，並非是一個可以代表商人集體利益的社團組
織。然而，官員對商事訟案判定做成的種種 "成案"，卻透過會館公
所刊立的石刻碑文公開展示出來，不再只是積存在政府檔案中的一
紙公文，使種種商事糾紛累積下來的成案具有更大的公開性。由表
一所列立碑地點來看，直接立碑於會館公所的例子計有 9 件，分別
立於 "大興公所"、"高寶會館"、"仙翁會館"、"雲錦公所"、"麗

---

[155] Huang, Philip C. C. 1993. "Public sphere/civil society in China? The third realm be-tween state and society." *Modern China* 19（2）：216~240, 1993。

[156] 小口彥太《清代地方官の判決録と通して見たる民事的紛争の諸相》，《中國：社會
と文化》3（1988），頁 37。與此同時，民間也出現愈來愈多的 "訟師"，他們不僅
協助民衆進行訴訟，而且還逐漸得到部分輿論的肯定。特別在蘇州地區，有士人認
爲：挑撥訴訟的 "訟棍" 固然不好，但幫助民人申冤的 "訟師" 則值得肯定（夫
馬進《明清時代の訟師と訴訟制度》，梅原郁編《中國近世の法制と社會》，京都：
京都大學人文科學研究所，1993 年，頁 474）。

[157] 朱瑞熙《宋代商人的社會地位及其歷史作用》，《歷史研究》1986 年第 2 期，頁
137。

澤公局"和"醴源公所"等商人團體建築物內。會館公所這種展示
商事成案的功能，間接保障了商人的經商權益，也對解決商事糾紛
具有間接的貢獻。

在調處審理各種民間訟案時，許多清代地方官員累積了不少判文
批諭，成爲規範相關訟案的"判牘"。[158] 歷任地方官寫成的判牘，即成
爲地方政府累積存檔的"成案"。無論是"命盜"重大刑案，或是"戶婚
田土錢債"輕刑刑案，在實際的審案過程中，"成案"和"判牘"一直是
清代官員審案的重要參考標準。援引"成案"，更是官員、幕客和書吏
的經常性工作。[159] 儘管成案對官員的判案很重要，但是管理成案的
工作卻是個大問題。由於管理各級地方政府成案的工作仍操在胥吏
手中，政府其實缺乏一套健全的成案管理制度，[160] 因而在引用成案過
程中造成胥吏上下其手的機會，給需要援引成案的官員和藉成案保護
自身權益的民衆，造成很大的困擾。[161]

不僅成案的管理方式有問題，成案的公佈管道也極爲有限。商
人將商事糾紛變成商事訟案時，政府官員在做出判決寫成判文之後，
涉訟商人可以申請鈔錄勝訴判文的內容。但是，如何公佈自己的勝
訴判文? 則是一個困擾商人的問題。清代官員會以在衙署或通衢張
貼告示的方式，將種種教化政令和判決成案公開刊佈。有關商人的
商事訟案判決成案，雖然也可以用張貼官員告示的方式來做公佈，
但是告示的實際作用卻令人懷疑。曾在乾隆二十五年（1760）擔任

---

[158] 可見滋賀秀三的詳細整理和分類討論（《清代中國の法と裁判》，頁 149～173）。

[159] 鄭秦《清代司法審判制度研究》，頁 158。乾隆年間，名幕汪輝祖即建議地方官不該
過於依賴"成案"，他認爲："成案如程墨，然存其體裁而已，必援以爲准，刻舟求
劍，鮮有當者"（汪輝祖《佐治藥言》收入《筆記小說大觀》6 編 6 册，臺北：新
興書局，1975 年，頁 15）。但是言者諄諄，聽者藐藐，一般官員實際判案時仍是時
常援引成案。

[160] 儘管民間書商有時會收集官員的判牘，出版諸如《資治新書》等類似《判牘大全》
的書籍，以供官員參考。然而，這種收羅判牘的工作缺乏系統性，不僅涉及民商事
訟案的判牘不獲得政府的看重，更無法成爲各地方政府累積當地成案的持續工作。
收入《資治新書》這類書籍中的判牘，重要的是作者官員本人善於判案的聲名（如
桂超萬在道光年間即曾獲得林則徐的稱讚，認爲其"判語可入《資治新書》"，見
《宦游紀略》卷一，頁 1 下），而不是相關案件在當地成爲援用判案的特殊性。

[161] 張偉仁《清季地方司法：陳天錫先生訪問記》，《食貨月刊》1 卷 6 期，1971 年，頁
392。

蘇州府長洲縣幕友的汪輝祖,[162] 他的親身聞見即是:

> 告示原不可少,然……每見貼示之處,墙下多有陽溝
> 及安設糞缸溺桶之類,風吹雨打,示紙墮落穢中。[163]

可見政府告示的公開展示效果其實也極爲有限。經商訟案所形成的政府成案,若只是變成胥吏管理下不易親近的政府判例檔案,或是一紙難逃"風吹雨打,示紙墮落穢中"的簡單"告示",則勝訴商人辛苦涉訟贏來的權利保障便不免大打折扣。在沒有自己捐款成立的會館公所以前,勝訴商人通常會將經商訟案的判文刊成石刻碑文,立在蘇州城内外的通衢大道上,也就是所謂的"刻石通衢,多方曉諭,永爲遵守",[164] 或是"勒石永禁,方可觸目儆心",[165] 這種刊佈石碑成案的方式有助於商人維持勝訴贏得的權利。會館公所成立後,爲商人刊立與其利益密切相關的判文内容,提供了一個公開展示的專屬空間,具有宣示其財産安全與經營自由受到政府明令保護的示警意味,使商人更能藉政府成案保障自身權益。當商人權利再度受損之際,在司法訴訟的過程中,涉訟商人就較能減少胥吏把持成案管理的不便,進而減少援引成案的成本,使涉訟商人更能方便地引用國家認可的法律成案,以保障自身在財産安全和經商自由方面的合法權益。

商人採取聯合訴訟並將成案刻石的做法,多少會影響到政府對商事訟案的審理。由商人或是會館公所出面,將政府結案的批詞判牘,刊立在通衢大道、來往津梁或是會館公所門前,使得種種攸關商人權益的"成案"具有較好的公開性。地方政府爲勝訟商人發抄的禁約告示,其實際效果本屬有限,但當商人主動以碑刻形式記錄政府的示禁公文和批牘成案,將其刊立在通衢大道、來往津梁或是會館公所,則增强了政府告示保障商人合法權益的實質效果。

另外,由表一的統計來看,蘇州的地方政府也經常使用府縣各級官員聯名的方式,爲經商衝突事件中的受害商人立碑示禁。由於蘇州是個府級與縣級政府同處一城的都市,民衆上控到府級政府的

---

[162]　除了在長洲縣做幕友之外,汪氏在乾隆期間還出任過江南其他數州縣的幕友職位。參見汪輝祖《佐治藥言》,"就館宜慎"條,頁 23 上~25 上。
[163]　汪輝祖《佐治藥言》,"勿輕出告示"條,頁 17。
[164]　《蘇州碑刻》,頁 378。
[165]　《蘇州碑刻》,頁 19。

司法訴訟案件，相對來說便比較容易發生。表一所列 28 件商人聯名立碑中，有 9 件是由蘇州知府所下的禁示，由吳長元三縣合下的禁令有 5 件，由長吳二縣合下的有 4 件，而由吳、長洲、元和三縣之中任一縣所下者有 10 件。可見相當多的商人聯名立碑，是由較高層級或較多同級官署頒示的禁令而形成的。這種屢屢由超出單一縣級官員爲商人財產權利批文立案示禁的現象，很值得注意。

三、結　論

　　清代前期蘇州眾多經商衝突的發生，至少有兩個具體效果。一方面，經商衝突給利益相同的商人更多的交往協商機會，有助於商人捐款產生團體，使眾多會館公所隨著經商衝突增加而不斷出現；另一方面，商人將經商衝突呈請地方政府處理，也給蘇州官員對工資爭議、經商安全和商事糾紛等相關訟案有更多的處理經驗。

　　在各類經商衝突事件當中，商人或是合作對付工匠、或是合作控告無賴胥吏、或是與商場競爭對手從事商業競爭，這使商人和商人之間產生了更多的或合作、或衝突的互動關係，彼此間的交往與競爭機會愈來愈多。互動關係的增多，更使商人加強了定期捐款創建維持一個團體組織的意願，會館公所這類團體組織才有成立運作的堅強基礎。會館公所成立以後，不僅使捐款商人在貯貨、議價、陳設公定度量衡等方面節省了交易成本，也使捐款商人和同鄉官員增加了交往親近的機會，使許多商人具有更省成本與更多保障的經商環境。

　　同時，蘇州地方政府官員也在諸如協議工資、保護商標等經商衝突的處理經驗中，不斷累積著各種相關"成案"的處理經驗。的確，政府官員並不是爲了促進經濟發展而保護商人的經商權益，但由官員對經商衝突事件的處理方式來看，官員對商人各種經商自由和財產權利的保護確實存在於清代前期的蘇州，絕不能說政府官員在執行所謂的"抑商"政策。直至晚清以前，歷代中國政府皆未曾真正出現大力支持經濟發展的"重商"政策固然是事實，但卻不能將清代前期政府未支持商業發展的現象說成是"抑商"，抑制商業需要實際的制度和政策，由蘇州官員處理經商衝突的方式來看，當然無法說是"抑商"。

　　到底傳統中國政府"重農抑商"政策的有效性如何？其實這要區分時代差異。中國歷史上的政府的確執行過所謂"重農抑商"政策。至少自戰國以來，政府對商人經營商業採取壓制措施的"抑商"政策即已形成。有學者指出：禁榷制度、官工業制度和土貢制度是秦漢以下政府落實"抑商"政策的三項"重要支柱"，政府以此將民間和政府的消費需求以及地方特產，束縛在官營事業和皇帝的直接控制之下，有效地阻礙和縮小民間商人的經商範圍。[166] 政府執行"抑商"政策的原因，是和戰國時代部分富商大賈以"輕重術"造成社會貧富不均有關。政府為抑制嚴重的貧富不均問題，有時便藉官營手工業等制度來抑制商業貿易的自由發展。[167] 另外，為避免富商大賈勾結資助政敵，先秦時代政府也曾採取"抑商"政策以保持政權的穩定，這種歷史經驗也影響到戰國秦漢以下政府採取"抑商"政策。[168]

　　然而，戰國以來政府的"抑商"政策其實並非沒有變化。至少自宋代以來，不少官員即已指出"抑商"政策的不切實際。[169] 晚明以後，有更多官員看到糧價和物價變動對平民生活的影響力與日俱增，無論是抑制商業或是加重商人稅捐，結果不僅對商人不利，更造成平民百姓生活因為糧價物價上揚而受到嚴重騷擾，因而反對政府執行"抑商"政策的主張也愈來愈多，[170] 很多官員都公開主張保障商人的經營自由和財產安全。更重要的是，晚明以後，各種官手工業解體崩壞的速度日益加快，許多經濟資源的開發和生產都轉由民間商人接手經營，[171] 政府更加喪失了落實"抑商"政策的制度基

〔166〕傅築夫《抑商政策的產生根源、貫徹抑商政策的三項制度及其對商品經濟發展的影響》，氏著《中國經濟史論叢》下冊，北京：三聯書店，頁 667。

〔167〕杜正勝《戰國的輕重術與輕重商商人》，《中央研究院歷史語言研究所集刊》第 61 本第 2 分，1990 年，頁 481～532。

〔168〕吳慧《先秦時期官商和私商的考察》，北京師範大學政治學系主編《經濟學集刊》，北京：中國社會科學出版社，1982 年，頁 313～336。

〔169〕谷霽光《唐末至清初間抑商問題之商榷》，《文史雜誌》1 卷 11 期，1942 年，頁 104～109。

〔170〕林麗月《試論明清之際商業思想的幾個問題》，中央研究院近代史研究所編《近代中國初期歷史研討會論文集》下冊，臺北：中央研究院近代史研究所，1988 年，頁 711～733。

〔171〕陳詩啟《明代官手工業的研究》，武漢：湖北人民出版社，1958 年；徐泓《中國官匠制度》，于宗先主編《經濟學百科全書》第 2 冊《經濟史》，臺北：聯經出版事業公司，1986 年，頁 38～44。

礎。在清代前期，官手工業沒落的趨勢仍然持續發展。整體來看，將宋元明清傳統政府有關管理民間商業經營的政令概約簡化爲"抑商"政策，其實是錯誤的。由清代前期蘇州的經商衝突案例來看，政府官員對商人經商自由和財產安全的保障和維護都是很明顯的事實。儘管有不肖官員胥吏騷擾商人的經商安全，但卻不能將這種騷擾事件當做是政府正在執行一種刻意侵奪商人財貨和危害商人經商自由的"抑商"政策。也就是說，當時官員和商人之間的關係絕非是一種"抑商"政策下的官商關係。清代前期政府之所以成爲阻礙經濟發展的重要原因，並不是因爲政府"壓抑"民間工商業的發展，而是因爲政府始終沒有"扶持"民間工商業的發展。[172] 如果說"壓抑"是種消極的"抑商"政策，則"扶持"便是種極積的"重商"政策，整體而論，清代前期政府執行的固然不是晚清才開始的"重商"政策，但卻也絕非是一種"抑商"政策。

本文未討論中國歷史上商人的社會地位，因爲如何有效地界定"社會地位"並不容易，需要更好的研究取徑才能深入討論。本文重心只放在所謂"重農抑商"政策中的"抑商"政令部分，用清代前期蘇州經商衝突事件的案例來檢視其中的問題。總結來看，若以所謂的"重農抑商"政策概括清代前期經濟最發達的蘇州地區，其有效性是很令人懷疑的。如果當時中國的經濟先進地區不是因爲"抑商"政策阻礙經濟發展，則草率地使用"重農抑商"政策做爲檢討近代中國經濟發展受挫的歷史原因，那麼這種論述便有很大的局限性。

※ 本文原載《臺灣大學文史哲學報》43 期，1995 年。
※ 邱澎生，臺灣大學歷史學研究所博士，中央研究院歷史語言研究所副研究員。

[172] Perkins, Dwight H. 1967. "Government as an obstacle to industrialization: the case of nineteenth-century China." *Journal of Economic History* 27: 478 ~ 492; Feuerwerker, 1984; 張瑞德《中國近代政府與農業發展》，《漢學研究》10 卷 1 期，1992 年，頁 217 ~ 241。

表一：道光以前蘇州商事糾紛中的商人聯名立碑統計

號	年代	人數	聯名立碑人身份	立碑緣由	官府級衙	類別	立碑地點	資料來源
1	1650	55	"商民"	禁"關棍假冒盤詰"	蘇州府正堂	乙	未詳	蘇碑158號
2	1662	18	木商；木牙人	木商木牙聯控漕船占泊碼頭	長吳二縣	乙	未詳	蘇碑70號
3	1670	21	布商	商匠爭端并核定端匠工價	蘇州府正堂	甲	閶門附近	蘇碑40號
4	1676	12	糖果鋪戶商人	"永禁鋪戶當官"	長洲縣正堂	乙	未詳	蘇碑159號
5	1677	19	花素緞行經紀牙人	禁止縣胥、市棍滋擾	蘇州府正堂	乙	城隍廟內	蘇碑09號
6	1680	48	木商；木牙人	禁止派取木料滋擾商民	蘇州府正堂	乙	未詳	蘇碑71號
7	1682	18	米鋪商人	重申官定度量衡并定腳夫價	長洲縣正堂	丙	山塘街	蘇碑151號
8	1683	49	木商；木牙人	與"省商"均派木料	蘇州府正堂	乙	大興公所	蘇碑73號
9	1688	141	木商；木牙人	禁止木牙藉"行頭"病商	長洲縣正堂	丙	大興公所	蘇碑74號
10	1693	72	布商	定端戶與端匠工價	蘇州府正堂	甲	閶門附近	蘇碑41號
11	1701	69	布商	以"包頭"約束端匠	蘇州府正堂	甲	閶門附近	蘇碑43號
12	1715	72	布商	禁立"端匠會館"	長吳二縣	甲	閶門附近	蘇碑44號
13	1720	45	布商	將端坊與端匠編爲坊甲制度	長吳二縣	甲	閶門附近	蘇碑45號
14	1722	100	"金閶市民公立"	禁革流氓勾結胥吏勒索搶劫	蘇州府正堂	乙	廣濟橋上	江碑253號
15	1734	61	機戶作坊主	"永禁機匠叫歇"	長洲縣正堂	甲	玄妙觀	蘇碑12號
16	1739	45	布商	定機匠工資與禁機匠叫歇	元長吳三縣	甲	閶門附近	蘇碑47號

號	年代	人數	聯名立碑人身份	立碑緣由	官府級銜	類別	立碑地點	資料來源
17	1741	14	冶坊作坊主	定冶坊坊匠工資	元長二縣	甲	西園	蘇碑 97 號
18	1742	240	庵醃漁肉商人	定訂牙備	長洲縣正堂	丙	高寶館	蘇碑 161 號
19	1756	34	紙坊作坊主	定坊匠工資與禁止停工勒價	元長吳三縣	甲	閶門附近	蘇碑 58 號
20	1779		"長元吳三縣布商等"	議定端匠工價	蘇州府正堂	甲	廣濟橋上	蘇碑 49 號
21	1781	5	販木商人	禁止牙行腳夫自稱"小甲"	長洲縣正堂	丙	大渠公所	蘇碑 76 號
22	1793	34	紙坊坊主	定工資與定坊甲司月制	元和縣正堂	甲	仙翁會館	蘇碑 59 號
23	1806		"山塘鋪戶居民"	禁革結黨勒索商家與商船	元和縣正堂	乙	山塘街	蘇碑 257 號
24	1810		"湖南北,江南西通幫"	禁地痞索詐米商商船	元長吳三縣	乙	楓橋鎮	蘇碑 258 號
25	1822	26	眼房機戶	禁機匠停工並定機戶規條簿	元和縣	甲	雲錦公所	蘇碑 20 號
26	1832	28	布商	禁革端坊勒藉糴業	元長吳三縣	丙	新安會館	蘇碑 51 號
27	1837	26	造箔坊鋪作坊主	申定工匠工資	吳縣正堂	甲	麗澤公所	蘇碑 104 號
28	1844	13	酒牙商人	設立官定公租並禁阻私牙	長洲縣正堂	丙	醴源公所	蘇碑 169

注 1　"立碑緣由"的"類"別說明：甲類——與工資爭議有關者；乙類——與經商安全有關者；丙類——與商業契約有關者。

注 2　"蘇碑"指《明清蘇州工商業碑刻集》。"江碑"指《江蘇省明清以來碑刻資料選集》。

十九世紀後半江南農村的蠶絲業

陳慈玉

一、前　言

中國的絲織品很早就輸出到國外，但生絲被當成貿易品而與絲織物一起流至海外，卻是十六、十七世紀以降才發生的現象。這不僅由於當時外國絲織工業勃興、對於原料生絲的需求擴大之故，而且也因爲中國的繰絲業已經發展到可以供給外國生絲的程度。

當年以 raw silk 之名輸出到西歐的是 "湖絲"，它是在以太湖南岸的湖州府爲中心的長江下游三角洲地帶所生產的。在這地區，農民的繰絲和織造並非爲了自給，而是爲了販賣，把生絲和織物當成商品；蘇州府、杭州府的絹，湖州府、嘉興府的生絲與松江府的棉布，常州府、鎮江府的麻同時成爲商品別地域分業的主要產物。在往昔，全國各地農村的繰絲、織造、紡織是以自給生產爲主，如今則透過商品市場的競爭，集中於生產力最高的先進地帶——長江下游三角洲，並且各地傳統的農村家庭手工業的大部分，如今或衰落，或轉化成原料作物的栽培。[1]

到鴉片戰爭、南京條約以後，由於中國開放通商，生絲輸出量大增。在五口通商以前，1828～1833 年，每年平均輸出 4 314 擔，1834～1837 年則增爲 9 998 擔，1839～1844 年雖減爲年平均 1 664 擔，但 1845 年急速增加爲 10 567 擔，[2] 1845～1849 年之年平均爲

---

〔1〕 關於明末清初農村絲織業的發展，請參照佐伯有一、田中正俊《十六、七世紀の中國農村製絲、絹織業》，《世界史講座》，東京：東洋經濟新報社，1955 年，頁 240～253。

〔2〕 施敏雄《清代絲織工業的發展》，臺北：中國學術著作獎助委員會，1968 年，頁 111。1845 年之原單位爲包(bale)，一包以 0.8 擔計算。又據 H. B. Morse, *The International Relations of the Chinese Empire*, London, 1910, Vol. Ⅰ, p. 168 表示，1829～1830 至 1832～1833 年間出口爲 21 727 包，每年平均 5 432 包；1833～1834 至 1836～1837 年爲 49 988 包，平均每年 12 497 包。而 p. 366 之表下，則顯示出 1843 年以後中國生絲之輸出劇增情形。

17 755 擔，五十年代以後則穩定地增加。[3] 這亦與當時世界生絲供給市場的情況有關，由於歐洲遭受蠶病（微粒子病）的襲擊，主要生絲供給國的法國、意大利於 1850 和 1860 年代大量減產，例如法國在 1850 年生產 3 000 萬公斤的繭，1856 年激減爲 1 000 萬公斤，1865 年又減爲 600 萬公斤；而意大利在 1850 年繭之生產爲 5 000 萬公斤，1865 年急減爲 260 萬公斤。[4] 爲了彌補供給之不足，業已在中國展開貿易活動的外國洋行就從中國大量運輸生絲到歐洲，逐漸形成資本主義的生絲世界市場。

而在中國全部輸出量之中，由上海輸出的量自 1840 年代後半以降就逐漸增加。在 1842 年五口開港以前，廣州是唯一的國際貿易港埠，各地的絲茶皆輾轉運往廣州輸出；但上海於 1843 年底開港以後，就逐漸取代了廣州在國際貿易上首屈一指的地位。[5] 尤其是出口大宗的生絲，如表一所示，在 1845 年時，上海之輸出量佔全國的48.7%，次年即增至 81.0%，1847 年則達 94.6%。而上海所輸出的生絲的主要產地爲長江下游三角洲一帶，所以這區域的養蠶繅絲業受到強烈的刺激，呈現出空前未有的活躍狀況，中國農村經濟因此逐漸被編入爲世界市場之一環。

另一方面，由於開港後外國棉製品的流入，使東南沿海地帶的棉業開始衰退，尤其是江蘇松江府一帶的農民，爲了補充生計，"則非蠶桑何以濟布匹之窮"；[6] 並且太平天國時期，江南農村荒蕪，爲了復興農業生產力以解決經濟危機和重建社會秩序，在江蘇各地的農村中（例如鎮江府丹徒縣、丹陽縣、金壇縣，松江府華亭縣、南匯縣、青浦縣，淮安府清河縣，蘇州府崑山縣、新陽縣和上海縣等地），相繼展開蠶桑獎勵事業，其領導者大多爲當地的仕紳階層與下層官僚。

---

〔3〕　中國生絲之輸出量，1850 年代平均爲 55 670 擔，1860～1864 年平均爲 66 666 擔（根據施敏雄前揭書頁 111～113 算出，又 1865～1866 年不明，1866 年以降之記錄或以數量或以價額表示，而 1867 年以前沒有價額之統計，故不能算出年平均數）。從六十年代到八十年代之間，出口價值最高爲 1876 年 3 100 萬兩，最低爲 1885 年的 1 360 萬兩（五萬擔）。此現象與當時世界上生絲供給國之競爭有關，擬另稿檢討。

〔4〕　石井寬治《日本蠶絲織業史分析》，東京大學出版會，1981 年。

〔5〕　據 C. F. Remer, *The Foreign Trade of China*, Shanghai, 1926, p. 30 之統計，在 1846 年，上海出口貿易佔全國 1/7，而 1851 年即達全國 1/2，凌駕廣州之上。

〔6〕　光緒《南匯縣志》卷二二《雜志》。

表一：廣州和上海之生絲輸出量（單位：擔）

年　份	廣　州	上　海	總輸出量	上海輸出量 所佔百分比（%）
1843 年	1 430			
1844 年	2 083			
1845 年	5 430	5 146	10 576	48.7
1846 年	2 843	12 157	15 000	81.0
1847 年	960	16 941	17 901	94.6
1848 年		14 507	13 039	
1849 年	849	12 190	17 238	93.5
1850 年	3 444	13 794	18 432	80.0
1851 年	1 927	16 505	25 300	89.5
1852 年	2 839	22 461	50 317	88.8
1853 年	3 662	46 655		92.7
1854 年		43 386		
1855 年		44 969		
1856 年		63 357		
1857 年		47 989		
1858 年		68 776		

資料來源：H. B. Morse, The International Ralations of the Chinese Empire
　　　　　（London, 1910 ~ 1918）, Vol. I. p. 366, 原單位爲 bale（包），
　　　　　每包以 0. 8 擔換算。

二、蠶桑獎勵之實態

　　在五港通商以後，往昔蠶桑業未見發達的地方，都由官僚或仕紳
導入種桑養蠶和繰絲技術，使之逐漸普及於農村。其實這種由地方官
所提倡的蠶桑獎勵政策，淵源已久，正如《清國行政法》第二卷第一編
第五章第一節第二款"農桑四勸課"中所説的，這工作實際上是屬於官
僚的分內之事，在該書頁 306 ~ 309 中，記載清初以來地方官獎勵蠶桑
之事例，例如列舉乾隆初年貴州省遵義府知府陳玉璧、陝西巡撫陳宏

謀,道光五年貴州按察使宋如林,道光十七年(1837)御史胡長庚、貴州糧儲道任樹森等人在貴州、陝西等地推廣蠶桑之利的辦法。他們購買蠶種桑子時,或以公費支出,或從自己的俸祿中捐出,然後無償分配給州縣百姓,並且在省城設局佈種、飼蠶、繰絲、機織等,以做爲民間之範本,或招集民衆教導之,而民間所生產的桑葉、蠶絲等,官方也答應收買,以爲鼓勵。[7] 此外,我們從《皇朝經世文編》卷三六《戶口》和卷三七《農政》上所收的尹會一、陳宏謀等文章中亦可看出這不是稀有的現象。但是由仕紳階層領導和經營的現象卻是在太平天國前後才逐漸明顯,下文以江蘇省鎮江丹徒縣所推行的蠶桑運動爲主,探討此運動的實態與所具有的意義。

1. 第一次丹徒課桑局

在鴉片戰爭以後的道光後期,蘇州布政使文柱曾於丹徒設局以獎勵種桑養蠶,但實際上之主持者爲當地的仕紳陸獻。陸獻爲宋朝陸秀夫之後,世居丹徒鎮,道光辛巳(1821)年由國學上舍舉順天鄉榜,後來歷任山東省蓬萊、萊陽、曹縣之知縣,在任期間極力提倡蠶桑事業,並曾輯錄山東地區的志書中有關蠶桑業的記載,增補修訂,成爲《山左蠶桑考》一書。道光壬寅六月(1842年7月)鎮江在鴉片戰爭中淪陷時,他被調防蕪湖,曾上書策劃防衛蕪湖之戰術,多見採納。戰後辭官返鄉,以在山東設置教織局勸民栽桑、養蠶、繰絲的經驗來幫助文柱推行獎勵蠶桑的計劃。光緒《丹徒縣志》卷二八《人物五·宦績二》之陸獻傳記載如下:

> 事(鴉片戰爭)平,去官回籍,文東川方伯招至吳中,議勸課蠶桑,培補地方元氣,乃設局城南鶴林寺。

這推行機構爲課蠶種桑局,[8] 不但刊行狄繼善的《蠶桑問答》、何石安、魏默深的《蠶桑合編》(此爲《蠶桑圖説合編》之一部分),[9]

---

〔7〕 《清國行政法》是臨時臺灣舊慣調查會在1905年3月到1910年8月之間所做的關於清朝制度的調查(在法學博士織田萬氏主持之下)的第一部報告,共七卷,本文根據東京汲古書院於1972年所發行之刊本。

〔8〕 光緒《丹徒縣志》卷三六《人物十三》,尚義附義舉之課蠶種桑局。

〔9〕 同上志曰"邑紳陸獻……以蠶桑興利法刻本勸民,溧陽狄繼善有蠶桑問答一編"。而田尻利的《十九世紀中葉江蘇の蠶桑書について》收入《中山八郎教授頌壽記念明清史論叢》(東京:燎原書店,1977年)一文中詳細分析《蠶桑圖説合編》的刊行經過,確認是由丹徒課桑局所刊行,有文柱於道光廿四年仲冬月吉(1844年12月10日)所作的序,爲當地蠶桑獎勵事業之一。

以爲教導農民栽桑養蠶技術的指針。並且免費發給桑苗，請人教導，爲當地蠶絲業建立一新的里程碑。[10]

根據同治十年（1871）廣東高廉道許的重刊本（高川富文樓藏板）《蠶桑圖説合編》一書包括文柱序，何石安原序、何、魏的《蠶桑合編》，《（補輯）繰絲法十二條》，《圖説》，宗景藩的《蠶桑説略》。[11] 何石安[12]在序中曾叙述《蠶桑合編》撰寫的動機：

> 今吾鄉農事大備，獨於蠶桑之務缺而勿講，豈以木棉
> 之法，不蠶而縣耶？抑知蠶絲之制，自古爲昭，繭絲之利，
> 於今爲最。……以之（蠶桑之利）勸人，多未見信，欲身
> 試爲之。因於丁酉歲（即道光十七年，1837 年），邀友人
> 趙邦彥築南山草堂，平原數畝，種桑千株，旋於來歲暮春，
> **率內人躬操其事**，一切飼養之經明切指示，未幾數十日而
> 蠶事告成，**計其所獲之利，大有裨益**，昔人之言，誠不我
> 欺也。由是每歲必興，桑之所出愈多，蠶之所育愈繁，竊
> 以世事人情，大率不遠，……思以己之所得，公諸同人，
> 倣而行之，……因述淺説，以勸同志。

從此序文中可以看出其目的在企求使《蠶桑合編》成爲鎮江地方普及蠶絲出的藍圖，而此書內容係以 1837 年以來作者躬親栽桑養

---

[10] 見 *China*, *The Maritime Customs*, Ⅱ, —*Special Series. No. 3*, *Silk*, Shanghai, 1881（以下簡稱 *Silk*）中的 Chinkiang p. 51，鎮江海關税務司 F. Kleinwächter 於 1880 年 10 月 29 日向總税務司 R. Hart 所提出的報告。文中謂"咸豐初年，地方官獎勵農桑……在此之前，鎮江長期間並没有總絲事宜。"而根據《丹徒縣志》陸獻傳和注九的《蠶桑圖説合編》之文柱序的日期，課桑局的創設應在鴉片戰爭結束以後的 1842 年 8 月到 1844 年 12 月之間，是道光年間，並非咸豐初期。

[11] 文柱於道光二十四年所刊行的《蠶桑圖説合編》的章目，據田尻的分析，則有文柱序、何石安序《蠶桑合編》、繰絲法十二條》、《丹徒蠶桑局章程》、《圖説》。再者《蠶桑説略》爲宗景藩任湖北蒲圻知縣時的著作，後來他於同治十三（1874）年調任武昌知縣獎勵蠶桑。

[12] 前揭光緒《丹徒縣志》卷三六的"課蠶種桑局"一項中有"醫士沙石庵著《蠶桑合編》一卷"之記載，而在民國《續丹徒縣志》卷四六，《藝文一》，子類國朝中，《醫原雜記》一卷《瘋科補苴》二卷，《蠶桑法》一卷"之作者爲沙石安，後面將述，*Chinese Repository* Vol. 18, June, 1849 中曾翻譯本書，作者名爲 Shá Shih-ngán，而沈秉成（後述）的《蠶桑輯要》所收吳學堦的序（同治十一年，1871 年）中，列舉有關丹徒獎勵蠶桑事業者，有一人爲司馬沙石安。何石安則爲重刊本的作者。但無論爲何石安，或沙石庵或沙石安，在《丹徒縣志》中皆没有傳，因此其經歷不明。再者，毛章孫《中國思書目録匯編》（1924）中的蠶桑類，同時記載沙式菴《蠶桑合編》和何安石（原文）《蠶桑圖説合編》，似爲謬誤。因爲此二書事實上一樣，前者爲文柱刊行時的書名，後者爲重刊本所更改的名稱，見田尻之前引文。

蠶所得到的技術經驗爲架構，並非無限制地抄襲前人的著述（這是中國農書的慣例），卻是適應當地的狀況所寫成的具有實用性的技術指導書。關於這一點，文柱在編纂《蠶桑圖說合編》時，於《蠶桑合編》和《（補輯）繅絲法十二條》之間亦有按語贊賞曰：

從來蠶桑諸書，類多繁其節目，使人望而憚難，良由著書之人，非即種桑養蠶之人，故言之不能親切而簡易。此書則事悉躬親，語皆心得，故無支詞無誨語，便俗宜民，户曉家諭，莫善于此。

此外，由著者的出身來看，魏默深即魏源，在此時爲舉人；關係人趙邦彦是丹徒縣人，道光十二年舉人，道光二十四年任上海縣教諭，[13] 何石安之經歷雖不詳，但爲魏、趙之友，似應亦屬仕紳階層；因此可以説他們以仕紳的身份，感覺到非導入蠶桑技術到當地不可，而親身實驗、執筆著述，交由課蠶種桑局刊行。

本書於 1849 年 6 月被譯載於 Chinese Repository 第十八卷上，題名爲 "Cultivation of the mulberry and rearing the silkworms"，收錄有文柱序、《蠶桑合編》、《繅絲法十二條》、《丹徒蠶桑局章程》，而省略了何石安序與《圖說》。[14] 後來，淮安府清河縣知府尹紹烈創設清河蠶桑局後，於同治三年（1864）根據此書加以增删，刊行《蠶桑輯要合編》。同治九年（1870），常鎮道沈秉成重設丹徒課桑局以獎勵蠶桑事宜，亦參考何、魏之書，於翌年由常鎮通海道署刊行《蠶桑輯要》；廣東高廉道臺亦於同治十年重刊何、魏之書，以利蠶桑事業之提倡，可見此書影響之大。

但是，丹徒的課蠶種桑局大約只維持了十年左右，光緒《丹徒縣志》卷三六《人物一三·尚義附義舉》，《課蠶種桑》項有云：

咸豐三年兵燹後，各桑園俱廢，陸亦早卒。[15]

而沈秉成的《蠶桑輯要》（本文根據光緒九年金陵書局版）所收的《告示規條》中亦表示蠶桑局在太平天國戰爭以後已被廢除：

京口（丹徒）舊有蠶桑局，亂後中輟。

〔13〕 光緒《丹徒縣志》卷二二《選舉二》；卷二八《人物五》。
〔14〕 此外，*Chinese Miscellany* (Shanghai Mission Press) 亦於 1949 年譯載。而 *Silk* 亦節譯《蠶桑合編》、《繅絲法十二條》、《蠶桑局章程》，此譯文與 *Chinese Repository* 之譯文相異，並非出於同一譯者。
〔15〕 *Silk* 中亦記載："後來由於太平天國之反亂而中斷了這'蠶桑獎勵政策'"。

可知，由於咸豐三年（1853）太平軍佔領鎮江，[16] 和主持者陸獻的去世，蠶桑局因此無法維持，境內之桑園亦荒廢，蠶桑獎勵事業終告結束，其成果也不顯著，[17] 但是爲以後的蠶桑推廣運動奠立了基礎。

其次，我們來考察課桑種蠶局如何實施蠶桑獎勵政策。很遺憾的是我們無法看到道光年間所刊行的《蠶桑圖説合編》，而同治十年的重刊本又省略了《丹徒蠶桑局章程》。因此本文只能根據前揭 The Chinese Repository 第十八卷上的英譯文和 China, The Maritime Customs Ⅱ — Special Series No. 3, Silk, Shanghai, 1881 中的英譯文[18]加以説明。

章程主要有四條，第一條爲栽桑：每年一月初，自溧陽縣雇用熟練栽桑者，委託他們到湖州購買桑木而栽培之。第二條爲養蠶：俟桑苗長成之後，雇覓溧陽之擅長養蠶的女子到局來教導十五歲以下之少女養蠶技術。

當時之所以雇用溧陽人，是因爲溧陽縣的蠶絲業早在乾隆初期由於知縣吳學濂的獎勵而興盛，在道光時期每年約生產二百六十萬兩的生絲，[19] 當地的蠶絲業在此時已非常發達，故丹徒蠶桑局的總董陸獻才欲借重溧陽之栽桑者與蠶婦的技術來普及丹徒縣的蠶桑業。

第三條爲租地：訂立爲期十年之租約，每年支付租金。陸獻並且在此詳論蠶桑之利，他認爲每畝可栽桑四十株，二年後長成，每株可摘葉三十斤，以五株一百五十斤之桑葉來養蠶，則可生產絲一斤，故一畝可出絲八斤，或絲織物二十匹。將之出售後，販賣所得扣除租金和工人之工資、伙食費等仍頗有贏餘。

蠶桑之利的主張是一般農書所共有的，此處值得注意的是租地

〔16〕 根據郭廷以《近代中國史事日志》（臺灣商務印書館，1963）頁190和267，鎮江在1853年3月31日（咸豐三年二月廿二日）到1857年12月27日（咸豐七年十一月十二日）之間爲太平軍所佔領，其間及其後曾與江南軍有數次激烈之攻防戰。

〔17〕 光緒《丹徒縣志》卷一七《物產一》有云："本邑產者向惟野桑及柘，道光朝雖有植湖桑者，傳亦未廣。"

〔18〕 The Chinese Repository 之英譯名已如前述，譯者爲 C. Shaw. Silk 之題名爲 "On the Growth and Treatment of Mulberry Trees, and the Method of Breeding and Rearing Silkworms"，在 Wenchow, pp. 124～124 上，譯者爲 William Charles Milne。

〔19〕 Silk, Chinkiang, pp. 61～62。其產量在太平天國後更增，1880年達到五百萬兩，而其中80%皆運往上海以供輸出。

經營的構想。我們從光緒《高唐州志》卷三《物產》所收的《山左蠶桑考節錄》中亦可看到陸獻在山東知縣任內即有此主張：

> 殷實戶留地二三畝，或一二家共租數畝，租錢人工所費無多，賣秧七八千株，亦足償其本。

在《山左蠶桑考》刊行的 1830 年代，[20] 生絲出口價格上漲很多，[21] 國內市場之絲價亦上漲，所以栽桑養蠶之收益比米穀高，《山左蠶桑考節錄》中曾言及此：

> 每桑一株，約採葉三、四十觔。有桑五株，可育一觔絲之蠶。每地一畝，種桑四五十株，收絲八、九觔，值銀十餘兩。若種穀，穀即收二石，豐年不過值銀一兩有餘。

因此陸獻在制定丹徒蠶桑局章程時才會提出租地和雇傭勞動以經營的構想。

第四條爲資金方面，留待次節與第二次丹徒蠶桑局的資金一併討論。

2. 第二次丹徒課桑局

太平天國期間，“鎮江薦遭兵燹，物力凋殘，彌望榛棘，地荒蕪而不治，民流亡而未歸，井里蕭條，生計艱窘。……固緣軍興以來，土曠人稀，元氣未復”，[22] 故戰後爲了復興已荒蕪了的農村，沈秉成着眼於出口價格日升的生絲（見表二），在同治初年設課桑局：

> 同治初，觀察沈公秉成始設課桑局，購湖桑教民種之，而桑園桑田遂遍境內。[23]

至於課桑局的設置費用，則由地方紳富捐納：

> 同治九年，常鎮道沈公秉成以湖州種桑育蠶法教民，諭董勸捐，設局於西城外山巷，後遠近領植桑秧，三年有成，局歇，而桑園多於道光時矣。[24]

再者，沈秉成在《蠶桑輯要》之序文中亦表示：

---

[20] 見王毓瑚《中國農學書錄》，臺北：明文書局，1981 年，頁259。
[21] 例如，1829~1832 年，每包（0.8 擔）生絲價格爲308 兩，1833~1837 年爲397 兩。見 H. B. Morse, *The International Relations of the Chinese Empire*, Vol. 1, p. 168; pp. 358~59。
[22] 沈秉成《蠶桑輯要·告示規條》。
[23] 光緒《丹徒縣志》卷一七《物產一》。
[24] 同上，卷三六《人物十三·尚義附義舉·課蠶種桑局》。

乃捐廉爲倡，郡之紳富亦復樂成是舉，踴躍輸將，遂設課桑局於南郊，擇郡人之公正者司其事。

所謂"以湖州種桑育蠶法教民"的具體内容，根據俞樾的《安徽巡撫沈公墓誌銘》（《續碑傳集》卷三一），大致如下：

先是公在常鎮時，以野多曠土，設課桑局，赴湖州購買桑秧，兼募湖州人，教以藝桑蠶法，其後常鎮間，蠶桑之利幾與吳興埒。

表二：1862～1891 年上海生絲與繭之價格

（單位：海關兩/擔）

年	絲	繭
1862 年	350	80
1863 年	350	80
1864 年	409	103
1865 年	419	169
1866 年	500	145
1867 年	485	69
1868 年	517	57
1869 年	465	63
1870 年	515	57
1871 年	503	56
1872 年	490	64
1873 年	500	92
1874 年	300	125
1875 年	285	78
1876 年	443	78
1877 年	340	88
1878 年	329	59
1879 年	321	64
1880 年	300	52
1881 年	350	65

續表

年	絲	繭
1882 年	307	54
1883 年	320	68
1884 年	273	45
1885 年	272	45
1886 年	300	65
1887 年	320	56
1888 年	306	56
1889 年	315	56
1890 年	340	70
1891 年	181	58

資料來源：鴻巢久《支那蠶絲業之研究》，東京：丸山舍，1919 年。

並且，如前所述，沈秉成在翌年刊行《蠶桑輯要》，以積極推廣蠶桑之利。這種作法與他的出身有關，他是浙江歸安人，成長於中國絲織業的中心地湖州府，"親見每年所出之絲，四方購者相望於道，竊謂此利若推之他省，更可衣被無窮。"[25] 而到"同治己巳夏奉命備兵常鎮，冬初履任後，周歷各鄉，野多曠土，詢諸父老，知重農而不重桑。"[26] 所以次年設立課桑局以獎勵蠶桑。同治十年（1871），刊行《蠶桑輯要》一書，他表示：

> 局董吳六符州同來請將示諭規條匯成一編，付剞劂氏以廣其傳，余謂勸課農桑乃分内之事，苟民得其利，於願足矣。顧又重違其意，爰博採諸家之說，匯爲一編，名曰《蠶桑輯要》。[27]

至於"諸家之說"，據田尻氏的研究，大約有以下幾種：即何、魏的

---

[25] 沈秉成《蠶桑輯要》序文。
[26] 同上。
[27] 同上。又，吳六符，即吳學埰，丹徒人（光緒《丹徒縣志》卷三六《人物十三》有傳）。他在《蠶桑輯要》中有序，曰"學埰蒙憲諭、董正其事。"在同書《告示規條》中有"總董吳州同"，而沈秉成序中曰"局董吳六符"。由以上，可見他是課桑局的主持人，實際上推進蠶桑獎勵事業者。

《蠶桑合編》、楊名颺的《蠶桑簡編》,[28] 和其高祖父的《蠶桑樂府十二首》。一般而言,中國的農書大抵有沿襲前人之作的傳統,本書也很少有創新之處,但卻能順應當地的風土人情而做適當的修改;其中有關蠶桑技術方面的説明,非常具有實用價值,若非熱心於推廣蠶桑而對實際的蠶桑技術有深刻理解,實在很難有此成果。這或許與當時課桑局之主要推動者吳學堦(六符)的努力襄助有關吧![29]

吳學堦是當地的仕紳,在地方上佔有舉足輕重之地位,根據光緒《丹徒縣志》卷三六《人物十三·尚義》,他在太平天國時期開始從事救難工作,之後籌畫善後事宜,成爲地方官的左右手:

> 吳學堦,字六符,倜儻好義,咸豐兵興之初,難民聚於丹徒鎮,官鑲不繼,學堦同兄學城及學增之孫述彬報捐質庫以拯難民,賴以全活……郡城蕩然,凡善後及救生諸善舉事,皆賴籌畫裏理,地方守牧倚之如左右手焉。邑舊有濱江雙糧田六萬餘畝,日久沙淤,膏腴悉爲瘠壤,賦累不堪。學堦憫之,函致吾鄉京官,韓白當事,具詳入告。得旨俞允,而民困以蘇。府徒兩學久未修建,邑紳丁君紹周因公過境,學堦與之切商,遂得由觀察沈公秉成請於大吏,按年提下游釐捐一成濟用,兩學局以次修建告成。年六十七卒,以子職封朝議大夫。

由他的傳記,我們可以得知:

(1) 他未曾獲有功名。《蠶桑輯要》中有"局董吳六符州同"以及"總董吳州同"的記載,卻沒有説明就任地點,可見他雖然擁有州同的官職,卻非實官,似乎是捐納的虛銜,或許是因爲他在太平天國時期《報捐質庫》而取得。

(2) 他以一個擁有州同虛銜的仕紳身份,在戰後總辦善後局、救生會等事宜,[30] 以維持地方秩序,並直接寫信給同鄉之京官而使

---

〔28〕 根據王毓瑚前引書,頁252~253,名颺,字崧峰,雲南雲龍州人,曾在陝西漢中府做官,爲了提倡蠶桑事業,把原來陝西巡撫葉健庵根據楊屾的《豳風廣義》所作的《蠶桑須知》加以縮編,又參考了知縣周蘭坡的《蠶桑寶要》,寫成此書,自序作於道光九年(1829)。

〔29〕 田尻氏之前引文,頁343、353認爲此書是吳學堦與蠶桑局的職員所編。

〔30〕 光緒《丹徒縣志》卷三六《尚義附義舉·救生會》云:"同治五年,郡守李仲良諭吳學堦總辦城北救生事宜,陸續置造大小紅船九隻。六年,奉道府捐,提木釐以濟經費,添置市房……,七年四月,吳學堦退董。"又,紅船即救生船,徐珂《清稗類鈔》卷九〇《舟車類》有云:"紅船,長江有之,用以救生,故亦曰救生船。遇有客舟之厄於風潮者,則拯之,還其人物於紅船中。"

長江沿岸之雙糧田得以減免田賦。

（3）由於他的奔走，得到丹徒出身的浙江學政丁紹周的幫助，[31] 故能利用釐金在同治十一年修建鎮江府學，二年後又修葺丹徒縣學。[32]

（4）他雖只是從六品的州同，但與丹徒出身的高官能夠密切地聯繫，因此得以重整太平天國以後的地方秩序。在當時，法定的支配階層（如地方守牧）已非常軟弱，官僚的政治權威表面上雖然仍然存在，但實際上已開始動搖，其權威逐漸爲仕紳的社會權威所取代，官僚不得不依存於仕紳，使後者在重建農村秩序中扮演一相當重要的角色。

（5）雖然學堦的傳記中並未提及課桑局的事，然而，當時的課桑局，和善後、救生等事，同樣都是仕紳階層維持和重建地方支配秩序時的一種行動。在《蠶桑輯要》的吳學堦序中，他列舉了與課桑局之經營有關的人物：

> 學堦蒙憲諭董正其事⋯⋯一時分司其責，如少府汪君玉振、少尉楊君懋徵、太舉王君銘勳、茂才眭君世隆、太學胡君裕倫，皆黽技勉從公，不辭勞瘁，舉行一、二年，已有成效。

可見在實際上經營課桑局者皆爲下層官吏與生、監階層。

但是，第二次丹徒課桑局的實際效果是否真如光緒縣志卷一七《物產》所説的"而桑園桑田遂遍境内"呢？甚至如前述俞樾所贊美的"其後常、鎮間蠶桑之利幾與吳興埒"呢？我們再進一步看民國《續丹徒縣志》卷一〇《職官志·名宦》中，有光緒十九年（1893）鎮江知府彦秀的記載：

> 彦秀，字咏之，長白人。光緒癸巳由工部郎來守郡。⋯⋯捐俸餘，多購桑種，徧給鄉民，敎之樹藝，至今賴之。

可見如果在光緒癸巳（十九）年時，知府彦秀和沈秉成一樣，曾經勸農蠶桑的話，則同治年間沈秉成課桑局的實效很難説已遍及全縣。而同續志卷五，《物產·木屬》中對於光緒年間栽培桑樹的推廣也有記載：

> 咸豐兵燹後，地皆閑曠。光緒中均經陸續闢作桑園，

---

〔31〕 根據光緒《丹徒縣志》卷二六《名賢》："丁紹周，字濂甫，號亦溪，道光庚子舉人，庚戌進士，改庶吉士授編修⋯⋯（同治）乙丑典試福建庚午典試四川視學浙江。"並且他急公好義，同志卷三六《尚義·郵蟊會》有云："同治十一年，邑紳丁紹周時任浙江學使，以廉俸捐銀三千兩，内撥一千兩劃歸江北，以濟寄居蟊婦。"

〔32〕 同上志，卷一九《學校》有云："丹徒學自咸豐三年粵寇據城，毁於火，同治十一年府學告成，閱二年而修葺縣學。"

種植湖桑，歲產桑葉亦富。

至於養蠶方面，光緒末期在技術上更有新的突破，同續志卷五，《物產·製造》繭條有云：

> 繭，從前邑中飼蠶者多不甚旺。光緒末，邑人講求蠶桑，漸用新法，出繭較多。

所以可以說同治時期沈秉成的蠶桑獎勵的目的在恢復農村生產力，以鞏固逐漸動搖的社會秩序，確保地主階層的田租來源。至於蠶桑業的普及與定著，似乎是要等到光緒中期以後。

至於俞樾在沈秉成的墓誌銘中所稱述的沈之功勞更屬溢美之詞。吳興自唐宋以來絲絹之生產已很發達，在太平天國期間雖然農桑荒棄，但從 1870 年左右以降蠶桑業逐漸復蘇，我們從表三和表四可以看到湖州府的生絲生產量還超過江蘇省的蘇州、常州和鎮江各府之總和。而在 1930 年左右，吳興縣（即湖州府首縣之烏程、歸安兩縣）之農家全收入中，蠶桑收入佔 70%，即使在中國蠶絲業逐步走下坡的 1930 年代後半，吳興縣從事蠶桑者仍佔總戶數的 99. 13%（其中兼事農桑者為 96. 86%，專業者為 2. 27%）。[33]

表三　江蘇省各府的輸出用生絲生產量（單位：斤）

府	1878	1879
蘇　州	82 800	89 700
常　州	146 050	165 140
鎮　江	126 500	138 000

資料來源："Silk", p. 73.

表四　浙江省各府的生絲生產量

府	1878	1879
湖州	2, 925 232	3 304 196
嘉興	777 491	853 668
杭州	821 116	935 233
寧波	3 254	5 233
紹興	131 663	195 429
合計	4 658 756	5 293 759

資料來源："Silk", pp. 76, 80, 81, 82.

---

〔33〕　劉大鈞《吳興農村經濟》，上海：中國經濟統計研究所，1939 年，頁 120～121、27～29。

　　雖然如此，但丹徒課桑局爲江蘇省蠶桑之推廣運動開一先河，在同時期，松江府、蘇州府和鎮江府其他地方皆有獎勵蠶桑之措施，常州府的無錫、宜興的蠶絲業，也在太平天國以後勃興；[34] 到光緒中期以降，桑葉與蠶繭之生產的普及與定着，使江蘇地區在機械製絲業發達之時，成爲原料繭的主要供給地。

三、課桑局之資金來源

　　由於地方志對於丹徒課蠶種桑局之資金沒有明白地叙述，因此我們現在仍然只能利用海關特別報告 Silk 和 Chinese Repository 之記載。如前所述，英譯之《丹徒蠶桑局章程》共有四條。第四條，爲資金之籌措。規定大抵如下：由有名望者分擔，各向其親友貸款，無論金額之多寡，皆由課桑局發給收票。三年之後，按每年 10% 的利息計算，連本歸還。如果在局中工作的婦女願意借其薪資給局的話，則發給經摺，並每月付給年息 15% 的利息，而在三年後歸還本金。如果是由官吏捐助（subscribe）者，則在其任滿時如數支付。

　　由以上可知當時負責籌措資金的是仕紳，主要的出資者爲他們本身及其親朋戚友；至於現職官，雖亦出資，但在其任滿時即拿回款項，並且地方政府機關沒有特別撥款襄助，所以事實上當地之仕紳在推動課桑局的工作時扮演極重要的角色，他們並非只是消極地接受官吏的命令來協助官方，乃是積極地籌畫與導入資金和蠶桑技術，以扶植此事業。

　　這種籌措資金的方式，可以説是中國傳統的合股的經營形態，仕紳及其親友爲主要的股東，10% 的年利率與後來在華中一帶所調查的"官利"相當，[35] 而員工的存入薪資於局亦爲合股經營的一種習慣。[36] 以三年爲期亦有其緣故，這是因爲桑之栽種、成長，蠶之飼育成繭，至繰織成絲大抵需三年的時間，並且按照慣例，徒弟的養成期亦約三年（已如前述，雇用蠶婦來教導十五歲以下的少女的

〔34〕　詳情參照田尻利《十九世紀後半期の江蘇における蠶桑獎勵政策に關する一考察》，《鹿兒島經大論集》19：4，20：1，1979 年。

〔35〕　幼方直吉《中支の合股に關する諸問題》（二），《滿鐵調查月報》23：5，1943 年，頁 6。表示：一般合股的官利，每月一分，以十個月計算，故每年 10%。

〔36〕　根岸結《商事に關する慣行調查報告書——合股の研究》，東京：東亞研究所，1943 年，頁 19。

技術），股東的總決算和分配花紅銀亦爲三年一次。[37]

至於養蠶種桑的利益有多少呢？除了前述章程中第三條所記載之外，文柱在《蠶桑圖説合編》的序裏，曾根據當地情況而分析曰：

> 上田畝米三石，春麥石半，大約三石爲常漕賦之外，所餘幾何？今桑地得葉盛者，畝蠶十餘筐，次四五筐，最下亦二三筐。米賤絲貴時，則蠶一筐即可當一畝之息，夫婦并作桑盡八畝，給公贍私之外，歲餘半資。且葚可爲酒，條可以薪，蠶糞水可飼豕而肥田，旁收菜茹瓜豆之利，是桑八畝，當農田百畝之入。

我們還可以從主持清河蠶桑局的尹紹烈所著的《蠶桑輯要合編》[38] 中的《蠶桑局簡明種桑易知單》，略窺一二：

> 計種桑一棵，葉值錢三百文。自己養蠶，繭值錢六百文。自己繅絲，絲值錢一千文。一年勤勞數十天，每棵得錢一千文。畝地勻栽四十棵，每年得錢四十餘千文。

但最初購買桑苗亦需資金，大抵一萬株爲五十千文。[39] 所以大都由蠶桑局出資大批購買，再分配給農民，這可以説是局的最大一筆支出。

當時課桑局的主要業務除了自己藉地種桑養蠶繅絲之外，還包括購買民間的桑葉、蠶繭和生絲，並且栽培果樹、蔬菜、藥草、竹，以及飼養魚、家禽、羊等，[40] 進行多元化的經營。

其次，我們再檢討第二次丹徒課桑局的資金來源。在《蠶桑輯要》中的吳學堦序裏，曾叙及籌款情形：

> 尚以鎮地凋敝，一時籌款維艱爲慮，其時別駕沈君增，司馬魏君昌壽，力爲慫恿設法貸資。又得少尉包君履，正郎張君維楨，王里問汪君淦，貳尹蔡君慶坊，廣文沈君鳳藻，皆觀察同里，素樂善，贊成其事，遂設局於城西之南郊。

---

[37] 根岸結《商事に關する慣行調查報告書——合股の研究》，東京：東亞研究所，1943 年，頁 71、123。

[38] 據田尻氏前引有關蠶書之文，此書大抵以《蠶桑合編》爲範本，再增添作者本人親身經驗。而《清河蠶桑局規條》亦大抵承襲《丹徒課桑局章程》。

[39] 《清河蠶桑局規條》第五條，"飼蠶日初飼至三眠各法"。

[40] *Silk*, pp. 124～134 中除了上述的 "Four Rules inculcated at the Silk Establishment of Tantú in Chinkiangfu" 外，還記載了 "12 more Rules Regarding a Silk Establishment" 表示出附帶的業務內容。而 *Chinese Repository* 則省略此部分。

而在同書的沈秉成序中，也記述當地紳富的協助：

迺捐廉爲倡，郡之紳富亦復樂成是舉，踴躍輸將，遂設課桑局於南郊，擇郡人之公正者司其事，集資請人至吾鄉採買桑秧。

由此可知，第二次課桑局的資金來源，除了沈秉成本人的"捐廉"以外，大部分仍靠當地紳富之贊助，並且紳富之"輸將"似乎仍與第一次丹徒局之貸款相同（所以説"力爲慫惠設法貸資"），並非純粹地捐獻，至於其經營方式，可能仍採用傳統的合股方式，仍無法脱離前近代性的色彩，所以劃定了其向近代企業發展的限界，也無法產生預期的成果。

以地方官"捐廉"的方式來創建蠶桑局，成爲 1870 年代在江蘇省各地推展蠶桑業的一種典型。松江府的南匯縣，一向以種植棉花爲副業，但"自同治季年來，亦有種桑養蠶者"，[41] 這是由於同治十二年（1873）知縣羅嘉杰捐廉，設置種桑局鼓吹蠶桑之利的緣故：

種桑局，桑園在城西北隅養濟院側，同治十二年知縣**羅嘉杰捐廉，購運桑秧**，廣爲散給。**並購買田四畝有奇**，插槿爲籬種桑數百株，就嘉（興）湖（州）等處**雇工二名**，栽植培剪，俾四鄉知所則效焉。[42]

而蠶桑局業務的營運也與這筆資金有關：

今將原捐買桑買地餘賸錢五百千文，交給董事具領，以資二、三年中局用，或另籌有費，即將此錢發典生息，以息抵支，其正本存。[43]

發典的利率爲年率一分二釐：

存款，支放餘賸捐錢三百二十千文，現存陳恒昌布米莊，常年一分二釐生息，逢閏加算。[44]

設局當初除了買桑秧和桑園的費用之外，還必須支付雇工的工

〔41〕 見光緒《南匯縣志》卷二二《雜志》。至於廢棉種桑的經過，亦有詳細的記載："松屬木棉之利埒絲枲，南邑地濱海，種植尤宜。然壤地廣袤不過百里，又時勢推移久無不變，明徐光啓《農政全書》已欲兼事蠶桑，屆今亦三百年，藝吉見解織衽者外郡亦多有，故花布業均衰，則非蠶桑何以濟布匹之窮。"
〔42〕 同上，卷三《建置志·桑局》。
〔43〕 同上，桑局之章程第四條。
〔44〕 同上志。

資以及肥料、器具等費用：

> 查局中課桑雇定嘉湖工人兩名，每名每日發工食錢一
> 百六十文，此外，壅肥、釀糞、修絜蘺槿、備桶、杓、鈎、
> 剪等項器具，在在需費，即就所種四畝之桑而計，亦復不
> 少，若不預爲籌畫，將來經費無出，恐難見效。且係設局
> 爲倡，更當加意培植，方可表率。[45]

因此才會將所剩餘的資金 320 千文存入布米莊以滋生利息，其
目的是要等到桑葉長成後，利用此筆款項買蠶種和雇用工人養蠶、
繅絲：

> 俟養蠶之年，置備器具，雇用工人，開局養蠶等項，
> 再行提用。**絲成變價，仍舊存典，以資下年經費。**如此循
> 環經理，經費不致短絀，事或可望成就。[46]

可見當時種桑局對於貨幣的需求漸增，經常忙於原料購入、生
產、販賣的短期間循環。

再者，當時桑局的主要輔導對象爲殷富，這因爲種桑之初並無
利可圖，恐怕貧戶無力負擔，以致半途而廢，並且雖然第一年是
"廣爲散給"桑秧，卻希望有力人家在翌年出資購買：

> 散發桑秧，應先令殷富倡率也。查種桑之利息固厚，
> 而初種二三年內，非特無息可採，更須壅肥培植，加添工
> 本。但貧戶領桑株數過多，必致乏本，壅培不能暢茂，反
> 怪地土非宜，半途而廢。即有能設法壅種，而限於力量，
> 未得其利，先去其本，亦必畏難苟安，各生懈怠，因而中
> 輟，遂致事不能行。故凡創始之初，必先求見效，庶幾相
> 率而成，有不期然而然者。今酌定分給貧窮之户桑秧不必
> 過多，當量其培壅工本之力就數給發，其餘准**各鄉有力之**
> **户承領分種，並勸令下年出資購買，**分散如此，則有力之
> 家工本裕，如培植必能得法，一家行而一鄉效焉，從此逐
> 年推廣，貧民知種桑之利，亦得遂其生計矣。[47]

但是，縱使貧民知曉種桑之利，他們仍然無法籌資來擴大經營

---

〔45〕 見光緒《南匯縣志》，桑局之章程第四條。
〔46〕 同上。
〔47〕 同上志，章程第二條。

桑園或養蠶工作，所以此桑局的蠶桑獎勵事業終歸失敗。在民國
《南匯縣續志》卷三三《建置志·桑局》中記載桑局維持不久即被
廢止：

　　　本城桑局所設桑園，向由陳董爾賡經理創辦之，初鄉
　　間領秧仿種者頗不乏人，亦由是而相率育蠶，惟因育不得
　　法，小試則有獲，大舉即失敗，一二十年後育者漸少，桑
　　園以連帶關係，亦旋興旋廢。及乎清末，春季育蠶之家百
　　不見一，而鄉間桑園亦蕭索日甚。時城董陳爾賡物故已久，
　　本城桑園廢多年，更無桑局之名。[48]

　　也就是説，在民間的資金、技術、設備等缺乏的狀況之下，以
市場販賣（不是爲了自給）爲目的的農村的桑、繭和生絲生産，仍
然無法超越傳統，上層階層（官僚、仕紳）單方面的獎勵，仍不能
使蠶桑業在當地定着。而桑局資金的主要來源如果僅爲知縣的
"捐"[49] 的話，則規模不可能太大，例如南匯縣的桑局只擁有土地
四畝多，所售賣之絲雖可抵消支出而有贏餘，但也不會太多，所以
仍須仰賴利息的收入，限制了再投資的範圍。

　　此外，上海縣也於沈秉成（時任道臺）的提倡之下，開始蠶桑
業：

　　　邑人向來殫力木棉，不興蠶事，自巡道沈秉成著蠶桑
　　輯要，勸民種桑後，兩鄉多栽種成林。[50]

　　其主要目的是爲了彌補棉紡織業衰退後，當地栽培木棉的農民
之損失：

　　　邑自巡道沈秉成提倡蠶桑，而繭絲之利漸興，自他處
　　傳入之種類漸多，西鄉農民多育蠶，以補紡績之不足。[51]

　　提倡蠶桑事業亦設局來進行，資金並非官紳的捐，而是由各善

---

[48] 此處記載創建桑局者爲陳爾賡，而非羅嘉杰，這是因爲後者於桑局創建後不久即離
　　任（光緒《南匯縣志》卷一〇《官司志·知縣》）而陳爾賡"有幹才，董理地方
　　事，規畫務遠大。同治十三年清丈沙田，請於知縣金福會爲賓，興及恤嫠、普濟、
　　惠南、觀濤兩書院。承買沙田二萬五千五百餘畝。墾利漸興，公産收入大增"。（民
　　國《南匯縣續志》卷一三《人物志》，可能是實際上推進當地蠶桑事業的仕紳。）
[49] 此外，蘇州府的昆山、新陽亦以知縣王定安、廖綸的捐俸爲資金，設在同治六、七
　　年間設公桑局購地栽桑。
[50] 民國《上海縣續志》卷八《物産·竹木之屬》。
[51] 同上志，卷八《物産·蟲之屬》。

堂的公款中提供，在同治十二年一月廿七日（1873 年 2 月 24 日）的《申報》中有一則記載創設桑局的來龍去脈，題名爲《論道憲勸諭上海習種蠶桑事》，現摘錄如下：

（1）由於候選訓導唐錫榮與各善堂董事的稟請與籌畫，沈秉成才能把他設立丹徒課蠶種桑局的經驗在上海再度發揮，創設公桑局。

（2）公桑局之資金由同仁輔元、果育、普育各善堂籌撥公款一千串，桑園亦利用善堂之公地，並由善堂派人負責實際作業。（仕紳乃爲推動桑局之主力。）

（3）分發桑苗給農民，一年之後有缺少荒蕪者，須補種如數。

（4）本來希望發給桑苗的對象爲擁田百畝以上的有力人家，使之撥出五畝或十畝來栽種，但後來並沒有限制，也不一定要接受桑局所派人員的指導。（這可能與當時擁田百畝以上的農戶不多有關。）

因此，由以上各桑局的經營來看，鼓勵蠶桑並非強迫性的，桑局本身仍帶有贏利的色彩。這或許是洋務運動時期地方性官督商辦事業的一種雛形，可惜在資金之流通與運作方面不能突破傳統的瓶頸，再加上客觀的農村社會經濟的限制，故很難擴大經營或發展成近代企業。

四、蠶絲生產與農民

如前所述，由於地方官與仕紳的獎勵，江蘇農民紛紛以蠶桑爲副業，但事實上，當時農民所擁有與使用的土地並不多，根據 1930 年代在浙江吳興所做的農村調查，土地所有權在 5 畝以下者約佔全部農戶的 29.05%，在 10 畝以下者佔 73.31%。至於使用的田地方面，使用田畝最多者不足 65 畝，在 5 畝以下者佔 14.11%，10 畝以下者佔 60.20%，在 20 畝以下者高達 94.71%。再就所使用的田畝之內容而言，每戶平均使用桑 2.84 畝，佔全部使用面積的 28.86%，平均每戶使用稻田 6.61 畝，爲全部使用面積的 66.05%。[52] 吳興是蠶桑最發達

---

〔52〕 前揭《吳興農村經濟》，頁 97～106。此調查不包括收租地主。

的地方,農民皆以之爲副業,桑園面積尚且不大,故江蘇農民之桑園面積亦可能很小。再者,卜凱(J. L. Buck)在1920年代後期所做的中國土地利用的調查之中,以生産桑繭著稱的無錫之桑園面積佔總作物面積的23.3%,稻田則佔74.2%,麥田佔59.3%,[53]蠶桑業爲零細小農的補充家計的主要手段。

至於養蠶業,在1917年,日本東亞同文會曾對中國蠶業作一統計,指出江蘇省共有養蠶户數104 632户,可收繭576 416擔,出售蠶繭225 151擔;而浙江省養蠶户數爲708 174户,共收繭710 862擔,出售繭137 730擔。[54]因此一般來說江蘇農民養蠶的規模似乎比浙江爲大,而且江蘇的養蠶者並不都自己繅絲,有39%的蠶繭流入市場;浙江的蠶户則大多兼營繅絲,只販賣19%的蠶繭。

這種蠶繭的商品化大致從1880年代開始,在此時期以前,農民往往於農閑的製絲季節,利用自己的家族勞力來育繭繅絲;此後由於飼蠶者日多,繭的産量增加,他們没有時間把所有的蠶繭繅成絲,所以大都希望能將之賣出。[55]出售的對象除了蠶桑局和絲行之外,就是新設立的繭行。在光緒八年四月廿三日(1882年6月8日)的《申報》上有《錫山近况》記載着:

> 本屆蠶絲豐稔,各路收繭之庄鱗次櫛比,較往年多至數倍。每家均設大竈烘焙蠶繭,兼有洋人設庄經收。各鄉出數甚多,每日竟有三百擔之譜,價亦增昂。育蠶之家頗樂於售繭,謂較繅絲出售可省煩勞。惟選事者及各絲庄大滋不悦,聯名控縣。

外商之設庄收買可能是上海的洋行從事"内地收購",也可能是外資機械製絲工場的需要。[56]繭行是一種性質的牙行,其主要工作爲買入生繭、殺蛹乾繭、包裝運送,在無錫江陰地方,約340~350斤的生

---

〔53〕 J. L. Buck, *Land Utilization in China Statistics*, N. Y., Carland Publishing Inc, Reprinted, 1982, pp. 193~199,此地區可種植稻和小麥,稻爲夏季作物,小麥爲冬季作物。

〔54〕 鴻巢久《支那蠶絲業之研究》,東京:丸山舍,1919年,頁142。

〔55〕 *Silk*, p. 75.

〔56〕 在甲午戰爭以前外商,所經營之工場有七廠,在1880年以前有三廠。見孫毓棠《中日甲午戰爭前外國資本在中國經營的近代工業》,上海人民出版社,1955年,頁22~23、86;而根據東亞同文會編《支那經濟全書》(東京:1907~1908年)第12輯,頁98,外國商人所開設的繭行自養蠶農家購入鮮繭,將之烘焙後,或賣至上海的洋行,或賣到外商之製絲工場。

繭可成乾繭 100 斤。[57] 而農民所出售生繭之數量少則四五十斤,多至五六百斤,繭行將之殺蛹乾燥後運輸至上海出售,殺乾之手續費大抵為繭價的 10%。[58]

至於農家如果栽桑養蠶得生繭的話,其收益又有多少呢? 在 1890 年代,日本農商務省曾先後派人到中國調查養蠶和製絲業,現根據當時所作的報告,再進一步分析。大概一畝之桑樹可得葉 1 000 多斤,桑葉 100 斤值 80 錢~1 圓 50 錢,而一畝之桑葉可養蠶得生繭 59 斤,100 斤生繭值 30 圓,故出售一畝桑葉所養的生繭可收入 15 圓。在支出方面,桑園之耕作與栽培一年約需雇傭 13 人,每一人之工資為 20 錢,共需支付工資 2 圓 60 錢,租稅約 30 錢,共支出費用為 2 圓 90 錢,因此如果一蠶婦僅養蠶得生繭 50 斤的話,則其收益為 12 圓左右。[59] 如果雇傭女工,養蠶 20 筐(1 筐可得繭 8 斤)之工資為 1 兩。[60]

在蠶繭發蛾之前,必須繅成絲。通常都使用足踏的土絲機和手搖機,[61] 有時雇傭女工操作。在清河蠶桑局,能繅繭 1 斤者給錢 400 文;到 1880 年代初期,一天之工資(附餐食)為 300 文。[62] 而根據日本農商務省的調查,如果雇用熟練女工繅絲,則一天之工資為 33 錢 3 釐,技術生疏者為 20 錢,另加一天 20 錢左右之餐費;所用的燃料為乾燥的桑條和其他雜木,一日約需 70 斤,費用為 30 錢。產量方面,熟練女工日製絲 0.75 斤,生手為 0.3~0.4 斤,普通約為 0.6 斤左右。[63] 而在二十世紀初期的浙江省,為了繅成 100 斤的土絲,支出為:繭價 10 擔 400 圓,工資一天為 4 角,工作天約 130 天,共需 52 圓,燃料費 12 圓,合計 464 圓;收入:當時絲價百兩為 40 圓,故 100 斤的土絲可出售得錢 640 圓,其純利為 176 圓,[64] 因此蠶絲之利似乎頗富,但實際上小

---

〔57〕 藤本實也《支那蠶絲業研究》,東亞研究所,1943 年,頁 108;又,湖州石門長興餘杭地方的生繭 370~380 斤可烘成乾繭 100 斤,紹興則需生蠶 320~330 斤。

〔58〕 本多岩次郎《清國蠶絲業視察復命書》,日本農商務省農務局,1899 年,頁 112。

〔59〕 高津仲次郎《清國蠶絲業視察報告書》,日本農商務省,1897 年,頁 12、20。

〔60〕 《蠶桑輯要合編》之"飼蠶自初飼至三眠各法"。

〔61〕 施敏雄,前揭書,頁 33。

〔62〕 《蠶桑輯要合編》之《蠶桑局顯明繅絲利厚易知單》;《申報》光緒七年十二月十七日(1882 年 2 月 5 日)之《機器繅絲說》。

〔63〕 本多岩次郎,前揭書,頁 119~120。

〔64〕 《湖南農業學堂報告廠絲土絲之比較》,光緒三十三年三月二十五日(1907 年 5 月 7 日)《商務官報》第 7 期,頁 18。彭澤益編《中國近代手工業史資料》第二卷,北京,1957 年,頁 300。

農資金不足,在生産過程中已有高利貸資本的介入。

先看飼育蠶的實態。在江蘇地區,大都飼養春蠶(一化蠶)和夏蠶(二化蠶),夏蠶之收繭額僅有春蠶的 20%～30%,飼育所需日數也因氣候之寒暖而異,春蠶約需 32～34 日,夏蠶約 20 日,而農家多無蠶室之設備,也很少雇用人工,其飼育技術大都傳自父祖,毫無改善。蠶種則或自種商人購買(曰買種),或自製(曰手種,使蠶在紙上放卵,非常雜亂),各家所飼育的蠶數並不多,在二十世紀的江蘇省,平均每户約收繭 5.5 擔,比浙江多,[65]但仍富有農家副業的色彩,並且栽桑養蠶往往是同一農家的工作。

這與養蠶的生産費有關。根據二十世紀初期的記載,蠶種一張能收繭 120 斤,繭價每斤 40 錢,共可收入 4 圓 80 錢,在支出方面,蠶種之費用爲 15 錢,桑葉費 3 圓,人工費 1 圓 50 錢,所需器具等費用 50 錢,共計 5 圓 15 錢,故如果僅養蠶的話,則損失 35 錢,[66]所以一般農家大都以自己家族的勞動力來從事蠶桑,很少雇用人工。但因人手不足或可使用的土地太少,有些農家也不經營桑園或因桑葉不足,而必須購買桑葉。桑葉交易大約有下列四種方法:

(1)從量交易,依桑葉之重量來交易。

(2)桑園交易,依桑園之面積來交易,即訂定一畝所産桑葉的價格。

(3)中間交易,存在着所謂的桑葉批發商,他們買入桑葉,再賣給需要者。

(4)預約交易,年付價格的 20%～50% 以預約桑葉。[67]

(5)賒買,遠在十八世紀前半,即有賒買桑葉者,待繰成絲出售後再償還,但利息高達 37.5%。[68] 這種高利的賒賣或許有來自桑葉批發商者。

---

〔65〕　本多岩次郎,前揭書,頁 128～136。又,根據堀江敏一《經濟に關する支那慣行調査報告書——支那蠶絲業における取引慣行——》,東亞研究所,1944 年,頁 28～30 之記載,二十世紀浙江每户産繭量 1.3 擔。而根據注〔54〕,江蘇平均每户可收繭 5.5 擔,浙江則爲一擔左右。

〔66〕　峯村喜藏《清國蠶絲業大觀》,丸山舍,1904 年,頁 133。

〔67〕　本多,前揭書,頁 167～168。

〔68〕　乾隆《湖州府志》卷三七《蠶桑》:"其預立約以定價,而俟蠶單貿絲以償者,曰賒稍。其先時予直,俟葉大而採之,或臨期以有易無胥,曰現稍。"再者,咸豐《南潯鎮志》卷二一《農桑一》、朱國禎《湧幢小品》記明末的情形:"凡蠶一斤用葉百六十斤,秒者先期約用銀四錢,即收而償者約用五錢,再加雜費五分,蠶佳者用二十日辛苦收絲可售銀一兩。"

不僅如此,農民養蠶所需的資金亦非依賴高利貸不可,其利率據《雙林記增纂》爲 10%,[69]同治《長興縣志》爲 20%,[70]對生産力低下、技術不安定的養蠶業[71]而言,確實是極高的利息,一旦桑葉價格高漲,他們無力購買,甚至只得忍痛棄蠶。[72]

桑葉交易之形成是由於大桑園大多爲地主仕紳所經營,爲其營利手段之一(所以上海公桑局的奬勵對象初爲擁田百畝以上者)。在江蘇農村中佔大多數的佃農[73]皆付出地租而借地經營,[74]有的僅只養蠶,這種桑園所有者與養蠶者分離的現象,更增加了蠶業的冒險性,也阻礙了其健全之發展。因爲養蠶得面對蠶病或氣候不順等困難,種桑則比較單純而安定,所以有資金者大多投資於有利而踏實的桑園,前述的桑葉批發商即爲大桑園所有者與養蠶者之間的橋樑。

養蠶者在繭價便宜時自己繅絲,然後將生絲出售給絲行,此時,完全是買方市場,直接生産者仍處於不利的立場。光緒《長興縣志》卷八《蠶桑》,記載雙方的交易情况:

> 蓋新絲出售,買絲者謂之絲客人,開行代買者謂之絲主人,亦曰秤手。秤手口蜜腹劍,狡獪百出。遇誠實鄉民,絲每以重報輕,價每以昂報低,俟其不售出門時,又倍其價,以儌許之,以杜其他處成交。俗謂進門一鎚,出門一帚。鎚言悶頭打倒,帚言掃絶去路也。貧家男婦,廢寢忘餐,育蠶成絲,其苦不可言狀。一歲賦稅、租債、衣食、日用,皆取給焉。雖善價而沽,猶虞不足。而市儈乃百般侮弄之,是可忍也,孰不可忍也。長俗名買絲者曰絲鬼,洵然。

江蘇的地方絲行大多在四至七月間買進絲,五、六兩月尤多,而鄉民搬運來的數量,多者一千兩,少者十兩左右,一般多在七八十兩。地

---

[69] 《雙林記增纂》卷八《風俗·蠶事總論》:"**農民養蠶無資**,貸錢於富家,蠶畢,貿絲以償,每千錢償息一百,謂之加一錢。大率以夏至爲期,過此,必另加小利,富實漁利,而**農民亦藉以濟蠶事**,故以爲便焉。"又,林鎮屬湖州府吳興縣。道光《震澤鎮志》所載利息亦爲 10%。

[70] 光緒《長興縣志》卷八《蠶桑》,此錢稱爲小滿錢,因爲是以小滿爲期而償還。

[71] 《支那蠶絲業大觀》,蠶絲業同業組合中央會,1929 年,頁 127。

[72] 光緒《長興縣志》卷八《蠶桑》:"同治甲子後葉價騰貴,每擔售錢五千,猶無覓處,俗之養空頭蠶者往往以蠶投諸河。"

[73] 陶煦《租覈》中的《重租論》曰:"吳農佃人之田者十八九,皆所謂租田。"本書詳論十九世紀後半中國的地主制問題。

[74] 藤本實也《支那蠶絲業研究》,頁 82～83:在蘇州附近,田租爲 1 畝 4 元 50 分。

方絲行再轉運至上海的絲行,或在本地消費或運至湖州,[75]並須在本地繳納釐金稅。[76] 當機械製絲業發達以後,江蘇的絲行或農家,並沒有像浙江的紹興、南潯那樣,從事再繰絲的生產,[77]這可能與無錫等地區成爲原料繭的主要供給地有關。

五、結　語

十九世紀後半期在江蘇各地方所推展的種桑養蠶運動,由於資金的不足、技術的不求改善,與當時農村社會經濟狀況的限制,並沒有達到預期的效果。在獎勵蠶桑業的構想與蠶桑局的經營中,當地的仕紳階層扮演着極重要的角色。其目的主要是企圖藉此以招撫因戰爭之破壞以致農業生產力低降所引起的動蕩的民心,並且欲更進一步重建往昔的社會秩序。而由於中國生絲對外輸出的增加,使國內市場之絲價亦高騰;中國棉布與棉紗之銷路因外國貨的輸入而遭受打擊,所以他們選擇了蠶桑爲復興農村的捷徑。蠶桑業的產品繭和生絲等皆以市場販賣爲前提,甚至於大土地所有者(大部分爲仕紳階層)的桑園亦着重在其市場價值,所以名爲獎勵小民之蠶桑,補助其家庭之生計,但實際上經由賦稅與田租之徵收,受益者仍爲國家權力與地主階層,並且獎勵的對象雖多無限制,但一般小農之田畝本不寬廣,不可能有太多的種桑之地,故其對農民生活所發生的實際效用亦不大。

資金不多的小農一旦踏進蠶桑之路,對於貨幣的需求漸增,於是經常被原料購入、生產、販賣的短期間循環所迫。他們往往貸款來準備蠶種、預約桑葉來養蠶、販賣蠶繭或生絲到市場,所以繭行與絲行爲此地帶最大的商業資本,仕紳地主階層掌握農村的集市市場,[78]他們導入商品性極高的蠶桑業,以便能夠在生產與流通過程中支配小農,

〔75〕 本多,前揭書,頁84~87;例如無錫、餘杭的絲,1/2 遠至上海,1/4 販輸湖州,1/4 供本地之消費。湖州和南潯的絲則皆輸出外國。

〔76〕 稅率不一,例如無錫、蘇州,在當地,凡80斤繳納26圓40錢,輸送至湖州者100兩繳納60錢。而餘杭之釐金爲100兩2圓25錢。

〔77〕 本多,前揭書,頁87~88。

〔78〕 桑照山根幸夫《明清初華北の市集と紳士、豪民》(《中山八郎教授頌壽記念明清史論叢》)、《明清時代華北市集の牙行》(《星博士退官記念中國史論集》,同記念事業會,1978年),河地重藏《アヘン戰爭後のウエスタン、インパクトと中國の農村經濟體制》(《アジア研究》14:3,1967年)、《舊中國における農村經濟體制と村落》(《田村博士傾壽東洋史論集》,同刊行會,1968年);古島和雄《舊中國における土地所有とその性格》(山本秀夫、野間清編《中國農村革命の展開》,アジア經濟研究所,1972年)。

并維持其社會上的權威地位,小農在地主、高利貸商人各機能所造成的價格體系之下,雖然生産可供內銷與外銷的商品,但卻無法超越資金短絀的藩籬,走向"民富"的境界。

※ 本文原載《食貨月刊》復刊 12 卷 10、11 期合刊,1983 年。
※ 陳慈玉,日本東京大學博士,中央研究院近代史研究所研究員。

外國勢力影響下之上海開關及其港埠都市之形成（1842～1942）

王爾敏

一

中國近代開始發生重大變化，當以鴉片戰爭爲最顯著段落。鴉片戰爭以後之中國，進入複雜的外力侵逼時代，以及相應的內部產生巨變，迄今爲時已 130 餘年。而此期之歷史，就中國民族有史以來整個發展而言，頭緒萬端，問題重重，最爲複雜。近代中國一切發展轉變，固大多並非由於鴉片戰爭之直接結果，而鴉片戰爭實開啓中國一切演變之第一重關鍵。其重大意義，特表現於中外關係之巨大轉變。

《江寧條約》爲鴉片戰爭之直接結果，而開放五口通商，即爲《江寧條約》之重要內容。單單開放五口通商言，其歷史意義：一則完全改變自唐代以來千餘年之市舶貿易傳統，二則完全打破千餘年來中外封貢貿易關係，三則開啓近代西式海關貿易規制，四則開啓近代特殊性港埠都市之發展。是以單就近代商務而言，開放五口通商，確爲中國史上劃時代之轉捩點。

然則，史實變化之特色，一開始即進入於出人意外之複雜糾葛中。五口開埠本身，尚並不只單純開關貿易之商務行爲。一開始即繞纏於中外外交交涉之關係中。使此中外通商關係，立即成爲西方列強外交權利之果實，並藉外交手段，繼續享受此種果實。更重要之特色，尤其在於列強施用外交手段，一直繼續擴張所享受之權利範圍。因此中國近代港埠都市之形成，充分表現出外國勢力擴張之意義。而五口港埠，則爲最早起步之代表。

五口開關，爲中國近代港埠都市發展創例，最具有形成模範的代表性，可以引爲中國近代港埠都市形成之模型（model），最值得加以探討。其所具備一切條件與應有發展，在理論上必當如何？而事實顯現又是如何？其中自有重大意義存在，學者必須加以澄清，提供解釋。基於此項觀點與需求，即促使筆者勉力從事研究，或可於今日都市發展，中外貿易，以至對外關係，提具客觀性之參考。

　　就理論而言,西方人原始要求中國給與公平貿易待遇與廣泛貿易機會。於是而引起鴉片戰爭,而有《江寧條約》之簽訂,而有五口通商港埠之開放,因此在中國履踐盟約之後,在理論上,貿易必應公平合理,中外關係必應公正平等。換言之,中外平等關係,自應爲其中重要管鑰。此所謂平等,當在於實際之互惠互利。再簡明言之,即理論上外人不得在五口享有任何特權與特殊利益,應使之完全同於西方國際間港埠之貿易。這纔是應有之合理發展,這纔是國與國間真正平等互惠之基礎。如果事實與此理論不符,其中原因何在? 責任何屬? 這是我們必須探求追究而不容苟且含糊的。

　　就理論而言,《江寧條約》簽訂之後,五口開埠通商,自應純爲中國對外貿易問題。這是近代獨立國家所必有之權能,歐洲國家如何,中國亦必當如何。如果事實上一直成爲中西間外交問題中心,成爲強權外交影響之都市,當與此理論不符。其中原因何在? 責任屬誰? 是我們必須考求追究而不容苟且含糊的。

　　就理論而言,五口開市貿易之後,港埠之發展形成,應如一般港埠一樣,爲單純之經濟發展城市,海口水陸交通城市,以至其國際都市化。如果事實上介入西方列強影響勢力。換言之,即介入西方政治勢力,或竟實質上有真正行政統治之權力,此實對中國主權最嚴重之侵損。當與理論不符,其中原因何在? 責任屬誰? 是我們必須考求追究,不容忽略的。

　　五口之中,上海地位重要,發展迅速,形成複雜之國際都市。尤因列強外交家及工商家之窮奢欲望與野心,更使上海一直陷於帝國主義勢力之伸張與影響之下,其所形成都市之經歷,與所代表之國際意義,均較其他口岸更爲顯著。是以研究上海,自應爲研究中國港埠都市最首要之一環。因是於此先對上海作一初步探討。希望能引起中外學者更深入之發掘。

　　西方學者也會討論中國港埠都市之西化,以至影響於中國現代化的問題。而且並不諱言帝國主義者之野心與殖民主義之擴張[1]。 然

---

[1] Rhoads Murphey, "The Treaty Ports and China's Modernization", in Mark Elvin and G. William Skinner ed., *The Chinese City Between Two Worlds.* pp. 17~18. (Stanford,1974)。又近時西方學者討論帝國主義者侵佔中國港口,進而擴張控制廣大腹地之史實,其最透徹清晰而論斷公正之著作,則爲 John Schrecker, *Imperialism and Chinese Nationalism, Germany in Shantung*(Cambridge,Massachusetts,1971)。本文之撰寫動機頗得此書之啓示。

卻較少説明，一切港埠領區的擴大，基本上全是爲了西方列强工商
家的特權與利益，一切都是那些殖民主義政治家爲自身利益的有利
打算而予取予求。中國現代化與港埠都市固然有關，在中國本身來
説，是飽受剝削痛苦而承受充分刺激的經驗與醒覺，西方學者必須
承認：在近代中國史上，一百多年來，任何一個强權國家都不曾放
棄侵損中國主權的念頭，那些所有沿江沿海港埠的形成與擴展，可
以充分證明。如果西方學者存有公正的研究立場，他們也應該做一
點這方面的研究。這就是本文所要撰寫的動機，目的在補充一點他
們研究中所忽略的部分。站在學術求知的立場，補充他人的缺失，
已十分落後，若果甘於無知，則更是中國學者之恥辱。本文僅就港
埠形成之形式結構作探討目標。

二

　　上海相傳爲楚春申君黃歇封邑，故簡稱爲申。[2] 此外則以所臨
滬瀆（即松江），亦簡稱爲滬。而上海別名稱滬，則又據公元四世紀
末，晉朝吳郡太守袁山松築"滬瀆壘"而得名。其地位形勢若圖壹
所示。[3]其他相沿歷代所置名稱，則不及此二者著聞，可以不論。至
關市貿易，成爲口岸，最早爲宋神宗熙寧七年（1071）所設市舶提
舉司及榷場，當時其地稱爲上海鎮。由圖貳所示古上海鎮形勢，可
以略見歷史上沿革之概要。[4]

　　上海設縣，自元以後多屬松江府，清代一仍其舊。康熙二十四
年（1685）詔弛海禁。設海關於縣治，專司海船税鈔，以內務府司
員監收，副以筆帖式。康熙六十一年（1722）始命蘇州巡撫遴員題
委代理關務。雍正三年（1725），改由蘇松太道監收，並移駐上
海。[5] 此即形成蘇松太道監督海關之先例。嗣後各口開埠通商，其
海關均漸由道員主持，相沿以稱海關道，其事例即昉自此。然至乾

〔2〕　此一傳説，本屬荒誕，有識者多不置信。然上海相沿稱申，已成共約，習用者衆，
　　　不求深究。史實背景如何，已不甚重要。
〔3〕　《上海研究資料》（上海，1936）第 617 頁：袁山松故事及滬瀆壘形勢圖。
〔4〕　附圖貳，採自姚文枬《上海縣續志》，1918年上海版，《圖説卷》，及 C. A. Montal-
　　　to de Jesus，*Historic Shanghai*。此二者，實據孫錫恩所繪"古上海鎮隸華亭境圖"。
　　　於今當爲最具參考價值之上海歷史地圖。
〔5〕　俞樾《上海縣志》卷二，同治十一年（1872）上海版，頁 14。

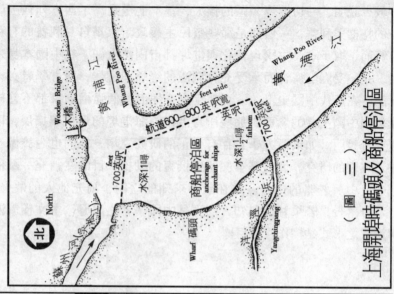

（圖三）

上海開埠時碼頭及商船停泊區

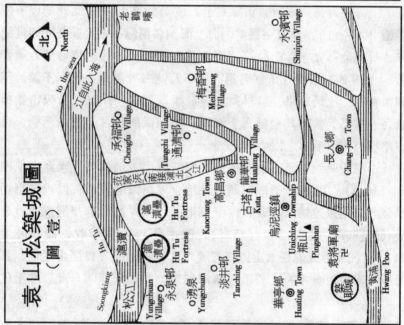

袁山松築城圖

（圖壹）

隆二十四年（1759）政策改變，使中外通商貿易，僅限於廣州一口，上海對外貿易，自然在被禁之列。

鴉片戰爭之前，英國東印度公司（The United Company of England Trading to the East Indies），爲試探中國在廣州以北沿海口岸通

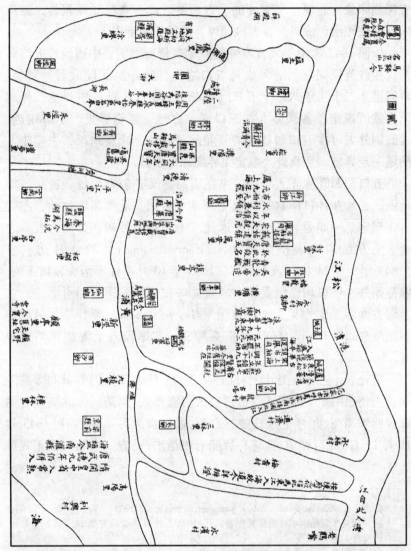

商之可能性，曾在道光十二年（1832）派船長禮士（Captain Rees）和公司代表胡夏米（Hugh Hamilton Lindsay）帶領"羅爾阿美士德"（Lord Amherst）商船，從澳門出發，向廈門、福州、寧波、上海各口航行。同行者尚有著名的中國通、德籍教士郭士立（Charles Gutzlaff）於五月二十二日（1832年6月20日）駛進吳淞口，並於次日到達上海，但交涉通商不成，只好再轉向山東試航。胡夏米此行貿易雖未成功，而對沿海口岸卻頗多瞭解，尤其對上海的富庶繁榮，

有深刻印象，並視作極重要的北方商港。此一商務訪問報告，經英國下議院印出，成爲此後五口開埠要求的重要參考。[6]

依照 1842 年中英《江寧條約》第二條所規定，中國開放五口貿易，並許英民居住。上海成爲五口之一，適即因此開放對外貿易。再據道光二十三年八月十五日（1843 年 10 月 8 日）中英虎門條約第六款所規定，各國夷人在五口居住之地，議定界址，不許逾越。據此則外人可在五口居住通商，並此等居住之確實地段，先須雙方酌議一定界址。實爲外人劃定租界之原始根據。[7]

五口開關既許洋人居住，來往貿易。又必劃定界址。於是港埠地區，必然在各口岸自有一個更詳確之範圍。上海開埠之始，亦必首先確定此一問題。在廣州於道光二十三年七月初一日開市貿易之後。英方最高代表樸鼎查（Sir Henry Pottinger）於八月初一日（1843 年 9 月 24 日）及十一日（1843 年 10 月 4 日）兩次通知耆英，除福州外，各口均已派妥領事官員。一俟領事到達，即可開市。在上海方面即派定炮兵上尉巴富爾（George Balfour）爲領事，另派麥華陀（Walter Henry Medhurst）爲翻譯，即準備赴上海經理開市貿易。[8]

道光二十三年九月十七日（1843 年 11 月 8 日），巴富爾和麥華陀到達上海，中國方面早已派定蘇松太道宮慕久、海防同知沈炳垣會同辦理開埠通商，九月十八日雙方會晤，商定於九月二十六日（1843 年 11 月 17 日）先行開市，當時有貨船七隻進泊，爲五口中第三個正式開

---

[6] C. A. Montalto de Jesus, *Historic Shanghai*, (Shanghai, 1909), pp. 1 ~ 10。又，張德昌《胡夏米貨船來華經過及其影響》，《中國近代經濟史研究集刊》第 1 卷 1 期，1932 年，頁 61 ~ 79。

[7] 《江寧條約》原文及英譯文，見 Chines Repository, Vol. XⅢ, pp. 438 ~ 446, (August, 1844) 又《虎門條約》第六款參見《籌辦夷務始末》卷六九，道光朝，頁 28B：“五港口英商，不可妄到鄉間，並不可遠出内地貿易一條。各口既準英商居住往來，自應議定界址，庶彼此日久相安。所有英船水手及船上人等，應俟管事官與地方官立定禁約後，方准上岸。如有不遵禁約，擅至内地遠游者，不論係何品級，應聽該地方民人捉拿送辦。”

[8] 樸鼎查通知耆英兩書，見英國國家檔案局（Public Record Office, 以後簡稱 PRO）檔卷，F. O. 17/70, p. 52, p. 58；至其醞釀人事，並任命各官，實早在 1843 年初即已開始。關於上海領事館各人事之任命，俱見：PRO, F. O. 17/64; F. O. 17/68, p. 382; F. O. 17/69, p. 273; F. O. 17/70, p. 161; F. O. 17/87, p. 78; F. O. 17/87, p. 170, Name list of the Consulates at Shanghai; F. O. 17/88, pp. 91 ~ 92。

埠者,並爲近代上海港埠發展一個新的起步。[9]

關於港埠地帶的區劃,比較倉卒定期開市自更複雜曲折。巴富爾到上海之後,立即在九月二十一日(1843年11月12日)在城內租定一所房屋,作爲英國領事館,每年租金是四百元。房屋租定後接著上海開市貿易。泊船碼頭也隨之選定在上海城北,黄浦江(本名黄歇浦,簡稱黄浦,而黄浦江則俗沿之稱)西岸與吳淞江(即蘇州河)交會地帶。茲附列地圖三,以見港埠碼頭位置情形。[10]

通商碼頭之選定黄浦江西岸,吳淞江會流處,自是依據當地地理形勢的瞭解。在五口通商之各口中,上海碼頭並未依照傳統貿易港埠。但卻是當地已具發展潛能的商船集中港。上海城大、小兩東門外,黄浦江濱,爲舊有中國船隻停泊上下貨物之碼頭,主要由於切近城邊的方便。而此次開埠,則另選下游深水之處,實與道光二

---

[9] 《籌辦夷務始末》卷六八,道光朝,頁35A:兩江總督璧昌奏:"現任蘇松太道宮慕久,人極誠實穩練,蒞任已及兩月。地方情形,日漸熟諳。臣等已飭令督同移駐上海熟悉夷情之同知沈炳垣等,將應辦各事宜,逐一豫籌妥辦。一俟貨船及領事人等到日,即按新定稅則,照數徵收。"

又,同前書卷七〇,頁12B～頁13A,璧昌奏:"現據蘇松太道宮慕久稟報:九月十七日,有火輪船一隻,由吳淞口駛至上海。詢即英國領事巴富爾之船。旋據該領事投遞照會,約期面見該道。即於十八日會督在城文武,親赴大關,與之接晤。情形極爲恭順。該領事帶有夷官麥華陀一員,通曉漢語。據稱:俟將章程稅則逐細講論後,即定開市日期等情。當經臣等批飭妥速定議去後,連日接據該道等稟稱:已與該領事將章程稅則逐條核對,反復辯論,該領事均能懍遵。惟因建造會館,尚需時日,暫先登岸賃寓居住,並不騷擾居民。一面覓地建館,即行搬移。並因所帶洋錢,種類不一,必須逐件傾鎔,分別秉公估定成色,以便照數補水納稅。再該領事初到之時,吳淞口外僅止夷船三隻,在彼停泊。現在續到貨船四隻。隨即議定九月二十六日,先行開市等情。臣等查該領事既已到滬,貨船亦有七隻,自應飭令早爲開市,以廣招徠。"

[10] PRO, F. O. 17/71, p. 33, Balfour to H. Pottinger, Nov. 12, 1843, "I have engaged a house within the city and very well situated, at the rate of 400 dollars per annum, and which I purpose occupying tomorrow should it be ready for the reception of the consular establishment".

又,PRO, F. O. 17/71, p. 77, Balfour's Notification, Nov. 14, 1843, "For the present the limits of the Port of Shanghai are declared to be within the lines formed by Paoshan (寶山) point bearing West, and the battery, on the right bank, at the mouth of the river below Woosung (吳淞) bearing South west. The place of anchorage for loading and unloading within the port is as close over as possible to the left bank at the bend of the river adjacent to a creek named the Woosungkoo (吳淞口); which is at the distance of about three quarters of a mile below the walls of Shanghai river and when the number of vessels may render it requisite, ships must anchor head and stern, leaving the navigation of the river clear, and the mouth of the Woosungkoo well open."

又,地圖參,根據 G. Lanning and S. Couling, *The History of Shanghai* (Shanghai, 1921), p. 276 Sketch map 所繪。

十二年十二月十六日（1843 年 1 月 16 日）William Henderson 的報告直接有關。而 Henderson 的通信，則以瞭解當地船舶實際集散的情形，並特別在於大船停泊方面的考慮。這裏水深可達 11 噚。（每噚等於 6 英尺）。[11]

通商碼頭所在位置，自然決定了外人集聚地區；也就是英國商民居所，自必同時選定上海城北的黃浦江西岸。在中英雙方末商定外人住地之前，因爲碼頭所在的關係，英商已開始租地居住。經英國繼任的最高商務代表德庇時（John Francis Davis）考察之後，即確定在上海北門外臨黃浦江邊碼頭，選爲英人住區，同時把初步考察，報告到英國政府，這時所勘定的地區不過 9 英畝，約當於 60 華畝。（每英畝等於 43 560 平方英尺，約等於中國營造畝 6.6 畝）。在此必須清楚地提醒討論上海問題的學者知道，要大家認清，這是上海開埠起始，最早的商埠區界範圍，也可以説是英國代表所選定的最早的租界範圍。[12]

道光二十五年，中英商妥英民在上海居住的租地區域，由蘇松太道宮慕久在十一月初一日（1845 年 11 月 29 日）以官方告示形式加以公佈。同時公佈了這一地帶的地皮章程。其中重要之點，在於畫定英民租地建舍區域：以洋涇浜（本名應爲楊涇浜，開埠以後，

---

[11] PRO, F. O. 17/73, pp. 99~100, William Henderson's letter of Jan. 16, 1843, "Shanghai, is situated in about 31° North Latitude and 121° East Longitude, on the left bank of the River Woo‑Sung, and is the port of the province of Kyang‑su. The largest vessels can come up to the harbour (as proved by our vessels of war finding plenty of water there) and unload alongside the commodious wharfs and large warehouses, which occupy the banks of the river, which is here about half a mile wide. The town is large, but the streets narrow. The shops are small, and exhibit all kinds of ware, among them European goods, and especially woollens. Du Halde stated that there were 300 000 weavers, in the town and neighbourhood, engaged in making cotton, and muslins, and that the nankeens are there the best in the Empire.

It is supposed that this port is annually visited by shipping to the enormous amout of 5 000 000 of tons. The only foreign ship, before the arrival of our fleet, that visited Shanghai was the Amherst (阿美士德) Captainy Lindsay (胡夏米) in the year 1832."

[12] PRO, F. O. 17/89, p. 5 J. F. Davis to the Earl of Aberdeen, Oct. 21, 1844, "The place of residence for the English [at Shanghai] has been fixed at an airy and open spot about a mile on the outside of the town, where a branch of the river conducts to Soo-chow-foo (蘇州府) and forms an angle with the main stream. The extent of the ground is about 9 acres, and I propose that the details of the arrangement shall form the subject of a future despatch to your Lordship."

譌稱洋涇浜）以北至李家莊（本名李家廠，後譌稱李家莊）以南爲
範圍。這是所謂上海租界創始的最原始根據。[13] 這個告示正文，只
畫明南北兩界，東面則根據地皮章程第二條，是暗示以黃浦江岸爲
界。西界則無明白規定。[14]

---

〔13〕 PRO, F. O. 17/111, p. 178: November 29th, 1845, Kung Moo Kew's（宮慕久）Procla-
mation "Hence it has been determined, in conformity with the feelings of the inhabitants and
the circumstances of the locality of Shanghai, that the ground north of the Yang-king-pang
（洋涇浜）and south of Le-kea-chang（李家廠）should be rented to English merchants, for
erecting their buildings and residing therein, and some regulations which have been agreed
upon in reference thereto, and to which obedience is necessary, are here inafter specified."
又，A. M. Kotenev, *Shanghai: Its Mixed Court and Council*, (Shanghai, 1925), p. 5.

〔14〕 道光二十五年十一月初一日上海地皮章程，中文原文見 PRO, F. O. 233/96, pp. 15～5.
（此中文文件頁次係自後向前倒數）'欽命江南分巡蘇松太兵備道監督海關官，茲將查
照條約先後會同酌議各條，業由本道分別出示，懸掛新關。特抄送一本，請貴管事官
查照譯出，通知楊涇浜以北各租户遵照可也。此佈。即候日喜。
欽命江南分巡蘇松太兵備道監督海關官，爲查照條約再行曉諭事。道光二十二年奏
奉上諭：允準廣州、福州、廈門、寧波、上海五口通商，各國商人等攜眷居住，其租賃基
地，建蓋房屋，必須各就地方民情，由地方官會同領事官定議，以求永久相安等因。茲
就上海民情地勢，前議楊涇浜以北李家廠以南地基，租給英商建房居住，所宜遵行者，
酌議數條，開列在後：欽準駐紮上海管理英國事務管事官巴，茲準貴道來字，並抄送查
照條約先後會同酌議各條一本，均已閱悉。必使本國民人制妥平安，自應由本管事官
譯出，通知楊涇浜以北各租户遵照，並將英文一本送上備案。此覆，即候日喜。
查照條約，就上海地勢民情，前經議定楊涇浜以北李家廠以南地基，租給英商建房居
住，茲將所宜遵行者，由本道會同貴管事官酌議數條，開列於後：計開
　　一、商人租賃基地，必須地方官與領事官會同定界，注明步數畝數，竪立石柱，如
有路徑，應靠籬笆竪立，免致妨礙行走，並在石柱上刻明外有若干尺爲界，華民報明本
道書上海廳縣衙門，以憑詳明大憲，商人報明領事官存案，並將認租出租各契，寫立合
同，呈驗用印，分別發給收執，以昭信守而杜侵佔。
　　一、楊涇浜以北，原有沿浦大路，系糧船縴道，後因坍沒，未及修理，現既出租，應
由各租户將該路修補，以便往來，其路總由粵海官尺二丈五尺寬爲準，不惟免致行人
擁擠，並可防潮水冲激房屋，其既修之後，任憑雇船員及正經商人行走，不準無業游民
在此窺探，除商人剝船脚船外，不準各色小船停泊商人本面碼頭，致啓爭端，仍由海關
巡船隨時稽查，其碼頭之上，準該商設立門闌，以資啓閉。
　　一、商人租定基地内，前議留出浦大路四條，自東至西，公同行走，一在新關之北，
一在打繩舊路，一在四分地之南，一在建館地之南。又原先寧波棧房，至留南北路一
條，除打繩路舊有關尺二丈五尺外，其餘總以量地官尺二丈寬爲準，不惟往來開闊，并
可預防火災。其出浦之處，在灘地公修碼頭，各與本路相等，以便上下。其新關之南
桂花浜及怡生碼頭之北，俟租定後仍須酌留寬路兩條，此外如有應行另開新路之處，
亦須會同妥議，其租定路基，業由商人先行給價者，如有損壞，應由比鄰租户修補，嗣
後再由領事官派令各租户公議均攤。
　　一、商人現租基地内舊有官路，茲因行走人多，恐有爭競，議於浦江以西，小河之
上，北自軍工廠房水廠之南官路起，南至楊涇浜河邊屬道西首止。另開二丈寬直路一
條，公衆行走，但必須租定地面，將路修好，會同勘明，何路應政，再行示諭，不得於新
路未修之前，攔阻行人，其軍工廠之南，東至頭壩渡口碼頭，舊有官路一條，亦應開二

(續前注) 丈寬,以便行走。

一、商人租定基地內,舊有華民墳墓,租戶等不得踐踏毀壞,遇有應行修理之處,聽憑華民道知租戶,自行修理。其祭掃之期,以清明節前七後八共十五日,夏至一日,七月十五前後共五日,十月初一前後共五日,冬至前後共五日為準。各租戶不得攔阻,致拂人情。祭掃之人,不得砍伐樹株,亦不得在離墳場遠處挖土添墳。其地基內共有墳墓幾冢,系何姓氏,均須注明數目,嗣後不得再行添葬。如有華民墳自願遷葬者,聽其便。

一、商人租賃基地,有先後不同,其議定價值後,必須知會比隣租戶,眼同委員地保等及領事官屬員,公立界址,以免混淆錯誤。

一、商人租賃基地,有對押對租者,有重押輕租者,未能畫一,自應照年租減錢一千,增重押租十千,除按數議增外,均以每地一畝,年租一千五百為準。

一、華民支取年租,各議租商人,應將現租零數先行按日結算,並押租一併交清後,另立認租出租各契用印,分別發給收執。再將年租一律改於每年十二月十五日將次年年租由租戶全行交給。其支取之時,先期十日,由海關照會領事府,傳知各租戶,至期照數交存官銀號,由官銀號發給租戶收票,再憑各業戶租摺如數支給,注明摺內,以備查考,而杜冒混。如租戶過期不交,由領事官照本國欠租之例辦理。

一、商人租地建房之後,祇準商人稟報不租退還押租,不準原主任意退租,更不準再議加添租價。商人如有將自租基地不願居住,全行轉租別家,或將本面基地分租與人者,除新蓋房屋,或租或賣,及墊填等工費自行議價外,其基地租價,只可照原數轉租,不得格外加增,以免租販取利,致令華民藉口。均應報明領事官照會地方官會同存案。

一、商人租地之後,建房居住,自己眷屬,屯貯正經貨物,造禮拜堂、醫人院、周急院、學房、會館各項,並可養花種樹,作戲玩處所。惟不得屯貯違禁貨物,不得非年非節點放槍炮,更不得打彈射箭,妄作危險傷人等事,驚嚇居民。

一、商人葬地界內,遇有已故之人,任聽照本國葬禮抬埋,華民不得攔阻,並不得毀壞墳墓。

一、商人租地,並在界內租房,自楊涇浜以北,應行公眾修補橋梁,修除街道,添點路燈,添置水龍,種樹護路,開溝放水,雇募更夫,其各項費用,由各租戶呈請領事官,勸令會集,公同商捐,所有更夫雇價,由商人與民人公平定議,仍將更夫姓名,由地保小甲報明地方官查考,其揩更條規,會同酌議,並設立更頭,以專責成。如有在此界內賭博酗酒,匪徒滋事,擾害商人者,由領事官照會地方官照例辦理,以示懲儆。如有新設柵欄,必須會同,按地酌定,俟設立後,再將關閉時刻出示曉諭,並由領事官用英文字示知,務期彼此兩便。

一、新關南首房屋地基價值,比北首較貴,究竟應該多少,須仿照估價納稅章程,由地方官會同管事官派公正華英商人四五名,將房價地租遷費墊工各項秉公估計,以昭平允。

一、別國之人,如有在議定楊涇浜以北租給英商界內要租地建房,或租屋居住,存貯貨物,宜先向英國管事官說明能否議讓,以免歧異。

一、現在英商來者比前較多,尚有未曾租定地基之人,自應在界內會同設法陸續添租地基,建房居住。該處居民,不得自相議租,亦不得再行建房招租華商,事後英商租地,應酌定畝數,每家不得超過十畝以外,免致先到者地方寬大,後來者地方窄小。如租定後並不建造可以居住貯貨房屋者,即系違背條約,應由地方官會同管事官查明,將其地基撥給別家租賃。

一、楊涇浜以北界內,準各租戶建市房一處,以便華民挑運日用物件,在此市賣。其坐落處所及辦理各法,必須由地方官會同管事官定議,商人不得私自建造,亦不得建房轉給華民租用。將來如各租戶欲設埠頭夫頭,宜請管事官會同地方官公議規條,在北黃埔界招設。

一、如有人在議定界內開設零用飲食等物鋪房,及租給西洋各國之人暫行寄寓者,均應由管事官先給執照,始準開設,以備查考,倘有不遵,或滋生事端,即行禁止。

一、前議界內不得搭蓋易於燒房屋,如草柵、竹屋、板房等,不得收藏危險可以傷人貨物,如火藥、硝磺及多存火酒等,不得佔塞公路,如造房搭架、簷頭突出、長堆貨物等,並

　　道光二十六年八月初五日（1846 年 9 月 24 日），英國領事巴富爾
再度與宮慕久協議，確定英民租地區域界限的四至。當時明白規定的
四界是：南至洋涇浜，北至李家莊，東至黃浦江，西至界路。所謂界路
就是後日租界內之河南路。至於李家莊則爲後日之北京路。全部面
積，約達 830 華畝。同時巴富爾也千方百計地把英國領事館移建在這
個區域。雖有英政府訓令反對，巴氏仍決然施行。而在巴氏去任後，
終在第二任領事阿禮國（Rutherford Alcock）之手，設法取得英政府承
認。這個範圍，已經是中國官方更放寬允許英國人租地建屋的地區。
其本意並非一次完全租給，尤非將全權出讓。其後日的發展擴張，以
至爲外人攘奪主權。俱顯示西方帝國主義者強權勢力之擴張。其來
華之商人與政客，積極逾分，欺愚中國官民，搜刮財富，乘強國之勢，曲
解條約權利，輾轉反復，得寸進尺。使日後上海事事，演爲極複雜之國
際爭執。百年來之上海，實質上正淪爲帝國主義者強權獨佔之都市。[15]

---

〔14〕**（續前）**不得令人不便，如堆積污穢，溝渠流出路上，無故吵鬧喧嚷等，皆係爲出保房屋
　　貨財，永圖衆商平安也。如火藥、硝磺、火酒等物運到上海，必須會同在界內距住房棧
　　房較遠之處公議一地，以備貯貨，而防疏失。
　　　一、租地建房及出租房屋，或租房寓住並存貯貨物各戶，應於每年十二月十五日，
　　將本年租地若干畝，建房若干間，租給何等人，具報管事官照會地方官存案備查。如
　　有分租轉租房屋換租地基之事，亦應隨時報明備案。
　　　一、寬路碼頭，新設柵欄，原出價值，續修費用，皆由先到附近各租戶墊辦，將來有
　　續到之人，及現在尚未攤錢之租戶，仍應按數攤補，以便公同行走，免致爭競。其攤補數
　　目多寡，由各墊主請管事官派公正商人三名酌議，如再有下數，墊主亦可公議上下貨物
　　抽分歸補，均俟報明管事官核定後遵照辦理，其銀錢收存，支用帳目，皆由墊主經營。
　　　一、別國人在前議定楊涇浜以北租給英商界內租地建房，租屋居住，租棧貯貨，或
　　暫行借住，均應與英人一體遵照各條，以永和好。
　　　一、凡有查照條約新議各事宜，將來如有更正，應行另須商議，或意思不明，以及
　　須用新立字樣，均應隨時會同酌定，如衆商有公議之事，俟稟明管事官會同地方官酌
　　議後，再行遵辦。
　　　一、嗣後凡有英國管事官查出違背前定各條，或有商人等告出，或由地方官照會
　　管事官，均由管事官查明，如何違背，應否處辦，即照違背條約章程一體懲治。
　　又，《上海通志館期刊》創刊號，頁 54～60，蒯世勳《上海公共租界的發端》。文中
　　載錄道光二十五年上海地皮章程二十三條全文。全係自英文譯出，字句多與原文不
　　同，故此處刊出全部原文。
〔15〕《上海通志館期刊》創刊號，頁 63：“一八四五年（清道光二十五年）的地皮章程，對於
　　租界四至，西面未曾明定。次年九月二十四日（清道光二十六年八月初五日）滬道宮
　　慕久和英領事巴爾福成立協定，將租界西界，確定於界路（Barrier Road）到此，租界四
　　至，計：東到黃浦江，南到洋涇浜（即今愛多亞路），西到界路（即今河南路），北到李家
　　莊（即今北京路）。全部面積約計八百三十畝。”
　　又，PRO, F. O. 17/112, pp. 3～6, Balfour to John F. Davis, April 28th, 1846：“The Site
　　〔for the Residence of the British merchants at the port of Shanghai〕selected is on the north

(續前注) side of the city of Shanghae from the walls of which the Southern Boundary is distant only between 300 and 450 yards. It is in length 1200 yards North and South, laying along the Left Bank of the Whangpo River (黄浦江) and extends westerly into the open country. It has a short and easy access to the city by the North Gate, merely passing through for a short distance, a suburb inhabited by Shanghae people of quiet habits. The Boundaries are, on the East, the Whampoo River, on the Left Bank of which the site stands, and which River, after coming past the City of Shanghae, runs on past the Location; at the North end of which it unites with the Woosung River(吳松江)and, under this name (12) Twelve miles further down, the United Rivers discharge themselves into the Yangtze keang. The River is 600 yards wide, our ships anchoring opposite our buildings, clear of the numerous Chinese Junks which go further up the River and anchor in Tiers to the East of the City walls. On the North side it is bounded by the Woosung River, which at its junction with the Whangpo River is about 150 yards wide of depth sufficient to admit the largest sized Junks to proceed up to Soochow. By this stream the whole of the vast trade is conveyed inland to Soochow, and the Grand Canal. On the South is the creek called the Yang King Pang(洋涇浜), which is about 30 yards in width, being filled from the Whampoo River. It runs in a western direction to the west side of the city when it divides, one branch proceeding in a southerly direction on to Sung Keang foo (松江府), and the other branch in a northwesterly direction until it unites with the Woosung River above the Sincha (新閘) Bridge which is a large Bridge across the Woosung and distant inland from the East side of our ground about two miles. On the west are the open Fields extending westward into the Country. The only drawback to the site is the approach to the East Gate of the City, which is through streets inhabited by Fokeen and Canton men (Chiefly sailors). They are a rude class but not unfriendly, and will not be so unless badly treated by the Foreigners. None of the difficulties peculiar to Canton need however be apprehended from them. For they, like ourselves, are at Shanghae looked upon by the local inhabitants as foreigner. They are truly different in manners and habits from the Shanghae people.

The extent of Ground comprised within this boundary is necessary far greater in space than that required for the Foreign Community, hut the extent of actual River frontage is not in excess. Already one half of the entire Frontage has been secured by Foreigners, and the total area secured comprises about 400 square mow of ground (six of which are exactly equal to an English square acre). In this area are included the Burial Ground, Consulate Ground, the different lots of the Merchants and Roads.

The Ground secured for the Consulate is on the Northern extremity of the Site bounded by the whampoo River on the East, by the Woosung River on the North, a deep ditch on the West, and on the South, it is divided from the Ground of Messrs Jardine Matheson & Co. by a wide Road. The area is reckoned at about 100 square mow but in this is included the Banks of the Rivers which being overflowed by the tide are useless for building purposes but essentially necessary to be included in the purchase of the ground. The available area is therefore reduced to about 50 mow which is not more than sufficient for all the uses which will be requisite for the government purposes. I have arranged for renting this ground at an annul rent of about 150 000 Cash equal to about 120 Dollars. The Deposit money for the Ground, and for the purchase of the native Buildings, will in all be about 17 000 Dollars, but of this a detailed and accurate account will be rendered. And I have accordingly to recommend to Your Excellency to approve of my arrangement, and to remit me this amount, and I can only say that a more advantageous, and useful piece of ground could not have been selected, and I hope that no consideration will induce Your Excellency to abandon the opportunity of securing so eligible a site.

The area of the lots of the merchants vary from 6 to 25 mow of ground; but hereafter by Regulation the extent is restricted to 10 mow for each person. This however is barely sufficient for

　　道光二十八年,英國繼任領事阿禮國又向蘇松太道麟桂要求推廣租界,於十一月初二日(1848 年 11 月 27 日)訂立協定,由北界的李家莊,向北推展到吳淞江(蘇州河)岸。由西界的界路,向西推展到泥城浜。西南達於周涇,南界則仍爲洋涇浜,東北到吳淞江口(蘇州河)第一渡場,西北亦達吳淞江岸。全部面積達 2820 華畝,超過上次所畫界三倍。這個租界區域全圖,常被西方人誤稱爲最初的租界範圍。當然不符事實。參看地圖肆所示新舊範圍,自然明白。[16]

---

[15]　(續前)the mercantile purposes of each House. In laying out the ground, I have endeavoured to combine utility with ornament and to keep The Lots separate; and this I have partially effected by having a Road running in front of the house on the Banks of the River. Another Road parallel to it, and distant westward about 500 yards running North and south, the whole extent of the Location. On this west Road by argument with the Taoutae the mass of the Chinese people are to move and not on the River Road; thereby effectually guarding against crowds. Perpendicularly between these two Roads are seven other Roads in all nine in number, 2 of these are 29 feet wide and the other $22\frac{1}{2}$ feet, by which the several Lots are well separated, and yet with every convenience for mercantile purposes. "

　　又,PRO. F. O. 17/113, p. 210A. J. F. Davis to Aberdeen, Aug. 11, 1846.

　　又,英領事巴富爾購買地皮,移建領事館之事,是一專擅行爲,英政府訓令阻止,彼亦不遵從,而自籌款建署。直到繼任人阿禮國之手,始得政府承認。參看《上海通志館期刊》創刊號,頁 64。英文記載可見:PRO,F. O. 17/112, p. 11, p. 96, F. O. 17/113, p. 211,F. O. 17/115,p. 3,F. O. 17/123,pp. 11～12.

[16]　地圖肆,係據 G. Lanning and S. Couling, The History of Shanghai 譯繪。租界四至之説明,則據《上海通志館期刊》創刊號,頁 63～64,薊世勛文:"到了一八四八年(清道光二十八年),英領事阿利國(Rutherford Alcock)要求推廣英租界,結果於同年十一月二十七日,(清道光二十八年十一月初二日)和滬道麟桂訂立協定,將租界西面經界從界路(今河南路)推展到泥城浜(今西藏路),北面從李家莊(今北京路)推展到蘇州河。(即吳淞江,西人以其通達蘇州,稱蘇州河,今已反較原名普遍)重訂的界址是:東南以洋涇浜橋爲界,東北盡蘇州河第一渡場,西南到周涇,西北到蘇州河濱的蘇宅爲止。全部面積增到二千八百二十畝"。

　　又,PRO,F. O. 17/146,pp. 126～127,R. Alcock to Bonham,Nov. 27,1848:"I have the honor to enclose for Your Excellency's information, in original and translation, copy of an agreement concluded with H. E. the Taoutae Lin (麟), by which our boundary on the West of the British Settlement has been definitively settled ... Captain Balfour ever contemplated and recently in his Communication with the government proposed as the object of desirable negotiation as our western limit was the Soochow Bridge & this merely with regard to our right for rent ground rather than exclusive possession. The boundary now fixed consisted of the waterline defined by Captain Balfour extending from the Yangkingpang to a bridge at the angle where the canal turns abruptly form the northerly course and bends backwards to the west stretching obliquely to the Soochow creek bridge and enclosing a narrow ship of land between the Canal and the Soochow river. Where the Canal turns back to the west, a boundary stone has been fixed and a line drawn in a straight line from thence due north to the Soochow river thus excluding the long narrow ship extending behind to the Soochow bridge. "

當時留有一幅珍貴的地圖,極具參考價值。此地圖系英國上海領事館致送其外務部的文件之一,恰巧是擴界以前的舊有範圍,並且繪於擴界同年(1848)的二月十四日,所附地圖伍(看圖照相),即可正確瞭解在 1848 年 11 月以前英商住區的範圍。當時英國領事館在城內

位置,亦清楚可見。[17]

自《江寧條約》簽訂,中國開放五口,使西方商業國家有共同的公

[17]　PRO. F. O. 17/148, p. 65.

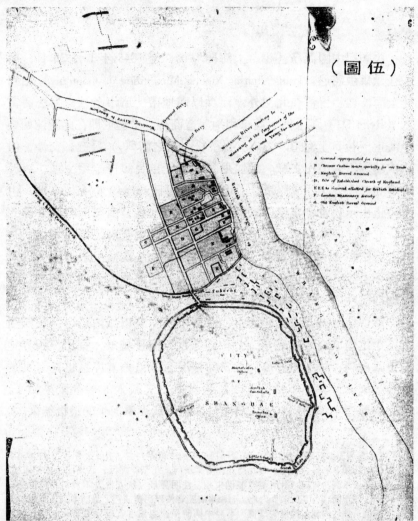

（圖伍）

道的貿易機會，這不但是西方強國的願望，而且在中外關係正常發展
言，也是一種合理的成就。但是最不幸，這種公道合理的關係，一開始
就不能真正保持。也就是說，西方野心外交家及商人，貪圖特權，積極
爭取，破壞了這種平衡，從此使中國人淪於百餘年侵凌剝削的悲局。
上海港埠發展，正代表其中一個事例。此時英國租界的擴張，一開始
即有不可終止之勢，原始動力，顯然是來自於在華商人與外交官的窮
奢欲望與野心。向後的發展是法租界的產生，租界之在中國，已漸變
爲中國境內的許多獨立王國，而後更成一定慣例，各口無不如此。中
國主權獨立尊嚴，掃地無遺。

三

　　法國與中國商務甚少，上海開埠後，至 1848 年 1 月 25 日，第一任領事敏體尼（Louis Charles Nicolas Maximilien de montigny）始到達上海。並租屋住在北門外洋涇浜以南地帶。這年七月，因法商雷米（Remi D.）到上海，請求租地起造商行。敏體尼即在此時開始與上海道（後日上海道、滬道皆爲蘇松太道之簡稱。）吳健彰交涉，但未成功。不久吳氏去職。敏體尼又與繼任道員鱗桂繼續交涉，終於在道光二十九年達成協議，同年三月十四日（1849 年 4 月 6 日）由上海道出示公告，畫定法國居民租地建房地區：南至上海城外濠北岸，北至洋涇浜南岸，西至關帝廟褚家橋，東至廣東潮州會館。是爲上海法租界起始的區界。如地圖六所示，法國商民最早住區以及法國領事館，均在上海城外，東北地帶，佔地約達五六百華畝，與英國商民住區隔洋涇浜相對。[18]

　　就傳統上海商埠碼頭而言，商業中心本來以城內爲主，法國租界區選定傍城邊外東北角，北接洋涇浜，南接城濠，實比英租界地位更爲優越，故地價亦高。就當時情況言，這個港埠區也更有助於商務發展。事實上不到五年，法租界第二次擴張的機會又來臨了，就是咸豐三年（1853）小刀會事件在上海所衝擊而生的最後結果。

─────────

[18] 《上海通志館期刊》創刊號，董樞《搖籃中的法租界》："（上海道告示）：經本道會同法國領事府敏，勘定上海北門外：南至城河，北至洋涇浜，西至關帝廟褚家橋，東至廣東潮州會館，沿河至洋涇浜東角，注明界址。倘若地方不敷，日後再議別地，隨至隨議；其所議界內地，憑領事府隨時按照民價議租，謹防本國人强壓迫受租值；如若内地人民違約昂價，不照中國時價，憑領事官向地方官，飭令該民人等，遵行和約前錄之條款。至各國人如願在界內租地者，應向該國領事商明辦理。
又，G. Lanning and S. Couling*The History of Shanghai*, p. 455, "The first 'French Ground' was, moreover, hardly big enough to quarrel about. In area it could have been no more than five or six hundred *mow*, somewhat larger, that is to say, than the total area of our present racecourse including the recreation ground. An old but by no means accurate map shows it as a pear-shaped piece of land situated along the south side of the Yang-king-pang from the river bank to where the Honan Road（河南路）bridge used to be, whence it reached almost to the city wall, and then turned eastwards again to the river. It had been laid down in the treaty that there should be extention of it when necessary, and the necessity was not long in coming, in the form of preparation for the onset of the Taipings in 1860, and of repayment for the assistance thus given."
又，《上海道公告之法文釋文》，見 B. Maybon et Jean Fredet *Histoire de la Concession Francaise de Changhai*, pp. 33～34；至於地圖陸則據此書附圖繪製。

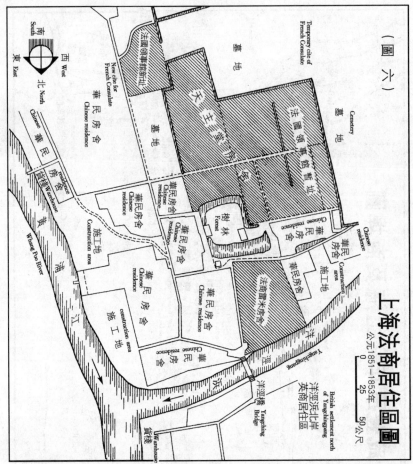

咸豐三年八月初五日（1853年9月7日）小刀會首領廣東香山
人劉麗川率領廣東福建籍會眾，在上海起事，殺死縣令袁祖德，囚
禁上海道吳健彰。封官授職，掌理上海政務。最初用大明天運元年
年號，自稱統理政教天下招討大元帥。以福建籍首領林阿福與另一
福建籍首領陳阿林先後爲副元帥。嗣後上書南京太平天王，而改從
太平天國年號。[19] 自此時起，遂使上海淪於另一種政治局面。

小刀會事件，自有其複雜的發生背景，有趣的事跡始末，這裏
無法詳細探討。而單就上海環境及與港埠地帶的英法外國勢力發生

〔19〕《上海小刀會起義史料匯編》，頁5~30、62~63。又，黃本銓《梟林小史》（1936
年上海掌故叢書本）爲當時記載小刀會事變之專書。

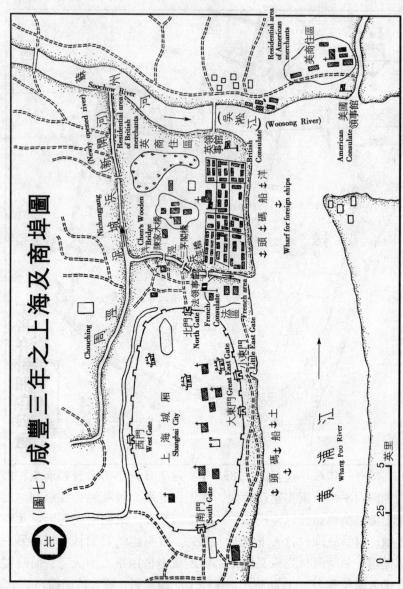

（圖七）咸豐三年之上海及商埠圖

糾纏，也無法在此列為主題，一一詳叙。現只僅就其與港埠地區之
變化有關者略舉其要。

自劉麗川率領會衆，佔據上海，在滿清地方政府而言，是一嚴
重事件。殺官劫庫，據城建號，自然被視為叛亂。上海地方最高官
吏蘇松太道吳健彰被囚之後，輾轉為外人營救出城，自然有責任從

事恢復失土。至於江蘇地方最高官吏爲巡撫許乃釗，朝廷有嚴旨催促收復上海，因而派按察使吉爾杭阿帶兵圍攻上海。

清兵圍攻上海，東、南、西以至西北各面，均有駐兵，各有統兵官統率攻城。在此情況之下，上海北門外的外國居住區，卻構成一重要成敗關鍵。參看地圖七咸豐三年上海商埠地區位置，當可瞭然地理形勢的關鍵所在。同時凡此間敘述，必須一一依據地圖，以求瞭解。[20]

小刀會事件發生，清軍與上海城內會黨成爲交戰雙方。居住商埠地帶外人，主要爲英、美、法三國，而以英民最多。對於此種中國內戰，他們均表示採取中立態度，不介入任何一方。當時爲維持英美住區內安全，早在太平軍佔領南京之後，在三四月間已成立了上海義勇隊（Shanghai Local Volunteer Corps，即後日之萬國義勇隊，或萬國商團。）由英國軍艦孟買（Bombay）號供給武器。所以自1853年起，剛開埠十年的上海，已開始進入外人武力介入中國事務的時期。從這一年起，很清楚地顯示，帝國主義者在中國商務與外交之外的另一方式之擴張。[21]

租界內有了武力，無論大小，在當時上海則是具有關鍵影響的第三勢力。雖然初始英美法各國全然無意介入戰爭。而事實發展，卻使他們很快捲入戰爭漩渦。由於清軍的三面包圍，小刀會不易在東南西三面取得接濟，而最方便出入之地，則爲北門外洋涇浜以至黃浦江一帶，如圖所示即外國租界地帶。而且小刀會本多閩廣水手和碼頭工人，對此港埠地帶，環境熟悉。尤其軍火米糧的運濟，又必與港埠有密切關係。於是小刀會頻繁的出入外人商埠地區，由北門接濟入城。洋商有買賣可做，並不阻止。但在清軍有效封鎖而言，就成一漏洞。清兵駐扎租界外泥城浜西岸，是著名的所謂北營。在此監視小刀會在北門的活動，並隨時進入英界截拿會衆。由此關係，清兵首先誤犯了一兩位英國居民，終於在咸豐四年三月初七日（1854年4月4日），引起了英美義勇隊對清軍北營的進攻，這就是上海地方西方文獻中著稱的"泥城之戰"（The Battle of Muddy Flat）。

---

〔20〕 地圖柒，係據 G. Lanning and S. Couling, *The History of Shanghai* 附圖所繪製。
〔21〕 《上海通志館期刊》1卷2期，蒯世勛《上海英美租界在太平天國時代》2卷2期，徐蔚南《上海在前期太平天國時代》。

此次擊破清軍北營，迫使清軍不敢再犯英界。[22]

這個所謂"泥城之戰"的故事，實際不過是一兩小時功夫，在一個極小區域進行的戰鬥。參戰的英美義勇隊，不過 380 人。清軍被打退，雖然很不中用，但也是上海一小部分圍軍。在上海的西方人，固然有理由誇稱他們的勇敢。但此事的意義正顯示出他們蔑視中國主權的勇敢，他們所以有此勇氣，因爲他們有更强的武力後盾，自信足能打敗中國政府。他們敢於如此積極在中國境内任意施行武裝行動，對付所在國的政府軍隊，那正是完全不願尊重這個國家的主權，這種積極的思想動力，已充分表現了帝國主義思想。因爲這種相類事件在英、美、法三强國境内，無論用任何理由，任何藉口，均不容許發生。英、美、法三國人民也都懂得主權意義，但又能勇敢地在中國橫行，這又充分顯示出西方帝國主義的原始本質。

"泥城之戰"過後，英美領事並即通知城内小刀會首領，要求他們不可再進入洋涇浜北岸。經過數度交涉周折，在六月二十日(7 月 14 日)，小刀會首領公佈一張告示，禁止會衆進入洋涇浜以北。但在上海城北洋涇浜以南地帶，則建築炮台，與清軍時有戰鬥。同時英美領事並通知清軍統將，不許進入英界交戰。亦不許越過周涇以東，但對於上海城北的洋涇浜南岸，則不加干涉。這是租界洋人向雙方保持中立的明確態度。[23]

"泥城之戰"過後，清地方政府及督兵將帥，固不願再惹來第三勢力出面干涉，而對於商埠洋人的中立，自不免認真的檢討和要求。就是上海清軍統帥吉爾杭阿分別在咸豐四年十月十四日(1854 年 12 月3 日)致英美領事照會。十一月十四日(1855 年 1 月 2 日)致英領事照會。向英美兩國領事表示，清軍營地當然向西北西南撤退，用竹籬隔斷進入商埠道路，並保證決不再有兵員進入洋人住區，追截小刀會衆。但也要求洋人認真地維持中立，必須以同樣對待，使小刀會衆也不得進入商埠，尤其不能接濟小刀會衆。爲對抗小刀會衆在上海城築炮台與清軍交戰。並要求英美法三國領事允許清軍在沿英商住區南界洋涇浜，西自陳家木橋起，向東新築一道圍墙，以確實斷絕小刀會進入英

---

[22] Erh-min Wang, "China's Use of Foreign Military Assistance in the Lower Yangtze Valley, 1860～1864."《中央研究院近代史研究所集刊》第 2 期，臺北，1971 年。

[23] 《上海通志館期刊》創刊號，董樞《搖籃中的法租界》。

界之路。此種要求,當然較公正合理,英美領事無辭阻止,乃使吉氏築牆包圍計劃得以實行,並向租界內外居民出示曉諭。就個別事件的處理而言,吉爾杭阿達到相當成功,並轉移了清軍的逆勢。[24]

上海城北的情勢複雜,即在於國際港埠的建立,亦即洋人的居住地區的存在。雖然外交上,洋人表達了充分中立,並與交戰雙方獲致三面的妥協辦法,但地理形勢的決定,仍使洋人不得不再捲入戰爭。基本問題,由於清軍包圍上海,作奪回上海城的一切努力。小刀會爲應付困局,則不斷自東門外靠黃浦江岸取得接濟,但江中有清軍水師攔截,水路也等於被圍。向北門外過洋涇浜是英租界,原是最佳安全接濟來源。經英美嚴守中立,此區亦不得進入。但小刀會決不願放棄洋涇浜南岸地帶,否則就不可能出北門一步。因此北門外就成爲清軍與小刀會爭奪的戰場。

適巧法國租界正位於洋涇浜南岸東端。一方面小刀會仍然常常進入取得接濟。另一方面,清軍與小刀會在北門外對戰之際,常是小刀會在東向西開火,清軍則越過周涇向東攻打,法租界位於小刀會衆陣地背後,自然必受炮火之劫。此時法國領事已換爲伊擔(Benoit Edan),對此雙重困擾,急求解決。於是商量在上海停泊的法國海軍司令辣厄爾(l'amiral Laguerre)以法軍支援保護之下,沿法商住區外圍修築一道圍牆,宗旨在隔絕城內會衆的進入,當然也等於法界對小刀會的封鎖。參考地圖捌可以清楚瞭解,清軍與小刀會對峙的局面,以及法商住區界外所築圍牆。[25]

法租界構築圍牆,嚴重地影響到城內的接濟。同時就北門外形勢而言,轉而有利於清軍進攻,蓋使小刀會隔斷而東退路。爲保持在北門外活動據點,小刀會衆決計在圍牆外數百公尺地方建築一座土炮台。但被辣厄爾視爲對法國的報復,決不能容忍。先由領事伊擔派人入城,要求小刀會衆自行拆除。然小刀會不予理會。在十月二十日(1854年12月9日)早晨,辣厄爾派出法國水兵一小隊,前往強行拆除小刀會炮台,雙方衝突,一名法國水兵受重傷而死。由此又更引起法軍的武力報復,並

---

[24] 《吳煦檔案中的太平天國史料選輯》,頁28~30,《吉爾杭阿致英美領事照會》。頁30~31,吉爾杭阿致英領事照會。頁28,告示。

[25] 地圖捌,係據《上海小刀會起義史料匯編》所翻照。故事經過,則據《上海通志館期刊》創刊號,董樞《搖籃中的法租界》;2卷2期,徐蔚南《上海在前期太平天國時代》。

照會小刀會首領,追其自動退出上海,同時一面天天以大炮自領事館向城中轟擊。至此法國已完全捲入中國內戰之中。[26]

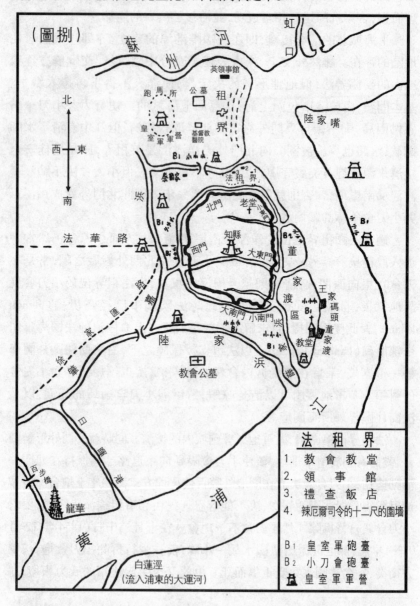

（圖捌）

北
西　東
南

蘇州河
虹口
英領事館
跑馬所　公墓
皇室軍　軍營
基督教醫院
陸家嘴
租界
B₁　小刀會　益
秦勒家
法租界
2
1
北門　老堂十　小東門
西門　知縣　大東門
董家渡區
B₁　大南門　小南門
法華路
嘉家
陸　家　浜
日暉港
教會公墓
浦東
浦
江
黃
王家碼頭董家渡
教堂
B₁
百步橋
龍華
白蓮涇
（流入浦東的大運河）

法　租　界
1. 教 會 教 堂
2. 領 事 館
3. 禮 查 飯 店
4. 辣厄爾司令的十二尺的圍墻
B₁ 皇室軍砲臺
B₂ 小刀會砲臺
皇室軍軍營

---

[26] 《上海通志館期刊》創刊號,董樞《搖籃中的法租界》;2卷2期,徐蔚南《上海在前期太平天國時代》。

當時法國公使布爾布隆(Alphonse de Bourboulon)訓令伊擔,反對他壓迫小刀會退城。一則由於法國兵力尚單,不足以貫徹執行。一則亦責伊擔太過積極,專擅越權。但最後仍然默許伊擔的行動。法軍為貫徹迫使小刀會退城的要求,自然聯合清軍發動攻城。清軍一方面自四圍進攻,一方面在北門外配合法軍作戰。在咸豐四年十一月十八日(1855年1月6日)晨六時,法軍以大炮掩護,一隊由轟開城墻缺口衝進城內,一隊由北門直攻入城。遭遇小刀會頑强抵抗,經四小時惡鬥,法軍終於敗退出城,此次陣亡軍官三人,士兵十人,受傷者30餘人。[27]

法軍攻城雖有傷亡,小刀會抵抗雖然成功。但由於四圍加緊封鎖,小刀會接濟斷絕,食糧匱乏,不戰自亂。終於在咸豐五年正月初一日(1855年2月17日)城內混亂,紛紛外逃,清軍乘勢攻城,衝進南門,並捕殺小刀會衆。首領劉麗川亦在逃出西門後被殺。上海重歸清軍之手。事後論功,由吉爾杭阿奏陳朝廷,由於先前法兵的傷亡,朝廷賞銀一萬兩,並綢緞四匹。但這些犒賞,還是微不足道,法國所真正獲得的最重大利益,是把租界區域向西擴張到老北門口。[28]

四

光緒二十年(1894)爆發中日戰爭,中國戰敗。國力之頹衰,暴露尤甚,列强耽耽虎視,奢欲逐逐,瓜分中國之聲頓起,中國尤陷於帝國主義者侵逼壓迫之困境。其强取豪奪,無理要求,自此尤加速加深,侵損中國。不數年(1897～1899),德佔膠澳,俄佔旅順,英佔威海,並據九龍,法佔廣州灣,四大帝國主義强國,無不貪享中國土地,實質上已爭先恐後,展開其瓜分中國之初步。當此時期,居住中國口岸之洋人,也不甘落後,以為大好時機到臨,正可乘此擴張在華特權勢力。上海一口,尤為此中重要代表。

先是光緒七年(1881),英商住區已表露其增大區域的動機,但是並未採取行動。光緒十九年(1893),紛爭多年的美國商民住區達成其畫定界址的目的,使上海確定的有了美國租界的領土範圍。這個區域

---

〔27〕 《上海通志館期刊》創刊號,董樞《搖籃中的法租界》; 2卷2期,徐蔚南《上海在前期太平天國時代》。

〔28〕 Erh-min Wang "China's Use of Foreign Military Assistance in the Lower Yangtze Valley, 1860 ～1864", *Bulletin of the Institute of Modern History*, Academia Sinica, Vol. 2, Taipei, 1971.

位於英商住區吳淞口及黃浦江北岸,歷來稱爲虹口,其地區雖較偏遠,而畫定之面積實達英人住區近於三倍,即 7 856 華畝。[29]

美商住區之畫界確定,並不能使上海洋人的貪心稍減,反而刺激英法兩國住區商民積極的争相要求擴張地界。光緒二十一年(1895)中國戰敗之後,英法兩區洋人遂即開始擴張住區的要求。即在同年十一月十九日(1896 年 1 月 3 日)上海工部局(Shanghai Municipal Council)提具擴界理由,並附所擬擴界地圖一張,函致上海領事團,要求轉達駐京各國公使,以便向中國政府交涉。駐京公使團於光緒二十二年二月十二日(1896 年 3 月 25 日)照會總理衙門,請中國政府考慮允許上海洋人之擴界計劃,並予合作。中國政府於二月十六日照覆,但於擴界之處理,則不予置辦。[30]

事隔一年之後,上海工部局又將原擬擴界計劃再加擴大,並另繪新圖,於光緒二十三年八月二十六日(1897 年 9 月 22 日)致函上海領事團,要求轉致北京公使團向中國政府交涉。領事團見於北京交涉,未有進展。又在上海地方醖釀機會,而於光緒二十四年二月初八日(1898 年 2 月 28 日),由領事團致函上海道蔡鈞,要求擴界。蔡鈞考慮情勢之後,於二月二十一日(3 月 13 日)覆函拒絕。領事團進一步再向南京方面,與兩江總督交涉,終亦遭到拒絕。須知此時中國政府本在弱勢,並非强硬不理,只因此時此刻英、法、德、俄四强國,正以更大的貪欲,以廣州灣、威海衛、九龍半島、旅大、膠澳等問題同時困擾着中國。比較起來,上海洋人趁熱鬧的擴界要求,又是屬於次要的可以擱置或拒絕考慮的小問題了。[31]

同一時期,上海法國租界也在要求擴界,計劃同時向上海城西城東各加擴張,惟向東不免須越過黃浦江,當地號稱浦東地方,加以擴

---

[29] 《上海通志館期刊》1 卷 3 期,蒯世勛《上海英美租界的合併時期》,頁 642 ~ 649。

[30] 《上海通志館期刊》2 卷 3 期,蒯世勛《上海公共租界擴充面積的實現和失敗》,頁 684。又,總理衙門覆文,見 PRO, F. O. 233/121, p. 98,"銜:爲照覆事,光緒二十二年二月十二日,接準貴大臣照稱:各國大臣均願按上海工部局所請,將租界展出,並於展出處所添修馬路,請先言其大意,其辦法章程,從後再商,本館内現存有租界之圖及現欲展界之圖,如欲查閲,再行送查。兹所最要者,惟欲先悉此二事,貴署願否允照辦理,方可共商辦法,等因,相應照復貴大臣,先將租界及展界各圖檢送本衙門查閲,再行酌核可也。須至照會者。光緒二十二年二月十六日。"

[31] 《上海通志館期刊》2 卷 3 期,蒯世勛《上海公共租界擴充面積的實現和失敗》,頁 688 ~ 690。

界,但因當地已有不少英美船商所居之地,遭到英方反對,最後並未成功,只有向西擴張,與英方獲得了諒解,結果狼狽爲奸,欲達到共同的擴界目的。[32]

光緒二十五年(1899),中國政府對上海擴界問題表示讓步,實是委屈求全,作一次徹底了結的決心。當二月十三日(1899年3月24日)北京英美德三國公使照會總理衙門,要求中國政府訓令兩江總督同意上海外國領事團及工部局所要求的擴張租界。三月初四(4月13日)即得到總署口頭答覆,謂已把此項照會函知兩江總督,由江南地方辦理。上海工部局獲得消息,立即派請南洋公學洋校董福開森(John. C. Ferguson)赴南京會見兩江總督劉坤一,面商擴界問題。結果由江督指派福開森及道員余聯沅爲代表,一同到上海與工部局會勘劃界,至此上海洋人擴界要求,已正式達到目的。[33]

事實上,上海地方,在光緒二十四年十二月二十八日（1899年2月8日）擬定了《推廣租界章程》八條,實代表中國政府應付擴界問題的基本態度與其對策,爲瞭解此一問題的關鍵性文件,極具參考價值,此章程於光緒二十五年正月二十五日（1899年3月6日）由上海道正式致送領事團,八條內容如下:

一、此次擴界以後,界內華人所得權利,與各國人民一律不得歧視。工部局內董事,華人亦應隨時舉充。

二、如華官差票捕拿華人,此種華人如不干涉洋商利益者,即無須由值年總領事處簽字,仍照會審公堂原定舊章辦理。

三、如擴界內,中國向來設有廠局等處,應循舊章辦理,洋人不得干預。

四、如此次議拓之界,其地段已較原界寬大,以後無論何國,均在此公共租界內,不得再請推廣。

五、如前次中國允日本在上海等處設立租界約中,載明收取洋土各貨製造離廠稅,此次既將擬給之界,歸入公共所有,離廠稅事,應仍照原約辦理。

六、如界內遇有收捐等事,凡涉華人者,按照英總領事照會來

---

[32] 《上海通志館期刊》2卷3期,蒯世勛《上海公共租界擴充面積的實現和失敗》,頁690～691。

[33] A. M. Kotenev *Shanghai: Its Municipality and the Chinese*, p. 32.

文，必須先向華官商妥，方可施行，如華官有應行禁令等事，一經領事允行，工部局亦不得阻擾。

七、此次定界之後，所有界外工部局之巡捕概行撤回，由華官另行派捕管理，以清界限，而一事權。

八、推廣界內，凡有中國官浜官河，並華人墳墓產業，以及一切，概照光緒十九年分割定虹口租界章程辦理。[34]

此時上海道臺已改由李光久繼任。及其奉到江督指示，允准將上海城北英美租界區擴大界址，通併爲一萬國公共租界。因乃於三月二十九日（五月八日）通知上海領事團，同日並由上海道公佈告示，説明擴界交涉經過，並委派人員，以爲劃界之準備。[35]

上海租界擴界之履勘，開始於光緒二十五年六月，直至次年方纔完成。履勘代表爲上海知縣王豫熙，會同江督代表福開森與余聯沅。根據公告之擴界四至如下：

東至：自美界楊樹浦橋起，至周家嘴止。

西至：自泥城橋起，至靜安寺鎮止。又由靜安寺鎮畫一線至新閘蘇州河南岸止。

南至：自法界八仙橋起，至靜安寺鎮止。

北至：自虹口租界第五界石起，至上海縣邊界（即上海寶山兩縣交界之線。）

此次擴界之後，英美租界達於合併，依推廣租界章程，此區即稱爲"上海萬國公共租界"（Shanghai International Settlement）。參閱地圖玖，即可一見擴界後公共租界與法租界的大致範圍。[36]

---

[34] PRO, F. O. 228/1098, pp. 86~87 擬定推廣租界章程八條。
又，PRO, F. O. 228/1098, p. 90，蘇松太道（即上海道）李光久致上海領事團照會："爲照會事：案照本爵道與福、余兩員奉辦擴界一事，業將所議地段四址，禀奉南洋通商大臣兩江督憲劉批准照辦，除出示曉諭，並檄飭上海縣會同福、余兩員暨工部局董照議定推廣公共租界，繪圖立石遵守，並分別照會外，合抄示式備文照會。爲此照會貴總領事，請煩查照施行。須至照會者，計抄示式，光緒二十五年三月二十九日。"

[35] 光緒二十五年三月二十九日，上海道李光久所出示之公告，當時正式之中文本可見於 PRO, F. O. 228/1098 pp. 91~93，同時當年四月二十三日上海《申報》，亦刊佈全文。英譯本則可參考 A. M. Kotenev, Shanghai: Its Municipality and the Chinese, pp. 34~35。

[36] 地圖玖採自姚文枏纂《上海縣續志》，《圖說卷》。圖中所繪之"法新租界"當爲1914年所擴充者。

　　此次上海公共租界擴大之後，所佔土地面積，又較往日英美租界
合計總數增加兩倍。先是英租界原有面積 2 820 華畝，美租界面積爲
7 856 華畝。合計爲 10 676 華畝。此次擴界，經實際丈量，工部局實得
新增土地爲 22 827 華畝。高出舊地兩倍以上。新舊合計，上海公共租
界所佔面積爲 33 503 華畝。折合英畝，等於 5 584 英畝。[37]

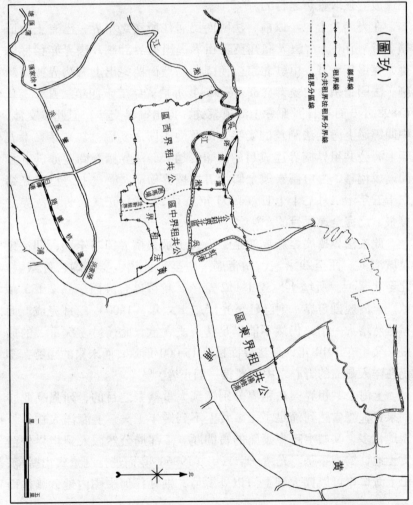

（圖玖）

　　上海外人勢力，除公共租界之外，尚有一完全獨立經營的法租

〔37〕《上海通志館期刊》2 卷 3 期，蒯世勛《上海公共租界擴充面積的實現和失敗》，頁
　　　697～698。

界。自道光二十九年（1849）以來，法租界已乘時會數度擴張，而最大一次擴張，則亦在於光緒二十五年（1899）。法租界地傍上海城厢，當地華民舊居甚多。尤其與寧波商幫的四明公所比鄰，法人千方百計，加以吞併，中間經過 1874（同治十三年）與 1898（光緒二十四年）兩次嚴重的流血衝突，中國同胞死傷狼藉暴尸於野，法人則達成其強取豪奪之目的。[38]

在光緒二十二年以前，法國商民居住所謂之租界，已有土地面積 1 023 華畝。當法人聞知英美租界提出擴界計劃，法界亦積極籌畫，在這年十月，由駐北京公使團向總理衙門提出上海法界擴張計劃。法國總領事白藻泰（de Bezaure）亦於光緒二十四年二月十二日（1898 年 3 月 4 日）照會上海道蔡鈞，提出擴界交涉。但此項交涉，中間經過上海英法利益的衝突，以及兩國間之妥協，當光緒二十五年上海公共租界擴界達成目的。順其趨勢，法界擴展問題亦於五月間達成協議，由白藻泰與余聯沅訂立擴界節略。嗣經上海道於光緒二十五年十二月二十七日（1900 年 1 月 27 日）正式公告，法界之擴張，已完全達成目的。[39]

此次法界擴展之新界四至，公告所示與擴界節略全同，即：東至城河浜。西至顧家宅、關帝廟。南至丁公橋、晏公廟、打鐵浜。北至北長浜。所增土地達 1 112 華畝。新舊界合計面積爲 2 135 華畝。至於履勘定界，則已延至光緒二十六年（1900）二月完成。面積雖然增大一倍，仍然不能滿足法人之貪欲，此後另一次重大的擴張又發生在 1914 年，使法界面積達 15 000 華畝。而未來的趨勢，卻仍在洋人無盡的野心之中，難得一個止境。[40]

上海公共租界與法租界分別達到大量擴張之目的，列強享此勝利果實，應當感到滿足了。事實上不到幾年工夫，上海洋人在界外租地日多，又發生越界築路的舊問題。工部局公然派人到租界外清丈土地，繪圖築路。光緒三十二年（1906）竟而進行測量寶山縣境，由上海口岸可以擴大到上海以外縣境，則凡任何中國内地，無往而

---

〔38〕 上海四明公所兩次血案之略叙，可參看《上海通志館期刊》1 卷 2 期，頁 385 ~ 405；1 卷 3 期，頁 708 ~ 730。
〔39〕 《上海通志館期刊》1 卷 3 期，董樞《上海法租界的發展時期》，頁 730 ~ 752。
〔40〕 同前書，頁 748 ~ 749。
　　 又，《上海研究資料續集》，頁 751。

不可擴充。如此蠻橫強悍，遭受到中國地方嚴重抗議，但洋人工部局毫不理會，照常進行測量。終又引起上海地方中外嚴重交涉。自前次擴界之後（1899），未及十年，工部局終於光緒三十四年四月二十九日（1908 年 5 月 28 日）向上海領事團提出又一次的擴界要求。[41]

上海洋人之覬覦寶山縣，實早隱伏於 1899 年擴界成功之時，甚至英國外相沙士勃雷（Lord Salisbury）也抱有陰謀，並訓令其駐華公使，令其於擴界協議條款中不可有任何約束英國之言詞，以留餘地作爲向寶山縣擴張土地之機會，此真透露出帝國主義者狡狠之本心及其貪饞之嗜欲。[42]

工部局再次擴界之要求，經領事團於六月初五日（1908 年 7 月 3 日）據以照會兩江總督端方，爲端方於七月初二日覆函拒絕。領事團遂又將此案提送北京駐華公使團向中國政府交涉。駐京英使即於十二月二十四日（1909 年 1 月 15 日）照會中國外務部，外務部亦於宣統元年正月十一日（1909 年 2 月 1 日）照覆英使，同樣據理拒絕，詞意十分嚴正清晰。[43]

上海洋人之奢欲擴張，無理要求，消息傳出，引起華人社會極大憤怒。宣統元年閏二月初五日（1909 年 3 月 26 日）《申報》極加批評謂：“明明爲鯨吞之狡謀，而必設多種之門面語。明明無可據之理由，而必行堅請之強硬權。明明理屈詞窮，無可再説，而必挾多數之贊成以遂其非分之要求，以行其威迫之手段。——嗚呼！對於本埠西人此次推廣租界之決議果將實行，則公理何存，主權安在，有不得不令人駭懼者！”[44] 同時上海寶山縣兩縣地方紳士，也集合會議，推舉代表，分別在地方及向本國外務部申述嚴正抗議外人擴界之進行。直至辛亥革命，民國建立，此次擴界計劃，終於未能達成。[45]

---

［41］《上海通志館期刊》2 卷 3 期，蒯世勛《上海公共租界擴充面積的實現和失敗》，頁 699。
［42］同前書，頁 698。
［43］外務部照覆英使全文，載《清季外交史料·宣統朝》卷一，頁 7～8。宣統元年二月二十日申報亦有刊登。
［44］此段《申報》評論，轉引自《上海通志館期刊》2 卷 3 期，頁 704。
［45］同前書，頁 704～719。
　　又，A. M. Kotenev, *Shanghai: Its Municipality and the Chinese.* pp. 42～51。

五

五口開關以來，洋人積極發展，擴張特權，使中國港埠形成外人之勢力範圍，絕大多數之中國居民，不過是此種都市之附庸，決無主權，亦難主政。西方學者每每論及中國港埠之現代化，似皆洋人之貢獻於中國者。實欠公允，亦非實情，尤忽略探討中國居民之反應。請問洋人在中國港埠之一切發展設施，究爲自身特權利益打算，抑爲中國民衆打算。中國港埠之所謂租界者，洋人視爲既得領土，其展望未來，尚不知有多少領土爲其吞併，與其非洲殖民地並無重大區別，此乃殖民主義之實踐，何關於當地土民之生存樂利。近代中國港埠地位，在中國人看來，其重要關鍵乃在於此批土民有何反應？有無醒覺？有無能力？有無決心以獨立擔當自爲此地之主人？而並予以發展改善。

上海一口，居全國港埠首要地位，居民行爲，且足以影響沿海沿江港埠，甚至更廣。當須在此加以探討。自光緒二十一年（1895）中國戰敗於日本，列强各國迫不及待地乘機要求佔據沿海港口，各口岸洋人也乘機要求擴張租界。此於港埠之地方官紳與居民，已在惡劣環境之下開始醒覺，除了發爲言論呼籲自救，同時並設想辦法，從事實際自救行動。中國港埠之自救行動，雖爲實際具體問題，亦並可分思想之反應與行動之因應兩途，然出於直接因應者，自不免枝枝節節，要經過一段修正改造之歷程。在此可先一談行動因應方面。光緒二十一年上海亦成立馬路工程局，經營自築馬路，用以避免洋人越界築路以及干涉租界外行政，此即上海地方自救行動之初步，雖不免組織軟弱，但已表現醒覺之契機。一般研討上海特別市之形成，總不免要追述到這個最早的市政機構。馬路工程局當時築路，全在遠距租界之南市，故後來改稱上海南市馬路工程善後局。[46]

光緒二十四年（1898），值洋人要求擴界，如火如荼，其勢已難中止。中國地方官紳爲亡羊補牢之計，終於成立了吳淞開埠工程總局，兩江總督委派上海道蔡鈞爲督辦，志鈞爲總辦，向萬鑠爲會辦。由中國官紳自行承擔上海市政之發展。光緒二十六年（1900）上海洋人擴張租界之目的達成，中國更在租界以北成立閘北工程總局，

---

[46]《上海研究資料》（上海，1936），頁 79 ~ 80。

用以杜絕外人再度擴張租界之希望。此時中國因應西方列強實質上
不斷之侵逼，除自身改變上海縣舊式體制，而採取獨立之市政制度，
乃至於主動採取充分西化制度，已是別無途徑可循。

　　上海全面市政，除去洋人獨立之公共租界及法租界之外，尚有
四處未被吞併之中國主權所及之地，其一爲主體之上海城廂及南區。
其二爲黃浦江東岸一帶。其三爲洋人租界侵蝕所餘之吳淞江地帶。
其四即跨上海寶山兩縣邊地之閘北帶。這就是中國人政治醒覺後，
所能發展上海之最後資產。這四處分割地區，各個均經歷一段新式
組織改造之過程，其間十分瑣碎零亂。直到 1921 年上海特別市成
立，始達於統一的市政府形式。中國上海主權的復蘇，至此才是真
正開始。[47]

　　中國人自行政造上海市政的行動，逐漸在列強侵逼下因應中展
開，不免枝枝節節。但自民國創建以來，對於改善上海總體的全面
設計，已由孫中山先生在 1921 年提出，這就是他的建設中國國家的
藍圖 "實業計劃" 的一部分。"實業計劃" 自第一次歐戰後開始經
劃，於 1921 年完成，建設東方大港的計劃，即爲改造上海而作的徹
底解決與全面思考的設計。對於上海問題的根本解決，並展望長江
流域工商業發展遠景東方大港的正確設計，即在於捨棄上海這個舊
有港埠，而另在江浙沿海乍浦澉浦之間開闢新埠。由此可以廓清許
多複雜的國際糾紛，尤其節省許多無謂的用費。且足以形成最新式
的優良港埠。參閱地圖拾，當可知計劃之形勢與位置。[48]

　　中國人提出如此別開天地的設計，正表現了自力更生的決心與
建設未來的希望，同時也表現了冷靜縝密的思考與籌計。

　　以上海固有港埠本身而言，孫中山先生也提出了全面徹底改造
計劃，當然，遠不及 "計劃港" 之優越，但不免遷就上海地方之歷
史因素。此一改造上海計劃，同樣極具魄力，包括黃浦江之改道，
以及揚子江入海水道之浚渫，以極大人力財力之投資，用以維持上
海之港埠地位，參考地圖拾壹，一略當知其設計重點。[49] 雖然爲改

〔47〕《上海研究資料》（上海，1936），頁 80～83。
〔48〕 孫中山實業計劃之 "第二計劃"，第一部：東方大港。見《國父全集》第二集，頁
　　　121～124。
〔49〕 同前書，頁 125～128。

造計，同樣反映出中國人主動改造上海之決心，這亦表現中國人要
自爲上海地方主人之決心。

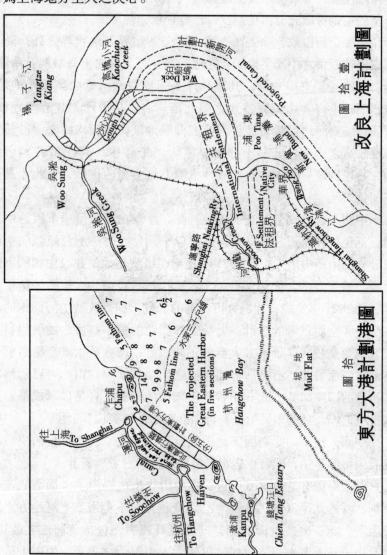

1927 年北伐的軍事進展順利，國家漸趨於統一，國民政府立即
於同年七月明令宣佈上海爲特別市，任命黃郛爲首任市長，以積極
行動實踐孫中山先生的遺教。自此即以孫中山先生改造上海之藍本，
從事市政規劃。同年九月張定璠繼任市長，十一月成立設計委員會，
專門從事市政問題之研究與設計。1929 年張群繼任市長，更注意於

孫中山先生設想中的大上海計劃，自此開始劃定江灣地帶爲市中心區，於七月十六日正式公告上海市民。[50]

　　中國統一剛達於完成，全國一心一德歡欣鼓舞爲建設國家而努力。帝國主義者，不願坐視中國建設成功，1930 年日本開始出兵佔領中國東北三省。1932 年 1 月 28 日，日軍又在上海發動戰爭，轟炸閘北市區，破壞中國建設，予大上海建設理想以極嚴重之打擊。然而中國人已有政治醒覺，並在自力更生，雖處於列強武力侵逼之環境，於分裂租界後之餘留土地，從事建設，仍能忍辱負屈而信心堅定，在慘烈戰火破壞之廢墟上，重新再建上海。此年一月，上海市長已由吳鐵城繼任，他在遭遇日軍戰火之後，於 1933 年 10 月 10 日上海市政府建築落成之時，發表演説，足以表露在戰火劫餘，中國人自創天地之決心。他指出中國人建設大上海之永恒目標有三：第一，在繼承並實現孫中山先生之改良上海計劃。第二，在表達不依賴別人已成之規，而自行創造繁榮發展一新天地。以表現中華民族固有創造文化之能力。第三，大上海之繁榮成功，乃全國建設成敗所繫，並爲中國未來富強之表徵。凡此三者，皆爲當代上海市民共同責任，必須繼續努力以赴。[51] 由此戰後上海地方所表露之信心與毅力，亦足以推見上海現代化未來之遠景。

　　上海地方人士繼承孫中山先生遺教，從事大上海建設，展望遠景，人人心懷興奮，引爲自身之重大責任。可惜中國人方在廢墟中整頓起來，不到五年，日本帝國主義者，暴露了凶惡面目，於 1937 年對中國發動全面侵略戰爭，上海隨之淪陷，中國人民之滿懷希望，至此又成泡影。但在中國以數千萬同胞的血肉尸骨，生命財產之巨大犧牲之後，終於在 1942 年完全廢除外國不平等條約。上海雖未立即收復，而百年來帝國主義之侵逼壓迫，與其特權勢力，自此一廓而清。中國口岸主權，在此 100 年犧牲奮鬥中，開始恢復其完整。

---

〔50〕　《上海通志館期刊》1 卷 4 期，《大上海核心的完成》，頁 1167《上海市政府公告》："查自本府成立以來，市政設施雖已略具端倪，而欲求副總理（孫中山）之遺訓，實現大上海之計劃，則當有待於各種之建設。前經調查研究之結果，擬定淞滬鐵路以東，浦江以西之間，北至閘殷路，南至翔殷路，東至預定路線，西至松滬路爲市中心區域，業經七月五日本府第一百二十三次市政會議決議，提交建設討論委員會於七月十二日第二次會議議決通過，並議決自決定之日起，停止該區內地產買賣過户，期於最短期間確定大上海建設計劃之基礎，以資振興。

〔51〕　同前書，第 1174～1176 頁。

　　上海港埠的外人住區，最具特殊發展。實爲上海市內之獨立國。中國人發展市政，無權過問租界，自然只有維持此種畸形之港埠都市。就帝國主義者立場來看，當然可以說是那些能幹的外交家的傑作。但他們忘記，他們在乘中國官員的無知，而愚弄詐騙，獲得條約權利。然後再依據條約，擴大其愚弄詐騙。他們一切理直氣壯，援引條約，卻忘記這一切都是在侵犯一個獨立國家的主權。所以肯定說他們對中國是帝國主義的侵略，主要因爲那些英法俄德日本派來中國的外交家，一開始就不尊重中國主權，就是有意的損害中國主權。中國人一旦醒覺過來，一定自然的指他們是帝國主義侵略，一定反抗，一定排除這種侵犯主權的枷鎖。孫中山先生的東方大港計劃，別開天地，闢乍浦澉浦爲商港，徹底避開帝國主義之干擾。其次則改良上海市區，直把租界劃開不問，也是在避開列強干擾。由此俱可見出帝國主義者對中國自身發展之阻礙，列強特權一日存在，中國即無從實現其發展計劃。直到八年對日抗戰（1937～1945），中國千萬人流血犧牲，歷經一次全民族生死存亡的大奮鬥，才真正解除不平等條約之枷鎖，到此才有中國人自我建設的希望。上海租界的發展，始終是表現這種史實，正清楚的說明了帝國主義本質。這是自十九世紀中葉以至二十世紀中葉，列強所加於中國千千萬萬損害中的一項損害。西方學者研究上海，偏卻忽略此種叙述與分析，如果中國學者不能有所知覺而加以補充，當是自甘無知，也是一種恥辱。

※ 本文原載《中華學報》2 卷 2 期，1973 年。
※ 王爾敏，臺灣師範大學學士，中央研究院近代史研究所兼任研究員。